Das Buch

Paris 1572. Weil die Hugenotten den Plänen der Königinmutter Katherina von Medici im Wege stehen, gibt sie den Befehl, die Anführer des hugenottischen Adels mit Tausenden ihrer Glaubensgenossen umzubringen. Ein beispielloses Morden beginnt, das seinen Höhepunkt in der Bartholomäusnacht findet.

Jean Plaidy entwirft ein grandioses historisches Panorama um die Gestalt der Katherina von Medici, der schillerndsten Regentin Frankreichs im 16. Jahrhundert. Ehrgeizig, machtbesessen und grausam verfolgt sie skrupellos ihre Ziele, um ihren Kindern die Herrschaft über Frankreich zu sichern. Die *Blutnacht von Paris* ist ein Meisterwerk des historischen Romans, das – spannend, detailgenau und hervorragend recherchiert – neben anregender Unterhaltung auch viele interessante geschichtliche Fakten vermittelt. »Jean Plaidy alias Victoria Holt weiß, daß ihre berühmte Mischung aus Geschichte, Abenteuer und Gefühl den Stoff zusammenhält ... aus dem viele Leser ihre Träume weben.« *Welt am Sonntag*

Die Autorin

Eleanor Bufford Hibbert wurde 1907 geboren. Unter dem Pseudonym Jean Plaidy verfaßte sie eine Reihe von historischen Romanen. Ihre weiteren Pseudonyme sind Victoria Holt und Philippa Carr. 1989 wurde die Schriftstellerin mit dem Golden Treasure Award der Romance Writers of America ausgezeichnet; im Januar 1993 starb sie im Alter von 86 Jahren auf einer Kreuzfahrt.

Die meisten ihrer Romane liegen im Wilhelm Heyne Verlag vor.

JEAN PLAIDY
besser bekannt als
VICTORIA HOLT

DIE BLUTNACHT VON PARIS

Roman

Aus dem Englischen
von Ulrich Binder

WILHELM HEYNE VERLAG
MÜNCHEN

HEYNE ALLGEMEINE REIHE
Nr. 01/10349

Titel der Originalausgabe
QUEEN JEZEBEL
erschienen bei Robert Hale, London

Umwelthinweis:
Das Buch wurde auf
chlor- und säurefreiem Papier gedruckt.

4. Auflage

Wilhelm Heyne Verlag GmbH & Co. KG, München
Printed in Germany 1998
Umschlaggestaltung: Atelier Ingrid Schütz, München
unter Verwendung des Gemäldes
»Die Bartholomäusnacht« von François Dubois
Gesamtherstellung: Ebner Ulm

ISBN 3-453-12519-3

Für
G.P.H.,
dessen Rat und Hilfe
unschätzbar waren

Stammbaum
(mit Regierungsdaten)

Franz I ∞ (1.) Claude von Frankreich und (2.)
Eleonora von Portugal

Louise

Charlotte

Franz (als Kronprinz
mysteriös verstorben)

Heinrich II.
(1547 – 1559)
∞ Katharina von Medici
* 1519, Regentin
(1560 – 1563)

Franz II.
(1559 – 1560)
∞ Maria von
Schottland

Elisabeth
∞ Philipp II
von Spanien

Claude
∞ Herzog
de Lorraine

Ludwig
als Kind
gestorben

Karl IX.
(1560 – 1574)
∞ Elisabeth von
Österreich

Marguerita ∞ (1.) Herzog von Alençon
(2.) Heinrich D'Albret,
König von Navarra

Madeleine

Karl

Marguerita

Jeanne D'Albret
∞ Antoine de Bourbon

Heinrich von Navarra
(Heinrich IV.) 1589
∞ Margot

Katharina

Heinrich III.
(1574 – 1589)
∞ Louise
de Lorraine

Franz (Herkules)
Herzog von
Alençon, dann von
Anjou † 1584

Marguerite (Margot)
∞ Heinrich von Narvarra,
dann Heinrich IV.
(1589 – 1610)

Victoria
und Jeanne
als Kind
gestorben

I

Von seinen dicken Steinmauern umgeben, stöhnte Paris unter der Sommerhitze. Schon seit Wochen strömten Reisende aus allen Gegenden Frankreichs durch die Tore in die Stadt. Adlige und ihr Gefolge zogen nach Paris, und mit ihnen kamen Bettler, Gauner und Diebe, als würden sie von ihnen magisch angezogen. Ganz Frankreich war fest entschlossen, die Eheschließung der katholischen Prinzessin mit dem König von Navarra, einem Hugenotten, mitzuerleben.

Ab und zu ritt eine schillernde Persönlichkeit mit einer Schar von Gefolgsleuten vorbei, und Hörnerklänge kündigten ihn als Edelmann an. Auf dem Weg zum Louvre durchquerte er die von schmalen, hohen Häusern gesäumten Straßen mit ihren grauen Dächern; war er ein Katholik, so jubelten ihm die Katholiken zu, war er ein Hugenotte, feierten ihn die Anhänger des anderen Lagers.

Spannung lag in den engen, verdreckten und von Fliegen bevölkerten Gassen; man konnte sie in den Straßen und auf den Plätzen wahrnehmen, über denen sich die gotischen Türme der Sainte-Chapelle und von Notre-Dame wie Wachposten erhoben oder die von der schieren Macht der Bastille und der Conciergerie erdrückt zu werden schienen. Die allgegenwärtigen Küchengerüche stiegen den Bettlern in die Nase, denn Paris war eine Stadt der Restaurants, wo die *rôtisseurs* und *pâtissiers* von den Edlen, ja selbst vom König gefördert wurden. Die Bettler waren hungrig, aber sie waren auch vorsichtig.

Ab und zu brach in einer Taverne eine Schlägerei aus. Ein Mann sei ermordet worden, erzählte man sich, dann habe man ihn in die Seine geworfen. Er war ein Hugenotte, und es überraschte niemanden, daß er im katholischen Paris den Tod gefunden hatte. Ein Hugenotte unter den Katholiken kam einer Herausforderung gleich, aber in diesem Sommer hielten sich Tausende von Hugenotten in Paris auf. Überall waren sie zu sehen, sie befanden sich vor der Kirche Saint-Germain-l'Auxerrois, der Pfarrkirche der königlichen Familie, und zogen durch die überfüllten Straßen, vorbei an Hütten und Häusern; viele wohnten hinter den gelben Mauern des Hôtel de Bourbon, andere wiederum strömten zum Haus an der Ecke Rue de l'Arbre Sec und Rue Béthisy, wo sich der Sitz der größten aller protestantischen Leitfiguren befand, von Admiral Gaspard de Coligny.

Weiter östlich, in der Rue Saint-Antoine, stand eins der größten Häuser von Paris, das Hôtel de Guise, und an diesem Sommertag ritt ein Mann in die Stadt, dessen Anblick die Herzen der meisten Pariser höher schlagen ließ: der blondhaarige, blondbärtige zweiundzwanzigjährige Henri de Guise. Der Herzog war ihr Held, ihr Idol, der bestaussehende Mann Frankreichs, neben dem jeder andere wie jemand aus dem einfachen Volk wirkte – Könige und Prinzen eingeschlossen.

Die Einwohner riefen ihm ihre Ergebenheit zu; sie schwenkten ihre Mützen; sie klatschten, wenn er vorbeiritt, und sprangen in die Höhe, um einen Blick zu erhaschen; und sie beweinten den Mord an seinem Vater, dem er so ähnelte. Er war eine romantische Figur, dieser junge Herzog de Guise, vor allem jetzt, da die ganze Stadt diese Hochzeit vorbereitete, denn de Guise war der Liebhaber der Prinzessin, die dem Hugenotten zur Frau gegeben werden sollte. Paris hätte es vorgezogen, den katholischen Herzog und seine Prinzessin zum Altar schreiten zu sehen. Aber es wurde gemunkelt, die alte Schlange, die Königinmutter, habe die Verliebten zusammen ertappt und daraufhin angeordnet, den gutaussehenden Herzog mit Cathérine de Clèves, der Witwe des Prinzen de Porcien, zu verheiraten, während die lebenslustige Prinzessin Margot ihren katholischen Henri de Guise gegen den Hugenotten Heinrich von Navarra eintauschen mußte. Diese Reaktion war unnatürlich, aber das Volk von Paris erwartete nichts anderes von der Italienerin Katharina von Medici.

»Hoch!« riefen die Pariser. »Herzog de Guise lebe hoch!« Würdevoll winkte er ihnen zu, und gefolgt von seinen Leuten und den Bettlern, die sich ihnen auf dem Weg angeschlossen hatten, bog Henri, Herzog de Guise, in die Rue Saint-Antoine ein.

In ihren Räumen im Louvre hörten Prinzessin Marguerite und ihre Schwester, die Herzogin de Lorraine, die Jubelrufe in den Straßen und lächelten glücklich, denn sie wußten, wem sie galten. Marguerite, im ganzen Land Margot genannt, war neunzehn Jahre alt; sie neigte bereits zur Fülle, war voller Lebensfreude und wirkte dadurch anziehend. Ihr eilte der Ruf voraus, eine der gebildetsten Frauen des Landes zu sein, aber auch eine der ausschweifendsten. Ihre ältere, gesetztere Schwester, die Gattin des Herzogs de Lorraine, stellte das genaue Gegenteil der jungen Prinzessin dar: Claude war eine ruhige und besonnene junge Frau.

Margots schwarzes Haar umspielte ihre Schultern, nachdem sie gerade ihre rote Perücke abgenommen hatte; ihre dunklen Augen glänzten, wofür, wie Claude wußte, der gutaussehende Herzog de Guise verantwortlich war. Margot und Guise liebten sich, wenn auch die Treue nicht gerade oberstes Gebot für sie war; es gab zu viele Trennungen, und Margot war einfach nicht für die Treue gemacht, sagte sich Claude. Claude sah in allen Menschen immer nur das Beste. Margot hatte ihrer Schwester oft gesagt, daß ihr Leben zerstört worden war, als ihr die Erlaubnis verweigert wurde, den Mann zu heiraten, den sie liebte – den einzigen Mann, dem sie ihre Liebe schenken konnte. Als Henri de Guises Gattin hätte sie treu sein können, hatte sie erklärt, aber sie empfinde es als Entehrung, nur seine Geliebte, nicht aber seine Ehefrau sein zu können. Aus Verzweiflung habe sie sich einen Liebhaber genommen, dann einen zweiten, und schließlich sei dies zu einer Gewohnheit geworden, die sie nicht mehr ablegen konnte, denn sie verliebte sich leicht, und am Hofe gab es viele anziehende Männer. »Aber«, erklärte Margot ihren

Kammerzofen, »solange Monsieur de Guise am Hofe weilt, bin ich ihm immer treu.« Und als sie jetzt an ihn dachte, leuchteten ihre Augen, und ein fröhliches, unbeschwertes Lachen kam über ihre Lippen.

»Seht zum Fenster hinaus, Charlotte!« befahl sie. »Sagt mir, könnt Ihr ihn sehen? Beschreibt ihn mir.«

Eine junge Frau erhob sich graziös von ihrem Stuhl und eilte zum Fenster. Mit jeder Bewegung schien Charlotte de Sauves zum Ausdruck zu bringen, daß sie die hübscheste Person am Hof war. Ihr langes, gelocktes Haar war kunstvoll frisiert, ihr Kleid stand den Gewändern von Claude und Margot in nichts nach, und ihr Gesicht mit den blauen Augen wurde von blondem Haar umrahmt. Sie war zwei oder drei Jahre älter als Margot. Ihr schon etwas älterer Gatte besaß den verantwortungsvollen Posten eines Ministers, und wenn sein Amt ihm nur wenig Zeit für seine Gattin ließ, standen viele andere bereit, seine ehelichen Pflichten zu übernehmen. Margots Ruf war schon nicht der beste, aber Charlotte war sozusagen berüchtigt. Wenn Margot sich einen Liebhaber nahm, dann war sie verliebt; es dauerte zwar nur kurz, aber diese Zeitspanne galt ihr jedesmal als ›die Liebe ihres Lebens‹. Charlottes Affären waren weniger romantisch.

»Ich kann ihn sehen«, sagte Charlotte. »Wie groß er ist!«

»Man sagt, er sei mindestens einen Kopf größer als jeder seiner Leute«, warf Claude ein.

»Und wie er zu Pferde sitzt!« rief Charlotte aus. »Es ist kein Wunder, daß ganz Paris ihn liebt.«

Margot erhob sich und eilte ebenfalls zum Fenster.

»Es gibt niemanden, der ihm gleicht«, sagte sie. »Ach, ich könnte Euch so viel von ihm erzählen. Sieh mich nicht so entsetzt an, Claude. Ich kann meinen Mund halten. Schließlich bin ich nicht so indiskret wie Charlotte oder Henriette.«

»Ihr solltet es uns erzählen«, meinte Charlotte, »oder die eine oder andere könnte versucht sein, es selbst herauszufinden.«

Margot fuhr zu Charlotte herum, packte ihr Ohrläppchen zwischen Daumen und Zeigefinger und kniff fest zu. Diesen Trick hatte Margot von ihrer Mutter gelernt, und sie wußte aus eigener Erfahrung, wie schmerzhaft das war.

»Madame de Sauves«, sagte sie, nun wieder ganz hoheitsvoll. »Ihr tätet gut daran, Eure Blicke nicht in Richtung Monsieur de Guise schweifen zu lassen.«

Charlotte rieb sich vorsichtig das schmerzende Ohr und erwiderte: »Eure Prinzessin, es gibt keinen Grund zur Furcht. Ich zweifle nicht daran, daß Monsieur de Guise Euch ebenso treu ist wie . . . Ihr ihm.«

Margot drehte sich auf dem Absatz um und kehrte zu ihrem Stuhl zurück. Ihr Ärger war schnell verflogen, denn sie konnte das Wiedersehen mit Henri de Guise kaum erwarten. Ihre Umgebung kannte sie gut und liebte sie, denn trotz ihrer Fehler war sie die liebenswerteste Person der königlichen Familie. Sie brauste zwar leicht auf, aber ebenso schnell verflog ihr Zorn auch wieder. Sie war großzügig, hatte ein gutes Herz, und wenn jemand in Not war, konnte er immer auf ihre Hilfe zählen. Sie war eitel und ohne Moral; es hatte sogar einmal unschöne Gerüchte bezüglich ihrer Zuneigung zu ihrem Bruder Heinrich, dem Herzog von Anjou, gegeben; als er siebzehn Jahre alt war und als Held von Jarnac und Montcontour gefeiert wurde, hatte sie ihn überschwenglich bewundert. Schön, fröhlich und intelligent, wie sie war, erwies sie sich immer als willkommener Gesprächspartner und wurde daher von fast allen geliebt.

Wegen der Äußerung Charlotte de Sauves mußte sie sich nun vor ihren Hofdamen rechtfertigen. Sie erschauerte und wiegte ihren Oberkörper hin und her. »Wenn ich mir vorstelle«, murmelte sie, »daß mich jede Minute der Hochzeit mit einem Mann näherbringt, den ich hasse!«

Sofort versuchten die Frauen, sie zu trösten.

»Er wird dich zur Königin machen, liebste Schwester«, meinte Claude.

Die anderen fielen ein: »Man sagt, Heinrich von Navarra sehe zwar nicht so gut aus wie Monsieur de Guise, habe aber auch seine Qualitäten.«

Auch Charlotte, die noch immer ihr Ohr massierte, stimmte in den Chor mit ein. »Ihr werdet von vielen Frauen hören, wie attraktiv er ist«, murmelte sie. »Er ist etwas grob, etwas plump, erzählt man sich; aber es ist schließlich nicht einfach, jemanden zu finden, der so hingebungsvoll *und* elegant ist wie Monsieur de Guise. Herzog Heinrich ist ein König unter den Männern; und der König von Navarra, so heißt es, ist nur ein Mann . . . unter Frauen.«

»Schweigt, Charlotte«, stieß Margot hervor, mußte dann aber lachen. »Aber dennoch blutet mir das Herz. Was soll ich tun? Ich kann diesen Dummkopf nicht heiraten. Ich habe gehört, daß er eine Vorliebe für Bauernmädchen hat.«

»Nicht mehr als für Damen des Adels«, erwiderte Charlotte. »Er liebt sie einfach alle.«

»Vielleicht verweigert der Papst seine Zustimmung«, sagte Margot nachdenklich. »Dann findet keine Hochzeit statt. Ich bete Stunde um Stunde, daß der Papst die Eheschließung verbietet. Dann könnten wir schließlich nichts dagegen tun.«

Ihre Hofdamen lächelten. Ihrer Meinung nach würde die Mutter der Prinzessin, die diese Heirat schließlich wünschte, sie nicht durch einen Papst verhindern lassen. Aber sie sprachen diese Gedanken nicht aus; es gehörte sich, die Wunschträume Margots zu unterstützen. Und Claude war die letzte Person, die ihrer Schwester weh tun wollte.

»Dann gibt es keine Heirat«, fuhr Margot fort, »und alle Männer und Frauen können dahin zurückkehren, wohin sie gehören. Aber es ist aufregend, so viele Menschen in Paris zu sehen. Ich muß gestehen, daß es mir gefällt. Ich höre gerne die Stimmen der Menschen während der Nacht. Sie machen die Nacht zum Tage – und all das nur, weil sie sehen wollen, wie ich diesen Einfaltspinsel Heinrich von Navarra eheliche. Aber ich werde ihn nicht heiraten; ich habe geschworen, ihn nicht zu heiraten.«

Es klopfte an der Tür.

»Herein!« rief Margot. Ihr Gesichtsausdruck änderte

sich abrupt, als sie Madalenna, die italienische Vertraute ihrer Mutter, erblickte. Claude schauderte es wie immer, wenn die Wahrscheinlichkeit bestand, zu ihrer Mutter gerufen zu werden.

»Was gibt es, Madalenna?« fragte Margot.

»Ihre Majestät, die Königinmutter, wünscht Madame de Sauves sofort zu sprechen.«

Allen außer Charlotte stand die Erleichterung ins Gesicht geschrieben, aber sie ließ ihre Gefühle nicht erkennen.

»Geht gleich zu ihr«, sagte Margot erleichtert. »Laßt meine Mutter nicht warten.«

Alle schwiegen betreten, nachdem Charlotte gegangen war. Nach einer Weile sprach Margot erneut von der ihr verhaßten Hochzeit, aber der Glanz war aus ihren Augen gewichen, und ihr Gesicht glich einer Maske.

Charlotte de Sauves verharrte kniend vor Katharina von Medici, der Königinmutter, bis diese die junge Charlotte mit einer Handbewegung aufzustehen hieß.

Katharina von Medici war dreiundfünfzig Jahre alt; während der letzten Jahre hatte ihre Leibesfülle gewaltig zugenommen, denn sie liebte gutes Essen. Sie trug Schwarz, die Farbe der Trauer, wie stets seit dem Tod ihres Gatten, Heinrichs II., der vor dreizehn Jahren gestorben war. Ihr Gesicht war blaß, ihre Wangen hingen herunter, und ihre Augen schienen leicht aus den Höhlen zu treten; ein langer, schwarzer Trauerschleier bedeckte ihren Kopf und fiel über ihre Schultern herunter. Die karminroten Lippen der Königinmutter lächelten, aber Charlotte de Sauves lief unwillkürlich ein Schauer über den Rücken. So ging es vielen in Gegenwart der Königinmutter, denn trotz einer gewissen Jovialität konnte sie ihr verschlagenes Naturell nach so vielen Jahren nicht vollständig verbergen. Zu frisch war noch die Erinnerung an den Tod Jeanne von Navarras, der Mutter des Bräutigams, die sich wider besseren Wissens hatte überreden lassen, an den Hof zu kommen, um die Hochzeit ihres Sohnes mit

Katharinas Tochter zu besprechen. Jeanne war unerwartet und auf mysteriöse Weise gestorben, und da sie kurz vor ihrem Tod noch Katharinas Wünschen zugestimmt hatte, stellte man allenthalben eine Verbindung zwischen ihrem Ableben und Katharina her. Es wurde viel über die Königinmutter geredet, über ihre italienische Abstammung, denn die Italiener waren ob ihrer Künste in der Giftmischerei berüchtigt; man munkelte, ihr Parfümeur und Handschuhmacher, René de Florentine, sei ihr dabei behilflich gewesen, ihre Feinde ebenso wie ihre Falten verschwinden zu lassen, und er habe sie außer mit Parfüms und Kosmetika auch mit Giften versorgt. Jeanne von Navarra war kein Einzelfall – die Witwe in Schwarz wurde vieler heimlicher Morde verdächtigt. Daran mußte Charlotte denken, als sie vor ihrer Herrin stand.

Aber die junge und hübsche Charlotte konnte nicht gerade als ängstlich bezeichnet werden. Sie liebte Intrigen; sie ergötzte sich an der Macht, die ihr ihre unvergleichliche Schönheit verlieh. Sie stand in Katharinas Gunst, denn Katharina erkannte schnell, wer ihr nützen konnte; und für schöne Frauen hatte sie immer Verwendung. Sie hielt sich keinen Harem, um irgendwelche erotischen Gelüste zu befriedigen, wie es bei ihrem Schwiegervater, Franz I., der Fall gewesen war. Die Frauen von Franz' *petite bande* waren nur seine Mätressen gewesen, deren Aufgabe darin bestanden hatte, ihn mit ihrem Geist und ihrer Schönheit zu amüsieren. Katharina verlangte von ihren Frauen die gleichen Qualitäten: Sie mußten charmant und anziehend sein, mußten Ehemänner ihren Frauen ausspannen und ausländische Botschafter ihren Königen entfremden können. Die Frauen der *escadron volant* mußten sich Katharina mit Haut und Haaren verschreiben, und keine, die ihren Platz darin gefunden hatte, wagte es, sie je wieder zu verlassen. Charlotte, wie die meisten jungen Frauen, die sich ihr angeschlossen hatten, wollte die *escadron* auch gar nicht aufgeben; sie liebte die Aufregung, die Intrigen und die erotischen Abenteuer. Sogar den weniger angenehmen Aufgaben ließ sich noch ein gewisses Maß an Spaß entlocken. Tugendhafte Frauen wurden in diesen Bund nicht aufgenommen, denn sie boten keinen Nutzen für Katharina von Medici.

Charlotte konnte sich denken, weshalb sie hierherzitiert worden war. Sicher würde sie damit beauftragt werden, einen Mann zu verführen. Sie fragte sich, um wen es sich wohl handle. Viele Männer edler Abstammung befanden sich im Moment in Paris, aber ihre Gedanken drehten sich nur um den jungen Mann, den sie vom Fenster der Prinzessin Margot aus hatte vorüberreiten sehen. Sollte es sich um Henri de Guise handeln, würde sie sich mit größter Freude an die Arbeit begeben. Und die Wahrscheinlichkeit war groß. Vielleicht wollte die Königinmutter verhindern, daß sich Margot und Henri de Guise erneut skandalös betrugen, womit zu rechnen war, obwohl er mit einer anderen Frau verheiratet war und sie kurz davor stand zu heiraten.

»Setzt Euch, Madame de Sauves.« Katharina wollte nicht sofort zum Thema kommen. »Ihr habt eben die Gemächer der Prinzessin verlassen. Wie fühlt sie sich?«

»Sie ist ganz angetan vom Treiben auf den Straßen, Madame. Sie schickte mich zum Fenster, um den Herzog de Guise vorbeireiten zu sehen. Euer Majestät wissen, wie sie sich verhält, wann immer er sich in Paris aufhält. Sie ist ganz aufgeregt.«

Katharina nickte. »Ach ja, der König von Navarra wird sehr auf sie aufpassen müssen, nicht wahr? Aber er wird ihr die Lüsternheit nachsehen. Leidet er doch an derselben Schwäche.« Katharina lachte lauthals, und Charlotte fiel in das Lachen ein.

Katharina fuhr fort: »Man sagt ihm nach, er sei sehr galant, dieser Mann aus Navarra. Er war schon als Kind so. Ich kann mich gut an ihn erinnern.« Charlotte beobachtete, wie die Königinmutter die Lippen schürzte, und konnte ihre Augen lüstern blitzen sehen. Diesen Charakterzug Katharinas empfand Charlotte abstoßender als alle anderen. Katharina von Medici besaß keine Liebhaber, aber sie verlangte von ihrer *escadron*, ihr alle Liebesaffären zu beschreiben. Sie selbst blieb dabei kühl und distanziert, ohne sichtbare Gefühle, und schien sich dennoch köstlich über die Geschichten zu amüsieren. »Das Alter«, fuhr Katharina fort, »spielte für ihn nie eine Rolle. Hauptsache, es waren Frauen. Erzählt mir, was Prinzessin Marguerite sagte, als sie Euch zum Fenster schickte, um Monsieur de Guise zu sehen.«

Charlotte wiederholte die ganze Unterhaltung fast wörtlich. Es war wichtig, nichts auszulassen, denn die Königinmutter befragte eventuell noch weitere Personen, die anwesend gewesen waren, und wenn sich die Geschichten nicht deckten, reagierte sie sehr ungehalten. Sie verlangte von ihren Spionen, daß sie genaue Beobachter waren und nichts vergaßen.

»Sie ist nicht mehr so wild auf den gutaussehenden Herzog, wie sie es einmal war«, murmelte Katharina. »Ich kann mich noch erinnern, wie sie einmal...« Wieder mußte sie lachen. »Egal. Jenes Abenteuer würde Euch vermutlich wenig beeindrucken, da Ihr doch Eure eigenen Abenteuer erlebt habt. Aber die beiden waren unersättlich. Sie geben ein hübsches Paar ab, meint Ihr nicht, Madame de Sauves?«

»In der Tat, Euer Majestät. Sie passen gut zusammen.«

»Und beide nehmen es mit der Treue nicht so genau. Sie geben gern der Versuchung nach, alle beide. Also ist meine Tochter eifersüchtig auf die Wirkung, die Ihr auf den galanten Guise haben könntet?«

Automatisch wanderte Charlottes Hand zu ihrem Ohrläppchen, und Katharina lachte. »Ich habe eine Aufgabe für Euch, Charlotte.«

Charlotte lächelte, und ihre Gedanken wanderten wieder zu dem gutaussehenden Reiter zurück. Man sagte ihm nach, der bestaussehende und charmanteste Mann ganz Frankreichs zu sein.

»Ich möchte das Leben meiner Tochter so angenehm wie möglich gestalten«, fuhr Katharina fort. »Die geplante Ehe widerstrebt ihr, ich weiß, aber da sie sich selbst gerne in der Rolle der verletzten Unschuld sieht, wird sie es bis zu einem gewissen Grad genießen, die unwillige Braut zu spielen. Der junge König von Navarra gehörte immer schon zu den wenigen jungen Männern, die sie nicht interessiert haben; und weil ich es ihr leichtmachen möchte, bitte ich Euch, mir dabei behilflich zu sein.«

»Es ist mein einziger Wunsch, Euer Majestät zu dienen!«

»Eure Aufgabe wird sehr einfach sein. Sie wird Euch keine großen Opfer abverlangen, und da Ihr einen galanten Herrn für Euch gewinnen und an Euch binden sollt, bin ich sicher, daß es Euch leichtfallen wird.«

»Ich versichere Euer Majestät, daß ich alles in meiner Macht Stehende tun werde, um Euch zu gefallen.«

»Ihr werdet es genießen. Der Liebhaber, den ich für Euch im Sinn habe, besitzt einen Ruf, der dem Euren in nichts nachsteht. Mir kam zu Ohren, er wirke ebenso unwiderstehlich auf Frauen wie Ihr auf die Männer.«

Charlotte lächelte. Der hübsche Herzog de Guise spukte ihr schon lange im Kopf herum. Bisher hatte sie es nie gewagt, ihn auch nur anzusehen, denn Margot wachte über ihre Liebhaber wie eine Löwin über ihre Jungen. Aber wenn die Königinmutter befahl, spielte Margots Zorn nur eine untergeordnete Rolle.

»Wie ich sehe, könnt Ihr es kaum erwarten«, sagte Katharina. »Genießt es, meine Liebe, und laßt mich wissen, welche Fortschritte Ihr macht.«

»Ist es Euer Wunsch, daß ich sofort beginne?«

»Das wird nicht gehen.« Katharina lächelte. »Ihr werdet warten müssen, bis der edle Herr in Paris eintrifft. Eure Liebesaffäre sollte nicht auf brieflicher Basis geführt werden.«

»Aber, Madame . . .«, begann Charlotte, leicht aus der Fassung gebracht.

Katharinas Augenbrauen hoben sich. »Ja, Madame de Sauves? Was wolltet Ihr sagen?«

Charlotte schwieg und senkte den Blick.

»Dachtet Ihr, ich hätte von einem Herrn gesprochen, der sich bereits in Paris befindet . . . der gerade in Paris eingetroffen ist?«

»Ich . . . ich dachte, Euer Majestät hätten . . . an jemanden gedacht . . . der bereits hier ist.«

»Es tut mir leid, wenn ich Euch enttäuscht habe.« Katharina betrachtete ihre zarten Hände, die dank Renés Hautemulsionen jung und geschmeidig blieben. »Eure Liebesaffäre sollte sich nicht zu schnell entwickeln. Ich möchte, daß Ihr Euch während der ganzen Zeit, in der Ihr den Herrn umgarnt, dessen bewußt bleibt, daß Ihr eine pflichtbewußte Ehefrau seid. Ihr müßt ihm zu verstehen geben, daß Euer Respekt gegenüber dem Baron de Sauves, meinem Staatssekretär und Eurem liebevollen Ehegatten, Euch davon abhält, ihm das zu geben, was er zweifellos schon bald von Euch verlangen wird.«

»Ja, Madame.«

»Das ist alles. Ihr könnt gehen.«

»Euer Majestät haben mir noch nicht den Namen des Mannes gesagt.«

Katharina lachte laut. »Ein wahrhaft grobes Versäumnis meinerseits. Es ist in der Tat nicht unerheblich, daß Ihr ihn kennt. Aber – habt Ihr es noch nicht erraten? Es handelt sich selbstverständlich um unseren Bräutigam, den König von Navarra. Ihr seht überrascht aus. Es tut mir leid, falls Ihr Euch Hoffnungen auf Henri de Guise gemacht habt. Wieviel Liebe Ihr Frauen für diesen Mann hegt! Meine Tochter würde wegen Monsieur de Guise eine Krone zurückweisen; und Euch schwanden fast die Sinne, als Ihr für einen Augenblick glaubtet, ich hätte Ihn als Euren Liebhaber auserkoren. Nein, Madame, wir müssen unserem jungen Eheglück das Leben etwas erleichtern. Überlaßt Monsieur de Guise meiner Tochter und kümmert Ihr Euch um ihren Gatten.«

Charlotte war wie betäubt. Sie war alles andere als tugendhaft, aber es gab Augenblicke, da sie sich angesichts der Intrigen der Königinmutter wie in den Händen eines Abgesandten der Hölle fühlte.

Trauer lag über dem herrlichen alten Château de Châtillon. Der Kummer paßte nicht recht hierher, denn in diesem Schloß lebte eine der glücklichsten Familien Frankreichs. Während der letzten Wochen jedoch wirkte das

Oberhaupt des Hauses, der Mann, der von seiner gesamten Familie verehrt und geliebt wurde, rastlos und unruhig. Man fand ihn sonst oft im Garten, wo er viele Stunden damit zubrachte, mit seinen Gärtnern den Standort für neue Obstbäume zu bestimmen; er war immer bereit, mit allen zu plaudern oder mit seiner geliebten Gattin durch den Garten zu spazieren; er lachte und scherzte mit seiner Familie oder las etwas vor. Dieses Haus war reich vom Glück beschenkt.

Aber gerade weil alle bisher so glücklich gewesen waren, breitete sich nun Besorgnis aus. Keiner sprach von ihrer geliebten Freundin, der Königin von Navarra, die vor kurzem auf so mysteriöse Weise in Paris verstorben war, aber ihre Gedanken weilten ständig bei ihr. Immer wenn die Rede auf den Hof, den König oder die Königinmutter kam, klammerte sich Jacqueline de Coligny an den Arm ihres Gatten, als könne sie ihn auf diese Weise bei sich und von allem Bösen fernhalten. Dann drückte er ihre Hand und lächelte sie an, obwohl er wußte, daß er ihr die stumme Bitte abschlagen mußte; er konnte ihr nicht versprechen, der Aufforderung, an den Hof zu kommen, nicht Folge zu leisten, wenn sie an ihn erging.

Gaspard de Coligny hatte eine einzigartige Stellung erreicht, doch da er von den Hugenotten geliebt wurde wie kein anderer, mußte er den Katholiken verhaßt sein. Er war dreiundfünfzig Jahre alt. Seit seiner Bekehrung zum ›Neuen Glauben‹ während seiner Gefangenschaft in Flandern hatte er sich mit Leib und Seele der neuen Religion verschrieben. Er hatte ihr alles geopfert, und wie es schien, würde er ihr auch noch das Glück seiner Familie opfern müssen. Er fürchtete sich davor, wie Jeanne von Navarra zu sterben, aber der Gedanke an seine trauernde Familie betrübte ihn. Hierin lag der Ursprung seiner Trauer. Er lebte gefährlich; dem Tod hatte er während seines Lebens oft genug ins Auge geblickt, und er war bereit, sich ihm noch oft zu stellen. Erst vor kurzer Zeit wäre er beinahe vergiftet worden – ein Anschlag, den vermutlich die Königinmutter angeordnet hatte. Er durfte dieser Frau nicht trauen; aber wenn er ihr nicht trauen konnte, wie sollte er dann darauf hoffen, eine Lösung für die Probleme zu finden, die ihn beschäftigten? Er wußte, auch der Tod seiner Brüder Andelot, des Regimentskommandanten der Infanterie, und Odet, des Kardinals von Châtillon, waren mit großer Wahrscheinlichkeit auf Katharina von Medicis Befehl zurückzuführen. Odet war in London gestorben, Andelot in Saintes. Die Spione der Königinmutter waren überall, und sie ließ durch Dritte morden. Dennoch mußte er gehen, wenn er an den Hof gerufen wurde, denn sein Leben gehörte nicht ihm, sondern seinem Ziel.

Während er im Garten spazierenging, kam seine Gattin Jacqueline auf ihn zu. Er beobachtete sie mit großer Zärtlichkeit, sie erwartete ein Kind – was sie beide mit Freude erfüllte. Sie waren noch nicht lange verheiratet, und sie hatten aus Liebe geheiratet. Jacqueline hatte ihn bereits geliebt, bevor sie ihn persönlich kennenlernte; wie viele hugenottische Frauen hatte sie ihn über Jahre hinweg bewundert, und als seine Frau starb, war sie fest entschlossen gewesen, ihm Trost zu spenden, falls er sie gewähren ließ. Also hatte sie sich auf die lange Reise von Savoyen nach La Rochelle gemacht, wo er sich aufhielt, und gerührt von ihrer Hingabe, hatte der einsame Witwer ihren Bemühungen nicht widerstehen können. Nicht lange nach Jacquelines Ankunft in La Rochelle stürzte sich Gaspard de Coligny erneut in die Ehe.

»Ich bin gekommen, um deine Rosen zu betrachten«, sagte sie und hakte sich bei ihm unter.

Sofort wußte er, daß etwas vorgefallen sein mußte, denn er konnte ihre Unruhe spüren. Sie hatte ihre Gefühle noch nie vor ihm verbergen können, und seit sie das Kind erwartete, schien es ihr ganz unmöglich geworden zu sein. Er fragte jedoch nicht, was sie bedrückte, obwohl er es ahnte; er wollte die unangenehme Nachricht noch etwas hinauszögern.

»Du hast dir die Rosen doch erst gestern angesehen, meine Liebe. «

»Aber sie sehen jeden Tag anders aus. Ich möchte sie noch einmal anschauen. Komm. Gehen wir in den Rosengarten.«

Keiner von beiden warf einen Blick zurück zu den grauen Mauern des Schlosses. Gaspard legte seinen Arm um ihre Schultern.

»Du bist müde«, meinte er.

»Nein.«

Es muß die Aufforderung sein, an den Hof zu kommen, ging es ihm durch den Kopf. Sie kommt entweder vom König oder von der Königinmutter. Jacqueline wird weinen und mich anflehen, nicht zu gehen. Aber ich muß gehen. So vieles hängt davon ab. Ich muß es für mein Volk tun; Gespräche und Konzile sind besser als ein Bürgerkrieg.

Er hatte lange von einem Krieg geträumt, der den Hugenotten in Frankreich und Flandern Freiheit bringen, die Religionsfreiheit sichern und so schrecklichen Massakern wie dem von Vassy ein Ende setzen würde. Konnte er das erreichen, war ihm egal, was aus ihm wurde – mit Ausnahme der Trauer, die sein Tod hervorrufen würde.

Seine Söhne, der fünfzehnjährige François und der siebenjährige Odet, gesellten sich zu ihnen. Sie wußten, was ihm bevorstand, das merkte Gaspard sofort. François' Gesichtsausdruck verriet nichts, aber der kleine Odet starrte seinen Vater pausenlos mit großen Augen an.

»Was gibt es denn, mein Junge?« wollte Gaspard von Odet wissen; während er die Worte aussprach, konnte er die warnenden Blicke Jacquelines und seines älteren Sohnes sehen.

»Es ist nichts, Vater«, erwiderte Odet mit seiner hellen Kinderstimme. »Mir fehlt nichts. Es geht mir gut, danke.«

Gaspard strich dem Jungen durch das dunkle Haar und mußte an den anderen Odet denken, der nach London gegangen und nie zurückgekehrt war.

»Wie schön es hier draußen ist!« meinte er dann. »Es widerstrebt mir richtig, mich innerhalb dicker Mauern aufzuhalten.«

Er konnte ihre Erleichterung spüren. Seine geliebten Kinder! Seine Frau, die er über alles liebte! Fast wünschte er sich, daß Gott ihm nicht so viel Glück geschenkt hätte, denn es brach ihm das Herz, das Glück zu zerstören; daß er ihn nicht zum Führer der Menschen auserkoren hätte, sondern ihn das süße Familienleben genießen ließe.

Nun kam auch seine Tochter Louise mit ihrem jungen Gatten Téligny in den Garten. Es war eine Freude, die beiden Verliebten zu sehen, und Téligny, der edle junge Mann, war für Coligny mehr als ein Sohn. Denn Téligny, ein überzeugter Hugenotte, war inzwischen einer der verläßlichsten Führer der Bewegung geworden – ein Schwiegersohn, auf den Gaspard de Coligny, Admiral von Frankreich und Anführer der Hugenotten, stolz sein konnte.

Jacqueline und die Jungen wußten, daß sie das Geheimnis nicht länger vor Gaspard verbergen konnten.

Téligny sprach es aus: »Es sind Befehle vom Hof gekommen.«

»Vom König?« fragte Gaspard.

»Von der Königinmutter.«

»Hat man sich um den Boten gekümmert?«

»Er ißt gerade«, antwortete Louise.

»Meine Befehle lauten, so schnell wie möglich an den Hof zurückzukehren«, sagte Téligny. »Die Euren werden zweifellos das gleiche enthalten.«

»Das werden wir später prüfen«, antwortete Gaspard. »Im Moment genieße ich es, hier im Garten zu sein.«

Aber die Stunde der Wahrheit ließ sich nicht ewig aufschieben, und für Jacqueline war es offensichtlich, daß die Gedanken ihres Gatten ständig zu dem Boten schweiften. Sie wußte, daß es nicht half, die Botschaft zu ignorieren. Téligny hatte seine Befehle bekommen; ihren Gatten erwarteten ähnliche.

Und so war es auch. Die Königinmutter wünschte seine Anwesenheit am Hof.

»Warum so traurig?« fragte Gaspard und lächelte seine Frau an. »Ich bin geladen, zum Hof zu kommen. Es gab eine Zeit, da glaubte ich, nie wieder eine solche Einladung zu erhalten.«

»Ich wünschte, es wäre so gekommen«, brach es aus Jacqueline heraus.

»Aber, Liebes, du vergißt, der König ist mein Freund.

Unser König Karl hat ein gutes Herz. Ich bin überzeugt, er ist der gütigste Regent, der je den Thron der Valois bestiegen hat.«

»Ich dachte an seine Mutter und unsere teure Freundin, Jeanne von Navarra.«

»Du solltest Jeannes Tod nicht mit der Königinmutter verbinden. Jeanne war krank und ist an ihrer Krankheit gestorben.«

»Sie wurde vergiftet, und zwar von . . .«

Aber Gaspard hatte bereits beschwichtigend eine Hand auf ihren Arm gelegt. »Überlasse es den Leuten in Paris, solche Auffassungen zu verbreiten. Wir sollten es nicht tun. Aus ihrem Munde sind es nur Gerüchte, aus unserem käme es einem Verrat gleich.«

»Also ist die Wahrheit Verrat? Jeanne ging zum Giftmischer der Königinmutter, um Handschuhe zu kaufen, und . . . sie starb. Für mich ist das Beweis genug.«

»Sei vorsichtig, Liebes. Du fürchtest, ich sei in Gefahr. Vielleicht redest du dir das nur ein. Laß uns nicht durch solche Worte eine wirkliche Gefahr heraufbeschwören.«

»Ich werde vorsichtig sein. Aber mußt du wirklich nach Paris gehen?«

»Ich muß, Liebes. Denke daran, was es für uns bedeutet . . . für unsere Sache. Der König hat versprochen, den Prinzen von Oranien zu unterstützen. Wir werden über Spanien siegen, und dann können die Anhänger unseres Glaubens in Frieden ihre Religion ausüben.«

»Aber, Gaspard, es ist die Königinmutter, der man nicht trauen darf. Jeanne hat das immer gesagt, und sie wußte, wovon sie sprach.«

»Wir haben es mit dem König zu tun, Liebes. Der König besitzt ein gutes Herz. Er hat gesagt, daß die Hugenotten genauso zu seinem Volk gehören wie die Katholiken. Ich bin voller Hoffnung.«

Seinem Schwiegersohn Téligny gegenüber gab er sich weniger optimistisch. Mit ihm allein, sagte er: »Manchmal frage ich mich, ob einige unserer Getreuen Gottes Hilfe wert sind; ich frage mich, ob sie sich der Bedeutung unserer Mission bewußt sind. Ist ihnen klar, daß es an der

Zeit ist, der neuen Religion in unserem Land einen Platz einzuräumen, damit spätere Generationen sie in Frieden ausüben können? Manchmal scheint es, als ob die Liebe der meisten unseres Volkes zur Religion nicht echt ist. Sie bedienen sich ihrer, um ihre Feinde zu bekriegen, und streiten sich lieber um das Dogma, als ein ehrbares Leben zu führen. Die Männer unseres Landes sind dem Protestantismus eher abgeneigt, mein Sohn, anders als die Männer Flanderns, Englands und der deutschen Gebiete. Unser Volk liebt den Frohsinn und die Feste. Die Menschen ergötzen sich daran zu sündigen, Absolution zu erhalten und anschließend erneut zu sündigen. Für unser Volk als Nation birgt das ruhige, friedliche Leben keinen Reiz. Das dürfen wir nie vergessen. Die beiden Konfessionen waren für viele bisher nichts anderes als ein Grund, sich untereinander zu bekämpfen. Ich bin beunruhigt, mein Sohn. Der Stil der Botschaften weist eine Kälte auf, wie ich sie bei Hof nie kennengelernt habe. Aber ich bin fest entschlossen, mein Versprechen, das ich dem Prinzen von Oranien gegeben habe, einzulösen, und der König muß dazu gebracht werden, sein Wort zu halten.«

»Alles, was Ihr sagt, ist wahr«, warf Téligny ein. »Aber, Vater, was können wir tun, falls der König sein Wort nicht hält?«

»Wir können versuchen, Einfluß auf ihn zu nehmen. Ich glaube, er wird auf mich hören, vorausgesetzt, ich kann allein mit ihm sprechen. Aber auch ohne seine Hilfe haben wir immer noch unsere Anhänger, unsere Soldaten, unsere eigenen Männer ...«

»Die Hilfe Châtillons wäre nichts, wo doch die Hilfe Frankreichs versprochen war.«

»Ich gebe dir recht, mein Sohn; aber falls Frankreich sein Wort nicht hält, muß wenigstens Châtillon zu seinem stehen.«

»Ich habe von Freunden bei Hof warnende Briefe erhalten. Sie bitten uns, nicht zu kommen, Vater. Die Guises führen etwas gegen uns im Schilde, und die Königinmutter ist mit ihnen im Bunde.«

»Wir können nicht wegen einiger Briefe fortbleiben, mein Sohn.«

»Aber wir müssen uns in acht nehmen.«

»Das werden wir, dessen sei versichert.«

Während der gemeinsamen Mahlzeit wurde die bevorstehende Abreise mit keinem Wort erwähnt, aber keiner konnte an etwas anderes denken. Gaspard war im Umland sehr beliebt, denn jeder, der Hunger hatte, bekam im Château de Châtillon etwas zu essen. Der Admiral selbst hatte diese für alle offenen Mahlzeiten, die mit einem Psalm begannen und mit einem Tischgebet endeten, ins Leben gerufen.

Als Gaspard an dem großen Tisch Platz nahm, mußte er an den langen Kampf denken, der vor ihm und all denen lag, die sich ihm angeschlossen hatten. Da war der junge Prinz de Condé, der so sehr seinem fröhlichen und galanten Vater nachgeriet, der für ihre Sache im Kampf gestorben war; aber trotz seiner Tapferkeit konnte man den jungen Prinzen nicht gerade als starke Persönlichkeit bezeichnen. Dann war da noch der junge König, Heinrich von Navarra, der mit seinen neunzehn Jahren zwar ein guter Kämpfer, aber auch ein Lebemann war, ein Mann, den es eher nach den Freuden des Lebens als nach Rechtschaffenheit dürstete. Er konnte dem Reiz der Frauen nicht widerstehen; er liebte die Zechgelage, gutes Essen und Trinken; sich vollständig einer religiösen Sache zu verschreiben, dazu war er zu sehr Frohnatur. Téligny? Nicht nur wegen ihrer verwandtschaftlichen Beziehung ruhten Gaspards Hoffnungen auf diesem jungen Mann. In Téligny erkannte er seine eigene Entschlossenheit, seine Hingabe wieder. Es gab noch weitere Männer, wie den Herzog de la Rochefoucauld, der hoch in der Gunst König Karls stand; aber er war noch jung und mußte sich erst bewähren. Dann war da noch der Schotte Montgomery, dessen Lanze versehentlich König Heinrich II. getötet hatte. Montgomery würde vermutlich die Führung der Hugenotten übernehmen, sollte der Tod den Admiral ereilen, aber er war nicht mehr der Jüngste, und er mußte unter den Jungen suchen. Normalerweise mußte die Führung dem jungen König von Navarra zufallen.

Es war falsch, über seinen eigenen Tod nachzudenken; die angstvollen Blicke seiner Familie und Freunde hatten seine Gedanken in diese Richtung gelenkt. Selbst die Dienstboten warfen ihm angsterfüllte Blicke zu. Sie alle schienen ihn stumm anzuflehen, die Aufforderung zu ignorieren, sich dem Befehl der Königinmutter zu widersetzen.

Nur Téligny zeigte keine Angst; und Téligny wußte ebenso wie der Admiral, daß sie so bald wie möglich zum Hof aufbrechen mußten.

Gaspard war der einzige, der redete; er sprach von der bevorstehenden Hochzeit, die nicht nur die Verbindung einer katholischen Prinzessin mit einem protestantischen Prinzen darstellte, sondern, wie er hoffte, auch die Vereinigung aller Katholiken und Protestanten Frankreichs symbolisierte.

»Wären der König und die Königinmutter nicht bereit, uns zu akzeptieren, hätten sie dann eine solche Heirat gewollt? Hat nicht der König selbst gesagt, daß im Falle einer Ablehnung der Eheschließung durch den Papst Prinzessin Marguerite und Prinz Heinrich *en pleine prêche* heiraten würden? Was hätte er mehr sagen können? Zumindest ist er unser Freund. Er ist jung und von unseren Feinden umgeben; aber wenn ich zu ihm gehe, werde ich ihn von der Rechtmäßigkeit unserer Sache überzeugen können. Er liebt mich. Wir sind einander eng verbunden. Ihr wißt, wie man mich behandelt hat, als ich das letzte Mal am Hof war. Er holte bei allem meinen Rat ein. Er nannte mich Vater. Er möchte Gutes tun, und er wünscht Frieden in seinem Königreich. Und, meine Freunde, zweifelt nicht daran, daß ich ihm dabei helfen werde.«

Andere Stimmen wurden am Tisch laut. Am Hof war auch die Italienerin, und ihr konnte man nicht trauen. Hatte der Admiral bereits vergessen, daß sie schon einmal einen ihrer Spione losgeschickt hatte, um ihn zu vergiften? Und fast wäre es ihr auch geglückt. Der Admiral vergab zu schnell, war zu vertrauensselig. Und einer

Schlange vergab man nicht, noch schenkte man ihr Vertrauen.

Etienne, einer der Reitknechte des Admirals, begann sogar zu weinen. »Wenn Ihr uns jetzt verlaßt, werdet Ihr nicht zurückkehren«, prophezeite er. »Diesmal wird ihr böser Plan gelingen, und das Böse wird über das Gute triumphieren.«

Man hieß ihn schweigen, aber seine Tränen fielen weiterhin auf den Tisch.

Als Coligny und Téligny sich wenige Tage später auf den Weg machten, wurden sie von Etienne im Stall erwartet. Er hatte dort seit dem frühen Morgen auf sie gewartet, und als der Admiral sein Pferd bestieg, warf er sich auf die Knie und jammerte wie ein Besessener.

»Monsieur, mein teurer Herr«, flehte er, »geht nicht zu Eurem Untergang, denn der Untergang erwartet Euch in Paris. Wenn Ihr nach Paris geht, werdet Ihr dort sterben ... und alle, die Euch begleiten, werden mit Euch sterben.«

Der Admiral stieg ab und umarmte den weinenden Mann.

»Mein Freund, böse Gerüchte haben dich beunruhigt. Sieh meinen starken Arm an. Sieh die Leute an, die mir folgen. Du weißt, daß wir auf uns achtgeben können. Geh in die Küche und laß dir einen Becher Wein geben. Trinke auf meine Gesundheit und laß den Kopf nicht hängen.«

Etienne wandte sich ab, aber seine Trauer hielt an. Und dem Admiral, der mit seinem Schwiegersohn gen Paris ritt, gelang es nicht, die Szene aus seinen Gedanken zu streichen.

Nachdem sie Charlotte de Sauves entlassen hatte, gab sich Katharina von Medici ihren Gedanken hin. Was den jungen König von Navarra anbelangte, hatte sie noch keine genauen Pläne, aber sie ging davon aus, daß es von Vorteil sei, wenn Charlotte sich gleich nach seiner Ankunft mit ihm beschäftigte. Schließlich konnte es schwerwiegende Folgen haben, wenn er sich einer anderen zuwendete und diese Verbindung sich als stärker erwies als jene, die sie ihm zugedacht hatte. Sie war sicher, in Heinrich von Navarra das Ebenbild seines Vaters, Antoine de Bourbon, zu sehen – eines Mannes, der von den Frauen gelenkt wurde; und sie war fest entschlossen, dafür zu sorgen, daß die Frau, die ihren zukünftigen Schwiegersohn steuerte, ihren Befehlen gehorchte. Er durfte sich keinesfalls in seine Braut verlieben. Das war allerdings auch wenig wahrscheinlich, denn Margot würde sich so abweisend wie möglich zeigen, und Heinrich von Navarra, dem die Frauen förmlich nachliefen, würde wohl kaum Liebe für eine Frau hegen, die ihn zurückwies. Aber sie konnte Margot nicht trauen. Margot war eine Ränkeschmiedin, eine Intrigantin, die ihrem jeweiligen Liebhaber näherstand als ihrer Familie.

Während sie vor sich hinbrütete, betrat ihr Sohn Heinrich den Raum. Er kam unangekündigt und ohne Beachtung der Etikette. Heinrich war die einzige Person am Hof, die das wagen durfte.

Sie sah auf und lächelte ihn an. Hier war ihr geliebter Sohn, und jedesmal, wenn sie ihn ansah, stieg die Verärgerung darüber in ihr hoch, daß nicht er ihr Erstgeborener war. Ihr größter Wunsch war es, seinem Bruder die Krone abzunehmen und sie auf Heinrichs Kopf zu setzen.

Sie hatte ihren Gatten Heinrich trotz aller Vernachlässigungen und Erniedrigungen geliebt und diesen Sohn nach ihm benannt. Es war nicht der Name, auf den er getauft worden war. Eigentlich hieß er Edouard Alexandre, aber er war zu ihrem Heinrich geworden; und ihr Ziel war, ihn eines Tages als Heinrich III. von Frankreich zu sehen.

Franz, ihr Erstgeborener, war tot; und nach seinem Tod hatte sie sich sehnlichst gewünscht, die Krone wäre an Heinrich gegangen und nicht an den geisteskranken Karl. Es ärgerte sie besonders, daß zwischen den beiden nur ein Jahr lag. Warum, hatte sie sich schon so oft gefragt, hatte sie nicht diesen Sohn an jenem Tag im Juni 1550 zur Welt gebracht! Wie viele Probleme hätte es dann gar nicht gegeben.

»Mein Liebling«, sagte sie, während sie seine Hand ergriff und an ihre Lippen führte. Der Geruch von Moschus und Veilchenpastillen umgab ihn. In seinem modisch geschnittenen maulbeerfarbenen Umhang über seinem perlgrauen Gewand war er in ihren Augen das schönste Wesen, das sie jemals gesehen hatte; der Kragen seines weißen Leinenhemdes war mit unzähligen Edelsteinen besetzt, sein Haar quoll in herrlichen Locken unter seiner kleinen, juwelenbesetzten Kopfbedeckung hervor, und seine langen, weißen Finger waren unter der Fülle der vielen Ringe kaum noch zu erkennen. Diamanten blitzten an seinen Ohrläppchen, und an den Handgelenken trug er breite Armreife.

»Komm näher«, sagte sie, »setz dich zu mir. Du siehst verärgert aus, mein Liebling. Was bedrückt dich? Du wirkst müde. Du hast dich doch nicht zu sehr mit Mademoiselle de Châteauneuf verausgabt?«

Er winkte ab. »Nein, das ist es nicht.«

Sie tätschelte seine Hand. Es beglückte sie, daß er sich endlich eine Geliebte genommen hatte; das Volk erwartete es von ihm und freute sich darüber. Außerdem würde eine Frau bei ihm nicht den Einfluß erlangen, wie ihn die parfümierten jungen Männer besaßen, mit denen er sich zu umgeben pflegte. Renée de Châteauneuf gehörte nicht zu denen, die sich in Dinge einmischten, die sie nichts angingen, und entsprach der Art von Frau, die sie für ihn ausgewählt hätte. Dennoch machte sie sich wegen seiner Liebesnächte mit Renée Sorgen, denn hinterher mußte er vor Erschöpfung immer ein bis zwei Tage das Bett hüten, während er sich von seinen jungen Freunden die Haare eindrehen ließ. Sie brachten ihm dann das auserlesenste Gebäck in den Palast, lasen ihm Gedichte vor, holten seine Hunde und Papageien und amüsierten ihn damit, daß sie ihm die verschiedensten Tricks vorführten.

Er war ein seltsamer junger Mann, ihr Sohn. Halb Medici, halb Valois, waren Geist und Körper schon von vornherein geschädigt wie bei allen Söhnen von Heinrich II. und Katharina von Medici. Es war ihnen bereits in die

Wiege gelegt; die Sünden ihrer Großväter – Katharinas Vater ebenso wie Heinrichs – machten sich in ihnen bemerkbar.

Es war den Leuten unverständlich, daß ein junger Mann wie dieser Heinrich, Herzog von Anjou, jener große General gewesen sein sollte, der sich in den Schlachten von Jarnac und Montcontour behauptet hatte. Es schien unmöglich, daß dieser Geck, dieser träge, weibische junge Mann, der sich das Gesicht bemalte, das Haar eindrehen ließ und sich mit einundzwanzig Jahren im Bett erholen mußte, nachdem er mit einer Frau geschlafen hatte, Männer wie Louis de Bourbon oder den Prinzen von Condé geschlagen haben sollte. Katharina gestand sich realistischerweise ein, daß Heinrich bei Jarnac und Montcontour auf eine prächtige Armee und ausgezeichnete Berater hatte zurückgreifen können. Wie all ihre Söhne reifte er früh heran, verfiel aber dafür körperlich um so schneller. Mit einundzwanzig war er schon nicht mehr der Mann, der er mit siebzehn gewesen war. Geistreich war er noch immer; er würde auch immer seinen Sinn für das Schöne bewahren, aber seine Neigung zur Ausschweifung, sein pervertierter Geschmack raubten ihm seine Kraft. Er war alles andere als ein großer General, als er nun vor seiner Mutter stand. Seine Unterlippe hatte er trotzig nach vorne geschoben, und Katharina glaubte zu wissen, weshalb.

»Laß dich nicht durch die Schwangerschaft der Königin irritieren, mein Sohn, Karls Kind wird nicht leben.«

»Es gab einmal eine Zeit, da sagtet Ihr, er würde nie einen Sohn haben.«

»Noch hat er keinen Sohn. Woher wollen wir wissen, welches Geschlecht das Kind hat?«

»Was spielt das für eine Rolle? Selbst wenn es ein Mädchen ist, ändert das nichts an der Tatsache, daß sie beide noch jung sind und weitere Kinder haben können.«

Katharina spielte mit ihrem Armreif, den sie als Talisman trug. Er war mit verschiedenfarbigen Steinen besetzt, auf denen Zeichen eingraviert waren, von denen behauptet wurde, sie seien Zeichen des Teufels und der

Hexer; die Verbindungsglieder waren aus dem Schädel eines Menschen geschnitzt. Das Armband rief in allen, die es sahen, Ehrfurcht hervor, wie Katharina es auch bezweckte. Ihre Magiere hatten es für sie angefertigt, und sie glaubte, es besäße besondere Macht.

Als er zusah, wie sie damit spielte, verspürte Anjou Erleichterung. Er wußte, seine Mutter ließe es nie zu, daß sich jemand zwischen ihn und den Thron drängte. Trotzdem empfand er es als leichtsinnig, daß sie Karls Heirat zugestimmt hatte, und war entschlossen, ihr das auch zu sagen.

»Auch diese werden nicht leben«, sagte Katharina.

»Könnt Ihr dessen so sicher sein, Mutter?«

Sie schien sich ganz auf ihr Armband konzentriert zu haben. »Sie werden nicht leben«, wiederholte sie. »Du wirst bald die Krone Frankreichs tragen, mein Sohn. Dessen bin ich mir sicher. Und wenn es soweit ist, wirst du nicht vergessen, wem du dafür Dank schuldest, nicht wahr?«

»Nie, Mutter«, erwiderte er. »Aber es gibt Neuigkeiten aus Polen. «

»Ich muß gestehen, ich sähe dich gerne als König, und zwar so schnell wie möglich.«

»Als König Polens?«

Sie legte ihren Arm um ihn. »Ich möchte dich als König Polens *und* Frankreichs sehen. Würdest du nur König von Polen, bedeutete dies, daß du Frankreich verlassen und in das Land dieser Barbaren gehen müßtest. Das bräche mir das Herz.«

»Das ist es aber, was mein Bruder will.«

»Ich lasse es nicht zu, daß du von mir getrennt wirst.«

»Sehen wir den Tatsachen ins Auge, Mutter: Karl haßt mich.«

»Er ist eifersüchtig auf dich, weil es dir so viel besser anstünde, Frankreichs König zu sein.«

»Er haßt mich vor allem, weil er weiß, daß Ihr mich am meisten liebt. Er würde mich lieber heute als morgen das Land verlassen sehen. Karl war schon immer mein Feind.«

»Der arme Karl, er ist wahnsinnig, er ist krank. Wir können von ihm keine Vernunft erwarten.«

»Nein. Wo soll das nur enden? Ein irrer König auf dem Thron Frankreichs.«

»Aber er hat viele, die ihm regieren helfen.«

Das brachte beide zum Lachen, aber sofort wurde Heinrich wieder ernst. »Was, wenn sein Kind tatsächlich ein Junge ist?«

»Es wird auf keinen Fall ein gesunder Junge sein. Glaube mir, du hast von deines Bruders kränklichem Nachwuchs nichts zu befürchten.«

»Und wenn er von mir verlangt, Polens Krone anzunehmen?«

»Noch ist der Thron nicht frei.«

»Aber die Königin ist tot und der König schwer krank. Meinem Bruder und seinen Freunden paßt es nicht, daß ich mich geweigert habe, die Königin von England zu heiraten. Was ist, wenn sie jetzt darauf bestehen, daß ich Polens Thron besteige?«

»Wir müssen dafür sorgen, daß man dich nicht aus Frankreich fortschickt. Das könnte ich nicht ertragen; und du glaubst doch nicht im Ernst, so etwas könnte geschehen, solange ich es nicht wünsche?«

»Madame, ich bin davon überzeugt, daß Ihr es seid, die dieses Königreich regiert.«

»Dann hast du nichts zu befürchten.«

»Dennoch, mein Bruder wird immer gehässiger. Vergebt mir, wenn ich es anspreche, Mutter, aber in letzter Zeit scheinen andere immer mehr Einfluß auf ihn zu gewinnen.«

»Dieses Problem läßt sich aus der Welt schaffen.«

»Trotzdem stellen sie eine Gefahr dar. Ihr wißt, wie mein Bruder über den Tod der Königin von Navarra denkt.«

Katharina erinnerte sich nur zu gut daran. Wie viele andere hatte auch der König sie verdächtigt, für den Mord Jeanne von Navarras mitverantwortlich zu sein, und eine Autopsie angeordnet. Hätte man dabei Gift gefunden, wäre die Hinrichtung Renés, des Florentiner Giftmischers, unausweichlich gewesen. Karl hatte nicht gezögert, das Risiko einzugehen, sie bloßzustellen. Daß ihr eigener Sohn sie derart verraten hatte, würde sie nie vergessen.

»Wir wissen, wer für seine Haltung verantwortlich war«, gab Katharina zurück. »Und kennt man erst einmal den Grund, ist es ein leichtes, ihn zu beseitigen.«

»Coligny ist zu mächtig«, gab Anjou zu bedenken. »Wie lange wird er diese Macht behalten? Wie lange wollt Ihr es zulassen, daß er Gedanken des Königs . . . gegen uns vergiftet?«

Sie gab keine Antwort, aber ihr Lächeln schenkte ihm wieder etwas Vertrauen.

»Er ist auf dem Weg hierher«, fuhr Anjou fort. »Diesmal dürfen wir nicht zulassen, daß er den Hof wieder verläßt.«

»Ich denke, wenn Monsieur de Coligny am Hof eintrifft, wird dein Bruder ihm nicht mehr so wohlgesonnen sein«, meinte Katharina gedehnt. »Du sprichst vom Einfluß, den der Admiral auf deinen Bruder hat, und vergißt dabei, daß es seine Mutter ist, an die der König sich wendet, wenn er Probleme hat.«

»So war es früher. Ist es immer noch so?«

»Coligny ist schlau. Seine Rechtschaffenheit und seine Frömmigkeit zeigen Wirkung auf den König. Dies konnte geschehen, weil ich nicht gleich erkannte, wie sehr der König von seinem hugenottischen Freund angetan war. Seitdem ich die Macht des Hugenotten und Karls Wahnsinn kenne, weiß ich, was zu tun ist. Ich spreche jetzt mit Karl. Wenn ich ihn wieder verlasse, wird er nicht mehr ganz so vertrauensselig gegenüber seinem Freund Coligny sein. Ich gehe davon aus, daß ihn bei seiner Ankunft ein kühler Empfang erwartet.«

»Ich komme mit Euch, um Euch zu unterstützen.«

»Nein, mein Liebling. Vergiß nicht, daß der König auf deine überlegenen Fähigkeiten eifersüchtig ist. Laß mich allein zu ihm gehen; ich werde dir dann Wort für Wort berichten.«

»Ihr werdet doch nicht zulassen, Mutter, daß er mich in das Land dieser Wilden schickt?«

»Habe ich dich nach England geschickt? Hast du bereits vergessen, wie nachsichtig ich war, als du der Königin von England so ungalant einen Korb gegeben hast?« Katharina prustete vor Lachen. »Du hast sie so sehr beleidigt, daß sie beinahe Krieg gegen uns geführt hatte. Du weißt doch, welch eitle Frau sie ist. Ich werde nie vergessen, wie du sagtest, wenn du die Geliebte des Grafen von Leicester heiraten würdest, stünde es Leicester an, die deine zur Frau zu nehmen. Du bist immer gut für einen Schabernack, und ich bewundere dich dafür. Wie könnte ich mein Leben genießen, wenn du mich nicht mehr zum Lachen brächtest? Jedesmal, wenn du in den Krieg ziehen mußtest, war es für mich unerträglich. Nein, mein Liebling, ich lasse es nicht zu, daß er dich nach Polen schickt ... oder sonst irgendwohin, wo du mir fern bist!«

Er küßte ihre Hand, während sie ihm mit der anderen über sein gelocktes Haar strich, ganz zärtlich, denn er liebte es nicht, daß man ihm das Haar zerzauste.

König Karl befand sich in dem Teil des Louvre, wo er sich am liebsten aufhielt – in dem Appartement von Marie Touchet, seiner Mätresse, die er liebte.

Er war zweiundzwanzig, wirkte jedoch älter, denn sein Gesicht war faltig und seine Haut blaß; er litt ständig an irgendwelchen Krankheiten. Er besaß schönes, aber bereits schütteres Haar und ging leicht gebückt. Mit zweiundzwanzig wirkte er wie ein alter Mann. Dennoch besaß er ein ansprechendes, manchmal fast schön zu nennendes Gesicht. Die goldbraunen Augen glichen denen seines Vaters; sie blickten wachsam und intelligent, und solange er nicht an einem Anfall von Wahnsinn litt, drückten sie Freundlichkeit und Charme aus. Es waren die Augen eines starken Mannes, und der Kontrast zu seinem schwachen, fast kindlichen Mund und dem fliehenden Kinn ließen sie so ungewöhnlich wirken. Das Gesicht des Königs spiegelte zwei Charaktere wider: den Mann, der er hätte sein können, und den Mann, der er war, den starken und freundlichen Humanisten einerseits und den Mann mit dem vergifteten Blut, der während seines kurzen Lebens die Last der Ausschweifungen seiner Großväter tragen mußte. Woche für Woche verschlechterte sich der Zustand seiner Lunge, und je unbarmherziger die Kraft aus seinem Körper wich, desto schwieriger wurde es für ihn, seinen Geist zu beherrschen. Seine Anfälle kamen immer häufiger, ebenso wie seine melancholischen Stimmungen. Wenn er spürte, wie ihn nachts der Wahn überkam, verließ er sein Bett, weckte sein Gefolge und begab sich mit diesem in die Räume eines seiner erwählten Freunde; seine Höflinge packten dann diesen Mann und verprügelten ihn. Dies war eine seiner Lieblingsbeschäftigungen während seiner Anfälle, und die Freunde, die er verprügeln ließ, waren meist seine engsten. Mit seinen Hunden ging er ähnlich um. Wenn er bei Sinnen war, vergoß er bittere Tränen über die, die er in seinem Wahnsinn zu Tode geprügelt hatte.

Er befand sich ständig in einem Zustand von Unsicherheit und Angst. Er fürchtete sich vor seinen Brüdern Anjou und Alençon, besonders jedoch vor Anjou, dem seine Mutter völlig ergeben war. Er wußte, daß seine Mutter Heinrich auf dem Thron sehen wollte, und er fragte sich ständig, was die zwei gegen ihn im Schilde führten. Zur Zeit war er sicher, daß die Schwangerschaft der Königin den beiden großes Kopfzerbrechen bereitete.

Und er fürchtete die Familie Guise. Der gutaussehende, junge Herzog war einer der ehrgeizigsten Männer im Land; unterstützt wurde er von seinem Onkel, dem Kardinal de Lorraine, diesem hinterhältigen, geilen Bock, dessen Zunge ebenso schwere Wunden zufügen konnte wie sein Schwert. Darüber hinaus halfen ihm die beiden Brüder des Kardinals, der Kardinal de Guise, der Herzog d'Aumale, der Grand Prior und der Herzog d'Elbœuf. Diese mächtigen Männer Lothringens schielten pausenlos nach dem Thron Frankreichs, und sie ließen keine Gelegenheit verstreichen, ihren jungen Neffen

Henri de Guise nach vorne zu bringen, der dank seines Charmes und seines Auftretens bereits die gesamte Pariser Bevölkerung hinter sich hatte.

Aber es gab auch Menschen, denen der König trauen konnte. Zu ihnen gehörte überraschenderweise seine Frau. Er liebte sie zwar nicht, aber ihre Sanftmut hatte sein Herz gewonnen. Die arme, kleine Elisabeth war wie viele andere Prinzessinnen auf dem Altar der Politik geopfert und von Österreich nach Frankreich geschickt worden, um ihn zu heiraten; sie war ein zerbrechliches Geschöpf, das vor Angst wie gelähmt gewesen war, als es erfuhr, daß es den König von Frankreich heiraten sollte. Doch dann hatte sie einen Knaben mit weichem, goldenem Haar und schwachen Lippen vorgefunden, der sich ihr gegenüber zärtlich gezeigt hatte, weil sie so schüchtern war. Sie hatte seine Güte mit Hingabe vergolten, und nun überraschte sie ganz Frankreich mit der Hoffnung, Mutter eines Thronfolgers zu werden.

Bei dem Gedanken an sein Kind zitterte Karl. Was würde seine Mutter unternehmen? Würde sie ein *morceau italianizé* verabreichen, für das sie so berüchtigt war? Der König war überzeugt: Sie würde es nie zulassen, daß das Kind am Leben blieb, um den Thron zu besteigen. Er würde das Kind in die Obhut seiner alten Nährmutter Madeleine geben. Madeleine gehörte ebenfalls zu seinen Vertrauten. Sie hatte ihm in den schweren Zeiten seiner Kindheit beigestanden und heimlich ihr Bestes getan, den perversen Lehren seiner pervertierten Lehrer entgegenzuarbeiten – heimlich deshalb, weil seine Mutter die Lehrer für ihn ausgesucht hatte, damit sie seinen Wahnsinn schürten. Hätte Katharina erfahren, daß Madeleine ihre Arbeit zunichte zu machen suchte, wäre Madeleine schon sehr früh einem *morceau* zum Opfer gefallen. Nicht selten war er im Anschluß an die schrecklichen Lehrstunden nachts hochgeschreckt und in das Vorzimmer geeilt, in dem Madeleine schlief – nie ließe er es zu, daß man sie von ihm trennte –, um bei ihr Schutz zu suchen. Dann wiegte sie ihn in den Armen, spendete ihm Trost, nannte ihn ihr Baby und gab ihm das Gefühl, nicht König, sondern wieder ein kleiner Junge zu sein. Selbst heute, da er erwachsen war, nahm sie eher die Stelle einer Mutter für ihn ein, und er bestand darauf, daß sie immer in seiner Nähe war, Tag und Nacht.

Seine Schwester Margot? Nein, Margot vertraute er nicht länger. Sie war inzwischen unverschämt, nicht mehr seine liebe, kleine Schwester. Sie hatte Henri de Guise zu ihrem Liebhaber genommen, und in seinen Armen würde sie jedes Geheimnis des Königs ausplaudern. Ihr wurde er nie wieder völlig vertrauen können, und er konnte nur diejenigen lieben, denen er auch vertraute.

Aber dann war da noch Marie – Marie, die Beste von allen. Sie liebte und verstand ihn, wie es kein anderer vermochte. Ihr konnte er seine Gedichte vorlesen; ihr zeigte er das Buch über die Jagd, an dem er schrieb. Für sie war er wahrlich der König.

Und Coligny. Coligny war sein Freund. Er schätzte es, den Admiral um sich zu haben; dann fühlte er sich sicher. Obwohl einige von ihm behaupteten, er verrate Frankreich, hatte Karl in ihm immer nur einen Freund gesehen. Coligny würde nie etwas Unehrenhaftes tun, davon war er überzeugt. Wäre Coligny nicht auf seiner Seite, würde er ihm das sofort mitteilen, denn Coligny spielte nie falsch. Er war ehrlich; und wenn er ein Hugenotte war, so konnte Karl nur sagen, daß es bei den Hugenotten vieles gab, was ihm gefiel. Eine ganze Reihe seiner Freunde waren Hugenotten; nicht nur Coligny, auch Madeleine, seine Kinderfrau, war eine Hugenottin, ebenso wie Marie. Auch der beste seiner Leibärzte, Ambroise Paré, und sein treuer Freund Rochefoucauld gehörten dazu. Er wünschte, es gebe nicht diesen Zwist zwischen Hugenotten und Katholiken. Er selbst war natürlich Katholik, aber viele seiner Freunde nahmen den neuen Glauben an.

Ein Page kam, um ihm die Ankunft seiner Mutter zu melden, und Marie begann zu zittern.

»Marie, du brauchst keine Angst zu haben. Sie wird dir nichts tun. Sie mag dich. Sie hat es selbst gesagt.

Wäre es nicht so, würde ich dich nicht am Hof lassen. Dann gäbe ich dir ein Haus, wo ich dich besuchen kann. Aber sie mag dich wirklich.«

Marie ließ sich aber nicht beruhigen.

»Page«, rief der König, »teile der Königin, meiner Mutter, mit, daß ich sie in meinen Gemächern empfangen werde.«

»Jawohl, Sire.«

»Nun«, meinte der König, zu Marie gewandt, »ist das besser? Auf Wiedersehen, meine Geliebte. Ich werde später wieder zu dir kommen.«

Marie küßte seine Hände, erleichtert darüber, die Frau, die sie so fürchtete, nicht sehen zu müssen, und der König verschwand durch den Gang, der seine Gemächer mit denen seiner Mätresse verband.

Katharina begrüßte ihn voller Überschwang.

»Wie gut du aussiehst!« rief sie aus. »Ich muß sagen, die Aussicht, Vater zu werden, scheint dir gut zu bekommen.«

Der König preßte die Lippen zusammen. Nackte Angst erfaßte ihn jedesmal, wenn seine Mutter das Kind erwähnte, das die Königin unter dem Herzen trug.

»Und auch unsere kleine Königin sieht wunderbar aus!« fuhr Katharina fort. »Ich hoffe, sie paßt gut auf sich auf. Sie darf jetzt auf keinen Fall unvorsichtig sein.«

»Bringt Ihr mir Neuigkeiten?« fragte der König.

»Nein. Ich bin gekommen, um mich ein wenig mit dir zu unterhalten. Ich bin sehr beunruhigt. In Kürze wird Coligny in Paris eintreffen.«

»Der Gedanke daran erfüllt mich mit Freude«, erwiderte Karl.

Katharina lachte. »Er ist ein gerissener Mann, dieser Admiral.« Sie legte ihre Handflächen gegeneinander und hob gespielt ehrerbietig ihren Kopf. »Ein so guter Mann! Ein so religiöser Mann! Er ist äußerst schlau. Er täuscht uns alle mit seiner Frömmigkeit.«

»Ihr sprecht von Täuschung, Madame?«

»In der Tat. Er spricht von Rechtschaffenheit, während er an Blutvergießen denkt.«

»Ihr irrt Euch. Wenn der Admiral von Gott spricht, denkt er an Gott.«

»Er hat die Güte seines Königs entdeckt – soviel ist sicher –, und er nutzt das Wohlwollen Seiner Majestät aus.«

»Ich habe auch von ihm bisher nur Wohlwollen empfangen, Madame. «

»Mein lieber Sohn, es ist nicht an dir, Wohlwollen zu empfangen, sondern es anderen zu zeigen.«

Der König errötete; wie immer besaß sie die Macht, ihm das Gefühl zu geben, etwas Dummes getan, nicht wie ein König gehandelt zu haben. Er kam sich dann immer vor wie ein kleiner Junge, der sich ohne seine Mutter nicht zurechtfand.

»Ich bin gekommen, um mit dir über diesen Mann zu sprechen«, fuhr Katharina fort, »denn schon bald wird er hiersein und dich in seinen Bann ziehen. Mein Sohn, du mußt die Dinge mit klarem Blick sehen. Du bist nicht länger ein Knabe. Du bist ein Mann, König eines großen Reiches. Willst du dieses Land in einen Krieg gegen Spanien führen?«

»Ich hasse den Krieg«, gab der König heftig zurück.

»Und dennoch ermutigst du jene, die den Krieg suchen. Du stellst dein Königreich, dich und deine Familie in die Dienste Monsieur de Colignys.«

»Das ist nicht wahr. Ich will Frieden ... Frieden ... Frieden ...«

Sie machte ihm angst. Immer wenn sie bei ihm war, erinnerte er sich an seine Jugend; damals hatte sie ebenso zu ihm gesprochen wie jetzt, nachdem sie alle anderen aus dem Zimmer geschickt hatte. Dann hatte sie ihm von den Folterkammern erzählt, ihm die Qualen beschrieben, die machtlose Frauen und Männer in den Händen der Mächtigen erdulden mußten. Immer wieder sah er vor sich das Blut, die Streckbank, die zerfetzten, blutigen Gliedmaßen. Der Gedanke an Blut verursachte ihm jedesmal Übelkeit, entsetzte ihn und ließ ihn in jenen Wahnsinn flüchten, in dem es ihm nach eben diesem Blut verlangte.

»Du willst Frieden«, sagte sie, »aber was tust du, um

ihn zu erhalten? Du triffst dich im geheimen mit einem Mann, der sich den Krieg wünscht.«

»Nein! Nein! Nein!«

»Doch. Hast du dich etwa nicht heimlich mit dem Admiral getroffen?« Sie hatte sich erhoben und stand nun über ihn gebeugt; er sah nichts mehr außer ihrem riesigen Gesicht mit den glänzenden, stechenden Augen.

»Ich . . . ich habe mich mit ihm getroffen, ja«, gab er zu.

»Und du wirst dich auch weiterhin mit ihm treffen?«

»Ja. Nein . . . nein. Ich werde mich nicht mehr mit ihm treffen.« Er blickte zu Boden, um diesen hypnotischen Augen zu entrinnen. Gereizt fügte er dann hinzu: »Wenn ich mich mit einem meiner Untertanen besprechen möchte, werde ich das tun.«

Hier sprach der König, und Katharina war insgeheim über diese Kraftdemonstration beunruhigt. Er hatte sich schon zu viele Hugenotten zu Freunden gemacht. Coligny mußte bei der ersten besten Gelegenheit sterben, ebenso wie Téligny, Condé und Rochefoucauld. Aber Coligny war am gefährlichsten.

Sie änderte den Tonfall, bedeckte ihr Gesicht mit den Händen, und Trauer schwang in ihrer Stimme. »Nach allem, was ich auf mich genommen habe, um dich großzuziehen und dir deine Krone zu erhalten – die Krone, die dir Hugenotten wie Katholiken zu rauben versucht haben –, nachdem ich mich für dich geopfert und Tausende von Gefahren auf mich genommen habe, hätte ich nie erwartet, so schlecht belohnt zu werden. Du versteckst dich vor mir – vor deiner eigenen Mutter! – und nimmst statt dessen den Rat deiner Feinde an. Wenn du mich nicht mehr brauchst, sage es mir, dann kehre ich in das Land zurück, in dem ich geboren wurde. Auch dein Bruder muß mich begleiten, denn er hat sein Leben verbraucht, um deines zu erhalten, und ich werde es nicht zulassen, daß er den Feinden in die Hände fällt, denen du so bereitwillig Frankreich zu Füßen legen willst.« Sie lachte bitter.

»Ihr würdet Frankreich nie verlassen«, gab er zurück.

»Was bliebe mir anderes übrig? Und was dich anbelangt, nachdem sie dich in der Folterkammer bearbeitet, dich in ein Verlies geworfen oder schlimmer noch, sich deiner auf der Place de Gréve entledigt haben . . .«

»Was meint Ihr damit?«

»Du glaubst doch nicht, sie würden dich am Leben lassen?« Sie blickte ihrem Sohn in die Augen. Obwohl er nicht daran glaubte, daß sie Frankreich verlassen würde, obwohl er wußte, daß sein Bruder Anjou nie andere Ziele als seine eigenen verfolgt hatte, zog ihn seine Mutter in ihren Bann, wie schon so viele Male zuvor.

Sie ergriff seine Hand und küßte sie. »Mein lieber Sohn, eines solltest du wissen: Alles, was ich sage und tue, ist nur zu deinem Besten. Ich verlange ja nicht, daß du den Admiral vom Hof verbannst. Ganz und gar nicht. Empfange ihn hier. Dadurch wird es dir leichterfallen, seine wahre Natur zu erkennen. Er hat dich behext. Das ist verständlich. Er hat schon viele vor dir verhext. Alles, um was ich dich bitte, ist: sei vorsichtig, traue ihm nicht. Ist es nicht mein Recht, dich darum zu bitten?«

Der König antwortete langsam: »Wie immer habt Ihr recht. Ich verspreche Euch, ich werde ihm nicht blind vertrauen.«

»Und solltest du erkennen, mein Sohn, daß du von Verrätern umgeben bist, von Männern, die sich gegen dich verschworen haben, die auf deinen Tod und Untergang hinarbeiten . . .?«

Der König kaute auf seinen Lippen, und rote Flecken zeigten sich auf seinem Gesicht. »Dann«, erwiderte er gepreßt, während seine Finger an seiner Jacke zupften, »dann, Madame, seid versichert, daß es keine Gnade für sie geben wird . . . keine Gnade!«

Die letzten Worte schrie er fast, und Katharina lächelte insgeheim, denn sie hatte ihr Ziel erreicht.

Der Graf von Alençon hatte gerade ein Tennisspiel beendet und sich in seine Räumlichkeiten zurückgezogen, um über seine Zukunft zu brüten.

Er war ein sehr unzufriedener junger Mann; ein schlechteres Schicksal als das seine konnte er sich nicht vorstellen – als vierter Sohn eines Königs geboren zu sein. Es gab wenige, die darauf zu hoffen wagten, er könne eines Tages den Thron besteigen, auch wenn dies sein sehnlichster Wunsch war.

Er war mürrisch, weil er glaubte, das Leben sei ihm gegenüber unfair. Als er, das jüngste der königlichen Kinder, noch Herkules hieß, war er ein so hübscher Junge gewesen, von allen verwöhnt – außer von seiner Mutter –, aber mit vier Jahren war er an Windpocken erkrankt, und seine Haut war nun von Pockennarben übersät. Er war nicht so groß wie seine Brüder; er war eher klein, breit gebaut und von dunklerer Hautfarbe. Man sagte bei Hof, er sei ein wahrer Italiener, was darauf hinauslief, daß er von den Franzosen nicht gerade geliebt wurde. Aber welchen seiner Brüder liebten sie denn? Den kränklichen Franz? Nein, ihn hatten sie verachtet. Liebten sie den wahnsinnigen Karl? Mit Sicherheit nicht. Und konnten sie etwa den parfümierten, eleganten Heinrich lieben? Nein. Ihn würden sie mehr hassen als alle anderen. Weshalb wandten sie sich dann nicht Franz von Alençon zu? Nachdem sein ältester Bruder gestorben war, hatte man seinen Namen Herkules in Franz geändert. Zunächst sehr zu seiner Freude, denn Franz war der Name eines Königs. Aber mit einem bösartigen, zynischen Lachen hatte seine Mutter nur erklärt, Herkules sei nicht gerade der richtige Name für ihren *kleinsten* Sohn. Dafür haßte er sie; aber er haßte sie inzwischen aus vielen Gründen. Aber warum sollte Frankreich nicht noch einmal einen Franz zum König krönen?

Er mußte an die Heirat mit der Königin von England denken, die man für ihn geplant hatte, und Zorn stieg in ihm auf. Er haßte es, wenn man sich über ihn lustig machte, und wußte, daß seine Bediensteten oft hinter vorgehaltener Hand grinsten, wenn von dieser Ehe gesprochen wurde. Die Königin von England war eine alte Frau, ein Mannweib, die sich damit amüsierte, denjenigen einen Streich zu spielen, die um ihre Hand anhielten. Und wieso sollte er, ein junger Mann von achtzehn Jahren, eine neununddreißigjährige Frau heiraten?

Eines Tages würde er es ihnen allen zeigen. Dann würden sie ihn nicht mehr einfach als Nichts abtun. Eines Tages stand ihnen eine Überraschung bevor. Er besaß Freunde, die ihm folgten, wohin er auch ging.

Aus dem Fenster seines Zimmers blickte er zur Tour de Nesle hinüber; dann wanderte sein Blick weiter zu den drei Türmen von Saint-Germain-des-Prés. Er betrachtete die Menschenmassen, Hugenotten und Katholiken. Überall auf den Straßen krakeelte es, und im Palast trafen sich allenthalben Leute, um geheime Besprechungen abzuhalten; nur er, der Bruder des Königs und Sohn von Heinrich II. und Katharina von Medici, blieb außen vor, weil man ihn für zu jung und unwichtig hielt!

Während er so dastand, kam eine Gruppe Reiter vorbei. Wieder irgendeine hochgestellte Persönlichkeit, die der Hochzeit seiner Schwester beiwohnen wollte. Er rief einem seiner Diener zu: »Wer ist das, der da in die Stadt kommt?«

»Das ist der Admiral de Coligny, Herr. Er ist ein Narr, hierher nach Paris zu kommen.«

»Warum sagst du das?«

»Er hat viele Feinde, Herr.«

Der Graf nickte. O ja, es gab Verschwörungen gegen den Admiral, dessen war er sich sicher. Mit seinen Brüdern hatte seine Mutter wahrscheinlich über diesen Mann gesprochen; mit ihm sprach sie nie über ihre Pläne. Er kaute auf seinen Lippen, bis sie bluteten. Er wurde immer wie ein Kind behandelt – der jüngste Sohn, der nie auf dem Thron sitzen würde, der kleine Herkules, den man in Franz umbenannt hatte, weil der Name Herkules nur auf einen starken Mann paßte; und er sah noch nicht einmal gut aus, weil ihn die Pockennarben entstellten. Seine Mätressen versicherten ihm, er sehe besser aus als sein Bruder Heinrich, aber das sagten sie sicher nur, weil er trotz allem von königlichem Geblüt war. Er hatte viele Mätressen; aber jedermann in seiner Stellung hatte ebenso viele gehabt. Er war vierschrötig und häßlich; er war unwichtig; und wenn seine Mutter ihn als ihren ›kleinen Frosch‹ betitelte, war dies keineswegs liebevoll gemeint. Sie verachtete ihn, und in ihren Plänen war für ihn kein Platz. Sie wollte ihn aus dem Weg wissen und schickte ihn deshalb nach England.

Er mußte laut darüber lachen, daß dieser Narr von Admiral geradewegs in eine Falle ritt. Er haßte den Admiral – nicht aus politischen oder religiösen Gründen, sondern weil er groß war, gut aussah und eine wichtige Stellung innehatte.

Er konnte sehen, daß die Hugenotten sich um den Admiral und seine Leute geschart hatten und sie durch ihre Leiber schützten. Die Katholiken standen verdrossen etwas abseits; einige riefen Schimpfworte zu ihm hinüber. Wie schnell war eine Feuersbrunst gelegt, die ganz Paris zerstören konnte.

Es war ein Irrsinn, diese Hochzeit zustande kommen zu lassen, so viele Hugenotten hier in der Stadt zu versammeln. Oder ... vielleicht doch nicht? War das alles vielleicht Bestandteil eines Planes seiner Mutter?

Seine Brüder würden es wissen. Henri de Guise zweifellos ebenfalls. Alle wichtigen Männer wußten Bescheid. Nur Franz von Alençon wurde nicht ins Vertrauen gezogen. Das war mehr, als ein Prinz königlichen Geblüts ertragen konnte.

Erneut begann er, seine Unterlippe mit den Zähnen zu bearbeiten, und stellte sich vor, die Stimmen dort in den Straßen jubelten einem neuen König zu, einem König mit Namen Franz.

Kaum befand er sich beim König, wußte Gaspard de Coligny, daß seine Feinde gegen ihn gearbeitet hatten. Die Haltung des Königs ihm gegenüber wirkte völlig verändert. Als der Admiral den König zuletzt gesehen hatte, war er von ihm freundschaftlich und ohne jegliches Zeremoniell umarmt worden. »Nennt mich nicht Majestät«, hatte Karl gesagt. »Nennt mich nicht Monseigneur. Heißt mich Sohn, und ich werde Euch Vater nennen.« Jetzt stand ein völlig veränderter Monarch vor ihm. Aus seinen goldbraunen Augen war jegliche Wärme gewichen;

sie wirkten kalt und mißtrauisch. Henri de Guise und sein Onkel, der Kardinal de Lorraine, befanden sich am Hof und standen in der Gunst der Königinmutter. Doch dann, während der Begrüßungszeremonie, meinte Gaspard in Karls Augen den Hauch einer Entschuldigung lesen zu können; aber Katharina von Medici stand neben ihrem Sohn, und obgleich sie ihn freundlicher empfing als alle anderen Anwesenden, traute Coligny ihr nicht. Er war sicher, daß die Feindseligkeit, die er im Raum spüren konnte, von ihr ausging.

Furchtlos kam der Admiral sofort auf den Zweck seines Besuchs zu sprechen – auf die Bitte um Unterstützung für den Prinzen von Oranien und auf den Krieg mit Spanien.

Katharina ergriff für ihren Sohn das Wort. »Ihr kommt spät nach Paris, Herr Admiral. Wäret Ihr eher gekommen, hattet Ihr dem Militärrat beiwohnen können, den ich einberufen hatte, um die Kriegsfrage zu regeln.«

»Ein Militärrat, Madame?« rief Coligny entsetzt aus. »Aber aus welchen Personen hat sich dieser Rat zusammengesetzt?«

Katharina lächelte. »Aus dem Grafen de Guise, dem Kardinal de Lorraine . . . und anderen. Möchtet Ihr die Namen hören?«

»Das ist in der Tat mein Wunsch, Madame.«

Katharina zählte eine Reihe Namen ausnahmslos katholischer Adliger auf.

»Ich verstehe, Madame«, meinte Coligny anschließend. »Diese Berater haben natürlich vorgeschlagen, unser Versprechen nicht einzulösen. Diese Leute würden nie einem Feldzug zustimmen, dessen Führung mir obläge.«

»Herr Admiral, es wurde nicht die Frage der Führung erörtert, sondern das Wohl Frankreichs.«

Der Admiral wandte sich von der Königinmutter ab und kniete vor dem König nieder. Er ergriff Karls Hand und lächelte ihn an.

Katharina konnte sehen, wie Karl errötete, erkannte die Zuneigung in seinem Blick. Dieser Mann bedeutete eine Gefahr. Der Admiral durfte nicht mehr lange am Leben bleiben.

»Sire«, sprach Coligny, »ich kann nicht glauben, daß Ihr Euer dem Prinzen von Oranien gegebenes Versprechen brechen wollt.«

Leise und mit schamerfüllter Stimme erwiderte Karl: »Ihr habt gehört, wie der Rat entschieden hat, Herr Admiral. An seine Mitglieder müßt Ihr Euch wenden, falls Euch die Entscheidung mißfällt.«

»Dann ist alles gesagt«, antwortete Coligny. »Aber so sicher ich hier vor Euch knie, Euer Majestät, so überzeugt bin ich davon, daß Ihr Eure Entscheidung bereuen werdet, wenn Ihr den Empfehlungen Eures Rates folgt.«

Karl begann zu zittern. Er streckte einen Arm aus, als wolle er den Admiral festhalten; fast schien es, als wolle er etwas erwidern, aber der Blick seiner Mutter ruhte auf ihm, und er verfiel erneut ihrer Macht.

Coligny fuhr fort: »Ich bitte Euer Majestät um Vergebung und Verständnis dafür, daß ich, da ich dem Prinzen von Oranien Hilfe angeboten habe, *mein* Wort nicht brechen werde.«

Karl zuckte zusammen, und Coligny wartete; aber noch immer war die Macht von Karls Mutter größer als die des Admirals, und obwohl Karl offensichtlich etwas sagen wollte, kam kein Wort über seine Lippen.

»Ich werde ihm mit meinen Freunden, Verwandten und Dienern zu Hilfe eilen.« Zu Katharina von Medici gewandt, sagte er: »Seine Majestät hat sich gegen den Krieg mit Spanien entschieden. Möge Gott ihn davor bewahren, in einen anderen Krieg hineingezogen zu werden, dem er nicht ausweichen kann.«

Coligny verneigte sich und verließ das Schloß.

In seinem Haus fand er bereits mehrere Briefe vor. In einem davon hieß es: »Denkt an das Gebot, das jeder Papist befolgt: ›Du sollst dich nicht mit einem Ketzer verbünden.‹ Wenn Ihr ein weiser Mann seid, verlaßt Ihr noch heute den Hof. Wenn nicht, werdet Ihr bald tot sein.«

»Ihr befindet Euch in großer Gefahr«, stand in einem anderen. »Laßt Euch nicht von dem Gerede über die Heirat der Königin von England mit dem Grafen von Alençon täuschen. Laßt Euch durch die Hochzeit Marguerites und Navarras nicht einlullen. Verlaßt so schnell es geht den Ort der Verleumdung, der sich Hof von Frankreich nennt. Nehmt Euch vor den Giftzähnen der Schlange in acht.«

»Ihr habt«, lautete es in einem weiteren Brief, »das Vertrauen des Königs erlangt. Das reicht aus, um Euch den Tod zu wünschen.«

Er las die Briefe alle durch, und als die Dämmerung hereinbrach, stellte er fest, daß die leiseste Bewegung der Vorhänge seinen Puls beschleunigte. Vorsichtig ließ er seine Finger über die Wandflächen wandern und fragte sich insgeheim, ob sich hier, hinter dieser Unebenheit im Holz, eine Geheimtür befinden mochte. War dort oben in dem aufwendigen Schnitzwerk nicht ein Loch, durch das man ihn vielleicht beobachtete? Jede Sekunde konnte seine letzte sein.

Schon bald war Karl dem Admiral erneut völlig hörig. Seit Gaspard sich wieder am Hof befand, fühlte sich Karl mutiger, verspürte er weniger Angst vor seiner Mutter. Gaspard war fast immer an seiner Seite, und die beiden, der König und der Admiral, führten viele Zwiegespräche. Aber Katharina war ständig über alles informiert, was die beiden erörterten. Dank eines Rohres, das eine ihrer Geheimkammern mit dem Zimmer des Königs verband, konnte sie das meiste hören, was gesprochen wurde. Das reichte aus, um sie zu beunruhigen.

Der mögliche Krieg mit Spanien war ständiger Diskussionspunkt, und der König war unschlüssig. »Seid versichert, mein lieber Admiral«, hatte er gesagt, »daß ich Euch zufriedenstellen werde. Ich werde Paris nicht verlassen, bevor ich Euch absolute Genugtuung gegeben habe.«

Der Tod des Admirals konnte nicht länger hinausgeschoben werden, aber es durfte erst nach der Hochzeit geschehen. Sollte der Admiral vorher sterben, würde vielleicht gar keine Hochzeit stattfinden. Katharina genoß es, ihr Opfer zu beobachten; es war fast, als mäste man ein

Schwein, bevor es zur Schlachtbank geführt wurde. Da stolzierte er herum, voller Überheblichkeit und Selbstvertrauen; er meinte, er brauche nur am Hof zu erscheinen, um das Wohlwollen des Königs zu erlangen; ein paar Worte von ihm, und seine Pläne würden Wirklichkeit.

Nun, er sollte seine letzten Wochen auf Erden ruhig noch etwas genießen. Er durfte gerne weiterhin glauben, im Staat über die Macht zu verfügen ... zumindest die paar Wochen noch.

Der Admiral besaß kein Fingerspitzengefühl, und wie die meisten Soldaten verstand er nichts von Staatsführung und Diplomatie. Er dachte selten vorher über seine Worte nach; er sprach aus, was er dachte, was an einem Hof wie diesem, an dem das gekünstelte Verhalten zur Kunst an sich erhoben wurde, die reinste Torheit war.

Während einer Ratssitzung kam er auf den polnischen Thron zu sprechen.

»Es gibt einige, die ihn für sich beanspruchen«, sagte er, »und es steht außer Zweifel, daß er bald frei sein wird. Wenn dieser Thron an Frankreich fallen soll, muß der Graf von Anjou sofort nach Polen aufbrechen.«

Der König nickte voller Enthusiasmus, denn er hätte seinen verhaßten Bruder lieber heute als morgen Frankreich verlassen sehen. Katharina war wütend, aber sie tat so, als dachte sie ernsthaft darüber nach. Anjou selbst konnte seine Wut kaum noch unter Kontrolle halten; die Zornesröte stieg ihm ins Gesicht, und die Ohrringe zitterten in seinen Ohren.

»Mir will scheinen, der Herr Admiral beschäftigt sich mit Dingen, die ihn nichts angehen«, stieß er in eisigem Tonfall aus.

»Die Angelegenheiten Polens sind für Frankreich von großer Bedeutung, Monsieur«, antwortete Gaspard mit seiner üblichen Offenheit.

»Das ist wahr«, unterstützte ihn der König.

»Und«, fuhr Gaspard unbeirrt fort, »wenn Monsieur weder England durch Heirat noch Polen durch Wahlen gewinnen will, so möge er offen sagen, daß er Frankreich nicht verlassen möchte.«

Nachdem sich die Versammlung aufgelöst hatte, suchte Anjou sofort seine Mutter auf.

»Wie denkt Ihr über diese Unverschämtheit, Madame?« verlangte er zu wissen. »Was glaubt dieser Admiral denn, wer er ist? Wie kann er es wagen, so mit mir zu reden?«

Katharina tröstete ihren geliebten Sohn. »Mein Sohn, ärgere dich nicht. Nimm dir die Worte eines solchen Mannes nicht zu Herzen.«

»Eines solchen Mannes! Ihr wißt, daß er ein enger Freund des Königs ist. Wer weiß, was die beiden zusammen aushecken? Mutter, werdet Ihr es zulassen, daß sie sich gegen mich verschwören?«

»Hab' Geduld«, erwiderte Katharina. »Warte bis nach der Hochzeit, dann löst sich vieles von selbst.«

»Die Hochzeit! Wann soll sie denn stattfinden? Sicher, sie sind alle gekommen . . . die französischen Adligen mit ihrem Gefolge, aber der Kardinal de Bourbon wird die Eheschließung nicht ohne die Zustimmung des Papstes vornehmen. Und meint Ihr im Ernst, er wird sie geben? Wird er eine Ehe zwischen unserer katholischen Prinzessin und dem Hugenotten zulassen? Nein, wir hören sicher bald, daß er die Ehe verbietet, und ganz Paris wird dann einem Schlachtfeld gleichen.«

»Du bist noch jung, mein Liebster, und du hast noch nicht gelernt, daß sich Wunder beeinflussen lassen. Wir werden es auch ohne Monsieur Gregor schaffen, keine Angst.«

»Bourbon nimmt die Trauung nicht gegen den Willen des Papstes vor.«

»Er wird den Willen des Papstes nicht erfahren, mein Sohn. Ich habe den Gouverneur von Lyon instruiert, bis nach der Trauung keine Nachrichten aus Rom durchzulassen.«

»Also warten wir vergeblich auf den Dispens des Papstes.«

»Das ist sicherlich besser als eine Nachricht aus Rom, die diese Ehe verbietet.«

»Wie wollt Ihr ihn dazu bringen, die Trauung ohne Zustimmung des Papstes vorzunehmen?«

»Überlasse das deiner Mutter. Schon bald wird deine Schwester mit Navarra vereint sein. Und keine Angst – mit dem Kardinal werde ich fertig. Hab' Geduld, mein Sohn. Warte ... warte, bis die Hochzeit vorbei ist, dann wirst du sehen.«

Anjous dunkle, italienische Augen glitzerten, als er seine Mutter von der Seite ansah. »Ihr meint ...?«

Sie legte einen Finger auf ihre Lippen. »Kein Wort darüber ... nicht einmal unter uns. Noch nicht. Aber hab' keine Angst.« Sie beugte sich nach vorne und flüsterte ihm ins Ohr: »Der Admiral hat nicht mehr lange zu leben. Gönn ihm seine vermeintlichen Triumphe, solang er noch auf Erden weilt.«

Anjou nickte grinsend.

»Aber«, flüsterte Katharina weiter, »wir müssen äußerst vorsichtig sein. Der Tod eines solchen Mannes steckt auch voller Gefahren für uns. Er ist kein unbedeutender Mann. Wir haben überall unsere Spione sitzen, und sie sagen, daß er von allen Seiten Warnungen erhält. Wie das nach außen dringen kann, ist mir unbegreiflich. Wir müssen sehr vorsichtig sein, wenn wir ihn zur Strecke bringen wollen, mein Sohn. Wir dürfen uns keinen Illusionen hingeben.«

»Ich habe keine Zweifel, daß Ihr die Macht besitzt, Euer Ziel zu erreichen, Mutter.«

Sie küßte ihn zärtlich auf die Wange.

In einem Geheimzimmer, das sich an ihr Schlafgemach anschloß, vergnügte sich Prinzessin Marguerite mit dem Grafen de Guise. Sie lag neben ihm auf der Liege, die sie mit schwarzer Seide hatte ausschlagen lassen, damit sich ihre weißen Gliedmaßen besser abhoben. Sie lächelte ihn an, müde, aber zufrieden. Kein Mann konnte ihr so viel geben wie ihr Geliebter, Henri, Herzog de Guise.

»Es ist schon so lange her«, sagte sie. »Ich hatte schon fast vergessen, wie wundervoll du bist.«

»Und du, meine Prinzessin«, antwortete er, »bist so bezaubernd, daß ich dich nie vergessen kann.«

»Ach«, seufzte Margot. »Hätten wir doch heiraten dürfen! Dann wärest du nicht der Ehemann einer anderen, und ich stünde nicht vor dieser Hochzeit, die mir zuwider ist. Ach, Henri, Geliebter, jeden Tag, jede Nacht bete ich, daß etwas geschieht, um diese Heirat zu verhindern. Ist es möglich? Gibt es etwas, das man dagegen tun kann?«

»Wer weiß?« antwortete de Guise düster. »Es liegt etwas in der Luft, man fragt sich, was wohl als nächstes geschieht.« Er nahm ihr Gesicht in beide Hände und küßte sie. »Es gibt nur eins auf dieser Welt, das weiß ich ganz genau, und das ist meine Liebe zu dir.«

Sie umschlang ihn mit ihren Armen, ihre Lippen waren heiß und verlangend. Sie überraschte ihn immer wieder, obwohl er sie bereits sein ganzes Leben lang kannte und liebte. Er betrachtete sie, wie sie sich zurücklehnte und ihm ihre Arme entgegenstreckte. Sie war unwiderstehlich und ausnehmend hübsch.

»Margot«, hauchte de Guise leidenschaftlich, »es gibt keine, die dir gleicht.«

Zufrieden und glücklich lagen sie hinter der verschlossenen Tür des geheimen Zimmers und verloren sich in Erinnerungen an jene Nacht, als man sie zusammen entdeckt hatte – sie noch immer in der Kleidung, in der sie Sebastian von Portugal empfangen hatte, der damals um sie geworben hatte. Sie erinnerten sich noch gut an die Wutausbrüche des Königs und der Königinmutter, die Margot wegen dieses Abenteuers fast zu Tode geprügelt hatten; de Guise selbst war nur knapp mit dem Leben davongekommen.

Plötzlich klopfte es an der Tür, und die Stimme von Charlotte de Sauves war zu hören. Margot lächelte. Charlotte wußte mit Sicherheit, mit wem sie sich hier in dieser Kammer aufhielt, und sie würde eifersüchtig auf sie sein. Das erfüllte sie mit Genugtuung. Aufgrund ihrer Schönheit und der Position, die sie innerhalb der *escadron* besaß, verhielt sich Charlotte in letzter Zeit immer impertinenter.

»Wer ist da?« fragte Margot.

»Ich bin es. Charlotte de Sauves.«

»Wen sucht Ihr denn?«

»Ich wollte nur fragen, ob Ihr Monsieur de Guise gesehen habt. Die Königinmutter verlangt nach ihm. Sie ist schon ganz ungeduldig.«

Margot lachte. Sie erhob sich und ging zur Tür. »Wenn ich Monsieur de Guise sehe, werde ich es ihm ausrichten. Und keine Angst, ich sehe ihn schon bald.«

»Danke. Ich werde Ihrer Majestät mitteilen, daß Monsieur de Guise auf dem Weg ist.«

Margot wendete sich wieder ihrem Liebhaber zu, der bereits seinen Hut aufgesetzt hatte und sein Schwert umband. Seine Ungeduld, sie zu verlassen, ärgerte sie.

»Du scheinst es sehr eilig zu haben, mich zu verlassen.«

»Liebling, deine Mutter verlangt nach mir.«

Margot schlang ihre Arme um ihn. »Laß sie ein wenig warten.«

Er küßte sie, aber sie wußte, daß er in Gedanken bereits bei dem Gespräch mit der Königinmutter weilte.

»Zuerst kommt das ehrgeizige Oberhaupt des Hauses de Guise und Lorraine«, sagte sie. »Die Geliebte kommt erst an zweiter Stelle. Ist es nicht so?«

»Nein«, log er. »Du weißt, daß das nicht wahr ist.«

Ihre dunklen Augen blitzten. Manchmal verspürte sie große Lust, sich mit ihm zu streiten. Für sie war die Liebe alles auf der Welt, und sie konnte es nicht ertragen, daß dies auf ihn nicht zutraf.

»Dann küß mich«, sagte sie.

Er küßte sie.

»Küß mich, als wärest du mit deinen Gedanken bei mir und nicht bei dem, was du meiner Mutter sagen wirst. Ach, Henri, nur noch fünf Minuten!«

»Geliebte, ich wage es nicht!«

»Du wagst es nicht! Du sagst nur immer: ›Ich wage es nicht!‹ – ›Ich wage es nicht!‹ hast du gesagt, als man dich mit diesem hirnlosen Frauenzimmer verheiratet hat.«

»Margot«, unterbrach er sie, »ich komme zurück.«

»Was meinst du denn, warum sie nach dir schickt? Weil sie weiß, daß wir zusammen sind, und es ihr

Freude bereitet, uns zu ärgern. Du kennst meine Mutter immer noch nicht.«

»Ich weiß, daß ich gehorchen muß, wenn sie mich rufen läßt.«

Er hatte den Schlüssel bereits im Schloß umgedreht, aber Margot klammerte sich noch immer an ihn und küßte ihn leidenschaftlich. »Wann kommst du zurück?«

»Sobald ich kann.«

»Versprichst du mir das?«

»Ich verspreche es.«

»Dann küß mich noch einmal . . ..«

Katharina schickte ihre gesamte Dienerschaft hinaus – nicht einmal ihrem Zwerg gestattete sie zu bleiben. Sie bereitete sich darauf vor, den jungen Grafen de Guise zu empfangen.

Als er jetzt auf sie zukam, verstand sie von neuem, warum Margot ihn unwiderstehlich fand. Er sah ungemein anziehend aus. Mit seinen zweiundzwanzig Jahren war er noch sehr jung, aber schon in wenigen Jahren würde er ebenso verschlagen sein, wie es sein Vater einst gewesen war. Und schon jetzt mußte man sich vor ihm in acht nehmen, denn der Kardinal de Lorraine, der alte Fuchs, stand an seiner Seite.

Nachdem er ihr respektvoll seinen Gruß entboten hatte, ergriff sie das Wort: »Ich habe einiges mit Euch zu besprechen, Monsieur de Guise. Wir sind unter uns, aber ich bitte Euch dennoch, leise zu sprechen. Es ist nicht einfach, im Louvre etwas geheimzuhalten.«

»Ich verstehe, Euer Majestät.«

»Die Anwesenheit eines bestimmten Mannes hier am Hof muß Euch ebenso ein Dorn im Auge sein wie mir, mein lieber Graf. Ihr wißt, von wem ich spreche?«

»Ich denke, ja, Madame.«

»Wir wollen keinen Namen nennen. Ich spreche vom Mörder Eures Vaters.«

Aufgrund seiner Jugend hatte er seine Emotionen nicht vollständig im Griff. Er wirkte etwas müde, was zweifellos auf die Stunde zurückzuführen war, die er mit Margot verbracht hatte. Sie würde jeden ermüden! Von wem hatte sie nur diese Angewohnheiten? Sicherlich nicht von ihrer Mutter. Von ihrem Vater? Nein. Er war ein treuer Mann gewesen ... wenn seine Treue auch der falschen Frau gegolten hatte. Margot jedoch würde nie treu sein. Obwohl sie erst zwanzig war, hatte sie schon viele Liebhaber besessen. Sie mußte es von ihrem Großvater, Franz I., haben, oder vielleicht war auch ihr, Katharinas, Vater nicht ganz unschuldig. Beide seien unersättlich gewesen, erzählte man sich. Aber sie hatte nach diesem jungen Mann schicken lassen, um wichtige Angelegenheiten zu besprechen, nicht sein Liebesleben mit ihrer Tochter.

»Ja, Madame«, erwiderte er voller Bitterkeit. Er hatte immer geglaubt, Gaspard de Coligny habe seinen Vater umgebracht, und er würde erst Ruhe finden, wenn er den Tod von François de Guise gerächt hatte.

»Wir können seine Anwesenheit bei Hof nicht dulden«, fuhr Katharina fort. »Er übt auf den König einen schlechten Einfluß aus.«

Guises Herz begann höher zu schlagen. Er wußte, daß Katharina damit andeuten wollte, er solle ihr helfen, Coligny zu ermorden. Seine Finger schlossen sich um den Griff seines Schwertes, und seine Augen füllten sich mit Tränen, als er sich daran erinnerte, wie sie seinen Vater zum Schloß nahe Orleans gebracht hatten. Wieder sah er die edlen Gesichtszüge des Grafen François und die Narbe unter seinem Auge, die ihm den Namen *Le Balafré* eingetragen hatte. Als er dieses Gesicht zum letztenmal gesehen hatte, hatte er geschworen, sich an dem Mann zu rächen, den er für den Mörder seines Vaters hielt.

»Madame«, erwiderte der Graf, »wie lauten Eure Instruktionen?«

»Benötigt Ihr denn Instruktionen, um Euren Vater zu rächen?«

»Euer Majestät hatten zweifelsohne bereits bestimmte Vorstellungen, als Ihr mich rufen ließt.«

»Dieser Mann bewegt sich ungehindert am Hof; er erteilt dem König Befehle; er bedroht nicht nur Eure, sondern auch meine Familie, und Ihr wollt von mir Instruktionen!«

»Madame, ich verspreche Euch, daß er keinen Tag länger leben wird.«

Sie hob eine Hand. »Nun schießt Ihr etwas über das Ziel hinaus, lieber Graf. Wollt Ihr diese Stadt zu einem Schlachtfeld machen? Ich möchte, daß dieser Mann der Hochzeit meiner Tochter mit dem König von Navarra beiwohnt. Danach . . . gehört er Euch.«

Der Graf senkte den Kopf. »Wie Euer Majestät befehlen.«

»Mein lieber Graf . . . ich empfinde für Euch fast wie für einen Sohn. Habt Ihr nicht den größten Teil Eurer Kindheit mit meiner eigenen Familie verbracht? Und habt Ihr sie nicht liebgewonnen . . . den einen mehr, den anderen weniger? Nun, das ist nur natürlich. Ich aber liebe Euch wie meinen eigenen Sohn; und aus diesem Grund möchte ich Euch die Genugtuung geben, den Mord an Eurem Vater zu rächen.«

»Euer Majestät sind zu gütig.«

»Hört zu. Unternehmt nichts Unüberlegtes. Fordert den Mann nicht selbst heraus. Laßt den tödlichen Schuß von einem Unbekannten abfeuern.«

»Ich wollte immer, daß meine Mutter den Schuß abgibt, der ihn tötet, Madame. Das wäre wahre Gerechtigkeit. Sie ist eine geübte Schützin, und . . .«

Katharina winkte ab. »Ihr seid jung, mein lieber Graf, und Eure Gedanken sind die eines Knaben. Wenn man auf ihn schösse und er entkäme, wären die Folgen unabsehbar! Nein, der erste Schuß muß sein Ziel finden. Bisher ist er jedesmal dem ihm zugedachten Schicksal entgangen. Manchmal glaube ich fast, er wird durch Hexerei geschützt.«

»Die Hexerei wird ihn nicht vor meiner Rache bewahren, Madame. «

»Nein, sicher nicht. Haltet das, was wir hier besprochen haben, geheim, aber sprecht darüber mit Eurem Onkel. Versteckt einen geeigneten Mann in einem Eurer Häuser, und wenn der Mörder Eures Vaters auf seinem Weg vom

Louvre vorbeikommt, laßt ihn den Schuß abgeben. Die Angelegenheit verlangt nach einem ausgezeichneten Schützen, nicht nach einer nervösen Gräfin. Hier geht es um Leben und Tod, Monsieur, nicht um ein Schauspiel, um den Hof zu amüsieren. Geht jetzt, und wenn Ihr einen Plan habt, kommt zu mir zurück. Aber vergeßt nicht ... erst *nach* der Hochzeit. Habt Ihr verstanden?«

»Jawohl, Madame.«

»Dann könnt Ihr jetzt wieder Euren Vergnügungen nachgehen. Und kein Wort zu irgend jemandem – mit Ausnahme Eures Onkels, natürlich. Ich weiß, daß ich Euch vertrauen kann.«

»Ich werde Euer Majestät nicht enttäuschen.«

Er küßte ihre Hand und zog sich zurück, viel zu aufgeregt, um jetzt zu Margot zurückzukehren. Er machte sich auf die Suche nach seinem Onkel, dem Kardinal de Lorraine, um ihm von seinem Gespräch mit der Königinmutter zu berichten.

Katharina selbst war mit sich sehr zufrieden; es entsprach ihrem Naturell, ihre Ziele über Intrigen zu erreichen.

Der Bräutigam führte seine Leute auf dem Weg nach Paris an, und obwohl er noch immer Trauerkleidung trug – es waren noch keine drei Monate seit dem mysteriösen Tod seiner Mutter in Paris vergangen –, sang er ein fröhliches Lied aus der Gascogne.

Er war achtzehn Jahre alt, nicht gerade groß gewachsen, aber von gutem Körperbau; er strahlte eine ungeheure Vitalität aus; er war offen und freimütig, und er lachte oft und gern; aber seine Augen wirkten unergründlich und schlau. Er war Hugenotte, weil auch seine Mutter Hugenottin gewesen war, aber eigentlich nahm er gegenüber der Religion einen eher skeptischen Standpunkt ein. »Mein Gott«, pflegte er zu sagen, »wie es scheint, braucht ein Mann irgendeinen Glauben; und nachdem Gott beschlossen hat, mich zu einem Hugenotten zu machen, werde ich es dabei bewenden lassen.« Während der

Predigten gähnte er, manchmal schnarchte er sogar laut; einmal hatte er sich hinter einer Säule versteckt, Kirschen gegessen und die Kerne dem Priester ins Gesicht geworfen.

Seine Männer mochten ihn. Sie sahen in ihm einen Prinzen, der es wert war, daß man ihm folgte. Er hatte so viele Liebesaffären, daß es sogar für ein Land, in dem die Promiskuität so natürlich war, bemerkenswert erschien. Seine Mutter hatte ihm ein einfaches Benehmen beigebracht und davon abgehalten, das gezierte Verhalten der Prinzen aus dem Hause Valois zu imitieren. Er verhielt sich eher ungeschliffen und gab wenig auf sein äußeres Erscheinungsbild. In einem Bauernhaus fühlte er sich ebenso wohl wie in einem königlichen Palast, vorausgesetzt, Frau oder Tochter des Bauern unterhielten ihn während seines Aufenthalts.

So kam er nach Paris und verführte auf dem Weg die Frauen der Auvergne und des Bourbonnais, aus Burgund und Orléans.

Er mußte an die Ehe denken, die er in Kürze mit Prinzessin Marguerite eingehen würde. Schon von frühester Kindheit an war er mit dem Gedanken an diese Ehe aufgewachsen, denn sie war bereits von Margots Vater, Heinrich II., arrangiert worden, als Navarra zwei Jahre und Margot ein paar Monate älter gewesen war. Der Plan war gut – eine bessere Ehe konnte er vermutlich nicht eingehen. Seine Mutter hatte diese Hochzeit gewollt, weil sie ihn dem Thron näherbrachte. Navarra zuckte mit den Schultern, als er an den Thron Frankreichs dachte. So viele standen noch zwischen ihm und der Krone: Heinrich von Anjou und Franz von Alençon, ganz zu schweigen von den Kindern, die sie vielleicht einmal bekämen. Auch Karls Gattin war gerade schwanger. Navarra zweifelte daran, daß der König von Frankreich sein Leben mehr genoß als er selbst; und um nichts anderes ging es ihm.

Die Heirat war jedenfalls beschlossen, und sie war so gut wie jede andere. Margot hatte sich ihm immer feindselig gezeigt, aber das störte ihn nicht weiter. Was sollte er von ihr schon wollen, wenn so viele Frauen bereit waren, ihm das zu geben, was er verlangte? Er würde Margot in Ruhe lassen und dafür sorgen, daß sie sich nicht in seine Angelegenheiten einmischte.

Kaum war bekannt geworden, daß er nach Paris aufbrechen wollte, hatte er sich viele Warnungen anhören müssen. »Denkt daran, was Eurer Mutter zugestoßen ist«, vernahm er immer wieder. »Sie ging nach Paris und kehrte nie zurück.« Sie konnten nicht verstehen, daß ihn die Gefahr nicht sonderlich beunruhigte, daß er es vielmehr kaum erwarten konnte, die Intrigen am Hof zu erleben. Der Tod seiner Mutter hatte ihm einen schweren Schlag versetzt; er hatte viele Tränen vergossen, als man ihm die Nachricht überbrachte, aber schon bald war er sich der neuen Freiheit bewußt geworden, die ihr Tod für ihn bedeutete. Seine Mutter galt stets als eine gütige Frau, und er schämte sich insgeheim, daß er nicht mehr Liebe für sie empfinden konnte. Sie war eine Heilige, und er, im Herzen, ein Heide. Hätte sie weitergelebt, wäre sie von ihm enttäuscht worden, denn er würde nie der fromme Hugenotte sein, den sie aus ihm hatte machen wollen. Und ihr Tod bedeutete noch mehr als seine Freiheit; er war nun kein einfacher Prinz mehr – er war König von Navarra. Von nun an engte nichts seine Handlungen mehr ein; er mußte sich keine weiteren Predigten seiner Mutter anhören. Er war frei und sein eigener Herr, mit achtzehn Jahren, wenn man stark und gesund war und den Frauen gefiel, konnte es kaum etwas Schöneres geben.

Er summte ein Lied vor sich hin und konnte es kaum erwarten, an der Gefahr, den Intrigen teilzuhaben.

Kurz vor Paris wurde er von Karl persönlich begrüßt. Der junge König von Navarra fühlte sich geehrt, vom König Frankreichs umarmt und als Bruder bezeichnet zu werden. Auch die Königinmutter und ihre Hofdamen waren vor die Tore der Stadt gekommen, um ihn zu begrüßen.

Der König ritt neben ihm, bis sie in Paris anlangten.

»Der Gedanke, daß Ihr bald wirklich mein Bruder seid, gefällt mir«, sagte Karl.

»Euer Majestät sind zu gütig.«

»Ihr werdet in der Stadt Untertanen aus allen Ecken Frankreichs vorfinden, die gekommen sind, um Eurer Heirat mit meiner Schwester beizuwohnen. Und fürchtet nicht, daß sich Eure Hochzeit verzögert. Der Kardinal de Bourbon macht zwar einige Schwierigkeiten, denn er ist ein Frömmler. Ich werde es nicht zulassen, daß er die Zeit vergeudet, die Euch und meiner Schwester Margot gehört.«

»Ich danke Euch, Sire.«

»Ihr seht gut und kräftig aus«, meinte der König voller Neid.

»Das liegt an dem Leben, das ich führe. Ich widme dem Vergnügen viel Zeit, und wie es scheint, bekommt mir das gut.«

Der König lachte. »Ihr werdet meiner Schwester gefallen.«

»Ich hoffe es, Sire.«

»Ich hörte«, fuhr Karl fort, »Ihr habt wenig Schwierigkeiten, den Frauen zu gefallen.«

»Wie ich sehe, hat dieses Gerücht bereits Paris erreicht.«

»Keine Angst. Das Volk von Paris liebt Männer Eurer Art.«

Entsprach dies wirklich der Wahrheit? Navarra erblickte viele düstere Gesichter in der Menge, die den Straßenrand säumte, um ihn zu sehen.

»Hoch lebe König Karl!« riefen die Menschen, und einige fügten hinzu: »Hoch lebe König Heinrich von Navarra!« Aber vereinzelt hörte man auch Pfiffe, die den Jubel übertönten.

»Es sind heute viele Anhänger der Guises auf den Straßen«, meinte Heinrich nachdenklich.

»Die Anhänger der Guises sind ebenso hier wie die meines Freundes, des Admirals.«

»Ganz Frankreich scheint gekommen zu sein . . . Hugenotten wie Katholiken.«

»So sieht es aus. Ich hörte, viele finden in Paris keine Unterkunft mehr. Die Herbergen sind voll, und nachts schlafen viele auf der Straße. Und das alles nur aus Liebe zu Euch und Margot. Mein Freund, der Admiral, wird hoch erfreut sein, Euch hier zu sehen.«

Navarra lächelte und warf einen Blick zum König hinüber. Bedeuteten die ständigen Anspielungen auf den Admiral, daß er sich doch noch auf die Seite der Hugenotten geschlagen hatte? Und was war mit Katharina von Medici, von der viele glaubten, sie sei für den Tod seiner Mutter verantwortlich? Was hatte sie mit ihm vor?

Aber seine Gedanken verweilten nie lange bei einem Thema, und als er den Louvre erblickte, sah er am Turm entlang hinauf zu den schmalen Fenstern, und plötzlich fiel ihm wieder die junge Frau ein, die er in der Gesellschaft der Königinmutter entdeckt hatte.

»Ich habe im Gefolge Ihrer Majestät, der Königinmutter, eine wunderschöne Dame reiten sehen. Ihre blauen Augen waren die schönsten, die ich jemals erblickt habe.«

Der König lachte. »Die Augen meiner Schwester sind schwarz«, gab er zurück.

»Ich hörte, sie soll die schönsten Augen Frankreichs besitzen«, meinte der junge Bräutigam. »Dennoch frage ich mich, wem jene blauen Augen gehören.«

»Es gibt eine Dame in der *escadron* meiner Mutter, die für die Farbe ihrer Augen berühmt ist, und sie hat tatsächlich blaue Augen. Mein Bruder, ich glaube, Ihr sprecht von Charlotte de Sauves.«

»Charlotte de Sauves«, wiederholte Navarra.

»Sie ist die Hofdame meiner Mutter und die Gattin des Barons de Sauves – unseres Ministers.«

Navarra lächelte glücklich. Er hoffte, die Dame mit den blauen Augen in den nächsten Wochen noch öfter zu sehen, und es paßte ihm gut zu hören, daß sie verheiratet war. Unverheiratete Damen bereiteten manchmal Schwierigkeiten, denen ein Bräutigam in spe unter Umständen nicht gewachsen war.

Und als er die große Halle betrat und durch die Fenster die Seine vorbeifließen sah, dachte er voller Vorfreude an Madame de Sauves.

In seinen Zimmern lag der König auf einem türkischen Teppich und biß sich in seine geballten Fäuste. Er war in tiefer Sorge, und niemand wagte es, sich ihm zu nähern. Selbst seine geliebten Falken auf ihren Sitzstangen konnten ihn nicht erfreuen. Seine Hunde hatten sich vor ihm zurückgezogen; sie spürten ebenso wie seine Diener den Wahnsinn, der in ihm durchzubrechen drohte. Er machte sich Sorgen, und das lag meistens daran, daß er Angst hatte. Er fühlte, daß sich etwas zusammenbraute, das ihn bedrohte.

Seiner Mutter konnte er nicht trauen. Was führte sie im Schilde? Voller Unruhe verfolgte er, wie sich der Leib seiner Gattin immer stärker rundete. Seine Mutter würde es nie zulassen, daß das Kind ihrem geliebten Heinrich den Weg zum Thron verbaute. Und wenn sie Anjou gern den Thron besteigen sähe, was heckte sie gegen ihren Sohn Karl aus?

Nervenzermürbende Stille lag über der Stadt, die nur gelegentlich von plötzlichen Tumulten unterbrochen wurde. Worüber sprachen die Menschen, die sich an jeder Straßenecke versammelten? Was bedeuteten die Streitigkeiten in den Tavernen? Es war Wahnsinn, Hugenotten und Katholiken nach Paris zu holen; das forderte Streit förmlich heraus. Er konnte sich bereits als Gefangenen sehen; er verspürte den Gestank der Verliese in der Nase; er stellte sich vor, wie man ihn folterte, ihm den Kopf abschlug.

Jemand hatte den Raum betreten, und er fürchtete aufzublicken, weil er das Lächeln seiner Mutter zu sehen erwartete. Man erzählte sich, sie besitze alle Schlüssel für sämtliche Räume der Paläste Frankreichs und daß sie nicht selten leise die Zimmer betrat und sich hinter Vorhängen verbarg, um Staatsgeheimnisse zu belauschen oder die Frauen ihrer *escadron* dabei zu beobachten, wie sie mit den Männern schliefen, die sie für sie ausgewählt hatte. In all seinen Träumen und all seinen Ängsten spielte seine Mutter eine wesentliche Rolle.

»Karl, mein Herz.«

Er schluchzte vor Erleichterung, denn es war nicht

seine Mutter, die hinter ihm stand, sondern Madeleine, seine alte Amme.

»Madelon!« rief er aus, wie früher, als er noch ein kleines Kind gewesen war.

Sie nahm ihn in die Arme. »Mein Kleiner. Was fehlt Euch denn? Sagt es Madelon.«

Nach einer Weile hatte er sich etwas beruhigt. »Es sind die vielen Menschen in den Straßen, Madelon. Sie haben dort nichts zu suchen. Nicht Hugenotten *und* Katholiken. Und ich habe sie hierhergeholt. Das macht mir angst.«

»Das stimmt nicht. Die anderen haben sie geholt.«

Er lachte. »Das hast du immer gesagt, wenn es Ärger gab und ich beschuldigt wurde. ›Nein, das war nicht mein Karl; es war Margot oder einer seiner Brüder.‹«

»Aber Ihr hattet nie Dummheiten im Kopf. Ihr wart immer mein guter Junge.«

»Ich bin jetzt König. Ich wünschte, ich wäre wieder ein kleiner Junge und könnte mich aus dem Louvre davonstehlen, mit dir und Marie, meinen Hunden und meinen Falken. Ich möchte mit euch allen einfach davonlaufen. Wie glücklich könnte ich sein!«

»Aber es gibt nichts, was Ihr fürchten müßtet, mein Herz.«

»Ich weiß nicht. Warum können meine Untertanen nicht in Frieden leben? Ich liebe sie alle, egal, ob es Hugenotten oder Katholiken sind. Du selbst bist auch Hugenottin.«

»Ich wünschte, Ihr würdet mit mir beten, Karl. Das könnte Euch viel Trost spenden.«

»Irgendwann vielleicht, Madelon. Aber der ganze Haß um mich herum macht mir angst. Monsieur de Guise haßt den Admiral und der Admiral den kühlen und arroganten de Guise. Das ist nicht gut, Madelon. Sie sollten Freunde sein. Wären diese beiden Männer Freunde, alle Hugenotten und Katholiken von Paris könnten Freunde sein, denn die Katholiken folgen dem Grafen und die Hugenotten dem Admiral. Das ist es! Das ist es, was ich tun muß. Ich muß sie zu Freunden machen. Ich werde darauf bestehen. Ich werde es verlangen. Ich bin der König. Bei

Gott, wenn sich die beiden weigern, sich den Bruderkuß zu geben, werde ich ... dann werde ich ...«

Madeleine wischte ihm den Schweiß von der Stirn. »Ruhig, mein Herz. Ihr habt recht, mein kleiner König. Ihr habt recht, Karl. Ihr werdet darauf bestehen, aber jetzt müßt Ihr Euch etwas ausruhen.«

Er berührte ihre Wangen leicht mit seinen Lippen. »Warum sind nicht alle Menschen in Paris wie du, liebe Amme? Warum sind sie nicht wie Marie und meine Gattin?«

»Dann wäre es wohl eine langweilige Welt«, erwiderte sie.

»Eine langweilige Welt, sagst du. Eine glückliche Welt, sage ich. Keine Furcht ... kein Tod ... kein Blutvergießen. Geh, liebe Amme, geh und bitte Marie, zu mir zu kommen. Ich will sie fragen, was sie zu einer Freundschaft zwischen Monsieur de Guise und dem Admiral sagt.«

Katharinas hoheitsvoller Gesichtsausdruck verbarg den Zynismus, den sie angesichts dieser Farce verspürte.

Henri de Guise gab Coligny den Bruderkuß! Sie mußte an eine ähnliche Szene sechs Jahre zuvor im Schloß Blois denken. Sie selbst hatte damals die gleiche Szene mit den gleichen Personen inszeniert. Damals noch ein Junge, hatte er mit brennenden Wangen hervorgestoßen: »Ich kann keinem Mann den Bruderkuß geben, der meines Vaters Mörder ist.«

Wie die Jahre uns doch verändern, ging es ihr durch den Kopf. Heute war derselbe Graf bereit, den Admiral zu umarmen und ihm die Wangen zu küssen, obwohl er gleichzeitig seinen Tod plante.

»Wie schön es ist, wenn alte Feinde zu Freunden werden!« murmelte Katharina.

»In der Tat, Madame«, flüsterte Madame de Sauves, die in ihrer Nähe stand.

Katharina schenkte der Frau ein Lächeln. Sie spielte ihre Rolle als Verführerin, die gleichzeitig eine treue Ehefrau war, ausgezeichnet. Aber Katharina hatte andere Sorgen. Der alte Narr, der Kardinal de Bourbon, sträubte sich noch immer. Er könne die Zeremonie nicht ohne Zustimmung des Papstes durchführen, hatte er erklärt. Und nachdem auf ihre Anordnung hin keine päpstliche Nachricht durchgelassen wurde, blieben ihr und Karl nichts anderes übrig, als dem Mann offen zu drohen, sollte er sich weiterhin weigern.

Sie würde ihn dazu bringen, dessen war sie sich sicher. Er wurde langsam alt, und außerdem war er aus dem Hause Bourbon. Seine Brüder waren für ihre Stärke nicht gerade berühmt. Also würde sich auch für den Kardinal ein Weg finden.

Und nachdem er sich zur Trauung bereit erklärt hatte, mußte man das Volk von Paris glauben machen, der Papst hätte der Hochzeit zugestimmt. Das würde jedoch nicht weiter schwierig sein.

Dennoch machte sie sich Sorgen. Die Bedrohung durch den Mann, der einst ihr Schwiegersohn gewesen war, schien allgegenwärtig. In seinem düsteren Escorial wurde er über alles informiert, was in Frankreich vor sich ging, und wenn ihm etwas nicht gefiel, gab er die Schuld der Königinmutter. Seine Botschafter waren allesamt Spione, und sie war sicher, daß sie lange Berichte über ihre Aktivitäten verfaßten.

Alva hatte sogar einen speziellen Gesandten losgeschickt, um sie über ihre Absichten zu befragen. Sie gab zu, daß sie den Spaniern wie ein Feind erscheinen mußte. Kürzlich hatte Frankreich eine Allianz mit England unterzeichnet; sie versuchte, ihren Sohn Alençon mit Elisabeth von England zu verheiraten; es gab Anzeichen dafür, daß Coligny den König fast überredet hatte, sein Wort zu halten und die Niederlande gegen Spanien zu unterstützen; und jetzt stand auch noch die Eheschließung zwischen Prinzessin Margot von Frankreich und dem Hugenotten Navarra bevor. Sie zweifelte nicht daran, daß Philipp von Spanien an Krieg dachte . . . an Krieg mit Frankreich, und diese Möglichkeit war es, was sie Tag und Nacht verfolgte, denn er konnte den Fall des Hauses Valois bedeuten. Und um die Valois auf dem Thron zu halten, würde sie nicht zögern zu morden.

Sie entsann sich eines Gesprächs in Bayonne mit dem Grafen von Alva, dem Gesandten des Königs. Damals hatte sie ein Versprechen abgeben und sich als überzeugte Katholikin darstellen müssen. Sie hatte Alva gebeten, es nicht mißzuverstehen, wenn sie aus Gründen der Politik ihre Feinde zu unterstützen schien. Sie hatte Alva die Köpfe aller Hugenottenführer versprochen – aber zum richtigen Zeitpunkt. »Es muß wie ein Unfall aussehen«, hatte sie gesagt, »wenn sie alle in Paris versammelt sind. Ein Anlaß wird sich finden.«

Um die Krone Frankreichs behalten zu können, mußte die Hochzeit bald stattfinden, auch wenn sie Philipp von Spanien sofort wieder beschwichtigen mußte. Mit etwas Glück war es die Ermordung Colignys, dessen Tod Philipp schon lange herbeisehnte, die ihn zufriedenstellen würde. Und falls nicht – die Worte jenes Gesprächs mit Alva in Bayonne fielen ihr wieder ein: ». . . im richtigen Augenblick . . . wenn alle Hugenotten in Paris versammelt sind . . . ein Anlaß wird sich finden . . .«

Hatte sie den Anlaß gefunden? War dies der richtige Augenblick?

Der König wurde für die Hochzeit angekleidet, und unter seinen Freunden und der Dienerschaft herrschte eine gedrückte Stimmung, denn seine Kieferknochen mahlten, und das Weiße seiner Augen war rot unterlaufen. Was würde diese Hochzeit bringen, von der ganz Paris, ja ganz Frankreich sprach?

»Diese Hochzeit wird eine Bluthochzeit«, hörte man die Leute reden, und der König wußte, daß sie diese Worte flüsterten.

Der Kardinal de Bourbon war dazu gebracht worden, die Eheschließung vorzunehmen; man hatte ihm klargemacht, daß der König und, was noch schlimmer war, die Königinmutter sehr ungehalten sein würden, wenn er ihren Wünschen nicht nachkam. Karl und seine Mutter ließen in Paris verbreiten, daß der päpstliche Dispens in ihren Händen sei, also gab es keinen Grund mehr, die Hochzeit zu verzögern.

So bebte der König innerlich, und als man ihm seine kostbarsten Kleider anlegte, fragten sich diejenigen, die um ihn waren, wie lange er den in ihm aufkeimenden Wahnsinn noch zu unterdrücken vermochte. Daß er bald ausbrechen würde, stand fest.

Die Braut war überheblich, blaß und schlecht gelaunt. Vor ihren Zofen verschaffte sie sich Luft.

»Ich habe Tag und Nacht gebetet. Ich habe die Jungfrau Maria und die Heiligen angefleht, mir zu helfen. War das alles umsonst? Es sieht so aus, denn der verhaßte Tag ist angebrochen, der Tag meiner Hochzeit. Ich habe meine Nächte weinend verbracht . . .«

Die Zofen trösteten sie. Sie wußten, daß sie ihre Nächte im Bett mit de Guise verbracht hatte, aber Margot schaffte es dennoch immer wieder, andere ebenso von etwas zu überzeugen wie sich selbst. Im Augenblick sah sie sich als die widerwillige Braut, als Werkzeug ihres Bruders und ihrer Mutter, dazu gezwungen, einen Mann zu heiraten, den sie haßte. Haßte sie Heinrich von Navarra wirklich? Er war nicht unansehnlich. Sie hatte sogar etwas Interesse gezeigt, als er die eine Augenbraue hochgezogen und ihr auf seine hinterwäldlerische Art zugezwinkert hatte. Wahrscheinlich konnte man ihr Gefühl ihm gegenüber nicht gerade als Haß bezeichnen; aber es klang weitaus dramatischer, als ihm einfach nur gleichgültig gegenüberzustehen. Also erklärte sie, daß sie ihn haßte.

Trotz ihrer mißlichen Lage konnte sie nicht umhin, sich selbst zu gefallen. Sie berührte die Krone auf ihrem Kopf. Wie gut sie ihr stand! Durch diese Ehe wurde sie zur Königin. Sie legte sich den Hermelinumhang um die Schultern und bewunderte sich, während man ihr den blauen Umhang mit den eingestickten Kronjuwelen umlegte. Sie blickte über ihre Schulter zu dem Gefolge, das notwendig war, um ihre Schleppe zu tragen, und alle mußten sie

Prinzessinnen sein. Ein fröhliches Lachen kam aus ihrer Kehle, doch dann entsann sie sich wieder ihrer Rolle als widerspenstige Braut.

Der 18. August, ging es ihr durch den Kopf, mein Hochzeitstag ... der Tag, an dem ich Königin von Navarra werde. Das Mädchen, das einst dachte, ihr Herz würde brechen, als man ihr den Liebhaber wegnahm und mit Cathérine de Cléves verheiratete, gab es nicht mehr. Nun gab es nur noch die Frau, die in wenigen Stunden eine Königin war.

»Euer Majestät, wir müssen gehen«, flüsterte eine der Zofen.

Sie verdrängte ihre Gedanken und erinnerte sich wieder ihrer Rolle. »Du bist voreilig«, gab sie eisig zurück. »Noch bin ich keine Königin und darf nicht so angesprochen werden.«

Die Augen des Mädchens füllten sich mit Tränen, und Margot küßte sie.

»Keine Tränen mehr. Die Tränen, die ich bereits vergossen habe, reichen.«

Während sie über den mit Goldstoff ausgeschlagenen Steg ging, der vom Bischofspalast zu Notre-Dame führte, hielt sie den Kopf hoch erhoben. Sie konnte unter sich die Menschenmassen sehen und wußte, daß viele von ihnen in der Menge ersticken oder noch vor Ende der Trauungszeremonie zu Tode getrampelt werden würden. Und das alles nur, um einen Blick auf die königliche Hochzeit zu werfen, einen Blick auf die Braut, die nicht nur für ihre Schönheit berühmt, sondern auch für ihre Lasterhaftigkeit berüchtigt war. Sie wußte, was man über sie erzählte. Dem Volk war ihre Liebesbeziehung zu ihrem Helden nicht verborgen geblieben. Die katholische Bevölkerung ließ sich sicherlich darüber aus, daß sie nicht den katholischen Henri de Guise, sondern den Hugenotten Heinrich von Navarra heiratete. Andere würden sich über sie lustig machen. Sie konnte förmlich hören, wie sie sagten: »Monsieur de Guise war natürlich nicht der einzige, wißt ihr. Sie hatte auch ein Verhältnis mit Monsieur d'Entragues und einem Mitglied der königlichen Leibgarde, Monsieur de Charry. Einige behaupten, sie hätte auch etwas mit dem Prinzen de Martigues gehabt.«

Es schien unmöglich zu sein, etwas vor der Öffentlichkeit geheimzuhalten. Boten die Mauern des Schlosses denn überhaupt keinen Schutz?

Doch sie würde das Volk schon amüsieren; und das Volk von Paris liebte jene, die es amüsierten – selbst wenn ihnen ihre Untreue gegenüber ihrem geliebten Grafen nicht gefiel.

Ja, Margot zweifelte nicht daran, an diesem Tag Gesprächsthema Nummer eins in ganz Paris zu sein.

Die Kirche selbst betraten die Brautleute nicht, denn man hatte sich darauf geeinigt, daß der Bräutigam weder die Messe hören noch die Schwelle zu Notre-Dame überschreiten sollte; es stellte sich jedoch schnell heraus, daß die Zeremonie auf diese Weise noch an Interesse gewann, denn ihr konnten dadurch weitaus mehr Leute beiwohnen. Also knieten Margot und Heinrich von Navarra vor dem Westportal der Kirche nieder.

Der Bräutigam sah nicht schlecht aus in seiner prunkvollen Kleidung, aber seine Braut brauchte nicht lange, um das Fehlen der Eleganz zu bemerken, die sie von den Herren bei Hof gewohnt war und auch durch golddurchwirkte Gewänder und Juwelen nicht erreicht werden konnte. Er trug das Haar *en brosse, à la Béarnais;* nicht ein Hauch von Parfüm war zu riechen; trotzdem wirkte er mit seinem Lächeln und dem zynischen Blick nicht gerade unattraktiv.

Doch wie sehr war ihr dieser Mann neben ihr zuwider! Sie würde ihn nicht heiraten. Sie gehörte dem Mann, der von allen Menschen in Paris geliebt wurde. Er war ihre erste wahre Liebe gewesen und würde ihre einzige Liebe bleiben.

Die Zeremonie hatte begonnen. Heinrich von Navarra nahm ihre Hand.

»Ich will nicht. Ich *will* nicht!« schoß es ihr durch den Kopf. Warum kann ich nicht den Mann heiraten, den ich mir auserwählt habe? Warum soll ich eine Ehe mit diesem Trampel eingehen? Ich will Henri de Guise zum Gatten, nicht Heinrich von Navarra!

Alle warteten auf ihre Antworten, und die Stille um sie herum war erdrückend. Sie mußte ihre Zustimmung geben, daß sie den Mann neben sich zum Gatten nehmen wollte. Aber ihr stand der Sinn nach etwas anderem; ihre Liebe zur Dramatik verdrängte alles andere. Ganz Paris sollte erfahren, daß sie sich im letzten Augenblick geweigert hatte, den Mann zu heiraten, den man ihr aufzwingen wollte.

Der Kardinal wiederholte seine Frage. Margot preßte die Lippen fest aufeinander. Ich will nicht. Ich *will* nicht! dachte sie wieder. Da spürte sie, wie sich eine Hand auf ihren Kopf legte.

»Antworte!« vernahm sie den König dicht an ihrem Ohr, aber sie schüttelte trotzig den Kopf.

»Du Närrin!« fuhr Karl fort. »Beuge deinen Kopf, oder ich werde dich töten.« Mit Gewalt preßte er ihren Kopf nach unten, und sie konnte hören, wie er zum Kardinal sagte: »Das reicht. Sie hat genickt. Die Braut ist zu schüchtern, um zu sprechen. Mit dem Nicken hat sie ihre Zustimmung gegeben.«

Aber viele hatten gesehen, was vorgefallen war, und freuten sich über den Mut der Prinzessin. Als die Zeremonie weiterging, schenkte der Bräutigam seiner Braut ein zynisches Lächeln.

Es folgten die Festlichkeiten, die Maskenbälle und Theateraufführungen.

Coligny sehnte sich nach der Stille seines Hauses in Châtillon. Wie gerne wäre er in diesem Moment im Kreise seiner Familie gewesen, aber er wußte, daß er in Paris bleiben mußte. Er schalt sich selbst wegen dieser Gedanken, mußte er doch dankbar dafür sein, seinen Einfluß auf den König wiedererlangt zu haben.

Sobald sich eine Gelegenheit ergab, zog er sich auf sein Zimmer zurück und verfaßte einen Brief an Jacqueline, in dem er von der Hochzeit erzählte.

Hier in seinem Zimmer konnte er die Musik, das Gelächter und das Singen im Palast vernehmen. Von den Straßen drangen die Geräusche der feiernden Menschen zu ihm herauf, und die Luft schien angefüllt von ihrem Lärmen.

Katharina fiel Colignys Abwesenheit schnell auf. Unsere Vergnügungen können einem solch frommen Mann wenig Freude schenken, dachte sie. Sie wußte, er saß jetzt in seinem Zimmer und schrieb vermutlich seiner ebenso frommen Gattin einen Brief. Mit etwas Glück war es der letzte Brief, den er ihr schrieb.

Sie sah den Tanzenden zu. Margot tanzte mit dem Grafen de Guise und Heinrich von Navarra mit Charlotte de Sauves. Katharina mußte unwillkürlich zynisch lächeln, als sie diese vier beobachtete. Eins war sicher: Weder Braut noch Bräutigam konnte den jeweils anderen beschuldigen, untreu zu sein. Ganz offensichtlich hatten beide die Absicht, ihr Treuegelöbnis noch in der Hochzeitsnacht zu brechen!

Doch sie konnte zufrieden sein. Die Ehe war geschlossen worden. Selbst wenn die Hugenotten die Katholiken und die Bourbonen die Valois verdrängen sollten – sie hatte eine Tochter, die Frankreichs Königin war. sie hatte es geschafft, einen Fuß in beide Lager zu setzen. Egal ob ein katholischer Valois oder ein hugenottischer Bourbone auf dem Thron saß – sie würde die Königinmutter bleiben.

Und was Philipp betraf – er mußte Colignys Kopf erhalten. Der Gouverneur von Lyon war instruiert worden, nicht nur keine Briefe nach Frankreich herein-, sondern auch keine Briefe aus Frankreich hinauszulassen. Philipp und der Papst durften von der Hochzeit nichts erfahren, bevor sie nicht auch den Tod des Hugenottenführers melden konnte.

Fast unmerklich hoben sich ihre Augenbrauen, denn Coligny hatte den Saal betreten.

Katharina lief auf ihn zu.

»Lieber Admiral, wie freue ich mich, daß Ihr an unserem ausgelassenen Treiben ein wenig teilhaben wollt. Es ist etwas läppisch und dumm, aber ich bin sicher, daß Ihr Euch ebenso an solchen Dingen erfreut habt, als Ihr noch im Alter dieser jungen Leute wart – wie auch ich. Ist es nicht schön, das junge Paar anzusehen? Und, Admiral«, sie legte ihre Hand auf seinen Arm, »ich weiß, Ihr werdet mit mir beten, daß diese Ehe dem Zwist in unserem Lande ein Ende setzt.«

»Amen, Madame«, erwiderte Coligny.

»Es freut mich zu sehen, welchen Einfluß Ihr auf meinen Sohn habt. Ich weiß, daß Seine Majestät Euch in allen Dingen konsultieren. Ach, mein teurer Admiral, Ihr habt den innigsten Dank einer Mutter. Versprecht mir, hierzubleiben ... lange hierzubleiben und Euren Einfluß zu nutzen, unserem Land Frieden zu bringen.«

Sie blickte in sein edles Gesicht und erkannte, daß es seine ganze Haltung war, die den Admiral so anziehend machte. Ich werde seinen Kopf nach Rom schicken. Er wird gleichzeitig mit der Nachricht der Hochzeit dort eintreffen, dachte sie.

Man hatte sie mit königlichem Pomp zu Bett geleitet, den zynischen Bräutigam und die gleichgültige Braut. Seine hugenottischen Diener waren gegangen, ihre katholischen Zofen ebenfalls, und sie waren allein.

Das Kerzenlicht betonte seine Gesichtszüge, aber Margot glaubte nicht, ihn in ihrer Nähe ertragen zu können. Sie wollte nicht, daß diese dicken Pranken sie berührten; sein dichtes Haar war ein krasser Gegensatz zu Henri de Guises weichen Locken. Warum benutzte er kein Parfüm, wenn er sich anscheinend eher wenig wusch?

Er betrachtete sie, fest entschlossen, ihrer Gleichgültigkeit seine eigene entgegenzusetzen.

»Nun«, begann er schließlich, »die Hochzeit hat stattgefunden. Ich erinnere mich noch an damals, als wir zusammen nach Bayonne ritten. Damals habt Ihr geschworen, eher zu sterben, als mich zu heiraten.«

»Ich weiß nicht«, antwortete sie in melancholischem Tonfall, »ob ich in diesem Augenblick nicht lieber tot wäre.«

Er lachte lauthals. »*Ihr* . . . tot! *Bevor* all die vielen Feierlichkeiten vorüber sind?«

Plötzlich mußte sie lachen. »Vielleicht hätte ich hinzufügen sollen: nach den Festlichkeiten.«

Es war auf einmal, als hätten sie einen Pakt geschlossen. Sie besaß einen Humor, der seinem glich, und war nicht in der Lage, ihn zu unterdrücken und die Rolle zu spielen, die sie eigentlich geplant hatte.

»Während des Tanzes habe ich keinen gesehen, der weniger melancholisch als Ihr gewesen wäre.«

»Ich habe es gelernt, die Rollen zu spielen, die man mir aufzwingt. Wie Ihr Madame de Sauves nachgestellt habt, das kann man nur als Schande bezeichnen. Vielen ist das aufgefallen. So verhält man sich nicht in seiner Hochzeitsnacht, Monsieur. Zumindest nicht in Paris. Vielleicht zählen in Eurem fernen Béarn . . .«

»Immerhin ist es jetzt auch Euer Béarn, Madame.«

»Vielleicht zählen in *unserem* fernen Béarn Höflichkeit, Eleganz und Ehrerbietung nicht viel; aber hier in Paris erwarte ich, daß Ihr mich mit Respekt behandelt. Ich bin jetzt schließlich Eure Gattin.«

»Wenn auch widerwillig«, erinnerte er sie.

»Und Königin von Navarra.«

»Weniger widerwillig«, warf er ein, und sie ließ sich herab, über diesen Einwurf zu lächeln.

»Bitte nehmt zur Kenntnis, daß diese Ehe, was mich anbelangt, nur geschlossen wurde, um dem König und meiner Mutter zu gefallen, und ich wünsche, daß die Ehe auch als solche verstanden wird, womit ich sagen will . . .«

»Eure Meinung ist mir völlig klar«, unterbrach er sie und stützte sich auf dem Ellbogen ab, um sie zu betrachten.

»Ich hoffe, Ihr respektiert meinen Wunsch.«

»In dieser Beziehung habt keine Angst, Madame. Darf ich Euch eine gute Nacht wünschen?«

»Gute Nacht.«

Sie war wütend auf ihn. Er hätte wenigstens etwas Bedauern zeigen können, selbst wenn er nicht versuchte, sie zu überreden. Er besaß keinerlei Manieren; er war ein Tölpel, ein Bauerntrampel. Es glich einer Beleidigung, sie mit einem solchen Mann zu verheiraten, selbst wenn er ein König war.

Sie starrte auf die Vorhänge des Bettes und bebte vor Wut.

Nach einer Weile sagte er: »Wie ich sehe, vermögt Ihr nicht zur Ruhe zu kommen, Madame. Darf ich dies Eurem Ärger darüber zuschreiben, daß ich es nicht wert bin, diesen Platz in Eurem Bett einzunehmen oder Eurem unbändigen Verlangen nach mir?«

»Letzteres ist sicherlich nicht der Grund«, fauchte sie zurück. Insgeheim war sie jedoch dankbar dafür, daß er erneut mit ihr sprach.

»Ich bitte Euch, seid nicht zu hart mit mir«, bat er sie. »Wir, die wir von königlichem Geblüt sind, können unsere Ehegatten nun einmal nicht auswählen und sollten daher versuchen, das Beste daraus zu machen.«

»Das Beste daraus machen! Was wollt Ihr damit sagen?«

»Wir sollten lächeln und nicht streiten. Wir sollten Freunde werden, wenn wir uns schon nicht lieben können.«

»Also empfindet Ihr Freundschaft für mich?«

»Wenn Ihr mir die Hand der Freundschaft reicht, werde ich sie nicht zurückstoßen.«

»Das«, stimmte sie ihm zu, »ist sicherlich besser, als Feinde zu sein. Aber können wir denn Freunde sein? Wir gehören unterschiedlichen Konfessionen an.«

Er ließ sich auf sein seidenes Kissen zurücksinken und verschränkte die Arme hinter seinem Kopf. »Konfession?« fragte er lachend. »Was hat der Glaube denn mit uns zu tun?«

Entrüstet setzte sie sich auf. »Ich verstehe Euch nicht, Monsieur. Ihr seid doch Hugenotte, oder nicht?«

»Ja, ich bin Hugenotte.«

»Dann wißt Ihr auch, was ich mit Konfession meine.«

»Ich bin Hugenotte«, fuhr er fort, »weil ich der Sohn meiner Mutter bin. Teure Marguerite, wärt Ihr als Tochter meiner Mutter geboren worden, wärt Ihr heute Hugenottin. Und wäre ich Eures Vaters Sohn, hinge ich heute dem katholischen Glauben an. So einfach ist das.«

»Nein«, antwortete sie, »manche wechseln auch ihren Glauben. Eure Mutter zum Beispiel. Sogar Gaspard de Coligny war einst Katholik.«

»Diese Fanatiker wechseln möglicherweise den Glauben; aber, geliebte Gattin, Ihr und ich wurden nicht dafür geschaffen, Fanatiker zu sein. Wir beide lieben das Leben. Wir wollen das Leben genießen, und der Glaube kann einem dabei leicht im Wege stehen. Also spielt unser Glaube keine allzu große Rolle. Ihr seid Katholikin; ich bin Hugenotte. Na und? Ihr wißt, was Ihr vom Leben erwartet, und nehmt es Euch. Mir geht es genauso. Unser Glaube ist nicht gleichbedeutend mit unserem Leben. Es sind zwei grundverschiedene Dinge.«

»Noch nie in meinem Leben habe ich jemanden derart sprechen hören!« rief sie aus. »Ist das die Art der Hugenotten?«

Er lachte. »Ihr wißt das selbst viel besser. Eigentlich sind sie fast noch fanatischer als die Katholiken, falls das überhaupt möglich ist. Nein, es ist ganz einfach *meine* Art . . . und vielleicht auch Eure.«

»Aber ich hatte geglaubt, Ihr . . . als Sohn Eurer Mutter . . .«

»Ich trage viele Seelen in meiner Brust, Marguerite. Für den König bin ich jene Persönlichkeit, für Eure Mutter eine andere und wieder eine andere für Monsieur de Coligny; und ich bin bereit, ein noch anderer Mensch für Euch zu sein. Seht Ihr, als Baby hatte ich acht verschiedene Ammen und trank acht verschiedene Sorten Milch. Es sind acht Männer in diesem Körper verborgen, der, so traurig es ist, vor Euren Augen keine Gnade findet. Ich bedaure es für Euch, daß ich nicht so groß gewachsen und gut aussehend bin wie Monsieur de Guise.«

»Und ich bedaure, daß ich nicht die blauen Augen und das goldene Haar von Madame de Sauves besitze.«

»Es ist wahr, die Euren sind schwarz«, erwiderte er mit gespieltem Bedauern. »Dennoch«, fügte er hinzu, »seid Ihr nicht unattraktiv. Aber wir kommen vom Thema ab. Wir sprechen von Liebhabern und wollten doch von Freunden reden.«

»Wollt Ihr damit andeuten, da ich Euch nicht als Gatten lieben kann, könnte ich es als Freund?«

»Ich wollte damit andeuten, daß es dumm wäre, wenn wir gegeneinander arbeiteten. Ich bin der König von Navarra; Ihr seid die Königin. Wir sollten Verbündete sein. Ihr, als gute Gattin, solltet über meine Interessen wachen; als eine weise Gattin solltet Ihr das tun, denn, meine liebe Margot, meine Interessen sind seit dem heutigen Tag auch die Euren.«

»Interessen?«

»Stellt Euch nicht dumm! Ihr wißt, daß wir in einem Netz von Intrigen leben. Aus welchem Grund wollten Eure Mutter und Eure Brüder, daß ich hierherkomme?«

»Damit Ihr mich heiratet.«

»Und weshalb sollte es ihr Wunsch sein, uns verheiratet zu sehen?«

»Das wißt Ihr doch ... um Katholiken und Hugenotten zu vereinen.«

»Ist dies der einzige Grund?«

»Ich wüßte keinen anderen.«

»Und wenn Ihr einen anderen Grund wüßtet, würdet Ihr ihn mir sagen?«

»Das käme darauf an.«

»Ja. Es käme darauf an, ob es im Interesse eines anderen läge, ihn mir zu nennen. Aber mein Interesse ist nun auch Euer Interesse, meine Königin. Verliere ich mein Königreich, verliert Ihr Eures.«

»Das ist wahr.«

»Dann werdet Ihr mir helfen, das zu bewahren, an dem Ihr mit mir teilhabt?«

»Nun«, sagte sie zögernd, »ich denke schon.«

»Ihr werdet feststellen, daß ich ein sehr nachgiebiger Ehemann bin. Natürlich ist es notwendig, daß wir diese Nacht zusammen verbringen – die Etikette Eures königlichen Hauses verlangt es von uns. Ich kann Euch aber auch allein lassen. Aber bedenkt, es ist schließlich nur eine Nacht in unserem Eheleben. Versteht Ihr mich?«

»Ihr meint, ich soll mich nicht um Eure Dinge kümmern, und Ihr laßt mich in Ruhe? Das klingt vernünftig.«

»Ha!« stieß der König von Navarra hervor. »Wären alle Menschen so vernünftig, gäbe es weitaus mehr glückliche Ehen im Land. Ich werde keinen Versuch unternehmen, Eure Freundschaft mit Monsieur de Guise zu zerstören, aber Ihr werdet in Eurer Bewunderung für diesen gutaussehenden, charmanten und eleganten Herrn nicht vergessen, daß er der Freund der Prinzessin Marguerites, aber auch gleichzeitig der Feind der Königin von Navarra sein könnte.«

Ihre Antwort war kühl. »Madame de Sauves besitzt wunderschöne Augen; sie hat unvergleichliches goldenes Haar; aber Ihr wißt auch, daß sie eine der besten Spioninnen meiner Mutter ist.«

Er ergriff ihre Hand und drückte sie. »Ich sehe, wir verstehen uns, meine geliebte Gattin.«

Die Kerzen flackerten, und sie murmelte: »Was für ein Trost.«

»Es gibt noch andere Möglichkeiten des Trostes.«

Sie schwieg, und er beugte sich zu ihr hinüber und küßte sie.

»Es wäre mir lieber, Ihr ließet das bleiben«, sagte sie.

»Glaubt mir, es war nur, um der Etikette Genüge zu tun.«

Margot lachte. »Ein paar Kerzen sind erloschen«, meinte sie. »Ihm düsteren Licht seht Ihr ganz anders aus.«

»Ihr ebenso, meine Liebe«, erwiderte er.

»Was mich angeht«, fuhr sie fort, »nur die Tatsache, daß wir König und Königin sind und die Etikette es von uns verlangt, könnte mich dazu bringen . . .«

»Ich wiederum«, gab er zurück, »könnte mich nur dazu bereit finden, weil es ungalant ist, mit einer Dame in einem Bett zu liegen und ihr zu widerstehen . . . Mein ritterliches Herz verlangt es von mir, Ihr versteht?«

Sie wich von ihm ab, aber er hatte sie bereits umarmt.

Er flüsterte: »Die Galanterie Béarns und die Etikette Frankreichs ... zusammen, meine Liebe, sind sie unwiderstehlich.«

II

Im Louvre gingen die Feiern und Bälle weiter. Draußen versammelte sich das Volk immer wieder in Gruppen, sah zu den erleuchteten Fenstern hinauf und sagte: »Was hat das alles zu bedeuten? Hugenotten und Katholiken tanzen zusammen; sie reichen sich die Hände; sie singen gemeinsam. Es ist, als wären sie Freunde . . . und doch, was hat das zu bedeuten?«

Die Tage waren brütend heiß; kein Windhauch brachte Linderung. Nachts strahlten die Sterne unnatürlich hell, und der Festlärm war in der ganzen Stadt zu hören. Die Menschen tanzten auf den Straßen, bis sie erschöpft auf dem Pflaster einschliefen, weil sie keine Unterkunft mehr hatten finden können. Überall wurde gefeiert, alle schienen fröhlich zu sein. Und doch gab es kaum jemanden in der Stadt, der nicht das Gefühl hatte, daß an diesem Hochzeitstrubel etwas falsch sei.

Von alldem am wenigsten berührt wirkte die Braut. Sie tanzte, strahlte eine Faszination aus wie nie zuvor. Die widerspenstige Braut genoß ihre Rolle und war viel zu sehr mit sich selbst beschäftigt, um auch nur einen Gedanken an das zu verschwenden, was um sie herum vorging.

Sie war die herausragende Person in dem Ballett, das Henri de Guise mit seinen zwei Brüdern und seinen Schwestern zur Unterhaltung des Hofes geschrieben hatte. ›Das Geheimnis der drei Welten‹ hatten sie es genannt, und es stellte eine brillante Charade dar, in der sie ihre Feinde der Lächerlichkeit preisgaben. Heinrich von Navarra und Henri de Condé betraten in dem Stück, als Ritter gekleidet, das Paradies, wo sie sich inmitten so schöner Nymphen wie Marguerite, der Braut, und Charlotte de Sauves wiederfanden. Verzückt tanzten sie miteinander zum Applaus des Publikums. Damit endete das Ballett jedoch noch nicht, denn ganz unerwartet erschienen der König und sein Bruder Anjou, noch prunkvoller gekleidet als Navarra und Condé, und zwischen den vier Rittern entwickelte sich ein gespielter Kampf. Navarra und Condé wußten, daß sie sich geschlagen geben mußten, denn niemand durfte den König von Frankreich besiegen – nicht einmal im Spiel. So wurden Navarra und Condé von den Frauen abgedrängt. Eine Reihe Höflinge, die als Teufel verkleidet waren, trieben die beiden nach hinten, und als der Vorhang etwas zur Seite gezogen wurde, war ein gewaltiges Feuer zu erkennen, um anzudeuten, daß die hugenottischen Prinzen zur Hölle gejagt worden waren.

Die Katholiken jubelten lauthals, als der König und Anjou mit den Damen tanzten, während die ›Teufel‹ einen wilden Tanz um die verwirrten Prinzen Navarra und Condé vollführten und sie in Richtung des Feuers drängten.

Die Hugenotten sahen schweigend und erbost zu. Nur der König von Navarra schien sich zu amüsieren. Er kämpfte sich seinen Weg frei, um zurück ins Paradies zu gelangen, und schaffte es beinahe, Anjou Madame de Sauves zu entreißen und sie mit in die Hölle zu tragen.

Als Margot später mit Henri de Guise tanzte, meinte sie: »Mit solchen Spielen verdirbst du allen den ganzen Spaß.«

»Nicht doch«, erwiderte de Guise. »Alle haben sich köstlich amüsiert.«

»Die Katholiken vielleicht, aber die Hugenotten waren nicht begeistert.«

»Nun, dann ändern sie vielleicht ihr Verhalten, bevor sie tatsächlich ins Fegefeuer getrieben werden.«

»Ich wünschte, du wärest weniger fanatisch. Fanatismus ist Wahnwitz.«

Mißtrauisch sah er sie an. »Wer hat dir so etwas gesagt?«

»Niemand. Wem, glaubst du denn, würde ich zuhören? Ich bin diesen Streit zwischen Katholiken und Hugenotten einfach leid.«

»Es ist noch nicht lange her, da warst du eine überzeugte Katholikin. Hat vielleicht deine Heirat etwas mit deinem Sinneswandel zu tun?«

»Ich bin noch immer eine überzeugte Katholikin, und meine Ehe hat keinerlei Einfluß auf meine Meinung.«

»Bist du dir dessen sicher? Mir will scheinen, du bist deinem Gatten nicht mehr so abgeneigt wie noch vor kurzer Zeit.«

»Welchen Zweck hätte das auch, jetzt, da ich mit ihm verheiratet bin? Bist du eifersüchtig?«

»Wahnsinnig. Du kannst dir nicht vorstellen, welche Qualen ich während der letzten Tage und Nächte durchlebt habe.«

»Du warst es«, seufzte Margot. »Als ich dich sah, konnte ich die verlangte Antwort nicht geben.«

»Ich weiß.«

»Henri, ich möchte dich um etwas bitten.«

»Was immer du verlangst.«

»Dann hör auf, die Hugenotten aufzustacheln. Laß uns zur Abwechslung Frieden mit ihnen schließen. Dieses dumme Stück der drei Welten und das andere, in dem du meinen Gatten und Condé hast Türken spielen lassen, die von meinen Brüdern in der Schlacht geschlagen wurden . . . damit bist du zu weit gegangen. Alle können sich noch daran erinnern, wie die Türken bei Lepanto geschlagen wurden, und die darin liegende Beleidigung war für alle offensichtlich. Ich bezeichne das als geschmacklos und wenig elegant.«

»Durch deine Ehe haben die Hugenotten bei dir schon gewonnen.«

»Hugenotten! Katholiken! Laß uns doch einmal an etwas anderes denken. Aber das ist dir unmöglich, nicht wahr? Selbst in diesem Augenblick, da du zu mir von Liebe redest, bist du mit deinen Gedanken woanders. Meinst du, ich weiß es nicht? Woran du denkst? Was du ausheckst?«

Sie stand jetzt ganz dicht bei ihm, und als sie ihm in die Augen sah, bemerkte sie für einen Moment Mißtrauen in seinem Blick. Sie hatten sich leidenschaftlich geliebt, aber auch wenn er sie noch so begehrte wie sie ihn, vertraute er ihr nicht seine Geheimnisse an, denn sie war jetzt die Frau eines Hugenotten.

»Ich denke an *dich*«, sagte er.

Sie mußte lachen. Ich kann nichts dafür, daß ich ihn liebe, dachte Margot.

»Ich muß dich allein sehen«, erwiderte sie dann.

»Aber gerne«, antwortete er, aber sein Blick wanderte über ihre Schulter hinweg zu einer Person in der Nähe der Tür. Eifersucht ergriff von ihr Besitz, wurde aber schnell von Neugier abgelöst, denn sein Augenmerk galt nicht etwa einer Frau, sondern einem Mann, den sie als Chanoine de Villemur, einen seiner alten Lehrmeister, erkannte.

Chanoines und de Guises Blicke trafen sich, und es kam Margot so vor, als tauschten sie eine stumme Botschaft.

»Nun«, verlangte sie zu wissen, »wann?«

»Wir sehen uns später, Margot«, antwortete er. »Ich muß eben mit dem alten Mann dort drüben sprechen. Später, Liebling ...«

Wütend sah sie ihm nach, während er die Halle durchschritt. Sie konnte noch erkennen, wie er stehenblieb und dem alten Mann etwas zuraunte; wenige Sekunden danach verloren sich die beiden in der Menge. Kurz darauf sah sie den Alten noch einmal allein. Er schien einen Augenblick zu zögern, dann verließ er unauffällig den Raum. Obwohl sie versuchte, Henri de Guise zu entdecken, war ihr kein Erfolg beschieden.

Wie konnte er es wagen! Er hatte eine Entschuldigung erfunden, um sie zu verlassen. Zweifellos hatte er ein Rendezvous mit einer anderen Frau. Das würde sie sich nicht gefallen lassen. Ihr Blick schweifte umher, und erleichtert nahm sie zur Kenntnis, daß Charlotte de Sauves mit Heinrich von Navarra ins Gespräch vertieft war.

Kaum hatte Henri de Guise den Louvre verlassen, eilte er zum Haus Chanoine de Villemurs in einer nahe gelegenen Seitenstraße, die zur Rue Béthisy führte, in der Coligny wohnte.

De Guise betrat das Haus, schloß leise die Tür hinter sich und stieg die Holztreppe hinauf.

In einem von Kerzen erleuchteten Raum warteten bereits einige seiner Familienmitglieder auf ihn. Unter ihnen befanden sich seine Brüder, der Graf de Mayenne und der Kardinal de Guise, sowie sein Onkel, der Graf d'Aumale. Außerdem war ein Fremder unter ihnen, ein dunkler, gebräunter Mann, dem anzusehen war, daß er eine längere Reise hinter sich hatte.

»Toshingi ist angekommen«, sagte Mayenne und schob den Mann etwas vorwärts. Toshingi kniete nieder und küßte die Hand des jungen Grafen.

»Willkommen«, sagte de Guise. »Hat Euch jemand gesehen, als Ihr in die Stadt gekommen seid?«

»Niemand, Herr. Ich war verkleidet und kam während der Nacht an.«

»Ihr wißt, was von Euch erwartet wird?«

»Wir haben ihm gesagt«, antwortete der Kardinal für ihn, »daß sein Opfer ein einflußreicher Mann ist.«

»So ist es«, sagte de Guise. »Und ich sage Euch noch mehr: Der Mann, den Ihr töten sollt, ist Gaspard de Coligny. Fühlt Ihr Euch dazu in der Lage?«

»Was immer Ihr mir befehlt, werde ich ausführen, Herr.«

»Gut. Wir werden Eure Flucht sogfältig vorbereiten.«

»Danke, Herr.«

»Der Schuß darf nicht aus diesem Haus abgefeuert werden. Nebenan ist ein leerstehendes Haus. Wenn Ihr hinter einem der unteren Fenster auf ihn lauert, könnt Ihr ihn erwischen, wenn er auf dem Weg zur Rue Béthisy hier vorbeikommt. Es ist von äußerster Wichtigkeit, daß der Schuß nicht fehlgeht.«

»Herr, Ihr kennt meinen Ruf.«

»Es gibt keinen besseren Schützen in Paris«, warf Mayenne ein. »Wir haben vollstes Vertrauen in Euch, Toshingi.«

»Ich danke Euch, Herr. Ich werde Euer Vertrauen nicht enttäuschen.«

»In Chanoines Ställen wird ein gesatteltes Pferd für

Euch bereitstehen. Sofort nachdem Ihr geschossen habt, müßt Ihr auf schnellstem Weg das Haus durch den Hintereingang verlassen, über die Mauer klettern und zum Stall laufen. Wir gehen jetzt hinüber in das leerstehende Haus. Wir wollen sicherstellen, daß alles in Ordnung ist und nichts den Erfolg zunichte machen kann.«

Die kleine Gruppe stieg die hölzerne Treppe hinunter und ging zum Haus nebenan.

Als die Ratsversammlung vorüber war, verspürte der König Lust, Tennis zu spielen.

»Geht mit mir, Vater«, sagte er zu Coligny. »Begleitet mich zum Tennisplatz, dann geht nach Hause, um Euch auszuruhen, denn Ihr seid müde. Guise und Téligny werden mit mir spielen, nicht wahr, meine Freunde?«

Sowohl de Guise als auch Téligny gaben ihre Bereitschaft zu erkennen.

Viele Höflinge begleiteten sie zu den Plätzen, und nachdem Coligny dem Spiel eine Weile zugesehen hatte, erklärte er nun, zu seinem Haus in der Rue Béthisy aufbrechen zu wollen. Ein Dutzend seiner Getreuen folgte ihm.

Gaspard nahm nur vage wahr, worüber sich seine Leute unterhielten; er selbst war nicht in der Stimmung zu reden. Wie es aussah, war der König bereit, seinen Anliegen nachzukommen, aber es gab viele im Rat, die sich gegen ihn stellten. Die Maskenbälle und Theaterstücke fielen ihm wieder ein, in denen die Hugenotten der Lächerlichkeit preisgegeben worden waren. Es war offensichtlich, daß die neue Freundschaft, die die Katholiken den Hugenotten entgegengebrachten, nur gespielt war.

Auf dem Weg nach Hause studierte er eins der Dokumente, die er in der Hand hielt. Er ging ein ganzes Stück von den anderen entfernt, als sich ein Blatt aus dem Bündel Dokumente löste und zu Boden flatterte. Als er sich bückte, um es aufzuheben, pfiff eine Kugel über seinen Kopf hinweg und schlug in die gegenüberliegende Hauswand ein. Er sah auf und erkannte einen Mann hinter dem Fenster eines Hauses. Er deutete auf den Mann, und ein weiterer Schuß wurde auf ihn abgefeuert. Die Kugel riß ihm die Fingerkuppe ab, streifte seinen Arm und bohrte sich anschließend in seine Schulter.

»Das Haus dort!« rief er. »Dort, am Fenster!«

Einige seiner Leute stürmten auf das Haus zu, andere kümmerten sich um ihn. Der Ärmel seiner Jacke war blutdurchtränkt, und ihm war schwindelig.

»Der König . . .«, stieß er hervor. »Setzt ihn . . . sofort davon in Kenntnis . . .«

Merlin, sein Hausgeistlicher, erkannte, daß Coligny vom Blutverlust geschwächt wurde, und legte seinen Arm um ihn.

»Gehen wir zu Eurem Haus«, sagte er. »Schnell . . .«

Coligny stützte sich auf ihn. »Das ist das Werk der Guises«, murmelte er. »Welch edle Hintergedanken hatte der Graf, als er Frieden mit mir schloß . . .«

Langsam und unter Schmerzen ließ sich der Admiral von seinen verbliebenen Freunden zu seinem Haus bringen.

Der König spielte noch immer Tennis, als ihn die Neuigkeiten erreichten.

»Sire, auf den Admiral wurde geschossen. Es geschah, als er sich auf dem Heimweg befand. Der Schuß kam aus einem leerstehenden Haus.«

Karl stand wie erstarrt und hielt den Schläger fest umklammert. Er hatte Angst. Er sah de Guise an; der Mann wirkte unberührt, keine Gefühlsregung war zu erkennen. In den Augen Télignys konnte er tiefen Schmerz erkennen.

»Laßt mich zu ihm gehen, Sire«, bat Téligny.

Karl gab keine Antwort. Er starrte einfach nur vor sich hin. Es gab nirgends Frieden. Keiner war sicher. Es gab keinen Frieden.

»Gönnt man mir keinen Augenblick des Friedens?« schluchzte er.

»Sire, Sire, ich bitte Euch . . . laßt mich zu ihm eilen.«

»Geht, geht!« rief Karl aus. »O Gott im Himmel, was hat man meinem Freund angetan?«

Guise stand dicht neben ihm. »Sire, solltet Ihr nicht die Ärzte zu ihm schicken? Vielleicht kann ihm noch geholfen werden.«

Karls Stimme nahm einen schrillen Klang an. »Ja, ja. Schickt sie alle hin. Schickt Paré. Paré wird ihn retten. Ich selbst werde zu ihm gehen. Ich . . .«

Er schluchzte, als er in den Palast eilte.

Katharina befand sich in ihren Gemächern, als Madalenna ihr die Neuigkeiten überbrachte.

»Madame, man hat auf den Admiral geschossen!«

»Auf ihn geschossen?« Sie triumphierte innerlich, aber ihr Blick drückte Entsetzen aus. »Du lügst, Madalenna. Das kann nicht sein.«

»Doch, doch, Madame. Er war auf dem Weg zur Rue de Béthisy, als vom Fenster eines leerstehenden Hauses aus auf ihn geschossen wurde.«

»Aber das ist ja furchtbar.« Die Gedanken in ihrem Kopf rasten. Ich werde seinen Kopf nach Rom schicken. Er wird gleichzeitig mit der Nachricht der Heirat dort eintreffen. »Und . . . wer hat den Schuß abgegeben? Hast du das schon herausfinden können, Madalenna?«

»Man weiß es noch nicht, Madame, aber das Haus liegt direkt neben dem von Chanoine de Saint-Germain-l'Auxerrois, und Chanoine war einst Lehrmeister der Guises.«

»Und . . . hat man den Heckenschützen gefaßt?«

»Ich weiß es nicht, Madame.«

»Dann geh und sieh zu, was du herausfinden kannst. Geh auf die Straße und höre, was die Leute erzählen.«

Katharina erwartete den König bereits, als dieser in den Palast geeilt kam. Sein Blick war wirr, und sie sah das bekannte Zucken seiner Lippen und den Schaum vor dem Mund.

»Habt Ihr es schon gehört? Habt Ihr es schon gehört?« rief er ihr schon von der Tür aus zu. »Man wollte meinen

Freund, den Admiral, töten. Sie haben versucht, den großen Gaspard de Coligny zu töten.«

»Wenn sie es versucht haben und der Versuch gescheitert ist, mein Sohn, sollten wir dankbar sein. Wenn er noch nicht tot ist, müssen wir ihn retten.«

»Wir müssen ihn retten! Paré! Paré! Wo ist denn Paré? Steh nicht so herum und starre mich an, Zwerg. Geh ... geh und bringe mir Paré. Alle sollen nach ihm suchen. Keine Sekunde ist zu verlieren. Sobald er gefunden ist, soll er sofort zum Haus des Admirals eilen. Er soll keine Zeit verlieren, sonst wird er sich mir gegenüber zu verantworten haben. Mutter ... ich muß sofort zu ihm. Ich will ihm sagen, daß er leben muß ... daß er leben muß ...«

»Mein Sohn, beruhige dich. Du kannst in diesem Zustand nicht gehen. Laß dir von mir helfen. Warte ... warte, bis es weitere Nachrichten gibt. Entsende Paré, aber geh nicht selbst dorthin. Du weißt nicht, wie schwer er verletzt ist. Warte ein wenig, ich bitte dich darum. Einen weiteren Schock kannst du heute nicht ertragen.«

Er zerrte an seinem Umhang und schluchzte vor sich hin. »Er war wie ein Vater. Ich habe ihm vertraut. Sie haben ihn getötet. Wie muß er gelitten haben. O Gott, wie sehr muß er leiden. Überall muß Blut sein ... *sein* Blut ...«

»Und du darfst es nicht sehen«, tröstete ihn Katharina. »Warte, mein Sohn. Ah, da kommt ja Paré. Paré, der König befiehlt Euch, sofort zum Haus des Admirals zu eilen und ... ihn zu retten. Geht ... geht sofort.«

»Ja, Paré, geht ... *geht!* Laßt Euch durch nichts aufhalten und geht zu ihm.«

Zu ihrem Zwerg gewandt, sagte Katharina: »Ruf Madeleine und Mademoiselle Touchet. Sie sollen sofort zu den königlichen Gemächern kommen.«

Gemeinsam gaben sie ihr Bestes, den gequälten König zu trösten.

Im Haus in der Rue Béthisy waren alle Hugenottenführer versammelt. Téligny, Heinrich von Navarra, der Prinz de Condé und der Graf de la Rochefoucauld warteten in einem Zimmer. Nicholas Muss, Gaspards ältester und treuester Diener, sowie Merlin, der Hausgeistliche, blieben bei ihm im Krankenzimmer. Ein Bote war bereits zu Montgomery nach Saint-Germain entsandt worden. Vor dem Haus hatte sich eine Gruppe Hugenotten versammelt; unter den erzürnten Stimmen war immer öfter der Name de Guise zu vernehmen.

Hoffnung erhob sich, als Ambroise Paré, der berühmteste Arzt von Paris und Hugenotte, auf das Haus zueilte. Die Menge teilte sich, um ihn durchzulassen.

»Möge Gott Euch leiten, Monsieur Paré. Rettet das Leben unseres großen Führers.«

Paré versprach, sein Bestes zu geben, und eilte ins Haus.

Er fand den Admiral in sehr schwachem Zustand vor. Es schien sich nicht um eine tödliche Wunde zu handeln, aber Coligny hatte viel Blut verloren, und es bestand die Gefahr, daß die Kugel, die ihn getroffen hatte, mit Gift präpariert worden war.

Navarra und Condé, Téligny und Rochefoucauld folgten Paré ins Zimmer.

»Messieurs«, verkündete Paré nach kurzer Zeit, »vermutlich muß ihm der Arm abgenommen werden. Wenn dies gelingt, ist die Gefahr zum größten Teil gebannt.«

Coligny hatte die Worte vernommen. »Wenn dies Eure Meinung ist«, meinte er resigniert, »dann tut, was Ihr für richtig haltet.«

Paré untersuchte den Arm gründlich, wusch ihn und betastete das verletzte Gewebe. Dann lächelte er. »Es ist doch nicht so schlimm, wie ich zunächst befürchteten«, sagte er. »Der Arm ist weitgehend in Ordnung. Wenn ich den Rest des Fingers abnehme und die Kugel entferne, dürfte das ausreichen.«

Während Muss und Téligny den Admiral festhielten, begann Paré mit der Operation. Zuerst amputierte er den Finger, und nach einigen äußerst schmerzhaften Versuchen gelang es ihm, die Kugel herauszuschneiden. Vor Schmerzen ohnmächtig sank der Admiral zurück, jedoch nur für kurze Zeit.

Dann murmelte er: »Die einzigen Feinde ... die ich habe ... sind die Guises. Aber denkt daran, Freunde, vielleicht waren es nicht sie, die auf mich geschossen haben. Wir müssen sicher sein, bevor wir jemanden beschuldigen.«

Um sich herum vernahm er Gemurmel. »Wir werden die Guises töten. Sie werden die gerechte Strafe für das erhalten, was sie dem Admiral angetan haben.«

Coligny versuchte, eine Hand zu heben und stöhnte. »Nein ... ich bitte euch. Kein Blutvergießen ... nicht jetzt. Das bedeutete den Untergang Frankreichs.«

Paré flüsterte: »Verlaßt ihn jetzt. Er braucht Ruhe.«

Bis auf Téligny, Muss, Paré und Merlin verließen alle den Raum.

Trotz Parés Ermahnung fand Coligny keine Ruhe. Und als der Maréchal de Cossé mit Damville und Villars kam, fiel ihm wieder ein, was ihn beunruhigt hatte: Er mußte den König warnen. Er mußte ihn vor dem bösen Einfluß seiner Mutter warnen.

»Ich habe keine Angst zu sterben«, sagte er, »wenn ich schon sterben muß. Aber zuvor muß ich den König sprechen. Ich glaube, man will ihn von mir fernhalten. Aber es ist mein größter Wunsch, den König zu sehen, bevor ich sterbe ... und zwar den König allein.«

Karl wartete in düsterer Stimmung, daß etwas geschah. Seine Mutter weigerte sich, von seiner Seite zu weichen. Er wußte, sie ließe ihn nichts ohne ihre Zustimmung unternehmen.

Die ersten Besucher waren der König von Navarra und der Prinz de Condé, die direkt vom Krankenbett des Admirals kamen.

»Habt Ihr Neuigkeiten für mich?« verlangte der König zu wissen.

»Schlechte Nachrichten, Sire.«

»Ist er . . . tot?«

»Nein, Sire, aber schwer verwundet. Monsieur Paré hält es für möglich, daß er überlebt, aber er hat viel Blut verloren.«

»Gott sei Dank, daß er nicht tot ist«, warf Katharina ein.

Der König weinte.

»Sire«, fuhr der Prinz de Condé fort, »wir haben in dem leerstehenden Haus die Waffe gefunden. Sie rauchte noch. Und sie gehörte einem der Wachen des Grafen Anjou.«

Katharina tat erschrocken. »Sicher hat man die Waffe gestohlen«, sagte sie. »Und wem gehört das Haus?«

»Das weiß ich nicht, Madame, aber es grenzt direkt an das Haus von Chanoine de Villemur.«

»Und wie konnte der Heckenschütze fliehen?«

»Die Ställe des Stiftsherrn standen offen; dort muß ein gesatteltes Pferd für ihn bereitgestanden haben.«

»Der Stiftsherr steht im Dienste der Guises«, rief der König aus. »Das wird sie ihre Köpfe kosten. Sie werden meiner Rache nicht entgehen. Geht jetzt. Bringt den Stiftsherrn zu mir. Bringt mir den Grafen, seine Onkel und Brüder. Sie sind die Anführer. Das Volk von Paris soll sehen, was mit denen geschieht, die meinen Freunden schaden.«

»Das Volk von Paris«, warf Katharina mit ironischer Stimme ein, »wird nicht zusehen, wie Eure Majestät *ihren* Freunden schaden. Euer Majestät stehen noch zu sehr unter dem Schock dessen, was vorgefallen ist. Wir wollen nichts überstürzen. Laßt uns abwarten, was geschieht, und solange für die Genesung des Admirals beten.«

»Madame«, meldete sich Heinrich von Navarra zu Wort, »mein Cousin Condé und ich halten es für besser, wenn wir Paris für eine Weile verlassen.«

»Nein«, rief der König aus. »Ihr bleibt.«

Katharina lächelte. »Meine Herren, wir können doch nicht den frischgebackenen Bräutigam gehen lassen. Schließlich seid Ihr erst seit wenigen Tagen verheiratet. Ihr müßt noch ein Weilchen bleiben.«

Von draußen waren auf einmal Stimmen zu hören, und kurz darauf betraten Damville und Téligny den Raum.

»Was ist mit dem Admiral?« fragte Karl.

»Er ruht, Sire«, erwiderte Téligny, »und er bittet um die Ehre Eures Besuchs, da er nicht in der Lage ist, zu Euch zu kommen.«

»Natürlich komme ich!« rief der König aus, und Katharina war sofort klar, daß sie ihn nicht davon abhalten konnte. »Ich werde sofort aufbrechen.«

Téligny fuhr fort: »Sire, er bat, Euch allein sprechen zu dürfen. «

Sofort warf Katharina ein: »Wir werden den König begleiten – seine Brüder und ich, denn wir wollen ebenso wie Seine Majestät unsere besten Wünsche überbringen.«

Karl wollte protestieren, aber Katharina ließ bereits nach Anjou und Alençon schicken. Als die Gruppe losritt, hatte sie außerdem dafür gesorgt, daß ihnen eine Reihe Adliger folgte, die alle gegen Coligny gearbeitet hatten. Schließlich wurden sie vom Maréchal de Tavannes, dem Herzog de Montpensier, dem Grafen de Retz und dem Herzog de Nevers sowie einigen ihrer Getreuen begleitet.

Je näher sie der Rue Béthisy kamen, desto dichter wurde die Menge. Die Menschen hatten sich vor dem Haus des Admirals versammelt, als wollten sie ihn dadurch vor weiteren Anschlägen schützen. Es waren die Hugenotten, die zu der Hochzeit nach Paris gekommen waren. Wer hätte vermutet, daß es so viele waren? Das Königshaus der Valois und vor allem der König und die Königinmutter waren in Gefahr.

Während Katharina und ihr Gefolge durch die unteren Räume des Hauses schritten, brachte man ihnen wenig Respekt entgegen.

»Meine Freunde«, sagte Katharina, »wir beten mit euch für die Genesung dieses großen Mannes. Laßt uns vorbei, denn unser geliebter Admiral selbst hat nach uns verlangt.«

Mißtrauisch machten die Protestanten Platz, und der König sank am Bett Colignys auf die Knie und weinte.

»Sire«, sagte Gaspard leise. »Es ist sehr gütig von Euch zu kommen.«

»O mein Vater«, schluchzte Karl, »Ihr seid verwundet,

aber ich leide auf ewig die Schmerzen. Nennt mich nicht Sire. Heißt mich Sohn, und ich will Euch Vater nennen. Ich schwöre bei Gott und allen Heiligen, daß ich auf die Erlösung verzichte, wenn ich nicht fürchterliche Rache an denen nehme, die Euch das angetan haben ... Rache, mein Vater, deren Ausmaß den Menschen ewig in Erinnerung bleiben wird.«

»Sprecht nicht von Rache, mein lieber Sohn«, antwortete der Admiral mit Tränen in den Augen. »Ich bedaure nur, daß meine Wunde mich davon abhält, Euch dienen zu können.«

Katharina stand nun ebenfalls am Bett, und Gaspard bemerkte sie jetzt. Sie kam ihm wie ein schwarzer Geier vor, der auf seine Beute lauerte.

»O mein Sohn«, fuhr er fort, »man hat Euch glauben machen wollen, ich sei ein Unruhestifter, aber ich schwöre bei Gott, daß ich mein ganzes Leben lang nur ein treuer Diener Euer Majestät sein wollte. Gott wird sich zwischen mir und meinen Feinden entscheiden.«

»Mein Vater, Ihr werdet nicht sterben. Ich werde es nicht zulassen. Ich bin der König, vergeßt das nicht.«

»Es gibt einen größeren König als Euch, Sire, und Er ist es, der über solche Dinge bestimmt. Aber ich muß mit Euch sprechen.« Er sah Katharina eindringlich an, die lächelte und sich weigerte, seinen Blick richtig zu deuten.

»Ich war Eurem Vater immer treu ergeben«, sagte Gaspard, zu Karl gewandt, »und Euch ebenso. Und ich empfinde es als meine Pflicht – vielleicht sogar meine letzte Pflicht –, Euch zu beschwören, die Chance nicht verstreichen zu lassen, die Frankreichs Rettung bedeuten könnte. In Flandern hat der Krieg bereits begonnen. Verspielt nicht den Frieden in Eurem Königreich. Ihr setzt Frankreich großen Gefahren aus. Jagt die Vasallen Spaniens aus Eurem Konzil, Sire.«

»Teurer Admiral, Ihr erregt Euch zu sehr«, meldete sich Katharina zu Wort. »Das dürft Ihr nicht, denn Parés Anweisungen lauten, daß Ihr ruhen sollt.«

»Sie hat recht«, sagte der König. »Ihr dürft Euch nicht aufregen, mein Freund.«

»Sire, Sire, Ihr dürft Euer Wort nicht brechen. Tag für Tag werden Eure Versprechen, dem Land Frieden zu bringen, gebrochen.«

»Lieber Admiral, meine Mutter und ich werden das in Ordnung bringen. Wir haben bereits Bevollmächtigte in die Provinzen entsandt, um für Frieden zu sorgen.«

»Das stimmt, Herr Admiral«, sagte Katharina. »Ihr wißt, daß das stimmt.«

»Madame«, erwiderte Gaspard, »ich weiß, daß Ihr Bevollmächtigte losgeschickt habt, die denjenigen Belohnungen versprechen, die meinen Kopf bringen.«

»Mach dir keine Sorgen«, sagte Katharina, als der König sie entsetzt ansah. »Wir werden andere entsenden, die über jeden Zweifel erhaben sind.«

»Ihr fühlt Euch heiß an«, sagte Karl, nachdem er seine Hand auf die Stirn des Admirals gelegt hatte. »Das Reden strengt Euch zu sehr an. Ich werde tun, was Ihr sagt, und verlange im Gegenzug, daß Ihr meine Anordnung, Euch Ruhe zu gönnen, befolgt. Ihr müßt wieder gesunden.«

Er erhob sich zum Gehen, aber Gaspard flüsterte: »Sire, bleibt noch einen Augenblick. Ich möchte ... ich habe einen Wunsch ...«

»Sprecht, Vater. Jeder Wunsch wird Euch erfüllt.«

»Ich möchte Euch unter vier Augen sprechen.«

Karl sah seine Mutter an. Sie lächelte, senkte den Kopf, aber sie war wütend. Das, was sie hatte vermeiden wollen, war geschehen.

»Kommt, Monsieur Paré«, sagte sie. »Wir wollen draußen warten.«

Sobald sie allein waren, kniete der König an Colignys Bett nieder.

»Sprecht jetzt, mein Vater. Sagt, was Ihr sagen wollt.«

»Sire, ich liebe Euch ... nicht nur als meinen König, sondern als wäret Ihr mein leiblicher Sohn.«

Tränen rannen Karl über die Wangen. »O Vater, in was für einer schrecklichen Welt leben wir doch. Ihr dürft nicht sterben. Ihr dürft mich nicht verlassen ... denn ich habe Angst.«

»Habt keine Angst, geliebter Sohn. Ihr seid der König

dieses Landes, und es liegt in Euren Händen, es vor dem Untergang zu bewahren. Ihr müßt stark sein. Ihr müßt Mut beweisen. Beruhigt Euch, Sire. Hört mir zu, denn wir werden nicht viel Zeit haben. Ihr selbst müßt regieren. Bedient Euch Eures eigenen Urteilsvermögens. Es gibt eine Person, der Ihr keinesfalls trauen dürft. Es fällt mir schwer, aber ich muß es Euch dennoch sagen.« Seine Stimme wurde zu einem Flüstern: »Nehmt Euch vor Eurer Mutter in acht. Traut Ihr nicht. Regiert allein. Viele Mißgriffe, unter denen Euer Volk leidet, waren ihr Werk. Sie ist Euer böser Geist, mein Sohn. Ihr müßt ihr entrinnen. Ihr seid ein Mann. Ihr seid alt genug, um zu regieren. Seid stark. Seid mutig. Und betet zu Gott, daß Er Euch bei den Aufgaben, die vor Euch liegen, leitet.«

»Ihr habt recht«, flüsterte der König. »Ich muß allein regieren. Ich muß allein regieren.«

»Seid stark. Erweist Euch Eurer Aufgabe würdig. Schenkt allen die Religionsfreiheit. Bedient Euch nicht der Religion aus Gründen der Staatsräson. Die Religion und die Diplomatie sollten zwei getrennte Bereiche sein. Steht zu Eurem Wort. Führt ein gutes Leben und betet ständig um den Beistand Gottes. Aber das Wichtigste von allem, mein Sohn . . . das Wichtigste von allem . . .«

Der König wurde von Schluchzen geschüttelt. »Gaspard, mein Vater, ich ertrage das nicht. Ihr sprecht, als sei es das letzte Mal.«

»Nein, die Chancen für meine Genesung stehen nicht schlecht. Noch bin ich voller Leben. Haltet Euer Versprechen gegenüber Oranien. Vergeßt nicht, Eure Ehre gebietet es Euch. Folgt nicht der Führung Eurer Mutter. Folgt den Worten Gottes, nie dem Beispiel Machiavellis. Regiert gütig, Sire, damit Ihr in Euren letzten Stunden Gott dafür danken könnt, daß er Euch auserkoren hat, dieses Land zu regieren.«

»Ich sehe immer wieder das Blut auf Eurem Mantel. So viel Blut. Das Blut des größten Admirals, den Frankreich je gekannt hat. Was sollen wir ohne Euch machen?«

»Weint nicht, ich bitte Euch. Noch bin ich unter den Lebenden. Vergeßt es nicht . . . vergeßt nicht, was ich gesagt habe. Und vor allem, denkt daran, was ich über ... Eure Mutter gesagt habe.«

Die Tür hatte sich leise geöffnet, und Katharina stand auf der Schwelle und beobachtete sie. Erschrocken atmete der König tief ein.

»Das genügt«, sagte sie kurz angebunden. »Unser geliebter Admiral ist völlig erschöpft. Er braucht Ruhe. Kommt, Euer Majestät, Ihr müßt ihn jetzt verlassen. Meint Ihr nicht auch, Monsieur Paré?«

»Er braucht viel Ruhe«, antwortete Paré.

»Dann laßt mich jetzt allein, Sire«, murmelte der Admiral.

»Ich werde wiederkommen«, sagte der König, und flüsternd fügte er hinzu: »Ich werde nicht vergessen, was Ihr gesagt habt.«

Auf dem Weg zurück zum Louvre wirkte Katharina heiter, aber ihre Gedanken waren bei ihrem Sohn.

Kaum im Louvre angelangt, schickte sie alle Diener hinaus und schloß sich mit dem König ein.

»Was hatte unser Admiral mit dir zu besprechen, mein Sohn?«

Der König wendete sein tränenbeschmiertes Gesicht von ihr ab. »Es war ein Gespräch zwischen uns beiden«, erwiderte er würdevoll.

»Staatsangelegenheiten?«

»Staatsangelegenheiten zwischen einem König und einem Admiral, Madame.«

»Ich hoffe, er wollte dich nicht drängen, etwas Unüberlegtes zu tun.«

»Er riet zur Weisheit, Madame. Ich bete zu Gott, daß er überlebt, denn was dieses Land ohne ihn machen soll, wage ich mir nicht vorzustellen.«

»Wann immer ein großer Mann stirbt, gibt es einen anderen, der seinen Platz einnimmt«, entgegnete Katharina. »Auch wenn ein König stirbt, besteigt ein anderer den Thron.«

»Mutter, ich habe viel zu tun und wünsche zu arbeiten.«

»Was hat der Mann zu dir gesagt?« fragte sie.

»Ich sagte Euch bereits, das betrifft nur ihn und mich.«

»Du dummer Narr!« rief sie aus.

»Es stünde Euch gut an, nicht zu vergessen, mit wem Ihr sprecht, Madame.«

»Das tue ich keineswegs. Ich spreche mit einem Mann, der kaum den Kinderschuhen entwachsen und einfältig genug ist, zuzulassen, daß ihn seine Feinde einwickeln.«

»Madame, ich habe Euch viel zuviel Macht gegeben ... schon seit viel zu langer Zeit.«

»Wer behauptet so etwas?«

»Ich behaupte das! Ich ...«

»Du hast bisher immer nur das gesagt, was man dir in den Mund gelegt hat.«

»Madame, ich werde ... ich werde ...«

Er verstummte; sie legte ihre Hände auf seine Schultern. »Laß den Kopf nicht hängen, mein Sohn. Sieh mir in die Augen und sage mir, was du tun wirst. Sage mir, was dir der Admiral befohlen hat ...«

»Nichts hat er mir befohlen. Er respektiert mich als seinen König, mehr als die meisten anderen. Alles, was ich tue, tue ich, weil ich es will.«

»Demnach hat er während der ganzen Zeit, die ihr allein wart, nichts zu dir gesagt, hat dir keine Anordnungen gegeben?«

»Was besprochen wurde, betrifft nur ihn und mich.«

»Du bist verwirrt von all der Frömmigkeit. Sagte er vielleicht: ›Betet um den Beistand Gottes, Sire. Betet, betet!‹? Natürlich hat er das gesagt. Und mit Gottes Beistand meinte er seinen eigenen Beistand, denn in seinen Augen ist der Herr Admiral gleichbedeutend mit Gott.«

»Das ist Blasphemie, Madame.«

»Nein, was er tut, ist Blasphemie. Was hat er noch gesagt?«

»Laßt mich jetzt allein.«

»Du hast gesehen, was ihm seine Feinde angetan haben, nicht wahr? Was würdest du sagen, wenn seine Freunde mit dir dasselbe machten? Ich habe gehört, was geschah, als sie ihm den Finger abnahmen. Diese Schmerzen! Du kannst dir das nicht vorstellen. Zwei Männer mußten ihn festhalten, während Monsieur Paré mit einer Schere zu Werke ging. Du hättest so etwas nie überstehen können, mein Sohn. Und hast du das Blut auf seinem Mantel gesehen? Dabei war er noch nicht einmal schwer verwundet. Andere haben weit mehr als er leiden müssen. Hast du die finsteren Gesichter der Leute gesehen, als wir durch die Straßen zu dem Haus fuhren? Und hast du die Worte vernommen? Die Worte waren gegen mich gerichtet, nicht wahr? Aber wer bin ich denn? Ich bin nur die Mutter. Du bist es, gegen den sie losschlagen würden. In was für einer gefährlichen Welt leben wir nur! Um uns herum nichts als Blutvergießen. Große Persönlichkeiten sterben; selbst Könige sterben; und da Könige weitaus besser leben als gewöhnliche Menschen, sterben sie auch meist auf furchterregende Weise.«

»Mutter ...«

»Mein Sohn, wann wirst du lernen, daß du von Feinden umgeben bist? Wie kannst du sagen: ›Das ist mein Freund ...‹? Wie kannst du wissen, *wer* die wahren Freunde sind? Dieser Admiral ... dieser Hugenotte ... er hat keine Freundschaft zu verschenken. Er hat nur seinen Glauben. Er würde zusehen, wie man dir die Gliedmaßen einzeln aus dem Körper reißt, wenn es der Sache der Hugenotten dient. Er ist ein mutiger Mann; das muß man ihm zugestehen. Es ist ihm gleich, wenn er leiden muß ... wenn er sterben muß ... solange es für seine Sache geschieht. Meinst du denn, jemandem, dem so wenig an seinem eigenen Wohl gelegen ist, liegt viel an dem deinen? Er würde dich in den Tod führen; er würde dir sein Schwert ins Herz bohren ... für seinen Glauben. Er würde dich foltern, dich auf die Streckbank ketten, dir alle Knochen brechen ... für seinen Glauben würde er dir sogar den Kopf abschlagen.«

Der König starrte vor sich ins Leere, und sie legte eine Hand auf seinen bebenden Arm. »Aber die Mutter, die dich zur Welt gebracht hat, verspürt eine Zuneigung für dich, die nur eine Mutter verspüren kann. Du magst ein König sein, aber du bleibst dennoch ihr Sohn. Du warst ihr

Baby ... das Kind, das sie an ihrer Brust genährt hat. Eine Mutter vergißt das nie, mein Sohn. Sie würde ihr Leben für das Glück ihres Kindes geben. Und für einen König ist sie die einzige Person, der man trauen darf. Die anderen? Was liegt ihnen schon daran? Ihnen liegt nur an der Macht etwas. Lachend würden sie zusehen, wie man dich foltert. ›Der König ist tot‹, würden sie ausrufen. ›Lang lebe der neue König.‹ Wahrlich, du bist ein Narr, daß du es zuläßt, von einem Mann verraten zu werden, der die Hugenotten regieren sehen will ... einen Hugenotten auf den Thron setzen will. Er wird alles tun, um dieses Ziel zu erreichen, selbst wenn er dazu durch dein Blut waten muß. Sag mir, was hat er gesprochen? Welchen Rat hat er dir gegeben?«

Mit zitternden Händen zupfte Karl an seiner Kleidung. Gequält sah er seine Mutter an.

Sie umarmte ihn zärtlich. »Sag es mir, mein Liebling«, flüsterte sie. »Erzähle deiner Mutter, was er gesagt hat.«

»Ich kann es nicht ... ich kann es nicht ... Es betraf nur uns beide.«

»Hat er auch von ... deiner Mutter gesprochen?«

Schweigend starrte der König sie an. Seine Augen traten weit aus ihren Höhlen, und seine Lippen waren zu einer Fratze verzogen.

»Was hat er über mich gesagt, mein Sohn?« bohrte sie weiter.

»Ihr quält mich«, stieß der König hervor. »Laßt mich, laßt mich allein.«

Er stieß sie von sich fort, warf sich auf eine Liege und bohrte seine Zähne in ein Kissen. »Ich sage es nicht. Ich sage es nicht. Laßt mich. Er hat recht, wenn er sagt, Ihr seid böse ... Er hat recht, wenn er sagt, ich soll allein regieren. Und ich sage Euch, ich werde allein regieren. Laßt mich ... Laßt mich jetzt ...«

Katharina senkte den Kopf; er hatte ihre Befürchtungen bestätigt. Sie rief nach Madeleine und schickte sie zum König, damit sie ihn tröstete. Anjou wartete auf sie in ihren Räumen. Auch er war voller Unruhe, nachdem er gesehen hatte, mit welchen Blicken der königliche Troß auf den Straßen begrüßt worden war.

»Was jetzt, Mutter?« fragte er sofort.

»Das erste, was wir tun müssen«, sagte sie, »ist, diesen vermaledeiten Admiral zu töten, und zwar so schnell wie möglich.«

»Und wie soll das geschehen? Er besitzt einen Talisman ... einen Zauber, der stärker ist als unserer. Es scheint unmöglich zu sein, diesen Mann zu töten.«

»Wir werden einen Weg finden«, entgegnete sie grimmig.

Nachdem Karl sich dank Madeleines Hilfe wieder erholt hatte, hatte er seine Entscheidung getroffen.

Er hatte geschworen, die zu bestrafen, die versucht hatten, den Admiral zu töten, und war fest entschlossen, sein Versprechen zu erfüllen. Ohne Rücksprache mit seiner Mutter befahl er die Verhaftung einer Reihe Diener der Guises, unter denen sich auch Chanoine de Villemur befand.

»Bei Gott«, rief der König aus, »wenn Henri de Guise etwas damit zu tun hat, wird er sein Leben verlieren!«

Katharina suchte nach einem günstigen Zeitpunkt, um mit dem König allein zu sein.

»Ach, mein Sohn«, sagte sie mit trauriger Stimme, »wie schlecht bist du beraten, daß du so über Henri de Guise sprichst. Weißt du nicht, welche Macht dieser Mann besitzt? Hättest du diese Worte in Blois oder Orléans, Chambord oder Chenonceaux ausgesprochen, ich hätte sie für unbedacht gehalten; aber solche Drohungen in Paris auszustoßen ist reiner Wahnwitz. Solltest du es wagen, gegen den Herzog die Hand zu erheben, hättest du die ganze Stadt gegen dich, denn Paris folgt nicht dir, Paris steht hinter de Guise. Er braucht nur die Hand zu heben, und diese Stadt eilt ihm zu Hilfe. Du magst vielleicht König von Frankreich sein, er aber ist König von Paris.«

Aber der König ließ sich von seinem Vorhaben nicht abbringen. Immer wieder erinnerte er sich an die Worte seines Freundes Coligny. Er hatte geschworen, ihn zu rächen, und wenn das den Tod von de Guise bedeutete, dann mußte er eben sterben, egal welche Konsequenzen sein Tod nach sich zog.

Sie versuchte, ihn zur Vernunft zu bringen. »In Zeiten wie diesen müssen wir zur Diplomatie zurückkehren. Es ist leicht, für deinen Admiral einen Sündenbock zu finden. Einer von deines Bruders Leuten wäre ideal, schließlich heißt es, die Waffe habe einer seiner Wachen gehört. Selbst der Stiftsherr... wenn du unbedingt mußt. Aber ich warne dich: Wenn du König von Frankreich bleiben willst, stelle dich nicht gegen den König von Paris!«

»Madame«, erwiderte der König mit ungewöhnlich ruhiger und fester Stimme, »meine Entscheidung ist gefällt.«

Sie lächelte, war aber zutiefst beunruhigt.

Nachdem sie den König verlassen hatte, kleidete sie sich wie eine Marktfrau, verließ den Louvre durch einen wenig bekannten Gang und eilte in die Rue St-Antoine. Die Stimmung in den Straßen war bedrohlich. Der Anschlag auf das Leben des Admirals schien Tagesgespräch zu sein. Durch einen Hintereingang betrat sie das Hôtel de Guise und sagte einem der Diener, daß sie eine Nachricht für den Herzog zu überbringen hatte; es amüsierte sie, daß man sie nicht erkannte.

»Ich muß den Herzog unbedingt sprechen«, sagte sie. »Ich komme direkt von der Königinmutter.«

Es dauerte eine Weile, bis sie zum Herzog vorgelassen wurde, der sich in der Gesellschaft seines Bruders Mayenne befand. Kaum hatte de Guise seine Besucherin erkannt, schickte er sofort alle Diener hinaus.

Sobald die Tür geschlossen war, sagte Katharina: »Seid Ihr sicher, daß man uns nicht belauschen kann?«

»Ihr könnt unbesorgt sprechen, Madame«, antwortete de Guise.

Verärgert fuhr sie ihn an. »Eine schöne Bescherung habt Ihr angerichtet. Vermutlich hättet Ihr wirklich besser daran getan, der Herzogin die Aufgabe zu übertragen. Man sollte diesem Stümper die Hände abhacken.«

»Euer Majestät sollten wissen«, warf Mayenne ein, »daß es nicht die Schuld des Mannes war. Es gibt keinen besseren Schützen in Frankreich.«

»Madame«, bestätigte auch de Guise, »es war nicht sein Fehler, daß sich der Admiral just in jenem Augenblick bückte, als er abdrückte. Es war Schicksal.«

»Ha!« rief Katharina aus, und ihre Finger schlossen sich um ihr Armband. »Ich habe schon immer befürchtet, daß ihn besondere Zauberkräfte schützen. Warum . . . warum sollte er sich sonst gerade in jenem Moment bücken?«

»Und nur, um ein Blatt Papier aufzuheben, das zu Boden gefallen war«, fügte de Guise düster hinzu. »Ohne dieses Blatt Papier bereitete er uns jetzt kein Kopfzerbrechen mehr.«

»Hört zu«, sagte Katharina. »Der König hat einige Eurer Diener verhaften lassen, wie Ihr zweifellos gehört habt. Der Narr hat die Waffe zurückgelassen. Man weiß, daß er auf einem Pferd floh, das einem Eurer Freunde gehört. Der König hat Euch Rache geschworen. Ihr müßt Paris sofort verlassen.«

Guise lächelte. »Aber, Madame, Paris jetzt zu verlassen wäre ein großer Fehler. Damit würden wir unsere Schuld praktisch eingestehen.«

»Ich glaube«, meinte Mayenne nachdenklich, »Ihre Majestät will uns einen Plan unterbreiten.«

»In der Tat. Die gegenwärtige Situation ist unerträglich. Diese Hugenotten säumen die Straßen und stoßen Drohungen aus. Sie wagten es sogar, mich zu beleidigen, als ich auf dem Weg zum Haus des Admirals war. Es brodelt im Volk, und die Stimmung ist kurz vor dem Überkochen.«

»Sollen sie«, stieß de Guise hervor und legte seine Hand auf sein Schwert. »Paris wird ihnen schon zeigen, was es von den Hugenotten hält.«

»Wir können es in Paris nicht zu einem Bürgerkrieg kommen lassen, Monsieur. Wir müssen das Übel beseitigen, bevor wir die Kontrolle verlieren.«

Katharinas Augen funkelten, und ihre Haut war vor Erregung leicht gerötet. Sie erkannte, daß der Augenblick, auf den sie gewartet hatte, gekommen war.

Es war soweit. Unwiderruflich. In Paris durfte es nicht zu einem *Kampf* zwischen Katholiken und Hugenotten kommen. Das könnte dazu führen, daß de Guise sich zum König krönte. Die Auswirkungen waren kaum zu überblicken. Welche Ironie, sollten die Katholiken gewinnen und ihren Helden auf den Thron setzen! Als Prinz hatte er einen, wenn auch geringen Anspruch. Vielleicht war trotz aller Bemühungen, keine Post passieren zu lassen, die Nachricht der katholisch-protestantischen Hochzeit bis nach Spanien gedrungen ... oder nach Rom. Sollte ihr Plan gelingen, würde Colignys Kopf nicht der einzige sein, den sie nach Rom schicken konnte. Und die Nachrichten, die sie dann dorthin sendete, würden sowohl Philipp als auch Papst Gregor diese Ehe schnell vergessen lassen.

»Ich meine damit nicht, daß Ihr die Stadt *tatsächlich* verlassen sollt, Messieurs. Nein. Tut so, als ginget Ihr mit Euren Familien fort aus Paris. Verlaßt die Stadt durch das Tor St-Antoine ... reitet ein Stück hinaus ... dann verkleidet Euch und kommt bei Einbruch der Nacht zurück. Haltet Euch eine Weile versteckt ... hier in diesem Haus, und laßt nur Eure engsten Vertrauten wissen, daß Ihr hier seid. Ich könnte Euch zum jetzigen Zeitpunkt nicht gestatten, Paris zu verlassen, Messieurs, denn Ihr werdet für die Aufgabe gebraucht, die noch vor uns liegt.«

»Und welche Aufgabe ist das, Madame?« fragte de Guise.

»Frankreich von der Pestilenz der Hugenotten für immer zu befreien ... mit einem einzigen Schlag.«

Am Nachmittag war ganz Paris in heller Aufregung. Die Familie Guise hatte Paris verlassen! Sie war, wie es schien, ganz plötzlich aufgebrochen und ohne Gefolge geritten, als ob sie schnellstmöglich aus der Stadt fliehen mußte. Die Katholiken waren zutiefst bestürzt; die Hugenotten jubelten. Letztere glaubten, daß die Guises in Ungnade gefallen waren. Also hatte der König Partei für die Hugenotten ergriffen. Wenn das stimmte, dann hatte ihr Admiral nicht umsonst gelitten.

In den Tuilerien kam es zu einem Zwischenfall. Ein

Hugenotte brach mit einem Mitglied der königlichen Garde einen Streit vom Zaun, weil dieser ihn nicht passieren lassen wollte. Daraufhin eilten Hugenotten in die Gärten, um Gerechtigkeit zu verlangen. Der Weisheit Télignys war es zu verdanken, daß eine Katastrophe vermieden werden konnte, aber die Spannung stieg noch weiter an.

Katharina hatte sich entschlossen, jetzt schnell zu handeln. In einer schattigen Ecke der Tuilerien berief sie eine geheime Versammlung ein, wo sie sich mit ihren Mitverschwörern traf. Auch Anjou nahm daran teil, denn sie hatte ihn eingeweiht. Die Verschwörer waren alle Italiener, und sie hatte sie ausgewählt, weil sie die Meinung vertrat, daß ihre Landsleute in der Kunst des Mordens weitaus geübter waren als die Franzosen. Retz und Birago befanden sich unter ihnen, die sie als Lehrer für Karl gewählt hatte; Louis de Gonzaga, der Herzog de Nevers und die beiden Florentiner Caviaga und Petrucci.

»Freunde«, flüsterte Katharina, nachdem alle eingetroffen waren, »der Admiral muß sterben, und zwar so schnell wie möglich. Ihr seht selbst, es kann in diesem Land keinen Frieden geben, solange er noch am Leben ist.«

Alle stimmten ihr zu.

»Und jetzt«, fuhr sie fort, »müssen wir besprechen, wie wir am besten vorgehen.«

Während der Besprechung wartete sie gespannt auf die Ankunft eines Mannes, den sie schon mehr als einmal in delikaten Angelegenheiten eingesetzt hatte. Er sollte, so hatte sie mit ihm vereinbart, in diese Unterredung mit der Neuigkeit hereinplatzen, er habe soeben eine Verschwörung aufgedeckt. Denn sie brauchte für ihr Vorhaben eine Rechtfertigung, und eine vermeintliche Verschwörung eignete sich gut dafür.

Sein Eintreffen war perfekt geplant.

Bouchavannes besaß die wachsamen Augen eines Spions, und er hatte sich seit dem Anschlag auf den Admiral in dessen Haus in der Rue Béthisy aufgehalten, um der Königinmutter alles zu übermitteln, was ihm während seines dortigen Aufenthalts zu Ohren kam. Was er nun zu berichten hatte, verbreitete große Unruhe. Die Hugenotten, so sprach er, planten einen Aufstand. Sie wollten sich erheben, den Louvre besetzen, die gesamte königliche Familie ermorden, Heinrich von Navarra zum König krönen und die Katholiken für immer unterjochen.

»Messieurs«, sagte Katharina, »uns allen ist klar, was jetzt getan werden muß. Uns bleibt nur ein Weg offen.«

»Wie lauten die Pläne Eurer Majestät?« fragte Retz.

»Wir müssen nicht nur den Admiral, sondern sämtliche Hugenotten in Paris ausrotten ... bevor sie uns ermorden. Das Ganze muß absolut geheim bleiben. Nur die hier Anwesenden und unsere engsten Vertrauten dürfen wir einweihen. Und, Messieurs, wir müssen sofort zuschlagen, damit sie uns nicht zuvorkommen.«

»Madame«, warf Nevers ein, »ehe wir ein solches Vorhaben angehen, müssen wir die Zustimmung des Königs einholen. Ich muß das Staatssiegel vorzeigen können. Wäre doch de Guise noch in der Stadt. Ihm gelänge es in kürzester Zeit, sämtliche Katholiken hinter sich zu bringen.«

Unwillkürlich mußte Katharina lächeln. »Habt keine Angst. Monsieur de Guise wird im richtigen Augenblick hiersein. Was den König anbelangt, den könnt Ihr getrost mir überlassen. Monsieur de Retz, Ihr wart sein Lehrer, und Ihr kennt ihn gut. Ich werde Eure Hilfe brauchen, um ihn zu überzeugen.«

»Madame«, entgegnete Retz, »der König hat sich verändert. Er ist nicht mehr der fügsame junge Mann, den wir einst kannten. Er ist von dem Gedanken besessen, den Admiral zu rächen.«

»Dann müssen wir ihn aus dieser Besessenheit reißen.« Sie starrte Retz mit eiskalten Augen an und ließ ihren Blick dann über die anderen streifen. »Wir müssen eine neue Zusammenkunft vereinbaren. Wir müssen alle zusammenrufen, denen wir vertrauen können. Ich werde dafür sorgen, daß Monsieur de Guise und seine Familie kommen. Und um den König werden wir uns sofort kümmern.«

Retz und Katharina bearbeiteten den König gemeinsam, aber dieser zeigte eine nicht gekannte Entschlossenheit, und der Einfluß des Admirals war unverkennbar.

»Madame«, schrie er Katharina an, »ich habe geschworen, seine Mörder zur Rechenschaft zu ziehen, und daran halte ich fest.«

»Du bist ein Narr«, erwiderte Katharina. »Du ahnst ja nicht, was er mit dir vorhat.«

»Er ist mein Freund, und ich vertraue ihm. Was auch geschieht, die Hugenotten werden mir nie Schaden zufügen. Er ist ihr Anführer, und er liebt mich wie einen Sohn.«

»Er hat dich mit seinen schönen Worten verhext.«

»Sire, der Mann belügt Euch«, beteiligte sich nun auch Retz an dem Gespräch. »Sollte es notwendig sein, würde er Euch sofort opfern. Ihr wißt, was ich Euch über die Greueltaten, die die Hugenotten den Katholiken angetan haben, erzählt habe. Laßt mich noch einmal in Erinnerung rufen . . .«

»Dazu besteht keine Notwendigkeit. Ihr könnt gehen, Graf. Ich muß mich um andere Dinge kümmern.«

Der Graf zögerte, aber der König starrte ihn nur finster an. Katharina gab Retz ein Zeichen zu gehen, und nachdem er den Raum verlassen hatte, wandte sich Karl an seine Mutter.

»Ihr ebenfalls, Mutter«, sagte er, aber Katharina war entschlossen, sich nicht so einfach fortschicken zu lassen.

»Mein lieber Sohn«, begann sie, »ich muß etwas mit dir besprechen, das nicht einmal für die Ohren eines so treuen Mannes wie den Grafen de Retz bestimmt ist. Mir sind Dinge zu Ohren gekommen, Dinge, von denen du Kenntnis haben mußt.«

»Und was sind das für Neuigkeiten?«

»Es gibt unter den Hugenotten eine Verschwörung, dich zu töten. «

Der König zuckte ungeduldig mit den Achseln. »Ich habe mit dem Admiral gesprochen. Er wünscht mir nur Gutes. Würde er eine solche Verschwörung zulassen?«

»Nicht nur das; er selbst ist der Anstifter. Ich sehe, du

schenkst deiner Mutter, die so viel Gutes für dich getan hat, keinen Glauben. Vielleicht schaffen es andere, dich zu überzeugen.« Sie läutete nach einem Diener und befahl ihm, Bouchavannes zu ihr zu schicken.

»Bouchavannes?« fragte der König. »Wer ist das?«

»Ein guter Freund Eurer Majestät und ein Mann, der große Gefahren auf sich genommen hat, indem er im Haus des Admirals Posten bezog, um über deine Interessen zu wachen. Er wird dir sagen, was er während seiner Anwesenheit erfahren hat.«

In diesem Moment betrat Bouchavannes den Raum.

»Ah, Monsieur«, rief Katharina aus. »Ich habe Euch rufen lassen, damit Ihr dem König persönlich berichtet, was Ihr im Haus des Feindes gehört habt.«

Bouchavannes küßte die Hand des Königs, während dieser ihn finster anblickte.

»Sprecht, Mann«, fuhr ihn der König an.

»Euer Majestät, man plant einen Anschlag auf Euer Leben. Die Hugenotten haben vor, sich unter Anführung des Admirals gegen Euch zu erheben. Das ist auch der Grund, weshalb sie alle hier in Paris sind. Sie wollen Eure ganze Familie gefangennehmen, Eure Mutter, Eure Brüder und Schwestern auf brutalste Weise töten. Euch selbst wollen sie in den Kerker werfen. Sie wollen dem Volk sagen, daß man Euch Gelegenheit geben wird, den Thron zu behalten, wenn Ihr ein Hugenotte werdet. Sie werden Euch foltern. Sie werden behaupten, daß sie das nur tun, um Euch zu bekehren, aber es spielt keine Rolle, ob Ihr den Glauben wechselt oder nicht, denn sie wollen nicht, daß Ihr regiert. Sie wollen Euch durch einen eigenen König ersetzen.«

»Das ist eine Lüge!« schrie ihn der König an.

»Ich kann nur sagen, Sire, daß ich diese Worte im Haus des Admirals vernommen habe. Ständig hielten sie dort Treffen und Beratungen ab. Ich habe an der Tür gelauscht. Ich habe Augen und Ohren offengehalten ... aus Liebe zu Eurer Majestät und zu der Königinmutter, die mir immer freundlich gesonnen war. Euer Majestät, ich wollte Euch nur rechtzeitig warnen.«

Die Finger des Königs zuckten. »Ich glaube Euch kein Wort.« Er sah seine Mutter an. »Ruft die Wachen. Ich werde ihn verhaften lassen. Ich werde ihn dem Admiral gegenüberstellen, dann werden wir schon sehen, ob er seine Lügen wiederholt. Ruft die Wachen, sage ich, oder soll ich es selbst tun?«

Katharina gab Bouchavannes ein Zeichen, sie zu verlassen. Sie selbst hielt den König fest, aber er wand sich in ihrem Griff, und sie war sehr beunruhigt. Er war nicht sehr stark, aber seine Kraft wuchs, wann immer ihn seine Anflüge von Wahnsinn überkamen, und erschrocken wurde ihr klar, daß ein solcher Anfall direkt bevorstand. Sie mußte versuchen, ihn bei Sinnen zu halten, um ihm weitere schreckliche Dinge auszumalen und ihn so ihren Wünschen gefügig zu machen.

»Hör mir zu, mein Sohn. Du bist zu leichtgläubig. Ein schrecklicher Tod erwartet dich. Soviel ist sicher. Nur Gott allein weiß, welch schreckliche Foltern man sich für dich ausgedacht hat. Alles, was wir wissen, ist: Sie werden schrecklicher sein als alle Foltern, die man bei gewöhnlichen Menschen anwendet. Man hat nicht jeden Tag Gelegenheit, einen König zu foltern. O mein Liebling, zittere nicht. Komm, laß mich den Schweiß von deiner Stirn wischen. Du darfst nicht aufgeben. Glaubst du, deine Mutter würde es zulassen, daß man ihrem Sohn, ihrem kleinen König ein Leid antut?«

»Wie ... wie wollt Ihr sie denn davon abhalten? Sie werden Euch ebenfalls töten.«

»Nein, mein Junge. All diese Jahre, seit dein Vater gestorben ist, habe ich gegen die Feinde unserer Familie gekämpft. Ich ... allein, eine schwache Frau. Dein Bruder regierte bis zu seinem Tod, der arme Junge. Dann wurdest du König, und zwölf Jahre lang habe ich für dich den Thron gegen alle Gefahren verteidigt, von denen du heute noch nicht viel verstehst. Wenn man später einmal über mein Leben schreibt, wird es heißen: ›Sie war eine Frau, die nur für ihre Söhne lebte. Trotz aller Verschwörungen und Verrat, trotz des Mißtrauens ihrer eigenen Kinder kämpfte sie für deren Rechte. Und sie *sicherte* ihnen diese Rechte. Sie opferte dafür ihr eigenes Leben.‹ So war es doch, nicht wahr, mein Sohn? Bist du nicht König, seit dein Bruder Franz gestorben ist? Obwohl es viele gab, die dir den Thron entreißen wollten.«

»Ja, Mutter, das ist wahr.«

»Und willst du nicht auch dieses Mal auf deine Mutter hören?«

»Ja, Mutter, ja. Aber ich kann nicht glauben, daß Coligny mich so verrät. Er ist ein so guter Mensch. So mutig.«

»Er ist ein guter Mann, soweit es um sein Leben als Hugenotte geht. Er besitzt zweifellos viel Mut. Aber er gehört nicht zu deinem Gefolge. Wir wissen, daß er gegenüber seinen Feinden rücksichtslos ist. Und du bist automatisch sein Feind.«

»Nein! Ich bin sein Freund. Er liebt mich wie einen Sohn. Er würde mich nicht anlügen, wenn er mit einem Bein im Grabe steht.«

»Ich glaube eher, daß er für seinen Glauben gelogen hat. Das ist seine Art, mein Sohn. So sind sie alle. Oh, laß dich von deiner Mutter führen. Laß nicht zu, daß sie dich deiner Familie entreißen. Sie dürfen dich nicht in die Folterkammern schleppen, dir die Gliedmaßen zerfetzen und deinen Körper verstümmeln. Ich habe Bouchavannes verboten, dir von all den Dingen zu erzählen, die sie dir angedroht haben.«

»Dann wißt Ihr es also! Ihr ... Ihr müßt mir alles sagen.«

»Es ist besser, du weißt es nicht, mein Sohn. Wenn du schon entschlossen bist, dich und deine Familie für den Admiral zu opfern, dann bitte mich wenigstens nicht, dir die Foltern auszumalen, die sie dir zugedacht haben. Hast zu jemals gesehen, wie man einen Mann über einem kleinen Feuer röstet? Nein. Du könntest es nicht ertragen. Hast du jemals gesehen, wie einem das Fleisch mit rotglühenden Eisen durchbohrt und anschließend geschmolzenes Blei in die Wunden gegossen wird? Nein! Das wäre zuviel für dein Gemüt.«

»Sie haben gesagt ... sie wollen *mir* ... diese Dinge antun?«

Sie nickte.

»Ich glaube es nicht. Männer wie Coligny ... Téligny ... mein teurer Rochefoucauld!«

»Der Pöbel ist für diese Dinge verantwortlich. Wenn sich der Pöbel erhebt, müssen ihm die Anführer freie Hand lassen. Erinnerst du dich noch an Amboise und die Hinrichtungen dort? Ich habe dich gezwungen zuzusehen, nicht wahr? Ich wollte, daß du diese Dinge kennenlernst. Du und deine Geschwister, ihr habt zugesehen, habt gesehen, wie man Menschen Gliedmaßen abgetrennt hat ... habt sie hundert Tode sterben sehen ... schnelle und langsame.«

»Hört auf, davon zu sprechen!« schrie der König.

Er hatte sich auf den Boden geworfen und biß auf seine Fäuste. Speichel rann aus seinen Mundwinkeln. Sie wollte nicht, daß er völlig die Kontrolle verlor, denn dann verlangte ihn nach Blut. Sie mußte ihn in einem Stadium der Angst halten, das zwischen Vernunft und Wahnsinn lag.

»Karl, reiß dich zusammen. Noch ist es nicht zu spät. Du hast auch viele Freunde. Einige habe ich zusammengerufen, und sie warten jetzt auf dich.«

Verwirrt starrte er sie an.

»Deine Freunde, mein lieber Sohn«, fuhr sie fort. »jene, die sich zwischen dich und das schreckliche Schicksal stellen, das diese Verräter für dich geplant haben. Wir werden dagegen ankämpfen, und wir werden triumphieren. Glaubst du denn, deine Mutter ließe es zu, daß man dir ein Leid zufügt? Sie hat schon einen Plan gegen deine Feinde geschmiedet, und deine Freunde sind hier, um dir zu helfen. Die Verräter entwerfen Pläne; aber die Freunde des Königs können ebenfalls Pläne schmieden. Komm, mein Liebling. Steh auf.« Sie strich ihm über die Wangen. »So ist es schon besser, nicht wahr? Deine Mutter, die dich immer beschützt hat, wird dich auch jetzt schützen, und wenn ich dich jetzt zum Rat bringe, der sich versammelt hat, wirst du all die großen Männer Frankreichs sehen, die bereit sind, mit dem Schwert die Verräter zu bekämpfen, die den König verletzen wollen. Das, was du sehen wirst, wird dir Mut machen, mein Sohn. Wirst du jetzt mit mir kommen?«

»Ja, Mutter.«

»Und wirst du glauben, was meine Freunde und ich durch unermüdliche Arbeit herausgefunden haben?«

»Ja, Mutter.«

»Dann komm, mein Liebling. Wir werden verhindern, daß deine Feinde dir Fesseln anlegen.« Er schien zu zögern, und sie beeilte sich fortzufahren. »Es wird nicht einfach sein, denn den Admiral schützt ein Zauber. Er bückte sich just in dem Augenblick, in dem auf ihn geschossen wurde. Die schwarzen Mächte waren an seiner Seite. Sie sind auch jetzt mit ihm. Aber wir werden ihn mit unserem eigenen Zauber bekämpfen. Du mußt wissen: Es liegt auch ein Zauber in der Liebe einer Mutter zu ihrem Sohn und in der Loyalität guter Freunde. Es ist ein guter Zauber, und die bösen Mächte fürchten sich vor dem Guten.«

Sie führte ihn zur Tür. Wie schon so oft, stand er nun völlig in ihrem Bann. Er traute ihr nicht; sie machte ihm angst; aber er mußte ihr folgen – mußte ihr gehorchen.

Im Ratszimmer bemerkte er als ersten Henri de Guise. De Guise verneigte sich tief vor ihm. »Ich bin sofort zurückgekehrt, Sire, als ich hörte, daß Euer Majestät meiner Hilfe bedürfen.«

Seine Brüder und sein Onkel waren auch anwesend, und jeder versicherte ihm, der Krone loyal zur Seite zu stehen. Sie behaupteten, sogar sein Mißfallen riskiert zu haben, um dazusein, falls ihre Anwesenheit benötigt werde.

Der König bemerkte, daß alle Anwesenden Katholiken waren. Sie sprachen von dem Komplott gegen den König und die königliche Familie, das, wie sie sagten, durch ihren Spion entdeckt worden war. Sie redeten von der Notwendigkeit, sofort zu handeln, und warteten auf die Zustimmung des Königs.

Karl sah sich im Kreise um und hätte sich am liebsten auf den Boden geworfen. Er wünschte sich, der Realität entfliehen zu können. Er wußte nicht, wie lange er sich noch beherrschen konnte. Sein Herz klopfte wie wild, und er hatte Schwierigkeiten zu atmen. Und während er dastand, sah er das ernste und doch freundliche Gesicht des Admirals vor sich und vernahm noch einmal die letzten Worte, die er zu ihm gesagt hatte: »Nehmt Euch vor Eurem bösen Geist in acht . . .«

Und hier, dicht neben ihm, stand sein böser Geist . . . seine eigene Mutter, mit großen Augen . . . so großen Augen, daß er ihnen nicht entfliehen konnte. Während er ihr in die Augen sah, begegneten ihm wieder all die Schrecken, von denen sie erzählt hatte. Er schien plötzlich nicht mehr in diesem Zimmer zu sein, sondern in den Folterkammern. Man hatte ihm die Kleider vom Leib gerissen und war gerade dabei, ihn auf das Rad zu spannen. Der Henker beugte sich über ihn, und er erkannte das ernste, aber edle Gesicht Gaspard de Colignys.

Dann vernahm er seine eigene Stimme. Sie klang schwach und weit entfernt, denn sein Puls pochte in seinen Ohren und schien alles zu übertönen. Doch er wußte, daß er die Worte schrie.

»Bei allen Göttern, nachdem Ihr beschlossen habt, den Admiral zu töten, gebe ich meine Zustimmung. Aber dann tötet jeden Hugenotten in Frankreich, damit mir niemand diese Bluttat vorwerfen kann!«

Er sah das triumphierende Lächeln seiner Mutter und wandte sich von ihr ab. Sein ganzer Körper erzitterte, und Speichel tropfte auf seine Samtweste.

Sein Blick suchte wieder Katharina. Seinen böser Geist! »Das war dein Wunsch!« schrie er. »Töten . . . töten . . . töten!« Er lief zur Tür und schrie erneut: »Dann tötet sie. Tötet sie alle! Jawohl. Tod . . . Blut . . . Blut auf den Straßen . . . Blut im Fluß . . . Tötet sie, denn das ist es schließlich, was Ihr wollt.«

Schluchzend rannte er zu seinen Gemächern zurück, während sich die anderen betreten ansahen. Selten hatten sie den König in einem solchen Zustand erlebt.

Katharina wandte sich an die versammelten Männer: »Meine Herren«, sagte sie, »Ihr habt die Befehle des Königs vernommen. Wir haben keine Zeit zu verlieren. Machen wir uns an die Arbeit.«

Die Besprechungen gingen so weiter.

»Monsieur de Guise, Euch steht es zu, den Admiral, sein Haus und sein ganzes Gefolge um St-Germain-l'Auxerrois zu übernehmen.«

»Madame, Ihr könnt den Mörder meines Vaters und seine Leute getrost mir und den meinen überlassen.«

»Monsieur de Montpensier, Ihr kümmert Euch um das Haus von Condé.«

»Madame«, erwiderte de Montpensier, »was ist mit dem Prinzen selbst?«

»Hat der König nicht gesagt: ›Tötet jeden Hugenotten‹?« fragte de Guise. »Warum sollte der Prinz de Condé davon ausgenommen sein, Monsieur? *Jeder* Hugenotte, das waren die Worte des Königs. Das schließt Condé, Navarra, Rochefoucauld und alle anderen Hugenotten ein.«

Katharina schwieg. Hier tauchte wieder das alte Problem auf. Sie sah sie nacheinander an, die Prinzen der Häuser Guise und Lorraine. Sie waren arrogant und ehrgeizig. Henri de Guise befehligte bereits ganz Paris. Was, wenn alle Bourbonen vernichtet würden? Dann gab es niemanden mehr, der zwischen dem Haus Valois und dem Haus Guise und Lorraine stand. Die Männer der Valois waren nicht sonderlich stark; sie besaßen nicht die physische Kraft der Guises. Sie mußte nur Henri de Guise mit dem König vergleichen oder mit ihrem eigenen Heinrich, so gut dieser auch aussah. Selbst ihr geliebter Heinrich konnte sich, was Kraft und Durchsetzungsvermögen betraf, nicht mit de Guise messen. Die Guises waren geborene Führungspersonen. Sogar in diesem Augenblick war de Guise bereit, die Leitung des geplanten Massakers zu übernehmen, so als wäre es von vornherein seine Idee gewesen. Waren die Bourbonen erst gefallen, könnte nichts mehr das Haus der Guises aufhalten.

Sie kam zu dem Schluß, daß Condé und Navarra nicht sterben durften.

Der Herzog de Nevers, dessen Schwester den jungen Prinzen de Condé geheiratet hatte, war von dem Gedanken, ihn tot zu sehen, ebenfalls wenig erbaut. Katharina sah ihn an und ermutigte ihn mit einem Blick, für ihn einzutreten, was er auch tat.

»Geben wir Condé und Navarra die Chance, ihren Glauben zu wechseln«, schlug Katharina vor.

»Das«, erwiderte de Guise, »werden sie niemals tun.«

»Dann«, versprach sie ihm, »werden sie das gleiche Schicksal erleiden wie die anderen. Aber ich bestehe darauf, ihnen diese Chance zu geben. Doch nun zu praktischeren Dingen: Was soll uns die Stunde des Losschlagens anzeigen? Wie wäre es mit der Glocke des Justizpalastes? Wenn sie ertönt, müssen alle bereit sein. Als Zeitpunkt schlage ich den Anbruch der Morgendämmerung vor. Auf wie viele Männer können wir in Paris zählen?«

Ein ehemaliger *prévôt* antwortete ihr. »Zwanzigtausend sofort, Madame. Später können wir weitere Tausende zusammenrufen. «

»Zwanzigtausend«, wiederholte Katharina. »Sie alle wären bereit, dem Herzog de Guise zu folgen?«

Der Herzog versicherte es ihr.

Ihre nächste Anweisung galt dem amtierenden *prévôt*. »Monsieur le Charron, es wird notwendig sein, alle Stadttore zu schließen, damit niemand die Stadt verlassen oder betreten kann. Außerdem dürfen keine Boote auf der Seine verkehren.«

Katharina, die sich vorstellen konnte, daß die Hugenotten Widerstand leisteten, bestand darauf, alle Waffen aus dem Hotel de Ville zu entfernen.

»Ihr werdet später noch erfahren, wo sie hinzubringen sind, Monsieur le Charron.«

Le Charron war entsetzt. Er war in der Annahme zu diesem Treffen gekommen, daß der Tod eines gefährlichen Feindes besprochen würde, und nun sah er sich mit Plänen zu einem Massenmord konfrontiert. Katharina bemerkte sein Zögern und ließ ihm keine Chance, in diesem Moment weiter darüber nachzudenken.

»Bis zum Morgen werden keine Anweisungen gegeben. Und noch etwas, Monsieur le Charron: Verräter an unserer katholischen Sache haben keine Gnade zu erwarten.«

»Madame«, antwortete der entsetzte le Charron, »ich stehe ganz zu Eurer Verfügung.«

»Ich habe auch nichts anderes von Euch erwartet, Monsieur«, sagte sie mit eisiger Stimme. Innerlich war sie jedoch noch immer beunruhigt.

Sie beschlossen weiter, daß sich jeder Katholik einen weißen Schal um den Arm binden und ein weißes Kreuz am Hut tragen sollte. Alles mußte bis ins kleinste Detail geplant sein. Es durfte ihnen kein Fehler unterlaufen.

Schließlich löste sich die kleine Versammlung auf, und die zermürbende Zeit des Wartens begann.

Katharina kam es vor, als wollte die Nacht niemals hereinbrechen. Sie hatte noch nie eine solche Furcht empfunden, wie sie jetzt an ihr nagte. Alle Eingeweihten warteten ungeduldig auf das Signal, aber zuvor mußten sie die Nacht hinter sich bringen, eine Nacht voller Spannung und Angst. De Guise und seine Leute warteten in dessen Haus darauf, daß die Stunden verrannen. Den engsten Vertrauten waren bereits die Anweisungen überbracht worden, aber wem konnte man wirklich trauen? Sie hatte das Entsetzen in le Charrons Gesicht gesehen. Konnte man ihm trauen?

Noch nie war Katharina die Zeit so lang vorgekommen. Dies war die entscheidendste, die wichtigste Nacht ihres Lebens. Sie mußten erfolgreich sein. Dann endeten all ihr Befürchtungen. Dieses Vorgehen mußte Philipp von Spanien von ihrer Freundschaft überzeugen. Nie wieder würde er an ihr zweifeln. Er würde verstehen, daß sie damit das Versprechen erfüllte, das sie ihm einst in Bayonne gegeben hatte. Aber wann kam endlich die Morgendämmerung?

Was konnte schiefgehen? Dem *prévôt* konnte sie vertrauen. Er war ein Mann mit Familie; er würde es nicht wagen, sie in Gefahr zu bringen. Ein Katholik verriet nie einen anderen Katholiken um eines Hugenotten willen.

Sie und die Guises waren im Augenblick Verbündete. Auf sie konnte sie sich verlassen. Es gab wohl niemanden, der die Hugenotten mehr haßte als de Guise, und nichts wünschte er sich sehnlicher als den Tod des Admirals. Niemand, dem sie nicht vollständig vertraute, wußte etwas von dem Vorhaben. Alençon hatte sie im dunkeln gelassen. Er hatte einmal mit dem Gedanken gespielt, zum anderen Glauben überzuwechseln – nur zum Spaß natürlich, denn ihr jüngster Sohn hatte ebensoviel Flausen im Kopf wie Margot. Margot wußte natürlich auch nichts, denn schließlich war sie mit einem Hugenotten verheiratet und schien sich nach ihrer Hochzeit besser mit ihm zu verstehen als zuvor. Außerdem hatte sie schon früher bewiesen, daß man ihr nicht trauen durfte. Es gab nichts zu befürchten . . . nichts . . . nichts. Aber die Minuten wollten einfach nicht vergehen.

Wäre Heinrich doch an Karls Stelle König! Heinrich schielte ebenso wie de Guise nach dem Thron, nur Heinrich konnte sie trauen. Aber Karl? »Tötet jeden Hugenotten!« hatte er gerufen. Aber das galt nur, solange er vom Wahnsinn ergriffen war. Was war, wenn sein Geisteszustand sich wieder normalisierte? Sie fürchtete sich vor der Antwort und rief den Grafen de Retz.

Retz ging zum König. Karl lief in seinem Zimmer auf und ab und starrte mit blutunterlaufenen Augen vor sich hin.

Retz bat den König, alle Diener fortzuschicken, damit er mit ihm allein sprechen konnte.

»Wie lange es einem vorkommt«, sagte Karl, nachdem alle gegangen waren. »Zu lange, um noch zu warten. Ich fürchte, Graf, sie werden losschlagen, bevor wir es tun. Was dann? Was dann?«

»Sire, wir haben alles unter Kontrolle. Wir haben nichts zu fürchten.« Nur den König, ging es ihm durch den Kopf.

»Manchmal glaube ich, ich sollte zum Admiral gehen, Graf.«

»Nein, Sire. Das dürft Ihr nicht!« rief Retz entsetzt aus. »Das würde alle unsere Pläne zunichte machen.«

»Wenn es eine Verschwörung gegen uns gibt, Graf, dann ist sie gegen die Guises gerichtet. Ihnen lastet man den Versuch an, den Admiral zu töten.«

»Das ist nicht richtig, Sire. Man gibt auch Eurer Mutter und dem Herzog von Anjou die Schuld. Und mit Recht, Sire, denn Eure Mutter und Euer Bruder wußten, daß es notwendig war, den Admiral zu töten, um Euch zu schützen. Und das ist noch nicht alles. Man glaubt, Ihr seid ebenfalls an dem Versuch beteiligt gewesen. Deshalb haben sie auch den Plan gefaßt, Euch ... abzusetzen. Nichts könnte den Admiral davon überzeugen, daß Ihr mit dem Anschlag nichts zu tun habt. Der einzige Ausweg, der uns bleibt, ist unser Plan.«

»Wenn Blut fließt«, meinte der König nachdenklich, »tut es mir hinterher immer leid. Und dann ... die Leute werden später sagen, König Karl IX. habe das Blut der Hugenotten vergossen, die nur gekommen waren, um der Hochzeit seiner Schwester beizuwohnen. Sie werden immer davon reden ... sie werden es nie vergessen ... Und sie werden mir dir Schuld daran geben ... mir, dem König.«

Retz war zutiefst beunruhigt. Er kannte die Launen des Königs ebensogut wie seine Mutter. Kehrte er jetzt zu einem Zustand der Normalität zurück, bedeutete dies eine Katastrophe.

»Sire«, sagte er, »ich bitte Euch, nicht zu vergessen, was man mit Euch vorhat. Alle werden später wissen, daß das, was geschehen wird, das Ergebnis der Fehde zwischen den Häusern Guise und Châtillon war. Henri de Guise hat dem Mörder seines Vaters nie vergeben. Ihr habt damit nichts zu tun, Sire. Es ist nicht Euer Fehler. Alles geht von Henri de Guise aus. Ihm wird man die Schuld geben, nicht Euch. Und für Euch bedeutet es Sicherheit.«

»Für mich bedeutet es Sicherheit«, murmelte der König und schluchzte erneut.

Während die Nacht voranschritt, bekam der König plötzlich Angst. Voller Hast eilte er zu den Räumen Marie Touchets. Sein Erscheinen beunruhigte sie.

»Was fehlt dir, Karl?«

»Nichts, Marie. Ich werde dich heute nacht einschließen. Du wirst nicht hinaus können. Egal, wer an der Tür ist . . . gib keine Antwort.«

»Was ist geschehen? Was ist mit dir?«

»Nichts . . . es ist nichts, Marie. Aber du mußt hierbleiben. Versprich mir, daß du hierbleibst.« Er lachte irre und rief: »Du wirst keine Wahl haben. Ich werde dich einschließen. Du wirst bleiben müssen.« Wieder lachte er. »Du bist meine Gefangene, Marie.«

»Karl, was ist denn nur los? Sag es mir.«

»Es ist alles in Ordnung. Alles. Wenn diese Nacht vorbei ist, wird alles in Ordnung sein.« Plötzlich wurde er wieder ernst. »O Marie, ich vergaß: Da ist ja noch Madeleine.«

»Was ist mit Madeleine?«

»Das kann ich dir nicht sagen. Ich werde dich jetzt einschließen. Du bist meine Geliebte, meine Gefangene. Morgen wirst du alles verstehen.«

Nachdem er sie allein gelassen hatte, begann sie zu weinen. Sie fürchtete sich. Sie würde des Königs Kind zur Welt bringen, und diese Tatsache erfreute und ängstigte sie zugleich.

»Madelon«, rief der König. »Wo bist du, Madelon? Komm sofort zu mir.«

Madeleine hielt sich in ihrem eigenen kleinen Zimmer auf, das sich direkt an die Räume des Königs anschloß; sie summte ein Lied der Hugenotten vor sich hin.

»Hör auf damit! Hör *auf!* Ich verbiete es dir. Singe dieses Lied nie mehr, Madeleine.«

»Aber Sire, es ist doch nur ein Lied, das Ihr mich viele Male habt singen hören. Das ich Euch vorgesungen habe, wenn Ihr einschlafen wolltet. Ihr müßt Euch doch daran erinnern. Es war Euer Lieblingslied.«

»Heute nicht, Madeleine. Liebste Madelon, schweig. Komm mit mir. Du mußt mit mir kommen.«

»Karl, was fehlt Euch? Verspürt Ihr wieder dieses seltsame Gefühl?«

Er erstarrte und runzelte die Stirn. »Ja, Madelon, ich spüre es wieder. Hier ... in meinem Kopf.« Er sah aus wie ein Wahnsinniger. Es lag eine Erregung in seinem Blick, als würde sich bald etwas ereignen, das er kaum erwarten konnte. »Komm, Madelon. Komm gleich mit mir. Marie braucht dich. Du mußt heute nacht bei ihr bleiben.«

»Ist sie krank?«

»Sie braucht dich. Sie braucht dich. Ich befehle dir, zu ihr zu gehen. Sofort. Du mußt die ganze Nacht bei ihr bleiben, Madelon. Du darfst ihre Räume nicht verlassen. Du wirst die Räume nicht verlassen können. Und, Madelon, du darfst dieses Lied nicht singen ... keines dieser Lieder ... nicht heute nacht. Schwöre mir, daß du heute nacht nicht singst, Madelon.«

»Karl, Karl, was bekümmert Euch? Sagt es Madelon ... Ihr wißt, das hat Euch immer geholfen.«

»Es wird mir jetzt nichts helfen. Ich brauche auch keine Hilfe.« Er packte sie grob am Arm und zog sie in Richtung der Zimmer Marie Touchets. Marie stand an der Tür, als er aufschloß. Er schob Madeleine hinein und sah sie beide an. Dann legte er einen Finger auf seine Lippen.

»Keinen Laut darf man von euch hören! Nur ich besitze einen Schlüssel zu diesem Zimmer. Seid versichert, daß ich ihn nicht aus den Augen lassen werde. Und kein Gesang. Kein Geräusch ... sonst werdet ihr sterben ... sterben ...«

Er verschloß die Tür hinter sich, und die beiden Frauen sahen sich verwirrt an.

»Er schickte mich hierher, weil Ihr krank seid«, sagte Madeleine schließlich.

»Aber ich bin kerngesund, Madeleine.«

»Er dachte vielleicht, Ihr brauchtet mich.«

Marie ließ sich auf ihr Bett sinken und begann zu weinen.

»Was ist mit Euch?« fragte Madeleine. »Sagt es mir,

denn er hat mich geschickt, um Euch zu trösten. Hat es einen Streit gegeben?«

Marie schüttelte den Kopf. »Ach, Madeleine. Manchmal verspüre ich schreckliche Angst. Was ist nur los? Was geht nur vor? Alle sind so seltsam heute abend. Ich habe Angst . . . auch Angst vor ihm!«

»Es ist nichts«, beschwichtigte sie Madeleine. »Er redet sich wieder irgend etwas ein. Er glaubt, wir seien in Gefahr, und möchte, daß wir uns gegenseitig beschützen.«

Aber Marie, die schon die Bewegungen des Kindes in sich spürte, war nicht so leicht zu trösten.

Retz versuchte, den König zu beruhigen, aber ohne großen Erfolg.

»Marie!« rief er. »Madeleine! Wer noch?«

Ambroise Paré fiel ihm ein; ohne Retz Beachtung zu schenken, eilte er zur Tür und rief hinaus: »Bringt sofort Ambroise Paré zu mir. Sucht ihn. Verliert keinen Augenblick. Und wenn ihr ihn gefunden habt, schickt ihn sofort zu mir . . . sofort.«

Ein Diener lief los und verbreitete die Nachricht, daß der König erkrankt sei und nach seinem Leibarzt verlange.

Retz bat den König, ihn in einen kleinen, leeren Raum zu begleiten, und schloß die Tür.

»Das ist Wahnsinn, Sire. Ihr werdet noch unseren Plan verraten.«

»Aber ich kann Paré nicht sterben lassen. Paré ist ein großer Mann. Er hat Frankreich nur Gutes gebracht. Er rettet Menschenleben. Paré darf nicht sterben.«

»Sire, mit Eurem Handeln verratet Ihr alles.«

»Weshalb kommt er nicht? Dieser Narr. Man wird ihn fangen. Dann ist es zu spät. Paré, wo seid Ihr? Narr! Wo seid Ihr?«

Vergeblich versuchte Retz, den König zu beschwichtigen. Er wußte nicht, wie er sich verhalten sollte, um den König in einem Zustand zwischen Wahnsinn und Normalität zu halten. Sollte der Wahnsinn völlig von ihm Besitz ergreifen, war unmöglich vorherzusehen, was geschehen würde. Verflog sein Wahn jedoch, würde er diesem Massaker nie zustimmen.

Endlich kam Paré, und als Retz ihn einließ, stürzte Karl auf ihn zu, umarmte ihn und weinte.

»Seid Ihr krank, Sire?«

»Nein, Paré. Ihr seid es ... Ihr ... Ihr müßt bleiben. Ihr dürft diesen Raum nicht verlassen. Solltet Ihr es versuchen, werde ich Euch töten.«

Paré sah ihn ungläubig an. Er erwartete jeden Augenblick Wachen, die hereinstürmten, um ihn zu verhaften. Wessen man ihn beschuldigte, konnte er sich jedoch nicht vorstellen.

Karl lachte, als er die Angst in Parés Augen las und sie richtig deutete.

»Mein Gefangener!« schrie er hysterisch. »In dieser Nacht gibt es für Euch kein Entrinnen, mein Freund. Ihr werdet die Nacht hier hinter verschlossenen Türen verbringen.«

Mit einem wilden Lachen ließ er es zu, daß Retz ihn hinausgeleitete. Ein verwirrter und erschrockener Arzt blieb zurück und starrte auf die verschlossene Tür.

Margot war beunruhigt. Henri de Guise war nicht wie geplant erschienen. Was konnte geschehen sein, was ihn aufgehalten haben?

Den ganzen Tag über hatten ihr die Gedanken an zwei Männer keine Ruhe gelassen – an Henri de Guise und Heinrich von Navarra. Diese pikante Situation war ganz nach ihrem Geschmack. Ihr Gatte hatte sich doch nicht als völliger Bauerntölpel erwiesen. Er konnte ganz amüsant sein. Sie war sogar ein wenig eifersüchtig auf Madame de Sauves, obwohl sie dieser Verbindung ihre Liaison mit Henri de Guise entgegensetzen konnte. Aber wo hielt sich ihr Geliebter auf, und weshalb hatte er ihre Verabredung nicht eingehalten?

Irgend etwas stimmte nicht. Sie hatte ihn getroffen, als er von einer Ratsversammlung zurückkehrte, obwohl sie ihn außerhalb von Paris geglaubt hatte. Er hatte sich bei diesem Treffen unbehaglich gefühlt und ihr fast beschämt erklärt, daß er in aller Heimlichkeit zurückgekehrt war. Sie hatte diese Erklärung zunächst akzeptiert, aber nachdem er die Verabredung nicht eingehalten hatte, fragte sie sich, was die Geheimniskrämerei zu bedeuten hatte.

Es war Zeit für das *coucher* ihrer Mutter, dem sie natürlich beiwohnen mußte, aber es schienen mehr Leute als sonst anwesend zu sein. Margot wurde mißtrauisch. Die Stimmung war anders als sonst. Es lag eine Spannung, ein Gefühl der Erwartung in der Luft. Einige kleine Grüppchen flüsterten aufgeregt miteinander, und es kam ihr vor, als wechselten sie schnell das Thema, wenn sie sich ihnen näherte. Gab es vielleicht wieder einen Skandal am Hof, von dem sie noch nichts wußte und nichts erfahren sollte? Hatte es möglicherweise damit zu tun, daß de Guise nicht erschienen war?

Sie setzte sich auf eine Truhe und sah der Zeremonie des *coucher* zu.

Ihre Mutter lag bereits im Bett, und einige Leute redeten auf sie ein. Dann bemerkte Margot ihre Schwester, die Herzogin de Lorraine, und ihr fiel auf, daß sie traurig und fast ein wenig verängstigt wirkte.

Margot rief ihre Schwester und klopfte mit der flachen Hand neben sich auf die Truhe.

»Du siehst traurig aus«, begann Margot, und Claudes Lippen zitterten, als hätte sie sie eben an etwas Schreckliches erinnert.

»Claude, was ist denn los? Fehlt dir etwas?«

»Margot ... du darfst nicht ...« Sie verstummte.

»Was?« fragte Margot.

»Margot ... ich habe Angst. Schreckliche Angst.«

»Was ist denn nur geschehen, Claude? Was ist denn in alle hier gefahren? Warum tust du so geheimnisvoll? Sag es mir!«

Plötzlich war Charlotte de Sauves neben ihnen.

»Madame«, sagte sie zu Claude, »die Königinmutter wünscht Euch sofort zu sprechen.«

Claude lief zum Bett, und Margot, die ihr hinterhersah,

bemerkte den bösen Blick, den ihre Mutter ihrer Schwester zuwarf, sah, wie Claude den Kopf senkte und Katharinas geflüsterten Worten lauschte.

Es war alles so merkwürdig. Margot fiel auf, daß mehrere Personen sie besorgt ansahen.

»Marguerite«, rief Katharina. »Komm zu mir.«

Margot gehorchte. Sie blieb neben dem Bett stehen und konnte die furchtgeweiteten Augen ihrer Schwester förmlich spüren.

»Ich wußte gar nicht, daß du hier bist«, sagte Katharina. »Es ist Zeit, daß du zu Bett gehst. Geh nur.«

Margot wünschte ihrer Mutter eine gute Nacht, und noch immer ruhte Claudes angsterfüllter Blick auf ihr. Als Margot an der Tür anlangte, eilte Claude ihr nach und hielt sie am Arm fest.

Tränen rannen ihr über die Wangen. »Margot!« rief sie aus. »Liebste Schwester!«

»Claude, bist du *wahnsinnig* geworden?« rief Katharina ihr zu.

Aber Claudes Furcht um ihre Schwester war größer. »Wir können sie doch nicht gehen lassen«, schrie sie zurück. »Nicht Margot! O mein Gott! Margot, liebste Margot, bleib heute nacht bei mir. Geh nicht zu deinem Gatten.«

Katharina hatte sich in ihrem Bett aufgerichtet. »Bringt die Herzogin de Lorraine zu mir . . . sofort!«

Margot sah zu, wie man ihre Schwester zum Bett ihrer Mutter schleppte.

Sie vernahm die geflüsterten Worte ihrer Mutter: »Bist du denn von Sinnen?«

Aber Claude gab nicht auf. »Wollt Ihr sie fortschicken, damit sie auch geopfert wird? Eure eigene Tochter . . . meine Schwester . . .«

»Du hast ja den Verstand verloren. Was ist nur über dich gekommen? Leidest du nun auch an der Krankheit deines Bruders? Marguerite, deine Schwester leidet an Wahnvorstellungen. Ich sagte dir bereits, du sollst dich zurückziehen. Geh jetzt zu deinem Gatten; sicher wartet er schon auf dich.«

Margot verließ den Raum, verärgert, aber auch verstört.

Im Schlafzimmer des Königs, wo seine Höflinge dem zeremoniellen *coucher* beiwohnten, waren Katholiken und Hugenotten versammelt; hier war nichts von der angespannten, geheimnisvollen Atmosphäre zu spüren. Die Katholiken unterhielten sich freundschaftlich mit den Hugenotten, wie sie es bereits seit dem Hochzeitstag getan hatten.

Der König fühlte sich von den Ereignissen des Tages erschöpft. Er wollte ruhen; er wollte schlafen, um alles zu vergessen.

»Wie müde ich bin!« sagte er, und der Graf de Retz, der seit Stunden nicht mehr von seiner Seite wich, beeilte sich, ihn zu trösten.

»Euer Majestät hatten einen anstrengenden Tag. Nach der Nachtruhe werdet Ihr Euch besser fühlen.«

Aber es war zwecklos, so tun zu wollen, als sei dies ein Tag wie jeder andere, dachte Karl. Morgen? Er sehnte den nächsten Tag herbei. Dann würde alles vorbei sein, der Aufstand im Keim erstickt, und er wäre wieder sicher. Dann konnte er Marie und Madeleine wieder aus ihrem kleinen Gefängnis entlassen. Und Monsieur Paré. Sie würden ihm dafür danken, daß er ihnen das Leben gerettet hatte!

In seinem Kopf pochte es, und er konnte kaum die Augen offenhalten. Hatte seine Mutter ihm etwas in den Wein getan, den Retz ihm gebracht hatte? Damit er die nächsten Stunden schlafend verbrachte?

Hugenotten und Katholiken! Wenn man sie so ansah, konnte man kaum an eine Feindschaft zwischen den beiden Religionsgemeinschaften glauben. Warum konnten sie nicht auf Dauer Freunde sein, so wie sie es jetzt zu sein schienen?

Bald würde die Zeremonie vorüber, würden die Vorhänge vor seinem Bett vorgezogen sein, und der Schlaf würde ihn erlösen. Was aber, wenn er träumte? Er hatte guten Grund, die Träume zu fürchten. Träume von zerfetztem Fleisch ... verstümmelten Körpern ... den schmerzerfüllten Schreien von Frauen und Männern ... und von Blut.

Der Graf de la Rochefoucauld beugte sich über seine Hand. Teurer Rochefoucauld! Er sah so gut aus und war so zart. Ihre Freundschaft dauerte schon lange; der Graf gehörte zu den wenigen, die er wirklich liebte. In seiner Gesellschaft hatte er sich immer wohl gefühlt.

»Adieu, Sire.«

»Adieu.«

»Mögen Euch nur die angenehmsten Träume begleiten, Euer Majestät.«

Zärtlichkeit lag in seinen Augen, wahre Freundschaft. Selbst wenn ich nicht König wäre, würde er mich lieben, dachte Karl. Er ist ein wahrer Freund.

Rochefoucauld ging zur Tür. Er würde jetzt den Louvre verlassen und, begleitet von seinen Freunden, durch die engen Gassen zu seiner Unterkunft gehen. Er würde lachen und Witze reißen, denn niemand liebte einen guten Scherz mehr als Rochefoucauld. Er war sein Freund ... und er war *Hugenotte!*

Nein! schoß es Karl durch den Kopf. Das durfte nicht sein. Nicht Rochefoucauld!

Er schüttelte seine Müdigkeit ab. »Foucauld«, rief er ihm nach. »Foucauld!«

Der Herzog drehte sich um.

»O Foucauld, geht nicht heute nacht. Bleibt hier und schlaft bei meinen Kammerdienern. Ich bestehe darauf. Es wird Euch sonst leid tun, wenn Ihr geht, mein Freund ... mein lieber Foucauld.«

Rochefoucauld wirkte überrascht, aber Retz war bereits bei ihm.

»Der König beliebt zu scherzen«, sagte er.

Rochefoucauld schenkte dem König ein Lächeln und neigte leicht den Kopf, während Karl ihn mit Augen voller Tränen ansah. Leise murmelte er vor sich hin: »Foucauld, kommt zurück. Foucauld ... mein lieber Freund ... nicht, mein Foucauld!«

Retz zog die Vorhänge am Bett des Königs zu.

Das *coucher* war vorüber.

Tränen rannen Frankreichs König über die Wangen, und es wurde still im Louvre.

Katharina lag in ihrem Bett und zählte die Minuten. In zwei Stunden würde sie aufstehen, aber es war nicht leicht, einfach liegen zu bleiben. Die närrische Claude fiel ihr wieder ein, deren Verhalten Margot mißtrauisch gemacht haben mußte. Sie dachte an Karl, der, wie Retz erzählt hatte, Rochefoucauld versteckt gewarnt hatte. Was, falls Rochefoucauld die Warnung richtig gedeutet hatte? Er war einer der Anführer der Hugenotten. Was würde er tun? Was würde jeder normale Mann tun, wenn er erfuhr, was bevorstand? Er würde natürlich Gegenmaßnahmen ergreifen.

Sie hielt es nicht länger aus. Die Zeit zum Aufstehen war noch nicht gekommen, aber sie konnte nicht länger liegen bleiben. Sie konnte nicht zulassen, daß eine Katastrophe über sie hereinbrach. Sie mußte etwas tun. Solange sie etwas unternahm, war die Spannung erträglich.

Sie erhob sich und kleidete sich eilig an. Dann ging sie zu Anjous Schlafzimmer und schloß sich mit ihm ein.

Er schlief nicht, denn seine Furcht war noch größer als die ihre. Schweiß stand ihm auf der Stirn, und sein Haar war zerzaust.

»Du mußt aufstehen, mein Liebling, und dich anziehen«, sagte sie zu ihm. »Es dauert zwar noch ein paar Stunden, aber es ist besser, wenn wir bereits angezogen sind.«

»Mutter, Mitternacht ist gerade vorbei, und die Glocke des Justizpalastes wird erst eine Stunde vor Tagesanbruch läuten.«

»Ich weiß, mein Sohn, aber ich habe Angst. Ich fürchte, die unbedachten Äußerungen deines Bruders und deiner Schwester haben unsere Absichten verraten. Möglicherweise planen unsere Feinde bereits, zuerst loszuschlagen. Wir werden neue Befehle geben. Wir müssen früher handeln für den Fall, daß wir verraten wurden. Wir müssen sie überraschen. Steh nun auf und zieh dich an, während ich den König wecke. Wir dürfen nicht noch mehr Zeit im Bett vergeuden. Monsieur de Guise muß sofort benachrichtigt werden. Sobald er weiß, daß wir den Plan geändert haben, können wir die Ausführung getrost ihm überlassen.«

»Aber Mutter, ist es klug, den Plan jetzt noch umzuwerfen?«

»Ich fürchte, es wäre unklug, es nicht zu tun. Komm.«

Das war weitaus besser, als im Bett zu liegen. Taten waren besser als untätiges Warten. Bouchavannes wurde mit einer Nachricht zum Hôtel de Guise geschickt, und Katharina entsandte Retz zum König, damit er zu ihr kam.

Sie hatte es sich gerade an einem Fenster bequem gemacht, von dem aus sie gut überblicken konnte, was draußen vor sich ging, da betrat der König den Raum.

»Was hat das zu bedeuten, Madame?«

»Wir mußten unseren Plan ändern. Wir haben eine weitere, noch teuflischere Verschwörung aufgedeckt. Daher ist es notwendig, sofort loszuschlagen ... jede weitere Verzögerung könnte gefährlich sein.«

Karl bedeckte sein Gesicht mit den Händen. »Lassen wir doch von unserem Plan ab. Ich habe genug davon. Wenn wirklich eine Verschwörung der Hugenotten gegen uns existiert, gibt es genug Katholiken, um uns zu verteidigen.«

»Was? Du würdest es zulassen, daß sie uns hier im Louvre ermorden?«

»Wie es aussieht, wird es in jedem Fall Morde geben.«

Seine Mutter und Anjou blickten ihn entsetzt an. Er war wahnsinnig, unberechenbar. Sie hatten recht gehabt, ihm nicht zu trauen. Wie konnten sie abschätzen, was er von einer zur nächsten Minute unternahm? Jede weitere Verzögerung war gefährlich, und die größte Gefahr lag in der Labilität des Königs.

»Ich weiß, daß es Tote geben wird«, schluchzte Karl. »Es wird Blutvergießen und Mord geben. Aber wir sollten nicht die sein, die damit beginnen.«

»Denkst du überhaupt nicht daran«, sagte Katharina leise, »daß die Hugenotten unsere heilige Kirche angreifen? Ist es nicht besser, ihnen die Gliedmaßen aus dem Leib zu reißen, als zuzulassen, daß die Kirche unseres Herrn geschmäht wird?«

»Ich weiß es nicht«, schrie Karl auf. »Ich weiß nur, daß es nicht zu diesem Blutvergießen kommen darf.«

Die Glocke von Saint-Germain-l'Auxerrois gegenüber dem Louvre erschallte, und es schien, als erwachten auf einmal sämtliche Glocken in Paris zum Leben.

Überall ertönte Lärm: Rufe, Schreie, grausames und schadenfrohes Gelächter. Schmerzensschreie von Männern und Frauen vermischten sich mit ihren Rufen nach Gnade.

»Also hat es begonnen ...«, flüsterte der König.

»Großer Gott im Himmel!« murmelte Anjou. »Was haben wir getan?«

Er sah seine Mutter an, und in ihrem Gesicht las er etwas, das er dort noch nie erblickt hatte – Angst ... so große Angst, daß er hoffte, nie wieder einer solchen Furcht begegnen zu müssen.

Leise wiederholte sie seine Worte, als spräche sie mit sich selbst. »Was haben wir getan? Und was wird nun geschehen?«

»Wir haben das Feuer der Hölle entfacht!« kreischte der König. »Wir haben das Feuer der Hölle entfacht!«

»Wir müssen sie aufhalten«, sagte jetzt auch Anjou. »Wir müssen sie aufhalten, bevor alles zu spät ist. Bevor wir selbst untergehen ... wir müssen sie aufhalten, sage ich.«

In diesem Augenblick passierte Katharina etwas, das noch nie zuvor geschehen war: Sie geriet in Panik. Sich selbst zugewandt murmelte sie: »Du hast recht. Wir müssen sie aufhalten. Ich schicke sofort jemanden zu de Guise. Der Admiral darf noch nicht sterben ...«

Aber obwohl der Tagesanbruch noch weit entfernt lag, war ganz Paris in dieser Nacht, der Bartholomäusnacht, bereits erwacht.

Seine Schmerzen ließen den Admiral nicht schlafen. Paré hatte ihm Opium geben wollen, aber er hatte es abgelehnt. Er mußte über vieles nachdenken. In einem der angrenzenden Zimmer schlief sein Schwiegersohn, um sofort zur Stelle zu sein, wenn er etwas benötigte. Der gute Téligny! Gott hatte es gut mit ihnen gemeint, als er seiner Tochter einen solchen Mann gab.

Nicholas Muss, sein treuer Diener, döste in einem Sessel vor sich hin, Merlin, sein Pastor, in einem anderen. Außer ihnen hielten sich noch weitere treue Diener in seinem Haus auf, und er besaß viele Freunde in Paris. Der Prinz de Condé und der König von Navarra hatten ihn besucht, waren dann aber in den Louvre gegangen. Ambroise Paré, der alles unternommen hatte, um sein Leben zu retten, war bis vor wenigen Stunden ebenfalls bei ihm gewesen. Nur widerwillig hatte er ihn verlassen, und er war nur gegangen, weil der König nach ihm geschickt hatte.

Überall in Paris brodelte es! Wieviel Gutes könnte erreicht werden, schüttelte der König endlich den Einfluß seiner Mutter und seines Bruders Anjou ab und entzöge sich dem der Guises. Der Admiral wußte, daß sie ihn haßten; er hatte es gespürt, als die Königinmutter ihm ihr Beileid ausgesprochen und ihre Sympathie bekundet hatte. In Wahrheit war sie wütend gewesen, weil der Schuß aus der Waffe des von Guise angeheuerten Heckenschützen ihn nicht sofort getötet hatte. Und als der König Wachen angefordert hatte, um sein Haus zu schützen, wurden die Männer von einem Mann namens Cosseins angeführt, der ein alter Feind des Admirals und des hugenottischen Glaubens war. Das war ein unheilverkündendes Zeichen, und ihm war klar, daß ihm und seinen Getreuen weitere Gefahren drohten.

Wie still es heute war! Im Anschluß an die Hochzeit waren so viele Nächte durchgefeiert worden, daß die Stille dieser Nacht um so bedrückender schien.

Er fragte sich voller Zweifel, ob er Châtillon jemals wiedersähe. Hatte Jacqueline bereits von dem Anschlag auf ihn erfahren? Er hoffte, nicht. Sie würde außer sich sein vor Angst, und das war nicht gut für sie und das Kind. Er war froh, daß François, Andelot und Louise auf Châtillon in Sicherheit waren. Vielleicht, wenn er sich schnell wieder erholte, konnte er schon in wenigen Wochen wieder in Châtillon sein ... womöglich schon Ende September. Selbst die Rosen wären dann noch nicht alle verblüht. Er malte sich aus, wie er über die schattigen Wege spazierte und die grauen Mauern des Schlosses ansah, ohne auf unangenehme Depeschen aus Paris warten zu müssen.

Ende September schien durchaus realistisch zu sein, denn im Augenblick war es Ende August. Heute war ... richtig, mittlerweile war schon der 24. August, der Tag des heiligen Bartholomäus.

Plötzlich zuckte er zusammen, denn Glockengeläut ertönte. Woher kam es? Wer läutete zu dieser Stunde die Glocken?

Muss rappelte sich in seinem Sessel auf, und Merlin öffnete die Augen.

»Ist denn schon Morgen?« fragte Merlin. »Was bedeutet das Geläut?«

»Ich weiß es nicht«, erwiderte der Admiral. »Glockengeläut vor Tagesanbruch. Was kann das bedeuten?«

»Die Glocken haben Euch den Schlaf geraubt, Herr«, warf Muss ein.

»Nein, ich habe nicht geschlafen. Ich lag in meinem Bett und dachte nach. In Gedanken war ich bei meiner Frau und meiner Familie, bei den Rosen von Châtillon.«

Téligny betrat das Zimmer.

»Haben dich die Glocken geweckt, mein Sohn?« fragte der Admiral.

»Ja, Vater, aber warum läuten sie? Hör doch! Ich höre Pferde ... sie kommen hierher.«

Die Männer sahen sich an, aber keiner sprach seine Gedanken aus. Große Angst ergriff sie alle, nur der Admiral behielt die Ruhe. Seit Stunden hatte er schon die Schmerzen ertragen, hatte er auf den Tod gewartet. Sollte dies jetzt den Tod bedeuten, war es auch das Ende seiner Schmerzen.

»Muss«, sagte er, »geh zum Fenster, mein Freund. Sage uns, was du unten siehst.«

Der Mann tat, wie ihm geheißen, und als er die Vorhänge zurückgezogen hatte, wurde das Zimmer vom Flackern vieler Fackeln erhellt.

»Wer ist es, Nicholas?« fragte der Admiral.

Téligny stand nun auch am Fenster. Mit bleichem Gesicht sah er Coligny an und stammelte: »Guise ... und zehn ... vielleicht zwanzig weitere Männer.«

»Sie kommen, um mich zu töten, meine Freunde. Ihr müßt mir helfen, mich anzukleiden. Ich möchte mich meinen Feinden nicht so stellen.«

Téligny rannte aus dem Zimmer und lief die Treppe hinunter. »Alarm!« rief er den Männern zu, die auf der Treppe und in den Gängen postiert waren. »Der Feind steht vor der Tür.«

Als er an der Haustür anlangte, vernahm er Cosseins' Ruf: »Labonne, habt Ihr den Schlüssel? Laßt diesen Mann durch. Er hat eine wichtige Nachricht des Königs an den Admiral zu überbringen.«

»Labonne!« schrie Téligny. »Laßt niemanden herein.«

Aber es war bereits zu spät. Cosseins hielt die Schlüssel bereits in der Hand. Als Labonne aufschrie, wußte Téligny, daß sein treuer Freund ermordet worden war.

»Kämpft!« rief Téligny seinen Leuten zu. »Kämpft für Coligny und unsere Sache!«

Er rannte wieder nach oben ins Schlafzimmer, wo Merlin kniend betete, während Muss dem Admiral half, sich anzukleiden. Schon waren die ersten Schüsse und Schreie zu hören.

Plötzlich stürmte ein hugenottischer Soldat herein. »Herr Admiral«, rief er aus, »Ihr müßt fliehen. Verschenkt keine weitere Minute. Die Guises sind hier. Sie brechen gerade die Tür ein.«

»Meine Freunde«, sagte der Admiral gefaßt, »ihr müßt gehen ... ihr alle. Was mich angeht, ich fürchte den Tod nicht. Ich habe ihn erwartet.«

»Ich verlasse Euch nicht, Vater«, unterbrach ihn Téligny.

»Mein Sohn, dein Leben ist viel zu wertvoll, um es einfach wegzuwerfen. Geh ... geh sofort. Denke an Louise, an Châtillon. Dafür mußt du kämpfen. Gräme dich nicht zu sehr, daß ich sterben muß. Ich bin ein alter Mann, und meine Tage sind gezählt.«

»Ich werde an Eurer Seite kämpfen«, erwiderte Téligny dickköpfig. »Zusammen können wir es schaffen.«

»Ich kann nicht laufen, mein Sohn. Und du kannst mich nicht tragen. Noch länger zu bleiben wäre Selbstmord. Ich kann sie schon auf der Treppe hören. Unsere treuen Freunde sind also nicht mehr am Leben. Geh, mein Sohn. Jacqueline wird viel leiden müssen, denn heute nacht wird sie Witwe. Wenn du meine Tochter liebst, laß nicht zu, daß sie dasselbe Schicksal erleidet. Du fügst mir Schmerz zu. Du machst mich unglücklich, wenn du bei mir bleibst. Schenke mir die Freude zu wissen, daß du diesen Mördern entkommen bist. Ich flehe dich an, mein Sohn. Noch ist es nicht zu spät. Über die Dächer ... geh ... ich flehe dich an, geh!«

Téligny küßte seinen Schwiegervater und schluchzte: »Jawohl, Vater. Wenn es dein Wunsch ist. Ich tue es für Louise ...«

»Ich bitte dich, mach schnell. In die Dachkammer ... über die Dächer ...«

»Leb wohl, Vater.«

»Leb wohl, geliebter Sohn.«

Gaspard wischte sich den Schweiß von der Stirn, aber er lächelte, obwohl er wußte, daß sie sich zum letzten Mal sahen. Er wandte sich an Merlin: »Auch du, mein Freund. Geh mit ihm ...«

»Treuer Herr, ich besitze keine Frau, die ich zur Witwe machen könnte. Mein Platz ist bei Euch. Ich werde Euch nicht verlassen.«

»Ich auch nicht, Herr«, meldete sich nun auch Muss. »Ich habe mein Schwert und einen starken Arm.«

»Das bedeutet den sicheren Tod«, sagte der Admiral müde. »Wir sind so wenige und sie so viele.«

»Ich wollte nicht weiterleben, müßte ich Euch jetzt verlassen«, bekräftigte Muss noch einmal.

»Man wird mir die Schuld für Euren Tod geben. Ich würde ruhiger sterben, wenn ihr gingt. Merlin, Ihr könnt anderswo viel Gutes tun. Geht . . . folgt meinem Sohn auf die Dächer. Hört Ihr? Sie sind gleich vor der Tür. Merlin . . . ich entbinde Euch von meinen Diensten. Ich habe beten gelernt. Ich kann ohne Euch beten. Ihr verschenkt ein Leben. Das Leben eines Hugenotten. Ich bitte Euch . . . ich befehle es Euch . . .«

Der Pastor ließ sich überzeugen, daß mit seinem Bleiben niemandem gedient war, aber der alte Nicholas Muss wich nicht von seinem Bett, das Schwert in der Hand, und Coligny wußte, nichts, was er sagen konnte, würde ihn dazu bewegen, ihn zu verlassen.

Dann kniete Coligny am Bett nieder und begann zu beten. »In Deine Hände, o Herr, befehlige ich meine Seele. Schenke meiner Frau Trost. Geleite meine Kinder, denn sie sind noch jung . . . In Deine Hände, o Herr . . . in Deine Hände . . .«

Die Tür flog auf. Cosseins und Besme, ein weiterer Mann, den Coligny als einen persönlichen Feind erkannte, stürmten ins Zimmer. Weitere drängten hinter ihnen nach, darunter auch die Italiener Toshingi und Petrucci. Sie alle trugen einen weißen Schal um den Arm und hatten ein weißes Kreuz auf ihre Hüte gemalt.

Der Anblick des alten Mannes, der vor seinem Bett kniete, ließ sie erstarren. Hastig bekreuzigten sie sich. Das ernste Gesicht des Admirals und sein ruhiges Auftreten brachten sie einen Moment lang aus der Fassung.

»Seid Ihr Gaspard de Coligny?« fragte Toshingi.

»Der bin ich. Und Ihr seid gekommen, mich zu töten, wie ich sehe. Nun denn, tut, was Ihr müßt. Ich bin dem Tod sowieso schon nah, und Ihr verkürzt mein Leben nur unwesentlich.«

Nicholas Muss hob sein Schwert, um seinen Herrn zu verteidigen, aber Toshingi parierte den Hieb, während Petrucci ihm seinen Dolch ins Herz stieß. Die anderen stürzten sich ebenfalls auf ihn, und Muss fiel stöhnend neben dem Bett zu Boden.

»So sterben alle Ungläubigen!« schrie einer der Männer.

Das war das Signal. Sie alle warfen sich auf den regungslosen Admiral. Besme traf den alten Mann mit seinem Schwert, und ein Dolch nach dem anderen bohrte sich in seinen Leib. Jeder wollte seine Klinge mit dem edlen Blut benetzen, denn sie hatten geschworen, daß es in dieser Nacht fließen sollte.

Coligny lag ausgestreckt vor ihnen, und alle sahen ihn schweigend an. Keiner wagte aufzublicken aus Angst, man könnte die Scham in seinem Gesicht lesen.

Besme ging zum Fenster und öffnete es.

»Ist es vollbracht?« rief Henri de Guise herauf.

»Ja, Herzog«, gab Besme zur Antwort.

Darauf rief der Chevalier d'Angoulême, ein unehelicher Sohn von Heinrich II. und Halbbruder des Königs, hinauf: »Dann werft ihn zum Fenster heraus, damit wir uns davon überzeugen können.«

Die Männer hoben den leblosen Körper des Admirals hoch.

»Er lebt noch immer«, rief Petrucci aus.

»Er wird nicht mehr lange leben, wenn er erst einmal auf dem Boden aufgeschlagen ist«, entgegnete Toshingi. »Ach, mein Freund, mein edler Admiral. Warum mußtet Ihr Euch auch bücken, als ich auf Euch schoß? Wieviel Ärger hättet Ihr Euch ersparen können ... und uns ebenfalls. Hoch mit ihm, Freunde ... und ... hinaus!«

Der Admiral unternahm den schwachen Versuch, sich am Fenstersims festzuhalten, aber einer stach ihm mit seinem Dolch in die Hand, und im nächsten Augenblick lag Gaspard de Coligny auf dem Hof.

Der Chevalier d'Angoulême war abgestiegen und meinte zu de Guise: »Es ist nicht einfach, ihn zu erkennen. Sein weißes Haar ist blutrot geworden. Wie es scheint, hat er sich der Mode Madame Margots angeschlossen und eine rote Perücke aufgesetzt.«

Henri de Guise kniete nieder, um die Leiche zu untersuchen. »Er ist es«, meinte er dann und stellte einen Fuß auf den Körper des Admirals. »Endlich, Monsieur Coligny«, sagte er. »Nun seid Ihr endlich tot, Mörder meines Vaters. Ihr habt viel zu lange gelebt, nachdem Ihr einen

Mörder gedungen habt, um François de Guise in Orléans töten zu lassen.«

Angoulême trat nach der Leiche und befahl einem seiner Leute, ihr den Kopf abzutrennen.

Die Menge jubelte, als der Kopf an den blutigen Haaren hochgehoben wurde.

»Adieu, Coligny!« rief die Menge.

»Adieu, Mörder von François de Guise!« rief der Herzog, und die anderen stimmten ein.

»Tragt sein Haupt zum Louvre«, rief Angoulême. »Ein Geschenk für die Königinmutter. Ein Geschenk, auf das sie schon lange wartet.«

»Was soll mit der Leiche geschehen?« fragte Toshingi.

»Sie ist mein Geschenk an das Volk von Paris. Es soll mit ihr machen, was es will.«

In diesem Augenblick kam ein Bote herangaloppiert.

»Ich komme von der Königinmutter, Herr. Sie befiehlt Euch, aufzuhören. Ihr sollt den Admiral nicht töten.«

»Reite auf dem schnellsten Weg zurück und sage der Königinmutter, daß du zu spät gekommen bist. Kommt, Leute. Tod den Ungläubigen! Tod den Hugenotten! Der König befiehlt, sie zu töten . . . zu töten!«

Téligny blickte von den Dächern auf die Stadt hinab. Überall waren Lichter zu sehen, und die vielen Fackeln beleuchteten die schrecklichen Szenen. Die Luft war angefüllt mit den Schreien sterbender Männer und Frauen – heiser, flehend, wütend und verwirrt.

Wohin? Welcher Weg brachte ihn in Sicherheit und zu Louise? Er wußte, daß der Admiral keine Chance hatte zu überleben, daher mußte er so schnell wie möglich zu seinen Lieben auf Châtillon gelangen, um sie zu trösten und mit ihnen zu trauern.

Blutgeruch stieg ihm in die Nase. Was geschah in dieser Nacht des Wahnsinns? Was ging dort unten in den Straßen vor sich? Was taten sie seinen Freunden an?

Er war noch zu jung zum Sterben. Sein Leben hatte noch nicht einmal richtig begonnen. Der Admiral hatte das Abenteuer kennengelernt, die Liebe, die Hingabe an eine Aufgabe; er hatte die Freuden erlebt, eine Familie zu haben und Kinder aufzuziehen. Téligny jedoch war all dies noch fremd. Er dachte an das hübsche Gesicht seiner Louise, stellte sich vor, wie er mit ihr durch den Blumengarten spazierte, auf den schattigen, grünen Wegen. Wie sehnte er sich nach dem Frieden Châtillons, danach, diesem Alptraum zu entfliehen!

Er würde hier auf dem Dach warten, bis es ruhiger wurde. Dann würde er durch ein Stadttor flüchten. Vielleicht konnte er sich irgendwie verkleiden, denn wenn man alle Freunde des Admirals tötete, würden sie ihn erst recht nicht am Leben lassen; und er *mußte* leben. Er mußte nach Châtillon ... und zu Louise.

Eine Kugel schwirrte an seinem Kopf vorbei, und von unten ertönte ein Schrei. Sie hatten ihn entdeckt.

»Dort oben läuft er ... auf dem Dach ...«

Plötzlich verspürte er einen bohrenden Schmerz im Arm. Verwirrt blickte er sich um.

»Ich muß hier weg«, murmelte er. »Ich muß nach Châtillon ... und zu Louise ...«

Seine Umrisse waren auf dem Dach gut zu erkennen. Er blickte den Weg zurück, auf dem er gekommen war; Blut kennzeichnete seine Spur wie dunkle Fußstapfen. Wie in einem Alptraum vernahm er die bösartigen Rufe, während weitere Schüsse auf ihn abgefeuert wurden.

Er stolperte weiter. Schwäche und Schwindelgefühle erfaßten ihn. »Louise ...«, stöhnte er. »Châtillon ... Louise ...«

Der Name Louise lag noch auf seinen Lippen, als er abrutschte und das Dach hinunterrollte. Die Menge stürzte sich sofort auf seinen zuckenden Körper, und die Leute riefen einander zu, daß sie Téligny erwischt hatten. Sie zerrissen seine Kleidung in kleine Fetzen und hoben sie sich zur Erinnerung an diese Nacht auf.

Voller Unruhe war Margot in ihr Schlafzimmer zurückgekehrt. Ihr Gatte befand sich bereits dort. Er lag im Bett und ließ sich von einigen Leuten seines Gefolges unterhalten.

Sie zog sich in ein anderes Zimmer zurück und rief nach ihren Damen, damit sie ihr beim Auskleiden behilflich waren. Anschließend gesellte sie sich zu ihrem Mann ins Bett.

Er schien, wie sie, überhaupt nicht an Schlaf zu denken.

Die Worte ihrer Schwester gingen ihr ebensowenig aus dem Kopf wie der Zorn ihrer Mutter, den sie hervorgerufen hatten. Irgend etwas bedrohte sie, dessen war sie sich sicher. Ungeduldig wartete sie darauf, daß die anderen Herren sich verabschiedeten; diese machten jedoch keinerlei Anstalten zu gehen, und Navarra hatte offensichtlich nicht vor, sie zu entlassen.

Ihre aufgeregte Unterhaltung drehte sich um den Anschlag auf den Admiral und seine Folgen.

»Morgen«, sagte Navarra, »werde ich zum König gehen und Gerechtigkeit verlangen. Ich werde Condé bitten, mich zu begleiten, und die Verhaftung von Henri de Guise fordern.«

Margot lächelte zynisch. Ihr Gatte mußte noch viel lernen. Hier in Paris besaß Henri de Guise mindestens so viel Einfluß wie der König. Niemand – nicht einmal ihre Mutter oder ihr Bruder – würde es wagen, de Guise in Paris anzuklagen.

Sie sprachen weiter von Coligny, von der Audienz, um die sie bitten, von der Gerechtigkeit, die sie fordern würden. Margot hörte ihnen zu. Sie war müde, aber solange die Männer noch hier waren, fand sie keinen Schlaf; und ihr Gatte hatte offensichtlich nicht vor, sie fortzuschicken. So schleppte sich die lange Nacht dahin, bis Navarra schließlich erklärte, da der Tagesanbruch nicht mehr weit sei, werde er Tennis spielen, bis der König erwache. »Dann«, sagte er, »werde ich sofort zu ihm gehen und ihn um eine Audienz ersuchen. Bereiten wir uns auf ein Spiel vor. Ich werde nicht eher wieder schlafen, bevor Coligny gesühnt ist.«

Er sprang aus dem Bett, und Margot erklärte, daß sie zu müde sei und bis Sonnenaufgang im Bett bleiben wolle.

Sie zogen die Vorhänge ihres Bettes zu, und schon wenige Minuten darauf war sie in tiefen Schlaf versunken.

Sie erwachte ganz plötzlich. Glockengeläut war zu hören, und die Schreie von Menschen erfüllten die Luft. Sie setzte sich auf und lauschte schlaftrunken auf das, was draußen vor sich ging. Plötzlich erkannte sie, daß sie von einem Hämmern an ihrer eigenen Tür geweckt worden war. Sofort fielen ihr die Ereignisse des vergangenen Abends wieder ein.

Wieder klopfte jemand gegen ihre Tür. Diesmal war das Klopfen von lauten Schreien begleitet. »Öffnet ... so öffnet doch ... Im Namen Gottes. Navarra! Navarra!«

»Wer ist da?« fragte Margot. Sie rief nach einer ihrer Damen, die aus einem Nebenzimmer zu ihr gelaufen kam. »Es klopft jemand. Schließ die Tür auf.« Gehorsam ging die Frau zur Tür und öffnete. Durch die geöffneten Vorhänge hindurch sah Margot einen Mann ins Zimmer eilen. Er war leichenblaß, und von seinen Kleidern tropfte Blut.

Er sah zum Bett, blickte Margot an und stolperte auf sie zu. Margot sprang aus dem Bett, und der Eindringling sank vor ihr auf die Knie und umschlang ihre Beine: »Helft mir ... Navarra ... Navarra ...«

Margot war sprachlos. Sie hatte keine Ahnung, wer dieser Mann war, weshalb er sich in diesem Zustand befand und was er in ihrem Schlafzimmer zu suchen hatte. Während er so vor ihr kniete, drängten vier Männer in ihr Zimmer, ihre blutverschmierten Schwerter gezogen, die Augen voller Blutdurst.

Gefühlsbetont, wie sie war, wurde sie von Zorn und Mitleid ergriffen. Sie befreite sich aus dem Griff des Verfolgten und stellte sich schützend vor ihn. Ihr Auftreten ließ bei den vier Männern keine Zweifel daran aufkommen, daß sie sich in Gegenwart einer Königin befanden.

»Wie könnt ihr es wagen?« schrie sie sie an. »Wie könnt ihr es wagen, so in meine Gemächer einzudringen?«

Erschrocken wichen die Männer zurück, aber nur einen Schritt. Margot verspürte Angst, doch gleichzeitig stachelte sie das noch an. Zu ihren Frauen gewandt, rief sie:

»Holt sofort die Wachen. Und was euch betrifft, ihr Feiglinge ... ihr Schläger und Mörder ... bleibt, wo ihr seid, oder ihr werdet es bereuen.«

Aber in dieser Nacht des Blutvergießens ließ sich niemand von einer Adeligen oder sogar einem Mitglied des Königshauses viel befehlen. Einer hatte noch vor zehn Minuten einen Herzog getötet. Und wer war die da schon ... die Frau eines Hugenotten!

Sie sah das fanatische Glitzern in ihren Augen und hob die Hand.

»Wenn ihr es wagt, euch auch nur einen Schritt zu nähern, werdet ihr die Folter zu spüren bekommen und anschließend sterben. Auf die Knie! Ich bin Königin, und ihr werdet dafür büßen, wenn ihr nicht augenblicklich meine Befehle befolgt.«

Aber sie dachten gar nicht daran, auf die Knie zu sinken. In ihren Augen war nur noch Verlangen nach ihr und nach Blut zu lesen. Langsam wurde ihr klar, daß sie sich in schrecklicher Gefahr befand. Diese Leute gehörten dem Pöbel an, und in dieser Nacht war eine Königin nicht mehr als eine einfache Frau.

Wie lange konnte sie sie noch zurückhalten? Wie lange noch, bevor sie den halbtoten Mann, der hinter ihr lag, ins Jenseits beförderten? Wie lange noch, bis sie an der Reihe war?

Glücklicherweise betrat in diesem Augenblick Monsieur de Nançay, der Hauptmann der Wache, den Raum.

»Monsieur de Nançay«, rief sie aus. »Seht nur, was diese Halunken mit mir vorhaben!«

Ihr fiel auf, daß er ebenso wie die Eindringlinge ein weißes Kreuz am Hut trug.

Er rief den Männern zu: »Was sucht ihr hier? Wie könnt ihr es wagen, die Räume unserer katholischen Prinzessin zu betreten?«

Einer zeigte auf den Mann, der sich noch immer hinter Margots Röcken verbarg.

»Der da rannte hier herein, und wir sind ihm gefolgt. Er ist uns entflohen, nachdem wir ihn schon gefangengenommen hatten.«

»Ihr seid ihm hierher gefolgt! In die Räume Ihrer Majestät! Ihr wäret gut beraten, sofort zu verschwinden, bevor Ihre Majestät Zeit hat, sich eure Gesichter zu merken.«

»Sollen wir den Ungläubigen mitnehmen? Er beschmutzt das Schlafzimmer Ihrer Majestät.«

Überheblich erwiderte Margot: »Ich werde mich um ihn kümmern. Ihr habt gehört, was Monsieur de Nançay gesagt hat. Es dürfte klüger sein zu gehen.«

Nachdem sie gegangen waren, begannen de Nançays Lippen zu zucken.

»Helft mir, diesen Mann in meine *ruelle* zu bringen, Monsieur«, sagte Margot. »Und während Ihr das tut, seid Ihr vielleicht so freundlich, mir zu erklären, weshalb es Euch so belustigt, wenn dieser Pöbel mich beleidigt.«

»Ich bitte Euer Majestät um Verzeihung«, erwiderte Nançay und hob den halb bewußtlosen Mann hoch, »aber das gute Herz Euer Majestät ist wohlbekannt, und falls es so aussah, als ob ich lächelte, dann lag es daran, daß ich dachte, dieser Mann müsse davon gehört haben.«

»Bringt ihn sofort in meine *ruelle*.«

»Madame, er ist ein Hugenotte!«

»Na und?«

»Die Befehle des Königs lauten, daß kein Hugenotte diese Nacht überleben darf.«

Voller Entsetzen starrte sie ihn an. »Mein . . . Gatte? Seine Freunde? «

»Euer Gatte ist in Sicherheit, wie auch der Prinz de Condé.«

Jetzt verstand sie die Bedeutung der schrecklichen Schreie in den Straßen. Ihr wurde übel. Sie haßte Blutvergießen. Sie waren alle daran beteiligt – ihre Mutter, ihre Brüder . . . ihr Geliebter.

De Nançay redete leise auf sie ein. »Laßt mich diesen Mann fortbringen, Madame. Er wird nicht länger Euer Zimmer mit seinem Blut beflecken.«

Aber Margot schüttelte den Kopf. »Ihr werdet mir gehorchen, Monsieur, und ihn in meine *ruelle* bringen.«

»Aber, Madame, ich bitte Euch, denkt an die Befehle des Königs. «

»Ich bin es nicht gewohnt, daß *meine* Befehle mißachtet werden. Tut, was Euch gesagt wird, und Ihr werdet niemandem etwas mitteilen, daß er hier ist. Solltet Ihr das nicht tun, werdet Ihr es mit Sicherheit bereuen.«

De Nançay überlegte einen Moment. Was, fragte er sich, war schon ein Hugenotte unter Tausenden?

»Ich verspreche Euch, Madame«, sagte er schließlich, »niemand wird erfahren, daß Ihr ihn dort versteckt.«

Er legte den Mann auf das mit schwarzer Seide bezogene Bett, während Margot nach ihren Frauen rief, damit diese ihr Salben und Verbände brachten. Als Parés aufmerksame Schülerin war sie in diesen Dingen versiert. Vorsichtig wusch und bandagierte sie die Wunden und war sich sicher, daß es zumindest einen Hugenotten gäbe, der nicht starb.

Der Herzog de la Rochefoucauld schlief fest, als irgend etwas ihn weckte. Er hatte geträumt, an einem Maskenball teilzunehmen, dem lautesten Maskenball, an den er sich erinnern konnte, und der König hatte ihn gebeten, nicht von seiner Seite zu weichen. Er konnte die Stimme ganz deutlich hören: »Foucauld, Foucauld, geht nicht heute nacht.«

Wie laut es heute auf den Straßen war! Es klang fast noch schlimmer als während der Hochzeitsfeierlichkeiten. Hoffentlich kehrten alle Besucher bald in ihre Heimatorte zurück. Aber die Geräusche klangen so seltsam. Glockengeläut zu dieser Stunde? Schreie? Kreischen? Rufen? Er drehte sich auf die Seite und versuchte, sich die Ohren zuzuhalten.

Aber der Lärm ließ sich nicht abstellen. Er wurde immer lauter. Es klang, als käme er aus seinem eigenen Haus.

Er hatte recht. Er kam aus seinem Haus. Die Tür wurde aufgestoßen. Plötzlich befanden sich Leute in seinem Zimmer. Als die Vorhänge an seinem Bett zurückgezogen wurden, war er endlich hellwach.

Er grinste. Er glaubte zu verstehen. Deshalb hatte der

König ihn gebeten, heute im Palast zu bleiben. Hier kamen der König und seine Höflinge, um ihr Spiel zu treiben, bei dem sie jemanden verprügelten. Gleich würde er die Stimme des Königs vernehmen: »Ihr seid heute dran, Foucauld. Beschwert Euch nicht. Ich hatte Euch gebeten, im Palast zu bleiben.«

»Kommt nur!« rief er. »Ich bin bereit.«

Ein dunkler Schatten mit einem weißen Kreuz am Hut drängte nach vorn, und de la Rochefoucauld verspürte den scharfen Schmerz eines Dolches. Auch die anderen stürmten jetzt vorwärts, und er konnte ihre Waffen blitzen sehen.

»Stirb . . . Ungläubiger!« rief einer von ihnen; und Rochefoucauld, der Liebling des Königs, sank stöhnend zurück, während sein Blut die Kissen seines Bettes rot färbte.

Als das Massaker seinen Höhepunkt erreicht hatte, waren auch Katharinas Ängste verflogen. Offenbar waren die Hugenotten völlig überrascht worden, und die Gefahr eines Gegenschlags bestand offenbar nicht. Sie war wieder sicher; ihre Familie war wieder sicher, und sie würde Philipp von Spanien die beste aller Nachrichten zukommen lassen können, um ihm die bittere Pille der Hochzeit ihrer Tochter mit einem Hugenotten zu versüßen. Er würde erkennen, daß diese Hochzeit notwendig gewesen war, um die Hugenotten in die Falle zu locken. Sie hatte ihr Wort gehalten. Das Versprechen, das sie Alva in Bayonne gegeben hatte, war erfüllt. Jetzt hatte sie erst einmal Ruhe, wenn auch nur für kurze Zeit. Auf mehr konnte eine Monarchin nicht hoffen.

Man hatte ihr den Kopf Colignys gebracht, und zusammen mit ihren Hofdamen hatte sie sich daran ergötzt.

»Ohne seinen Körper sieht der Admiral ganz anders aus!« rief eine aus.

»Der Tod ist seiner Schönheit etwas abträglich!« meinte eine andere.

»Mein stolzer Hecht«, sprach Katharina ihn fröhlich an. »Du warst nicht leicht zu fangen, aber jetzt wirst du mir keine Schwierigkeiten mehr machen.«

Sie lachte, und ihren Hofdamen fiel auf, daß sie um Jahre verjüngt wirkte. Sie war voller Energie und stellte in Gedanken eine Liste derer zusammen, die in dieser Nacht sterben mußten. Einen nach dem anderen konnte sie abhaken, sobald sie die Nachricht vom Tod eines weiteren, wichtigen Mannes erhielt. »Wieder ein Name, den ich von meiner Liste streichen kann!« rief sie dann aus. »Von meiner *roten* Liste!«

Einzelne Trophäen wurden ihr gebracht. »Ein Finger von Monsieur Téligny war alles, was uns der Pöbel gelassen hat, Madame.«

»Ein Teil von Monsieur de la Rochefoucauld ... für eine Eurer Damen, die ihn so bewundert hat.«

Es folgte Gelächter, und einige rissen Witze darüber, denn er war in der Tat vielen Damen zugetan gewesen. Große Heiterkeit erregte die Gemüter, als der verstümmelte Leichnam eines gewissen Soubise gebracht wurde, denn dessen Frau hatte von ihm die Scheidung wegen seiner Impotenz verlangt. Die *escadron volant* amüsierte Katharina von Medici, indem sie über ihn lästerte.

Katharina, die ihnen zusah, begann lauthals zu lachen. Doch eigentlich lachte sie nicht darüber, sondern vor Erleichterung.

Währenddessen ritten de Guise, Angoulême, Montpensier und Tavannes durch die Straßen und feuerten die Katholiken immer wieder zu neuen Greueltaten an. Sie waren fest entschlossen, keinen Hugenotten am Leben zu lassen.

»Es ist der Wunsch des Königs!« rief de Guise. »Der König hat es befohlen. Tötet alle Ungläubigen. Laßt keine dieser Schlangen den Tagesanbruch erleben.«

Dieses Aufhetzen wäre eigentlich nicht notwendig gewesen, denn alle befanden sich in einem Blutrausch. Wie einfach war es doch, sich an seinen Feinden zu rächen.

Wer würde schon daran zweifeln, daß ein gewisser jemand – ein geschäftlicher Konkurrent – insgeheim ein Hugenotte war? Oder daß eine gewisse Mademoiselle, die sich zu einem anderen Ehemann hingezogen gefühlt hatte, zum neuen Glauben übergewechselt war?

Ramus, der berühmte griechische Wissenschaftler und Lehrer, wurde aus seinem Bett gezerrt und grausam ermordet. »Er ist ein Ungläubiger. Er hat heimlich der neuen Religion gedient!« schrien die Wissenschaftler, die ihm sein Können seit langem neideten.

Wohin man in dieser Nacht auch blickte, überall wurde vergewaltigt und gemordet. Es war so einfach, ein Verbrechen zu begehen und hinterher zu töten, wenn man niemandem Rechenschaft ablegen mußte. Die verwirrten Hugenotten, die nicht wußten, wie ihnen geschah, rannten schutzsuchend zum Haus des Admirals oder zum Hôtel de Bourbon. Sie alle wurden erschossen oder von Schwertern durchbohrt. Wo sie getroffen wurden, sanken sie zu Boden und starben.

»Sie sollen bluten, meine Freunde!« rief Tavannes. »Die Ärzte sagen, im August sei ein Aderlaß ebenso gesund wie im Mai.«

Priester liefen durch die Straßen, das Schwert in der einen, das Kruzifix in der anderen Hand. Sie machten es sich zur Pflicht, die Viertel aufzusuchen, in denen die Mordlust abzuflauen drohte.

»Die Augen der Mutter Gottes und aller Heiligen sind auf euch gerichtet, meine Freunde. Eure Opfer sind eine Gabe an unsere Heilige Mutter Maria, die sie mit Freuden annimmt. Tötet ... und erlangt damit ewigen Frieden. Tod allen Ungläubigen!«

Colignys nackter und verstümmelter Torso wurde durch die Straßen geschleift. Keine Obszönität war zu groß, keine Beleidigung zu demütigend für den größten Mann seiner Zeit. Schließlich röstete man die sterblichen Reste des Admirals über einem Feuer, während der Pöbel sich daran ergötzte.

Männer und Frauen wurden in ihren Betten ermordet, man schlug ihre Köpfe und Gliedmaßen ab und warf sie aus dem Fenster. Selbst die Kinder wurden nicht verschont.

Lambon, einer der frommsten Männer von Paris, starb am Schock, als er die grausame Ermordung Ramus', des Wissenschaftlers, miterlebte.

»Ich kann Euch nicht mitteilen, was in jener Nacht geschah«, schrieb später ein alter Katholik einem anderen. »Das Pergament, auf dem ich schreibe, begänne zu weinen, würde ich all das niederschreiben, was ich gesehen habe.«

Der Wahnsinn hatte ganz vom König Besitz ergriffen. Er konnte das Blut riechen; er konnte es in den Straßen sehen. Er stand am Fenster seines Zimmers und schrie zu der mordenden Menge hinab. Immer wieder feuerte er sie zu noch größeren Abscheulichkeiten auf.

Als er sah, wie einige Männer und Frauen versuchten, in ein Boot am Ufer der Seine zu klettern, das unbemerkt geblieben war, feuerte er selbst auf sie, und als er sie verfehlte, rief er seine Wachen herbei und befahl ihnen, auf die Leute im Boot zu schießen. Er lachte voller Schadenfreude, als das Boot kenterte und er die Schreie der Opfer vernahm, die im blutroten Wasser der Seine versanken.

Ganz Paris war von einer Welle des Wahnsinns ergriffen, und die Morgendämmerung zeigte mit aller Deutlichkeit, wie entsetzlich die Menge gewütet hatte. In den Straßen türmten sich die Leichen, die Häuserwände waren blutbeschmiert, und ein unerträglicher Gestank lag in der Luft. Trotzdem dauerte das Gemetzel den ganzen Tag über an, denn das, was so schnell begonnen worden war, ließ sich nicht mehr stoppen.

Der König von Navarra und der Prinz de Condé standen vor dem König. Dessen Augen waren blutunterlaufen, und seine Hände bebten.

Die Königinmutter war ebenfalls anwesend. Einige Wachen standen etwas abseits, und alle Diener waren bewaffnet.

»Ihr seid zu Eurer eigenen Sicherheit hier, Messieurs«, sagte Katharina.

»Ab sofort wird es in Frankreich nur noch eine Religion geben«, rief der König. »Ich werde nur noch einen Glauben in meinem Reich dulden. Entweder wendet Ihr Euch der Messe zu ... oder Ihr müßt sterben.« Er lachte heiser. »Vielleicht habt Ihr gesehen, was dort draußen geschieht. Seid Ihr durch die Straßen gelaufen? Die Leichen säumen die Straßen. Man hat vielen Männern die Gliedmaßen aus dem Leib gerissen ... vielen Frauen ebenfalls ... Babys ... kleinen Mädchen, kleinen Knaben. Sie alle waren Ungläubige in meinem Königreich. Die Messe ... oder der Tod. Der Tod oder die Messe.«

»Ihr, Messieurs«, warf Katharina ein, »könnt Euch glücklicher schätzen als andere, die nicht die Möglichkeit der Wahl hatten.«

Heinrich von Navarra blickte nachdenklich in das Gesicht des Königs und dann zur Königinmutter. Er wußte genau, daß sich nicht nur hier im Zimmer, sondern auch draußen auf den Gängen Wachen befanden. Er würde vorsichtig sein; er hatte nicht die Absicht, nur wegen des Glaubens sein Leben zu verlieren.

Condé hatte die Arme verschränkt. Armer Condé! ging es seinem Cousin Navarra durch den Kopf. Er war emotional, sentimental – er war mutig wie ein Löwe und dumm wie ein Esel.

»Sire«, sagte Condé gefaßt und wie geistesabwesend, als hätte er dem Tod schon tausendmal ins Auge geblickt und daher keine Angst vor dem Sterben. »Ich bleibe meinem Glauben treu, auch wenn ich für ihn sterben muß.«

Der König legte seine Finger um den Griff seines Dolches. Er ging auf Condé zu und setzte die Waffe an seine Kehle. Condé starrte die wunderschön gewebten Wandteppiche an, als hätte der König ihn gebeten, sie zu bewundern, und Karl verlor angesichts dieses Mutes die Nerven. Seine zitternde Hand sank nach unten, und er drehte sich zu Navarra um.

»Und Ihr ... was ist mit Euch?« kreischte er.

»Sire«, antwortete Navarra ausweichend, »ich bitte Euch, spielt nicht mit meinem Gewissen.«

Der König runzelte die Stirn. Was führte Navarra im Schilde? Er hatte diesen Mann noch nie verstanden, und er begriff ihn auch jetzt nicht. Sein Gesichtsausdruck ließ darauf schließen, daß er bereit war, den Glauben zu wechseln, aber nicht den Anschein erwecken wollte, es sofort zu tun. Er brauchte Zeit, um sich eine annehmbare Erklärung auszudenken.

Condé rief aus: »Ich habe die schrecklichsten Dinge gesehen. Aber ich verfüge über fünfhundert Mann, die bereit sind, dieses furchtbare Massaker zu sühnen.«

»Glaubt Ihr das wirklich?« warf Katharina ein. »Habt Ihr sie in letzter Zeit einmal zusammengerufen? Ich zweifle daran, daß noch viele dieser feinen Herren in der Lage sind, dem Prinzen de Condé zu dienen.«

Der zitternde König merkte, wie sein Wahnsinn verflog. Er verspürte bereits den ersten Anflug tiefer Melancholie, die oft diesen Anfällen folgte. Fast flehend sagte er zu Navarra: »Zeigt, daß Ihr bereit seid zu konvertieren, und ich werde Euch mein Wohlwollen erweisen.«

In diesem Augenblick kam eine wunderschöne junge Frau hereingerannt. Margot warf sich dem König zu Füßen, ergriff seine zitternden Hände und küßte sie.

»Vergebt mir, Bruder. O Sire, vergebt mir. Ich hörte, daß mein Gatte hier sei, und bin gekommen, Euch zu bitten, sein Leben zu schonen.«

»Steh auf, Marguerite«, fauchte Katharina sie an. »Laß uns allein. Diese Angelegenheit geht dich nichts an.«

Aber der König hielt ihre Hände fest, und Tränen rannen ihm über die Wangen.

»Mein Gatte ist in Gefahr«, sagte Margot zu ihrer Mutter. »Deshalb geht es mich durchaus etwas an.«

Katharina war wütend. Sie hatte nicht die Absicht, Condé oder Navarra sterben zu lassen, aber es erzürnte sie, daß sich sowohl ihre Tochter als auch ihr Sohn gegen sie stellte. Darüber hinaus vermutete sie hinter Margots Auftritt wieder einen ihrer Tricks. Noch vor kurzem hatte sie ihren Gatten gehaßt, und jetzt gab sie sich der Lächerlichkeit preis, um ihn zu retten. Es war ihre Liebe zur Dramatik, nicht zu ihrem Gatten, die sie so handeln ließ, dessen war sie sich sicher; aber was jetzt zählte, war der Eindruck, den sie beim König hinterließ.

»Ich habe ihm sein Leben angeboten«, antwortete der König. »Er muß nur die Konfession wechseln. ›Messe oder Tod‹ habe ich zu ihm gesagt. ›Tod oder die Messe‹.«

»Und er hat die Messe gewählt?«

»Er wird es tun«, erwiderte Katharina mit einem teuflischen Grinsen.

»Dann ist sein Leben also sicher!« rief Margot aus. »Und Sire, da sind noch zwei weitere Herren, die mich baten, Ihnen beizustehen ... sie gehören dem Gefolge meines Gatten an – de Mossans und Armagnac. Gebt Ihr ihnen die gleiche Chance, Sire? Geliebter Bruder, schenkt ihnen ebenfalls die Möglichkeit, zwischen der Messe und dem Tod zu wählen.«

»Um dir eine Freude zu machen«, entgegnete Karl und umarmte seine Schwester. »Um meiner lieben Schwester eine Freude zu bereiten.«

»Du kannst jetzt gehen, Marguerite«, sagte Katharina.

Als Margot das Zimmer verließ, trafen sich ihre und ihres Gatten Blicke. Er schien ihr sagen zu wollen: »Sehr effizient, aber unnötig. Glaubst du wirklich, ich würde den Tod vorziehen?« Aber er schien ihr gleichzeitig zuzublinzeln; ein Lächeln spielte um seine Lippen, als wolle er hinzufügen: »Das heißt doch, daß wir nun Freunde sind, oder? Das bedeutet, daß wir zusammenarbeiten.«

Nachdem Margot gegangen war, wandte sich der König wieder an Condé. »Schwört Eurem Glauben ab!« schrie er. »Akzeptiert die Messe. Ich gewähre Euch noch eine Stunde Aufschub. Solltet Ihr dann noch immer nicht bereit sein, die Messe zu wählen, werdet Ihr sterben. Ich selbst werde Euch töten. Ich werde Euch töten ... töten ...«

Die Königinmutter gab den Wachen ein Zeichen, Navarra und Condé fortzubringen, und widmete sich dann der Aufgabe, den König zu trösten.

Karl war müde. Er lag auf seinem Bett, und die Tränen rannen ihm übers Gesicht. »Blut ... Blut ... Blut«, murmelte er immer wieder. »Ströme von Blut. Die Seine ist rot vom Blut, das Pflaster ist rot gefärbt. Es kriecht über die Mauern der Häuser wie eine rankende Pflanze im Herbst. Blut. Wohin man blickt ... Blut.«

Seine Gattin kam zu ihm; ihr Gesicht war von Gram gezeichnet. Ihr durch die Schwangerschaft hervorgerufener unbeholfener Gang verstärkte noch den Tränenstrom des Königs. Ihr Kind würde in eine grausame Welt hineingeboren werden. Niemand konnte sagen, was wohl einst mit ihm geschähe.

Sie kniete vor ihm nieder. »O Sire, welch eine furchtbare Nacht! Dieser schreckliche Tag. Bereitet alldem ein Ende, ich flehe Euch an. Ich kann die Schreie der Menschen nicht ertragen. Es ist alles so schrecklich.«

»Ich kann sie auch nicht ertragen«, stöhnte er.

»Man sagt, Ihr selbst wollt den Prinzen de Condé töten.«

»Überall wird getötet«, antwortete er. »Überall ist Blut. Nur das kann uns Sicherheit geben.«

»O Sire, laßt keinen Mord auf Eurer Seele lasten.«

Der König brach in lautes Gelächter aus, während die Tränen weiter flossen. »Sämtliche Morde der letzten Nacht werden auf meiner Seele lasten«, meinte er dann. »Was ist da schon einer mehr oder weniger?«

»Das war nicht Eure Tat. Das war die Tat von anderen. Tötet Condé nicht. Ich bitte Euch, tötet ihn nicht.«

Er strich ihr übers Haar und dachte bei sich: Arme, kleine Königin. Arme, kleine Fremde in einem fremden Land.

»Es ist ein trauriges Leben, das wir leben müssen, wir Prinzen und Prinzessinnen. Euch, armes Kind, hat man mit dem König von Frankreich verheiratet, der wahnsinnig ist.«

Sie küßte seine Hand. »Ihr seid so gut zu mir ... so liebevoll. Ihr seid kein Mörder. Ihr wäret nicht dazu fähig. O Karl, schenkt *mir* das Leben Condés. Ich habe noch nicht oft um ein Geschenk gebeten, nicht wahr? Schenkt mir heute Condés Leben, geliebter Gatte.«

»Nun gut«, sagte er, »ich werde ihn nicht töten. Soll er also leben. Condé gehört Euch, meine arme, kleine, traurige Königin.«

Sie legte sich neben ihn, und wie zwei unglückliche Kinder beweinten sie leise die schrecklichen Dinge, die in den Straßen geschahen, und bemitleideten sich ob des traurigen Schicksals, das sie in diesen grausamen Zeiten zu König und Königin gemacht hatte.

Der Alptraum dauerte an. Zur Mittagszeit des Bartholomäustages suchte le Charron, der *prévôt*, den Palast auf, um Katharina zu bitten, das Massaker zu beenden. Katharina und der König versuchten es, jedoch ohne Erfolg. Was mit dem Läuten der Glocken des Justizpalastes begonnen hatte, ließ sich nicht stoppen, und das Gemetzel dauerte den ganzen Tag und die folgende Nacht an.

Wieder wurde der König vom Wahnsinn ergriffen, und er verlangte nach neuem Blutvergießen. Diesmal ließ er es sich nicht nehmen, einigen grausamen Hinrichtungen beizuwohnen. Zusammen mit Priestern und Adligen begab er sich zu der Stelle, wo man Colignys Torso aufgehängt hatte, nachdem er aus der Seine gefischt worden war. Dort hatte man ihn hineingeworfen, nachdem sein Fleisch völlig verbrannt war.

Am 25. erblühte auf einmal ein Weißdorn auf dem Friedhof der Unschuldigen. Die Katholiken deuteten dieses Zeichen als Zustimmung des Himmels. Wer behauptete, der Weißdorn habe schon mehrfach geblüht, riskierte, als Heide bezeichnet zu werden, was seinen sofortigen Tod bedeutete. In feierlichen Zügen pilgerten ganze Menschenmassen zu diesem Ort, angeführt von den Würdenträgern der Kirche.

Karl war seit der Bartholomäusnacht um Jahre gealtert, und seine Stimmungen schlugen unerwartet von Trauer in Freude und dann wieder in Wahnsinn oder Melancholie um. Voller Stolz sprach er von dem Gemetzel, um im nächsten Augenblick tief beschämt in sich zusammenzusinken. Als er einmal von tiefer Melancholie ergriffen war, wies er jede Verantwortung für das Massaker von sich und behauptete, es sei aufgrund der Fehde zwischen den de Guises und Lorraines auf der einen und den Châtillons auf der anderen Seite entstanden, einer Fehde, die bereits seit Jahren existierte und nun eskaliert sei.

Guise wiederum ließ das nicht auf sich sitzen und erklärte öffentlich, er habe nur die Befehle des Königs und der Königinmutter ausgeführt. Der Herzog und seine Anhänger schafften es, den König dermaßen unter Druck zu setzen, daß er vor seinen Ministern erklären mußte, er und nur er allein trage die Verantwortung für das, was geschehen war. Er war nervös und erschöpft; dann wieder ängstlich und brütend oder aufbrausend und zornig. Er ging gebeugter als sonst, und er atmete schwerer als früher. Er schien ständig auf der Schwelle zum Wahnsinn zu wandeln.

Katharina andererseits schien zehn Jahre jünger zu sein. Voller Energie legte sie großen Wert darauf, an allen feierlichen Anlässen teilzunehmen. Sie führte die Prozessionen an, die durch die Straßen zogen, um dann in den Kirchen das *Te Deum* zu singen, oder die auf dem Friedhof der Unschuldigen Gott für sein Zeichen dankten. Sie ritt hinaus, um Colignys Überreste zu sehen, und legte Wert darauf, den Hinrichtungen beizuwohnen, wann immer es ihr möglich war.

Unaufhörlich redete der König über das Massaker. Er wünschte sich, so sagte er immer wieder, das Rad der Geschichte zurückdrehen zu können, bis zu jenem schicksalhaften Augusttag. »Hätte ich die Möglichkeit«, seufzte er dann, »ich würde völlig anders handeln.«

Trotzdem ließ er sich davon überzeugen, daß es mit der Ermordung der Hugenotten in Paris noch nicht getan war. Deshalb erhielten die Katholiken in ganz Frankreich den Auftrag, ähnliche Morde wie in der Hauptstadt zu begehen. Nur zu gern kamen die Katholiken von Rouen, Blois, Tours und vielen anderen Städten den Befehlen nach, die sie aus Paris erhielten.

Andere widersetzten sich, denn es gab auch Katholiken im Land, die wie le Charron dachten, dem *prévôt* von Paris. Zu ihnen gehörten die Gouverneure der Auvergne, der Provence und der Dauphiné ebenso wie der Graf de Joyeuse aus dem Languedoc, die sich weigerten, diese mündlich übermittelten Anweisungen auszuführen, ehe sie nicht den schriftlichen Befehl des Königs erhielten. In Burgund, der Picardie, Montpellier und in Lyon erklärten die Gouverneure, daß sie es als gerecht ansahen, im Krieg zu töten, sich aber keinen kaltblütigen Mord auf ihr Gewissen laden wollten.

Dies kam einer Rebellion gleich, und Katharina und ihr Rat wußten nicht recht, wie sie darauf reagieren sollten. Schließlich entschieden sie sich dafür, Priester in diese Gebiete zu entsenden, die den Bürgern erklärten, daß der heilige Michael in einer Vision das Massaker befohlen habe.

Diese Erklärung wurde als göttlicher Wille akzeptiert, und die blutige Orgie ging weiter. In den Wochen, die der Bartholomäusnacht folgten, wurden Tausende in ganz Frankreich abgeschlachtet.

Als Philipp von Spanien die Neuigkeit überbracht wurde, lachte er – wie man sich erzählte – zum erstenmal in seinem Leben lauthals. Karl, sagte er, habe damit den Titel ›Christlichster aller Könige‹ verdient. Katharina von Medici beglückwünschte er dazu, ihren Sohn in ihrem Sinne erzogen zu haben.

Der Bote, der dem Kardinal de Lorraine in Rom die Nachricht von dem Massaker überbrachte, erhielt eine fürstliche Belohnung. Ganz Rom wurde festlich erleuchtet, um den Tod so vieler Feinde zu feiern. *Te Deums* wurden gesungen, und zum Gedenken an die Mordnacht in Paris wurden die Kanonen des Kastells von St. Angelo abgefeuert. Der Papst zog mit seinen Kardinälen in einer Prozession zur Kirche des heiligen Markus, um Gottes Aufmerksamkeit auf die gute und fromme Tat der vielen Katholiken zu lenken.

Während die katholische Welt feierte, waren England und Holland zutiefst bestürzt. Wilhelm der Schweigsame, der gehofft hatte, Coligny könne ihm die Hilfe Frankreichs vermitteln, versank in tiefer Trauer. Er äußerte offen, daß der König von Frankreich von bösen Mächten beraten worden sei und sein Reich vor einem Abgrund stehe. Das Abschlachten unschuldiger Menschen, fuhr er fort, sei der verkehrte Weg, die Differenzen zwischen den Konfessionen beizulegen.

»Diese Tat«, sagte Burleigh zur Königin von England, »ist das größte Verbrechen seit der Kreuzigung Jesus.«

Einige Wochen darauf hielt sich der König, umgeben von seinen Höflingen, in seinen Gemächern auf, und sie versuchten, wieder zu der früheren Fröhlichkeit zurückzukehren. Es fiel ihnen nicht leicht. Man vergaß nicht so schnell. Immer wieder fiel ein Name, und sofort erinnerten sich alle mit Schrecken daran, daß diese Person nicht mehr lebte. Die Toten verfolgten sie wie ein Fluch, den sie heraufbeschworen hatten und nun nicht mehr loswurden.

Als sie so dastanden, sich unterhielten und ab und zu lauthals, wenn auch gekünstelt, lachten, war vor den Fenstern des Louvre ein lautes Krächzen zu hören, das vom Geräusch von Vogelschwingen begleitet wurde.

Augenblicklich versank der ganze Louvre in Schweigen. »Es war, als habe ein Engel des Todes über dem Louvre geschwebt«, erzählte später jemand.

Katharina, die ebenso abergläubisch war wie alle anderen, eilte zum Fenster und sah einen Schwarm Raben, der über dem Palast kreiste. Erschrocken schrie sie auf, und alle liefen zu den Fenstern, um die Vögel zu beobachten. Krächzend zogen sie ihre Kreise; sie setzten sich auf das Dach, und sie flogen gegen die Fenster. Die Vögel verblieben ziemlich lange in der Umgebung des Louvre.

Wenngleich einige davon ausgingen, daß die Vögel von den Leichen angezogen wurden, waren doch alle in dieser Nacht zutiefst beunruhigt.

Viele vermuteten in den Vögeln die Seelen der Ermordeten, die gekommen waren, um sie daran zu erinnern, daß ihre Tage ebenso gezählt waren, daß ein ebenso schrecklicher Tod auf sie wartete wie der, den sie verbreitet hatten.

Katharina ließ René und die Brüder Ruggieri zu sich rufen und verlangte von ihnen, sie mit ihren Zaubersprüchen zu schützen.

Der König rief aufgebracht zu den Vögeln hinaus: »Kommt ... wer immer ihr auch seid. Kommt und tötet uns ... Tut uns an, was wir euch angetan haben.«

Madeleine und Marie Touchet unternahmen alles, was in ihrer Macht stand, um ihn zu beruhigen.

Alençon, der anfangs beleidigt gewesen war, weil ihn niemand eingeweiht hatte und er an allem nicht hatte teilhaben dürfen, war jetzt erleichtert und genoß es zu beobachten, welche Wirkung die Vögel auf die anderen ausübten. Margot und Navarra sahen guten Gewissens zu. Anjou hängte sich an die Rockzipfel seiner Mutter und weigerte sich, von ihr zu weichen. Henri de Guise schien von allem unberührt. Falls die Vögel tatsächlich die Geister der Verstorbenen waren, glaubte er sicher, daß ihn der Geist seines Vaters beschützen würde. Schließlich hatte er nur seinen Schwur gehalten, seinen Tod zu rächen.

Aber am meisten litt der König. Während der Nacht erwachte er aus dem Schlaf und rannte schreiend durch den Palast.

»Was hat der Lärm auf den Straßen zu bedeuten?« fragte er. »Warum läuten die Glocken? Warum schreien die Menschen so? Hört ihr? So hört doch! Ich kann sie hören. Sie kommen, um uns zu töten ... so wie wir sie getötet haben.«

Dann sank er zu Boden, zerrte an seiner Kleidung, kratzte und schlug um sich, wenn sich ihm jemand näherte.

»Haltet sie auf!« schrie er. »Die Glocken sollen aufhören mit ihrem Geläut. Haltet den Pöbel auf. Laßt kein weiteres Blutvergießen zu.«

Madeleine wurde zu ihm gebracht. »Karl«, flüsterte sie, »alles wird gut. Es ist alles still. Karl ... Karl ... Ihr dürft Euch nicht so quälen.«

»Aber . . . Madelon, sie kommen wegen mir . . . Sie wollen mir antun, was wir ihnen angetan haben.«

»Sie können Euch nichts tun. Sie sind tot, und Ihr seid der König. «

»Sie entsteigen ihren Gräbern, Madelon. Sie sind als schwarze Vögel gekommen, um mich zu quälen. Sie sind draußen auf den Straßen, Madelon. Hörst du? Kannst du sie hören? Sie rufen. Sie schreien. Sie läuten die Glocken.«

Sie führte ihn zum Fenster und zeigte ihm das schlafende Paris.

»Ich habe sie gehört«, beharrte er weiter. »Ich habe sie gehört. «

»Ihr habt nur geträumt.«

»O Madelon, ich trage dafür die Schuld. Ich habe es gestanden. Ich . . . ich war es.«

»Das ist nicht wahr«, erwiderte sie. »Nicht Ihr. *Sie* waren es. Sie haben Euch dazu gezwungen.«

»Ich weiß es nicht, Madelon. Ich kann mich daran erinnern . . . an einiges. Ich erinnere mich noch an die Glokken . . . an das Schreien und das Blut. Aber ich weiß nicht mehr, wie es dazu kam. Wie konnte es dazu kommen? Ich finde keine Antwort in meinem Kopf.«

»Ihr wußtet nichts davon, mein König. Ihr seid es nicht gewesen. *Sie* sind es gewesen.«

»Sie . . .«, wiederholte er leise. »Sie . . . mein böser Geist, Madelon. Es war mein böser Geist . . .«

Dann begann er zu schluchzen und erklärte erneut, Lärm auf den Straßen zu hören.

Madeleine blieb bei ihm, und sie starrten beide auf die schlafende Stadt.

III

Die Erinnerung an die schrecklichen Tage und Nächte drohte Paris zu ersticken. Viele derjenigen, die an dem Massaker mitgewirkt hatten, wurden so sehr von ihrem Gewissen geplagt, daß sie sich das Leben nahmen. Andere wurden wahnsinnig und rannten schreiend durch die Straßen. Wieder andere glaubten sich von Geistern verfolgt. So viele trugen eine Mitschuld. Etwas Trost fanden sie, wenn sie aufgebracht und voller Haß über die Frau sprachen, die ihrer Meinung nach hinter allem gesteckt und alle aufgehetzt hatte – über die Italienerin. Sie war schuld an all dem Leid in Frankreich. Jeder wußte es. Der König war wahnsinnig, und sie steuerte all seine Handlungen. Er litt noch mehr als alle anderen; nur Katharina schien nicht die geringsten Gewissensbisse zu verspüren.

So war es tatsächlich. Sie brach nicht mit einer Haltung, die sie ihr ganzes Leben eingenommen hatte. Sie hatte gelernt, nicht zurückzublicken, und sie wollte auch jetzt nicht zurücksehen. Jener Massenmord war zum Zeitpunkt, als er geschah, eine Notwendigkeit gewesen, und es war sinnlos, das Geschehene im nachhinein zu bedauern. Sie wurde immer dicker; sie wirkte so gesund wie seit vielen Jahren nicht mehr. Ein Gesandter beschrieb sie in einem Brief an seine Regierung als eine Frau, die erfolgreich eine schwere Krankheit überwunden zu haben schien. Ihre Krankheit war die Furcht vor Philipp von Spanien gewesen und die Medizin das Massaker, das in der Bartholomäusnacht seinen Anfang genommen hatte.

Selten hatte sie sich so sicher gefühlt wie im Winter des Jahres 1572/73 und im darauffolgenden Frühjahr. Navarra und der junge Condé waren zum katholischen Glauben übergetreten – Navarra voller Zynismus, Condé beschämt. Ihr Ansehen sank überall im Land, wogegen die Hugenotten, die am Leben geblieben waren, noch zielstrebiger, noch entschlossener zu werden schienen. Es war, als hießen sie die Last willkommen und blühten unter der Verfolgung auf. Sie reagierten wie die typischen Fanatiker. Sie hatten Coligny, Téligny und Rochefoucauld verloren. Montgomery war rechtzeitig gewarnt worden und hatte aus Saint-Germain fliehen können, bevor man ihn zu fassen bekam. Navarra hatte sich schnell davon überzeugen lassen, zur Messe zu gehen. Aber von Navarra hatten sich die Hugenotten ohnehin nicht viel erwartet. Einen viel härteren Schlag versetzte es ihnen, daß Condé seinen Glauben verriet. Nun hatten sie sich in ihrer Hochburg, La Rochelle, verschanzt und sannen auf Rache. Aber man hatte ihnen einen schweren Schlag versetzt, und im Augenblick waren sie hilflos. In Katharina von Medici sahen sie die Frau, die das Abschlachten ihrer Glaubensbrüder geplant hatte.

Sie selbst verkleidete sich gelegentlich und mischte sich unter das Volk, um zu hören, was man über sie sprach. Sie wußte, daß die Ursache für die massive Kritik an ihrer Person im schlechten Gewissen der Menschen zu suchen war. Man zählte die angeblich von ihr begangenen Verbrechen auf, und nicht selten wurden ihr Morde angelastet, bei denen sie ihre Hand nicht im Spiel gehabt hatte.

»Wer ist diese Mörderin denn schon, diese Giftmischerin, diese Italienerin, die Frankreich regiert?« warf ihr ein Händler an den Kopf, als sie mit einem Schal um das Haupt und einem kotbespritzten Umhang über ihrem schäbigen Kleid an seinem Stand verweilte. »Sie ist nicht einmal von königlichem Geblüt. Sie ist die Tochter von Händlern. Ich ahnte schon damals, daß es für Frankreich nichts Gutes bedeuten würde, als sie den Sohn unseres Königs Franz heiratete.«

»Es ist nicht recht, Monsieur«, stimmte sie ihm zu, »einen fremden Emporkömmling zur Königin Frankreichs zu machen. Denn diese Frau regiert Frankreich, Monsieur. In dieser Frage dürfen wir uns keinen Illusionen hingeben.«

»O ja, sie regiert Frankreich. Unser armer, irrsinniger Karl wäre gar nicht so übel dran, wenn es sie nicht gäbe, um ihn zu führen . . . so sagt man jedenfalls. Aber er ist kein König. Sie ist es, die das Zepter führt. Sie war es, die den Kardinal de Châtillon und d'Andelot vergiftet hat. Ihr Gift tötete auch die Königin von Navarra. Sie ist für den Tod von Monsieur de Coligny verantwortlich«, fuhr der Händler fort. »Sie trägt die Schuld an dem blutigen Gemetzel. Man sagt, sie habe ihren Sohn Franz II. getötet . . . daß er vor seiner Zeit gestorben sei. Und als Monsieur d'Alençon im Fieber lag, war auch das ihr Werk. Entsinnt Ihr Euch des Herzogs de Bouillon, der bei Sedan vergiftet wurde? Sein Arzt wurde damals dafür gehenkt, aber wir wissen, wer in Wahrheit die Schuld trägt. Monsieur de Longueville, der Prinz de Poitiers, Monsieur Lignerolles . . . Die Liste ist endlos, Madame. Und dazu kommen noch all jene, die auf ihren Befehl in der Bartholomäusnacht starben. Für eine einzige Frau ist die Liste der Morde beträchtlich.«

»Selbst für eine Italienerin«, gab sie zu.

»O Madame, da sprecht Ihr ein wahres Wort. Ich hoffe nur, eines Tages wird man jenes *morceau italianizé* in *ihren* Wein geben. Das ist mein Wunsch, Madame. Das ist der Wunsch von ganz Paris.«

Lächelnd zog sie sich wieder zurück. Es war besser, von ihnen gehaßt zu werden, als ihre Gleichgültigkeit erdulden zu müssen. Sie hätte am liebsten laut gelacht. Die Königinmutter regierte Frankreich. Wie schön, daß daran kein Zweifel bestand.

In den Straßen von Paris wurde ein Lied über sie gesungen. Viele besaßen sogar die Unverschämtheit, es unter den Fenstern des Louvre vorzutragen.

Pour bien savoir la consonance
De Cathérine et Jhésabel,
L'une, ruyne d'Israel,
L'autre, ruyne de ja France:

Jhésabel maintenoit l'idolle
Contraire à la saincte parolle,
L'autre maintient la papaulté
Par trahison et cruaulté:

Par l'une furent massacrez
Les prophètes à Dieu sacrez,
Et l'autre a faict mourir cent mille
De ceux qui suyvent l'Evangille.

L'une pour se ayder du bien,
Fist mourir un homme de bien,
L'autre n'est pas assouvie
S'elle n'a les biens et la vie:

Enfin le jugement fut tel
Que les chiens mengent Jhésabel
Par une vengeance divine;
Mais la charongne de Cathérine
Sera differente en ce point,
*Car les chiens ne la vouldront point.**

Nun, Worte konnten ihr nichts anhaben. Sie sang das Lied sogar selbst. »Es ist schön zu wissend sagte sie zu ihren Damen, »daß niemand in Paris vorhat, mich den Hunden zum Fraß vorzuwerfen.« Sie lachte lauthals. »Ach, meine Freundinnen, das Volk scheint mich wirklich zu mögen. Sie lieben es, an mich zu denken. Ist Euch schon aufgefallen, wie liebevoll mich dieser alte Lüstling, der Kardinal de Lorraine, ansieht? Das hat er sonst nicht getan. Jetzt ist seine Jugend verflogen, und er hat fürchterliche Angst vor dem Tod. Der Mann war schon immer ein Feigling. Auch heute noch trägt er ein Kettenhemd unter seinen kirchlichen Gewändern. Dennoch sieht er mich voller Liebe an, denn er muß sich sagen: ›Mir bleiben nicht mehr viele Jahre vergönnt. Bald werde

* Erfahret die Übereinstimmung zwischen Katharina und Isebel, die eine ruiniert Israel, die andere ruiniert Frankreich. Isebel hält an Götzenbildern fest, die der Heiligen Schritt widersprechen, die andere behauptete das Papsttum durch Verrat und Grausamkeit. Die eine ließ die Propheten ermorden und die andere Hunderttausende derjenigen, die dem Evangelium folgten. Endlich erfolgte der Richtspruch, daß die Hunde Isebel aus göttlicher Rache fressen sollten; aber das Schicksal von Katharina wird in diesem Punkt anders sein, denn die Hunde werden sie verschmähen.

ich Gott gegenüberstehen.‹ Der Kardinal, meine Kinder, ist ein sehr gottesfürchtiger Mann, und wenn er über das Leben nachdenkt, das er geführt hat, zittert er. Doch dann sieht er mich an und denkt: ›Verglichen mit der Königinmutter bin ich ein unschuldiges Kind.‹ Das ist der Grund, weshalb er angefangen hat, mich zu lieben. Und ebenso steht es mit dem Volk von Paris. Bin ich in jenen Tagen und Nächten des August durch die Straßen geritten und habe das Schwert geschwungen? Nein. Sie taten es. Deshalb erleichtern sie ihr Gewissen, indem sie mir meine Boshaftigkeit vorhalten. Dann können sie sich beruhigt sagen: ›Verglichen mit Königin Isebel sind wir in der Tat unschuldig.‹«

Eines Tages brachte Charlotte de Sauves Katharina ein Buch.

»Ich glaube, Euer Majestät sollten das hier sehen«, meinte sie. »Diejenigen, die das geschrieben haben, sollten verhaftet und bestraft werden.«

Katharina nahm das Buch, das den Titel *Das Leben der heiligen Katharina* trug, und blätterte in ihm. Als sie merkte, daß der Titel ironisch gemeint war und das Buch in Wirklichkeit von ihr selbst handelte, mußte sie kichern. Es enthielt eine ganze Reihe Karikaturen von ihr, in denen man gerade noch ihre Person erkennen konnte und die richtiggehend abstoßend wirkten. Alle Verbrechen, die ihr vom französischen Volk vorgeworfen wurden, waren hier aufgeführt. Nach Meinung der Autoren des Buches trug sie die Schuld an allem Bösen, das den Franzosen widerfahren war, seit sie im Alter von fünfzehn Jahren in Frankreich angekommen war.

Charlotte blieb neben ihr stehen und erwartete jeden Augenblick einen Wutausbruch. Statt dessen lachte Katharina.

Sie rief ihre Damen zu sich, um aus dem Buch vorzulesen.

»Dies ist die Geschichte eurer Herrin, geliebte Freundinnen. Hört gut zu.« Sie las ihnen daraus vor, bis sie die Heiterkeit dermaßen überkam, daß sie nicht weitersprechen konnte.

»Wie schön«, meinte sie schließlich, »daß die Franzosen erfahren, was für eine starke Frau ihr Land regiert. Ich hatte schon gehört, daß es ein derartiges Buch geben soll. Es gibt so vieles, was ich den Verfassern hätte erzählen können, Dinge, von denen sie nichts wissen. Ich hätte sie an vieles erinnern können, was sie vergessen haben. Mit meiner Hilfe wäre das Buch noch umfangreicher, noch besser geworden.«

Einige Damen wandten sich von ihr ab, damit sie nicht das Entsetzen in ihren Gesichtern lesen konnte. Sie litten schon genug darunter, daß sie ihr dienen mußten, aber manchmal war sie mehr als abstoßend. Sie wußten, daß diese Frau, diese Italienerin, sich von allen anderen Frauen unterschied. Für sie zählte nur ihre Macht. Ihre Gedanken reichten nicht über dieses Leben hinaus. Deshalb konnte sie auch töten, über ihre Morde lachen, ja stolz auf sie sein. Sie besaß kein Gewissen, das ihr zu schaffen machte.

Ein paar erinnerten sich an zwei Jungen, die sie unter den Pilgern gesehen hatten, die losgezogen waren, um Colignys sterbliche Überreste zu sehen. Seinen Leib hatte man an einen Galgen bei Montfaucon gehängt. Eine Knabe – er war etwa fünfzehn Jahre alt – hatte sich plötzlich auf den Boden geworfen, wo er von heftigem Schluchzen geschüttelt wurde. Der jüngere der Knaben hatte ganz still dagestanden, ungläubig, ängstlich, viel zu sehr vom Schmerz ergriffen, um weinen zu können. Der fünfzehnjährige Knabe war François de Coligny gewesen, der jüngere sein Bruder Andelot. Die Szene war unvergeßlich. Unvergeßlich blieb auch, daß man Jacqueline de Coligny trotz ihres Zustandes in Châtillon verhaftet und ins Gefängnis von Nizza geworfen hatte. Diese Dinge blieben im Gedächtnis vieler haften. Darüber hinaus litten die Frauen an abergläubischer Furcht. Das Wunder, das Merlin widerfahren war und von dem die Hugenotten ständig sprachen, ging ihnen nicht aus dem Kopf. Colignys Pastor war in jener Nacht des Entsetzens entkommen. Er hatte sich auf den Dächern versteckt, auch nachdem Téligny erschossen worden war. Nach vielen

Stunden kletterte er mit letzter Kraft herunter und fand sich neben einer Scheune wieder. Dort hielt er sich versteckt, und jeden Tag kam eine Henne und legte auf Gottes Geheiß hin, erzählten die Hugenotten – neben ihm ein Ei. Diese Eier hielten ihn am Leben, bis das Massaker vorüber war.

Solche Geschichten waren beunruhigend, denn es sah so aus, als stelle sich Gott manchmal auf die Seite der Hugenotten, auch wenn die Mutter Gottes auf dem Friedhof der Unschuldigen einen Weißdorn hatte erblühen lassen.

Katharina lachte, als man ihr die Geschichte von Merlin und den Eiern erzählte.

»Gott behüte uns vor seinem Himmel«, rief sie aus, »falls wir beim Eintreffen dort feststellen müssen, daß sich die Hugenotten und Katholiken noch immer bekriegen.«

Es schien ganz in Ordnung, im Beisein der Königinmutter über solche Dinge Witze zu reißen, später jedoch kam die Angst.

Katharina las weiter in dem Buch. Sie trug es fast ständig bei sich und las zu jeder Tages- und Nachtzeit. Und manchmal hörte man sie in ihren Gemächern singen:

»Die eine ruiniert Israel,
die andere ruiniert Frankreich.«

Das Liebesverhältnis zwischen de Guise und Margot war mit dem Massaker beendet.

Margot konnte, wie so viele andere, das Massaker nicht vergessen. Sie glaubte ebenso wie die meisten, daß Ihre Mutter dahintergesteckt und mehr als alle anderen die Verantwortung dafür zu tragen hatte. Aber sie konnte ebensowenig vergessen, welche Rolle ihr Liebhaber dabei gespielt hatte.

Sie selbst hatte ihn gesehen, wie er durch die Straßen ritt und die Menschen zum Töten anfeuerte, und sie sagte sich immer wieder, daß sie ihn nie mehr wieder lieben konnte. Er hatte sich verändert, wie auch sie sich verändert hatte. Er war nicht länger der charmante junge Mann von einst; jetzt war er ein Mann, dem Ehrgeiz mehr bedeutete, als es die Liebe je gekonnt hatte. Er hatte gewußt, in welcher Gefahr sie, als Frau eines Hugenotten, geschwebt hatte; dennoch hatte er sie völlig vernachlässigt. Alles, was sie früher so an ihm bewundert hatte – seine Schönheit, seinen Charme, seine Männlichkeit, ja selbst seinen Ehrgeiz, denn in ihren Augen mußte ein Mann ehrgeizig sein, um seine Männlichkeit zu beweisen –, all das bestärkte nur ihre Gleichgültigkeit ihm gegenüber.

Nachdem das Morden vorüber war, kam er zu ihr.

»Ihr haltet Eure Verabredung, Monsieur, aber kommt Ihr nicht etwas spät?«

Er hatte nicht die leiseste Vermutung, sie könne ihr Verhältnis beenden wollen. »Aber, Margot, du weißt doch, daß ich sehr beschäftigt war.«

»Zu sehr mit Blutvergießen beschäftigt, um an Liebe zu denken!« rief sie aus.

»Es mußte sein.«

Sie betrachtete ihn nachdenklich. Er war älter geworden. Er altert schnell, ging es ihr durch den Kopf. Dann lächelte sie, als ihr Monsieur de Léran einfiel, der Mann, der auf so dramatische Weise in ihr Schlafzimmer eingedrungen war. Er war noch immer geschwächt, aber dank ihrer Hilfe befand er sich auf dem Wege der Besserung. Er sah gut aus, war freundlich und voller Dankbarkeit. Man sollte sich nicht immer mit solch selbstzufriedenen, arroganten und eitlen Liebhabern wie Monsieur de Guise abgeben. Viele wurden vom Leben zu sehr verwöhnt. Und diesen Leuten war der Begriff der Dankbarkeit fremd – dabei konnte Dankbarkeit eine wunderschöne Sache sein.

Er kam zu ihr und schlang seine Arme um sie. Noch stieß sie ihn nicht weg; sie lachte ihn an.

»Und nun«, meinte sie, »habt Ihr für die Liebe Zeit?«

»Mein Liebling«, antwortete er, »es hat lange gedauert, aber die Liebe überdauert vieles. Und durch das Warten wird sie nur noch süßer.«

»Manchmal hinterläßt sie auch einen bitteren Nachgeschmack.«

»Bist du verärgert, Liebes?«

»O nein, Monsieur. Ich ärgere mich nur über Dinge, die mir etwas bedeuten.«

Er begriff nicht, worauf sie hinauswollte. Er war zu sehr von sich überzeugt. Hier war seine Margot, überlegte er, wie er sie kannte – pikiert und voller Erwartung, daß man ihr schmeichelte, bis sie sich wieder ihrer Leidenschaft hingab.

»Geliebte«, begann er, wurde aber von ihr unterbrochen.

»Monsieur de Guise«, sagte sie, »wie ich herausfinden mußte, seid Ihr als Mörder besser denn als Liebhaber, und wie Ihr wißt, gebe ich mich nur mit dem Besten zufrieden. Sollte ich daher einen Mörder benötigen, werde ich mich eventuell an Euch wenden, als Liebhaber scheidet Ihr jedoch aus.«

Sie konnte in seinem Gesichtsausdruck nicht nur Überraschung, sondern auch Mißtrauen lesen. Schließlich hatte sie einen Hugenotten geheiratet und konnte somit zu seinen Feinden zählen.

Sie lachte. »Seid vorsichtig, Monsieur de Guise. Vergeßt nicht, daß Ihr einer Frau aus dem hugenottischen Lager den Hof macht. Weshalb nehmt Ihr nicht Euer Schwert und tötet mich? Ihr verdächtigt mich freundschaftlicher Gefühle für die Hugenotten, nicht wahr? Das ist schließlich Grund genug, mich zu töten, oder?«

»Bist du verrückt geworden?« stieß er hervor.

»Nein. Ich liebe Euch nur nicht mehr. Ihr seht in meinen Augen nicht mehr so gut aus wie früher. Ihr erweckt keinerlei Verlangen in mir.«

»Das kann nicht dein Ernst sein, Margot.«

»Sicher fällt es Euch schwer, das zu glauben. Dennoch entspricht es der Wahrheit. Ihr könnt jetzt gehen.«

»Mein Liebling«, versuchte er es mit einschmeichelndem Ton, »du bist erzürnt, weil ich dir so lange ferngeblieben bin. Wäre es mir möglich gewesen, ich wäre schon viel früher gekommen. Du mußt doch einsehen – hätten wir die Hugenotten nicht getötet, wären wir ihre Opfer geworden.«

»Das ist nicht wahr!« fuhr sie ihn aufgebracht an. »Es gab keine hugenottische Verschwörung. Ihr wißt ebensogut wie ich, daß diese sogenannte Verschwörung der Hugenotten eine Erfindung meiner Mutter war. Sie hat nach einem Anlaß für diese Morde gesucht.«

»Warum beschäftigen wir uns mit solch unangenehmen Dingen? Hast du denn schon vergessen, was wir einander bedeutet haben?«

Sie schüttelte den Kopf. »Nein. Aber es ist vorbei. Wir müssen uns beide nach neuen Liebesbeziehungen umsehen.«

»Wie kannst du so etwas sagen? Du hast mich dein Leben lang geliebt.«

»Bis jetzt.«

»Seit wann fühlst du so?«

»Vielleicht seit der Bartholomäusnacht.«

Er nahm sie in seine Arme und küßte sie. Würdevoll stieß sie ihn zurück und sagte: »Monsieur de Guise, ich bitte Euch, mich loszulassen.« Erfreut stellte sie insgeheim fest, daß er ihr tatsächlich nichts mehr bedeutete.

Nun spielte er den Hochmütigen. Er war es nicht gewohnt, zurückgestoßen zu werden. Sein Stolz war verletzt, der Stolz der Familien Guise und Lorraine.

»Na schön«, meinte er und ließ sie los. Aber noch immer zögerte er, wartete auf ihr Lachen, das ihm sagte, daß ihre schlechte Laune verflogen war und sie ihn noch immer liebte wie zuvor.

Sie blieb jedoch reglos stehen und lächelte ihn nur belustigt an. Schließlich machte er auf dem Absatz kehrt und verließ sie.

Im Gang stieß er beinahe mit Charlotte de Sauves zusammen, die auf diesen schnellen Abgang nicht vorbereitet gewesen war. Sie hatte vermutet, Margot riefe ihn zurück, und sie hätte der Königinmutter später von einer der üblichen leidenschaftlichen Szenen berichten können.

Er fing sie auf, als sie so tat, als stürze sie, und einen leisen Schrei ausstieß.

»Madame, könnt Ihr mir vergeben?«

Sie lächelte ihn an und errötete, denn offensichtlich war ihm ihre Schönheit nicht entgangen.

»Die Schuld liegt ganz bei mir, Monsieur de Guise. Ich . . . ich wollte gerade zu Ihrer Majestät gehen . . . ich war nicht darauf gefaßt, daß plötzlich jemand aus dem Zimmer stürmt.«

»Ich hoffe, ich habe Euch nicht weh getan.«

»Nein, Monsieur, ganz und gar nicht.«

Er lächelte und lief weiter. Charlotte blieb stehen und blickte ihm nach.

Sie ging nicht sofort zu Margot, sondern blieb vor der Tür stehen und ließ sich das Gehörte noch einmal durch den Kopf gehen. Hatte Margot wirklich gemeint, was sie gesagt hatte? Wollte sie tatsächlich ihre Liaison beenden – das leidenschaftlichste aller Verhältnisse, das am meisten diskutierte hier am Hof? Charlotte lächelte bei der Vorstellung, daß es sich tatsächlich so verhielt. Jede Frau mußte ab und zu die Gelegenheit bekommen, sich zu amüsieren. Das Spiel, das sie mit Navarra spielen mußte, bereitete ihr wenig Befriedigung. Vielleicht war es besser, wenn sie der Königinmutter nichts von dieser kleinen Szene erzählte. Wenn sie Katharina davon berichtete, erhielt sie womöglich sehr klare Anweisungen bezüglich des Herzogs de Guise, denn die Königinmutter besaß zweifellos eine unheimliche Begabung, die innersten Gedanken und Sehnsüchte der Mitglieder ihrer *escadron volant* zu erraten.

Nein, Charlotte würde nichts von dem erzählen, was sie eben gehört hatte. Und sollte der Herzog Trost brauchen – Charlotte hatte von ihrer Herrin keine Anweisung erhalten, ihm diesen zu verweigern.

Katharinas Selbstzufriedenheit hielt nicht lange an. Zwar bedauerte sie ihre Unpopularität in Frankreich ebensowenig wie die Tatsache, daß sich ihr schlechter Ruf in Windeseile im Land verbreitete; dagegen beunruhigte es sie sehr, daß sich der König immer mehr ihrem Einfluß entzog. Nachdem sie die Einflußnahme Colignys auf Karl unterbunden hatte, hatte sie gehofft, ihr früheres Verhältnis zu ihrem Sohn wiederherstellen zu können. Diese Hoffnung erfüllte sich jedoch nicht. Physisch gesehen war Karl mehr geschwächt denn je; seine Anfälle kamen inzwischen immer öfter. Dennoch war es offensichtlich, daß er, gequält von jenen schicksalhaften Tagen und Nächten im August, wie alle anderen Katharina die Schuld an dem Massaker gab und jetzt entschlossen versuchte, sich ihrem Einfluß zu entziehen.

Ständig gingen ihm die Worte des Admirals durch den Kopf: »Regiert allein. Laßt Euch nicht von Eurer Mutter beeinflussen.« Und dazu war er inzwischen entschlossen. Zumindest, soweit es ihm sein schwacher Geist erlaubte.

Katharina wußte das und war zutiefst beunruhigt. Unterstellte man ihr, das wahre Motiv für den Mord an Coligny sei ihr Versuch gewesen, als einzige die Kontrolle über ihren Sohn zu behalten, so hatte sie kläglich versagt; denn Karl hörte weniger auf sie denn je.

Spanien, dessen Euphorie über das Vorgefallene langsam verflog, deutete an, es gebe wohl keinen Grund mehr, die Ehe fortzuführen, die doch nur dazu gedient habe, die Opfer in die Falle zu locken, nun, da nur noch wenige Anführer der Hugenotten unter den Lebenden weilten.

Als sie diese Auffassung erstmals hörte, war Katharina entrüstet. »Meine Tochter, gerade erst wenige Monate verheiratet . . . jetzt, da sie gerade anfängt, ihren Gatten zu lieben . . . vorzuschlagen, die Ehe aufzulösen!«

Der spanische Botschafter lächelte zynisch. »Der Herr aus Navarra ist keine so gute Partie mehr, Madame, seitdem ihm weder die Katholiken noch die Hugenotten wohlgesonnen sind. Nicht gerade die ideale Ehe für eine Tochter aus königlichem Haus.«

Katharina ließ sich seine Worte durch den Kopf gehen und mußte sich nach einer Weile eingestehen, daß er gar nicht so unrecht hatte. Selbst im Falle eines Bürgerkriegs, dessen Wahrscheinlichkeit durch die stark reduzierten Reihen der Hugenotten in weite Ferne gerückt war, schien es unwahrscheinlich, daß das französische Volk einen Mann auf dem Thron sehen wollte, der so schnell die Seiten wechselte und der noch dazu ein Lebemann und Frauenheld war.

Sie wußte, auf wen das französische Volk blicken würde, falls die Söhne des Hauses Valois durch irgendwelche Unglücksfälle – gegen die Katharina alles aufzubieten bereit war – ihren Anspruch auf den Thron verlieren sollten. Auf jenen jungen Mann, der, zumindest in Paris, hohes Ansehen genoß. Obwohl er gewissermaßen den Mob in jener Nacht angeführt hatte, gab ihm niemand die Schuld. Man sagte, er habe nur die Befehle des Königs und der Königinmutter befolgt. Wie gut war es doch, beim Volk beliebt zu sein! Es sah über Fehler hinweg und pries die Tugenden.

Ja, Paris würde nur zu gern seinen Helden auf dem Thron sehen, auch wenn sein Anrecht auf die Krone etwas weit hergeholt war.

Sie dachte lange nach. Man mußte seine Politik den Ereignissen anpassen, und veränderte Bedingungen verlangten nach anderen Maßnahmen. Nun sah es aus, als wäre es doch nicht so dumm gewesen, wenn sie Margot mit Henri de Guise verheiratet hätte, als die beiden es sich wünschten. Aber angesichts der letzten Entwicklungen und Navarras Verhalten wäre eine Ehe von Margot und de Guise ihrer Verbindung mit Navarra durchaus vorzuziehen. Vom Papst waren keinerlei Schwierigkeiten zu erwarten, und Philipp von Spanien würde einen solchen Schritt begrüßen. De Guise galt in Spanien und in Rom als einer der loyalsten Katholiken Frankreichs. Was also sprach gegen zwei Scheidungen? De Guise konnte sich von seiner Frau trennen, Margot von ihrem Gatten, und da sich die beiden so sehr liebten, konnten sie endlich ihr Glück in der Ehe finden! Katharina lächelte. Dies schien eine der Gelegenheiten zu sein, bei der alle Hauptbeteiligten zugleich umsichtig handeln und trotzdem zufrieden sein konnten.

Sie sprach mit dem spanischen Botschafter über diese Überlegungen, und er wirkte angenehm beeindruckt. Also schickte Katharina nach ihrer Tochter, die kurz darauf erschien.

»Tochter, du weißt, ich hatte immer nur dein Bestes im Sinn ... deine Position ... deine Zukunft ... Was du nicht weißt, ist, daß ich mir ebenfalls um dein Glück Gedanken gemacht habe.«

Margot war mißtrauisch. Sie hatte sich ebenfalls gewandelt. Als verheiratete Frau und Königin schien sie ebenso dem Einflußbereich ihrer Mutter entronnen zu sein wie ihr Bruder. »Nein, Madame«, sagte sie mit leicht unverschämtem Unterton. »Das war mir nicht bekannt.«

Katharina hätte sie am liebsten geohrfeigt.

»Nun, dann erfährst du es jetzt. Deine Ehe, die zu schließen notwendig war, ist insgesamt gesehen eine sehr tragische Angelegenheit. Aber du siehst doch ein, meine Tochter, daß sie zum damaligen Zeitpunkt unumgänglich war, nicht wahr?«

»Ja, Madame«, erwiderte Margot. »Schließlich mußten die arglosen Hugenotten in einen Hinterhalt gelockt werden; dafür war die Ehe in der Tat absolut notwendig.«

Katharina war entschlossen, ihren Ärger nicht zu zeigen. »Meine liebe Tochter, du wiederholst nur die Skandalgeschichten des Hofes, dabei solltest du wissen, daß dieses Gerede immer nur Halbwahrheiten enthält. Sicher bist du klug genug, nicht alles zu glauben, was du hörst. Jetzt habe ich gute Nachrichten für dich. Der Mann, den du aus Gründen der Zweckmäßigkeit heiraten mußtest, ist deiner nicht wert. Er ist ein ungeschlachter Bauer ... seine Manieren schockieren mich.« Sie lachte kurz auf. »Und dich, die du gezwungen bist, sogar intim mit ihm zu sein, muß er ja anekeln.«

»Man gewöhnt sich an alles.«

»Es muß einfach schrecklich für dich sein, mein armes Kind. Du bist elegant. Du besitzt Charme, und du bist schön. Du lebst in Paris. Der Gedanke, daß du die Berührungen eines solchen Bauerntrampels erdulden mußt, ist mir unerträglich. Es gibt jedoch einen anderen Mann, der deiner würdig ist. Er ist ein Mann, der in ganz Frankreich geliebt wird und wohl nach dem König und deinen Brüdern das höchste Ansehen beim Volk besitzt. Du errätst wohl, wen ich meine?«

»Monsieur de Guise. Aber ...«

»Meine Liebe, sei nicht beschämt. Deine Mutter weiß von deiner Beziehung zu diesem Mann, und ich verstehe sie auch. Ich habe sie von Anfang an verstanden. Er ist ein Prinz, und du bist eine Prinzessin. Was könnte natürlicher sein, als daß ihr euch liebt?«

Margot sah ihre Mutter eindringlich an. Sie verstand den Sinn dieser Unterhaltung nicht. Sie war sicher, daß ihre Mutter irgend etwas mit ihr im Schilde führte; aber was?

»Ich möchte nichts weiter, als dich glücklich zu sehen, mein Kind«, fuhr Katharina fort. »Du hast deinem Land gedient, indem du aus Gründen der Staatsräson geheiratet hast. Sicher wirst du mir glauben, daß ich nur dein Glück im Sinn habe, wenn ich dir jetzt sage, daß du nun aus Liebe heiraten kannst.«

»Madame, da ich bereits verheiratet bin, verstehe ich das nicht ganz.«

»Mein liebes Kind, meine gehorsame Tochter! Du bist die Ehe nur äußerst widerwillig eingegangen, nicht wahr? Ha! Ich erinnere mich noch daran, wie du dich geweigert hast, während der Zeremonie das Jawort zu geben. Das war sehr mutig. Dabei war er dir so nahe, der Mann, den du liebtest. Nun, ich habe beschlossen, daß du nicht länger leiden sollst. Du sollst Henri de Guise zum Gatten haben.«

Margot war sprachlos. »Madame ... ich ... ich wüßte nicht, wie das gehen sollte. Ich ... ich bin mit dem König von Navarra verheiratet. Henri de Guise ist mit Prociens Witwe verheiratet ...«

»Dann laßt ihr euch eben scheiden und ... heiratet einander.«

Katharina wartete auf die Tränen der Freude, auf einen Ausbruch von Dankbarkeit, aber statt dessen war Margots Gesicht wie versteinert.

»Madame«, sagte sie schließlich. »Ich bin mit dem König von Navarra verheiratet, und die Ehe wurde gegen meinen Willen geschlossen. Jetzt wäre es gegen meinen Willen, die Ehe auflösen zu lassen.«

»Aber, Margot, deine Position als Königin von Navarra ist nicht gerade herausragend. Wie wird es dir gefallen, mit ihm in sein kleines Königreich zu gehen, wenn die Zeit gekommen ist? Es gibt Herzoginnen, deren Rang höher anzusiedeln ist als der von manchen Königinnen. Die Herzogin de Guise gehört dazu.«

»Das mag sein«, antwortete Margot, »aber Henri de Guise gefällt mir nicht, und ich werde kein zweites Mal gegen meinen Willen heiraten.«

»Das ist ja absurd!« rief Katharina wütend aus. »Wie kannst du so etwas sagen? Du hast dich wegen dieses Mannes ja förmlich der Lächerlichkeit preisgegeben.«

»Ihr habt recht, Madame«, erwiderte Margot kühl. »Aber wie schnell löst eine Leidenschaft eine andere ab. Ich liebe Monsieur de Guise nicht mehr, und keine Macht der Welt wird mich dazu bringen, ihn zu heiraten. Und da Ihr mir eben noch erklärt habt, daß Euch nur mein Glück am Herzen liegt, gibt es nichts weiter zu besprechen. Darf ich mich zurückziehen?«

»Ich kann es dir nur raten, denn sonst könnte es sein, daß ich mich vergesse.«

Nachdem Margot gegangen war, brütete Katharina wütend vor sich hin. Sie konnte einfach nicht glauben, daß Margot und de Guise sich nicht mehr liebten. Soweit sie zurückdenken konnte, waren die beiden zusammengewesen. Warum war sie mit einer solchen Familie gestraft? Der König hatte sich gegen sie gewandt; Alençon mochte sie ebensowenig, wie sie ihm traute; Margot war zu schlau, zu gerissen – wie eine Spionin, der es nichts ausmachte, gegen die eigene Familie zu handeln. Einzig Heinrich konnte sie vertrauen.

Eine ihrer Spioninnen bekam die Aufgabe, jeden Schritt von Margot und de Guise zu verfolgen. Es stimmte tatsächlich, daß sie sich nicht mehr liebten. Während dieser Nachforschungen machte Katharina eine Entdeckung, die sie veranlaßte, nach Charlotte de Sauves zu schicken. Sie war äußerst wütend auf die junge Frau.

»Madame«, beschuldigte sie Charlotte, »Ihr scheint Euch mit dem Herzog de Guise sehr gut zu verstehen.«

Charlotte war überrascht, aber Katharina spürte sofort so etwas wie Selbstzufriedenheit in Charlottes Auftreten. »Ich wußte nicht, daß Euer Majestät etwas gegen diese Freundschaft haben könnten.«

Katharina spielte mit ihrem Armband. Das war also der Grund. De Guise hatte mit Charlotte eine Affäre angefangen, und Margot spielte die Beleidigte.

In scharfem Tonfall sagte sie: »Ihr habt Euch nicht mit dem Herzog einzulassen, Charlotte. Das gefällt mir ganz und gar nicht. Ich spreche offen zu Euch. Die Königin von Navarra liebt den Herzog.«

»Euer Majestät ... das trifft nicht mehr zu. Soweit ich weiß, hat die Königin von Navarra erklärt, daß sie ihn nicht mehr liebt.«

»Dank eines Tricks von Euch, nehme ich an.«

»Aber nein, Madame; sie schickte ihn fort, lange bevor er mich auch nur eines Blickes würdigte. Monsieur de Guise glaubt, sie habe sich in den König von Navarra verliebt.«

»Margot und de Guise werden sich wieder versöhnen«, sagte Katharina. »Was Euch betrifft, Madame, Ihr haltet Euch jetzt von Monsieur de Guise fern. Ich dulde es nicht, daß Ihr mit ihm schlaft.«

»Madame«, entgegnete Charlotte de Sauves, »ich fürchte, Euer Befehl kommt zu spät.«

»Hure!« rief Katharina aus. »Ich dachte, ich hätte Euch klare Instruktionen bezüglich Navarras gegeben.«

»Nur, ihn zu becircen, Madame. Mehr nicht. Und Euer Majestät hatten keinerlei Anweisung bezüglich Monsieur de Guises gegeben.«

»Nun, Ihr kennt jetzt meine Anweisungen.«

Charlotte sah unter ihren langen Wimpern zu Katharina auf. »Madame«, meinte sie, »es wird wohl notwendig sein, daß Ihr Monsieur de Guise informiert, denn ich fürchte, ich habe nicht viel Erfolg, wenn ich versuche, ihm aus dem Weg zu gehen. Daher ist es sicher angebracht, daß er die Anweisungen Eurer Majestät kennt. Sonst, fürchte ich, gibt es keine Möglichkeit, das aufzuhalten, was bereits begonnen hat. Monsieur de Guise akzeptiert von niemandem Befehle ... außer natürlich von Eurer Majestät.«

Katharina schwieg, während sie an den arroganten Herzog dachte. Wie konnte sie einem solchen Mann befehlen: »Eure Affäre mit Madame de Sauves muß sofort aufhören!«? Sie konnte ihn förmlich vor sich sehen, wie er eine Augenbraue hob, und sie vernahm bereits die kurze Bemerkung, die ihr zu verstehen geben würde, daß sie seine Affären nichts angingen.

Plötzlich mußte sie lachen. »Geht jetzt«, sagte sie zu Charlotte. »Wie ich sehe, muß diese Geschichte ihren Verlauf nehmen. Aber in Zukunft, Madame, werdet Ihr um meine Erlaubnis bitten, *bevor* Ihr eine solche Liaison eingeht.«

»Ich versichere Euch, Euer Majestät, es wird nicht wieder vorkommen.«

Katharina lehnte sich zurück und dachte nach. Es ärgerte sie zutiefst, daß die Affären dieser kleinen Dirne die Königinmutter von ihrer gewünschten Politik abbrachten. Aber so etwas passierte gelegentlich. Katharina kam daher zu dem Schluß, daß ihr im Augenblick nichts anderes übrigblieb, als die Idee, die Ehe ihrer Tochter aufzulösen, zu begraben.

Erneut war zwischen Hugenotten und Katholiken ein Bürgerkrieg entflammt, und eine Armee unter Anjou wurde zur Hochburg der Hugenotten, nach La Rochelle, entsandt.

Im Heerzug befanden sich auch de Guise und sein Onkel, der Herzog d'Aumale. Katharina war insgeheim dankbar, daß diese beiden ihren geliebten Sohn unterstützten, denn sie hatte die Angewohnheit, den Fakten ins Auge zu sehen – sogar wenn es um ihren Heinrich ging. Selbst sie konnte nicht glauben, daß Heinrich das Zeug zu einem großen General hatte. Zwar schrieb man ihm die Erfolge von Jarnac und Montcontour zu; aber hätte er ohne die beiden brillanten Soldaten, die auch damals an dem Feldzug teilgenommen hatten, einen solchen Erfolg verzeichnen können? Als Prinz aus dem Hause Valois, als Bruder des Königs und General hatte man in ihm den Erfolgreichen gesehen, aber Katharina wußte, daß die Ehre nicht immer denen erwiesen wurde, denen sie zustand. Dennoch gefiel es ihr, daß er den Ruhm ernten sollte und dadurch beim Volk Ansehen gewann.

Sie amüsierte sich darüber, daß die beiden zum Katholizismus Übergetretenen, Navarra und Condé, ebenfalls mit der Armee zogen. Der Gedanke, daß die beiden Neu-Katholiken gegen ihre ehemaligen Freunde kämpfen sollten, verlieh der Situation eine gewisse Würze. Auch Alençon nahm an dem Kriegszug teil, denn es war an der Zeit, daß er sich seine ersten Sporen verdiente; außerdem hatte er auf diese Weise keine Möglichkeit, Dummheiten zu begehen.

Katharina hatte auf eine baldige Kapitulation von La Rochelle gehofft, wurde jedoch bitter enttäuscht. Das Massaker hatte die Entschlossenheit der Bewohner von La Rochelle nur bestärkt, und deshalb leisteten ein paar wenige erbitterten Widerstand gegen eine riesige Übermacht. Die belagernde Armee wurde moralisch weitaus mehr durch den Kampfgeist der Menschen hinter den Stadtmauern geschwächt als durch die Geschosse, die von den Zinnen auf sie herabregneten. Es sah fast so aus, als seien die Menschen in der Stadt in der Offensive und nicht, wie eigentlich augenfällig, in der Defensive.

Guise und Aumale hatten zudem mit dem Problem zu kämpfen, den Frieden im eigenen Lager zu halten. Angesichts der schwierigen Aufgabe, La Rochelle einzunehmen, war es völliger Unsinn gewesen, Navarra und Condé mitzuschicken, denn keiner der beiden hatte großes Interesse daran zu kämpfen. Condé, der sich immerhin bereits einen Namen als Kämpfer gemacht hatte, war lethargisch und zu nichts zu gebrauchen, während Navarra sich fröhlich, aber faul gab und seine Zeit lieber mit den Frauen verbrachte, die dem Lager gefolgt waren.

Und Alençon wuchs sich schon fast zu einer Gefahr aus. Ständig voller Mißtrauen und immer voller Furcht, man zolle ihm nicht den Respekt, der ihm als Bruder des Königs zustand, strotzte er vor Dünkel und bedeutete nicht die geringste Hilfe.

Den ganzen Tag lang vernahm man hinter den Mauern von La Rochelle Gesang – den Gesang von Hymnen. Es hatte fast den Anschein, als fänden pausenlos Gottesdienste statt. Die abergläubischen Katholiken wurden immer nervöser, je länger die Belagerung andauerte. Es ging das Gerücht um, große Mengen Fisch seien an der Küste von La Rochelle gefangen worden, und die Hugenotten sähen dies als Zeichen Gottes an, daß er sie am Leben erhalten wolle.

Guise überzeugte Anjou davon, es sei am besten, die Stadt anzugreifen und zu stürmen, ehe die Belagerten sich auf einen Angriff vorbereitet hatten. Das Gerede, Gott sei auf der Seite der Hugenotten, dürfe die Moral der Katholiken nicht untergraben.

Anjou pflichtete ihm bei, und es folgte jener historische Angriff, bei dem die wenigen Hugenotten einzig durch ihre Entschlossenheit und den Glauben an Gottes Hilfe über die katholische Armee triumphierten. Diejenigen, die an dem Angriff teilnahmen, vergaßen ihn nie mehr in ihrem Leben.

Der Kampf begann, doch die Mauern der Stadt trotzten jedem Angriff. Frauen kletterten in die Wachtürme und gossen flüssiges Pech auf die angreifenden Soldaten. Und kaum ließ der Kampf einmal etwas nach, konnte man die Bewohner von La Rochelle singen und beten hören.

Angst machte sich unter den abergläubischen Soldaten der Belagerer breit. Sie glaubten, die Stadtmauer habe bereits mehr Angriffen widerstanden, als es ohne göttliche Unterstützung möglich war.

So endete die Schlacht um La Rochelle mit einer gewaltigen Niederlage der Katholiken, ohne daß den Mauern etwas anzuhaben war. Die Katholiken zählten ihre Toten und Verwundeten beim Klang der Siegesfeiern der Belagerten.

Alençon schwankte in das Zelt seines Bruders, warf

sich auf dessen Bett und begann sofort, ihm die Schuld an der Niederlage zu geben.

»Was für eine schöne Bescherung!« spottete er. »Eine ganze Armee läßt sich von einer Handvoll Männer und Frauen besiegen. Ich sage dir, es war dein Fehler. Deine Vorbereitungen waren viel zu laut. *Ich* hätte ein paar Männer in die Stadt geschmuggelt. *Ich* hätte Spione entsandt.«

»Narr!« brüllte Anjou zurück. »Was weißt du denn schon von Kriegsführung! Hättest du deine Spione mit Flügeln ausgestattet, damit sie über die Mauern fliegen können?«

»Bezeichne mich gefälligst nicht als Narr, Bruder. Überlege dir lieber, wen du vor dir hast.«

»Nimm dich in acht, oder ich lasse dich verhaften«, entgegnete Anjou.

Aber Alençon dachte gar nicht daran. Er war ebenso ein Bruder des Königs wie Anjou, und er hatte lange genug in Anjous Schatten gestanden.

»Bei Hof bist du erfolgreicher als in der Schlacht, lieber Bruder«, stichelte er. »Du wählst deine Leute nach ihrem Aussehen und nicht nach ihrer militärischen Befähigung aus.«

»Es liegt nicht nur an deinem Aussehen, weshalb ich kein Vertrauen zu dir habe«, erwiderte Anjou gelangweilt.

Alençon, der wegen seines kleinen Wuchses und seines pockennarbigen Gesichtes sehr empfindlich war, errötete wütend und bezeichnete seinen Bruder lauthals als eitlen Popanz, der eher einer Frau als einem Mann ähnlich sehe. Schließlich fuhr ihn Anjou an: »Wenn du jetzt nicht augenblicklich verschwindest, lasse ich dich festnehmen.«

Alençon hielt es für besser zu gehen. Er wußte, seine Mutter würde Anjou bei allem decken, was dieser mit ihm anstellte. Er konnte sich also sehr schnell in irgendeinem Gefängnis wiederfinden, wenn er sich nicht vorsah.

Als er das Zelt verließ, stieß er auf Navarra, der draußen gewartet zu haben schien. Navarra lächelte ihn auf seine sympathische Art an, und Alençon war im Moment geneigt, von jedem Sympathie entgegenzunehmen, der sie ihm entgegenbrachte.

»Ihr habt uns gehört?« fragte Alençon aufgebracht.

»Es war unmöglich, das Gespräch zu überhören. Diese Unverschämtheit! Er scheint zu vergessen, daß Ihr ebenso wie er ein Prinz aus dem Haus der Valois seid.«

»Es ist schön zu sehen, daß sich wenigstens einer daran erinnert«, murmelte Alençon.

Navarra lächelte den kleinen Mann neben sich an. Viele sahen in Alençon nur einen lächerlichen Gnom, aber Heinrich von Navarra, der sich seit dem Massaker selbst in einer sehr prekären Situation befand, war schlau genug, Freundschaft zu akzeptieren, wo sie sich ihm bot.

»Derjenige, der das vergißt, ist ein Narr. Insbesondere da Ihr vielleicht einmal König sein werdet.«

Der Gedanke gefiel Alençon, und da er aus dem Munde Navarras kam, der immerhin auch ein König war – wenn auch nicht auf dem Höhepunkt seiner Macht, gefiel er ihm noch mehr.

»Ich bin noch weit vom Thron entfernt«, meinte er nachdenklich.

»Aber ganz und gar nicht. Der Sohn des Königs war nicht lebensfähig ... wie es vermutlich allen seinen Kindern gehen wird. Und wenn der König stirbt ...«

»Da ist immer noch mein arroganter Bruder, der mich gerade so unverschämt beleidigt hat.«

»Sicher. Aber er wird wohl kaum für Nachkommen sorgen. Und dann ...« Heinrich von Navarra klopfte ihm mit seiner Pranke auf die Schulter, so daß Alençon fast stolperte. Aber er war bereit, über ein solches Verhalten hinwegzusehen, wenn es von derart angenehmen Worten begleitet wurde. Schweigend liefen sie ein paar Schritte.

»Also«, meinte Navarra schließlich, »wird Eure Zeit kommen. Ich jedenfalls glaube das.«

Alençon blickte in Navarras verschmitztes Gesicht.

»Seid Ihr jetzt glücklicher, nachdem Ihr Katholik geworden seid?«

Navarras Reaktion überraschte ihn. Er schloß ein Auge und öffnete es wieder. Navarra hatte etwas Weltmännisches an sich, strahlte eine Erfahrung aus, die ihn Alençon augenblicklich sympathisch machte. Alençcon kicherte. Er wußte, daß Navarra sich über den König, Anjou und die Königinmutter lustig machte, wie er, Alençon, es gerne getan hätte. Er ertappte sich dabei, wie er zurückzwinkerte.

»Also ... seid Ihr gar kein Katholik?« fragte er.

»Heute bin ich Katholik«, antwortete Navarra. »Wer weiß, was ich morgen sein werde?«

Alençon lachte verschwörerisch. »Ich fühlte mich ebenfalls gelegentlich zum Glauben der Hugenotten hingezogen«, meinte er.

»Ich glaube fast«, antwortete Navarra, »Ihr habt vor, wie ich ein hugenottischer Katholik zu sein.«

Beide lachten wieder, und anschließend redeten sie über Frauen, ein Thema, das Alençon ebenso aufregend fand wie Navarra.

Schnell wurden sie zu engen Freunden. Navarra legte gerade die richtige Mischung zwischen Respekt und Kameradschaft an den Tag. Schließlich konnte dieser Mann eines Tages König sein, auch wenn er ihn zur Zeit noch als seinesgleichen betrachtete.

Alles in allem waren es keine einfachen Wochen vor La Rochelle. Anjou und Guise blieb die Freundschaft zwischen den beiden nicht verborgen, und sie fragten sich, was das wohl bedeuten mochte. Condé und Navarra, ermutigt durch Alençon, der jetzt ihr offensichtlicher Verbündeter war, drohten zu desertieren. Die Armee war fast in Auflösung begriffen, als Katharina und ihre Ratsversammlung in Paris beschlossen, Frieden zu schließen. Der polnische König war gestorben, und die Polen hatten Anjou zu ihrem neuen König gewählt; daher war es unumgänglich, daß er sofort nach Paris zurückkehrte. Also gönnte man der Stadt La Rochelle eine Friedenspause. Die Hugenotten erhielten das Recht, ihren Glauben auszuüben, und die Erlaubnis, Hochzeiten und Taufen in ihren Häusern zu feiern, solange nicht mehr als zehn Personen anwesend waren. Wieder einmal kehrte Ruhe im Lande ein.

Auf ihrem Jagdausflug beobachtete Katharina ihren Sohn und fragte sich erneut, wie lange er wohl noch leben werde. Seine Lungenbeschwerden hatten sich dermaßen verschlimmert, daß er ständig nach Luft schnappte. Er blies das Horn öfter als notwendig, eine Belastung seiner Lungen, die laut Paré vermieden werden sollte.

Aber wenn Karl von einer seiner Launen ergriffen wurde, achtete er nicht darauf, was gut oder schlecht für ihn war.

Er kann nicht mehr lange leben, ging es Katharina durch den Kopf.

Dennoch blieb immer noch ein Problem. Karls Sohn war gestorben, wie sie es vorhergesehen hatte. Vom Tag der Geburt an hatte sie gewußt, daß sie es seinem Schicksal überlassen konnte; seltsamerweise hatte jedoch Marie Touchet dem König einen gesunden Sohn geschenkt, und die Königin war erneut schwanger. Was wäre, wenn ihm die Königin doch noch ein gesundes Kind gebar wie Marie Touchet? Dann stünde nach dem Tod des Königs noch eine weitere Regentschaft an, und das bedeutete automatisch, daß sich ihr Liebling Heinrich keine Hoffnung auf den Thron mehr machen konnte. Das ließe sie niemals zu.

»Mein Sohn«, sagte sie zu Karl, wohl wissend, daß ihn jede Bemerkung über seinen Gesundheitszustand ärgerte, »du bist ja ganz erschöpft.«

Verärgert sah er sie an. »Das, Madame, kann ich wohl am besten beurteilen.«

Er stand kurz vor dem Punkt, gewalttätig zu werden. Sie kannte ihn gut. Sie konnte förmlich sehen, wie es in ihm kochte. Binnen kurzem würde seine Gerte auf das Pferd herabpeitschen, auf seine Hunde und selbst auf die Jäger, sollten sie ihm zu nahe kommen. Schon stand ihm Schaum vor dem Mund, und ein hysterischer Unterton schwang in seiner Stimme mit.

»Was ist bloß mit euch allen los?« schrie er. »Mein Pferd wird immer langsamer, meine Hunde scheinen einzuschlafen, und meine Männer sind ein faules Pack!« Schon sauste die Gerte auf die Flanke des Pferdes hinab.

Katharina sah ihm zu und lächelte. So ist es gut, ging es

ihr durch den Kopf. Prügle das Tier bis zum Wahnsinn. Laß es bocken und dich abwerfen. Brich dir das Genick, damit wir endlich vor dir und deinem Wahnsinn Ruhe haben. Es wird Zeit, daß Heinrich König wird.

Er bemerkte ihre beobachtenden Blicke, und aus Angst, er könne ihre Gedanken lesen, beeilte sie sich zu sagen: »Mein Sohn, weshalb ereiferst du dich so über deine Hunde und Pferde und die Leute, die nichts weiter wollen, als dir dienen, während du mit deinen Feinden zimperlich umgehst?«

»Zimperlich!« rief er aus.

»Warum ereiferst du dich nicht über das Volk von La Rochelle, das Leid und Verderben über so viele tapfere Männer unserer Armee gebracht hat?«

Der König runzelte die Stirn. »Krieg ... Krieg ... überall nichts als Krieg. In diesem Land scheint es nur Blutvergießen zu geben.« Er starrte Katharina an und begann zu brüllen. »Und wer ist an alldem schuld? Na? Sagt es mir!« zu seinen Männern gewandt, schrie er weiter: »Sagt es mir! Wer ist an allem schuld? Na los! Sprecht! Wer ist verantwortlich für all das Leid im Land? Antwortet! Habt ihr die Sprache verloren? Wir werden sehen ... wir werden sehen.« Seine Gerte fuhr wieder auf die Hunde hinab. »Wer bringt all das Leid über die Menschen?« Dann ruhte sein irrsinniger, bohrender Blick wieder auf seiner Mutter. »Wir wissen es!« schrie er. »Wir alle wissen es. Mein Gott! *Ihr* seid es, Madame ... Ihr seid unser böser Geist. Ihr tragt die alleinige Schuld.«

Mit diesen Worten gab er seinem Pferd die Sporen und galoppierte den Weg zurück, den sie gekommen waren.

Die Jäger blickten Katharina verstört an, aber diese lächelte nur.

»Seine Majestät sind heute nicht bester Laune«, meinte sie. »Reiten wir weiter. Wir sind gekommen, um zu jagen, also jagen wir.«

Während sie weiterritt, dachte sie: Das kommt einem Aufstand gleich. Er greift mich persönlich an ... sogar vor seinen Dienern. Das kann ich nicht zulassen. Mein lieber Sohn Karl, du hast schon viel zu lange gelebt!

Als sie schließlich wieder im Palast anlangten, wurde sie bereits von polnischen Botschaftern erwartet.

Anjou war am Boden zerstört. Die Vorstellung, nach Polen gehen zu müssen, war ihm unerträglich. Wie konnte man in einem so unzivilisierten Land wie Polen leben? Seit er sein Verhältnis mit Renée de Châteauneuf beendet hatte, war er mit der Prinzessin de Condé, der Frau des jungen Condé, liiert. Der Gedanke, sich von ihr trennen zu müssen, war zu schmerzhaft.

Der Ernst der Lage war unverkennbar, denn der König hatte ganz klar zum Ausdruck gebracht, daß Anjou den polnischen Thron zu akzeptieren hatte. Seine Mutter würde alles in ihrer Macht Stehende tun, um das zu verhindern, aber man sah nur zu deutlich, daß ihr Einfluß auf ihn schwand. Karl betrachtete Anjou als Feind und wünschte sich nichts sehnlicher, als ihn so schnell wie möglich ins Exil zu schicken. Man erzählte sich sogar, der König habe geäußert, er würde es begrüßen, wenn ihn seine Mutter nach Polen begleitete. Katharina suchte Anjou in seinem Zimmer auf, wo er sich in Gesellschaft von drei jungen Männern befand. Die drei Höflinge waren angesichts der Möglichkeit, ihren Gönner zu verlieren oder, noch schlimmer, nach Polen gehen zu müssen, in Tränen aufgelöst.

»Der König bleibt halsstarrig«, begann sie. »Er hat erklärt, daß du gehen mußt. Es hat keinen Sinn, das zu beklagen. Wir müssen uns überlegen, was wir unternehmen können.« Ihr Blick streifte über die Parfümflaschen und Töpfchen mit Kosmetikartikeln, die ihrem Sohn gehörten. Sie betrachtete diesen gutaussehenden Mann und dachte: Was werden diese Barbaren von seiner Eleganz halten, von seinen hübschen jungen Freunden und seinem Sinn für die eigene Schönheit?

Dann lachte sie plötzlich auf. »Mein Sohn«, sagte sie, »du wirst den polnischen Botschaftern seltsam erscheinen, ganz anders, als sie es sind. Ich denke, sie wollen dann nicht, daß du dich dem polnischen Volk zeigst. Sie werden verlangen, daß du einen Vertreter schickst, jemanden, der plump und ungehobelt ist wie sie selbst. Ich habe eine Idee: Wir werden dich noch eleganter kleiden als sonst – sofern das überhaupt möglich ist. Wir werden dein Gesicht noch stärker bemalen, deinen Körper noch intensiver parfümieren und dein Haar in Locken legen. Wir zeigen ihnen, daß du nicht bei ihnen leben kannst. Dann werde ich einen starken, rauhen Mann holen und ihnen vorstellen . . . einen Mann, den diese Wilden akzeptieren können.«

Anjou lächelte. »Liebste Mutter, was würde ich nur ohne Euch machen?«

Sie umarmten sich, und Katharina war glücklich.

Er trug seine Jacke am Hals offen und legte eine Perlenkette um, dazu wählte er perlenbesetzte Ohrringe. Sein Haar wurde eingedreht und sein Gesicht stärker geschminkt als sonst.

Die jungen Männer klatschten Beifall und erklärten, daß er noch besser aussehe als sonst.

Katharina kicherte. »Ich freue mich schon auf ihre Gesichter, wenn sie dich erblicken.«

Als Anjou den polnischen Botschaftern vorgestellt wurde, starrten sie ihn erstaunt an und vergaßen dabei völlig die Etikette.

Anjou lächelte ironisch, während der König wütend zusah. Ein Höfling konnte sich ein Kichern nicht verkneifen. Noch nie hatte Anjou so wenig wie ein König und so sehr wie eine Kurtisane ausgesehen.

Nachdem sich die Polen von ihrem Schock erholt hatten, neigten sie ihre Häupter über die wohlriechende Hand. Es war offensichtlich, daß sie noch nie so einen Menschen wie ihren neuen König gesehen hatten. Trotzdem wurden sie von seinem Anblick nicht abgestoßen, im Gegenteil, er gefiel ihnen. Sie konnten kaum ihre Blicke von ihm abwenden. Sie strahlten ihn an, wann immer er das Wort an sie richtete. Untereinander flüsterten sie, daß sie noch nie jemanden von so edlem Auftreten gesehen hatten.

Katharina beobachtete das Ganze mißtrauisch.

»Er ist ein wahrer König«, sagte einer der Polen in seinem gebrochenen Französisch. »Unser Volk wird einen solchen Mann nie ziehen lassen, Madame«, meinte ein anderer. »Es hat noch nie jemanden wie ihn gesehen. Das Volk wird seinen König lieben.«

Und sie hörten nicht auf, ihn anzustarren, sicher, daß jeder, der ihn sah, von Bewunderung erfaßt würde.

Anjou war fassungslos; Katharina war wütend, aber Karl blieb hart. Hier war eine gottgesandte Gelegenheit, seinen verhaßten Bruder loszuwerden, und weder das Flehen und Drohen seiner Mutter noch Anjous Sarkasmus änderten etwas an seiner Entscheidung. Anjou mußte nach Polen gehen.

Anjou erklärte, ihm würde das Herz brechen, wenn man ihn von der Prinzessin de Condé trennte. Sein Witz schien ihn verlassen zu haben, und er bemitleidete sich nur noch.

Als sich die königliche Reisegruppe anschickte, Anjou zur Grenze zu bringen, erklärte der König, er werde ihn ebenfalls begleiten. Er wollte, wie er seinen Freunden erklärte, nicht die Gelegenheit versäumen, zuzusehen, wie sein Bruder französischen Boden verließ.

Marie Touchet flehte den König an, vorsichtig zu sein, und auch Madeleine stimmte in ihre Bitten ein.

»Was hätte ich zu befürchten?« fragte Karl. »Anjou weiß, daß er seinem König gehorchen muß, und wird es zweifellos auch tun.«

Weder Marie noch Madeleine wagten auszusprechen, daß nicht Anjou die Person war, die sie fürchteten.

Katharina ritt neben Anjou, dem auffiel, daß sie der Gedanke an die Trennung nicht sonderlich zu bedrücken schien. Gereizt sagte er zu ihr: »Ich verstehe Euch nicht. Ihr scheint meinem Abschied mit der gleichen Freude zu begegnen wie mein Bruder, der mich haßt.«

Katharina schüttelte den Kopf und erwiderte mit leiser Stimme: »Der Gedanke, dich gehen zu lassen, erfüllt mich mit tiefer Trauer, das weißt du.«

»Ihr besitzt eine seltsame Art, Eure Trauer zu zeigen, Madame.«

»Ach, mein Liebling, weißt du noch immer nicht, daß ich es gelernt habe, meine Gefühle zu verbergen?« Sie beugte sich zu ihm hinüber. »Vielleicht gehst du nach Polen, mein Liebling ... andererseits ... vielleicht auch nicht.«

»Was? Gibt es denn jetzt noch Hoffnung?«

»Unter bestimmten Bedingungen, die du dir sicher auch vorstellen kannst.«

Er wagte kaum zu atmen, und einen Augenblick lang schwiegen beide. Dann fuhr Katharina fort: »Solltest du, entgegen aller Wahrscheinlichkeit, doch in das Land dieser Barbaren müssen, wird dein Aufenthalt dort nur von kurzer Dauer sein.«

Madeleine schnappte diese Worte auf und erschauerte. Sie war überrascht, zu welch guter Spionin sie sich entwickelt hatte. Vermutlich schenkte Gott Müttern diese Gabe, damit sie auf ihre Kleinen achten konnten, wenn sie sich in Gefahr befanden; und Karl war für sie schon immer wie ein Sohn gewesen.

Sie achtete darauf, was man dem König zu essen und zu trinken brachte, aber sie konnte nicht alles kosten, was er zu sich nahm. Sie entschloß sich daher, dem König ihre Befürchtungen mitzuteilen. Sie bat ihn, allein mit ihm sprechen zu dürfen, was er ihr auch mit Freuden gewährte.

»Sire«, begann sie, »Ihr wißt, daß ich Euch liebe.«

Er küßte ihre Hand. »Daran zweifle ich nicht, liebste Madelon.«

»Dann hört mich aufmerksam an. Ich glaube, es befinden sich Leute in Eurer Nähe, die Euch nach dem Leben trachten.«

Er erschrak. Seine Furcht vor dem Tod war stärker als je zuvor. »Was hast du entdeckt?« fragte er.

»Ich kann nicht behaupten, tatsächlich eine Verschwörung aufgedeckt zu haben. Es ist mehr so eine Art Gefühl ... etwas, das mich warnt. Ich fühle für Euch wie eine Mutter, Karl, und ich spüre, daß Ihr in Gefahr seid.«

»Du glaubst, jemand will mich vergiften, Madelon?«

»Ich bin mir dessen sicher. Ich kann nicht immer bei Euch sein, um zu überwachen, was man Euch an Speisen bringt, und das beunruhigt mich zutiefst. Bedenkt, daß es viel leichter fällt, Euch auf einer Reise wie dieser zu töten, als zu Hause, wo Ihr von Freunden und Ärzten umgeben seid.«

»Madelon, sprich offen zu mir.«

»Es gibt einige, die traurig sind, weil Monsieur d'Anjou uns verläßt, und ihn lieber nicht gehen sähen. Einige würden es begrüßen, wenn er Euren Platz einnähme und Euch etwas zustieße.«

Karl warf sich seiner Amme in die Arme. »O Gott«, rief er aus. »Ich fürchte mich vor ihr. Ich weiß, daß du die Wahrheit sprichst, liebe Madelon. Ach, wärest du doch tatsächlich meine leibliche Mutter. Was soll ich tun? O Madelon . . .« Unsicher sah er sich um. »Monsieur de Coligny war mein Freund. Er sagte, sie sei mein böser Geist. Er warnte mich, so wie du es jetzt tust. Hätte ich doch nur seinen Rat angenommen. Dann hätte ich das Abschlachten so vieler Unschuldiger nicht zugelassen . . . dieses Blutvergießen. Ich kann nicht davor fliehen, Madelon. Es verfolgt mich . . . ständig.«

»Ihr müßt es verdrängen. Es war nicht Eure Tat. Aber wir sollten uns lieber mit der Gefahr auseinandersetzen, die Euch bedroht.«

»Was soll ich tun, Madelon? Wenn es schon beschlossen wurde, daß ich ein *morceau italianizé* erhalten soll, dann wird es auch geschehen, fürchte ich. Diejenigen, denen es zugedacht ist, entkommen ihrem Schicksal nie.«

»Es darf nicht sein«, entgegnete Madeleine. »Ihr seid der König. Dies ist eine Tatsache, die Ihr oft vergeßt. Laßt uns mit denen zurückreiten, denen wir vertrauen können. Ihr müßt Eure Absicht, nach Paris zurückzukehren, sofort bekanntgeben. Die Königinmutter, ihre Damen und Freundinnen werden Heinrich von Anjou nach Lothringen begleiten, während wir sicher und glücklich zurückreiten. Hört auf mich, Karl, um Eurer alten Madelon einen Gefallen zu tun, die Euch liebt wie ihren eigenen

Sohn, denn mein Herz würde brechen, sollte Euch etwas zustoßen.«

»O Madelon«, schluchzte er, »wie schön ist es doch, wahre Freunde zu besitzen. Ich bin nicht allein, nicht wahr? Es gibt ein paar, die mich lieben. Blut klebt an meinen Händen, und einige sagen, ich sei wahnsinnig, aber ich habe gute Freunde, nicht wahr, Madelon?«

»Ihr werdet immer Eure Madelon haben, die Euch liebt und beschützt«, erwiderte seine Amme.

Katharina verabschiedete sich von ihrem geliebten Sohn.

»Du mußt gehen, mein Liebling, aber glaube mir, wenn ich dir sage, daß es nicht für lange sein wird. Wäre es nach meinem Willen gegangen, hättest du überhaupt nicht gehen müssen.«

Anjou mußte sich damit zufriedengeben. Als der König plötzlich angekündigt hatte, er werde ihn nicht weiter begleiten, sondern mit einigen Freunden sofort nach Paris zurückkehren, war ihm klar, daß er den Plan seiner Mutter durchschaut hatte. Erneut erkannte er, daß seine Mutter nicht allmächtig war. Die Leute begegneten ihr noch mißtrauischer als früher.

Er begann zu weinen und erklärte, der traurigste Mensch der Welt zu sein.

»Ich muß die Prinzessin verlassen, die ich liebe; ich muß meine Mutter verlassen, die meine beste Freundin ist; ich muß mein Heim und meine Familie zurücklassen. Oh, was ist es doch für ein trauriges Los, König zu sein.«

Er hatte sich schon immer sehnlichst gewünscht, König zu werden, aber er wollte König von Frankreich sein, nicht von Polen. Dennoch gefiel er sich in seiner Rolle. Er spielte sie gut und achtete darauf, daß die Tränen, die er vergoß, nicht sein gepudertes Gesicht verschmierten. Aber nachdem er die französische Grenze überschritten hatte und Flandern durchreiste, merkte er erst, daß nun der ungemütliche Teil seiner Reise begonnen hatte. Als sie eine kleinere Stadt durchritten, war er gewillt, den Bewohnern gönnerhaft zuzulächeln, die ihm, wie man ihm versicherte, mit der gleichen Bewunderung begegnen würden wie die Polen, die ihn bisher kennengelernt hatten. Zu seinem Entsetzen waren die Leute auf den Straßen aber keine Fremden, sondern Franzosen – Männer und Frauen, die aus Frankreich geflohen waren, um der Verfolgung durch die Katholiken zu entgehen, bei der er keine unwesentliche Rolle gespielt hatte.

Als er vorbeiritt, folgten ihm die Rufe: »Ah, da reitet er hin, der Schönling ... der Weichling. Aber er war nicht zu weich, sich die Hände mit dem Blut der Märtyrer zu beschmieren. Wo wart Ihr denn in der Nacht des 23. August ... des 24 .... des 25.? Wo denn? Wollt Ihr nicht antworten?«

Er blickte diese Menschen an, und ihn schauderte. Sie warfen Kot und Dung nach ihm, und seine wunderschöne Kleidung war bald von oben bis unten beschmutzt. Es blieb ihnen nichts anderes übrig, als ihren Pferden die Sporen zu geben, um dem Gelächter der Franzosen zu entgehen.

Es war keine angenehme Reise. Anjou fürchtete sich vor jeder Stadt; er haßte die Unbequemlichkeiten dieser Reise. Er sehnte sich nach seiner Geliebten, nach dem Luxus, den er in Paris genossen hatte.

»Und wo müssen wir hin?« klagte er. »In ein fremdes Land. Wie kann jemand wie ich unter *Wilden* leben? Meine Mutter versprach mir, daß ich nicht lange bleiben muß, aber wie kann sie es verhindern? Mein Bruder ignoriert sie inzwischen. Wie unhöflich, uns so einfach stehenzulassen! Sie hat keine Gewalt mehr über ihn. Er ist eifersüchtig auf mich ... also schickt er mich in die Verbannung. Vielleicht für immer.«

Aber noch Schlimmeres erwartete den unglücklichen Anjou. Der pfälzische Kurfürst empfing ihn höflich; es blieb ihm nichts anderes übrig, denn er lag mit Frankreich nicht im Krieg; aber Anjou, der sich noch gut an den Empfang erinnerte, den ihm die französischen Flüchtlinge und andere Bewohner protestantischer Länder bereitet hatten, wollte nur noch eins: so schnell wie möglich nach Polen gelangen.

»Es ist uns eine Ehre«, empfing ihn der Kurfürst, aber er erweckte nicht den Eindruck, als habe er sich auf diese Ehre gefreut. Er und seine Landsleute schafften es in ihrer einfachen Kleidung, Anjou und seinem Gefolge ein Gefühl der Lächerlichkeit zu vermitteln, wie sie es noch nie kennengelernt hatten. Obwohl sie ihm mit aller Höflichkeit begegneten, ließen sie immer wieder durchblicken, daß sie die Bartholomäusnacht nicht vergessen hatten und ihm zumindest einen Teil der Schuld gaben.

Nachdem das Bankett zu Anjous Ehren vorüber war, brachte ihn der Kurfürst selbst auf sein Zimmer. Es war nur schwach erleuchtet, und erst als Anjou mit einigen wenigen Dienern allein war, bemerkte er die Wandbemalung. Er griff nach einer Kerze, um die Bilder näher zu betrachten, und stieß im nächsten Augenblick einen entsetzten Schrei aus. Die Kerze glitt ihm beinahe aus der Hand. Vor sich sah er ein Bild eines Pariser Platzes, auf dem sich die Leichen türmten. Im Vordergrund war ein Körper ohne Kopf zu erkennen, und um ihn herum standen Frauen und Männer mit lächelnden Gesichtern, die alle Hüte mit einem weißen Kreuz trugen.

Anjou erschauerte und wandte sich ab, aber sofort fiel sein Blick auf ein anderes Bild. Wieder zeigte es eine Ansicht von Paris, und die hier dargestellten Greueltaten übertrafen die vorher gesehenen noch. Die dritte Wand zeigte ein Bild von Lyon und die vierte von Rouen, jedesmal mit dem gleichen Thema.

Alle vier Wände bildeten die Schrecken jener Nacht so naturgetreu ab, daß sich Anjou zurückversetzt fühlte und die furchtbaren Ereignisse wieder vor sich sah.

Er wandte sich seinen Dienern zu, die ebenso schokkiert waren wie er.

»Was haben sie mit uns vor?« flüsterte einer von ihnen.

»Sie versuchen, uns nervös zu machen«, rief Anjou aus. »Sie wollen uns zu verstehen geben, daß sie es nicht vergessen haben. Solange das alles ist, kann uns nichts passieren.«

Er ließ sich auf sein Bett fallen, konnte jedoch nicht einschlafen. Er befahl, alle Kerzen im Raum zu löschen, aber in der Dunkelheit gewannen die Bilder neues Leben, weil die Vorstellungskraft sie, beziehungsweise die dargestellten Ereignisse, noch genauer rekonstruierte.

»Zündet die Kerzen an«, rief Anjou schließlich. »Ich ertrage die Dunkelheit nicht länger. Wie lange dauert es noch bis zum Tagesanbruch?« Er wußte, daß sie noch viele Stunden hier ausharren mußten.

Er konnte seinen Blick nicht von den Bildern abwenden.

»Es ist, als sei man dort ... in Paris. Als wäre man dabei ... als könnte man alles sehen. Oh, meine Freunde, in Wahrheit war alles noch viel furchtbarer. Aber das Blut in den Bildern sieht so wirklich aus ... Mein Gott, wieviel Blut haben wir in Paris vergossen! Nie wird man das vergessen können.«

Seine Freunde versicherten ihm, daß er nicht die Schuld daran trug. »Dafür waren andere verantwortlich. Ihr hättet nichts tun können, um es zu verhindern.«

Aber die Bilder riefen zu viele Erinnerungen in ihm wach, und er konnte in dieser Nacht keinen Schlaf finden. Er wälzte sich auf seinem Bett hin und her, rief seinen Freunden zu, nicht zu schlafen, sondern mit ihm zu reden, ihn zu erheitern. Er ließ sie die Kerzen löschen, nur um sie kurz darauf wieder anzünden zu lassen. Er konnte sich nicht entscheiden, ob er lieber die Bilder ansehen oder seine Einbildung arbeiten lassen wollte.

Wenige Stunden vor Tagesanbruch stand er auf. »Ich kann nicht schlafen«, sagte er, »und ich glaube, ich werde nicht mehr schlafen können, bevor ich alles niedergeschrieben habe, was in jener Nacht geschah. Die ganze Welt muß es erfahren. Ich werde ein Geständnis ablegen. Ich werde nicht nach Entschuldigungen suchen, denn ich trage ebensoviel Schuld an jenem schrecklichen Verbrechen wie alle anderen. Ich beginne sofort mit dem Schreiben. Ich kann nicht länger warten.«

Nachdem man ihm Papier und Feder gebracht hatte, nahm er eine Kerze und öffnete die Tür zu einem Schrank.

»Ich schreibe hier drinnen«, erklärte er, »und bis ich

fertig bin, wird der Morgen angebrochen sein. Dann verlassen wir diesen Ort und reiten auf dem schnellsten Weg nach Krakau.«

Im nächsten Augenblick weiteten sich seine Augen, und er fiel rückwärts zu Boden. Ihm war, als stünde ein Mann im Schrank, ein großer Mann aus adligem Haus, der ihn mit ernstem und überheblichem Blick anstarrte.

»Coligny!« kreischte Anjou und fiel auf die Knie, und seine Kerze entglitt seiner Hand und fiel zu Boden, wo sie verlosch. »Coligny . . .«, hauchte er, »ist von den Toten zurückgekehrt . . . um mich zu verfolgen . . .«

Seine Freunde eilten zu ihm. Sie erbleichten, als sie das erblickten, was auch Anjou so entsetzt hatte. Einige bedeckten ihre Augen mit den Händen; nur einer hatte den Mut, die Kerze hochzuhalten und dem Geschöpf ins Gesicht zu sehen, von dem sie vermutet hatten, es sei der Geist des Admirals.

»*Mon Dieu!*« rief er aus. »Er gleicht tatsächlich aufs Haar dem Admiral. Aber . . . es ist nur ein Bild.«

Anjou kehrte in den Raum zurück und verbrachte den Rest der Nacht damit, sein – wie er es nannte – Geständnis niederzuschreiben.

Am darauffolgenden Tag verließ er die Stadt auf schnellstem Wege. Er verspürte keinerlei Bedürfnis, länger als notwendig in einem Land zu bleiben, das ihm so übel mitspielte.

Aber er hatte etwas gelernt. Solange Menschen auf dieser Erde leben, gerät das Massaker der Bartholomäusnacht nicht in Vergessenheit, und alle, die daran mitgewirkt hatten, werden für den Rest ihres Lebens von allen verachtet werden.

Bei seiner Ankunft in Krakau hatte Anjou hohes Fieber.

Margot war ruhelos. Ihre Liebesaffäre mit Monsieur Léran, der seine Dankbarkeit für seine Errettung in der Nacht des Massakers auf äußerst charmante Weise zeigte, verblaßte langsam; und Margot stellte fest, daß sie zwar Monsieur de Guise jahrelang hatte treu sein können, ihr das bei einem anderen Mann jedoch unmöglich war. Manchmal sehnte sie sich nach dem gutaussehenden Herzog zurück, und sie hätte ihn wohl sofort wieder mit offenen Armen empfangen, wäre da nicht seine Liaison mit Charlotte de Sauves gewesen. Sie kannte Charlotte nur zu gut; wen sie einmal in den Fängen hatte, ließ sie erst wieder los, wenn sie seiner müde geworden war, und Margot beschlich das Gefühl, die Liebe zwischen de Guise und Charlotte könnte ebensolange anhalten wie die zwischen de Guise und ihr. Es überraschte sie, daß Charlotte tatsächlich lieben konnte; sie hatte sich verändert, schien regelrecht aufzublühen. Margot, die annahm, daß dies in erster Linie mit de Guise zusammenhing, blieb nur die Eifersucht; aber ihr Stolz siegte über die Eifersucht.

Sie wußte, daß sie ihren ehemaligen Liebhaber zutiefst verletzt hatte, als sie sich geweigert hatte, in eine Scheidung von Navarra einzuwilligen und dann de Guise zu heiraten. Das würde er ihr nie vergessen; er würde es ihr ein Leben lang vorhalten, so wie er Coligny den Tod seines Vaters vorgeworfen hatte. Er sah ihr nicht mehr nach; vorbei war es mit seinen vielsagenden, zärtlichen Blicken in ihre Richtung. Wenn er sie überhaupt einmal zu bemerken schien, geschah es nur, um ihr zu zeigen, wie sehr er in seine neue Liebesaffäre eingebunden war, wie sehr ihn die Schönheit von Charlotte de Sauves gefangennahm.

Unzufrieden, eifersüchtig und gelangweilt sah sich Margot nach neuen Erlebnissen um. Vielleicht brauchte sie nur einen neuen Liebhaber. Aber wen? Es gab niemanden, der ihr zusagte. Wählte sie jemanden aufgrund seines Charmes und seiner edlen Gesichtszüge aus, ertappte sie sich sofort dabei, wie sie ihn mit de Guise verglich, und der Kampf zwischen Verlangen und Stolz entflammte erneut.

Vermutlich war es noch nicht zu spät, in die Scheidung einzuwilligen und ihn zu heiraten. Er würde zweifellos zustimmen. Seine ehrgeizigen Ziele standen bei Monsieur de Guise an erster Stelle. Aber sollte sie ihn heiraten, nur um seinen Machthunger zu stillen? Und was sollte sie machen, wenn er nach ihrer Heirat die Verbindung mit Charlotte de Sauves nicht abbrach?

Nein, sie hatte sich geschworen, mit Henri de Guise zu brechen, und daran würde sie sich halten. Sie mußte einen anderen Liebhaber finden oder eine andere Zerstreuung. Aber ... was bot sich an Zerstreuung an? Maskenbälle, eine Ballettvorstellung ... all das langweilte sie. Sie konnte sich nicht länger an einem neuen Kleid, einer neuen Perücke oder einer modernen Haarfrisur erfreuen. Und was einen Liebhaber anging – dazu mußte sie sich zuerst einmal verlieben. Aber wie verliebte man sich auf Kommando?

Während dieser Zeit innerer Unruhe kam eine ihrer Damen, Madame de Moissons, die ihr besonders geflissentlich diente, seit Margot während des Massakers ihren Ehemann gerettet hatte, zu ihr und bat sie um ein Gespräch unter vier Augen.

Kaum waren sie allein, platzte sie auch sofort heraus: »Ich weiß nicht, ob es richtig ist, daß ich es Euch sage, Madame, aber ich glaube, Ihr wißt am besten, was getan werden muß. Es betrifft den König von Navarra und den Herzog von Alençon. Sie haben vor zu fliehen, sich auf die Seite der Hugenotten zu schlagen und die katholische Armee anzugreifen.«

»Eine solche Torheit können sie doch nicht vorhaben.«

»Doch, Madame. Könntet Ihr nicht mit ihnen sprechen, um sie davon abzuhalten? Sie werden Frankreich erneut in einen Bürgerkrieg stürzen. Es wird weiteres Blutvergießen geben, und niemand weiß, wo das noch alles endet.«

»Sie sind schlimmer als kleine Kinder«, meinte Margot. »Und wann soll das alles passieren?«

»Schon sehr bald, Madame. Aber dem König von Navarra fällt es nicht leicht, sich von Madame de Sauves zu trennen, zu der er sich sehr hingezogen fühlt.«

Margot wurde von eifersüchtiger Wut ergriffen, schaffte es jedoch, ruhig zu bleiben. »Überlaßt das getrost mir. Ich werde dafür sorgen, daß es nicht zur Ausführung dieses Planes kommt.«

»Madame, ich möchte nichts Böses für den König von Navarra, denn er war immer gut zu meinem Gatten.«

»Ihm wird nichts passieren«, erwiderte Margot und entließ Madame de Moissons.

Als sie wieder alleine war, warf sie sich auf ihr Bett und bearbeitete ihr Kissen mit den Fäusten. Man hatte sie, eine Prinzessin und die Königin von Navarra, auf gemeine Weise hintergangen. Ihr Liebhaber hatte sich Madame de Sauves zugewendet, ihr schwachsinniger Gatte schmiedete gefährliche Pläne und zögerte dann aus Liebe zu derselben Frau, sie in die Tat umzusetzen. Henri de Guise hatte geschworen, er würde sie ewig lieben, und nun schien er sie bereits völlig vergessen zu haben. Sie und ihr Gatte hatten, wenn schon nicht Liebende, so doch Verbündete sein wollen, und dennoch hatte er mit Alençon diese Verschwörung geplant, ohne sie einzuweihen. Sie konnte nicht sagen, wer ihr am meisten Grund zur Verärgerung gab – de Guise, Navarra oder Charlotte de Sauves.

Wie immer handelte sie ganz impulsiv; sie erhob sich von ihrem Bett und ging zum König.

Ihre Mutter war bei ihm, und sie bat, allein mit ihnen reden zu dürfen.

»Ich habe eine Verschwörung entdeckt«, sagte sie dann.

Sofort waren beide alarmiert. Sie trauten ihr beide nicht, konnten aber sehen, daß sie nicht nur aufgeregt, sondern auch wütend war.

»Erzähle uns alles, mein Liebes«, sagte Katharina, und der Klang ihrer Stimme ernüchterte Margot. Was tat sie hier? Sie war im Begriff, ihren Gatten und ihren Bruder zu verraten. Plötzlich wurde sie von Furcht ergriffen. Sie wollte keinem von beiden etwas Böses. In diesem Augenblick wurde ihr klar, daß sie beide sehr gern mochte.

Sie zögerte. »Wenn ich Euch erzähle, was ich entdeckt habe, versprecht Ihr mir, daß den beiden Hauptbeteiligten nichts Böses widerfährt?«

»Natürlich«, antwortete Katharina.

»Ich möchte Euer Wort, Karl«, fuhr Margot fort. »Ich

bin auf etwas Wichtiges gestoßen, und es ist meine Pflicht, Euch davon in Kenntnis zu setzen. Ich kann es jedoch nur, wenn Ihr mir bei Eurer heiligen Ehre als König Frankreichs schwört, daß den beiden Personen nichts geschieht.«

»Ich gebe dir mein Wort«, versprach ihr Karl.

Katharina lächelte grimmig. Ihr Wort war also nicht gut genug! Es sah so aus, als hätten sich all ihre Kinder gegen sie verschworen.

»Mein Gatte und Alençon wollen aus Paris fliehen, um sich mit ihren Freunden zu verbünden, eine Armee aufzustellen und diese gegen die Armee des Königs ins Feld zu führen.«

Dem König brach der Schweiß aus, und seine Finger zuckten.

»Hast du Beweise?« fragte Katharina.

»Nein. Ich habe nur davon reden hören. Wenn Ihr seine Zimmer durchsuchen laßt, werden sich aber sicher Beweise finden.«

»Das tun wir sofort«, rief Katharina aus. »Du hast sehr vernünftig gehandelt, Tochter.«

»Und Euer Versprechen, ihnen nichts zu tun, wird nicht vergessen?«

»Meine liebe Marguerite, meinst du wirklich, ich würde meinem eigenen Sohn oder dem Mann schaden wollen, der durch die Heirat mit dir zu meinem Sohn geworden ist? Auch wenn sie noch so viele Dummheiten im Sinn haben? Aber jetzt dürfen wir keine Zeit verlieren.«

Katharina war voller Energie. Sie ließ die beiden gefangennehmen, aber statt in den Kerker geworfen zu werden, blieben sie unter Bewachung im Palast.

Henri de Guise stand vor der Königinmutter.

»Ihre Freundschaft nahm während der Belagerung von La Rochelle ihren Anfang«, erklärte er. »Ich verstehe es nicht ganz. Sie sind so grundverschieden. Es muß etwas getan werden, um die beiden zu trennen. Sie stekken voller Pläne, wie diese Verschwörung gezeigt hat. Wir müssen schnellstens etwas unternehmen, Madame.«

Katharina betrachtete ihn eingehend. Einerseits fürchtete sie ihn, aber andererseits flößte ihr diese kühle Art, seine ganze Ausstrahlung, Achtung ein. In diesem Augenblick ging ihr ein beinahe verwerflicher Gedanke durch den Kopf. Sie wünschte sich, dieser Henri wäre *ihr* Heinrich. Dann hätte sie ihn voller Hingabe lieben und sich die Herrschaft über Frankreich mit ihm teilen können. Aber er war nicht ihr Sohn, und deshalb widerstrebten ihr seine Arroganz, seine unverschämte Art, ihr zu sagen, was sie zu tun und zu lassen hatte, als sei er der Herr und sie eine kleine Zofe.

Sie ließ sich jedoch ihre Abneigung nicht anmerken, sondern entgegnete fast unterwürfig: »Ihr habt recht, Monsieur de Guise. Seid versichert, daß ich nach dieser Geschichte etwas unternehme, um die Freundschaft der beiden auf die Probe zu stellen.«

»Madame«, fuhr Guise fort, »ich traue dem König von Navarra nicht. Meiner Meinung nach ist er nicht so ein Narr, wie er uns glauben machen will. Er spielt nur den Mann, der nichts anderes als Frauen im Kopf hat.«

»Nun«, entgegnete Katharina, »ein Mann kann doch an Frauen *und* Politik denken, oder?«

Guise ignorierte ihre Spitze und fuhr fort: »Sein ganzes Gehabe ist nur eine Pose. Er sollte ständig überwacht werden. Und was den Herzog von Alençon anbelangt . . .« Guise zuckte mit den Achseln.

»Sprecht nur«, forderte Katharina ihn auf. »Auch wenn er mein Sohn ist, weiß ich sehr wohl, daß er ständig Dummheiten im Kopf hat und man ihn im Auge behalten muß.«

»Hätten wir nicht das Glück gehabt, diese Verschwörung rechtzeitig aufzudecken, wären die beiden bereits verschwunden. Es gibt noch genug Hugenotten im Land, die uns Schwierigkeiten machen können, Madame.«

»Es ist sehr gut, daß wir diese Verschwörung rechtzeitig entdeckt haben. Das verdanken wir in erster Linie Madame de Sauves, wußtet Ihr das?«

Der Herzog hob eine Augenbraue, und Katharina, die ihn bestens kannte, wußte, daß sein Herz bei der Erwähnung seiner Mätresse in diesem Zusammenhang schneller schlug.

»Wie Ihr ja wißt«, sprach Katharina weiter, »ist der König von Navarra mehr an Frauen als an der Politik interessiert. Es fiel ihm zu schwer, sich von der Dame loszureißen – sonst wäre er verschwunden, bevor wir es auch nur geahnt hätten. Sein Zögern hat ihn verraten, Monsieur.«

»Dafür können wir dankbar sein, Madame.«

»Ja, dieser hübschen jungen Dame müssen wir dankbar sein. Es gibt wenige, die ihr widerstehen können, habe ich gehört.«

»Madame, zunächst müssen wir einen Keil zwischen Navarra und Alençon treiben.«

»Überlaßt das mir, Monsieur.«

»Wie werdet Ihr vorgehen?«

»Das weiß ich noch nicht genau, aber ich werde eingehend darüber nachdenken. Ihr werdet bald sehen, wie ich die beiden trenne. Doch nun vergebt mir, wenn ich Euch bitte, mich zu verlassen, denn ich muß mich um einige unaufschiebbare Angelegenheiten kümmern.«

Kaum hatte er sie verlassen, begann sie lauthals zu lachen.

»Ach, Monsieur de Guise«, flüsterte sie, »Ihr werdet bald sehen, wie ich die beiden zu trennen gedenke.«

Sie lief zur Tür, rief nach ihrem Zwerg und schickte ihn los, Madame de Sauves zu suchen.

Kurze Zeit später war sie mit Charlotte allein.

»Setzt Euch, meine Liebe«, begann Katharina. »Und nun erzählt mir: Wie geht es vorwärts mit dem König von Navarra?«

»So, wie Euer Majestät es gewünscht haben.«

»Ihr müßt besondere Kräfte haben, Charlotte, daß Ihr es schafft, einen solchen Mann nach Eurer Pfeife tanzen zu lassen, ohne ihm seine Wünsche zu erfüllen.«

»Ich habe mich nur an die Anweisungen Eurer Majestät gehalten. «

»Armer Navarra! Er wird heute nacht sehr traurig sein.

Ihr habt gehört, daß er Dinge im Schilde führte, für die er bestraft werden muß. Ich halte es für eine gute Idee, wenn Ihr ihm diese Nacht seine Gefangenschaft etwas verschönen könntet.«

Charlotte erbleichte. »Madame . . . ich . . .«

»Was! Ihr hattet bereits etwas vor? Ich verspreche Euch, Ihr habt nichts zu befürchten. Ich sorge dafür, daß Euer Gatte, der Baron, beschäftigt ist und keine unangenehmen Fragen stellt.«

»Madame«, stotterte Charlotte, »könnte ich nicht . . .?«

Katharina mußte lachen. »Was denn? Habt Ihr etwa eine Verabredung mit einem anderen Herrn als Eurem Gatten?«

Charlotte schwieg.

»Erzählt, Charlotte. Handelt es sich dabei um Monsieur de Guise? Er ist ein so charmanter Mann. Da ihr Frauen ihm alle nachlauft, scheint er auch ein guter Liebhaber zu sein. Aber ich meine, Euch klar zu verstehen gegeben zu haben, daß die Pflicht immer vor dem Vergnügen kommt, oder nicht?«

»Ja, Madame.«

»Nun, heute nacht ist es Eure Pflicht, dem König von Navarra seine Gefangenschaft etwas zu verschönen. Nein . . . ich möchte nichts weiter darüber hören. Ihr könnt gehen, Charlotte.«

Als Charlotte die Tür erreicht hatte, sprach sie sie noch einmal an: »Und morgen früh kommt Ihr zu mir, Charlotte. Ich gebe Euch dann weitere Anweisungen.«

Charlotte rannte zu ihren eigenen Räumen, wo sie sich auf ihr Bett warf und weinte. Zum erstenmal in ihrem Leben widerte sie die *escadron* an, und sie wünschte sich, ihr entkommen zu können. Lange weinte sie vor sich hin, bis sie auf einmal das Gefühl verspürte, beobachtet zu werden. Sie sah zur Seite und zuckte erschrocken zusammen. Die Vorhänge vor ihrem Bett hatten sich geteilt, und sie blickte in das Gesicht der Königinmutter. Ihr Blick wirkte fast diabolisch, aber ihre Stimme klang zärtlich und mitfühlend. »Ihr solltet nicht traurig sein, Charlotte. Monsieur de Guise muß ebenso wie Monsieur de Sauves lernen, daß es gewisse Verpflichtungen gibt. Und in der Nacht sind alle Männer gleich – so heißt es jedenfalls.«

Die Vorhänge schlossen sich wieder vor ihrem Bett, und Katharina ging ebenso leise, wie sie gekommen war.

Margot sah ihren Gatten an, der sich auf seinem Bett rekelte. Die Tür war verschlossen, und draußen vor der Tür standen Wachposten. Margot ärgerte sich über ihn. Er war so völlig ohne jede Eleganz. Sein Haar, das nicht gerade sauber wirkte, würde sicher Flecken auf dem Kissen hinterlassen.

»Man sollte Euch keine so hübschen Dinge geben«, sagte sie zu ihm. »Ein Stall stünde Euch besser an.«

»Ställe können sehr bequem sein«, erwiderte er nachdenklich, »und ein Pferd ist oft ein besserer Gesellschafter als eine Ehefrau.«

Hochnäsig hob sie den Kopf. »Ihr seid nicht nur ein Bauerntrampel ohne jegliches Benehmen – das kann ich akzeptieren und sogar vergeben –, sondern auch so töricht, daß man es nicht mehr verzeihen kann.«

»Ich gebe zu, ein Tor gewesen zu sein, als ich nicht bemerkte, daß mir meine eigene Frau nachspioniert.«

»Narr! Was ich getan habe, war nur zu Eurem eigenen Besten.«

»Ihr bezeichnet das, was ich getan habe, nur als Torheit, weil es schiefgegangen ist. Hätte ich Erfolg gehabt, sähe es völlig anders aus. Und ohne Euer Zutun wäre mir der Erfolg sicher gewesen. *Ventre de biche*! Ich hätte gute Lust, Euch deshalb zu verprügeln.«

»Ihr fändet Euch in einem weitaus weniger komfortablen Gefängnis wieder, wenn Ihr es versucht.«

»Keine Angst. Ich bin dafür viel zu faul. Jemanden wie Euch zu züchtigen, kostet viel zuviel Energie, die ich nicht an Euch zu verschwenden gedenke.«

»Wie wäre es, wenn Ihr Euch Euer schlechtes Benehmen für Eure Bauernmägde aufhebt?«

»Gerne, wenn Ihr es gestattet. Warum sucht Ihr Euch nicht ein anderes Zimmer?«

»Weil ich mit Euch reden möchte.«

»Ich erwarte noch Besuch.«

»Vielleicht die Frau eines Gärtners oder ein Mädchen aus der Küche?«

»Ratet noch einmal.«

»Dafür verschwende ich *meine* Energie nicht. Ob Gärtnersfrau oder Küchenmagd, mir ist es gleich. Eure Liebschaften interessieren mich nicht. Mich ärgert die Tatsache, daß Ihr eine Verschwörung geplant habt, ohne mich einzuweihen.«

»Ihr wart nicht davon betroffen.«

»Es betraf immerhin Navarra, dessen Königin ich bin.«

»Nur solange ich es zulasse.«

»Wie könnt Ihr es wagen?«

»Madame, Ihr erstaunt mich. Ihr spielt den Spion; ihr bringt Euren Gatten und sein Königreich in Gefahr, und dann besitzt Ihr die Stirn, hierherzukommen und zu behaupten, mein Königreich sei das Eure!«

»Ich war der Meinung, wir hätten uns darauf geeinigt, Verbündete zu sein.«

»Das ist richtig. Aber Ihr erweist Euch als äußerst zweifelhafter Verbündeter.«

»Und Ihr heckt Pläne aus, ohne mich um Rat zu fragen.«

»Hätte ich Erfolg gehabt, wäre ich zurückgekommen, um Euch zu holen. Und wie könnt Ihr von Verbündeten reden, wenn Ihr mich so kaltschnäuzig verratet?«

»Ihr seid ebenso dumm wie töricht. Ihr scheint nicht zu begreifen, welche Streitmächte gegen Euch ins Feld geführt würden.«

»Ihr überschätzt Monsieur de Guise«, meinte Navarra. »Wir, die wir uns gegen ihn und die Katholiken gestellt hätten, sind von ihm nicht geblendet wie Ihr. Eure Liebesaffären gehen zu tief, meine Teure. Ihr seht Euren Liebhaber als Halbgott. Aber er ist nur ein einfacher Mann. Vermutlich liebt Ihr ihn nur als Gott. Ihr werdet in der Liebe nie glücklich werden, solange Ihr nicht lernt zu lieben, wie ich es tue. Ich hatte Hunderte von Affären, aber ich habe nie einer Frau nachgetrauert. Ihr aber ... Ihr seid voller Leidenschaft, voller Haß, voller Verlangen. Sobald wir einmal etwas mehr Zeit haben, sollten wir unsere Erfahrungen vergleichen, aber heute erwarte ich Besuch.«

»Ich seid wirklich nur ein Bauerntrampel«, rief sie aus. »Und was meine Liebesaffären anbelangt, die erzähle ich eher einem Stallknecht.«

»Oder vielleicht einer Küchenmagd oder einer Gärtnersfrau?« stichelte er.

Sie stürzte sich auf ihn, packte ihn an seinen fettigen Haaren und schüttelte seinen Kopf hin und her. Navarra hielt sich den Bauch vor Lachen, und zu ihrer Überraschung stellte Margot fest, daß sie ebenfalls lachte.

»Seht nur«, sagte er lachend. »Wir können gar keine Feinde sein. Ihr betrügt mich, und ich vergebe Euch. Ich vergebe Euch sogar, daß Ihr meine Frisur zerstört habt, die vielleicht nicht ganz so schön wie die Eurer Brüder ist, für einen Bauerntrampel, dem jegliche Eleganz fehlt, jedoch bereits . . .«

Sie verpaßte ihm eine schallende Ohrfeige, die ihn erneut in Gelächter ausbrechen ließ.

»O Margot«, stieß er hervor und packte sie an den Armen, so daß sie sich kaum rühren konnte. »Ich wünsche mir beinahe, ich bekäme heute keinen Besuch, denn in dieser Kämpferlaune seid Ihr äußerst attraktiv.«

Er ließ sie los, und sie richtete sich auf, denn sie glaubte, ein Geräusch im Schrank gehört zu haben.

»Wer ist da?« fragte sie.

»Niemand«, antwortete er, und als sie ihn ansah, erkannte sie, daß er ebenso überrascht war wie sie. Im nächsten Augenblick ertönte ein leises Klopfen an der Schranktür.

»Darf ich eintreten?« vernahmen sie eine Stimme, die sie beide erkannten.

»Hier kommt mein Besuch«, erklärte Navarra. »Ich wußte nicht, daß sie diesen Weg wählt. Vermutlich hat sie einen Schlüssel für den Geheimgang – zweifellos von Eurer Mutter. Herein!« rief er dann.

Margot wich etwas zurück, so daß sie von den Vorhängen vor dem Bett verdeckt war.

Charlotte de Sauves kam zum Bett. In der Hand hielt sie einen Schlüssel. »Ich habe einen Schlüssel für die kleine Kammer ergattert. Es schien mir besser, auf diesem Weg zu kommen.«

»Ihre Majestät ist sehr hilfreich«, erwiderte Navarra, »und so hilfsbereit, was das Verteilen von Schlüsseln angeht. Aber mir selbst, meine Liebe, ist es gleich, auf welchem Wege Ihr kommt, solange Ihr nur kommt.«

Margot trat hinter dem Vorhang hervor, und Charlotte sah sie erschrocken an.

»Fürchtet Euch nicht vor mir, Madame de Sauves«, sagte Margot zu ihr. »Ich wollte gerade gehen.«

Charlottes Blick schweifte von ihm zu ihr und zurück. »Ich ... ich wußte nicht, daß Eure Majestät hiersein würden ... Hätte ich gewußt ...«

Margot winkte ab. »Ihr müßt schließlich den königlichen Befehlen gehorchen, nicht wahr? Wie ich bereits sagte, ich war im Gehen begriffen. Ich wünsche Euch viel Spaß, Madame«, fügte sie hinzu. »Euch beiden eine gute Nacht.«

»Auch Euch eine gute Nacht, meine geliebte Gattin«, gab Navarra mit einem zynischen Grinsen zurück. Margot verließ das Zimmer in dem Bewußtsein, daß er nur auf ihr Verschwinden wartete, um Charlotte in seine Arme zu schließen.

Margot war wütend. Sie erwartete von ihrem Gatten nicht, daß er ihr treu war, hatte aber zumindest auf besseres Benehmen gehofft.

Sie langweilte sich. Ihr Leben verlief so eintönig, daß sie es kaum noch aushielt. Da sie nichts Besseres zu tun hatte, nahm sie sich vor, mit ihrem Bruder Frieden zu schließen. Sie ging zu seinen Räumen, wo die königlichen Wachen ihr Platz machten. In einem Vorzimmer saß ein schlanker junger Mann, der bei ihrem Eintreffen aufsprang und sich vor ihr verneigte.

Margot lächelte ihn freundlich an, denn er war ein außergewöhnlich hübscher junger Mann, und man sah ihm an, daß er von ihr ebenso eingenommen war wie sie von ihm. Diese Art von Bewunderung war genau das, was sie jetzt brauchte. Sofort war sie von dem jungen Mann wie verzaubert.

Sie betrachtete ihn genauer. Er schien Mitte Zwanzig zu sein, ein paar Jahre älter als sie selbst. Sein dunkles Haar fiel ihm in Locken auf die Schultern. Er hatte dunkle, blaue Augen, einen sinnlichen Mund, wirkte aber sehr melancholisch.

»Sollte ich Euch kennen, Monsieur?« fragte sie.

Seine Stimme war tief und melodiös. »Nein, Madame, doch ich kenne Euer Majestät.«

»So wißt Ihr also, wer ich bin?«

»Madame, wer kennt die Königin von Navarra nicht?«

»Ihr müßt mich gesehen haben, ohne daß ich Euch sah.«

»So ist es, Madame. Und nachdem ich Euch gesehen hatte, ging mir Euer Anblick nicht mehr aus dem Sinn.«

Margot war erregt. »Und weshalb ist das so, Monsieur?«

Seine melancholischen blauen Augen gaben die Antwort, die seine Worte noch bestätigten. »Das kann ich Euch nicht sagen, Madame. Ich bitte Euch, befehlt mir nicht, Euch zu antworten.«

»Wie ich sehe, steht Ihr in den Diensten meines Bruders. Daher besitze ich nicht die Macht, Euch Befehle zu erteilen.«

»Madame, jeder Wunsch von Euch wäre mir Befehl.«

Sie lächelte. »Ihr kommt aus der Provence«, meinte sie. »Ich erkenne es an Eurer Sprache. Aber Ihr habt gelernt, wie ein Pariser zu schmeicheln.«

»Ihr irrt Euch, Madame. Es war nicht als Schmeichelei gedacht.«

»Wie ist Euer Name?« fragte Margot.

»La Mole, Madame.«

»La Mole? Ist das alles? Sonst nichts?«

»Graf Boniface de la Mole, Madame, zu Euren Diensten.«

»Ihr meint, zu Diensten des Herzogs von Alençon?«

»Gäbe es eine Möglichkeit, seiner Schwester zu dienen, wäre ich unendlich glücklich.«

»Nun, das ist durchaus möglich. Ich wünsche, meinen Bruder zu sprechen.«

»Er ist im Augenblick beschäftigt, Madame, und ich fürchte, er wird erst in einigen Stunden frei sein.«

»Ich schließe daraus, daß er Damenbesuch hat.«

»So ist es, Madame.«

»In diesem Fall möchte ich ihn nicht stören. Es wäre Euch sicherlich nicht zuträglich, ihn zu stören, nur um ihm zu sagen, daß seine Schwester ihn sprechen will.«

»Madame«, erwiderte er, während er sich verneigte und eine Hand auf den Griff seines Schwertes legte, »wäre es Euer Befehl, ich sähe mit Freuden dem Tod ins Angesicht.«

Sie lachte. »Nein, nein, Herr Graf. Das will ich Euch nicht antun. Ich denke, lebend seid Ihr weitaus amüsanter als tot.«

Sie streckte ihm ihre Hand entgegen, damit er sie küßte, und er tat es mit einer Mischung aus Ehrerbietung und Leidenschaft, die Margot erregte.

»Adieu, Monsieur.«

»Ihr werdet mich für kühn halten, Madame, aber ich sage, was ich fühle. Auf Wiedersehen, Madame. Ich lebe nur für unser nächstes Wiedersehen.«

Margot machte kehrt und verließ den Raum. Sie lächelte, denn ihre Langeweile war soeben verflogen.

Katharina ließ Charlotte de Sauves zu sich rufen.

»Nun, Charlotte, ich nehme an, Navarra hat Euch beglückt.«

Charlotte schwieg.

»Grämt Euch nicht, daß ich gestern Zeuge Eures Leides wurde«, fuhr Katharina leise fort. »Da Ihr so traurig wirktet, als Ihr mich verließt, bin ich Euch gefolgt. Versucht nie, vor Eurer Königin die Tür zu verschließen, Charlotte. Es hat keinen Sinn. Ich mag es nicht, wenn Ihr so traurig seid. Ich hoffe, Ihr wart im Beisein Navarras nicht ebenso traurig. Der arme Mann! Er mußte so lange warten. Es wäre mir unerträglich, wenn er eine Enttäuschung erlebt hätte.«

»Madame«, antwortete Charlotte, »ich habe getan, was Ihr verlangtet.«

»Gut, gut. Ich hoffe, Monsieur de Guise hat keine größeren Schwierigkeiten gemacht. Auf jeden Fall tut es ihm ganz gut, einmal zu erfahren, daß er nicht halb so wichtig ist, wie er sich fühlt. Seht, Charlotte, schließlich habt Ihr Euch, als Ihr Mitglied der *escadron* geworden seid, bereit erklärt, jede Sentimentalität zu vergessen. Aber reden wir nicht weiter darüber. Es läuft gut mit Navarra. Ich möchte jedoch nicht, daß Eure Affäre mit ihm zu schnell voranschreitet. Navarra darf nicht den Eindruck gewinnen, Ihr würdet ihm all Eure freie Zeit schenken. Es gibt noch andere, denen Ihr Euer Lächeln schenken sollt.«

Charlotte schwieg abwartend.

»Ich meine damit nicht Monsieur de Guise. Wenn Ihr ihn sprecht, macht ihm klar, daß er Euch nur in Eurer Freizeit die Stunden verschönen darf. Ihr habt wichtige Aufgaben zu erledigen, und diese schließen eine Liebschaft mit dem Herzog nicht ein. Nein, Charlotte, es gibt noch einen anderen, der Eurer Aufmerksamkeit bedarf. Ich spreche hier von meinem kleinen Sohn – von meinem jüngsten, dem armen kleinen Alençon. «

»Aber, Madame, er hat nie auch nur in meine Richtung geblickt.«

»Wessen Schuld ist das wohl? Doch nur die Eure. Er erliegt sehr schnell weiblicher Schönheit. Ihr braucht ihm nur ab und zu ein Lächeln zu schenken, ihm ein wenig zu schmeicheln, und schon frißt er Euch aus der Hand.«

»Da bin ich mir nicht so sicher, Madame. Schließlich liebt er . . .«

»Vergeßt es. Ich wette, innerhalb weniger Tage ist er bis über beide Ohren in Charlotte de Sauves verliebt, vorausgesetzt, sie strengt sich an, ihn in sich verliebt zu machen. Ich erwarte, schon sehr bald zu hören, daß sich der König von Navarra und der Herzog von Alençon zerstritten haben, weil sich beide in dieselbe Dame verliebt haben, und daß diese Dame ihre Gunst an beide Herren verschenkt, um den Zwist aufrechtzuerhalten.«

»Das ist keine leichte Aufgabe, Madame . . .«

»Unsinn! Das fällt Euch doch leicht. Navarra liegt Euch bereits zu Füßen. Alençon ... er dürfte kein Problem für Euch darstellen. Ich erwarte Ergebnisse, und ich weiß, daß Ihr viel zu klug seid, um mich zu enttäuschen. Geht jetzt.«

Als sie wieder allein war, mußte Katharina erneut lächeln. Intrigen waren nicht nur stimulierend, sie konnten auch äußerst amüsant sein, wenn man den richtigen Sinn für Humor besaß. Monsieur de Guise hatte auf recht arrogante Art vorgeschlagen, sie solle einen Keil zwischen Alençon und Navarra treiben. Er hatte ihr fast den Auftrag dazu geben wollen. Sie hatte seinen Plan als gut erkannt, aber Monsieur de Guise sollte dabei nicht so ungeschoren davonkommen. Sobald Alençon begann, Charlotte nachzusteigen, und er und Navarra sich voller Eifersucht und Mißtrauen begegneten, würde de Guise erkennen, daß sie seine Mätresse als ›Keil‹ verwendet hatte. Eine sehr amüsante Angelegenheit, aber sie zweifelte daran, daß de Guise über den Witz lachen würde. Er besaß nicht den Sinn für Humor, der dem jungen Navarra eigen war.

Ihre Freude hielt jedoch nicht lange vor. Es gab noch andere Angelegenheiten, die weniger amüsant waren. Ihr geliebter Sohn war weit entfernt in Polen, und er fehlte ihr. Karl wurde von Tag zu Tag dickköpfiger und traute seiner Mutter überhaupt nicht mehr. Die Lage war nicht gerade vorteilhaft.

Karl mußte sterben. Dieses Versprechen hatte sie sich selbst und Heinrich gegeben. Aber es mußte ein langsamer Tod sein. Bei Gott, eigentlich hatte sie doch alle Vorteile auf ihrer Seite. Um seine Gesundheit stand es immer schlechter, wie Monsieur Paré erklärte. Karl hustete unaufhörlich und spuckte Blut. Seine häufigen Wutausbrüche gipfelten jedesmal in einem Hustenanfall. Wenn sie ihn dann vor sich sah, wie er sich in seiner blutbefleckten Jacke auf dem Boden wand, sagte sie sich jedesmal, daß es nicht mehr lange dauern konnte.

Seine Gattin hatte einem Mädchen das Leben geschenkt. Das war ein Segen. Sicherlich besaß er nicht mehr die Kraft, noch ein weiteres Kind zu zeugen. Aber man konnte nie wissen, und solange Karl lebte, gab es Grund zur Unruhe.

Warum sollte er weiterleben dürfen? Sie verfügte über so viele Pülverchen und Tränke, die ihr in der Vergangenheit gute Dienste geleistet hatten und es in der Zukunft tun würden. Aber ein langsamer Tod war nicht so leicht zu bewerkstelligen wie ein schneller. Wenn es nur darum ginge, ihm eine einmalige Dosis zu verabreichen, wäre es leicht gewesen ... bei dieser oder jener Gelegenheit. Aber wenn man ihm Gift in regelmäßigen Abständen verabreichen mußte, war alles sehr viel schwieriger.

Weder René noch Cosmo oder Lorenzo würden sich darum reißen, beim Tod des Königs nachzuhelfen. Darüber hinaus war Karl von Frauen umgeben, die eigentlich unbedeutend und sanftmütig waren, den König mit aller Kraft beschützten wie Engel mit flammenden Schwertern. Diese Frauen waren seine Mätresse, die zarte Marie Touchet, seine Gattin, die noch zartere Elisabeth, und Madeleine, seine Nährmutter. Sie alle hegten den Verdacht, seine Mutter wolle ihn aus dem Weg räumen, und waren bereit, für seinen Schutz ihr Leben zu geben.

Und immer befand sich Monsieur Paré in seiner Nähe, der Hugenotte, der eigentlich schon in jener Augustnacht sterben sollte und der die Tatsache, daß er sein Leben dem König verdankte, damit abgolt, daß er versuchte, das Leben des Königs mit allen Mitteln zu verlängern.

Aber jene drei Frauen stellten das größte Hindernis dar. Gemeinsam waren sie stärker als eine bewaffnete Wachmannschaft. Was konnte man dagegen tun? Sie beseitigen? Diese Macht besaß selbst sie nicht, denn der König ließe so etwas nie durchgehen. Er war jetzt der wahre König. Sie hatten es geschafft, daß er sich von seiner Mutter abwendete.

So wurde der König immer schwächer, und in Paris kursierten Gerüchte, seine Mutter sei für seinen Zustand verantwortlich. Aber zur Freude jener drei Frauen, die ihn so sehr liebten, und zum Ärgernis seiner unnatürlichen Mutter lebte er weiter.

Margots Freundin, die oberflächliche Herzogin de Nevers, hatte einen neuen Liebhaber. Die kleine Henriette war dermaßen verliebt, daß Margot beinahe eifersüchtig wurde.

Flüsternd erzählte sie Margot von ihren Erlebnissen. »Er ist so charmant ... so anders. Er sieht so gut aus! Er ist so kühn! Und er steht im Dienst Eures Bruders, des Monsieur von Alençon.«

Sofort horchte Margot auf. »Tatsächlich? Erzählt mir mehr davon.«

»Er sieht wunderbar aus und besitzt herrliche weiße Zähne, wenn er lächelt ... und er lächelt ständig.«

»Sein Name?« bohrte Margot.

»Annibale. Graf Annibale de Coconnas.«

Margot seufzte erleichtert.

»Der Name gefällt mir. Er steht also im Dienst meines Bruders. Seltsam, daß der arme Alençon, der selbst nicht gerade ansehnlich ist, solch gutaussehende Leute in seinen Diensten hat. Erzählt mir mehr.«

»Er gerät schnell in Zorn, Madame, und sein Haar zeigt einen rötlichen Schimmer. Seine Augen strahlen wie Gold. Ich werde ihn bitten, heute in meinem Zimmer zu Abend zu essen. Würden Euer Majestät uns die Ehre geben, ebenfalls zu kommen?«

Margots Augen glänzten. »Und wenn man Euch entdeckt? Der Herzog de Nevers ...«

»... hat seine eigenen Angelegenheiten, um die er sich kümmern muß, wie Euer Majestät wissen.«

»Ich glaube nicht, daß ich kommen sollte«, meinte Margot, die sich bereits entschieden hatte, sich diesen Abend um keinen Preis entgehen zu lassen. Diese Zerstreuung bot ihr genau das, was ihr fehlte. Jeder Mann aus Alençons Gefolge war für sie von Interesse, weil sie vielleicht etwas über den faszinierenden La Mole erfuhr.

»Wenn Ihr nicht kommt, wird kein Abendessen stattfinden ... denn es wird nur wegen Eurer Majestät arrangiert.«

»Was hat das zu bedeuten?« fragte Margot.

»Vermutlich muß ich es Euch sagen, auch wenn es ein

Geheimnis ist. Ein Freund von Monsieur Coconnas hat sich so sehr in Euch verliebt, daß er in tiefste Schwermut verfallen ist und weder essen noch schlafen kann, ehe er nicht mit Euch gesprochen hat. Mein Annibale ist ein so warmherziger, mitfühlender Mann, und er ...«

»Genug von deinem Annibale, Henriette. Es ist nicht neu, daß *er* äußerst charmant ist. Erzählt mir mehr von dem melancholischen Herrn.«

»Er ist ein sehr gutaussehender Mann, und anscheinend hat er Euch gesehen und mit Euch gesprochen. Ihr seid ihm so freundlich begegnet, daß er nun die Hoffnung hat, seine kühnsten Träume könnten sich vielleicht erfüllen. Sein Name ist ...«

»Graf Boniface de la Mole!« kam ihr Margot zuvor.

»Also wußtet Ihr es schon, Madame?«

»Wie Ihr schon sagtet, Henriette, wir haben uns bereits kennengelernt. Er ist sehr charmant, und Euer Annibale verblaßt neben ihm. Seine Melancholie ... sitzt sehr tief. Er wirkt wie ein Poet, ein Träumer. Man *sehnt* sich beinahe danach, seine Schwermut zu vertreiben. Seine Augen sind von einem wunderschönen Blau. Er gleicht einer herrlichen griechischen Statue. Ich sehe ihn bereits als meinen Hyazinth.«

»Wenn Ihr an unserem Essen teilnehmt, Madame, macht Ihr Euren Hyazinth sehr glücklich.«

»Ich überlege es mir.«

»Er hat vor, heute nachmittag zu Cosmo Ruggieri zu gehen, um seine Hilfe zu erbitten, damit Ihr zunächst zum heutigen Abendessen kommt und ihn dann wohlwollend empfangt.«

»Das ist ja fast schon eine Unverschämtheit!« rief Margot hocherfreut aus.

»Vergebt ihm, Madame. Er ist so sehr in Euch verliebt. Und wenn ein Mann weder essen noch schlafen kann, wird auch Euer Majestät einsehen, daß etwas geschehen muß.«

»Das sind nur Märchen, die uns die Männer erzählen, Henriette.«

»Aber, Madame, es ist wahr. Annibale schwört, daß es

wahr ist. La Mole hat Euch schon oft gesehen. Er läßt keine Gelegenheit aus, Euch zu sehen. Er liebte Euch nur von fern ... bis zu jenem Tag ... da er mit Euch sprach ...«

»Henriette, heute nachmittag gehen wir zu Ruggieri. Er soll uns verstecken, damit wir hören können, was dieser junge Mann zu sagen hat.«

Die beiden Frauen lachten voller Vorfreude. Margot umarmte ihre Freundin Henriette und träumte bereits von einer Liebesaffäre, die sicher eine der bezauberndsten werden würde, die sie je erlebt hatte. Das war genau das, was sie brauchte, um ihren Stolz zu bewahren und die Verärgerung über den Herzog de Guise aufrechtzuerhalten.

Unter dicken Mänteln verborgen verließen Margot und Henriette de Nevers den Louvre, um zum Haus der Brüder Ruggieri zu gehen.

Beim Betreten des Hauses ließ Margot Henriette den Vortritt, denn sie fürchtete, eher von dem Gehilfen erkannt zu werden als Henriette.

Im Inneren des Ladens war es dunkel, es roch nach den Parfüms und Kosmetika, die dort verkauft wurden. Die heimlichen Geschäfte der beiden finsteren Brüder wurden hinter dem Laden abgewickelt.

Der Gehilfe kam ihnen entgegen und verneigte sich tief vor ihnen, denn trotz ihrer Mäntel war unschwer zu erkennen, daß es sich um Damen von Rang handelte.

»Wir wünschen, Euren Herrn zu sprechen«, sagte Henriette zu ihm, worauf der junge Mann ernst nickte und erklärte, er werde sie melden. Wenige Augenblicke später kehrte er mit Cosmo Ruggieri wieder.

Margot schob ihre Kapuze zurück, und sofort bat Cosmo sie, ihm zu folgen.

Nachdem sie mit ihm den Laden durch eine Hintertür verlassen hatten, verschloß er diese und führte sie über eine Treppe in ein kleines Zimmer, dessen Wände mit gewebten Teppichen verhangen waren.

»Was kann ich für Euer Majestät tun?« fragte er.

Die beiden Frauen lachten so sehr, daß sie nicht sofort antworten konnten. Schließlich hatte sich Margot wieder etwas gefangen und sagte: »Heute nachmittag wird ein junger Graf zu Euch kommen und um einen Liebestrank bitten. Er ist verliebt, und wir möchten gerne wissen, was er zu sagen hat. Bringt uns an einen Ort, wo wir zuhören können, ohne gesehen zu werden. Ich weiß, daß Ihr meine Mutter oft hier versteckt, daß es hier eine ganze Reihe von Verstecken gibt, wo man durch ein Loch in der Wand verfolgen kann, was in einem anderen Raum vor sich geht. Ihr werdet diesen jungen Mann in ein Zimmer bringen, in das man von verdeckter Stelle aus hineinsehen kann, und die Herzogin und ich werden uns nebenan verstecken. Solltet Ihr Euch weigern, gehe ich davon aus, daß Ihr mir keinen Gefallen erweisen wollt.«

Sofort erklärte sich Cosmo einverstanden. »Das ist durchaus möglich, vorausgesetzt, es macht den Damen nichts aus, in einer engen Kammer zu warten, wo Ihr Euch verstecken müßt, bevor der Graf hierherkommt.«

»Führt uns sofort zu Eurem Geheimversteck«, befahl Margot.

Cosmo verneigte sich und führte sie einen Korridor entlang, dann eine Treppe hinauf zu einem kleinen Raum. Als sie diesen betraten, ergriff Henriette Margots Arm. Margot mußte lächeln, als sie Henriettes abergläubische Furcht bemerkte. Sie selbst war eher interessiert an dem, was sie sah.

Sie befanden sich im Labor der Brüder Ruggieri. Die Wände waren mit Holz verkleidet, und überall im Raum lagen die seltsamsten und gruseligsten Objekte herum. Auf einer Bank befand sich ein menschliches Skelett, von dem Henriette ihren Blick nicht abwenden konnte. Die Tierkreiszeichen schmückten die Decke, und auf die Wände waren Zeichen des Teufels gemalt. Ein großer, schmutziger Spiegel hing an einer Wand, und die Frauen konnten darin ihr Spiegelbild zwischen zwei Totenschädeln sehen, die von der Decke zu hängen schienen. Über einem Feuer im Kamin hing ein riesiger Kessel, und der

Dampf, der aus ihm aufstieg, verteilte sich im ganzen Zimmer. Auf einem großen Tisch lagen Zeichnungen der Sterne und der Planeten, eine Waage, seltsame Instrumente, Wachsfiguren und einige Gläser, in denen sich die Körper oder Gliedmaßen kleiner Tiere in verschiedenen Stadien der Verwesung befanden.

Cosmo öffnete eine Tür in der gegenüberliegenden Wand, die so gut eingepaßt worden war, daß man sie nicht ohne weiteres als Tür erkennen konnte.

»Ihr könnt hier warten«, sagte er. »Ich werde Euch zeigen, wie Ihr mithören und verfolgen könnt, was im Zimmer nebenan vor sich geht.«

Sie betraten einen begehbaren Schrank, und er schloß die Tür hinter sich. Henriette kicherte vor Aufregung, und sie und Margot tuschelten die ganzen zwanzig Minuten miteinander, die sie warten mußten, bis La Mole eintraf.

In der Zwischenzeit suchte Cosmo seinen Bruder Lorenzo auf.

»Die Königin von Navarra und die Herzogin de Nevers sind hier«, sagte er zu ihm. »Sie warten im Schrank neben dem Laboratorium auf einen jungen Mann, von dem ich annehme, daß er der Liebhaber der Königin ist. Vielleicht geht es nur um eine ihrer vielen Liebesaffären, aber die Königinmutter will es bestimmt wissen. Sobald sie wieder gegangen sind, eile ich zum Palast, um ihr alles zu erzählen.«

Cosmo lächelte, als er Boniface de la Mole in sein Laboratorium führte. Margot betrachtete ihn hocherfreut. Er sah noch besser aus, als sie ihn in Erinnerung hatte, und wirkte vor dem Hintergrund des Arbeitszimmers der Alchimisten sehr elegant.

»Ihr möchtet mit mir über die Zukunft sprechen, Monsieur?« begann Cosmo.

»Ich möchte Euch um einen Zauber bitten«, antwortete der Graf.

»Ah. Dazu muß ich zunächst einmal Euren Namen wissen.«

»Ist das notwendig?«

»Aber sicher, Monsieur. Wir sind unter uns in diesen vier Wänden, und Ihr werdet niemandem, der Euch schaden könnte, etwas davon erzählen, daß Ihr die Magie für Euren Liebeskummer bemüht habt. Denn es geht doch um die Liebe, Monsieur, oder?«

»Ja, ich komme aus Liebe«, gab der junge Mann zu.

»Seid nicht traurig, Monsieur. Ich bezweifle nicht, daß ich Euch helfen kann. Wie ist Euer Name, Monsieur?«

»Graf Boniface de la Mole.«

»Und der Name der Dame Eures Herzens?«

»Das kann ich Euch nicht sagen.«

»Wie Ihr wünscht, Monsieur. Wir wollen sehen, was wir ohne ihren Namen erreichen können. Wie lauten Eure Wünsche?«

»Ich möchte die Hilfe Eurer magischen Kräfte, um sie heute abend zu sehen. Für den Abend ist eine Gesellschaft geplant, bei der ich ihre Anwesenheit wünsche.«

Cosmo rührte eine Weile in dem Kessel herum und blickte dann in den aufsteigenden Dampf. »Ihr werdet sie heute abend sehen. Sie wird zu Eurer Gesellschaft kommen.«

Die Schwermut des Grafen legte sich etwas. »Das ist wundervoll. Das ist ausgezeichnet.« Aber sogleich wurde er wieder still. »Sie ist von hoher Stellung. Sie wird keinen Blick an mich verschwenden.«

»Ihr gebt zu leicht auf, Monsieur. Es gibt Wege, selbst die Herzen der härtesten Frauen zu rühren.«

»Ihr meint . . .«

»Laßt uns ein Bildnis Eurer Geliebten machen. Ihr müßt ihm das Herz durchbohren, und dann werdet Ihr sicher erfolgreich sein.«

»Ich bitte Euch, macht mir dieses Bildnis.«

»Das ist schnell geschehen, Herr Graf. Nehmt solange Platz.«

Cosmo ergriff ein Stück Wachs, schmolz es in einem kleinen Tiegel, den er für diesen Zweck bereithielt, und formte das Wachs, bis es menschliche Züge annahm.

»Nun, Herr Graf, das gleicht Eurer Herzensdame noch

nicht ganz, nicht wahr? Wir müssen noch ein paar Einzelheiten hinzufügen. Schließlich müssen wir sichergehen, daß Ihr das Herz der richtigen Dame durchbohrt. Sagt mir, worin unterscheidet sie sich von anderen Frauen?«

»Es gibt keine, die ihr an Schönheit gleicht.«

»Schönheit allein reicht nicht aus, fürchte ich. Für einen Verliebten sieht die Frau seines Herzens schöner aus als alle anderen Frauen auf der Welt.«

»Aber die Schönheit dieser Frau ist unübertrefflich. Sie ist . . . «

»Euch scheinen die Worte zu fehlen, Monsieur. Vielleicht sollte ich sie durch irgendein Kleidungsstück kennzeichnen . . . ein Schmuckstück. Seht her. Ich lege ihr einen königlichen Umhang um. Und ich werde ihr eine Krone aufs Haupt setzen.«

»Monsieur«, rief der Graf aus, »Ihr seid wahrlich ein Zauberer.«

Cosmo lachte und machte sich daran, den Umhang und die Krone zu formen.

»Hier haben wir unsere Dame. Ich werde nun die Nadel nehmen.« Cosmo hob eine Nadel hoch, ergriff sie mit einer Pinzette und hielt sie in die Flammen. »Es dauert nicht lange, bis sie glüht. Jetzt. Sie ist fertig. Nehmt sie, bohrt sie in das Herz Eurer Dame und flüstert Euren Wunsch.«

La Mole ergriff die Nadel und drückte sie in die Figur aus Wachs.

»Hier, Monsieur. Das war alles. Behaltet die Figur. Solange Ihr sie bei Euch tragt und die Nadel in ihrem Herzen steckt, kann Euch nichts mißlingen.«

La Mole wickelte die Wachsfigur in ein seidenes Taschentuch und steckte sie ehrfürchtig in seine Jackentasche.

»Ich stehe tief in Eurer Schuld«, sagte er dann.

»Dann laßt uns nach draußen gehen und über die Bezahlung sprechen«, erwiderte Cosmo. »Ich bin ein armer Mann und kann meine Dienste nicht umsonst anbieten.«

Fünf Minuten später schlichen Margot und Henriette nach draußen. Cosmo folgte ihnen wenig später, ging zum Louvre und bat die Königinmutter um eine Audienz. Es sei vermutlich eine unwichtige Sache, begann er, nachdem er mit ihr allein war, aber da sie gerne darüber informiert sein wollte, was um sie herum vorging, habe er gedacht, es sei vielleicht wichtig, daß sie erführe, wer heute bei ihm gewesen sei. Der Comte de la Mole sei bis über beide Ohren in Königin Margot verliebt und trage nun eine Wachsfigur seiner Geliebten bei sich, deren Herz er mit einer Nadel durchbohrt habe.

»Ein neuer Liebhaber«, rief Katharina lachend aus. »Meine Tochter erstaunt mich immer wieder. Und dann auch noch Boniface de la Mole! Er kommt, soweit ich weiß, aus dem Gefolge des Herzogs von Alençon. Danke, Cosmo. Die Angelegenheit ist zweifellos von geringer Bedeutung, aber Ihr hattet mit der Vermutung recht, daß mich diese kleinen, amourösen Geschichten amüsieren.«

Margot war glücklich. Sie war verliebt. Das Abendessen war ein großer Erfolg gewesen, dem noch viele weitere Treffen gefolgt waren. Sie hatte endlich wieder eine Beschäftigung gefunden. Es gab so viele geheime Treffen vorzubereiten und Liebesbriefe zu schreiben.

Katharina war weniger zufrieden. Der König klammerte sich am Leben fest, und sie wußte nicht, was sie unternehmen sollte. Es ärgerte sie, daß Heinrich in Polen war. Jedesmal, wenn sie daran dachte, kochte sie vor Wut auf Karl, der darauf bestanden hatte, daß Heinrich ging, und sie vergaß fast ihre übliche Vorsicht.

Charlotte de Sauves hatte bei Navarra und Alençon nicht den Erfolg, den sich Katharina gewünscht hatte. Der kleine Herzog hatte sich zwar in Charlotte de Sauves verliebt, aber der ursprünglich geplante Effekt blieb aus. Obwohl sich beide Männer zu der gleichen Frau hingezogen fühlten, wurde ihre Freundschaft davon nicht berührt. Vielleicht war da doch etwas im Gange, etwas, das so wichtig war, daß es nicht durch Eifersucht zerstört werden konnte.

De Guises Mißtrauen gegenüber Navarra bestand zu

Recht, denn es schienen zwei Herzen in seiner Brust zu schlagen. Zum einen war er ein vergnügungssüchtiger junger Mann, faul und liebeshungrig, aber dann gab es noch eine andere Seite. War es Ehrgeiz, der hinter diesen gerissenen Augen schlummerte? Seine Liebesaffären waren immer oberflächlich. Es gab niemanden, der ihm wirklich etwas bedeutete, und er war nicht religiös. Katharina entdeckte in ihm viele ihrer eigenen Charakterzüge, was ihr Mißtrauen nur vergrößerte. Worauf hoffte er? Nach Heinrich und Alençon – sollten sie keinen Nachwuchs zeugen – fiele die Thronfolge an Navarra. Konnte sich ein Bauer aus der Provinz solchen Aussichten verschließen? War es tatsächlich möglich, daß ein Sohn Jeanne von Navarras nicht mehr war als ein vergnügungssüchtiger Narr? Was heckte er mit Alençon aus? Man konnte mit Sicherheit davon ausgehen, daß Alençon etwas im Schilde führte, denn er brauchte das. Die Freundschaft der beiden behagte Katharina ganz und gar nicht.

Zum Glück war Margot völlig mit ihrem La Mole beschäftigt. Katharina glaubte, sie zu verstehen: Gab man ihr einen Liebhaber, war sie sofort zufrieden. Margot war schlau, vielleicht sogar die Schlaueste in der Familie. Sie lernte schnell; sie besaß eine gute Auffassungsgabe, aber zu oft benutzte sie ihre Gabe, um Intrigen zu spinnen oder ihre verschiedenen Liebhaber gegeneinander auszuspielen. Margot war manchmal unersättlich – ebenso schamlos in bezug auf La Mole wie vorher bei de Guise. Sie besaß keine Selbstkontrolle. Sie hätte zumindest den Versuch unternehmen können, ihr Verhältnis geheimzuhalten. Die Briefe, die sie ihrem Liebhaber schrieb, waren sehr offenherzig wie alles, was Margot schrieb. Margot mußte doch inzwischen wissen, daß ihre Mutter alle Nachrichten sehen wollte, die am Hof zirkulierten, selbst wenn es nur die Ergüsse von Verliebten waren.

Katharinas Spione saßen in den Räumen Alençons; sie besaß Spione unter Margots Hofdamen. Routinemäßig hatte sie alle Briefe gelesen, die sie sich gegenseitig geschickt hatten, seit Ruggieri ihr von La Moles Schwäche für ihre Tochter berichtet hatte.

Eine ihrer Frauen, die erst eine Mätresse Alençons gewesen war und sich jetzt – nachdem Alençon sich mehr und mehr für Madame de Sauves interessierte – einem von Alençons Höflingen zugewandt hatte und die üblicherweise Botschaften von La Mole an Margot überbrachte, kam zu ihr und bat die Königinmutter um eine Audienz.

Sie waren kaum allein, da übergab sie ihr eine Handvoll Briefe.

»Noch mehr Briefe!« rief Katharina aus. »Unser melancholischer Hyazinth liebt seine Feder wohl ebensosehr wie meine Tochter.«

»Madame, einige Briefe sind von de la Mole und einige von Monsieur de Coconnas. Ein Brief von La Mole ist an die Königin von Navarra gerichtet und ein anderer von Coconnas an Madame de Nevers. Die andern sind für Leute außerhalb Paris bestimmt.«

»Was? Haben sich unsere jungen Galane etwa mit anderen jungen Damen eingelassen? Es wird ihnen übel ergehen, wenn die beiden Damen etwas davon erfahren. Ich werde die Briefe durchsehen und Euch schnellstens versiegelt zurückgeben. Ihr könnt jetzt gehen. Stellt aber sicher, daß nichts – auch nichts scheinbar Unwichtiges – meiner Kontrolle entgeht.«

»Ich werde dafür sorgen, daß Euer Majestät alles erhalten.«

Wieder allein, begann Katharina mit dem Lesen. Es war ein angenehmer Zeitvertreib – Briefe zu lesen, die für andere bestimmt waren. Hier war ein Brief von La Mole an Margot, in dem er ihr unsterbliche Hingabe schwor und für die Zukunft betete. Sie sollte ihn an diesem Nachmittag in einem Haus an der Ecke der Rue de la Vannerie und der Rue Monton treffen. Er war voller Ungeduld. Der nächste Brief war von Coconnas an Madame de Nevers gerichtet, in dem *er* seine unsterbliche Hingabe, *seine* Bewunderung, *seine* Hoffnung für die Zukunft bekannte. Er bat Madame de Nevers, nicht zu vergessen, daß sie sich an diesem Nachmittag in einem Haus an der Ecke Rue de la Vannerie und Rue Monton treffen wollten . . .

Katharina lachte. Sollten die armen Kinder doch ihre Zeit mit solchen Spielereien verschwenden. Das hielt sie wenigstens davon ab, sich in Staatsangelegenheiten einzumischen.

Und nun die Briefe, die Paris verlassen sollten. Sie entstammten ebenfalls der Feder La Moles und Coconnas'. Katharina erbrach die Siegel und begann zu lesen. Ganz langsam fühlte sie kalte Wut in sich hochsteigen. Wie hatte sie nur so blind sein können? Sie hatte ihre dummen Liebesbriefe gelesen, während solche Briefe ohne ihr Wissen den Palast verlassen hatten. Es war ganz offensichtlich auf eine Unachtsamkeit der Verliebten zurückzuführen, daß ihr diese Briefe in die Hände gefallen waren. Wie lange führten sie sie bereits an der Nase herum? Das hier waren nicht die Ergüsse liebeskranker junger Leute, sondern klare und präzise Instruktionen von Verschwörern. Und sie waren auch nicht an irgendwelche jungen Damen gerichtet, sondern an die Marschälle Montgomery und Cossé.

Sie las weiter, und Mordgedanken nahmen in ihrem Kopf Gestalt an. Das war Hochverrat. Es erklärte auch, weshalb Charlotte es nicht schaffte, die Freundschaft zwischen Navarra und Alençon zu zerstören. Die beiden waren ebenfalls mit im Bunde. Die beiden, die sie hier quasi gefangenhielt, planten, zu fliehen und sich mit Montgomery und Cossé zu verbünden. Gemeinsam wollten sie eine hugenottische Armee bilden und Paris angreifen.

Der eitle Alençon glaubte zweifellos, daß sein Bruder nicht mehr lange lebte, und seit Heinrich in Polen war, sah er seine Chance gekommen, den Thron zu besteigen. Navarra dagegen spielte offensichtlich auf Zeit und verbündete sich in der Zwischenzeit mit Alençon.

Katharinas Wut flaute etwas ab. Eigentlich war die ganze Angelegenheit ein Glücksfall. Sie schuldete Cosmo und Lorenzo Ruggieri Dank, daß sie ihr Interesse am Liebhaber ihrer Tochter geweckt hatten.

Margot und Henriette hüllten sich in ihre Umhänge und schlichen sich aus dem Louvre zum Haus an der Ecke der Rue de la Vannerie und der Rue Monton. Nachdem sie von der *concierge* eingelassen worden waren, nahmen sie ihre Masken ab.

»Sind die Herren schon angekommen?« fragte Margot.

»Nein, Madame. Sie sind noch nicht da.«

Sie gingen nach oben, wo in einem Zimmer ein Tisch für vier Personen gedeckt war. Die feinsten Delikatessen und die besten Weine, die Frankreich anzubieten hatte, erwarteten sie. Es war ein Bankett, das einer Königin und ihren Freunden gerecht wurde. Margots Augen leuchteten, als sie den Tisch sah, aber sie war unruhig.

»Gibt es keine Nachricht, warum sie sich verspäten?« fragte sie die Frau.

»Nein, Madame.«

Margot schickte sie hinaus, und Henriette meinte: »Margot, Ihr glaubt doch nicht etwa, sie lieben uns nicht mehr?«

»Wäre das der Fall, wären sie zu früh gekommen. Sie würden um uns herumtanzen und in jedem zweiten Satz ihre Treue schwören.«

»Das haben sie bereits bei unserem letzten Treffen getan.«

»Ich kann nicht glauben, daß mein Hyazinth mich betrügt. Sie sind aufgehalten worden, das ist sicher alles.«

»Euer Bruder würde sie nicht aufhalten. Er weiß, daß sie uns hier treffen, und er ist Euch sehr freundlich gesonnen.«

»Es wird irgendeinen anderen unwichtigen Grund geben. Kommt, trinken wir etwas Wein, dann fühlen wir uns sicher besser.« Margot schenkte den Wein ein und reichte Henriette einen Kelch.

»Wir sollten sie unsere Verärgerung spüren lassen, wenn sie endlich kommen«, sagte Henriette. »Margot, Ihr glaubt doch nicht, daß es Euer Gatte ist, der sie aufhält?«

»Warum sollte er?«

»Aus Eifersucht.«

»Er kennt das Wort nicht einmal. ›Steht meinem Vergnügen nicht im Wege‹, pflegt er zu sagen, ›dann stehe ich Eurem ebensowenig im Weg.‹« Sie drehte sich zu ihrer Freundin um. »Vielleicht hat der Herzog de Nevers . . .«

»Der hätte höchstens Annibale zurückgehalten. Das entschuldigt nicht La Mole. Sie sind aber beide zu spät. Könnte Monsieur de Guise dahinterstecken?«

Margot war von der Möglichkeit, ihr ehemaliger Liebhaber könne aus Eifersucht so gehandelt haben, angenehm angetan. Aber schnell verdrängte sie diese Gedanken wieder.

»Unsinn!« rief sie aus. »Das ist vorbei. Hört. Es kommt jemand die Treppe herauf.«

»Sie scheinen sich Mühe zu geben, leise zu sein.«

»Vielleicht wollen sie uns überraschen.«

Es klopfte an die Tür.

»Herein!« rief Margot, und zu ihrer und Henriettes Enttäuschung betrat statt ihres Liebhabers die *concierge* den Raum.

»Madame, unten ist eine Dame, die Euch dringend zu sprechen wünscht. Soll ich sie zu Euch heraufschicken? Sie sagte, sie habe eine wichtige Nachricht zu überbringen.«

»Schickt sie sofort herauf«, erwiderte Margot, und wenige Augenblicke später stand eine ihrer Hofdamen vor ihr. Sie war leichenblaß, und ihr Gesichtsausdruck ließ erkennen, daß die Nachricht, die sie zu überbringen hatte, alles andere als gut war.

Sie kniete vor Margot nieder und sagte weinend: »Madame, verzeiht mir, daß ich Euch eine solche Nachricht bringen muß. Die Grafen de la Mole und de Coconnas können nicht kommen.«

»Warum nicht?« fragte Margot. »Warum haben sie Euch statt dessen geschickt?«

»Sie wurden verhaftet, Madame. Sie befinden sich bereits in den Verliesen von Vincennes, wohin man auch den Herzog von Alençon und den König von Navarra gebracht hat. Es wird erzählt, auch Marschall Montgomery und Marschall Cossé seien verhaftet worden. Angeblich habe der König eine Verschwörung aufgedeckt.«

Henriette sank auf eine Couch und bedeckte ihr Gesicht

mit den Händen. Margot starrte vor sich ins Leere. Warum konnten sie nicht von ihren dummen Plänen lassen? Warum konnten sie sich nicht einfach mit der Liebe zufriedengeben?

Margot verlor keine Zeit und fuhr sofort nach Vincennes. Sie wußte, daß man sie nicht zu ihrem Geliebten im Kerker unter dem Schloß lassen würde, aber es würde ihr nicht schwerfallen, mit ihrem Gatten zu sprechen, der dort in einem Zimmer untergebracht war.

Navarra gab sich lässig.

»Was ist nur in Euch gefahren, daß Ihr Euch so dumm verhalten habt?« fuhr sie ihn an.

»Geliebte Gattin, nicht ich habe mich dumm verhalten. Es waren diese liebeskranken Idioten, mit denen Ihr und Henriette de Nevers Euch abgebt. Aufgrund ihrer Nachlässigkeit fielen Eurer Mutter Briefe in die Hände, die nicht für sie bestimmt waren.«

»Glaubt Ihr, auch diesmal um eine Bestrafung herumzukommen?«

»Diese Frage gibt Anlaß zum Nachdenken.«

»Was seid Ihr doch für ein Narr, einen zweiten Fluchtversuch zu unternehmen.«

»Ohne Eure Einmischung wäre ein zweiter Versuch vielleicht von Anfang an unnötig gewesen. Ohne Euer Zutun könnten Euer Bruder und ich bereits freie Menschen sein.«

»Ihr habt verantwortungslos gehandelt, alle beide. Ihr habt die beiden Männer für Eure Pläne eingespannt, und sie dürfen jetzt dafür büßen.«

»Ach, meine teure Margot«, seufzte er. »Wie sehr Ihr Euch immer für Eure Liebhaber einsetzt. Manchmal wünsche ich mir fast, einer von ihnen zu sein.«

»Verschwenden wir keine Zeit. Was können wir unternehmen?«

Er zuckte die Schultern, und sie fuhr ihn aufgebracht an. »Steht nicht einfach lächelnd da, als ginge Euch das alles nichts an. Ihr habt Unschuldige in Gefahr gebracht.«

»Sagt doch La Mole und nicht Unschuldige. Das klingt viel schöner und drückt auch viel besser aus, was Ihr eigentlich meint.«

»Ihr müßt doch zugeben, daß Ihr und mein Bruder dafür verantwortlich seid.«

»Das ist nicht ganz richtig, meine Liebe. Es existieren zwei Briefe – einer in der Handschrift de la Moles, ein weiterer aus Coconnas' Feder. Aus diesen Briefen geht klar hervor, daß diese beiden Männer über unsere Pläne nicht nur Bescheid wußten, sondern auch aktiv daran teilhatten.«

»Ihr *müßt* sie retten.«

»Seid versichert, daß ich tue, was in meiner Macht steht.«

»Wir müssen abstreiten, daß es überhaupt eine Verschwörung gab. Das ist doch eine Möglichkeit, oder?«

»Abstreiten können wir es jederzeit«, antwortete Navarra. »Selbst wenn man uns mit Beweisen konfrontiert, könnten wir alles abstreiten.«

»Mir scheint fast, Euer eigenes Leben bedeutet Euch ebensowenig wie das der anderen.«

»Ich frage mich oft, ob es nicht besser ist, jung zu sterben, als alt zu werden.«

»Ihr macht mich verrückt. Hört mir zu. Ich setze ein Schriftstück auf, das ich der Untersuchungskommission vorlege, wenn Ihr verhört werden sollt.«

»*Ihr* . . . wollt *meine* Verteidigung übernehmen?«

»Warum nicht? Ich bin Eure Frau. Auch kann ich ganz passabel formulieren. Ich schwöre Euch, ich bringe Euren Fall mit so viel Mitgefühl und Verständnis vor, daß jene, die Euch für schuldig halten, am Ende an Eure Unschuld glauben.«

Er lächelte sie an. »Margot, Margot, ich glaube tatsächlich, daß diese Idee gar nicht so dumm ist. Eure Chroniken sind in der Tat nicht übel. Wenn ich Eure Berichte über das lese, was hier am Hof so vor sich geht, bin ich oft geneigt, Euch als armes, unschuldiges, mißverstandenes und tugendhaftes Wesen zu sehen. Obwohl ich es besser weiß. Wenn Ihr schon so schöne Geschichten über Euch zu schreiben vermögt, warum solltet Ihr das nicht auch über mich können? Setzt dieses Schriftstück auf. Ich vertraue mich ganz Euren Händen an. Ich werde Euren Anordnungen folgen.«

Ein Wächter klopfte an die Tür.

»Herein«, rief Margot.

»Die Königinmutter ist auf dem Weg hierher«, wurde sie informiert.

»Sie wird mich hier nicht mehr vorfinden«, sagte Margot. »Aber denkt daran, was ich Euch sage: Gesteht nichts. Es ist wichtig, daß Ihr eins nie vergeßt: Auch wenn Ihr und mein Bruder ungestraft davonkommen solltet, jene armen Männer, deren Dienste Ihr so schamlos ausgenutzt habt, werden es sicher nicht.«

»Geliebte«, erwiderte Navarra und küßte ihre Hand, »vertraut mir, ich vergesse es nicht.«

Nachdem sich Katharina entschieden hatte, wie sie mit diesem zweiten Fluchtversuch ihres Schwiegersohns und ihres Sohnes umgehen sollte, verlor sie keine Zeit. Sie hatte nicht vor, ihren Plan allgemein bekannt werden zu lassen. Sicherlich würden Gerüchte durchsickern, aber sie würde alles daransetzen, das Gerede zu unterdrücken.

Montgomery und Cossé waren in Haft und konnten vorerst keinen Schaden anrichten. Sicher war es keine schlechte Idee, dafür zu sorgen, daß sie nie wieder Schaden anrichten konnten. Man konnte sie ermorden lassen, solange sie im Gefängnis saßen. Natürlich nicht sofort. Bei so bekannten Leuten mußte man große Vorsicht walten lassen. Sie würde das Gerücht in die Welt streuen, daß sie krank geworden seien, und zu einem späteren Zeitpunkt hieße es dann einfach, sie seien an ihrer Krankheit gestorben.

Die Hugenotten durften auf keinen Fall erfahren, daß der Plan ihrer Anführer beinahe gelungen wäre. Außerdem sollte nicht bekannt werden, daß sich Alençon und Navarra weiterhin als Hugenotten fühlten. In den Augen der Öffentlichkeit hatten sie ihren Glauben gewechselt, und die protestantische Bevölkerung Frankreichs sollte sie weiterhin mit Verachtung strafen. Daher mußte diese Verschwörung so lange wie möglich ein Geheimnis bleiben.

Aber sie durfte auch nicht einfach hinnehmen, daß jemand Verrat gegen den König und die Königinmutter plante und ungestraft davonkam, nur damit das Land nichts von diesen Plänen erfuhr. Sie hatte auch schon die Sündenböcke ausgewählt: La Mole und Coconnas. Diejenigen, die dem engsten Kreise Navarras und Alençons angehörten, würden wissen, warum die beiden dieses Schicksal ereilte, und der übrigen Welt konnte man einen anderen Grund vorsetzen.

Wie weise es doch war, sich ständig über jedes kleine Detail informieren zu lassen! Man konnte nie sicher sein, ob nicht ein winziges Detail, das man für völlig unwichtig hielt, den Schlüssel für das beinhaltete, wonach man suchte.

Als sie die Verhaftung von La Mole und Coconnas anordnete, hatte sie gesagt: »Verhaftet diese beiden Männer. Beim Grafen de la Mole werdet Ihr eine kleine Wachsfigur finden. Diese Wachsfigur trägt einen königlichen Mantel und eine Krone. Sollte La Mole diese Figur nicht mit sich führen, durchsucht seine Räume, bis Ihr sie findet.«

Der verliebte Graf hatte die Figur bei sich getragen, und sie befand sich jetzt in Katharinas Besitz, eingeschlagen in ein seidenes Taschentuch.

Kaum hatte man sie ihr überbracht, begab sie sich sofort zum König.

Karl ging es immer schlechter, sein Verfall schritt von Tag zu Tag voran. Er konnte kaum noch laufen und wurde von Dienern getragen. Jedesmal, wenn sie ihn sah, ging es ihr durch den Kopf: Soll ich einen Boten nach Polen schicken? – Hätte sie doch nur das mit ihm machen können, was sie schon lange geplant hatte, dann wäre schon vor geraumer Zeit die Botschaft nach Polen gegangen. Aber der König behielt die drei Frauen ständig an seiner Seite. Marie Touchet, die Königin und Madeleine –

eine von ihnen war immer bei ihm. Nichts berührte seine Lippen, dessen Zubereitung sie nicht überwacht hatten. Was war es doch für eine unzumutbare Situation für eine große Königin – für die Mutter des Königs! –, so von diesen unbedeutenden Frauen behandelt zu werden.

Mit der kleinen Wachsfigur besaß sie aber nun genau das, was sie benötigte. Sie gab ihr eine Rechtfertigung für ihr Vorhaben. Mit ihr hielt sie das Leben der zwei Männer in Händen, die sie tot sehen wollte, und sie würde den drei Frauen klarmachen, weshalb es dem König immer schlechter ging.

»Ich muß dich sprechen, mein Sohn. Es ist äußerst wichtig.«

Sie sah Marie an, die vor ihr zurückwich, aber Karl ließ die Hand seiner Mätresse nicht los.

»Geh nicht, Marie«, sagte er.

Katharina schenkte dem zitternden Mädchen ein kühles Lächeln.

»Nein, Ihr müßt nicht gehen, Marie, denn Ihr liebt meinen Sohn ebensosehr wie ich, und aus diesem Grund liebe auch ich Euch. Und Eure Anwesenheit ist notwendig, um ihn zu trösten, ihn unserer Liebe zu versichern, wenn ich ihm von diesem hinterhältigen Anschlag auf sein Leben berichte.«

»Was ist das für ein Anschlag?« fragte der König mißtrauisch.

Ohne eine Antwort zu geben, zog sie das seidene Taschentuch hervor und zeigte ihm den Inhalt.

»Eine Wachsfigur!« rief Marie aus.

»Seht Ihr auch, wen sie darstellen soll?«

»Sie trägt eine Krone«, sagte der König. »Ich selbst bin damit gemeint!«

»So ist es. Und siehst du auch die Nadel, die das Herz der Figur durchbohrt? Du weißt, was das zu bedeuten hat, nicht wahr? Du weißt jetzt, weshalb sich dein Gesundheitszustand in den letzten Wochen so sehr verschlechtert hat.«

»Hexerei!« rief der König aus. »Jemand versucht, mich zu töten. «

»Du hast deiner Mutter seit langem kein Vertrauen mehr entgegengebracht«, fuhr Katharina fort. »Deine Feinde haben Gerüchte über mich verbreitet, und du hast ihnen Glauben geschenkt. Nun, Karl, ich bin bereit, das alles zu vergessen. Ich bitte dich nur, nicht zu vergessen, daß es deine Mutter war, die unter größten Anstrengungen diesen Anschlag auf dein Leben entdeckt hat.«

Seine Lippen bebten, und Tränen liefen ihm über die Wangen. Kurz darauf schluchzte er laut in Maries Armen.

»Mut, mein Liebling«, flüsterte Marie. »Ihre Majestät hat diese Konspiration aufgedeckt, und sicher kennt sie auch die Personen, die dahinterstecken.«

»In der Tat, Marie. Ich habe die Verbrecher bereits verhaften lassen.«

»Wer sind sie?« wollte der König wissen.

»Der Graf de la Mole und Graf de Coconnas.«

»Sie werden sterben.«

»Selbstverständlich«, versprach ihm Katharina. »Das ist Verrat. Sie werden vor Gericht gestellt, weil sie einen Anschlag auf dein Leben geplant haben. Obwohl ein Tribunal gar nicht notwendig wäre. Sie sind schuldig. Die Figur wurde bei La Mole gefunden, als er verhaftet wurde.«

»Sie sollen alle sterben«, sagte Karl erneut. »Alle ... alle, die irgend etwas mit diesem gemeinen Anschlag zu tun haben.«

Katharina beobachtete ihn. Neuerdings war er viel zu schwach für seine Wutausbrüche. Wie er so in seinem Stuhl saß, mit zuckenden Lippen, dem wahnsinnigen Glanz in seinen Augen und den tränenüberströmten Wangen, wirkte er wie ein alter Mann.

Sie überließ es Marie, ihn zu trösten, und fuhr geradewegs nach Vincennes. Dort ließ sie Alençon in Navarras Zimmer führen und schickte anschließend alle anderen hinaus. Mit eiskaltem Lächeln starrte sie die beiden an.

»So, Messieurs, wie es aussieht, hat Euch auch Euer zweiter Plan nicht viel Glück gebracht. Ein schönes Durcheinander habt Ihr da anrichten wollen. Was habt Ihr eigentlich vor? Einen Bürgerkrieg anzetteln? Ihr seid wahnsinnig. Ihr behauptet, gute Freunde zu sein, nicht wahr? Was glaubst du wohl, mein Sohn, warum Heinrich von Navarra dir helfen will? Und warum ist wohl Alençon auf Eurer Seite, Schwiegersohn? Was seid Ihr doch für ein paar Schwachköpfe. Aber kommen wir zur Sache. Ich hätte Euch für schlauer gehalten, als Euch für solch sinnlose Unternehmungen herzugeben. Ich möchte jetzt von Euch hören, daß jeder, der Euch mit dieser Verschwörung in Verbindung bringt, lügt. Ihr wußtet beide nichts von einer Verschwörung, ist es nicht so?«

Alençon begriff nicht. Er schrie: »Natürlich gab es eine Verschwörung! Man hält mich gegen meinen Willen gefangen! Meint Ihr denn, ich lasse mir das gefallen? Ich bin der Bruder des Königs und werde behandelt wie ein Strauchdieb. Das werde ich nicht auf mir sitzen lassen. Das schwöre ich. Ich werde mir selbst zu meinem Recht verhelfen. Eines Tages werde ich der König dieses Reiches sein, Madame, und dann werdet Ihr sehen . . . Ihr werdet schon sehen . . .«

»Wie immer«, unterbrach ihn Katharina, »sprichst du, ohne vorher nachzudenken. Du willst also König von Frankreich werden, mein Sohn? Dann solltest du erst einmal sicher sein, daß deine Brüder – deine *zwei* Brüder – dich nicht wegen Verrats enthaupten lassen.«

Sie wandte sich an Navarra. Dieser unverschämte junge Mann würde wohl eher Vernunft annehmen. Schon jetzt konnte sie die Verschlagenheit in seinem Blick sehen. Er hatte begriffen, worauf sie hinauswollte. Hier ist ein Ausweg aus unserem Dilemma, sagten seine Augen. Ergreifen wir ihn.

»Man hat über Euch falsche Anschuldigungen verbreitet«, fuhr Katharina fort.

Navarra verneigte sich vor ihr. »Ja, Madame. Man hat uns fälschlicherweise beschuldigt.«

»Wie ich sehe, habt zumindest Ihr noch ein Fünkchen Verstand, Monsieur«, meinte Katharina, »und ich danke Euch dafür. Ich habe ein Schriftstück mitgebracht, das Ihr beide unterzeichnen werdet. Damit distanziert Ihr Euch von jeder Verschwörung, falls es je eine gegeben hat. Ihr unterschreibt hier. Komm, mein Sohn, du auch.«

Navarra nahm das Schriftstück entgegen und studierte es.

»Wir sollten unterzeichnen«, meinte er schließlich, »denn schlägt ein Plan fehl, ist es immer besser, nichts damit zu tun gehabt zu haben.«

Margot litt unter Ängsten.

Was vorgefallen war, kam wie ein Schock für sie, vor allem deshalb, weil es so plötzlich passierte. Die Gerüchte um die Verschwörung Alençons und Navarras gegen die Krone hatten sich wie ein Lauffeuer verbreitet, so daß eine Untersuchung stattfinden mußte. Dank der brillanten Verteidigung seiner Frau kam Navarra ungeschoren davon. Wenn es nötig war, konnte sie ihrem frivolen Lebensstil entsagen, und dann kam eine äußerst intelligente Frau zum Vorschein. Wäre sie nicht ständig sosehr mit ihren diversen Liebhabern beschäftigt gewesen, hätte sie eine scharfsinnige Politikerin werden können. Aber sie ließ sich permanent von ihren Gefühlen leiten; und als sie jenes ausgezeichnete Dokument aufsetzte – die besten Ideen kamen ihr, wenn sie eine Feder in der Hand hielt –, geschah das nicht aus Liebe zu ihrem Gatten, von dem sie wußte, daß ihre Mutter ihn noch nicht aus dem Weg haben wollte, sondern für den gutaussehenden Grafen, in den sie sich verliebt hatte.

Navarra und Alençon waren entlastet, wurden aber noch immer unter Verschluß gehalten. Margot hatte daher erwartet, daß man ihren Liebhaber bald freiließe.

Dies war jedoch nicht der Fall. Zu ihrem Entsetzen mußte sie erfahren, daß man La Mole und Coconnas noch einen weiteren Anklagepunkt vorwarf. Um welchen Vorwurf es gehen sollte, konnte sich Margot nicht vorstellen, aber sie fand es sehr schnell heraus, denn die Neuigkeit war Tagesgespräch am gesamten Hof. La Mole und Coconnas wurden beschuldigt, dem König nach dem Leben getrachtet zu haben.

Sie wurden angeklagt und zum Tode verurteilt. Sie hatten, hieß es in der Begründung, eine Wachsfigur des Königs angefertigt, deren Herz sie mit einer rotglühenden Nadel durchbohrten. Jeder wußte, was das bedeutete: Sie hatten sich der Hilfe des Teufels bedient, um Karls Tod herbeizuführen. Das war gleichbedeutend mit Hochverrat.

Es war unmöglich gewesen, die Person aus dem Prozeß herauszuhalten, die das Ebenbild angefertigt hatte, und bei seiner Verhaftung gab Cosmo Ruggieri – entsprechend den Weisungen von Katharina – an, er habe die Figur für La Mole und Coconnas angefertigt, und sie sei ein Ebenbild des Königs.

»Sie kamen zu mir«, sagte er, »und verlangten von mir, das Bildnis einer königlichen Person anzufertigen.«

»Und Ihr habt erraten, wen diese Figur darstellen sollte?«

Cosmo senkte zustimmend den Kopf.

»Habt Ihr gefragt, welchem Zweck diese Figur dienen sollte?« Cosmo verneinte.

»Ihr müßt doch vermutet haben, daß sie für einen bösen Zweck bestimmt war, da Ihr auch die Nadel zu Verfügung stelltet, mit der sie dann die Figur durchbohrten.«

La Mole und Coconnas schworen, daß es sich bei der Figur nicht um den König handle, sondern um eine Dame, in die sich La Mole verliebt hatte.

»Eine Dame in königlichem Gewand und mit einer Krone auf dem Haupt! Messieurs, Ihr glaubt, uns für Dummköpfe halten zu können. Es ist ganz offensichtlich ein Ebenbild Seiner Majestät.«

»Sie stellt die Dame dar, die ich liebe und für mich gewinnen möchte«, beharrte La Mole.

»Und der Name der Dame?«

Katharina behielt recht mit ihrer Annahme, daß eine solche Frage keinen Schaden anrichten konnte. La Mole, der galante Kavalier, würde seine Geliebte nie in einen Skandal verwickeln.

Er seufzte und antwortete, es handle sich um eine Dame, die er auf einer Reise in einem anderen Land kennengelernt habe.

»In welchem Land? Und wie lautet der Name dieser Dame . . . dieser Dame aus königlichem Haus?«

Aber er weigerte sich ihren Namen zu nennen. Seine Richter bezeichneten ihn als starrköpfig, und wie Katharina es vorausgesehen hatte, wurde seine Weigerung, den Namen zu nennen, als Schuldeingeständnis gewertet. Daher wurde er zusammen mit Coconnas dazu verurteilt, auf der Place de Gréve wie alle Verräter enthauptet zu werden. Cosmo Ruggieri wurde für den Rest seines Lebens auf die Galeere verbannt.

Margot wandte sich an den König. Sie fiel vor ihm auf die Knie und flehte ihn an.

»Sire, ich bitte Euch, hört mich an. Der Graf de la Mole wird fälschlicherweise beschuldigt. Ich kann Euch alles über die Figur sagen, was Ihr wissen wollt. O Sire, geliebter Bruder, sie sollte nicht Euch darstellen, sondern mich.«

Aber der König befand sich in jenem Stadium der Hysterie, in das er immer verfiel, wenn ihn die Angst vor einem Mordanschlag ergriff. Er traute seiner Schwester nicht. Er wußte, daß La Mole ihr Liebhaber war; und er wußte, daß sie früher mit Henri de Guise gegen ihn gearbeitet hatte. Er nahm an, daß sie nur von dem Gedanken beseelt sei, ihren Liebhaber zu retten, und dafür bereit war, ihm jede Lüge aufzutischen.

Er forderte sie auf, ihn zu verlassen, ehe er sie ebenfalls einsperren ließ, und sagte ihr ins Gesicht, daß er ihr nicht traute.

In ihrer Verzweiflung lief Margot zu ihrer Mutter. »Ihr kennt die Wahrheit. Ihr müßt mir helfen.«

Katharina lächelte traurig. »Könnte ich dir helfen, meine Tochter, ich täte es gerne. Aber du weißt selbst, wie sehr die Liebe von dir Besitz ergreift. Wenn du einen Mann liebst, siehst du nicht mehr das Böse, das ihm anhaftet. Bei Monsieur de Guise war es damals ebenso. Erinnerst du dich?« Katharina lachte. »Nun, mit Monsieur de la Mole verhält es sich ähnlich. Du ziehst die Möglichkeit, diese Männer könnten Verräter sein, nicht einmal in Betracht, denn alles, was für dich zählt, ist ihre romantische Seite.«

»La Mole ist kein Verräter!«

»Was! Ein Mann, der seinem König nach dem Leben trachtet, ist kein Verräter?«

»Das ist nicht wahr. Die Wachsfigur sollte mich darstellen. Ich schwöre es. Cosmo Ruggieri wußte, daß sie mich darstellt. Weshalb hat er gelogen?« Margot sah ihre Mutter an, während ein furchtbarer Verdacht in ihr aufkeimte. Leise fuhr sie fort: »Er steht hoch in Eurer Gunst, dieser Ruggieri. Das ganze Verfahren war nur eine Farce. Ihr habt es zugelassen, daß man Ruggieri verurteilt, und gleichzeitig habt Ihr ihm versichert, er werde nie auch nur einen Fuß auf eine Galeere setzen. Ihr habt ihn begnadigt. Ihr habt ihn zu seinem Bruder zurückgeschickt, damit er weiter für Euch arbeitet. Ihr könntet diese beiden Männer ebenso retten, wie Ihr diesen Lügner Ruggieri gerettet habt.«

»Wenn man mich von ihrer Unschuld überzeugen könnte . . .«

»Macht mir nichts vor! Ihr *wißt*, daß sie unschuldig sind! Mit meinem Gatten und meinem Bruder haben sie vielleicht etwas zusammen ausgeheckt. Aber es sind Männer aus meines Bruders Gefolge. Was blieb ihnen denn anderes übrig, wenn sie Befehle ausführen mußten? Aber Ihr wißt, daß es keinen Plan gab, den König zu töten.«

»Vor Gericht sah das etwas anders aus. La Mole sagte, die Figur stelle eine Dame dar, aber er weigerte sich, zu sagen, wen. Das war nicht sehr schlau von ihm.«

»Er ist ein Kavalier und ein Narr. Als ob es mir etwas ausmachte, wenn mein Name genannt würde! Welche Bedeutung hat schon mein Ruf im Vergleich zu seinem Leben?«

»Du schockierst mich, Tochter. Dein Ruf als französische Prinzessin und Königin von Navarra ist von größter Bedeutung. Außerdem solltest du einen etwas weniger edelmütigen Liebhaber wählen.«

»Dann wußtet Ihr also tatsächlich, daß die Figur mich darstellt?«

Katharina zuckte mit den Schultern. »Wir müssen uns dem Urteil der Richter beugen, meine Liebe.«

Nachdem Margot gegangen war, rief Katharina Madalenna zu sich.

»Sieh zu, daß die Königin von Navarra nicht aus den Augen gelassen wird. Sorge dafür, daß ich alle Briefe von ihr zu sehen bekomme ... alle ... ohne Ausnahme. Und ich möchte von allem, was sie tut, augenblicklich erfahren.«

Margot und Henriette weinten zusammen in Margots Zimmer.

»Es hat keinen Sinn, Tränen zu vergießen«, meinte Margot endlich, »wir müssen etwas *unternehmen*.«

»Aber was können wir tun, Margot?«

»Ich habe mir etwas überlegt.«

»Was denn? Sprecht!«

»Ihr wißt doch, wie ungehindert wir uns bewegen können. Die Wachen blicken nie in meine Kutsche, wenn sie das königliche Wappen sehen. Henriette, ich glaube, wir *könnten* es schaffen. Wir ziehen beide zwei Kleider und zwei Umhänge an und fahren dann maskiert nach Vincennes.«

»Und dann?« hauchte Henriette.

»Als erstes versuche ich, die Wärter zu bestechen.« Margots Augen strahlten trotz ihrer Tränen. Dies war ein Abenteuer, wie sie es liebte. »Das dürfte nicht allzu schwer sein. Ich denke, daß ich das schaffen kann. Dann besuchen wir unsere Geliebten. Ihr geht zum Kerker Annibales und ich zu Boniface. Sobald wir bei ihnen sind, ziehen wir den zweiten Umhang und das zweite Kleid aus, und die beiden ziehen unsere Sachen an.«

»Sie werden nicht sehr gut passen«, warf Henriette ein.

»Wir suchen die weitesten Kleider aus. Wir finden sicher etwas Passendes. Sie schlagen die Krägen hoch und setzen unsere Masken auf. Dann marschieren wir einfach schnell und selbstsicher hinaus und zur Kutsche. Es wird ein Kinderspiel sein, denn alle werden glauben, daß die beiden Personen, die mit uns das Schloß verlassen, Frauen sind. Dann fahren wir fort ... aus Paris hinaus ...

und ehe sie es bemerken, sind wir bereits weit von hier entfernt. Wir müssen uns nur um die Wärter kümmern. Der Rest ist eine Kleinigkeit, vorausgesetzt, wir bleiben ruhig.«

»Ich kann es kaum erwarten«, sagte Henriette nervös.

»Seid nicht ungeduldig. Wir dürfen nicht unvorsichtig handeln. Zuerst müssen wir mit den Wärtern sprechen. Die Summe, die wir ihnen bieten, muß hoch genug sein, denn anschließend werden *sie* fliehen müssen.«

»Wie sollen wir zu so viel Geld kommen?« fragte Henriette unsicher.

»Wir besitzen doch unsere Juwelen. Was sind schon ein paar Diamanten oder Smaragde, verglichen mit dem Leben derer, die wir lieben?«

»Ihr habt recht«, stimmte Henriette zu.

»Vielleicht morgen«, sagte Margot. »Ja, morgen können wir es tun; und heute nachmittag fahre ich mit meiner Kutsche nach Vincennes, und Ihr kommt mit mir. Ihr erzählt Coconnas von unserem Plan, während ich La Mole informiere. Das wird die Generalprobe für unser Vorhaben sein. Aber zuerst spreche ich mit den Wärtern, und wenn sie zu dem Schlag Männer gehören, den ich vermute, wird es leicht sein. Henriette, wir müssen morgen Erfolg haben.«

»Wenn nicht, sterbe ich an gebrochenem Herzen.«

Angespannt und nervös saßen die beiden Frauen in der Kutsche, die die Straße nach Vincennes entlangratterte. Henriette zog ihren Umhang eng um ihren Körper; ihr war kalt. In ihrer Tasche tastete sie nach der Maske, die dazu dienen sollte, die Gesichtszüge ihres Geliebten zu verbergen.

Margot bebte ebenfalls vor Aufregung.

»Wenn nur alles gutgeht«, murmelte Henriette wohl schon zum sechstenmal.

»Sagt nicht wenn, Henriette. Es wird alles gutgehen. Es *muß*. Aber Ihr müßt sorgenvoller aussehen, sonst wissen alle, daß wir etwas vorhaben, wenn wir das Schloß betreten. Alles ist vorbereitet. Die Pferde für die Wärter stehen fertig gesattelt bereit. Ihr habt Eure Juwelen; ich habe die meinen. Es ist alles ganz einfach. Ich kann mir nicht vorstellen, daß heute ein paar Männer zum erstenmal in Frauenkleidern fliehen. In weniger als einer Stunde ist alles vorüber.« Margot redete unaufhörlich, um ihre eigene Nervosität zu verbergen. »Denkt daran, Henriette, im Kerker dürft Ihr keinen Augenblick zögern. Sobald sich hinter Euch die Tür geschlossen hat, müßt Ihr Euren Umhang und das Kleid ausziehen. Euch und Coconnas stehen nur wenige Minuten zur Verfügung, um Euch vorzubereiten. Wir treffen uns am Ausgang des Kerkers und laufen dann aus dem Schloß. Wir werden es schaffen. Es ist alles ganz einfach.«

Die Kutsche hielt.

»Reißt Euch jetzt zusammen, Henriette. Ihr müßt traurig aussehen. Denkt daran, Ihr seht heute Euren Liebsten zum letztenmal ... so glaubt man zumindest ... denn morgen soll er hingerichtet werden. Stellt Euch vor, wie Ihr Euch fühltet, wenn es unseren Plan nicht gäbe ... und verstellt Euch entsprechend. Schaut mich an. So ... seht Ihr? Ich würde am liebsten lauthals lachen, wenn ich daran denke, wie wir sie alle an der Nase herumführen werden. Kommt, Henriette. Seid Ihr bereit? Alles, was wir jetzt noch brauchen, ist etwas Mut.«

Der Kutscher öffnete ihnen mit ernstem Gesicht die Tür. Er hatte seine Anweisungen erhalten: Zwei Damen verließen die Kutsche; vier würden zurückkehren, und sofort nachdem sie in die Kutsche eingestiegen wären, hatte er in vollem Galopp zu einem bestimmten Gasthof zu fahren, wo frische Pferde warteten.

Alles war sorgfältig geplant; und wenn man im Dienst der Königin von Navarra stand, mußte man mit den seltsamsten Befehlen rechnen.

Innerhalb der dicken Steinmauern des Schlosses war es kalt. Beim Eintreten der Königin salutierten die Wachen. Sie wußten über ihr Verhältnis mit dem Mann im Verlies Bescheid und fühlten insgeheim mit ihr. Sie wären fast alle bereit gewesen, eine Strafe zu riskieren, um es der

Königin und der Gräfin zu gestatten, ihre Geliebten noch einmal zum Abschied zu sehen.

Die Zellentür wurde von einem Wärter geöffnet, der Margot traurig anblickte. Sie haben alle Angst, ging es Margot durch den Kopf. Alle außer mir.

Als sie den Kerker betrat, verspürte sie nichts als die Freude des Abenteuers und die sichere Hoffnung auf den Erfolg ihres Plans. All die Spannung und Trauer der letzten paar Wochen ließen sie diesen Moment auskosten.

Die Tür schloß sich hinter ihr.

»Mein Liebling«, flüsterte Margot. »Mein Hyazinth.«

Ihre Augen gewöhnten sich langsam an die Dunkelheit, und sie konnte auf dem Boden etwas erkennen, das wie ein Bündel Decken aussah.

»Wo bist du? Wo bist du?« rief sie aufgeregt.

Das Bündel schien sich zu bewegen. Sie eilte zu der Stelle und ließ sich auf die Knie sinken.

»Meine Liebe ... mein Herz ...«, murmelte sie; dann zog sie die grob gewebte Decke zurück. Mit leichenblassem Gesicht lag er vor ihr, die schwarzen Locken klebten an seiner feuchten Stirn.

Angstvoll rief Margot aus: »Was fehlt dir denn? Was ist geschehen?«

Schweigend starrte er sie an.

»O Gott!« flüsterte sie. »Blut ... auf dem Boden ... auf der Decke ... überall ist Blut ... *sein* Blut.«

Ganz vorsichtig hob sie die Decke weiter an und stieß einen Schrei aus, als sie seine gebrochenen, blutenden Beine und Füße sah.

Sie begriff. Er war gefoltert worden. Der Spanische Stiefel. Sie hatten seine Gliedmaßen gebrochen, so daß er nie wieder laufen konnte. Ihre sorgfältig geplante Flucht war vereitelt worden.

»O mein Liebling«, weinte sie. »Was kann ich tun? Was kann ich tun, um dir zu helfen?«

Erst jetzt schien er sie zu erkennen, denn ein Lächeln legte sich auf seine Lippen.

Er murmelte etwas, und sie mußte sich über ihn beugen, um ihn zu verstehen. »Du bist also gekommen ...«, hauchte er. »Liebste . . . das genügt mir. Es ist alles, was ich mir wünschte . . . Du hast es nicht vergessen . . .«

Sie legte ihre Wange an seine, und er versuchte, eine Hand zu heben, um sie zu berühren, aber er stöhnte vor Schmerzen, und ihm brach der Schweiß aus.

»Du darfst dich nicht bewegen, mein Liebling«, sagte sie. »Was kann ich nur für dich tun? Warum . . . warum bin ich zu spät gekommen?«

Wieder begann er zu sprechen. »Du bist . . . gekommen. Das . . . das ist genug.«

Leise betrat der Wärter die Zelle.

»Madame, Ihr müßt jetzt gehen. O Madame, Ihr habt mein tiefstes Mitgefühl. Der Befehl kam, und ich hatte keine Möglichkeit, die Ausführung zu verhindern. Es gab nichts, was ich hätte tun können . . . nichts.«

Sie nickte. »Der Befehl kam«, wiederholte sie, und sie glaubte das lächelnde Gesicht ihrer Mutter vor sich zu sehen. »Ich verstehe«, sagte sie. »Ich verstehe.«

Henriette wartete im Gang, ein Taschentuch vor die Augen gepreßt.

»Annibale auch?« murmelte Margot.

Henriette nickte.

Gemeinsam liefen sie zur Kutsche zurück. Nun war es nicht mehr notwendig, die trauernden Frauen zu *spielen*, die sich von ihren Liebsten verabschiedet hatten.

Eine größere Menschenmenge hatte sich auf der Place de Gréve vor dem Rathaus versammelt, um der Hinrichtung der beiden Männer beizuwohnen, die den König hatten töten wollen. Diese Hinrichtung fand große Beachtung, weil man sich erzählte, die beiden Männer, die sterben sollten, seien romantische Liebhaber gewesen – einer der Liebhaber keiner Geringeren als der Königin von Navarra, der andere der einer weiteren hochgestellten Dame, der Gräfin de Nevers.

Ein Raunen ging durch die Menge. Die bösartige Königinmutter war hierfür verantwortlich. Alles Leid Frankreichs fand seinen Ursprung in ihrer Person. Man hatte bereits Bücher über sie geschrieben. Einige behaupteten, sie sei auf ihre Tochter eifersüchtig und habe deshalb ihren Liebhaber grausam foltern lassen. Nichts, was man über sie erzählte, konnte gemein genug sein. Wann immer das Gespräch auf sie kam, verwandelten sich alle Gefühle in Haß.

»Er hat ein wächsernes Abbild des Königs gemacht!«

»Es wird Zeit, daß er stirbt, dieser Irre!«

»Schweigt! Man weiß nie, wer einen belauscht. Und was ist, wenn er stirbt? Wer folgt ihm auf den Thron? Unser eleganter Herr aus Polen? Der kleine Alençon? Es ist doch alles die gleiche Schlangenbrut.«

Das Geräusch einer Kutsche war zu hören, und die Menge verfiel in Schweigen.

Dann flüsterte jemand: »Man sagt, sie seien fürchterlich gefoltert worden. Der Stiefel! Beide hat man gefoltert ... La Mole und Coconnas. Sie können nicht mehr laufen.«

»Die Armen! Die armen Herren.«

»Wie lange sollen wir noch zulassen, daß diese Frau unser Land regiert?«

Der Karren hielt an, und die beiden Männer wurden zu dem Podest getragen.

Aller Augen waren auf die beiden gerichtet. Einige Menschen in der Menge weinten. Es schien so grausam, daß diese Männer sterben sollten, nur weil sie ein Ebenbild aus Wachs von einem Mann angefertigt hatten, der selbst bereits so gut wie tot war.

Der Henker gab den Männern, die La Mole trugen, ein Zeichen, ihn abzusetzen.

»Eure Zeit ist gekommen, Monsieur«, murmelte er.

»Ich bin bereit«, erwiderte La Mole. »Adieu, mein Liebling«, flüsterte er.

»Habt Ihr noch irgend etwas zu sagen, Monsieur?«

»Nein. Ich bitte Euch nur, der Königin von Navarra meinen Gruß zu entbieten. Ich bitte Euch, sagt Ihr, daß meine letzten Worte ihr galten. O Marguerite, meine Königin ... meine Liebe ...«

Er ließ seinen Kopf auf den Holzklotz zurücksinken und wartete auf den Hieb des Henkers.

Ein tiefes Seufzen ging durch die Menge.

Dann war Coconnas an der Reihe. Erst die kurze und schreckliche Stille, dann die gemurmelten Worte, das Blitzen des Schwertes, und Coconnas' Haupt lag neben dem seines Freundes auf dem blutgetränkten Stroh.

Katharina triumphierte. Es stand außer Zweifel, daß der König im Sterben lag. Er war inzwischen sogar schon zu schwach, sich umhertragen zu lassen. Nur noch in Ausnahmefällen verließ er sein Schlafzimmer.

Es war Mai, und die Sonne erhellte sämtliche Räume. Die Königin saß in der Nähe des Bettes und tat so, als habe sie einen Schnupfen, um ab und zu die Tränen abwischen zu können. Madeleines Gesicht war von Trauer gezeichnet. Marie Touchet stand dabei, blaß und ebenfalls voller Trauer. Die Frauen, die ihn so lange beschützt hatten, wußten, daß das Ende nicht mehr fern war.

Auch Margot sah zu, aber Katharina vermutete, daß ihre Gedanken nicht beim König waren. Sie litt wegen La Mole noch immer an – wie Katharina es bezeichnete – ›vorläufig gebrochenem Herzen‹. Margot war eine Frau mit vielen Gesichtern. Das Schriftstück, das sie erst kürzlich für die Verteidigung ihres Gatten aufgesetzt hatte, hatte Katharina erstaunt. Sie merkte zum erstenmal, welch eine intelligente Frau Margot war. Sie besaß den Verstand eines Anwalts, und Monsieur Paré meinte sogar, sie hätte seine beste Schülerin werden können. Ihre Gedanken arbeiteten klar und präzise – ein Vermächtnis der Medici; andererseits hatte sie viel von ihrem Großvater, Franz I., und ihre Gefühle überwogen und verdeckten oft edlere Charakterzüge. Sie verbrachte viele Stunden täglich an ihrem Schreibpult; sie war eine Träumerin, und ihre Vorstellungskraft war so stark, daß sie sich ständig Abenteuer ausmalte, in denen sie selbst als Heldin vorkam. Margot führte regelmäßig Tagebuch, und Katharina wußte, daß es sich bei diesen Niederschriften um ausgeschmückte Versionen der Vorkommnisse am Hof handelte, wobei Margot sich auch hier immer als zentrale Figur sah.

Als sie jetzt ihre Tochter beobachtete, mußte sie wieder daran denken, wie Margot nach der Hinrichtung angeordnet hatte, die Köpfe der beiden Männer zu ihr zu bringen. Sie und Henriette hatten die Häupter einbalsamieren lassen und bewahrten sie nun in juwelenbesetzten Schmuckkasten auf, um sie immer wieder zu liebkosen, an vergangene Freuden zurückzudenken oder ihnen über die Locken zu streichen. Nein, man durfte Margot nicht unterschätzen, wenn ihre sentimentale Natur die Oberhand gewann und ihre Intelligenz unterdrückte.

Von Karl war inzwischen kaum noch etwas zu befürchten. Sein Sohn lebte nicht mehr, und da es sich bei seinem zweiten Kind um ein Mädchen handelte, gab es für Heinrich kein Hindernis mehr, den Thron zu besteigen. Bei Karl ging es nur noch um eine Sache von Stunden. Alençon und Navarra waren quasi Gefangene; Montgomerys und Cossés würde man sich bei erster Gelegenheit entledigen. Warum sollte sie noch warten? Sie verließ das Krankenzimmer, ging in ihre eigenen Räume und ließ sechs ihrer engsten Vertrauten zu sich rufen.

»Reitet so schnell Ihr könnt nach Polen«, instruierte sie die Männer. »Der König ist tot ... oder zumindest dem Tod so nahe, daß man ihn als tot bezeichnen kann. Lang lebe König Heinrich III.!«

Nachdem sie gegangen waren, lächelte sie zufrieden. Der große Augenblick, auf den sie so lange gewartet hatte, war endlich gekommen. Ihr geliebter Heinrich würde König von Frankreich werden.

Aber der König starb noch nicht. Leise weinte er in Madeleines Armen. »O Gott«, murmelte er. »So viel Blut! So viele Morde! O Gott ... vergib mir. Rette meine Seele, o Herr. Wo bin ich? Marie ... Madeleine ... verlaßt mich nicht. Laßt mich nicht allein. Sagt mir, wo ich bin.«

»In meinen Armen«, antwortete Madeleine. »Ihr seid sicher in meinen Armen.«

Marie stand an der anderen Seite des Bettes, und Karl ergriff ihre Hand.

»Was wird aus diesem Land werden?« fragte er. Seine Stimme stieg zu einem Kreischen an und verstummte dann. »Was wird aus mir? In meine Hände hat Gott das Schicksal dieses Landes gelegt. Nichts, was ihr sagt, kann das ändern.«

»Beruhigt Euch, Karl«, beschwichtigte ihn Madeleine. »Mögen die Morde und das Blutvergießen denen angelastet werden, die Euch dazu rieten ... Euren unseligen Ratgebern, Sire.«

Madeleine sah auf und blickte geradewegs in die Augen Katharinas, die sie kalt anstarrten. Ihr Gesicht war zu einem hämischen Grinsen verzogen. Karl bemerkte die Anwesenheit seiner Mutter und streckte eine Hand vor, als wolle er sie abwehren.

»Madame«, sagte er dann, »ich muß Euch meine Frau und meine Tochter anvertrauen.«

»Sei versichert, mein Sohn, daß ich gut für sie sorgen werde.«

»Und Marie ... und ihr Sohn ...«

»Du hast für sie Vorkehrungen getroffen, mein Sohn. Ich verspreche dir, es wird ihnen nicht schlecht ergehen.« Katharina lächelte Marie an, die arme, schwache Marie. Sie hatte ihr wenig Probleme bereitet, abgesehen von der letzten Zeit, als sie sich dickköpfig geweigert hatte, von der Seite des Königs zu weichen. Aber das war bereits vergessen. Der König lag im Sterben, und das war alles, was im Augenblick für sie zählte. Sollte Marie in Frieden weiterleben. Sie war viel zu unbedeutend, um noch weitere Gedanken an sie zu verschwenden. Karl hatte ihren Sohn zum Herzog d'Angoulème gemacht, so daß Marie – die Tochter eines Richters vom Lande – sich nicht beklagen konnte.

»Ich werde für deine Gattin und ihre kleine Tochter sorgen. Ich werde dafür sorgen, daß es Marie und ihrem Sohn an nichts fehlt. Hab keine Angst. Ich werde mich um alles kümmern.«

Er sah sie mißtrauisch an und ließ dann Navarra rufen.

Navarra wurde von Wachen hereingebracht, die anschließend draußen warteten.

»Ihr habt Euch gegen mich verschworen«, sagte der König. »Das war verwerflich. Dennoch vertraue ich

Euch ... wie ich keinem meiner Brüder vertrauen kann. Ihr habt etwas an Euch ... etwas, das Ehrlichkeit ausstrahlt. Ich bin glücklich, daß Ihr gekommen seid, mir Lebewohl zu sagen. Es gab einen Grund, weshalb ich Euch rufen ließ, aber er ist mir entfallen. Ihr seid von Feinden umgeben. Ich weiß es. Ich muß Euch warnen. Es gibt eine Person, der Ihr nicht trauen dürft. *Ich* wurde damals gewarnt, aber die Warnung kam zu spät. Vielleicht ist es für Euch noch nicht zu spät. Vertraut nicht ...« Er sah zu seiner Mutter hinüber und starrte sie an, als könnte er seinen Blick nicht von ihr losreißen. »Vertraut keinesfalls ...«, begann er erneut. Seine Lippen bebten, und Marie beugte sich über ihn, um ihm den Speichel abzuwischen.

»Du überanstrengst dich, mein Sohn«, sagte Katharina.

»Nein. Ich werde es sagen. Ich will es sagen, Es ist die Wahrheit, und deshalb muß ich es sagen. Bruder ... Navarra ... sorgt für meine Gattin und für meine Tochter. Sorgt für Marie und ihr Kind. Ich übergebe auch Madeleine Eurer Obhut. Ihr seid der einzige, dem ich vertraue. Versprecht es mir. Versprecht es mir.«

Weinend küßte Navarra die Hand des Königs. »Sire, ich schwöre, ich will sie mit meinem Leben verteidigen.«

»Ich danke Euch, Bruder. Wie seltsam, daß ausgerechnet Ihr es seid, dem ich vertraue ... Ihr, der Ihr Euch gegen die Krone verschworen hattet. Dennoch vertraue ich Euch. Betet für mich zu Gott. Lebt wohl, Bruder. Lebt wohl.« Er sah seine Mutter an und sagte: »Ich bin glücklich, daß ich keinen Sohn hinterlasse, der die Krone Frankreichs nach mir tragen muß.« Nach diesen Worten ließ er sich völlig erschöpft in die Kissen zurücksinken.

Das waren seine letzten Worte, ging es Katharina durch den Kopf. Das, wonach ich mich so viele, gefährliche und bittere Jahre gesehnt habe ... das, wofür ich gearbeitet, geplant, ja *gemordet* habe ... jetzt wird es endlich wahr. Mein wahnsinniger König Karl ist tot, und ich muß nun meinen geliebten Heinrich darauf vorbereiten, den Thron zu besteigen.

IV

Polens König war erschöpft. Er lag auf seinen Kissen, während ihm zwei Höflinge Luft zufächelten ... du Guast, sein auserkorener Favorit, und der amüsante Villequier. Eine Reihe weiterer junger Männer saßen um sein Bett herum; einer wählte für ihn die besten Süßigkeiten aus, der nächste bewunderte seine Jacke in dem venezianischen Spiegel, den der König aus Frankreich mitgebracht hatte. Der König lächelte sie an. Er war zufrieden mit seinem kleinen Königreich. Es hatte etwas Befriedigendes an sich, so geliebt zu werden, wie ihn seine Untertanen liebten. Sobald er sich auf den Straßen blicken ließ, war er von Bewunderern umgeben, die es für ein Privileg hielten, ihn auch nur anzusehen, denn sie hatten noch nie jemanden erblickt, der so überwältigend aussah wie der geschminkte, parfümierte König. Manchmal trug er Frauenkleidung, in der er noch fantastischer wirkte, völlig anders als all die anderen Männer – aber das gefiel dem polnischen Volk.

Seit er Frankreich verlassen hatte, ging es mit ihm bergab. Die wenige Energie, die er als Heranwachsender noch besessen hatte, war verbraucht. Er war noch egoistischer geworden und klammerte sich an den Luxus. Jetzt gab er vor, erschöpft zu sein, denn Staatsaufgaben warteten auf ihn. Er haßte die Versammlungen seiner Minister, ihre Diskussionen langweilten ihn. Ständig versicherte er ihnen, daß sie ihre Beratungen auch ohne ihn abhalten konnten. Sie mußten doch verstehen, erklärte er ihnen, daß er von edler Geburt war und aus dem schönen und zivilisierten Frankreich kam, dem intellektuellsten Hof der Welt. Er war kein Barbar. Er brauchte Musik, um sich zu erfreuen, nicht Beratungen, die ihn nur langweilten. Er mußte den Gedichten lauschen, die man ihm vorlas und die ihm Zerstreuung boten, nicht den Tiraden der Politiker, die ihn ermüdeten.

Graf Tenczynski, sein erster Minister, verneigte sich vor ihm, voller Bewunderung für das süße Parfüm, das ihn umgab, und die Ausstattung der königlichen Zimmer. Wie alle seiner Landsleute schwelgte er in der Aura von Luxus und Zivilisation, die König Heinrich in dieses Land gebracht hatte.

»Wie Ihr seht, mein treuer Tenczynski«, meinte der König, »bin ich erschöpft. Ihr müßt Eure Politik ohne mich betreiben.« Er wandte sich einem der Herren zu, die damit beschäftigt waren, Süßigkeiten in sich hineinzustopfen. »Eins für Euch, eins für mich«, sagte er. »Oder wollt Ihr gierige Kreatur alles alleine essen?«

»Ich habe sie nur gekostet, Euer Majestät, um zu sehen, ob sie Eurem Geschmack entsprechen.«

Der Herr legte ein Stück zwischen die königlichen Lippen, und Heinrich tätschelte freundschaftlich seine Hand.

Tenczynski murmelte: »Wir wollten Euer Majestät nicht ermüden. Wenn es der Wunsch Ihrer Majestät ist, daß wir ohne Euch beginnen . . .«

Heinrich winkte ab. »Es ist mein Wunsch, mein lieber Tenczynski. Geht zu Euren Beratungen, und wenn sie vorbei sind, kommt zurück, damit wir Euch von dem wundervollen Ball berichten können, den wir morgen abend zu geben gedenken.«

Tenczynski hob die Schultern und lachte unsicher. »Ein Ball . . . morgen abend?« fragte er.

»Ein Ball, mein lieber Tenczynski, wie Ihr ihn noch nie zuvor erlebt habt. Aber geht jetzt. Wenn Ihr zum *coucher* zurück seid, werde ich Euch alles darüber sagen und Euch erzählen, was ich tragen werde.«

Nachdem der Premier gegangen war, gähnte Heinrich. Er hatte beschlossen, seine Höflinge ein wenig aufzuziehen, indem er von der Prinzessin de Condé sprach.

»Ich glaube, es muß schon sechs Monate her sein, seit ich ihr bezauberndes Gesicht das letzte Mal gesehen habe.«

Die jungen Männer wirkten bedrückt, aber sie wußten sehr gut, daß diese Worte nichts zu bedeuten hatten. Die gedrückte Stimmung war ebensowenig echt wie das Verlangen des Königs nach der Prinzessin. Es war mehr ein Spiel, das sie miteinander spielten.

»Seid nicht traurig«, meinte Heinrich. »Und gebt mir noch ein Stück ab. Noch heute schreibe ich der Prinzessin.«

»Ihr reibt Euch zu sehr auf, wenn Ihr so oft an die Prinzessin schreibt, Sire«, warf du Guast ein.

»Ihr irrt Euch, mein Freund. Es wirkt *stimulierend* auf mich, der Prinzessin zu schreiben.«

Villequier bat: »Verschiebt es auf morgen, Sire, und erzählt uns lieber von Eurer Toilette für den Ball morgen abend.«

Das ließ sich der König nicht zweimal sagen. »Ich werde grüne Seide tragen, und ich werde mich als Frau kleiden. Mein Kleid ist tief ausgeschnitten, und ich werde Smaragde und Perlen anlegen. Aber jetzt . . . gebt mir Feder und Papier. In der Zwischenzeit könnt Ihr Euch ja darüber unterhalten, was *Ihr* auf dem Ball tragen werdet, denn ich werde sehr böse sein, wenn Ihr Euch nicht selbst übertrefft.«

Wie sie sehen konnten, war er fest entschlossen, an die Prinzessin zu schreiben, also brachten sie ihm, wonach er verlangt hatte. Er ließ sich seinen mit Juwelen besetzten Dolch bringen und ritzte sich in einen Finger. Dann begann er mit seinem eigenen Blut zu schreiben, wofür er sich immer wieder begeistern konnte.

»Wenn Ihr diesen Brief lest, Geliebte, seid Euch bewußt, daß er mit dem königlichen Blut der Valois geschrieben wurde, dem Blut dessen, der nun auf dem Thron Polens sitzt. Ach, wäre es doch der Thron Frankreichs! Ihr fragt, warum? Weil es eine größere Ehre bedeutete? Nein, Geliebte. Doch wenn ich König von Frankreich wäre, säßet Ihr neben mir.«

Während er weiterschrieb, platzte du Guast herein. Er war ganz aufgeregt, aber Heinrich blickte nicht auf. Er nahm an, sein Favorit störe ihn aus Eifersucht beim Schreiben.

»Sire«, begann du Guast. »Ein Bote ist draußen. Er bringt großartige Nachrichten.«

»Ein Bote!« Heinrich legte seinen Liebesbrief beiseite. »Was sind das für Nachrichten?«

»Gute Nachrichten, Sire. Aus Frankreich.«

»Bringt ihn herein. Schnell.«

Der Mann wurde hereingeführt und kniete ehrerbietig vor Heinrich nieder. Nachdem er die zarte Hand geküßt hatte, rief er aus: »Lang lebe König Heinrich III. von Frankreich!«

Heinrich hob die Hand und lächelte. »Mein Bruder ist also endlich tot ... und Ihr seid von meiner Mutter geschickt. Seid willkommen. Habt Ihr noch weitere Neuigkeiten für mich?«

»Nein, Sire, außer, daß Eure Mutter Euch bitten läßt, schnellstmöglich zurückzukehren.«

Der König klopfte dem Boten auf die Schulter. »Meine Gesellschafter werden Euch die Erfrischungen bringen, die Ihr für solche Neuigkeiten verdient. Führt ihn hinaus. Gebt ihm zu essen und zu trinken. Sorgt dafür, daß es ihm an nichts fehlt.«

Als sie wieder allein waren, lehnte sich Heinrich zurück, verschränkte die Hände im Nacken und lächelte seine Höflinge an.

»Endlich!« rief Villequier aus. »Das, worauf wir so lange gewartet und wofür wir gebetet haben, ist endlich eingetroffen.«

»Ich muß sofort nach Frankreich zurückkehren«, sagte der König.

»Noch heute nacht«, rief Villequier.

»Sire«, meinte du Guast, der alles etwas nüchterner sah, »das ist nicht notwendig. Die Polen wissen, daß sie Euch nun nicht mehr hier halten können. Ruft die Minister zu Euch und sagt ihnen, was vorgefallen ist. Bereitet Euren Abschied vor. In ein bis zwei Tagen seid Ihr soweit. Wenn Ihr heute nacht aufbrecht, sähe es wie eine Flucht aus.«

Heinrich runzelte die Stirn. Er hatte sich bereits ausgemalt, wie er mit seinen Freunden im gestreckten Galopp gen Frankreich ritt. Er lächelte Villequier an, denn dessen Vorschlag hatte ihm besser gefallen.

»Sie *werden* versuchen, mich festzuhalten«, entgegnete er. »Ihr wißt, wie sehr sie mich lieben. Ich habe ihnen für morgen abend einen großen Ball versprochen, und sie werden mich nicht vorher gehen lassen.«

»Gebt ihnen ihren Ball, Sire«, riet du Guast. »Macht eine Abschiedszeremonie daraus. Erklärt ihnen, daß Ihr zwar König von Polen bleibt, aber dennoch sofort nach Frankreich gehen müßt, um Euch dem Volk zu zeigen und die Staatsangelegenheiten, für die Ihr als König verantwortlich seid, zu regeln.«

»Aber ich muß doch ab jetzt in Frankreich *leben*, mein Lieber. Frankreichs König kann nicht in Polen leben!«

»Das müssen sie zum jetzigen Zeitpunkt nicht erfahren, Sire. Das kann man ihnen auch noch später beibringen.«

»Er irrt sich«, unterbrach ihn Villequier, der es kaum erwarten konnte, wieder französischen Boden unter den Fußen zu spüren. »Wir müssen sofort nach Frankreich aufbrechen ... heute noch. Lautet nicht auch die Nachricht der Königinmutter so?«

»Ich denke, Ihr habt recht, Villequier«, sagte Heinrich. »Ja, das werde ich tun. Also, meine Freunde, laßt uns unsere Pläne schmieden. Die Pferde müssen gesattelt für uns bereitstehen. Nachdem sich die Dienerschaft zur Nachtruhe zurückgezogen hat, stehe ich auf, kleide mich eilig an, und dann dürfen wir keinen Augenblick verlieren. Wir reiten auf dem schnellsten Weg nach Frankreich.«

Müde warf du Guast ein: »Solch dramatisches Handeln ist nicht notwendig, Sire.«

Heinrich ließ sich nicht davon abbringen. Während seines Aufenthalts in Polen war sein Selbstwertgefühl ins Unermeßliche gestiegen. Er genoß es, seltsam zu handeln und völlig Unerwartetes zu tun. Ihm war egal, wie man über ihn dachte. Es entzückte ihn, sich und andere ständig in Erstaunen zu versetzen. Du Guast, der ihn inzwischen gut genug kannte, wußte, daß es keinen Sinn hatte, weitere Einwände vorzubringen.

»Wie sehne ich mich nach der Zivilisation Frankreichs!« rief Heinrich aus. »Ich bedaure nur, die Kronjuwelen Polens zurücklassen zu müssen.«

»Aber die sind doch Eigentum Eurer Majestät!« erwiderte Villequier. »Egal, ob Ihr Euch in Frankreich oder in Polen aufhaltet, Ihr bleibt König von Polen. Nehmt die Kronjuwelen mit Euch, Sire.«

Heinrich küßte Villequier auf beide Wangen. »Ihr macht mich überglücklich, mein Freund«, sagte er. »Ich könnte es nicht *ertragen*, mich von den Juwelen zu trennen.«

Alle machten sich auf den Weg, um ihre Vorbereitungen zu treffen, und als die Zeit für das *coucher* kam, waren alle bereit zur Flucht.

Tenczynski führte die Zeremonie an, während die polnischen Adligen zufrieden lächelnd dabeistanden, wie immer in Gegenwart des Königs. Heinrich ließ sich im Bett zurücksinken und sprach eine Zeitlang.

Dann gähnte er. »Ich muß sagen, ich bin schrecklich müde heute. Die Vorbereitungen für den morgigen Ball haben mich völlig erschöpft.«

»In diesem Fall«, sagte Tenczynski, »werden wir Euer Majestät nicht länger stören.«

Heinrich schloß die Augen, und die Vorhänge an seinem Bett wurden zugezogen. Alle verließen sein Schlafgemach, und im Palast kehrte Ruhe ein.

Eine halbe Stunde später betraten die jungen Männer, wie vereinbart, fertig angekleidet leise sein Zimmer. Sie waren dem König beim Ankleiden behilflich, verließen den Palast mit den Kronjuwelen, und auf den Pferden, die gesattelt bereitstanden, ritten sie heimlich aus Krakau hinaus.

Es war aufregend, sich vorzustellen, sie würden verfolgt. Sie ritten schnell, machten sich aber nicht ausreichend Gedanken über die Richtung, und nach einigen Stunden fanden sie sich am Ufer der Vistula wieder. Sie hatten keine Ahnung, wie sie hierhergekommen waren oder in welcher Richtung sie weiterreiten sollten.

Verwirrt sahen sie einander an. Die Möglichkeit, sich zu verirren, war in den Plänen des Königs nicht berücksichtigt worden. »Reiten wir in den Wald«, schlug du Guast vor. »Vielleicht finden wir jemanden, der uns führen kann.«

So ritten sie, bis sie zu einer Holzfällerhütte gelangten. Villequier legte dem Bewohner seinen Dolch an den Hals, um ihn dazu zu bringen, seine Familie zu verlassen und sie zur Grenze zu führen. Der zitternde Mann hatte keine andere Wahl, dennoch benötigten sie zwei Tage und Nächte, ehe sie die Grenze erreicht hatten. Dort wurden sie bereits von Tenczynski und dreihundert Tataren erwartet.

Du Guast konnte sich ein triumphierendes Lächeln nicht verkneifen, denn damit war bewiesen, daß die ganze Dramatik sinnlos gewesen war.

Tenczynski sank vor dem König auf die Knie. »Ich bin Euch gefolgt, Sire, um Euch zu bitten, nach Krakau zurückzukehren. Eure Untertanen sind voller Trauer, weil Ihr sie verlassen habt. Kehrt um, Sire, und man wird Euch einen großartigen Empfang bereiten. Eure Untertanen werden so unterwürfig und voller Liebe sein wie immer.«

»Mein lieber Graf«, entgegnete Heinrich, »Ihr müßt wissen, daß man mich zurückgerufen hat. Die Krone Frankreichs steht mir aufgrund meiner Geburt zu. Glaubt nicht, ich würde nicht nach Polen zurückkehren ... dem Land, das ich lieben gelernt habe, nur weil ich jetzt eiligst nach Frankreich aufbreche. Laßt mich nur meine Angelegenheiten in Frankreich ordnen, dann werde ich zurückkommen.«

»Sire, in Frankreich findet Ihr keine so liebenden und treuen Untertanen wie in Polen.«

»Teurer Tenczynski, ich bin tief gerührt. Aber bittet mich nicht, jetzt mit Euch zurückzukehren. Gönnt mir eine kleine Pause ... mehr verlange ich nicht. Glaubt Ihr denn, ich könnte meinem geliebten Polen fernbleiben? Ihr müßt nach Krakau, um dort die Staatsangelegenheiten weiterzuführen, bis ich zurück bin. Seid versichert, lieber Graf, das wird eher sein, als Ihr denkt.«

Mit seinem Dolch ritzte sich Tenczynski den Arm und ließ einen Tropfen auf ein Armband fallen. »Hier, nehmt mein Blut auf diesem Schmuckstück, Sire. Nehmt es an, ich bitte Euch. Es soll Euch ständig daran erinnern, daß mein Blut Euch gehört, solltet Ihr mich brauchen.«

Heinrich streifte einen seiner Diamantringe ab und schenkte ihn Tenczynski. »Nehmt diesen Ring, um Euch an mich zu erinnern«, sagte er.

»Und ich kann den Untertanen Eurer Majestät mitteilen, daß Ihr Frankreich nur einen kurzen Besuch abstattet, Sire?«

»Das könnt Ihr in der Tat.«

Tenczynski weinte, während die Tataren verwirrt zusahen. Heinrich und seine Höflinge ritten über die Grenze.

»Auf zu unserem geliebten Frankreich!« rief der König aus. »Nie wieder setze ich einen Fuß in dieses barbarische Land.«

Aber Heinrich mußte feststellen, daß er es gar nicht mehr so eilig hatte, das Land seiner Geburt zu erreichen, nachdem er Polen verlassen hatte. Das Amt des Königs beinhaltete auch viele Verantwortlichkeiten, die er nicht so gerne auf sich nehmen wollte, und Frankreich zu regieren war sicherlich nicht so einfach, wie so zu tun, als regiere man Polen. Verärgert erinnerte er sich an die Hugenotten und die fanatischen Katholiken, die ständig Ärger machten. Er dachte an die dominierende Rolle seiner Mutter, die Unverschämtheiten seines Bruders und die Gerissenheit seiner Schwester. Es war daher angenehmer, sich auf dem Weg etwas Zeit zu lassen.

In Wien wurde für den König von Frankreich ein großartiger Empfang ausgerichtet. Da schickte es sich nicht, sofort weiterzureisen. Und in Venedig bereitete man ihm ein Willkommen, das Wien völlig verblassen ließ.

Es war eine wahre Freude, sich in einer goldenen Gondel zurückzulehnen, die von acht Gondolieren mit türkischen Turbanen gesteuert wurde, während die Venezianer ihm zujubelten.

Er konnte sich von Venedig nicht losreißen. Heinrich war sehr empfänglich für Schönheit; und es bereitete ihm ein exquisites Vergnügen, den Canal Grande entlangzugleiten, die venezianischen Schönheiten zu bewundern, die ihm von den Fenstern aus zuwinkten, von Schriftstellern und Künstlern umgeben zu sein. Wie hatte er diese vielen Monate in einem so unzivilisierten Land wie Polen aushalten können? Er ließ sich malen; er streifte, als normaler Bürger verkleidet, über den Rialto; er kaufte Parfüm, das er zum letztenmal vor ›seinem Exil‹, wie er es ausdrückte, hatte kaufen können. Und er erwarb neue Juwelen.

»Meine Freunde«, sagte er zu seinen Höflingen, während er sie mit seinen Neuerwerbungen einparfümierte und ihnen Juwelen um den Hals legte, »ist es nicht wunderbar, wieder unter zivilisierten Menschen zu sein?«

Dann kamen immer häufiger drängende Nachrichten von seiner Mutter. Sie hatte sich mit ihrem Gefolge auf den Weg gemacht und wartete auf ihn an der Grenze. Sein Volk könne es nicht erwarten, seinen König zu sehen, schrieb sie.

Er zog eine Grimasse. Heinrich wußte nicht, wie man ihn in Frankreich empfangen würde. Er konnte die wütenden Gesichter der französischen Männer und Frauen nicht vergessen, die ihn in den flämischen Städten beschimpft und mit Kot und verfaultem Obst beworfen hatten.

Aber er konnte sich Katharinas Drängen nicht auf Dauer widersetzen. Also sagte er Venedig Lebewohl und ritt weiter zur Grenze.

Bei ihrer Begrüßung umarmte Katharina ihn. »Mein Liebling, endlich!«

»Mutter! Seit Tagen und Nächten finde ich keinen Schlaf. Ich konnte es kaum erwarten, Euch wiederzusehen. Die Zeit im Exil war furchtbar und kaum zu ertragen.«

»Das ist nun vorüber, mein Liebling. Du bist wieder zu Hause. Du bist nun Frankreichs König. Ich brauche dir nicht zu sagen, wie sehr ich auf diesen Tag gewartet habe.«

Sie betrachtete ihn eingehend. In den sechs Monaten, die er fort gewesen war, schien er um sechs Jahre gealtert zu sein. Allen ihren Söhnen erging es so. Das Leben fraß sie förmlich auf. In frühester Jugend wurden sie erwachsen, und mit Ende Zwanzig waren sie alte Männer. Sie fürchtete bereits, er würde ebenso kränklich werden wie Franz und Karl.

Sie sprach bewundernd über sein gutes Aussehen, da sie wußte, daß er keine Kritik vertragen konnte, vor allem nicht an seinem Aussehen. »Du siehst besser aus als bei deinem Fortgehen, mein Liebling. Du mußt mir später alles von deinem schrecklichen Exil berichten.«

Sie erzählte ihm, daß sie auch Navarra und Alençon mitgebracht hatte. »Ich behalte sie immer gut im Auge«, sagte sie leise zu ihm. »Sie müssen mit mir in meiner Kutsche fahren, und sie sind in denselben Gasthöfen untergebracht wie wir. Auf die beiden müssen wir sehr gut aufpassen.«

Beim Einzug in Lyon ritt sie neben ihm. So wird es von nun an immer sein, beschloß sie insgeheim. Ich werde immer an seiner Seite sein, und gemeinsam werden wir Frankreich regieren.

Lyon weckte bittere Erinnerungen in Katharina. Sie entsann sich eines anderen Einzugs in diese Stadt – vor langer, langer Zeit –, als sie, die Königin Frankreichs, zutiefst gedemütigt worden war, weil man die Mätresse des Königs, Diane de Poitiers, hofierte.

Wie sehr sich dieser Einzug davon unterschied! Heute war sie glücklich. Ihr Sohn Heinrich würde sie nie so behandeln wie ihr Gatte Heinrich. Mit diesem Sohn verband sie die glücklichste Beziehung, die sie in ihrem Leben kannte.

Dann erhielt sie die Neuigkeit vom Tod der Prinzessin de Condé. Katharina war überrascht, wie sehr es sie berührte, als sie daran dachte, wie sie es Heinrich beibringen sollte. Solange es ging, hielt sie die Nachricht von ihm fern.

Die Art, wie er seine Trauer zeigte, war für den König typisch. Er nutzte die Situation, um die Eifersucht unter seinen Höflingen anzufachen. Sein Herz sei gebrochen, erklärte er. Welch furchtbares Schicksal war ihm beschieden! Er hatte in Polen nur weiterleben können, weil er auf ein Wiedersehen gehofft hatte. Und nun – nach all den Monaten des Exils – hatte er sie verloren!

Er schloß sich ein; er trug Trauerkleidung – aus schwarzem Samt, mit Diamanten bestickt; doch Diamanten, erklärte er, seien *nicht* seine Lieblingssteine. Er brauche Farbe in den Steinen, damit seine Augen und seine Haut besser zur Geltung kämen.

»Alle werden sehen, wie sehr ich sie geliebt habe, wenn ich nur diese dunklen Gewänder trage. Ihr Tod hat mir das Herz gebrochen.«

Katharina ermahnte ihn. »Du darfst nicht länger hierbleiben, mein Liebling. Du bist Paris schon viel zu lange ferngeblieben. Wir müssen an deine Krönung denken. Je eher du zum König gekrönt wirst, um so besser. Ich bestehe darauf.«

Er war zum Sticheln aufgelegt. »Ihr besteht darauf, liebe Mutter? Dabei war ich der Meinung, der Herr sei nun ich.«

So zogen weitere zwei Monate ins Land, bis sie ihn dazu brachte weiterzureisen, aber auch dann zog er nur bis Avignon.

Katharina erkannte sehr schnell, daß ihre Hoffnung, gemeinsam mit ihrem Sohn Frankreich zu regieren, sich wohl nicht erfüllen würde. Er beriet sich weniger mit ihr als je zuvor. Er war schon immer extravagant, doch seine Ideen wurden noch ausgefallener. Er hatte von jeher einen Hang zum Unerwarteten gehabt, aber früher war zumindest immer etwas Humor erkennbar gewesen; jetzt schienen seine Streiche von reiner Dummheit beseelt. Die Schuld dafür suchte sie bei seinen jungen Freunden. Sie mußte ihren Einfluß so schnell wie möglich mindern.

Heinrich war mit einer jungen Frau liiert, auf die ihn der gerissene Kardinal de Lorraine aufmerksam gemacht hatte. Der Kardinal wollte das Vertrauen des Königs gewinnen, vermutete Katharina, damit er ihn beherrschen konnte, wie er einst den kränklichen, kleinen Franz beherrscht hatte. Louise de Vaudemont war eine blonde junge Frau aus dem Hause Lorraine.

Zunächst zeigte sich Heinrich von dieser Frau nur wenig eingenommen, denn er litt noch an gebrochenem Herzen, wie er behauptete, weil er die Prinzessin de Condé verloren hatte. Doch nach einer Weile hielt er es für angemessen, eine Mätresse zu haben, und Louise de Vaudemont war so gut wie jede andere. Sie war bereits die Geliebte von François de Luxembourg, also würde sie nicht zu große Forderungen an den König stellen. Und sie war es wert, in die Fußstapfen von Madame de Condé zu treten. Die Prinzessin war verheiratet gewesen; Louise hatte einen Liebhaber. Solche Arrangements waren ideal, wenn einen der Liebesakt so ermüdete wie Heinrich.

Er hatte es nicht eilig, Avignon zu verlassen. Heinrich zog es vor, seine Ankunft in Paris hinauszuzögern, denn er mochte die Hauptstadt nicht. Er hatte nie durch die Straßen reiten können, ohne die Abneigung der Menschen zu spüren. Außerdem wußten sie weder seine Schönheit noch die seiner Höflinge zu schätzen. Er hatte sich Louise zugelegt, weil er der Pariser Bevölkerung zeigen wollte, daß er ein ›normaler‹ Mann war, der eine Frau liebte. Aber er dachte nicht gerne an Paris. Immer wenn die Sprache auf Paris kam, versuchte er abzublocken. »Avignon ist eine schöne Stadt«, sagte er dann. »Bleiben wir doch ein Weilchen hier. Für Paris bleibt noch genügend Zeit.«

Dann schloß er sich der Bruderschaft der *battus* an. »Ich möchte, daß mein Volk in mir einen ernsthaften, religiösen Menschen erkennt.«

Die *battus* waren eine Sekte, deren Mitglieder sich in Sackleinen kleideten, Masken trugen und sich gegenseitig mit Ruten schlugen, wenn sie durch die Straßen zogen. Füße und Schultern waren nackt, und sie trugen Fackeln und Kruzifixe, als seien sie eine Gruppe Büßer. Heinrich war ganz begeistert von den *battus*. Alle seine Höflinge mußten ebenfalls beitreten. Es gab allen ein Gefühl geistiger Größe, und es war *himmlisch*, die Hiebe auf den Schultern zu spüren. Heinrich ließ Edelsteine in Totenschädelform schneiden und sie in seine Kleidung einarbeiten.

Auch Navarra trat dem Orden bei. Es gefiel ihm, den

König und seine Freunde schlagen zu können. Er schaffte es jedoch immer, nicht selbst geschlagen zu werden. »Jedem nach seinem Geschmack!« pflegte der unverbesserliche Navarra zu sagen.

Auch der Kardinal de Lorraine wurde Mitglied des Ordens, denn er wollte vor allen Dingen die Gunst und das Vertrauen des Königs erlangen.

Katharina sah ihrem Treiben verärgert zu.

Es hat nichts zu bedeuten, redete sie sich ein. Er hat so lange gewartet. Jetzt ist ihm der Triumph zu Kopf gestiegen. Er wird dieser Spielchen schnell leid sein, und dann regieren wir gemeinsam.

Katharina saß beim Abendessen, als sie plötzlich intuitiv wußte, daß der Kardinal de Lorraine nicht mehr lebte.

Ihre Hand, mit der sie den Kelch an die Lippen führen wollte, hielt auf halben Wege inne, und sie sagte: »Nun werden wir Frieden bekommen, denn der Kardinal de Lorraine ist tot, und es heißt, er sei es gewesen, der den Frieden verhindert hat.«

Eine Dame erwiderte: »Aber, Madame, ich sah den Kardinal noch vor zwei Tagen. Er nahm an einer Prozession der *battus* teil. Er lief barfuß und mit unbedeckten Schultern. Zu jenem Zeitpunkt wirkte der Kardinal noch wohlauf.«

»Er ist tot«, beharrte Katharina weiter. »Er war ein großer Prälat.« Sie lächelte schadenfroh. »Wir haben einen schmerzlichen Verlust erlitten.« Madalennas Blick ruhte auf ihr, und sie zog sie zu sich heran und flüsterte ihr zu: »Heute starb einer der hinterhältigsten Menschen. Den Heiligen sei Dank!«

In diesem Moment ließ sie den Kelch fallen, und mit starrem Blick rief sie aus: »Großer Gott! Da ist er. Da ist der Kardinal!«

Madalennas Zähne klapperten. »Madame«, flüsterte sie, »wir können ihn nicht sehen.«

Katharina lehnte sich auf ihrem Stuhl zurück. Mit ruhiger Stimme erklärte sie: »Es war eine Vision. Ich hatte schon mehrfach solche Visionen. Ich zweifle nicht daran, daß wir noch im Laufe dieses Abends die Nachricht von seinem Tod erhalten.«

Die Frauen konnten den Vorfall nicht vergessen. Ehrfurchtsvoll flüsterten sie miteinander. Sie erinnerten sich noch gut an jenen Tag, da sie vom Tod des Prinzen de Condé bei Jarnac und dem Sieg ihres Sohnes auf diesem Schlachtfeld gesprochen hatte. Obwohl alles viele Meilen von ihnen entfernt geschah, schien es, als könne sie es alles mit eigenen Augen sehen.

»Die Königinmutter hat übermenschliche Kräfte«, flüsterten sie. »Das ist es, was uns alle so entsetzt.«

Als Katharina später am Abend die Nachricht von seinem Tod erhielt, entgegnete sie: »Ihr überbringt mir keine Neuigkeit. Ich sah ihn, als er die Erde verließ, um das Paradies zu betreten.« Zu sich selbst gewandt, fügte sie hinzu: »Wohl eher die Hölle, falls es einen solchen Ort gibt.«

In dieser Nacht zog ein schwerer Sturm auf, und Katharina lag schlaflos in ihrem Bett. Ihre Gedanken drehten sich ständig um den Mann, der ihren Sohn, König Franz II., beherrscht und ihm das Leben zur Hölle gemacht hatte. So viele Vorfälle aus der Vergangenheit fielen ihr wieder ein, die hinterhältigen, todbringenden Bemerkungen dieses Mannes, sein lüsterner Blick, seine gerissene Entschlossenheit, sein Haus nach oben zu bringen, und seine Feigheit, die ihn dazu veranlaßt hatte, ein Kettenhemd unter seiner Kardinalsrobe zu tragen. Unter allen Männern Frankreichs war er ihr größter Feind gewesen. Ein schlauer Mann, voller Gegensätze, ein Mann der Kirche, der bereit war, jedem Mann und jeder Frau hohe Belohnungen zu zahlen, wenn sie ihm neue erotische Genüsse verschafften. Der Kardinal konnte sämtliche Klassiker zitieren, war schlagfertig und liebte das Risiko. Während der letzten paar Jahre, als er seinen nahenden Tod bereits ahnte, hatte er sie mit einer neuen Art von Zuneigung betrachtet. Er hatte in ihr eine Frau gesehen, die so schlecht war, daß er selbst sich neben ihr unschuldig fühlen durfte. Sie konnte ihn sich vorstellen, wie er vor

Gott stand und sagte: ›Ja, das habe ich getan, und dessen bin ich ebenfalls schuldig ... aber, Herr, seht Euch die Sünderin Katharina von Medici an, und Ihr werdet erkennen, daß meine Sünden winzig sind im Vergleich mit ihren.‹ Diese Vorstellung brachte sie zum Lachen.

Aber als der Sturm gegen die Mauern des Schlosses antobte und sein Heulen sowie das unaufhörliche Plätschern des Regens nicht mehr zu überhören waren, wurde sie von Furcht ergriffen und glaubte, den Kardinal in ihrer Kammer zu sehen. Sie berührte ihr Armband und wiederholte die schützenden Worte, die sie von René gelernt hatte; aber wenn sie ihre Augen schloß, erblickte sie das längliche, heimtückische Gesicht des Kardinals. Sie sah seine Augen mit den dunklen Tränensäcken; sie sah die dünnen Lippen, die sich bewegten. Und sie dachte: Er will mich mit sich nehmen. Er will, daß ich neben ihm stehe, wenn das Urteil gesprochen wird. Er will sagen: Vergleicht uns doch. Hier seht Ihr die grausamste Frau, die je gelebt hat. Ihr könnt nicht sie und ihre Sünden sehen und dann Schlechtes von mir denken!

Diese Vorstellung war lächerlich. Sie glaubte nicht an das Jüngste Gericht. Aber sie konnte auch den Kardinal nicht vergessen, und sie meinte, ihn in den Falten des Vorhangs am Fußende ihres Bettes zu erkennen.

Schließlich konnte sie es nicht länger ertragen und rief nach ihren Damen. Überrascht eilten sie zu ihr.

»Zündet Kerzen an«, befahl sie. »Der Kardinal ist hier. Das Licht und Eure Gesellschaft wird ihn in den Hades zurücktreiben.«

Sie blieben bis zum Morgen bei ihr.

Endlich erklärte sich der König bereit, von Avignon nach Reims weiterzureisen.

»Du mußt so schnell wie möglich zum König gekrönt werden«, drängte Katharina.

Einer der großartigsten Tage ihres Lebens kam immer näher: Der Tag, an dem ihr geliebter Sohn Heinrich zum König gekrönt wurde. Sie hatte keine Zeit für alberne

Ängste und dachte auch nicht länger an den Kardinal de Lorraine, obwohl sie ihre Damen nach jenem Vorfall einige Nächte lang in ihrem Zimmer schlafen ließ. Der Mann, den man als *le tigre de la France* bezeichnet hatte, jener Egel, der Blutsauger, der Feind Gottes, geriet schnell in Vergessenheit; auch wenn sich sofort Gerüchte um sein Ableben rankten. Die Hugenotten behaupteten, der Sturm in jener Nacht sei von Hexen herbeigerufen worden, damit sie seine Seele in die ewige Verdammnis entführen konnten. Außerdem erzählten sie, er sei auf dem Totenbett sehr unruhig gewesen, weil er die bösen Geister bereits wahrgenommen habe, die auf seine Seele warteten. Die Katholiken dagegen verbreiteten ihre eigene Version. In ihren Augen verkörperte der Sturm den Zorn Gottes auf ein Land, das einen guten Katholiken wie den Kardinal nicht ausreichend gewürdigt habe. Sie erzählten, bei seinem Tod habe er in der Sprache der Engel gesprochen, und zwei Engel hätten am Kopfende seines Bettes gewartet, zwei an seinem Fußende, um seine Seele in Empfang zu nehmen.

»Es dürfte interessant sein zu erfahren, wer schließlich die schwarze Seele dieses Mannes für sich gewonnen hat«, meinte Katharina zynisch, »die Engel oder die Hexen. Ich habe aber keine Zweifel daran, daß er blutige Konflikte auslösen wird, ob er nun im Himmel oder in der Hölle ist. Genug davon! Überlassen wir ihn seinem Frieden oder dem Fegefeuer, denn er lebt nicht mehr – und wir müssen uns schließlich um die Lebenden kümmern.«

In Reims überraschte Heinrich seine Mutter mit der Erklärung, er wolle umgehend heiraten.

Katharina war entsetzt. »Wenn du heiraten willst, mein Sohn, werden wir eine würdige Braut für dich finden. Wir werden entsprechende Verhandlungen führen. Vorrangig müssen wir jetzt an deine Krönung denken.«

»Ich habe vor, zwei Tage nach meiner Krönung zu heiraten.«

»Das . . . das ist unmöglich!«

»Mir«, erwiderte Heinrich arrogant, »ist nichts unmöglich. Und eine Heirat schon gar nicht.«

»Heinrich, mein Liebling, ich glaube, du verstehst die Bedeutung deiner Position nicht ganz. Als König Frankreichs ...«

»Als König Frankreichs bestimme ich, ich allein, wen ich wann heirate. Louise kann es kaum erwarten, meine Königin zu werden, und ich sehe keinen Grund, die Hochzeit hinauszuzögern.«

»Louise!« rief Katharina fassungslos aus.

»Wir lieben uns«, sagte Heinrich und fuhr sich mit der Hand über seine Locken.

Sie blickte ihn erstaunt an. Was war mit ihm in den paar Monaten geschehen, die er in Polen zugebracht hatte? Sie fragte sich, ob er womöglich ebenfalls einen Hang zum Wahnsinn hatte wie sein Bruder.

»Du bist König«, protestierte sie. »Du mußt eine Ehe eingehen, die deiner würdig ist.«

»Ich muß heiraten und Kinder in die Welt setzen, Mutter. Stellt Euch vor, ich stürbe morgen, dann bestiege Alençon den Thron. Solch ein Schicksal darf Frankreich nicht beschieden sein.«

»Du mußt Kinder haben, das ist richtig ... aber du mußt auch standesgemäß heiraten.«

Er nahm ihre Hand und küßte sie. »Mein Stand bedeutet, daß jeder, den ich erhebe, meiner würdig ist. Die Hochzeit wird sofort im Anschluß an die Krönung stattfinden. Das Volk wird zufrieden sein.«

Katharina erkannte den trotzigen Blick und wußte, daß all ihre Bemühungen, ihn davon abzubringen, fruchtlos sein würden. Ihm konnte sie keine Furcht einjagen, wie es ihr bei ihren anderen Kindern gelang. Aber sie durfte nicht verzweifeln; sie mußte versuchen, ihn mit List zu ihrer Auffassung zu bekehren. Und warum auch nicht? Sie hatte es auch früher gekonnt. Dennoch war es erschreckend, diese unvernünftige Ader in ihm zu entdekken. Für eine Persönlichkeit wie ihn war sein Vorhaben gleichbedeutend mit Wahnsinn.

Die Krönung verlief alles andere als gut. Er zeigte seine Verärgerung über die Art, wie man ihm die Krone aufsetzte. Sie täte ihm weh, sagte er laut und schüttelte seinen Kopf so heftig, daß die Krone fast zu Boden fiel. Er muß lernen, sich in der Öffentlichkeit zusammenzureißen, dachte Katharina. Was hatten die Polen aus ihm gemacht? Sie hatten ihn völlig verändert. Er durfte sich vor seinen französischen Untertanen nicht in der gleichen Weise zeigen, wie er es offenbar vor den Polen getan hatte. Für die Polen war er eine schillernde Figur gewesen; in den Augen der Franzosen war er ein lächerlicher perverser Mensch. Katharinas Ängste wuchsen mit jeder Verrücktheit ihres Sohnes. Die Leute raunten sich bereits zu, daß der Vorfall mit der Krone ein böses Omen sei. »Habt ihr gesehen, wie sie ihm fast vom Kopf gefallen ist? Er wird nicht lange regieren. Das war ein Zeichen.« Dies war eine schlechte Ausgangssituation. Ein König mußte populär sein, wenigstens für die Dauer seiner Krönung. Die ablehnende Haltung seines Volkes verärgerte Heinrich. Die Polen waren so stolz auf ihn gewesen; warum reagierten die Franzosen nicht genauso?

Sofort nach der Krönung wurde das erstaunte Volk von der bevorstehenden Hochzeit informiert.

Heinrichs Verhalten nahm groteske Züge an, und er wurde so arrogant, so eingebildet, daß es ihm egal war, was sein Volk von ihm dachte. Er bestand darauf, daß die Kirche mit der Tradition brach und die Hochzeit bei Nacht stattfinden ließ. »Schließlich«, lautete seine Erklärung, »benötigen wir den ganzen Tag, um uns anzukleiden und zu schmücken.«

Die Kirche war verärgert, das Volk schockiert. Seine Entscheidung kam nicht nur zu plötzlich, er hatte zudem eine Frau zur Gemahlin erwählt, von der man wußte, daß sie die Mätresse von François de Luxembourg war. Mehr und mehr wuchs die Verachtung für diesen angemalten, parfümierten König, der sich offenbar nicht entscheiden konnte, ob er ein Mann oder eine Frau war.

Heinrich beging eine weitere Taktlosigkeit, als er François de Luxembourg zu sich rufen ließ.

»Cousin«, sagte er zu dem jungen Mann vor so vielen Leuten, daß die Geschichte in kürzester Zeit von Reims nach Paris gelangte und anschließend in ganz Frankreich kursierte, »ich habe vor, Eure Mätresse zu heiraten. Im Austausch überlasse ich Euch meine frühere Geliebte, Mademoiselle de Châteauneuf. Ihr heiratet meine Mätresse und ich Eure. Das ist eine sehr pikante Situation, die mich und sicher auch mein Volk amüsiert.«

François de Luxembourg, der von diesem Vorschlag entsetzt war, verneigte sich tief und erwiderte: »Sire, es ehrt mich, daß meiner Mätresse so viel Ehre und Glück beschert sein wird. Ich bitte Euch jedoch, mir nicht die Ehe mit Mademoiselle de Châteauneuf anzutragen.«

Heinrich runzelte die Stirn. »Weshalb? Mademoiselle de Châteauneuf war gut genug für mich. Also ist sie auch gut genug für Euch.«

»Das ist wahr, Sire«, antwortete der unglückliche Mann, »aber ich bitte Euch um etwas Zeit, denn Euer Majestät werden mir beipflichten, daß ein solch wichtiger Schritt überlegt sein will.«

»Ich kann Euch die Zeit nicht gewähren«, lautete Heinrichs arrogante Antwort. »Ich bestehe darauf, daß Eure Hochzeit mit Mademoiselle de Châteauneuf jetzt stattfindet. Ich möchte zwei rasche Hochzeiten. Das ist romantisch und gleichzeitig delikat. So etwas gefällt mir und bringt meinem Volk die Person näher, die ihr König ist.«

Die Hochzeit von Heinrich und Louise de Vaudemont wurde mit großem Pomp gefeiert; François de Luxembourg hingegen wurde wenige Stunden nach jenem Gespräch vermißt. Später erfuhr man, daß er auf schnellstem Wege nach Luxemburg geflohen war.

Heinrich zuckte die Achseln. Er war viel zu sehr mit seinen neuen Kleidern und den geplanten Feierlichkeiten beschäftigt, um sich über die Flucht François de Luxembourgs Gedanken zu machen. Aber die Leute schüttelten verständnislos den Kopf und fragten sich, was wohl aus einem Land werden sollte, auf dessen Thron ein solcher König saß. »Sind wir einen Irren los, nur damit ein zweiter Wahnsinniger den Thron besteigt? Sie sind wie Schlangen, diese Valois. Aber was kann man schon anderes erwarten? Man muß nur daran denken, wer ihre Mutter ist.«

Nach seiner Krönung und der Heirat in Reims reiste Heinrich schließlich nach Paris, wo weitere Orgien folgten und er sich erneut den Prozessionen der *battus* anschloß.

Die Pariser verfolgten kritisch das absonderliche Verhalten ihres Königs. Sie glaubten, daß die Herrschaft eines Mannes wie Heinrich III. nur Böses bringen konnte, zumal auch noch die Italienerin Isebel an seiner Seite saß.

Ungeachtet des Sturmes, der sich um ihn herum zusammenbraute, dachte Heinrich nicht daran, sein Verhalten zu ändern. Katharina beobachtete ihn voller Sorge und gab ihm gute Ratschläge, die er zunächst anzunehmen schien, dann aber bequemerweise wieder vergaß. Seine Höflinge waren ständig um ihn herum; die Bewohner von Paris bezeichneten sie bereits als seine *mignons*. Vier zeichnete er besonders aus: du Guast, Caylus sowie die Herzöge Joyeuse und Epernon. Sie wichen nie von der Seite des Königs; sie genossen sein Vertrauen und teilten mit ihm seine Vergnügungen. Katharina hörte sie oft, wie sie miteinander lachten, wenn sie wieder irgendeine lächerliche Zerstreuung ausheckten oder sich über die neuesten Moden, über Juwelen oder die Eigenarten ihrer Schoßhunde unterhielten.

In ganz Paris wurden die Menschen unruhig. Zwei kühle Sommer nacheinander hatten Weizenmangel bewirkt. Die Hugenotten, die ebensosehr darauf beharrten, Gott sei auf ihrer Seite, wie es die Katholiken von sich behaupteten, erklärten, dies sei die Strafe für das Massaker. Ein Übel konnte zweifellos auf das Gemetzel zurückgeführt werden: Große Rudel Wölfe verunsicherten das Land; die vielen Leichen hatten sie angelockt, und sie suchten nach weiterem Futter. Viele Hugenotten waren intelligente und fleißige Händler gewesen, und Frankreich vermißte nun den Wohlstand, den sie geschaffen hatten. Seuchen brachen überall aus. Leprakranke zogen durch das Land und brachten Tod und Elend mit sich. Und noch immer schwelte der Streit zwischen den wenigen verbliebenen Hugenotten und den Katholiken.

Darüber hinaus brauchte der König viel Geld und war nicht bereit, auf etwas zu verzichten. Er und seine Höflinge planten viele Feste, die sehr teuer waren. Hohe Steuern wurden erhoben, und in Paris kam der Widerwille immer stärker zum Ausdruck; hier sahen die Menschen die prunkvollen Umzüge aus nächster Nähe. Sie konnten die teuer gekleideten Gäste beobachten und die verschwenderischen Bankette, die im Louvre gegeben wurden.

Nie hatten sie jemanden so sehr gehaßt, wie sie den König und seine Mutter haßten, aber sie schrieben Katharina die Schuld am Verhalten des Königs zu. Sie würde immer den Sündenbock für alles Böse spielen müssen, das Frankreich befiel. Den König haßten, die Mutter fürchteten und verachteten sie.

Das Volk von Paris hungerte, und der Hunger machte es mutig. Schmähschriften erschienen an den Wänden, und Witze über den König, seine Mutter, Alençon und Margot zirkulierten überall. Frankreich stand kurz vor einer Revolte, was sich in kleineren Ausbrüchen bereits zeigte. Einmal wurde eine Kutsche mit Katharina und Margot von Studenten gestoppt, die den Frauen befahlen auszusteigen. Da sie erkannten, daß ihnen andernfalls Gefahr drohe, leisteten sie dem Befehl Folge. Die Königinmutter wurde mit obszönen Bemerkungen bedacht, während einige Studenten sogar die Unverschämtheit besaßen, Margot zu betatschen. Nur das würdevolle Auftreten der beiden Königinnen verhinderte noch Schlimmeres. Ihre Erhabenheit ließ die jungen Studenten schließlich zurückweichen, die beiden Frauen stiegen wieder in ihre Kutsche und beeilten sich wegzukommen. Ein andermal wollte der König den Markt von Saint-Germain besuchen, wo er Hunderte von Studenten vorfand, die in langen Gewändern mit Spitzen aus Papier seine *mignons* darstellten. Sie zogen durch die Straßen, riefen einander *mignon* und tätschelten und streichelten sich gegenseitig. Die *mignons* in Begleitung des Königs weinten vor Verärgerung, und er konnte sie nur beschwichtigen, indem er die Studenten verhaften ließ. Katharina sorgte dafür, daß sie schleunigst wieder freigelassen wurden, dennoch war Heinrichs Verantwortungslosigkeit beunruhigend.

Immer wenn der König in den Straßen erschien, machte man sich hinter seinem Rücken über ihn lustig. »Beschützer der vier Bettler!« nannte man ihn oft, vor allem, wenn er sich in Begleitung seiner vier Favoriten befand.

»Er dreht seiner Gattin die Haare ein. Er wählt ihre Kleider aus. Wer ist Heinrich III.? Ist er ein Mann oder eine Frau?«

»*Concierge du palais*!« riefen ihm die Kinder hinterher, um es den Erwachsenen gleichzutun.

Man amüsierte sich damit, Geschichten über das Verhalten des Königs zu erfinden; andere sprachen unentwegt von der Boshaftigkeit der Königinmutter. Die Stadt haßte das Haus der Valois mehr und mehr, und keins seiner Mitglieder blieb von ihrem Spott verschont. Alençon und Margot seien des Inzests schuldig, wurde behauptet. Margot wechselte ihre Liebhaber wie ihre Schuhe. Sie besaß angeblich hundert Kleider in ihren Schränken, von denen jedes einzelne ein Vermögen gekostet hatte, und sie stellte nur hellblonde Stallknechte ein, um aus ihrem Haar Perücken anzufertigen.

»Wie lange wollen wir uns noch von solchen Schlangen regieren lassen?« brummten die Leute. »Wie lange wollen wir uns noch von ihnen aussaugen lassen, damit sie ihren Vergnügungen nachgehen können?«

So nahm die Unruhe im Land immer mehr zu. Hinzu kam der ewige Streit zwischen Hugenotten und Katholiken, die sich gegenseitig ebensosehr haßten, wie sie die königliche Familie haßten.

Es folgte ein heißer, stickiger August. Der Kot in den Straßen der Städte und der Gestank hielten die Menschen im Haus. Die Zahl der Bettler stieg rapide an. Sie lagen auf dem Pflaster, krank und sterbend, und die Taschendiebe verunsicherten die Märkte. Außerhalb der Stadtmauern trieben Räuber ihr Unwesen, und so mancher verlor sein Leben wegen weniger Münzen.

Mit dem August kam auch der Jahrestag der Tat, die man nie mehr vergessen würde.

Noch viele Jahre lang sollten die Hugenotten am 23. August eine schlaflose Nacht verbringen, immer in der Angst, sie könnten das gleiche Schicksal erleiden wie ihre Brüder und Schwestern in jener Nacht.

Ein katholischer Witzbold hatte für Panik unter den Hugenotten gesorgt, als er die Haustüren einiger bekannter Hugenotten in der Stadt mit weißen Kreuzen bemalt hatte. Daraufhin schärften die Männer ihre Schwerter und prüften ihre Waffen. Es war die schlimmste Zeit des Jahres.

Der Vorabend und der Tag des heiligen Bartholomäus vergingen in angespannter Ruhe. Wenige Tage später jedoch fanden ein paar Hugenotten, die in einem Haus eine Predigt gehört hatten, vor ihrer Tür eine Gruppe Katholiken vor. Ein besonders mutiger Mann hatte seinen Hut mit einem weißen Kreuz verziert. Sie waren eigentlich nur gekommen, um die Hugenotten zu erschrecken, aber die total verängstigten Hugenotten liefen hoch erhobenen Kopfes und ein Gebet auf den Lippen durch die Straßen. Hätten sie nicht gebetet, wäre nichts weiter geschehen, aber weder die Katholiken noch die Hugenotten ertrugen es, die jeweils anderen beten zu sehen. Gott war *ihr* Verbündeter. Sie ertrugen es nicht, wenn die andere Seite Ihn für sich beanspruchte. Einer warf einen Stein, und es kam zu einem Handgemenge, das für einige tödlich endete, ehe der Streit wieder geschlichtet werden konnte.

Eine Delegation Hugenotten zog zum Palast, wo sie eine Audienz beim König forderten. Dieser ließ sie jedoch warten, weil er gerade damit beschäftigt war, mit seinen Höflingen zu spielen. Als das Spiel schließlich beendet war, erklärte er, er sei zu müde, um die Delegation zu empfangen.

Erneut wurden Stimmen gegen ihn laut. »Diese Stadt gleicht Babylon!« riefen sie. »Sodom und Gomorrha. Der Herr wird nicht ruhen, ehe Er diese Stadt zerstört hat.«

Die Armen kauerten sich an den Straßenecken nieder, und kaum waren die Fenster des Louvre erleuchtet, drängten sie näher, um zu beobachten, was im Palast vorging. Sie sahen die fantastischen Bälle, die der König veranstaltete, sahen seine prunkvollen Kleider und seine Perlen um den Hals. Sie sahen die Bankette und die Männer, die allesamt als Frauen gekleidet gingen. Die Seide für diese Kleidung war extra gekauft worden und hatte Unsummen gekostet. Das Geld stammte aus Steuern, die den Bürgern auferlegt wurden.

Es gab viele im Gefolge des Königs, die ihn ermahnten: Katharina, die Guises, der Marschall Tavannes.

»Nur ein Narr verschwendet Geld auf diese Weise!« wagte Tavannes ihm vorzuwerfen.

»Man kann das Volk von Paris nicht auf diese Weise behandeln!« sagte de Guise.

»Nimm dich in acht, mein Sohn«, ermahnte ihn Katharina. »Wenn dir solche Vergnügungen gefallen, dann gehe ihnen im geheimen nach. Führe den Menschen keine solche Verschwendung vor, wenn sie hungern müssen. Es ist unmöglich, auf diesem Weg weiterzumachen.«

»Ich bin der König!« erwiderte Heinrich. »Für mich ist alles möglich.«

Unterdessen sah die verärgerte, hungernde Bevölkerung einer Stadt zu, wie ein König, den sie haßte, im Überfluß lebte.

Louis Bérenger du Guast war damit beschäftigt, das Haar seines Herrn einzudrehen. Er hielt dabei ein belangloses Gespräch aufrecht, war mit seinen Gedanken jedoch völlig woanders. Du Guast unterschied sich von den anderen *mignons* dadurch, daß er politische Ambitionen hatte. Er strebte ein offizielles Amt an, und wenn es dazu notwendig war, den weibischen jungen Mann zu spielen, für den es nur schöne Kleider, Parfüms, Schoßhunde und seinen Herrn gab, nahm er das auf sich.

Es war ihm bereits gelungen, den König und seine Schwester, Margot, zu entzweien, denn in Margot sah er eine Verbündete Alençons, den er als seinen größten Gegner betrachtete. Du Guast hatte Margot vor dem König und dem gesamten Hof der Unschicklichkeit bezichtigt, einen Herrn aus dem Gefolge Alençons in dessen Schlafkammer aufgesucht zu haben. Margot hatte dies heftig bestritten, aber der König war eher bereit, seinem Günstling Glauben zu schenken als seiner Schwester; und da Margots Lebenswandel einen solchen Vorfall als durchaus glaubhaft erscheinen ließ, waren auch andere bereit, du Guast zu glauben. Seitdem war Margot noch enger mit Alençon verbündet, was auch bedeutete, daß sich ihre Freundschaft mit ihrem Gatten festigte.

Der König litt an einer Ohrenkrankheit, die der glich, die letztendlich für den Tod seines Bruders Franz verantwortlich gewesen war, und du Guast hatte bereits überlegt, es könne einige im Palast geben, die dem König nach dem Leben trachteten. Wenn der Gedanke an Gift ins Spiel kam, dachte man automatisch zuerst an die Königinmutter, aber niemand verdächtigte Katharina, ihren geliebten Sohn ermorden zu wollen, der, wie sie alle wußten, ihr ein und alles war. Wer aber dann? Es blieben Alençon und seine Freunde, denn wenn der König stürbe, gehörte der Thron Alençon.

Es gab noch eine Verwicklung, die du Guast beunruhigte. Er fühlte sich sehr zu Madame de Sauves hingezogen, und er gefiel ihr auch, wie sie ihm zu verstehen gegeben hatte. Sie hatte jedoch noch weitere Liebhaber, darunter Guise, Navarra und Alençon. Das ärgerte du Guast, der sowohl bei seinem Herrn wie auch bei seiner Geliebten gerne an erster Stelle stand. Aber von seinen Rivalen fürchtete er Alençon am meisten, denn falls der König stürbe und Alençon seine Stelle einnahm, würde du Guast sehr tief stürzen.

»Wie geht es Eurem Ohr heute, Sire?« flüsterte du Guast.

»Ich verspüre große Schmerzen«, jammerte der König. »Ist es geschwollen? Dann legt meine Locken darüber, damit man es nicht sieht.«

»Darf ich Euch allein sprechen, Sire?«

Caylus und Epernon runzelten die Stirn.

»Es ist von äußerster Wichtigkeit, Sire«, drängte du Guast.

Heinrich nickte. Er war nicht so dumm, wie er oft

wirkte, und die Vernachlässigung seiner Pflichten war in erster Linie auf seine physische Schwäche zurückzuführen. Die Kraft, die er als Jugendlicher besessen hatte, war geschwunden, und heute ermüdete ihn schon die geringste körperliche Anstrengung. Er war vom gleichen schwachen Körperbau und von der gleichen kränklichen Konstitution, die zum vorzeitigen Tod seiner beiden Brüder beigetragen hatte. Aber er besaß mehr Intelligenz als seine Brüder. Trotz all seiner seltsamen Neigungen und Ideen war er imstande, sich mit wichtigen Angelegenheiten zu befassen.

Also hieß er alle, den Raum zu verlassen, und lauschte dem, was du Guast ihm zu sagen hatte.

»Sire, ich habe Angst. Euer Ohr ... es beunruhigt mich.«

»Was meint Ihr damit?«

»Euer Bruder Franz starb an einer Ohrenkrankheit, Sire, und einige behaupten, seinem Ableben sei etwas nachgeholfen worden.«

»Mein Gott!« rief Heinrich aus. »Wollt Ihr damit sagen, jemand versucht, mich loszuwerden?«

»Das ist durchaus möglich.«

»Aber ... meine Mutter liebt mich doch!«

»Ich denke dabei nicht an Eure Mutter, Sire.«

»Alençon?« murmelte der König.

»Wer sonst, Sire? Er ist Euer Feind.«

»Was können wir dagegen tun? Wir müssen schnell handeln. Ich werde meine Mutter rufen. Sie wird wissen, was zu tun ist.«

Aber du Guast wollte nicht zulassen, daß er seine Mutter mit ins Spiel brachte. Sie würde einem Mord an Alençon – dem einzigen verbleibenden Nachkommen aus dem Hause Valois – nie zustimmen.

»Wir können das auch ohne Eure Mutter erledigen, Sire. Wir können die Aufgabe einem anderen übertragen. Wie Ihr wißt, beschäftigt mich alles, was auch Euch beschäftigt, Sire. Nachts liege ich oft wach und denke nach, wie ich Euch am besten zu Diensten sein kann.«

»Louis, mein Bester!«

»Ich habe mir folgendes überlegt, mein König: Es gibt noch jemanden, der Alençon haßt.«

»Und wer ist das?«

»Navarra.«

»Navarra? Sie sind doch Verbündete!«

»Sie waren es. Mittlerweile sind sie entzweit. Wegen einer Frau. Erst kürzlich sind sie sich fast an die Kehle gegangen. Navarra hat wieder einen seiner plumpen Streiche gespielt. Bei seinem letzten Besuch bei jener Dame brachte er irgend etwas Schweres über der Tür an und trug dafür Sorge, daß es Alençon bei seinem Eintreten auf den Kopf fiel. *Ma fois!* Ihr hättet sehen sollen, wie sein Gesicht danach aussah ... das auch vorher nicht zu den schönsten zählte, wie Euer Majestät ja wissen.«

»Das freut mich zu hören. Wie schade, daß er sich nicht gleich sein Genick gebrochen hat.«

»Es gab Ärger. Beinahe hätte er in einen Kampf auf Leben und Tod gemündet. Aber ihr kennt ja Navarra, Sire. Er drehte und wand sich, und schon nach wenigen Minuten hatte er alles so hingestellt, als sei es viel zu lächerlich, sich darüber zu streiten. Aber unter der Oberfläche brodelt es, Sire, es brodelt. Sie lieben beide dieselbe Frau ... die sie sich auch im Bett teilen.«

»Diese Madame de Sauves scheint eine sehr begehrenswerte Frau zu sein«, meinte der König und blickte du Guast verschmitzt an, denn er hatte die Gerüchte bereits vernommen.

»Man amüsiert sich«, erwiderte der Favorit. »Auch Euer Majestät genießen eine kleine *chasse de palais*. Obwohl Euch die Damen ermüden und Ihr Euch einige Tage ausruhen müßt, wenn Ihr einer von Ihnen Eure Liebe schenkt.«

»Sprechen wir nicht von unseren kleinen Ausschweifungen, mein lieber Louis.«

»Mein König, die Verbindung mit Madame de Sauves bin ich nur eingegangen, um durch sie zu erfahren, was Eure Feinde vorhaben.«

»Ihr seid ein wahrer Freund. Erzählt mir mehr von Alençon und Navarra.«

»Sie streiten miteinander. Beständig. Alençon ist ein Narr; Navarra jedoch nicht, er spielt nur den Narren. Hört meinen Plan, Sire: Ruft Navarra zu Euch und erklärt ihm, wie lästig Euer Bruder geworden ist. Sagt ihm, er habe Eure Zustimmung, mit ihm zu verfahren, wie es ihm gefällt. Damit würde er sich nicht nur eines Rivalen bei einer schönen Frau entledigen, er wäre auch der nächste in der Thronfolge, sollte Euer Majestät keinen Thronfolger hinterlassen.«

»Ich werde einen Thronfolger zeugen«, protestierte der König. »Ich werde mit der Königin Notre-Dame besuchen, um Gott um seine Hilfe zu bitten. Darüber hinaus könnte es gefährlich sein, Navarra gegenüber den Punkt der Thronfolge zu erwähnen, meint Ihr nicht?«

»Er wäre nur so lange nächster in der Thronfolge – nach einem Ableben Alençons –, bis Euer Majestät einen Thronfolger gezeugt haben. Ihr erinnert ihn nur an etwas, das er bereits weiß. Überlegt andererseits, welche Vorteile es hätte, wenn wir Alençon los wären. Er ist Euer größter Feind. Ich sähe es gern, wenn alle Eure Feinde beseitigt wären, aber man soll immer mit dem größten Feind beginnen. Danach hat auch Eure Mutter immer gehandelt; und Ihr müßt ihr wohl zugestehen, daß sie die Kunst der Beseitigung von Feinden ausgezeichnet beherrscht.«

»Ihr habt recht, mein Lieber. Wie immer habt Ihr völlig recht. Laßt augenblicklich nach Navarra schicken.«

Nachdem Navarra erschienen war, begann Heinrich: »Kommt, Bruder, setzt Euch zu mir und erzählt mir von den blauen Flecken, die Ihr meinem Bruder Alençon zugefügt habt. Du Guast hat mit seinen Bemerkungen meine Neugier geweckt, und ich möchte mich gern amüsieren.«

Navarra sprach, ohne groß die Etikette zu beachten. Wurde er in Gegenwart hochgestellter Persönlichkeiten impertinent und daraufhin zurechtgewiesen, sagte er immer: »Verzeiht, ich bin nur ein Mann aus der Provinz, ein ungeschlachter Béarnais.«

So sah man ihm viel nach. Sie glaubten schließlich tatsächlich, er wisse es nicht besser, und akzeptierten es.

Nachdem er seine Geschichte beendet hatte, meinte der

König: »Madame de Sauves bildet einen Streitpunkt in Eurer Freundschaft mit Alençon, obwohl Eure Freundschaft doch einst sehr eng war.«

»Nur eine kleine Rivalität wegen einer Frau, Sire«, winkte Navarra ab. »Das bringt wahre Freunde nicht so leicht auseinander.«

»Alençon ist kein wahrer Freund. Er besaß in seinem ganzen Leben noch keinen wahren Freund.«

Navarra zuckte nur mit den Achseln und lächelte den König an.

»Mein lieber Navarra, warum rächt Ihr Euch nicht an Eurem Rivalen? Denkt doch einmal nach! Wäre er nicht mehr, wäret Ihr der nächste Anwärter auf den Thron Frankreichs. Ihr müßtet nicht länger schwere Gegenstände über der Tür Eurer Geliebten anbringen. Der Liebhaber und Thronfolger würde triumphieren.«

Navarras Augen verengten sich. »Was hat das zu bedeuten, Sire? Ist das ein Befehl?«

»Das ist kein Befehl«, antwortete der König. »Nennt es einen Vorschlag.«

Navarra tat so, als sei er erleichtert. »Sire«, sagte er, wobei Spott in seinen Augen leuchtete, »ich war immer sehr erfolgreich in allem, was ich angefangen habe. Ich hatte es nie nötig, zu krassen Methoden zu greifen, um meine Ziele zu erreichen. Was meine Stellung als Thronfolger anbelangt, so sehe ich nicht, wie das möglich sein könnte. Euer Majestät mögen mir verzeihen, daß ich das so sage. Jeder weiß, daß Euer Majestät und die Königin um einen Nachfolger beten. Wie könnte Gott zwei so frommen Menschen wie Euch einen solchen Wunsch versagen? Darüber hinaus bin ich nicht versucht, eine solch hohe Position einzunehmen. Mit meiner gegenwärtigen Position bin ich völlig zufrieden. Ich weiß, Euer Majestät werden mir die Bemerkung vergeben: Je größer die Ehre, die einem zuteil wird, um so größer sind die Probleme, die damit behaftet sind. Mir scheint, diese Ehre ist es nicht wert, dafür einen Mord zu begehen.«

»Ihr seid ein großer Narr, Navarra«, antwortete der König.

»Das mag sein. Aber in der Narrheit steckt oft große Weisheit. Ich widerspreche Euch nicht, wenn Euer Majestät mich einen Narren nennen. Vielleicht bin ich einfach nur ein Narr, der sein Gewissen nicht mit einem Mord belasten möchte.«

Der König und du Guast wechselten unsichere Blicke. Sie hatten ihre Pläne offengelegt. Es war nicht unwahrscheinlich, daß der Inhalt dieses Gesprächs Alençon zur Kenntnis gelangte. Woher sollte man wissen, was im Kopf dieses Bauern, dieses ungehobelten Béarnais vorging?

Katharina erkannte sehr schnell, daß der Hof in zwei Lager gespalten war. Auf der einen Seite standen der König und seine *mignons*, auf der anderen Alençon und sein Gefolge. Margot bewegte sich am Rande des Kreises um ihren Bruder und hatte sich erneut einen seiner Leute zum Geliebten auserkoren – den gutaussehenden, gefährlichen Louis de Clermont d'Amboise, Graf von Bussy, der als Bussy d'Amboise bekannt geworden war und den jeder aufgrund seiner tapferen Taten nur den mutigen Bussy nannte. Dieser Mann war quasi ein männliches Ebenbild von Margot; ständig suchte er das Abenteuer, sei es ein amouröses oder ein anderes, und als Alençons Gefolgsmann verachtete er die *mignons* des Königs.

Navarra hielt sich zurück, war aber bereit – wie Katharina durch Charlotte erfahren hatte –, sich mit Alençon zu verbünden, sollte sich das als vorteilhaft für ihn erweisen, auch wenn sie sich immer öfter wegen Charlotte de Sauves stritten. Margot hatte bereits mehrfach den Versuch unternommen, den Streit zwischen ihrem Gatten und Alençon zu schlichten, und durch Bussys Einfluß unterstützte sie die Allianz zwischen Alençon und Navarra. Margot war gefährlich, wie Katharina wußte; intelligent und gerissen und vor allem unberechenbar, da sie sich immer vorrangig von ihren Gefühlen leiten ließ und immer den Zielen ihre Unterstützung schenkte, die ihr gegenwärtiger Liebhaber verfolgte.

Momentan schien nichts nach Katharinas Wünschen zu laufen. Eben erst hatte sie die Nachricht vom Tod ihrer ältesten Tochter Claude erhalten. Sie hatte Claude nicht übermäßig geliebt, aber es kam ihr vor, als fielen ihre Kinder eins nach dem anderen wie faules Obst vom Stammbaum der Valois. Nur noch drei waren am Leben – ihr geliebter König, der unberechenbare Alençon und die gefährliche Margot. Der König alterte unnatürlich schnell für einen Mann, der noch nicht einmal fünfundzwanzig Jahre zählte. Alençon litt ab und zu an Schmerzen in der Brust. War denn keins ihrer Kinder in der Lage, ein normales Leben zu führen und gesunde Kinder in die Welt zu setzen? Immer wieder sagte sie sich, daß sie gegen den Einfluß der *mignons* auf ihren Sohn vorgehen mußte. Am meisten beunruhigte sie du Guast. Sie mußte einen Weg finden, du Guast aus dem Weg zu räumen. Katharina wagte es nicht, ihm eines ihrer *morceaux* zu verabreichen, weil Heinrich sofort sie verdächtigen und ihr nie verzeihen würde, daß sie einen seiner Günstlinge auf dem Gewissen hatte. Sie mußte du Guast zur Zielscheibe des anderen Lagers machen und brauchte nur einen Anlaß zu finden. Vielleicht konnte ihr Margots Liebhaber diesen Anlaß verschaffen. Sie erinnerte sich, daß auch Monsieur de la Mole einst eine sehr nützliche Rolle gespielt hatte. Sie mußte sich wieder das Vertrauen und die Liebe ihres Sohnes erschleichen.

Katharina war zutiefst schockiert gewesen, als sie erfahren mußte, daß Heinrich ihr wichtige Staatsdokumente vorenthalten ließ. Dahinter steckte du Guast, wie sie vermutete; und es war das Alarmierendste, das ihr je untergekommen war, denn es konnte bedeuten, daß sie bald überhaupt keinen Zugang mehr zu Staatsgeheimnissen erhielt. Als sie das entdeckt hatte, war sie eher verletzt als wütend gewesen, so groß waren ihre Liebe zu ihrem Sohn und ihr Wunsch, seine Zuneigung zu erhalten.

Sofort hatte sie Heinrich geschrieben. ›Du *mußt* mir von Deinen Angelegenheiten erzählen. Ich bitte Dich nicht darum, um Einfluß nehmen zu können, sondern um mich mit Dir zu freuen, wenn alles in Ordnung ist, und Dir zu helfen, wenn es Probleme gibt. Du bist alles für mich, aber selbst wenn Du mich liebst, vertraust Du mir nicht, wie Du es solltest. Vergib mir, wenn ich offen zu Dir spreche, aber wenn Du mir nicht länger vertraust, gibt es keinen Grund für mich, noch länger zu leben. Seit Dein Vater starb, habe ich nur gelebt, um Gott und Dir zu dienen.‹

Nachdem sie diese Worte geschrieben hatte, lächelte sie. Sie waren weit von der Wahrheit entfernt. Er hatte sie durch seinen Mangel an Vertrauen zutiefst getroffen, aber sie wollte weiterleben, sogar wenn sie gegen ihn arbeiten mußte, um ihre Macht zu halten.

Sie hatte es also mit zwei rivalisierenden Lagern zu tun – mit Heinrich und seinen Günstlingen auf der einen Seite und Alençon, Margot, Navarra und Bussy auf der anderen. Es erinnerte an den alten Streit zwischen den Guises und den Bourbonen. Dabei fiel ihr ein, daß sie de Guise nicht aus den Augen verlieren durfte.

Ihre Energie schien wieder die Oberhand zu gewinnen. Es galt, die Unstimmigkeiten zwischen den beiden Lagern auszunutzen.

»Und was Euch betrifft, Monsieur du Guast«, murmelte sie, »genießt Euer Leben, denn ich glaube nicht, mein kleiner *mignon*, daß Ihr es noch lange auskosten dürft.«

Du Guast erkannte sehr schnell, daß im anderen Lager Margot als gefährlichster Gegner anzusehen war. Daher hatte er vor, sie so in Mißkredit zu bringen, daß sie den Hof verlassen mußte.

Eine Gelegenheit bot sich, als er erfuhr, daß sie sich in einem Haus nahe des Louvre aufhielt, wo sie sich gewöhnlich mit Bussy traf. Sollte er beide dort zusammen erwischen, konnte es ihm gelingen, sie beide vom Hof jagen zu lassen.

Er arrangierte es, daß sich der König, Navarra, er selbst und einer seiner Leute während Margots Rendezvous mit ihrem Liebhaber in eben jenem Viertel aufhielten. Der

Zeitpunkt war ausgezeichnet gewählt; die Kutsche des Königs fuhr langsam am Haus vorbei, als du Guasts Mann – gemäß der erhaltenen Anweisung – zu Navarra sagte: »Das Haus dort gehört dem mutigen Bussy. Ich wette, Herr, würdet Ihr jetzt in das Haus stürmen, träfet Ihr Eure Frau bei ihm an.«

Selbst dem behäbigem Provinzler blieb nichts anderes übrig, als seiner Verärgerung über eine solche Unterstellung Ausdruck zu verleihen. Er mußte den Mann herausfordern, der diese Bemerkung gemacht hatte, und alle drangen in das Haus ein. Dort fanden sie ein zerwühltes Bett mit der von Margot bevorzugten schwarzen Bettwäsche vor; Parfümduft hing in der Luft, von den Liebenden war jedoch nichts zu sehen.

»Sie waren hier!« rief der König aus. »Wir haben zu lange gebraucht, um einzudringen. Man hat sie gewarnt, und sie sind geflohen.«

Navarra, der die ironischen Blicke des Königs und du Guasts auf sich ruhen fühlte, packte du Guasts Mann am Hals und schüttelte ihn. »Ihr habt gegen meine Frau keine Anschuldigungen zu erheben.«

Hier mischte sich der König ein. »Keine Gewalt, ich bitte Euch. Ich rieche das Parfüm, das Margot bevorzugt. Ich mag es nicht. Du, Louis? Es enthält zuviel Moschus. Ich würde es überall als Margots Parfüm erkennen. Sie war zweifellos hier; man hat sie rechtzeitig gewarnt, und sie ist entkommen.«

Navarra zuckte mit den Achseln. Es schien ihm absurd, zu versuchen, Margots Namen und ihren Ruf zu schützen, wenn sie selbst nichts dafür tat. Jeder wußte, daß sie Bussys Mätresse war. Was war schon so Besonderes dabei, sie bei einem ihrer Treffen zu erwischen?

Aber der König, gedrängt von du Guast, hatte nicht vor, die Angelegenheit einfach ruhen zu lassen. Er tat so, als sei er wütend über das Verhalten seiner Schwester. Er würde sie zurechtweisen, erklärte er. Kaum war er zum Louvre zurückgekehrt, suchte er sofort seine Mutter auf.

»Ich brauche Eure Hilfe!« sagte er.

Katharina lächelte ihn an, konnte sich aber nicht vorstellen, daß es sich um etwas Wichtiges handelte, wenn er sie und nicht seinen du Guast konsultierte.

»Es betrifft Eure Tochter.«

»Und was hat Margot getan?«

»Sie benimmt sich wie eine Kurtisane.«

»Das ist nicht gerade eine aufsehenerregende Entdekkung, mein Sohn. Wärest du zu mir gekommen, hätte ich dir alles über ihr Verhalten erzählen können. Ich werde mit ihr sprechen und auf sie einwirken, damit sie in Zukunft etwas diskreter ist.«

»Ich möchte, daß Ihr sie hart anpackt.«

»Wenn du es befiehlst.«

»Ich befehle es. Ich werde sie sofort zu Euch schikken.«

»Sag mir, was vorgefallen ist. Ich muß alles wissen.«

»Wir fuhren durch die Straßen, als wir an jenem Haus vorbeikamen, in dem sie sich so schamlos benommen hat.«

»Wer war mit dir?«

»Louis hat den Ausflug arrangiert. Wir wollten Caylus besuchen. «

Louis! dachte Katharina. Monsieur Louis Bérenger du Guast! Euer Werk ist das also.

»Schön, mein Sohn«, sagte sie. »Ich werde tun, was du willst.« Insgeheim dachte sie aber: Vielleicht ist das die gesuchte Gelegenheit. Wer weiß?

Noch ganz außer Atem durch die überhastete Rückkehr zum Palast, hatte Margot kaum Zeit, sich etwas zu fangen, als sie auch schon zur Königinmutter zitiert wurde.

Auf dem Weg zu Katharinas Räumen traf sie mit Henri de Guise zusammen. Wie stets, wenn sie ihn sah, erregte sie sein Anblick. Abfällig sah sie ihn an und dachte: Er ist älter geworden, seit wir uns getrennt haben. Er ist inzwischen Vater mehrerer Kinder. Auch wenn er immer noch gut aussieht, ist er nicht mehr der junge Monsieur de Guise.

Er lächelte sie an. Sie wünschte, er würde sie nicht so

anlächeln. Sie konnte sich nur zu gut an dieses Lächeln erinnern.

»Ich habe nach Euch gesucht«, sagte er.

Sie schwieg, mit hochgezogenen Augenbrauen, erhabenem Blick und kaltem Gesichtsausdruck sah sie ihn an.

»Ich wollte Euch warnen«, fuhr er fort. »Kommt hier herein.«

Er packte sie am Arm und zog sie in ein angrenzendes Zimmer. Sie spürte Ärger in sich aufsteigen, denn sie konnte es nicht verhindern, an andere Begebenheiten zu denken, bei denen sie zusammen in einem kleinen Zimmer gewesen waren.

Leise schloß er die Tür und sagte: »Der König ist wegen Euch verärgert. Eure Mutter ist wütend. Geht noch nicht zu ihr. Laßt ihren Zorn erst etwas abkühlen.«

»Es ist zu gütig von Euch, Monsieur, daß Ihr Euch um meine Probleme kümmert.«

»Das würde ich immer tun«, gab er zurück. »Ich hoffe stets, daß ich Euch helfen darf, wenn Ihr Probleme habt.«

Sie lachte. »Wie das? Für Euch ist kein Platz in meinen Angelegenheiten.«

»Was ich zutiefst bedaure. Dennoch werde ich Euch warnen, wenn ich Euch in Gefahr sehe. Das ist ein Privileg, das ich noch immer genießen kann, wenn mir auch andere nicht mehr vergönnt sind. Ich bitte Euch, geht noch nicht zu Eurer Mutter. Erinnert Ihr Euch noch, wie Euch Eure Mutter und Karl fast getötet hätten?«

»Dies, Monsieur, ist eine Szene, die ich aus meinem Gedächtnis gelöscht habe.«

»Ihr solltet Euch aber daran erinnern – selbst wenn Ihr Euren Partner jenes Abenteuers vergeßt. Ihr solltet von der damaligen Erfahrung profitieren. Und zwar jetzt.«

Sie wünschte, er spräche nicht in diesem zärtlichem Tonfall mit ihr. Sie wußte, sie brauchte ihm nur in die Arme zu fallen und die Leidenschaft von damals würde wieder aufflammen. Komm zurück zu mir, schienen seine Augen zu sagen. Es ist noch nicht zu spät für eine Scheidung. Laß uns heiraten und gemeinsam Frankreich regieren.

Auf einmal begriff sie den wahren Hintergrund. Zuerst kam der Ehrgeiz, dann die Liebe. Was besaß sie, das Charlotte de Sauves nicht hatte? Die Antwort war einfach: das königliche Blut. Sie war eine Prinzessin.

Sie mußte lachen. »Monsieur de Guise, warum schenkt Ihr mir Euer Mitgefühl? Mein Bruder ist böse auf mich. Meine Mutter will mich bestrafen. Mein jüngerer Bruder haßt meinen älteren Bruder. Wir sind eine Familie, in der jeder gegen jeden kämpft. Wir sind nicht wie die Guises, nicht wahr? Wir haben unsere Leidenschaften, unsere Eifersüchteleien, unsere Liebschaften und unseren Haß. Uns fehlt der allumfassende Ehrgeiz der Guises. Meint Ihr, ich habe Euch während jener Wochen nicht beobachtet? Ihr braucht nicht so selbstzufrieden zu tun. Es war nicht Eure Schönheit, die ich bewunderte, es war Eure Schläue. Ihr stolziert durch Paris – als König von Paris. Die Menschen küssen Euch fast den Rocksaum. Ich habe es selbst gesehen. Ihr seid nicht dumm. Wenn das Volk ruft: ›Hoch lebe der Herzog de Guise!‹, dann drängt Ihr es dazu, ›Hoch lebe der König!‹ zu rufen. Aber ich kenne Euch zu gut. Ich weiß, was in Eurem Kopf vorgeht. Ich weiß, weshalb Ihr Euch so sehr für die Armen einsetzt. Warum Ihr ihnen Sympathie und Almosen schenkt. Ich habe gesehen, wie Ihr eine schmutzige Hand schütteltet und Euch Tränen in den Augen standen. Man sagt, der große Herzog de Guise reiche jedem Mann die Hand, sei er Prinz oder Bettler. Er kennt sie alle – er ist ein Freund der Armen und gleichzeitig der größte Aristokrat Frankreichs. Ich habe die Menschen wegen Euch weinen sehen. Sie haben zu Euch aufgeblickt ... voller Hoffnung, und sie fragen sich, wann er sich endlich selbst zum König machen wird.«

»Margot!« rief er entsetzt aus. »Was soll das alles? Das ist doch Wahnsinn!«

»Wahnsinn? Da habt Ihr recht. Bezwingt Euren Wahnsinn, Monsieur, bevor es zu spät ist. Ihr habt Euch Euer Ziel zu hoch gesteckt, lieber Herzog ... in der Politik und in der Liebe. Und nun laßt mich vorbei.«

Lächelnd ging sie hinaus. Sie hatte ihn in Unruhe versetzt. Sicher fragte er sich jetzt, ob er nicht zu voreilig gehandelt hatte. War auch anderen sein Spiel aufgefallen?

Dann hätte sie am liebsten geheult und flüsterte vor sich hin: »Nein, kein anderer hat es bisher bemerkt. Du warst sehr schlau, mein Liebling. Nur Margot hat es bemerkt, Margot, die dich so gut kennt, daß sie alles über dich weiß, selbst wenn sie so tut, als ignoriere sie dich.«

Sie ging auf direktem Weg zu ihrer Mutter. Katharina schickte alle hinaus und startete ihren Angriff auf ihre Tochter – diesmal nicht physisch, sondern mit Worten, die ihr nichts anhaben konnten. Und selbst wenn – Margot nahm die Worte gar nicht wahr. In Gedanken war sie bei Henri de Guise.

Du Guast war nicht damit zufrieden, daß Katharina Margot nur einen Verweis erteilt hatte. Er wollte Margot völlig diskreditiert wissen und als schamlose Person hingestellt sehen, die jeder Partei, für die sie sich einsetzte, nur Schaden bringen konnte. Außerdem wollte er, daß jeder begriff – insbesondere die Königinmutter –, daß der König ihm keinen Wunsch abschlug.

Daher sei es notwendig, versicherte du Guast dem König, daß solche Zurechtweisungen öffentlich erfolgten.

Heinrich suchte erneut seine Mutter auf.

»Ich kann es nicht zulassen, daß meine Schwester sich derart unschicklich benimmt. Ganz Paris spricht von ihren Liebesverhältnissen. Sie sollte den Hof verlassen.«

»In Paris redet man nun einmal gern«, erwiderte Katharina. »Man spricht auch über dich in Paris, und zwar ebenso hinterhältig wie über deine Schwester. Sie reden sogar über eine arme, schwache Frau wie mich.«

»Ihr müßt noch einmal mit ihr sprechen.«

Aber Katharina hatte nicht vor, das zu tun, auch nicht, um Heinrich zu gefallen. Margot war schon lange kein ungezogenes Mädchen mehr. Margot nahm an den Verschwörungen ihres jüngeren Bruders und ihres Gatten teil. Sie war gerissen und intelligent, und man mußte ihr mit dem Respekt begegnen, der dieser Intelligenz gerecht wurde.

»Junge Hitzköpfe haben dir da etwas eingeredet, mein Sohn«, fuhr sie fort. »Ich verstehe die heutigen Menschen nicht mehr. In meiner Jugend sprach man mit jedem, und alle edlen Männer aus dem Gefolge deines Vaters und deiner Onkel wurden fast täglich in meinen Räumen gesehen. Bussy ist mit deiner Schwester in deiner Gegenwart und der Gegenwart ihres Gatten zu sehen. Was schadet das? Du reagierst unklug in dieser Situation. Du hast sie bereits einmal in einer Weise beleidigt, die sie nicht so schnell vergessen wird.«

Heinrich war erstaunt, daß sie für Margot und gegen ihn Partei ergriff. »Ich sage nur, was ich von anderen höre«, antwortete er.

»Wer sind diese anderen?« fragte sie. »Leute, die dich mit deiner Familie entzweien wollen. Es ist nicht die Moral deiner Schwester, die dich beunruhigt. Es ist ihr herumstolzierender Liebhaber. Er stachelt Alençon auf und schürt die Ambitionen deines Bruders. Es wäre weiser, Bussy vom Hof zu weisen, nicht deine Schwester.«

»Das werde ich tun. Er wird den Hof sofort verlassen.«

Katharina packte ihn am Arm und zog ihn dicht an sich heran. »Handle subtiler, mein Sohn. Es gibt mehr als einen Weg, sich eines Menschen zu entledigen. Es ist für einen Attentäter kein Problem, Bussy in einer Gruppe zu erkennen. Wegen einer Wunde, die er kürzlich erlitt, trägt er einen Arm in einer Schlinge aus wunderbarer Seide. An dieser Schlinge ist er sehr einfach zu erkennen.«

»Ihr habt recht«, stimmte der König ihr zu. »Wenn es darum geht, ein Ärgernis zu beseitigen, verfügt Ihr immer über ausgezeichnete Ideen.«

»Vergiß nie, daß ich immer für dich da bin, mein Sohn.«

Sobald ich mich dieses fürchterlichen du Guast entledigt habe, wird er wieder voll und ganz mir gehören, dachte sie.

Katharina wartete auf Neuigkeiten. Was würde dem Tod Bussys folgen? Nach Möglichkeit der Tod du Guasts, denn alle würden ihn für den Verantwortlichen für den Mord an Bussy halten, und Bussy besaß viele Freunde, die seinen Mörder nicht ungeschoren davonkommen lassen würden. Niemand würde vermuten, die Königinmutter könne etwas mit seinem Tod zu tun gehabt haben, und sie würde es genießen, ihren Sohn zu trösten, wenn er den Verlust seines Favoriten beklagte.

Aber es lief nicht alles nach Plan.

In jener Nacht schickte du Guast dreihundert Mann seines sardischen Regiments los, um Bussy auf dem Weg zum Palast abzufangen. Sie bildeten mehrere Gruppen, um sicherzugehen, daß Bussy ihnen nicht entkommen konnte. Bussy war in Begleitung von Freunden, als eine der Gruppen angriff; aber Bussy war einer der besten Streiter in Paris, und selbst mit einem verwundeten Arm bewährte er sich und tötete eine ganze Reihe Soldaten. Das Kampffeld war nur durch Fackeln erhellt, und da auch ein Gefolgsmann Bussys seinen Arm in einer Schlinge trug, war der Fehler schnell passiert und der falsche Mann getötet. Sofort zogen sich die Soldaten zurück.

In der Zwischenzeit hatte es einer von Bussys Leuten geschafft, zu entkommen und zum Louvre zu gelangen, wo er Bericht erstattete. Alençon war wütend und wollte sich gerade aufmachen, um Bussy zu Hilfe zu eilen, als dieser selbst in den Palast stürmte. Er war verwundet, jedoch nicht schwer.

Neben Katharina und ihrem Bruder war auch Margot anwesend, und vor allen Anwesenden umarmte Margot ihren Liebhaber.

»Es ist nichts«, winkte Bussy ab. »Kaum der Rede wert. Sie haben ein paar von uns getötet, aber wir haben mindestens die doppelte Anzahl erwischt.«

Damit war die Affäre öffentlich. Der König ließ Bussy verhaften, und Alençon wurde ebenfalls streng überwacht.

Katharina begann nun, ihren Plan vorsichtig umzusetzen. Sie bot Alençon ihre Sympathie und ihren Rat an. »Der König steht völlig unter dem Einfluß seines Günstlings«, sagte sie, »und es ist sein Favorit, der für alle Probleme die Verantwortung trägt. Du siehst sicher ein, daß er ebensowenig mein Freund ist wie der deine, denn während er gegen dich intrigiert, führt er den König von mir fort.«

Alençon und Margot schien es einleuchtend, daß ihre Mutter ihnen helfen wollte, denn sie mußte du Guast ebenso hassen wie sie.

Dem König gegenüber äußerte sich Katharina: »Monsieur du Guasts Männer haben äußerst unzuverlässig gehandelt. Aber zumindest hast du jetzt Bussy und deinen Bruder unter Kontrolle. Es wird besser sein, Bussy zu verbannen. Ich werde Alençon überreden, ihn gehen zu lassen, damit es zwischen dir und deinem Bruder zu keinen weiteren Problemen kommt.«

Als sie Alençon diesen Vorschlag machte, stimmte er der Verbannung Bussys zu, da er vermutete, sein Freund würde sonst in Paris Opfer eines Anschlags. Andererseits schwächte das natürlich seine Position. Margot andererseits war wütend, weil man ihr ihren Liebhaber genommen hatte, und gab du Guast die Schuld. Sie war fest entschlossen, ihn dafür büßen zu lassen.

Katharina schenkte ihre Sympathie sowohl Margot als auch Alençon.

»Bussy ist ein feiner Mann«, sagte sie. »Ein sehr amüsanter Herr. Er ist der beste Schwertkämpfer von Paris.« Alençon gegenüber erklärte sie: »Er wäre dir ein guter Freund gewesen, mein Sohn, hättest du ihn bei dir halten können. Aber du weißt ja, wer daran die Schuld trägt.«

»Du Guast!« stießen Margot und Alençon fast gleichzeitig hervor.

»Er wird zu einflußreich«, meinte Katharina. »Er hält den König ganz in seinem Bann. Solange dieser Mann lebt, wird der König keine Ruhe finden.«

»Es wäre gar kein schlechter Gedanke, wenn ihn jemand erschösse, so wie er versucht hat, Bussy zu erschießen.«

»Ja«, pflichtete ihr Katharina bei. »Aber solche Dinge gehen zu oft schief. Denke an Monsieur de Coligny. Und die Geschichte mit Bussy. Es gibt bessere Methoden. Hoffen wir, daß er eines Tages in seinem Bett erdrosselt wird. Das wäre ein sicherer Weg. Ein Attentäter ... der sich in seiner Kammer versteckt, und während er schläft ... Nie fände jemand heraus, wer es getan hat, was äußerst wichtig ist bei einem Mann, der Favorit des Königs ist.«

Margot und Alençon schwiegen. Beide hatten begriffen. Katharina wollte du Guast aus dem Weg haben, aber da es sich hier um einen Günstling des Königs handelte und sie kein Interesse daran hatte, ihren geliebten Sohn zu verärgern, wollte sie sichergehen, daß man ihr den Mord nicht in die Schuhe schieben konnte.

»Es wäre in der Tat eine gute Nachricht, wenn man mir sagte, er sei in seinem Bett erwürgt worden«, stimmte Margot zu.

Katharina ließ die beiden allein, damit sie diese Idee, die sie ihnen eingeimpft hatte, miteinander besprechen konnten. Sie wußte jedoch nicht, daß sich ihre beiden Kinder mit einem anderen Plan befaßten.

Alençon war nicht bereit, seine Quasi-Gefangenschaft einfach hinzunehmen. Er war ungeduldig. Margot ließ Navarra kommen, und zu dritt beratschlagten sie.

»Es ist absolut vorrangig«, meinte Margot, »daß Ihr Eure Streitigkeiten beilegt. Madame de Sauves ist sehr hübsch, das muß ich Euch zugestehen. Aber sie ist den Herren de Guise und du Guast weitaus mehr zugetan als Euch beiden. Habt Ihr denn noch immer nicht bemerkt, daß du Guast sie in erster Linie deshalb zu seiner Geliebten gemacht hat, um herauszufinden, was Ihr im Schilde führt? Ihr seid Narren, alle beide. Ihr laßt Euch von einer Frau an der Nase herumführen.«

»Ich würde sagen, Geliebte, daß auch Euch die Liebe des öfteren an der Nase herumgeführt hat«, konterte Navarra.

»In meinem jugendlichen Leichtsinn mag das wohl so gewesen sein. *Ich* lerne aus meinen Fehlern, Monsieur. Aber zurück zu unserer weitaus wichtigeren Angelegenheit. Ihr müßt Euch zusammentun. Ihr müßt fliehen. Solange Ihr hier bleibt, wird der König Euch beleidigen; er wird Eure Leute töten lassen, wie er fast Bussy getötet hat. Ich habe folgenden Plan: Alençons Bewachung ist nicht so streng, daß er nicht seine Mätresse besuchen könnte. Also wird er diese Frau benutzen, wie sie ihn benutzt hat. Du wirst mit deiner Kutsche zu ihr fahren. Bei deiner Ankunft wird sie bereits mit meinem Gatten beschäftigt sein, und« – Margot warf Navarra einen Seitenblick zu – »sie wird keine Zeit haben, irgend jemandem zu sagen, daß sie mit ihm den Abend verbringt. Er wird sie aufhalten, während du, mein Bruder, das Haus durch den Hintereingang verläßt, wo bereits ein paar deiner Vertrauten mit Pferden auf dich warten. Es wird eine einfache Sache werden, solange Ihr beiden keine Schwierigkeiten macht.«

Navarra klopfte ihr kräftig auf die Schulter. »Was habe ich doch für eine weise Frau geheiratet!« sagte er. »Ich bewundere besonders die Art, wie sie mich mit Eurer Mätresse verkuppelt, Alençon.«

Alençon sah seinen Rivalen mißtrauisch an, aber Margots Plan klang einleuchtend, und sie beschlossen, ihn auszuführen.

Als er von der Flucht seines Bruders erfuhr, brach der König in einen Wutanfall aus und ließ dann nach seiner Schwester schicken.

»Glaube ja nicht, daß ihr mich hintergehen könnt!« brüllte er sie an. »Wo ist Alençon?«

»Ich weiß es nicht, Sire«, antwortete Margot ruhig.

»Du wirst es mir sagen. Ich werde dich auspeitschen lassen. Denke nur nicht, daß ich deine Unverschämtheiten noch länger ertrage. Wann hast du ihn zuletzt gesehen?«

»Ich habe ihn heute überhaupt noch nicht gesehen.«

»Ihm nach!« schrie der König. »Bringt ihn zurück. Bei Gott, ich werde ihm zeigen, was es heißt, sich mir zu widersetzen!«

Katharina stand neben ihm. »Beruhige dich, Liebster. Es hat keinen Sinn, sich so in Rage zu reden. Man wird ihn finden, keine Angst.«

»Meine Schwester wird mir sagen, was sie weiß. Sie war ihm bei seiner Flucht behilflich. Sie waren die dicksten Freunde ... sie waren mehr als Freunde, wenn ich den Berichten Glauben schenken darf ... und das *tue* ich. Es gibt nichts, was die beiden nicht tun würden.«

»Aber, mein Junge! Unschöne Berichte über uns gab es schon immer. Ich kann mich noch an gleichlautende Berichte erinnern, die dich und deine Schwester betrafen. Erinnerst du dich noch an die Zeit, da ihr beide euch so gut verstanden habt?«

»Meine Zuneigung zu ihr war reine Dummheit. Sie ist hinterhältig und gerissen.«

»Aus unseren Fehlern lernen wir«, entgegnete Katharina. »Manchmal wenden wir unseren wahren Freunden den Rücken zu und vertrauen unseren Feinden ...«

»Was soll ich tun, Mutter? Ich muß ihn finden!«

Sie lächelte ihn zärtlich an. »Hab keine Angst. Diese Geschichte ist keine so große Katastrophe, wie einige deiner Vertrauten glauben. Ich sorge dafür, daß nichts Nachteiliges daraus entsteht. Was deine Schwester anbelangt ...«, sie lächelte Margot an, als wollte sie sagen: Wir müssen ihn beschwichtigen, denn seine Wutausbrüche ähneln immer mehr denen seines Bruders Karl. »Was deine Schwester anbelangt«, wiederholte sie und fuhr dann fort, »hege ich keine Zweifel, daß sie von alldem nichts wußte. Wenn sie jemandem helfen sollte zu fliehen, dann sicher ihrem Gatten.«

»Gebt gut auf Navarra acht!«

»Dafür wird gesorgt. Du kannst gehen, meine Tochter. Es tut deinem Bruder leid, daß er dich fälschlicherweise beschuldigt hat.«

Margot war glücklich, entkommen zu können. Sie empfand Genugtuung. Alençon war verschwunden. Navarra würde der nächste sein.

Katharina suchte Margot in ihrem Zimmer auf. Navarra war bei ihr.

»Immer ist dieser Günstling des Königs an seinen Wutausbrüchen schuld«, erklärte Katharina. »Es überrascht mich, daß du Guast noch am Leben ist. Es muß viele geben, die ihn gerne aus dem Weg geräumt sähen. Es gibt so viele Verbrechen in unserem Land. Für ein paar Geldstücke werden Unschuldige ermordet, erzählt man; und ein Monsieur du Guast darf weiterleben! Die Wege des Herrn sind wahrlich unergründlich.«

»Vielleicht«, warf Navarra ein, »wird Monsieur nicht mehr lange weiterleben. Die Wege des Herrn mögen unergründlich sein, die Wege des Menschen sind dafür um so klarer.«

Katharina fühlte sich unter seinem Blick unbehaglich. Sie kehrte in die Räume zurück, die ihr Sohn bewohnt hatte, wo sie einige seiner engsten Freunde vorfand. Traurig sah sie sich um und wischte sich die Tränen aus den Augen.

»Vergebt mir, meine Freunde«, sagte sie, »denn Ihr seid meine Freunde, da Ihr meinen Sohn geliebt habt. Ihr seht eine besorgte Mutter vor Euch. Ich bete zu den Heiligen, daß sie Monsieur von Alençon beschützen mögen.«

»Ist es wahr, Madame«, fragte einer der Anwesenden, »daß der König ihm nach dem Leben trachtet?«

»Nein. Das sind Gerüchte, die übelwollende Menschen verbreiten. Ich fürchte, mein Sohn ist von schlechten Ratgebern umgeben. Ich wünschte, Gott würde ihn von den üblen Einflüssen befreien. Vielleicht wird Er es tun, denn auch die *mignons* haben Feinde. Es überrascht mich, daß er – und ich spreche hier von seinem größten und gerissensten Höfling – noch nicht in seinem Bett ermordet wurde, wo doch ein solcher Mord so einfach wäre; und wer könnte schon den Mörder nennen? Ich bin sicher, Monsieur von Alençon könnte ruhiger schlafen, wenn ein solcher Mord geschähe. Er erwiese sicherlich dem seine höchste Gunst, der ihn von einer solchen Bedrohung befreit. Aber ich rede zuviel. Ich weiß, meine Freunde, daß Ihr in dieser Nacht mit mir für die Sicherheit meines Sohnes beten werdet.«

Als sie sich zum Gehen wandte, wischte sie sich demonstrativ die Tränen von den Wangen.

Du Guast lag im Bett. Es war zehn Uhr, und er war müde. Die ersten Oktoberstürme rissen die Blätter von den Bäumen und rauschten in den Baumwipfeln.

Er war mit sich und der Welt zufrieden, denn der König schien genau die Richtung einzuschlagen, die er sich vorstellte. Der König liebte seinen Favoriten, und du Guast wurde von Tag zu Tag reicher. Er glaubte, sich bereits als ungekrönten König Frankreichs bezeichnen zu können. Es amüsierte ihn, an all die arroganten Prinzen zu denken – an Männer wie de Guise oder Navarra –, die neben Louis Bérenger du Guast verblaßten. Aber noch mehr genoß er es, die Königinmutter aus dem Feld geschlagen zu haben.

Er war müde und zog den Schlaf den schönen Gedanken an seine Position vor.

Du Guast döste ein, wurde aber von einem Stöhnen neben seinem Bett geweckt. Er öffnete verwirrt die Augen und starrte ins Dunkel. Er mußte wohl geträumt haben.

Er schloß die Augen wieder, aber das Geräusch der Vorhänge, die an seinem Bett zurückgezogen wurden, ließ ihn erneut hochfahren. Er konnte die Schatten mehrerer Gestalten ausmachen, die sich um sein Bett drängten. Ehe er schreien konnte, hatte sich schon eine starke Hand auf seinen Mund gelegt.

Ihm blieb keine Zeit, an all den Reichtum zu denken, den er angesammelt hatte, und sich zu fragen, ob die Prinzen Navarra und de Guise nicht vielleicht doch besser dran waren, oder daran, daß er die Macht der Königinmutter völlig unterschätzt zu haben schien.

Ihm blieb nur noch Zeit zu sterben.

Ganz allmählich gewann Katharina wieder die Kontrolle über den König, der erklärte, daß nichts ihm den Verlust seines Favoriten ersetzen konnte. Epernon, Caylus und Joyeuse versuchten, sein Interesse an Kleidern und Juwelen wieder zu wecken, während sie gleichzeitig eifersüchtig danach trachteten, die frei gewordene Stelle des Favoriten einzunehmen. Die Schoßhunde des Königs schienen ihn mehr zu trösten als alles andere, und er und seine Gattin ritten durch Paris, immer auf der Suche nach weiteren Hunden für ihn. Aber wohin er auch ging, klagte der König, überall wurde er an den Verlust seines Lieblings erinnert. Und das Volk beschimpfte ihn, wohin er auch kam.

Er gab Margot die Schuld an du Guasts Ermordung, und sein Haß auf seine Schwester wurde fast zu einer Manie. Katharina, die bereits fürchtete, er könne sie töten lassen, schlug vor, sie gefangenzuhalten, als Geisel für Alençon. »Wenn wir sie unter Verschluß halten«, erklärte sie, »wissen wir, daß sie Alençon nicht hilft. Darüber hinaus mag er sie und wird sich voreilige Handlungen besser überlegen, wenn er weiß, daß sie sie vielleicht ausbaden muß.«

Heinrich nickte. »Ihr habt recht. Wir werden sie unter Bewachung stellen.«

Es ist wie in alten Zeiten, dachte Katharina. Sie mußte sich nur du Guasts entledigen, und schon war das gute Verhältnis zwischen ihr und Heinrich wiederhergestellt. Wie dumm war es von ihr gewesen, den Mut zu verlieren, was auch gar nicht ihrem Wesen entsprach. Durch umsichtiges Handeln konnte sie immer wieder die Kontrolle über ihre Söhne gewinnen.

Heinrich wurde wieder etwas fröhlicher. Er trauerte nicht mehr so viel und wandte sich mehr und mehr Epernon zu. Sie mußte diesen jungen Mann im Auge behalten und dafür sorgen, daß er nicht zu einflußreich wurde. Es würde nicht einfach sein, einen zweiten Günstling Heinrichs beiseite zu schaffen.

Was besaß sie doch für eine intrigante Familie! Alençon sann auf Rache, wollte die Macht. Er stellte gerade eine Armee auf und hatte mit den beiden Montmorencys, Thoré und Méru, Kontakt aufgenommen. Auch alle Untertanen Navarras waren aufgerufen. Er hatte mehrere Briefe an verschiedene Leute am Hof geschickt, und unglücklicherweise waren sie Katharina nicht in die Hände gefallen. In den Briefen versuchte er, den König und dessen Mutter in Mißkredit zu bringen.

›Es war für mich unumgänglich zu fliehen‹, schrieb er, »nicht nur, um meine Freiheit wiederzuerlangen, sondern weil ich Informationen erhielt, Seine Majestät seien im Begriff gewesen, bezüglich meiner Person einen Rat bei Cesare Borgia einzuholen.«

Diese Bemerkung zielte auf die Mutter, denn ihre Kenntnisse über jene *morceaux italianizés* hatte sie angeblich von den Borgias.

Alençon schrieb weiter über die Gerüchte, die Montgomery und Cossé betrafen. Die beiden saßen immer noch im Gefängnis, seit sie wegen der Affäre um La Mole verhaftet worden waren. Es habe Befehle gegeben, die beiden in ihren Kerkern zu erdrosseln, aber die Wachen hätten sich geweigert, diese Befehle auszuführen. Ebensowenig erklärten sie sich bereit, die *morceaux* zu verabreichen, egal, von wem der Befehl dazu kam.

›Ich bin nur um Haaresbreite entkommen‹, schrieb Alençon. ›Es gibt Spione in meinem Lager. Gestern abend wurde mir beim Essen ein Wein gereicht. Es war ein guter Wein, süß und köstlich, aber als Thoré ebenfalls die extreme Süße des Weines auffiel, wurde ich stutzig. Also trank ich nichts mehr davon und ließ auch keinen anderen mehr davon trinken. Und obwohl wir anschließend sehr krank wurden, hatte Gottes Gnade uns geschützt. Da könnt Ihr sehen, mein Freund, wie wichtig es war, daß ich vom Hof meines Bruder floh.‹

Der König tobte gegen seinen Bruder. Die Bewachung Margots und Navarras wurde noch verschärft. Er beschwor seine Mutter, etwas gegen diese untragbare Situation zu unternehmen.

Sie erklärte, daß sie Alençon bitten würde, sie zu empfangen, und zum Zeichen ihres guten Willens würde sie Margot mitnehmen. Sie würde ihren jüngeren Sohn bitten, mit ihm Frieden zu schließen, indem sie ihm erklärte, welche Folgen es haben konnte, wenn sich eine Familie so entzweite.

»Geht, Mutter«, antwortete der König. »Ihr allein seid klug genug, diese Angelegenheit in die Hand zu nehmen.«

Sie küßte ihn liebevoll. »Ist dir inzwischen klargeworden, mein Sohn, wie sehr mir dein Wohl am Herzen liegt?«

»Das ist es«, erwiderte er.

Katharina spürte ihre Energie zurückkehren. Wenig später machte sie sich mit Margot und ihrem Gefolge auf den Weg nach Blois, wo das Treffen stattfinden sollte.

Alençon war mißtrauisch.

Katharina betrachtete ihn fast mit einem Gefühl der Trauer. Sie schämte sich ein wenig dieses Sohnes. Er war extrem eingebildet und verfügte nur über wenige Qualitäten, die ihr zusagten. Ihre Gedanken wanderten zu Henri de Guise, und einen Augenblick lang stellte sie sich vor, wie es wohl gewesen wäre, wenn sie ihn ihren Sohn hätte nennen dürfen.

Alençon hatte das Gebaren eines Eroberers angenommen und unterbreitete ihr seine Forderungen, als hätte er es mit dem Abgesandten eines geschlagenen Landes zu tun.

Sie lachte ihn aus.

»Ist dir eigentlich klar, mein Sohn, daß du Verrat gegen den König begangen hast und ich nur gekommen bin, mit dir zu reden, weil du mein Sohn bist?«

»Immerhin steht eine Armee hinter mir, Madame.«

»Wärest du nicht mein Sohn und der Bruder des Königs, würdest du es nie wagen, so zu sprechen. Du wärest schon lange nicht mehr am Leben.«

»Es war ein schlauer Versuch, mich durch Gift in meinem Wein aus dem Weg räumen zu wollen, Madame.«

»Das war nichts als Einbildung – Einbildung aufgrund deines schlechten Gewissens.«

»Dann hatten Monsieur Thoré, ich selbst und alle Anwesenden eine sehr lebhafte Fantasie, Madame.«

Katharina versuchte, ihre Ungeduld nicht zu zeigen. »Hör zu, mein Sohn. Ich bin gekommen, um vernünftig mit dir zu reden. Deine Schwester ist ebenfalls hier, und du freust dich, sie zu sehen, das weiß ich. Willst du nicht nach Paris zurückkehren und versuchen, mit deinem Bruder in Frieden zu leben?«

»Madame«, antwortete er, »ich weiß, daß Ihr mir Leute hinterhergeschickt habt, um mich gefangenzunehmen. Das funktionierte nicht, also kommt Ihr, um mich mit Worten einzulullen. Ich sehe nur, daß ich ein Gefangener bin, sobald ich Paris betrete.«

»Du hast dich wie ein Verräter an Frankreich benommen. Ich weiß, daß du Elisabeth von England und das Haus Brandenburg um Hilfe gebeten hast.«

»Es gibt viele Franzosen, die mich nicht als Verräter bezeichnen.«

Sie konnte ihre Ungeduld nicht länger verbergen. »Du ... ein Hugenotte? Wie das?« Sie mußte lauthals lachen. »Aus dem einfachen Grund, weil dein Bruder Katholik ist. Hätte er die Hugenotten unterstützt, verlaß dich drauf, dann hättest du dich mit den Katholiken verbrüdert. Deiner Mutter machst du nichts vor. Du willst den Thron deines Bruders, und es ist dir gleich, ob dir Hugenotten oder Katholiken dabei behilflich sind. Nun, wie lauten deine Vorschläge?«

»Ich verlange Blois für mich. Hier werde ich mich niederlassen.«

»Ein feindliches Blois!« rief Katharina aus. »Ein zweites La Rochelle.«

»Madame, viele sind bereit, mir zu dienen. Die Marschälle Montgomery und Cossé, die Ihr – erfolglos, zum Glück – töten lassen wolltet, sind sofort freizulassen.«

»Ich werde darüber nachdenken«, antwortete Katharina und zog sich in ihre Räumlichkeiten zurück. Wie sollte sie diesem ungeliebten Sohn begegnen, der sie zu hassen schien und der aufgrund der Unpopularität seines Bruders allmählich eine Macht im Lande wurde.

Endlich kam sie zu dem Schluß, daß sie Montgomery und Cossé freilassen mußte. Nach all den Gerüchten war es nicht mehr möglich, sie im Gefängnis aus dem Weg zu räumen.

Während sie noch über den Vorschlag ihres Sohnes bezüglich Blois nachdachte, kam die Nachricht, daß Thoré und Méru im Süden den Kampf aufgenommen hatten. Glücklicherweise war de Guise sofort zur Stelle, um ihnen entgegenzutreten. Die Schlacht bei Dormans endete mit einem solchen Erfolg für die Katholiken, daß Alençon nicht mehr in der Lage war, viele Forderungen zu stellen.

In den Straßen von Paris drängten sich die Menschen. Bettler und Vagabunden kamen von überall her, um das Ereignis mitzufeiern. Die Armen wirkten weniger elend. Es war ein großer Tag in der Geschichte Frankreichs.

Der König stand an einem Fenster im Louvre. Er war verärgert und brütete vor sich hin. Sicher, der Friede war in einem wichtigen Moment durch einen Sieg der Katholiken wiederhergestellt worden, aber im Herzen des Königs schwelte die Eifersucht, und er trat sogar nach seinen Schoßhunden, wenn sie ihm zu nahe kamen. Nicht einmal seine *mignons* schafften es, ihn aufzuheitern.

Von draußen drangen die Stimmen der Menschen zu ihm herein. So sollten sie eigentlich nach ihrem König rufen. Aber sie riefen nie nach Heinrich III. Nie beschimpften sie den Mann mit Obszönitäten, der jetzt unter ihnen weilte.

Er kam durch die Porte St-Antoine, einen Kopf größer als all seine Männer. Erhobenen Hauptes ritt er in die Stadt, und alle, seien sie Händler, Frauen, Bettler, Studenten oder Taschendiebe, alle jubelten ihm zu.

»Hoch lebe der gute Herzog!«

Er war auf direktem Weg von Dormans gekommen, und als die Menschen die Wunden sahen, die er im Kampf erlitten hatte, jubelten sie noch lauter, denn sie erschienen ihnen wie ein Zeichen Gottes. Die Wange Henri de Guises zierte eine Narbe, die der von François de Guise, genannt *le Balafré*, genau glich.

Immer wieder riefen sie: »*Vive le Balafré!* Seht ihn euch an! Ein Wunder ist geschehen. *Le Balafré* ist zurückgekehrt.«

Sie küßten den Saum seines Mantels; sie kämpften und stritten miteinander, nur um ihm nahe genug zu kommen, damit sie ihn mit ihren Rosenkränzen berühren konnten. Viele weinten, und auch dem Herzog liefen die

Tränen über die Wangen. Das Auge über der Narbe wurde feucht, wenn er gerührt war, wie das seines Vaters, während das andere Auge die Menschen anzulachen schien, die sich um ihn drängten.

»Herzog François ist vom Himmel zurückgekehrt, um uns zu erretten!« riefen die Abergläubischen. »Es ist ein Zeichen des Himmels. Es ist ein Omen.«

»Die schlechten Zeiten gehen zu Ende. *Le Balafré* hat vom Himmel heruntergeblickt und unser Leid erkannt. Er schenkte uns seinen Sohn, damit dieser uns von unserem Elend erlöst ... Er wird uns dem Natterngeschlecht der Valois entreißen. Lang lebe der Narbige! Er ist eine Erscheinung des Himmels.«

Im Louvre lauschte der König in unterdrückter Wut dem Beifall der Menge für diesen Mann.

Inzwischen ritt der Herzog weiter. Er fragte sich, ob er tatsächlich jemanden aus der Menge hatte rufen hören: »Auf, nach Reims, Monsieur! Nach Reims, *le Balafré*!«

Unruhe machte sich im Louvre breit, denn Heinrich von Navarra war verschwunden, und niemand aus seinem Gefolge konnte etwas über seinen Verbleib sagen. Er war am letzten Abend nicht zum *coucher* zurückgekehrt. Sie hatten einige Stunden lang gewartet, erklärten sie dem König und Katharina, aber sie seien nicht sonderlich beunruhigt gewesen, da sie die amourösen Gewohnheiten ihres Herrn kannten. Auf Katharinas Geheiß hin wurde der Palast diskret durchsucht, aber Navarra blieb unauffindbar.

Der König drohte, Margot aus ihrem Bett zu holen, wo sie noch sehr geschwächt von einer Krankheit lag. Katharina wies ihn zurecht. »Zeige deine Besorgnis nicht. Laß dein Volk nicht wissen, welche Bedeutung du diesem Mann beimißt.«

Nach einer Weile ließ sich der König von seiner Mutter umstimmen, und die heimliche Suche ging weiter, jedoch immer noch ohne Erfolg.

Heinrich, seine Gemahlin und seine Mutter gingen wie

immer in die Sainte-Chapelle zur Messe, ohne ihre wahren Gefühle zu zeigen. Als sie die Kirche verließen, erschrak Katharina, weil sie eine Berührung an ihrem Arm verspürte, und als sie sich umwandte, blickte sie geradewegs in die verschmitzten Augen Navarras.

»Madame«, sagte er mit einer tiefen Verneigung, »hier bin ich, den Ihr so sehr vermißt und dessentwegen Ihr Euch so gegrämt habt.«

Katharina lachte erleichtert. »Unsere Besorgnis hielt sich in Grenzen, mein Sohn«, erwiderte sie. »Wir sind davon ausgegangen, daß Ihr auf Euch aufzupassen wißt.«

Der König runzelte die Stirn, als er ihn sah, aber er war viel zu erleichtert, um verärgert zu sein. Wieder einmal eines seiner romantischen Abenteuer, dachte Katharina. Es war dumm, sich seinetwegen Gedanken zu machen. Er ist viel zu behäbig, um sich wegen Staatsangelegenheiten den Kopf zu zerbrechen. Ihm gefällt das Leben hier am Hof unter den Damen, selbst wenn seine Bewegungsfreiheit etwas eingeschränkt ist. Vielleicht wollte er uns mit seinem Verschwinden auch nur ein wenig ärgern. Das wäre typisch für ihn. Er ist ein Witzbold, sonst nichts.

Zwei Tage später schlug Navarra de Guise vor, nahe Paris, in den Wäldern von Bondy, auf Hirschjagd zu gehen. Bevor sie aufbrachen, konnten sie noch den Jahrmarkt von Saint-Germain besuchen und sich etwas zerstreuen, fügte er hinzu.

Niemand vermutete irgendwelche Hintergedanken bei diesem Vorschlag. Zusätzlich zu den beiden Wachen aus der königlichen Garde, die den Befehl hatten, ihn nicht aus den Augen zu lassen, würde Navarra von de Guises Leuten begleitet werden.

Katharina sah ihnen nach, als Navarra und de Guise nebeneinander losritten.

»Es wäre mir recht«, sagte Navarra zu de Guise, »wenn Ihr *inkognito* reiten könntet, denn die Verehrung, die Euch das Volk von Paris entgegenbringt, kann manchmal lästig sein.«

»Die Kampfnarben amüsieren sie«, antwortete de Guise.

»*Le Balafré Fils!*« rief Navarra. »*Vive le Balafré!* Die Rufe des Volkes haben sich gewandelt. Einst hörte man nichts in Paris als Isebel. Und nun ständig *le Balafré*! Die Menschen müssen immer entweder hassen oder lieben. Dazwischen gibt es nichts für die Männer und Frauen von Paris.«

»Heute der Held, morgen der Feind«, winkte de Guise ab. »Es ist nicht gut, der Stimme des Volkes zuviel Bedeutung beizumessen.«

»Ich dachte, das Volk von Paris sei Euch immer treu gewesen. Ich hörte sie einst sagen, Ihr seid der König von Paris. Ein schöner Titel. König von Paris! Er steht Euch, Monsieur.«

Die Worte gefielen Guise. Er war sehr empfänglich für Schmeicheleien, und er fragte sich, ob diese Freundschaftsbekundungen bedeuteten, daß sich Navarra auf seine Seite schlagen wollte. Guise hatte zwar keine gute Meinung von Navarras Beständigkeit, aber Freundschaft war immer willkommen, wenn man voller Ideen steckte wie der Herzog.

Arm in Arm spazierten sie über den Jahrmarkt.

»Seht nur!« rief Navarra aus. »Das Volk liebt heute morgen sogar mich! Vermutlich sehen alle, daß ihr Held mein Freund ist, und ein Freund von Monsieur de Guise ist auch ein Freund des Volkes. Mir gefällt meine neue Popularität.«

Er verneigte sich, er lächelte, er sah den Frauen nach und genoß den Tag in seiner oberflächlichen Lebensweise.

Navarra hatte de Guises Mißtrauen so zerstreut, daß dieser erst, nachdem sie den Jahrmarkt wieder verlassen hatten, bemerkte, daß sich seine Leute noch irgendwo hinter ihnen in der Menge befanden und er und die beiden Wachen von einem guten Dutzend Leuten aus Navarras Gefolge umgeben waren.

»Kommt Ihr jetzt mit mir in den Wald, um zu jagen, Monsieur de Guise?« fragte er.

Guise zögerte.

»Kommt schon«, drängte Navarra. »Wir können nicht

den ganzen Tag auf Eure Leute warten, sonst ist es Abend, ehe wir begonnen haben.« Er drehte sich zu seinen Gefolgsleuten um und rief ihnen mit einem Hauch von Ironie zu: »Meine Herren, wollen wir meinen Freund, Monsieur de Guise, auch mit Gewalt mitnehmen, wenn er nicht freiwillig mitkommt?«

Guise blickte in das lachende Gesicht Navarras und fragte sich, was wohl hinter alldem steckte. Ihm war klar, daß es unverantwortlich war, mit Navarra und seinen Leuten in den Wald zu reiten, wenn er nur die beiden Wachen des Königs auf seiner Seite hatte, auf die er sich im Ernstfall sicherlich nicht verlassen konnte.

»Ich werde meine Leute zusammenrufen«, antwortete de Guise vorsichtig, »damit wir so bald wie möglich auf die Jagd gehen können.«

»In der Zwischenzeit reiten wir schon einmal vor«, meinte Navarra. »Laßt uns nicht zu lange auf Euch warten.« Mit diesen Worten galoppierte er los, gefolgt von den beiden Wachen und seinen Leuten. Zurück blieb ein beunruhigter Herzog, der ihnen nachblickte.

Guise zuckte die Achseln. Nicht ihm oblag die Verantwortung für Navarra, sondern den beiden Wachen des Königs, Monsieur de Martin und Lieutenant Spalungue.

Navarra unterdessen freute sich über sein Geschick, mit dem er de Guise und dessen Leute losgeworden war. Er warf seinen beiden Bewachern einen Blick zu. Sehr nette Herren, dachte er, aber die Königinmutter wäre sicherlich sehr unglücklich, wüßte sie, daß ich heute ohne Monsieur de Guise und seine Leute jage.

Als die Jagd begann, waren seine Gedanken mehr bei diesen beiden Wachen als bei dem Hirsch. Seine Leute ließen ihn nicht aus den Augen und warteten nur auf sein Zeichen, die beiden Wachen abzuschütteln und mit ihrem Herrn zu entfliehen.

Einer gesellte sich neben ihn, während sie durch den Wald ritten.

»Wir könnten uns sofort der beiden entledigen, Sire.«

»Nein«, erwiderte Navarra. »Tut ihnen nichts. Sie sind ein angenehmes Paar, und ich habe mich inzwischen an sie gewöhnt. Vergessen wir die Stärke unserer Arme und strengen statt dessen unseren Scharfsinn an.«

Es war Februar, und Navarra wußte, es würde bald dunkel werden. Der Himmel war wolkenverhangen, und die eiskalte Nacht streckte bereits ihre Fühler aus. Die Jagd hatte spät begonnen, und die Zeit ging schnell vorbei. Den Wachen schien das nicht weiter aufzufallen. Der Jagdausflug gefiel ihnen, und seine Rückkehr vor wenigen Tagen hatte ihr Mißtrauen eingeschläfert. Wie Navarra erwartet hatte, bedurfte es keiner Anstrengung, sie dazu zu bringen, bei der Verfolgung des Hirsches vorzupreschen. Navarra und seine Leute nutzten diesen Augenblick, um in entgegengesetzter Richtung davonzureiten.

Auch am Waldrand hielten sie nicht an, um sich zu ihrer erfolgreichen Flucht zu beglückwünschen. Sie ritten die ganze Nacht hindurch und erreichten am nächsten Morgen Poissy, wo sie die Seine überquerten und weiter in Richtung Loire ritten.

Erst als er glaubte, weit genug von Paris entfernt zu sein, um keine Verfolgung mehr befürchten zu müssen, zügelte Navarra sein Pferd.

Er brach in lautes Gelächter aus, und seine Leute stimmten mit ein.

»Endlich frei!« brüllte er los. »Es ist gut, meine Freunde, daß wir Paris endlich hinter uns gelassen haben. Meine Mutter starb dort, Coligny verlor dort ebenso sein Leben wie viele unserer treuesten Freunde. Ich nehme an, daß man mit mir gleiches vorhatte. Wollte man mich noch einmal nach Paris bringen, wird man mich wohl dorthin schleifen müssen. Es gibt zwei Dinge, die ich hinter mir gelassen habe – die Messe und meine Gattin.« Er zog eine Grimasse. »Ich werde *versuchen*, ohne erstere auszukommen. Was den zweiten Punkt anbelangt, betrachte ich ihn als erledigt.«

Erneut lachte er vor Freude, Paris – und somit die Messe und seine Frau – hinter sich gelassen zu haben.

»Ich muß nun ohne das auskommen«, fuhr er fort, »was ich verloren habe. Aber unter uns, meine Freunde,

Glückwünsche sind eher angebracht als Mitleidsbezeugungen.«

Margot wurde in ihrem Zimmertrakt festgehalten; vor ihren Türen standen Wachen. Sie wußte, daß der König ihr am liebsten etwas angetan hätte und sie es nur ihrer Mutter zu verdanken hatte, daß sie noch lebte. Obwohl ihr ihre Kinder ständig neue Sorgen bereiteten, setzte Katharina alles daran, für sie zu kämpfen. Drei Kinder waren ihr noch geblieben, und nur durch sie konnte sie auch ihre Macht aufrechterhalten. Darüber machte sich Margot keinerlei Illusionen. »Ich verdanke mein Leben der Tatsache, daß meine Mutter mich noch braucht«, erklärte sie ihren Freundinnen. »Ihr müßt Euch nicht ängstigen; für mich ist noch kein *morceaux italianizé* bestimmt.«

Margots Verärgerung richtete sich mehr gegen ihren Gatten als irgend jemanden sonst, weil er ihr nichts von seinem Fluchtplan erzählt hatte. Dank ihrer Klugheit war Alençon die Flucht gelungen. Sie hatten sie zusammen geplant. Sie fühlte sich gekränkt, weil Navarra geflohen war, ohne ihr ein Wort davon zu sagen. Aber andererseits, sagte sie sich, was konnte man schon von einem Bauerntölpel anderes erwarten?

Sie verbrachte ihre Zeit mit Lesen und Schreiben. Jedes Ereignis, das ihr im Gedächtnis hängenblieb, vertraute sie ihrem Tagebuch an – wobei sie es etwas ausschmückte und sich selbst schmeichelte. Das Schreiben bereitete ihr viel Vergnügen.

›Ich bedaure meine Krankheit nicht‹, schrieb sie zum Beispiel. ›Ich hadere nicht mit meiner Gefangenschaft, denn ich habe im Leben etwas gefunden, das mir keiner mehr nehmen kann.‹

Gegenwärtig gab es eine Person, die sie mehr interessierte als jede andere, und sie befahl ihren Spionen, ihr jede Information zu liefern, die über diesen Mann zu bekommen war. Sie dachte an ihn – wie sie sich und anderen versicherte – nur mit Zynismus, und nur selten gestand sie sich selbst insgeheim ein, daß sie nur zu gerne an seinen Intrigen teilgehabt hätte.

In den Straßen war ein neues Lied zu hören. Es ging etwa folgendermaßen:

Ein Mann von Größe und sehr weise
Kehrt heim als Sieger von jeder Reise.
Die Bösen fürchten diesen Mann,
Auf den ein Katholik sich verlassen kann.
Dem Gotte Mars er gleicht im Streit.
Der Hugenott' voll Ängstlichkeit
Versteckt sich hinter Weiberröcken,
Die jener Mann weiß zu entzücken ...

Der Herzog verhielt sich äußerst wachsam. Sorgfältigst vergrößerte er seine Popularität. Die Pläne des Helden von Paris waren sehr weitreichend. Er führte inzwischen die Katholische Liga an, ein Bündnis, dem viele Adlige und Jesuiten angehörten und dessen erklärtes Ziel die Verteidigung der katholischen Kirche gegen alle Angriffe war. Der König, sagte man, war ein eitler Geck und ein Narr; der Königinmutter konnte man nicht vertrauen, also mußte man eine Liga gründen – eine katholische Liga, um alle Katholiken Frankreichs zu schützen. Aber die Liga befaßte sich nicht nur mit der Erhaltung des katholischen Glaubens; im Laufe der vergangenen Jahre waren viele ungerechte Steuern erhoben worden, und die Liga setzte sich dafür ein, dem Volk die Rechte zurückzugeben, die es verloren hatte. Die Liga verbündete sich mit dem mächtigsten Land Europas, und ihre Anhänger zweifelten nicht an König Philipps Unterstützung, sollte sie notwendig werden.

Margot wußte, daß der König die Liga noch nicht richtig einschätzte. Er war viel zu sehr mit seinen Gelagen, seinen Schoßhunden und seinen Lieblingen beschäftigt. Doch wie stand es mit Katharina? War es möglich, daß sie die Pläne des Führers dieser Liga nicht durchschaute? Er war ein Guise und daher äußerst ehrgeizig. Aber hatte Katharina erkannt, wie weit sein Ehrgeiz reichte?

Vermutlich nicht. So gerissen ihre Mutter auch war, sie glaubte fest an das göttliche Recht der Könige und Königinnen – daher würde ihr nie der Gedanke kommen, daß jemand, der so weit von der Thronfolge entfernt war, Ansprüche auf den Thron anmelden könnte. Katharina weigerte sich, an den Tod von Heinrich zu denken, und nach Heinrich kam immer noch Alençon. Aber Alençon hatte sich mit den Hugenotten verbündet, und nach Alençon fiel die Thronfolge an Navarra. Eines der Ziele der Liga, die sich bisher noch nicht in Staatsangelegenheiten eingemischt hatte, war – davon war Margot überzeugt –, alles zu unternehmen, um zu vermeiden, daß ein Hugenotte den Thron bestieg.

Margots Gedanken drehten sich ständig um Guise, aber sein Name tauchte nur selten in ihren Memoiren auf. Sie hatte nicht vor zu dokumentieren, wie sehr dieser Mann sie beschäftigte. Wenn sie ihn einmal erwähnte, geschah das eher beiläufig. »Monsieur de Mayenne wird langsam fett. Was Monsieur de Guise anbelangt, er ist der Vater vieler Kinder, denn seine Frau ist sehr fruchtbar. Sein Gesicht ist voller Narben, und sein Haar wird allmählich grau. Er ist sehr schnell gealtert.«

Sie war hocherfreut, als ihr eines Tages ein Brief ihres Mannes zugeschmuggelt wurde. Sie lächelte zynisch, während sie ihn las. Er tat nicht so, als schriebe er ihr aus Liebe. Ihm war vielmehr eingefallen, daß sie vereinbart hatten, Verbündete zu sein, und daß sie ihm als Spionin am Hof sehr nützlich sein konnte.

Er weiß ganz genau, dachte Margot, daß mir der Tod droht, falls einer der Briefe, die ich ihm schreibe, meinem Bruder oder meiner Mutter in die Hände fällt. Aber stört ihn das? Er hätte dann einen wertvollen Spion verloren, sicher. Bedauerlich! Aber keine Angelegenheit, über die man lange Tränen vergießt. O nein, Herr von Navarra, sucht Euch Eure Spionin woanders.

Aber allmählich langweilte sie das Lesen und Schreiben, und sie fing an, sich darüber Gedanken zu machen, wie sie Navarra Briefe zukommen lassen könnte. Die Gefährlichkeit dieses Vorhabens würde ihr die Langeweile vertreiben. Es dauerte nicht lange, bis sie der Versuchung schließlich nachgab.

Katharina war verzweifelt, denn der König stand erneut unter dem Einfluß seiner Höflinge und hatte befohlen, alle Nachrichten nur ihm und seinen Vertrauten zu überbringen. Das verletzte Katharina mehr als alles andere, denn es machte all ihre Pläne zunichte, wenn sie nicht mehr erfuhr, was um sie herum vor sich ging. Karl hatte sich nie so offensichtlich von ihr abgewendet, wie Heinrich es nun tat, und wenn sie daran dachte, was sie alles für ihren Sohn geplant und wie sehr sie sich bemüht hatte, seine Feinde aus dem Weg zu räumen, mußte sie weinen.

Louise, Heinrichs junge Gemahlin – eine liebevolle Frau, die den König ebensosehr liebte, wie seine Mutter es tat, fand Katharina in Tränen aufgelöst vor. Angesichts dieses ungewohnten Bildes kniete sie vor ihr nieder, ergriff ihre Hände und küßte sie in dem Versuch, ihre Schwiegermutter zu trösten.

»Ich kann nichts tun, ohne daß er es für falsch hält«, sagte Katharina. »Dabei habe ich immer nur sein Bestes gewollt.«

»Das weiß er«, meinte Louise. »Aber im Augenblick ist er von anderen umgeben, die Eure Vorhaben mißbilligen . . .«

»Er nimmt ihren Ratschlag an und weist meinen zurück!« schluchzte Katharina.

»Madame, er ist ein so frommer Katholik. Er will nicht die Nachsicht zeigen, die Ihr gegenüber den Hugenotten walten ließet.«

Katharina lachte verächtlich. »Glaubt Ihr, seine neuen Freunde könnten ihm in einem Krieg helfen? Sie wissen, wie man sein Haar in Locken legt, wie man sein Gesicht bemalt; und sie wissen sicher mehr als Ihr und ich zusammen darüber, wie die Falten einer Manschette zu liegen haben. Wenn es aber zu einem Krieg kommt . . . was dann? Können sie ihm helfen, einen sicheren Kurs zwischen de Guise mit seinen Katholiken und Navarra, Condé und ihren Hugenotten zu steuern?«

Sofort wurde sie wieder ruhiger. Es erstaunte sie, daß sie sich vor der kleinen Königin so hatte gehenlassen, die bestenfalls wußte, wie man ein paar Schoßhunde pflegte. »Ihr habt ein gutes Herz, meine Tochter, und ich liebe Euch zutiefst.«

»Ich wünschte, ich könnte Euch helfen, Madame.«

»Schenkt dem König einen Sohn. Das wäre für mich das schönste Geschenk.«

»Ach, Madame! Wenn sich dieser Wunsch doch nur erfüllte!«

Katharina schickte sie fort und versuchte mit Hilfe von etwas Puder und Rouge ihr Gesicht wieder in Ordnung zu bringen.

Was war nur mit ihr los? Zeigte sich langsam ihr Alter, oder verlor sie gar ihren Verstand? Sie wurde so fett, daß sie bereits Schwierigkeiten beim Laufen hatte. Winter für Winter machte ihr der Rheumatismus zu schaffen. Sie blickte in den Spiegel und zuckte mit den Achseln. In ihren Augen loderte jedoch noch immer das Feuer der Entschlossenheit, das nicht so schnell erlöschen würde. Sie würde sich immer an der Macht festklammern, denn was blieb ihr sonst im Leben? Anders als ihre Erzfeindin, Jeanne von Navarra, glaubte sie nicht an ein Leben nach dem Tod. Sie mußte sich der Wahrheit stellen. Ihre Kinder, von denen seit dem Tod ihres Gatten ihre Macht abhing, waren eine verräterische Bande. Sie mußte die Tatsache akzeptieren, daß die Macht – das wertvollste aller Besitztümer, das die Welt anzubieten hatte – nicht leicht erkämpft wurde, und hatte man sie einmal gewonnen, war es nicht einfach, sie zu halten.

Alençon, den sie in der Vergangenheit vernachlässigt und dem sie wenig Bedeutung beigemessen hatte, wurde langsam zu einer Plage. Er war unberechenbar, eitel, und er strebte nach der Krone. Würde er jemals König von Frankreich, war er kaum unter Kontrolle zu halten. Margot war ebenso unberechenbar und arbeitete mit Alençon zusammen gegen den König und sie selbst. Inzwischen spionierte sie für ihren Gatten. Katharina wagte es nicht, den König darüber zu informieren, aus Angst, er könne Margot deshalb umbringen lassen. Katharina war zwar mit dem König einer Meinung, daß Margot eine Bedrohung für den Seelenfrieden ihrer Mutter darstellte, aber nachdem es nur noch drei Kinder gab, die ihr eine Machtposition verschaffen konnten, wollte sie auf keines von ihnen verzichten. Und nun hatte Heinrich – ihr heißgeliebter Sohn, ihr ein und alles – seiner Mutter die Treue gebrochen und sich einer Gruppe dümmlicher, weibischer Kreaturen zugewandt.

Eine dieser Kreaturen – Villequier, der auch mit ihm in Polen gewesen war – hatte sie mit einer Frau ihrer *escadron volant* verheiratet. Der Erfolg dieser Tat hatte sie zutiefst überrascht. Die Frau hatte die Anweisung erhalten, ihren Gatten im Auge zu behalten und ihn vom König und den Vergnügungen fernzuhalten, die er vorher so sehr genossen hatte. Villequier war von seiner Gattin so eingenommen, daß er sich zu einem normalen Ehemann gewandelt hatte. Wenn das doch nur bei allen funktionierte!

Aber sie durfte nicht verzweifeln. Es fand sich immer ein Weg, alles in Ordnung zu bringen. Sie mußte einfach ihre Resignation bekämpfen, die sie wohl ihrem fortschreitenden Alter zuzuschreiben hatte.

Wenn sie zurückblickte, schien es, als habe es nur Kriege gegeben, so lange sie sich erinnern konnte – Religionskriege, Schlachten, Blutvergießen, immer wieder unterbrochen von kurzen Zeiten des unsicheren Friedens.

Hatte sich daran etwas geändert? In den Straßen der Hauptstadt braute sich etwas zusammen. Hatte es zu irgendeinem Zeitpunkt so viel Elend unter den Armen gegeben wie im Augenblick? Hatte es jemals so viele Feinde der Krone gegeben wie im Augenblick? Was ging in den Köpfen von de Guise und seinen Katholiken vor? Was war mit dem bauernschlauen Mann dort unten in Béarn? Wie dumm, daß sie ihn nicht länger unter Kontrolle hatte! Und was heckte der ehrgeizige und eitle Alençon schon wieder aus?

Als sie so vor sich hin brütete, erschien auf einmal der König. Sein wütendes Gesicht war leichenblaß, und seine Lippen bebten. Ein Gefühl der Zärtlichkeit überkam sie, denn wenigsten diesmal schien er sich ihr anvertrauen zu wollen.

»Mutter«, rief er aus, »ich hatte eine wunderbare Prozession geplant! Wir wollten zu Notre-Dame ziehen und dort um einen Thronfolger beten. Ich selbst hatte unsere Kleider dafür entworfen. Dunkelrot, mit aufgesetzten grünen Mustern. Sie sahen wundervoll aus.«

»Ja, mein Liebling. Aber warum bist du so verärgert?«

»Der Rat weigert sich, mir die Gelder dafür zu geben. Wie kann er es wagen? Er ist schuld, daß uns kein Kind geschenkt wird! Kein Wunder, daß es bis heute keinen Thronfolger gibt. Wie muß sich Gott fühlen, wenn Er sieht, wie sich dieser Rat verhält? Es ist eine Beleidigung Gottes!«

»Aber wo soll das Geld denn herkommen, mein Sohn? Diese Kleider kosten ein Vermögen. Und dann darfst du nicht vergessen, daß es mit den Kleidern allein nicht getan ist.«

»Die Leute mögen solche Feste. Also sollen sie auch dafür bezahlen.«

Sie zog ihn zum Fenster. »Komm mit mir, mein Sohn. Sieh dort hinaus. Du mußt nicht lange suchen. Kannst du das Bündel dort drüben sehen . . . das dort drüben an der Wand lehnt? Ich wette die Kosten deiner Prozession, daß es ein Mensch ist, der verhungert.«

Er stampfte mit dem Fuß auf. »Das sind nur wenige. Es gibt genug reiche Händler in Paris. Die Hugenotten sind doch so gute Händler, oder nicht? Warum können sie so viel Reichtum ansammeln, wenn ich das Geld brauche?«

Sie blickte ihn traurig an. »Ach, mein Sohn. Höre nicht auf die schlechten Ratschläge, die man dir gibt. Wenn du die Krone behalten willst, mußt du dich in acht nehmen. Du darfst der Welt nicht deine Gelüste zeigen. Sieh dir Monsieur de Guise an, und nimm dir ein Beispiel an ihm. Was tut er? Er geht durch die Straßen von Paris. Er schenkt den Leidenden seine Sympathie. Er verteilt viele

Almosen. Die Armen rufen ›Gott möge den guten Herzog behüten!‹ öfter, als sie ihre Vaterunser beten. Für sie ist er bereits ein Heiliger.«

»Also soll ich den heiligen Henri de Guise imitieren, Madame?«

Katharina brach in Gelächter aus. »*Heiliger* Henri de Guise! Der Mann hat nicht viel Heiliges an sich. Er trägt nur so überzeugend einen Heiligenschein, daß das Volk von Paris glaubt, er arbeite für die Katholische Liga, während er in Wirklichkeit nur seinen eigenen Vorteil im Sinn hat. Das ist klug gehandelt, mein Sohn.«

»Madame, nachdem Ihr Monsieur de Guise so verehrt und Euren Sohn verachtet, wäre es da nicht besser, wenn Ihr Euch mit ihm verbündet?«

Sie sah ihn wieder traurig an. »Du schätzt mich völlig falsch ein, mein Liebling«, sagte sie geduldig. »Ich würde ihn eher heute als morgen töten, könnte ich dir damit helfen.«

»Danach sieht es nicht gerade aus«, schimpfte der König noch immer verärgert. »Und wenn Ihr tatsächlich bereit seid, so viel für mich zu tun, warum überredet Ihr dann nicht meinen Rat, mir das Geld für die Prozession zu geben?«

»Weil es nicht klug wäre. Du kannst nicht in solch prunkvoller Kleidung durch die Straßen ziehen, wenn dein Volk sich nur in Lumpen kleiden kann. Begreifst du das denn nicht?«

»Ich sehe nur, daß Ihr mir nicht helfen wollt!«

Er brach in Tränen aus, und sie konnte seinem Gesicht ansehen, daß er auch vor dem Rat geweint hatte.

Was soll ich nur tun? fragte sie sich. Der König Frankreichs weint wie ein kleines Kind, das ein Spielzeug nicht erhält, während das Volk in den Straßen verhungert und die Stimmen gegen ihn immer lauter werden. Wann immer einer von uns beiden erscheint, erstarrt das Volk in finsterem Schweigen.

Sieht so ein Königreich aus, das kurz vor dem Ausbruch einer Revolution steht?

V

Während der folgenden Monate bereiteten Katharinas Kinder ihr weitere Sorgen.

Nachdem Alençon aus Paris geflohen war, hatte er einen Feldzug durch Flandern angeführt, der ihm einen Triumph beschert hatte. Katharina wußte jedoch, daß ihr Sohn viel zu eitel und selbstsüchtig war, um irgendeiner Sache hingebungsvoll zu dienen, auch wenn sich die Hugenotten einredeten, daß sie im Bruder des Königs einen Mann gefunden hatten, dem sie getrost folgen konnten. Ein Friedensschluß mit Alençon war notwendig geworden, und diesen Frieden hatte Katharina arrangiert. In jenem Mai wurde der *paix de Monsieur* geschlossen, der seinen Namen zu Ehren Alençons, genannt Monsieur, erhielt. Aber, so fragte sich Katharina, was bedeuteten diese kurzen Zeiten des Friedens für Frankreich wirklich? Waren es nicht nur Verschnaufpausen, um noch größere Armeen zu bilden? Der König haßte es, wenn seinem Bruder Ehren zuteil wurden, und selbst wenn er so tat, als unterstütze er Alençon – Alençon kämpfte abwechselnd für und gegen den König –, behinderte er ihn insgeheim, wo immer es ging. Es war immer das gleiche mit den beiden Brüdern. Karl hatte Heinrich auf die gleiche Weise gehaßt. Ihre Eifersucht aufeinander war größer als ihre Liebe zu Frankreich. Alençon war inzwischen zum Herzog von Anjou ernannt worden. Den Titel hatte ihm Heinrich verliehen, da er selbst mittlerweile als König von Frankreich einen viel höheren Titel innehatte.

Wie stark könnten wir sein, wenn die beiden nur zusammenarbeiten wollten, dachte Katharina.

Aber ihre Kinder waren zur Hälfte Medicis, und der streitbare Geist war ihnen angeboren.

Margot hatte den König angefleht, sie zu ihrem Gatten gehen zu lassen, denn der Platz einer Frau sei an der Seite ihres Mannes. Man hatte sie gegen ihren Willen mit Heinrich von Navarra verheiratet, beschuldigte sie ihn, und gegen ihren Willen hielt man sie nun von ihm fern. Margot liebte es, sich vorzustellen, daß sich ihr Gatte nach ihr sehnte; Katharina dagegen vermutete, er äußere nur deshalb Sehnsucht nach ihr, um sie besser unter Kontrolle zu haben.

Katharina und der König waren sich einig, Margot nicht zu ihrem Gatten gehen zu lassen, gestatteten ihr jedoch, mit der Fürstin de la Roche-sur-Yonne nach Spa zu reisen, wo sie die heilenden Bäder genießen sollte. Margot litt seit einiger Zeit an Geschwüren an den Armen, und die Heilquellen sollten ihr Linderung bringen; doch da sie sich in erster Linie nach etwas Abwechslung sehnte, schien ihr die Aussicht auf eine Reise durch Flandern nach Spa ebenso verlockend wie eine Reise nach Béarn.

Mittlerweile war Margot wieder zurück am Hof, nachdem sie, wie sie erzählte, so manch aufregendes Erlebnis gehabt hatte. Außerdem hatte sie ihr zärtliches Verhältnis mit Bussy d'Amboise erneuert, dessen Galanterie sie sehr genossen hatte. Sie wurde nie müde zu erzählen, wie er, als berühmtester Schwertkämpfer Frankreichs, ständig in irgendwelche Duelle verwickelt wurde und dann seinen Gegnern, wie in einem Märchen, erklärte, ihr Leben würde verschont, wenn sie sich vor der bezauberndsten Frau der Welt auf die Knie warfen und ihr dankten; denn nur ihr zuliebe ließe er sie am Leben.

Sie hatte noch weitere Abenteuer erlebt; dazu zählte ein aufregendes Treffen mit Don Juan von Österreich, dem Helden der Levante, einem unehelichen Sohn Kaiser Karls von Spanien und Halbbruder Philipps. Er hatte sich Margot gegenüber sehr charmant verhalten, und sie meinte, eine neue Eroberung gemacht zu haben. Margot, die keine Schwierigkeiten hatte, neue Liebhaber zu finden, glaubte, jeder Mann, der in ihre Richtung blicke und sie anlächle, sei augenblicklich unsterblich in sie verliebt. Sie war von Don Juan so lange begeistert, bis sie erfuhr, daß er als Spion im Dienste ihres Bruders, des Königs von Frankreich, stand und ihr und ihrem anderen Bruder daher kaum freundlich gesonnen sein konnte. Darüber hinaus erhielt sie sie Nachricht, daß Don Juan daran dachte, sie gefangenzunehmen.

Dies war ein Schlag für ihre Eitelkeit, aber in der Vorfreude auf ihre Rückkehr nach Frankreich kam sie schnell darüber hinweg. Und wenn er ihre Werte nicht erkannte – es gab noch genug andere Männer.

Inzwischen war ein weiterer Friede geschlossen worden – der Friede von Bergerac; und Anjou und Margot waren an den Hof zurückgekehrt. Margot verlangte erneut, zu ihrem Gatten reisen zu dürfen, und der König verweigerte ihr wieder die Erlaubnis. Die alten Streitigkeiten in der Familie waren wieder aufgeflammt, mit Katharina und dem König auf der einen und Margot und Anjou auf der anderen Seite. Von diesen vieren hatte allein Katharina genug Verstand, ihre Gefühle zu verbergen.

Zur Freude des Königs schien es seinen *mignons* Spaß zu machen, Anjou zu verhöhnen. Der Höhepunkt jedoch kam, als einer der Adligen am Hof seine Hochzeit feierte.

Anjou hatte die Braut ausgezeichnet, indem er mit ihr tanzte, und er freute sich darüber, daß sie so offensichtlich glücklich über die Ehre war, von ihm aufgefordert worden zu sein. Sie sprach mit dem gehörigen Respekt und einer gewissen Zurückhaltung, und Anjou hatte das Gefühl, sehr wichtig zu sein. Er war der Sieger vieler Schlachten, ein Frauenheld, der Bruder des Königs, der Mann, der eines Tages auf dem Thron sitzen würde. Sein Glück endete jedoch abrupt, als er und seine Partnerin an einer Gruppe von Höflingen vorbeikamen.

Mit gut hörbarer Stimme sagte Epernon: »Die arme Braut! Eigentlich ist sie sehr hübsch, müßt ihr wissen. Nur wenn sie mit diesem Affen tanzt, wirkt sie so unscheinbar.«

Anjous pockennarbiges Gesicht färbte sich dunkelrot.

Caylus setzte noch einen drauf, indem er Epernon zurief: »Man sollte nicht für möglich halten, daß er diese Farbe für seine Kleidung gewählt hat. Bei seiner häßlichen Haut hätte er besser Grau genommen. Das sieht zwar unauffälliger aus, stünde ihm aber sicher besser.«

»Wie schade, daß er sich nicht ein paar Zentimeter größer machen kann«, warf Joyeuse ein. »Er ist wie ein Kind . . . das gerne ein Mann sein möchte.«

Anjou hörte auf zu tanzen, die Hand auf den Griff seines Schwertes gelegt. Doch sofort registrierte er den drohenden Gesichtsausdruck des Königs, der jeden verhaften lassen würde, der seine Höflinge angriff. Unter den gegebenen Umständen blieb ihm nichts weiter übrig, als so würdevoll wie möglich den Ballsaal zu verlassen.

Im Hinausgehen hörte er den König sagen: »Tanzt weiter, meine Freunde. Es ist nichts geschehen, der Vorfall war völlig unbedeutend.«

In seinem Zimmer angelangt, lief Anjou wütend auf und ab. Das würde er nicht auf sich sitzen lassen. Er würde den Hof verlassen; er würde seinem Bruder zeigen, daß er nicht so fest auf seinem Thron saß, wie er annahm.

Am nächsten Morgen erhob er sich frühzeitig und sandte dem König eine Nachricht mit der Bitte, den Hof für einige Tage verlassen zu dürfen, um zu jagen.

Der König beantwortete sein Schreiben nicht, aber seine Gedanken waren für den Rest des Tages bei seinem Bruder, den er haßte und fürchtete. Am Abend, nachdem es im Palast ruhig geworden war, begab er sich zum Schlafzimmer seiner Mutter, setzte sich zu ihr aufs Bett und weckte sie. Seine Furcht vor seinem Bruder sei so groß, erzählte er ihr, daß er es für unumgänglich halte, sofort etwas gegen ihn zu unternehmen.

»Er hat irgend etwas vor. Ich weiß es.«

»Das, mein Liebling, ist wohl kaum ein Grund, sich Gedanken zu machen. Er hat immer eine Dummheit im Sinn.«

»Er will Paris verlassen, um jagen zu gehen, sagt er. Das ist aber nur ein Vorwand. Erinnert Ihr Euch noch? Navarra ist ebenfalls auf die Jagd geritten, und seitdem haben wir ihn nicht mehr gesehen – auch wenn wir um so mehr von ihm hören. Ich wünschte, wir hätten ihn noch immer hier unter Bewachung.«

»Das wünsche ich mir auch.«

»Dann war es weise von mir, Monsieur die Erlaubnis zur Jagd zu verweigern?«

»Das war es in der Tat.«

»Das, Madame, war ein Rat meiner Freunde, von denen Ihr glaubt, sie würden mich schlecht beraten.«

Katharina seufzte. »Was willst du von mir um diese Uhrzeit?«

»Ich will, daß Ihr zu ihm geht, unerwartet. Und daß Ihr neue Beweise für seinen Verrat findet.«

»Ich hatte gehofft, das Verhältnis zwischen euch beiden hätte sich etwas gebessert. Wäre es gestern auf dem Ball nicht zu dieser häßlichen Szene gekommen, wäre dein Bruder sicher bereit gewesen, Freundschaft mit dir zu schließen. Es war nicht sehr klug von deinen Freunden, deinen Bruder zu hänseln, weil er nicht so gut aussieht wie sie.«

»Meine Freunde haben ihn nicht wegen seiner Häßlichkeit aufgezogen, sondern weil er ein Verräter ist. Werdet Ihr mit mir kommen, Madame, oder soll mich Epernon begleiten?«

»Ich komme mit.«

Katharina legte sich einen Morgenmantel um die Schultern, und gemeinsam begaben sie sich zu Anjous Räumen. Sofort schickte Heinrich dessen Dienerschaft fort.

»Was hat das zu bedeuten?« verlangte Anjou zu wissen und richtete sich verwirrt in seinem Bett auf.

»Das bedeutet, daß wir weiteren Verrat vermuten«, antwortete der König.

Während er noch sprach, öffnete er eine Truhe neben dem Bett und begann, den Inhalt auf dem Boden zu verstreuen. Katharina blickte von einem zum anderen. Ihr Narren! dachte sie. Nur gemeinsam seid ihr stark.

In der Truhe fand sich nichts von Bedeutung.

»Steht auf!« befahl der König. »Wir werden das Bett durchsuchen.«

Schnell griff Anjou nach einem Blatt Papier, das unter seinem Kissen gelegen hatte, und knüllte es in der Hand zusammen.

»Ah!« rief der König aus. »Da haben wir es ja. Gebt mir den Brief, Monsieur.«

»Das werde ich nicht!« rief Anjou zurück.

Anjou versuchte, an sein Schwert zu kommen, aber Katharina rief eine Warnung, und noch ehe er die Waffe berühren konnte, hatte sie sie schon an sich genommen.

»Wenn Ihr mir nicht sofort den Brief gebt, lasse ich Euch in die Bastille werfen. Madame, ruft die Wachen!«

Anjou warf den Brief zu Boden. Der König hob ihn auf und begann zu lesen, während Anjou in lautes Gelächter ausbrach. Es handelte sich um einen Liebesbrief von Charlotte de Sauves an Anjou.

Rot vor Wut warf der König den Brief wieder aufs Bett. Katharina nahm ihn und las. Sie lächelte; sie hatte ihn bereits einmal gelesen.

Aber der König war davon überzeugt, daß ein Komplott gegen ihn im Gange war, auch wenn er den Beweis dafür nicht hatte finden können. »Ich werde ihn einsperren«, rief er aus. »In seinen eigenen Räumen kann er bleiben, aber unter Verschluß.«

Damit stolzierte er hinaus, gefolgt von Katharina. Er rief die Wachen und befahl ihnen, die Räume verschlossen zu halten. Anjou dürfe sie nicht verlassen.

Kaum war sein Bruder verschwunden, sandte dieser eine der Wachen sofort zu Margot, um sie zu holen.

Seine Schwester kam, und sie weinten gemeinsam. In ihren Tränen lag jedoch keine Trauer. Sie waren wütend und fest entschlossen, sich an dem Tyrannen zu rächen.

Die Fehde war wieder von neuem entflammt.

Es war der falsche Weg, versuchte Katharina Heinrich klarzumachen. Aber dessen *mignons* waren von der Entwicklung begeistert. Sie haßten Margot, sie fürchteten Anjou, und sie genossen den Streit.

Katharina aber war davon überzeugt, daß nur die Verbrüderung der richtige Weg sein konnte, und nach langer Zeit schaffte sie es auch, die beiden halbwegs zu versöhnen. Also veranstaltete sie eines dieser Stücke, in dem sich Feinde trafen, sich küßten und einander Freundschaft vorgaukelten, in dem sie sich solche auf ewig schworen, während in ihren Herzen die Flamme des Hasses loderte. Die Gutgläubigen sahen zu und sagten, es sei alles in Ordnung, während die Zyniker ein fröhliches Lächeln aufsetzten und innerlich darüber höhnten.

Es dauerte nicht lange, bis Margot einen Plan für die Flucht ihres Bruders ausgearbeitet hatte. Da er von Margot stammte, beinhaltete er einen guten Schuß Dramatik, und sie konnte es kaum erwarten, ihn in die Tat umzusetzen.

»Wir müssen diesmal äußerst vorsichtig sein«, flüsterte Margot zweien ihre Hofdamen zu. »Solche Pläne kommen immer sehr schnell meiner Mutter zu Ohren. Sollte sie merken, was wir vorhaben, würde alles sehr schwierig werden. Sollte sie aber herausfinden, auf welche Art ich es durchführen will, wird der ganze Plan zunichte gemacht.«

Katharina vernahm tatsächlich Gerüchte über einen Fluchtplan, zum Glück für Margot erfuhr sie weder die Art und Weise noch das genaue Datum der geplanten Flucht.

Wachen wurden an allen Ausgängen des Palastes postiert, alle Treppenaufgänge besetzt.

Katharina ließ ihre Tochter zu sich bringen und fragte sie aus.

»Du weißt, meine Tochter, daß ich dem König mein Wort gegeben habe, Monsieur würde nicht fliehen, und daß es auch keinen Fluchtversuch geben würde?«

»Ja, Madame.«

»Ich bin etwas beunruhigt. Zwischen deinen Räumen und denen deines Bruders herrscht ein ständiges Kommen und Gehen.«

»Wir lieben uns, Madame.«

»Auf schickliche Weise, hoffe ich doch.«

Margot sah sie unschuldig an. »Madame, wie könnte die Liebe zwischen Bruder und Schwester unschicklich sein?«

»Du weißt ganz genau, wann sie das wäre. Und sicher

weißt du auch, daß einige behaupten, die Liebe zwischen dir und deinem Bruder wäre so.«

»Madame«, warf Margot ironisch ein, »Ihr hört doch nicht etwa auf die *mignons* Seiner Majestät.«

»Es freut mich zu hören, daß es sich nur um böse Gerüchte handelt, meine Liebe. Und welche Pläne sind denn im Gange, damit Monsieur den Hof verlassen kann?«

»Pläne, Madame? Darf ich ein zweites Mal vermuten, daß Ihr auf Geschwätz gehört habt?«

Katharina packte Margot so am Arm, daß diese schmerzhaft zusammenzuckte. Jetzt ähnelte sie wieder mehr der jungen Margot, die einst voll Ehrfurcht vor ihrer Mutter gewesen war. Sie hat sich gar nicht so sehr verändert, dachte Katharina. Sie hat noch immer Angst vor mir.

»Du kannst vermuten, was du willst, Tochter, aber ich glaube, es steckt immer ein Fünkchen Wahrheit in den Gerüchten.«

»Madame, Ihr glaubt doch nicht, mein Bruder würde mich nicht einweihen, sollte er einen Plan zur Flucht gefaßt haben? Ich bin seine beste Freundin. Er würde nie etwas tun, ohne mich vorher um Rat zu fragen. Würde er entfliehen, wäre ich bereit, mit meinem Leben dafür zu bezahlen.«

»Überlege dir gut, was du sagst«, gab Katharina zurück. »Es ist durchaus möglich, daß du mit deinem Leben dafür bezahlst.«

»Dazu bin ich bereit«, sagte Margot würdevoll.

Bei vielen hätte dieses Gespräch sicher Besorgnis hervorgerufen, nicht jedoch bei Margot. Da ihre Mutter offensichtlich etwas vermutete, hielt sie es für das beste, den Plan so bald wie möglich umzusetzen. Das hieß: noch diese Nacht. Und was die Möglichkeit anging, die Flucht ihres Bruders mit ihrem Leben bezahlen zu müssen, so war das vielleicht der Wunsch des Königs, aber ihre Mutter würde es niemals zulassen. Und alles nur, weil ich die Frau dieses Mannes bin, dachte Margot belustigt. Alles nur, weil ich vielleicht eines Tages Königin von Frankreich werde. So bist du also doch nicht ganz nutzlos, geliebter Gatte!

Sie kehrte zurück in ihre Zimmer und ließ das *coucher* über sich ergehen. Anjou und zwei seiner Freunde waren in ihrer *ruelle*. Da der Palast selbst so streng bewacht wurde, konnte er sich in seinem Inneren relativ frei bewegen. Ihm war gestattet, zu ihr zu kommen oder seine Mätresse zu besuchen. Bei letzterer würde man ihn auch heute abend vermuten, nicht gestiefelt und gespornt auf einer Couch in Margots Zimmer.

Margot lag aufgeregt in ihrem Bett und wartete darauf, daß im Palast Ruhe einkehrte.

Schließlich, als nichts mehr im Schloß zu hören war, sprang sie aus dem Bett und flüsterte ihren Frauen ihre Instruktionen zu. Mit ihrer Hilfe zog sie ein langes Seil aus dem Schrank hervor. Ein Junge, der ihr gewöhnlich die Wäsche brachte und bereit war, für die hübsche und romantische Königin von Navarra zu sterben, hatte es in den Palast geschmuggelt. Am Ende des Seils hatte Margot einen schweren Gegenstand befestigt, und jetzt ließen sie es vorsichtig aus dem Fenster hinunter.

Gefolgt von seinen zwei Freunden glitt Anjou an dem Seil nach unten, dann zogen die Frauen das Seil wieder hinauf.

Margot erstickte fast an ihrem unterdrückten Gelächter. Solche Abenteuer waren die Essenz ihres Lebens. Aber sie erinnerte die anderen Frauen daran, das Seil so schnell wie möglich verschwinden zu lassen, denn sobald Anjous Flucht entdeckt wurde, würden alle Räume durchsucht werden, und die Auffindung des Seils würde sie nicht nur in Gefahr bringen, sondern darüber hinaus seinen Fluchtweg verraten.

»Wer weiß, ob wir so ein Seil nicht noch einmal brauchen können?« meinte Margot. »Aber ich zweifle nicht daran, daß ich in einem solchen Fall wieder einen jungen Mann finden werde, der mir ein neues beschafft. So ... nun laßt uns den Beweis vernichten.«

Das Seil zu verbrennen stellte sich als schwieriger heraus, als Margot angenommen hatte. Es war so dick, daß man es nicht zerschneiden konnte, und sie mußten es nach und nach ins Feuer schieben. Margot wurde schnell ungeduldig und befahl schließlich den Frauen, das Seil ganz hineinzuwerfen. »Je höher die Flammen, um so schneller ist es verbrannt«, sagte sie.

In der Tat loderten die Flammen den Kamin hinauf, und das Feuer ließ sich nicht mehr eindämmen. Den Frauen blieb nichts weiter übrig, als untätig zuzusehen.

Plötzlich hämmerte es gegen die Tür. Es handelte sich um einen der Wachposten, der Rauch und Flammen aus dem Kamin hatte schießen sehen.

Einen Augenblick lang brach im Zimmer Panik aus, aber Margot hatte sich schnell wieder gefangen. »Geht zur Tür«, ordnete sie an, »aber laßt ihn nicht herein. Laßt ihn auf keinen Fall herein.«

»Aber Madame, er wird den ganzen Palast aufwekken.«

»Sagt ihm, daß Ihr das Feuer zu stark angefacht habt. Sagt ihm, daß ich schlafe und Ihr es nicht wagt, mich zu wecken. Bittet ihn, Euch zuliebe fortzugehen, und sagt ihm, daß Ihr das Feuer unter Kontrolle habt.«

Margot lauschte dem Flüstern an der Tür. Dann ging der Mann endlich fort, und die verängstigten Hofdamen kehrten zu ihr zurück. Margot setzte sich und versuchte, ihr Gelächter zu unterdrücken. Nichts war interessanter als die Gefahr.

Gemeinsam standen sie um das Feuer herum und sahen zu, wie die Flammen loderten.

»Beten wir, daß der Wachtposten den anderen gegenüber nichts erwähnt und daß niemand den Rauch wahrnimmt. Sollte er doch bemerkt und der Palast geweckt werden, können wir sicher sein, daß ich morgen im Kerker sitze und mein Bruder wieder gefangen wird.«

Aber das Glück war ihnen treu. Das Seil war schnell zu einem Häufchen Asche verglüht, und nach ein paar Augenblicken der Angst wußten die Verschwörer, daß sie sicher vor Entdeckung waren.

»Jetzt ist er bestimmt schon weit fort«, meinte Margot. »Gehen wir zu Bett. Und denkt daran: Wir müssen so tun, als sei dies eine Nacht wie jede andere.«

Margot hatte jedoch nicht lange Ruhe. Noch vor Tagesanbruch hämmerte es an ihre Tür, und als eine ihrer Hofdamen erschrocken öffnete, standen zwei Mann aus der königlichen Leibgarde vor ihr.

»Was wollt Ihr?« verlangte sie zu wissen. »Was habt Ihr um diese Uhrzeit an der Tür der Königin zu suchen?«

»Befehl des Königs«, lautete die Antwort. »Die Königin von Navarra hat sich sofort bei Seiner Majestät zu melden.«

Margot erhob sich. Die ersten Anzeichen des beginnenden Tages waren am Horizont zu erkennen. Anjou würde inzwischen die Stelle gefunden haben, wo Bussy mit Pferden auf ihn gewartet hatte, und einige Meilen hinter sich gebracht haben. Sie hatte keine Angst. Mehr und mehr verließ sie sich auf ihren Ideenreichtum und ihre Fähigkeit, in Notsituationen einen Ausweg zu finden.

Ihre Mutter befand sich im Schlafzimmer des Königs, und beide starrten sie böse an, als sie eintrat. Der König wirkte alt, da er sich noch nicht zurechtgemacht hatte.

»So«, wurde sie kühl von Katharina begrüßt, »da ist also die Dame, die kein Versprechen hält und die ihrem Bruder zur Flucht verholfen hat.«

»Verräterin!« schrie der König sie an, der unfähig war, sich zurückzuhalten, aber dennoch Margot weniger Furcht einflößte als Katharina. »Ich lasse Euch in den Kerker werfen. Ihr werdet keine Minute länger in Freiheit bleiben . . . sich gegen mich zu wenden . . . meinen Feinden zu helfen. Ich lasse Euch auspeitschen. Ihr werdet . . .«

Katharina legte ihre Hand auf seinen Arm, um ihn zu beruhigen. Dann stellte sie sich ganz dicht vor Margot.

»Dein Bruder ist entkommen«, sagte sie. »Und du, hoffe ich, hast unser gestriges Gespräch noch nicht vergessen.«

»Nein, Madame«, erwiderte Margot mit unschuldigem Blick. »Ich bin ebenso erstaunt wie Ihr.«

»Lügt mich nicht an!« brüllte der König.

»Gott verhüte, daß ich je meinen König belüge. Aber ich glaube, Euer Majestät sollte sich nicht übermäßig aufregen.«

»Nicht aufregen! Er ist wieder einmal entflohen. Er wird erneut eine Armee aufstellen, um sie gegen mich zu führen.«

»Nein, Sire. Bis zu einem gewissen Grad war ich in die Pläne meines Bruders eingeweiht, und ich weiß zumindest so viel: Sein einziges Ziel war es, seine Pläne bezüglich der Niederlande auszuführen. Wenn er geflohen ist, dann sicher, um diese Pläne umzusetzen. Und Euer Majestät müssen zustimmen, daß dies nur Eure eigene Größe bestärkt.«

Margot senkte den Blick, während Katharina ihre Tochter eingehend studierte. Kluges Mädchen, dachte sie. Natürlich hat sie ihrem Bruder bei der Flucht geholfen. Natürlich ist sie schuldig. Aber sie hatte sich in Augenblicken der Gefahr ausgezeichnet in der Gewalt. Sie war scharfsinnig und fand immer die richtigen Worte. Sie hatte es geschafft, ihren Bruder allein damit zu beschwichtigen, daß sie in ihm einen Traum wachrief, den Coligny bereits geträumt hatte, den Traum eines großen französischen Reiches. Falls Anjou entflohen war, um für sein Land gegen ein anderes zu kämpfen, und nicht, um sein eigenes Land in einen Bürgerkrieg zu stürzen, war seine Flucht keine wirkliche Katastrophe.

»Deine Schwester soll sich wieder zurückziehen«, sagte Katharina. »Wir werden bald wissen, ob sie die Wahrheit gesagt hat. Falls ja, ist alles in Ordnung. Wenn nicht, wissen wir, was wir zu tun haben.«

Margot behielt recht mit ihrer Aussage, Anjou sei nur geflohen, um seinen Krieg in Flandern fortzusetzen. Die Nachrichten von seinen Erfolgen drangen nach und nach bis Paris durch. Die Protestanten hatten ihn bereitwillig zu ihrem Anführer gemacht, und er hatte diese Rolle begeistert angenommen. In seiner hochtrabenden Art hatte er ihnen seine Hingabe versprochen und ihnen erklärt, er werde alles in seiner Macht Stehende tun, um ihnen die Freiheit zurückzuerobern. Die Flamen scharten sich um ihn und schworen ihm Treue. Katharina wartete – nicht ohne Skepsis – auf Ergebnisse. Die Flamen hatten unter der Grausamkeit der Spanier zu leiden gehabt und waren augenblicklich ohne Führung. Konnte ihr schwacher, eitler Sohn ihnen den Sieg bringen, der anderen, größeren Männern versagt geblieben war? Katharina hatte weniger Vertrauen in ihren Sohn, als er selbst und die Flamen es zu haben schienen. Es blieb ihnen nicht viel anderes übrig, als auf Nachrichten zu warten; und in der Zwischenzeit gab es zu Hause genug andere Dinge, über die sie sich Sorgen machen konnte. Das größte Problem stellten wieder einmal die *mignons* dar.

Sie stolzierten am Hof umher; sie waren überall; sie hatten alle wichtigen Posten inne, und ständig waren einige von ihnen um den König und hetzten ihn gegen seine Mutter auf.

Wenn Katharina in der Vergangenheit die Bourbonen hatte demütigen wollen, rief sie die Familie Guise zu Hilfe, und wenn es gegen die Guises gehen sollte, hatte sie sich an die Bourbonen gewandt. In der gegenwärtigen Situation waren die Guises die natürlichen Feinde der *mignons*, also schickte sie nach Henri de Guise.

Während sie auf ihn wartete, sann sie über ihn nach. In letzter Zeit hatte sie wenig an ihn gedacht, da sie viele andere Dinge beschäftigten. Jetzt fiel ihr jedoch auf, daß es um die Guises seit einiger Zeit ruhig geworden war. Es war ungewöhnlich für diese Familie, so im Abseits zu stehen. Was verlangte ihnen so viel Aufmerksamkeit ab? Die katholische Liga? Bei diesem Gedanken hätte Katharina am liebsten laut gelacht. Henri de Guise war wie alle anderen auch – ein Fanatiker. Sie konnte sich kaum vorstellen, daß Monsieur de Guise damit beschäftigt war, den katholischen Glauben in Frankreich zu festigen, und es dabei anderen überließ, das Land zu regieren.

Aber was interessierte sie das? Im Moment waren die *mignons* ihr Problem.

Guise kniete vor ihr nieder und küßte ihr die Hand.

»Wir haben Euch in letzter Zeit wenig zu Gesicht bekommen«, begann Katharina. »Das gefällt mir nicht. Mein lieber Herzog, vielleicht ist es das fortschreitende

Alter, das mich so sentimental macht, aber ich wollte Euch schon sagen, daß ich in Euch gewissermaßen einen Sohn sehe.«

»Euer Majestät sind zu gütig.«

»Nun, seid Ihr nicht mit ihnen zusammen groß geworden? Wie oft habe ich Euch beobachtet, wenn Ihr Euch mit einem meiner Söhne gestritten habt ... wie lange wart Ihr mit meiner Tochter zusammen ... Ach ja, die Zeiten der Jugend sind vorbei. Ihr und ich, wir denken über viele Angelegenheiten gleich. Wahrscheinlich bin ich Euch deshalb so zugetan, denn wir sind immer denen wohlgesonnen, die mit uns einer Meinung sind.«

»Von welchen Angelegenheiten sprechen Euer Majestät?«

»In erster Linie von der Religion. Ich bin ebensosehr katholisch wie Ihr.«

»Das freut mich zu hören«, entgegnete der Herzog, nicht ohne eine Spur von Sarkasmus.

»Wäre es nicht eine wahre Freude, wenn man das von der ganzen Nation sagen könnte, Monsieur?«

»O ja, das wäre es.«

»Aber da ist dieser Krieg in Flandern ...« Katharina hob ihre Schultern.

Die Augen des Herzogs blitzten. »Mir will scheinen, Madame, daß es einige in hohen Ämtern gibt, die den Feinden des Katholizismus ihre Unterstützung gewähren; und die Feinde des Katholizismus, dieser Meinung war ich immer, sind auch die Feinde Frankreichs.«

»Sprecht leise, Monsieur. Es gab einmal eine Zeit, da war meine Meinung in Staatsangelegenheiten gefragt. Das ist nicht mehr so. Inzwischen gibt es eine Reihe von Herren, die den König regieren, und wer den König regiert, regiert Frankreich.«

Guise nickte zustimmend und fuhr fort: »Madame, ich werde Euch nun etwas im Vertrauen sagen, und ich weiß, daß Ihr keinen Verrat in meinen Worten finden werdet. Die Freunde des Königs sind schuld am Unmut des Volkes.«

Katharina zog ein Spitzentaschentuch hervor und betupfte damit ihre Augenwinkel. »Monsieur de Guise, Ihr habt vollkommen recht. Könnte ich doch nur einen Patrioten finden, der sich dieser Herren annimmt! Gibt es denn gar keinen Weg?«

»Madame, ich bin sicher, sollte es einen solchen Weg geben, wäre er Euer Majestät eher bekannt als mir.«

Katharina gab durch nichts zu verstehen, daß sie diese Worte als Beleidigung aufgefaßt hatte.

»Wäre ich ein Mann«, fuhr sie unbeirrt fort, »ich wüßte, was ich zu tun hätte.«

»Madame«, beharrte der arrogante de Guise, »es ist kein Geheimnis, daß *Eure* Kunst größer ist als die jeden Mannes.«

Sie lächelte. »Ihr seid sehr freundlich. Ich bin eine Mutter, die über ihre Kinder gewacht hat – ein wenig zu eifersüchtig vielleicht. Ich war schon sehr früh eine Witwe mit kleinen Kindern. Was kann ich schon tun? Kann *ich* diese ... ich muß es sagen ... diese Verräter Frankreichs herausfordern?«

»Nicht mit dem Schwert«, gestand de Guise ihr zu.

»Sicherlich nicht. Aber andere könnten es. Es ist Euch klar, daß diese Männer gegen Frankreich arbeiten ... und gegen die Liga?«

»Ja, Madame.«

»Vergebt mir, wenn ich das sage, Monsieur, aber ich bin erstaunt, daß Ihr sie so lange am Leben gelassen habt.«

»Madame, wie würde der König auf den Tod seiner geliebten Höflinge reagieren?«

»Er würde natürlich trauern; aber man muß einem Kind ein gefährliches Spielzeug wegnehmen, Monsieur, auch wenn das Kind dann einige Zeit bitterlich weint. Es ist nur zu seinem eigenen Besten.«

»Ich werde sorgfältig darüber nachdenken«, antwortete Guise.

Katharina lächelte. Offensichtlich hatte sie gesiegt. Sie hatte seinen Gesichtsausdruck bemerkt, als sie von der Liga sprach. Sicherlich fragte er sich, ob das bedeutete, daß sie die Wichtigkeit der Liga anerkannte. Falls dies so war und falls sie glaubte, daß die Liga so einflußreich werden konnte, wie er es sich vorstellte, würde sie zweifellos auf seiner Seite mitstreiten, denn sie zog es grundsätzlich vor, auf der Seite des Stärkeren zu sein.

Es war für ihn nicht leicht, seine Gefühle zu verbergen. Seine Narbe glich in mehr als einer Hinsicht der seines Vaters. Das Auge über der Narbe tränte, wenn er starken Emotionen ausgesetzt war. Ach, *Monsieur le Balafré*, dachte Katharina, diese Narbe hat Euch in den Straßen von Paris gute Dienste geleistet, aber sie verrät Euch denen, die Euch kennen.

Sie saß an ihrem Fenster, sah in den Frühlingsabend hinaus und fragte sich, wie lange es wohl dauerte, bis de Guise etwas unternähme.

Sie mußte nicht lange warten.

Bereits am nächsten Morgen, als sie noch in ihrem Bett lag, konnte Katharina Rufe unter ihrem Fenster hören. Ihre Kammerzofe trat ein, um ihr zu berichten, daß eine größere Gruppe Menschen auf den Palast zukam. Offensichtlich trugen sie jemanden.

»Vermutlich ein Duell«, meinte Katharina und lächelte insgeheim. »Mein Gott, warum suchen sie sich nicht eine bessere Uhrzeit aus, um ihre Streitigkeiten beizulegen?«

»Der Menge nach zu urteilen, muß es sich um eine wichtige Persönlichkeit handeln.«

Katharina erhob sich ohne große Eile. Während ihres *lever* kam der König wie ein Wahnsinniger zu ihr gestürmt. Er hatte sich nur hastig ein paar Kleidungsstücke umgeworfen, und sein tränenüberströmtes Gesicht war bleich.

»Was ist, mein Liebling? Was ist geschehen?«

»Eine Tragödie, Madame! Wegelagerer sind über meine Freunde hergefallen. Es ist alles so furchtbar. Ich *sterbe* vor Angst um sie. Schnell! Kleidet Euch an, ich bitte Euch. Ihr müßt zu meinem armen Caylus kommen. Ich habe solche Angst um ihn. Ich fürchte, er wird es nicht überleben. Paré ist bei ihm, aber ... ich zittere um ihn. Maugiron ist tot. Ich danke Gott, daß diese gemeinen Mörder nicht entkommen sind.«

»Mein Liebster«, antwortete Katharina, »geh zu Caylus. Ich komme, so schnell ich kann. Er braucht dich jetzt dringend.«

Der König nickte und eilte zu Caylus zurück.

Die ganze Geschichte erfuhr Katharina kurz darauf von den Hofdamen, die sie losgeschickt hatte, um alles in Erfahrung zu bringen.

Drei Herren aus de Guises Gefolge – die Messieurs d'Entragues, Riberac und Schomberg – hatten sich in der Dämmerung bei Les Tournelles aufgehalten, als drei der *mignons* – Caylus, Maugiron und Livarot – vorbeispazierten.

»Nur diese drei?« fragte Katharina.

»Ja, Madame.«

Sie war verärgert. Sie hatte eigentlich auf Epernon und Joyeuse gehofft.

Riberac hatte den *mignons* eine Beleidigung hinterhergerufen; die Höflinge vermuteten allerdings, daß der Ruf aus der Menge gekommen war. Da sie diese Schmährufe gewohnt waren, hatten sie eigentlich vorgehabt, sie zu ignorieren; aber als weitere Beleidigungen folgten und klar wurde, daß diese von Adligen ausgestoßen wurden, war es nicht mehr möglich, darüber hinwegzusehen. Darüber hinaus näherte sich einer der Herren, d'Entragues, mit gezogenem Schwert.

»Seid Ihr zu damenhaft, um das Schwert zu führen?« fragte er voller Ironie. Bei diesen Worten zog Livarot – der beste Schwertkämpfer der drei *mignons* – ebenfalls seine Waffe, und der Kampf begann. Es war ein verbissenes Duell, denn als die *mignons* merkten, daß sie um ihr Leben kämpften, erwiesen sie sich auf einmal als durchaus passable Fechter. Maugiron wurde bei Les Tournelles getötet; Schomberg verlor ebenfalls sein Leben. Riberac war so schwer verletzt worden, daß wenig Chancen für sein Überleben bestanden, und Caylus' Zustand war ebenfalls bedenklich, wie die Königinmutter bereits wußte.

Katharina eilte zu den Räumen des Königs, wohin er den verwundeten Caylus hatte bringen lassen. Als sie den Mann sah, fühlte sich Katharina sofort besser. Diese Wunden mußten tödlich sein.

»Wie schrecklich«, sagte sie. »Mein armer Sohn, mir blutet das Herz, denn ich weiß, wie sehr du ihn geliebt hast.«

Der König griff nach ihrer Hand und machte sie damit glücklich, denn in seinem Kummer hatte er sich an sie gewandt. Es war schön zu sehen, daß er gegen sie nicht den kleinsten Verdacht hegte. Sobald ich ihn von diesen verfluchten Männern befreit habe, gehört er wieder mir.

Caylus siechte noch einige Tage dahin, und der König wich während dieser Zeit kaum von seiner Seite. Heinrich weinte fast ständig; immer wieder flehte er seinen Liebling an, nicht zu sterben, beschwor er die Ärzte, das Leben des Mannes zu retten, das ihm – wie er erklärte – teurer war als sein eigenes. Aber nichts konnte das Leben Caylus' erhalten.

Der König fand tiefe Befriedigung in der Tatsache, daß die beiden Guises, Riberac und Schomberg, ebenfalls ihr Leben verloren hatten. Zwei Guises für zwei *mignons* war angemessen. Damit war bewiesen, daß ein *mignon* ein ebenso guter Kämpfer war wie die meisten anderen Männer.

Während er um seinen sterbenden Freund weinte, schwor der König dem Mann Rache, den er hinter alldem vermutete. Seine Mutter bat ihn inständig, solche Drohungen für sich zu behalten.

»Unterstützt ihr denn de Guise, Madame?« verlangte er zu wissen.

»Ich verfechte die Interessen eines einzigen Mannes, wie du weißt, und wegen meiner Angst um ihn bitte ich ihn zu schweigen. Räche dich an dem dritten Guise, diesem d'Entragues, wenn du es für nötig hältst. Wenn dir jedoch dein Leben etwas wert ist, dann lasse auch nicht einen Augenblick lang verlauten, Henri de Guise könnte hinter dieser Sache stecken. Sprich nicht bedenkenlos darüber, was du mit ihm vorhast.«

»Also soll ich tatenlos zusehen, wie er Pläne für den Tod meiner Freunde schmiedet?«

»Mein lieber Sohn, hast du nach allem, was ich dir erklärt habe, noch immer nicht gelernt, daß man nur in aller Stille gegen die Großen angehen kann?«

»Madame, ich schwöre Euch, ich werde nie dem Mann vergeben, der hierfür verantwortlich ist.«

»Ich kann dich gut verstehen, mein Sohn, aber ich bitte dich, vergiß nicht, wer dieser Mann ist. Bedenke die Position, die er in diesem Lande hält – besonders hier in Paris –, und behalte deine Gedanken für dich. Wir sind eins, mein Sohn. Dein Wohl ist auch mein Wohl, und dein Wunsch ist auch der meine.«

Völlig von der Ehrlichkeit ihrer Worte überzeugt, umarmte er sie.

»Mutter«, meinte er, »ich könnte nicht ohne Euch regieren.«

Katharinas Augen füllten sich mit Tränen, denn dies war einer der wenigen wirklich glücklichen Momente ihres Lebens.

Caylus starb, und zärtlich nahm der König die Ohrringe, die er ihm geschenkt hatte, von seinen Ohren. Er ließ seinem toten Freund die Haare abschneiden und bewahrte sie zusammen mit denen Maugirons in einer mit Edelsteinen besetzten Schmuckschatulle auf, damit er, wie er sagte, in den folgenden Jahren voll Trauer an sie zurückdenken könnte, wann immer er hineinblickte.

Etwa einen Monat später wurde ein weiterer seiner *mignons*, Saint-Mesgrin, von maskierten Männern ermordet, als er den Louvre verließ.

Der König tobte vor Wut. Er weinte in den Armen seiner Mutter. Wieder vermutete er de Guise als Anstifter hinter diesen Morden, aber schließlich konnte ihn Katharina davon überzeugen, daß es klüger war, diesen Verdacht nicht öffentlich zu äußern.

Just zu dieser Zeit kam es noch zu einem weiteren Mord. Dieser geschah während eines Balls – vor den Blikken aller Anwesenden. Diesmal handelte es sich bei dem Mörder um Villequier, den Mann, der einst einer der Favoriten des Königs gewesen war, bis Katharina ihn von dessen Seite weggelockt hatte, indem sie ihn mit einer Dame ihrer *escadron volant* verheiratete, die ihn getreu dem Befehl vom König fernhielt. Das hatte die Dame so erfolgreich getan, daß ihr Gatte – nachdem sie trotz allem noch weiter ihren diversen Pflichten, die ihr von Katharina auferlegt wurden, nachkam – eifersüchtig wurde und ihr vor allen Leuten am Hof seinen Dolch ins Herz stieß.

Kaum ein Tag verging, an dem es in den Straßen von Paris nicht zu Duellen kam. Reisende auf den Straßen lebten gefährlicher als noch wenige Jahre zuvor. Mit den steigenden Lebensmittelpreisen wurde ein Menschenleben immer weniger wert. Selbst Katharina wurde unruhig, weil nun auch andere ein Leben so wenig schätzten wie sie.

Anjous Versprechungen, die er den Flamen gemacht hatte, stellten sich als leere Worte heraus. Philipp von Spanien reagierte auf die Zusagen des arroganten, kleinen Herzogs mit der Aussendung Alexander Farneses, des großen Herzogs von Parma, ausgestattet mit einer gewaltigen Armee. Nachdem Anjou sich einen leichten Sieg vorgestellt hatte, gelüstete es ihn nicht, auf Parma zu treffen; also beschloß er, die Flamen ihrem Schicksal zu überlassen. Nachdem er, wie er sich selbst versicherte, bereits die Lorbeeren eines großen Generals geerntet hatte, konnte er sich damit zufriedengeben und nach Frankreich zurückkehren.

Katharina hatte inzwischen das Vertrauen des Königs zurückerlangt. Die verbleibenden *mignons* schienen ihr Interesse wieder von der Politik abzuwenden und widmeten sich schönen Kleidern, Juwelen, der Kosmetik und ihren Schoßhunden. Die Guises hatten ihre Arbeit gut gemacht.

In einigen Landesteilen war es immer wieder zu Aufständen gekommen; Margot kämpfte noch immer um die Erlaubnis, zu ihrem Gatten reisen zu dürfen; Navarra hatte erklärt, er werde sie und ihre Mutter gerne empfangen, und eine Reise Katharinas nach Nérac schien wünschenswert nach außen hin, um ihre Tochter ihrem Gatten wieder zuzuführen, in Wirklichkeit jedoch, um jede Rebellion in den Landesteilen, durch die sie reiste, im Keim zu ersticken. Gleichzeitig konnte sie Navarra selbst befragen und sich im Namen des Königs ein Bild davon machen, wie die Lage in Béarn aussah.

Margot, die sich auf die aufregende Reise freute, ging voller Elan an die Vorbereitungen. Katharina bereitete sich nicht so enthusiastisch, aber genauso sorgfältig vor. sie beschloß, Charlotte de Sauves mitzunehmen, für den Fall, daß ein Wiederaufleben der alten Leidenschaft notwendig scheinen sollte. Da sie jedoch einen Spion in Navarras Nähe benötigte und es nicht sicher war, daß die alte Liebe wieder aufflammte, sorgte sie dafür, daß noch eine weitere, charmante junge Frau an der Reise teilnahm. Bei dem Mädchen handelte es sich um eine Griechin namens La Belle Dayelle, die acht oder neun Jahre zuvor mit ihrem Bruder von Zypern geflohen war, als die Türken dort die venezianische Herrschaft ablösten. Katharina war schnell von ihrem Charme eingenommen gewesen und hatte dafür gesorgt, daß ihr Bruder in die Dienste des Herzogs von Anjou – damals noch Alençon – trat, während sie Dayelle zu sich nahm. Mit ihren wunderschönen mandelförmigen Augen strahlte sie einen besonderen Reiz aus, und ihre exotische Schönheit war so ganz anders als die der französischen Frauen. Eine ausgezeichnete Trumpfkarte, dachte Katharina – nur für den Fall, Navarra ließe sich für seine alte Liebe nicht mehr begeistern.

Margot lehnte sich in der Sänfte zurück, die sie selbst entworfen hatte und die alle sonstigen ausstach. Denn sie war fest entschlossen, die Untertanen, die sie noch nie gesehen hatten, zu beeindrucken. Die Stützen waren mit rotem Samt umwickelt und die Säume des Stoffs mit Gold bestickt. Bilder aus der italienischen und der spanischen Mythologie waren in Glas geschnitten und in die Verkleidung eingearbeitet worden; diese Bilder handelten von der Sonne und ihren Mächten, denn Margot hatte bei dem Entwurf an einen Hofpoeten denken müssen, der sie einst wegen ihrer Schönheit, Klugheit und ihres Charmes mit der Sonne am Hofe Frankreichs verglichen hatte.

Aber Margot gab sich nicht damit zufrieden, in ihrer Sänfte zu liegen und über die Wirkung nachzudenken, die sie mit ihrer Schönheit auf ihr Volk ausübte. Sie mußte sich während der Reise irgendwie amüsieren. Vor ihren Augen ließ sie die Männer vorbeiziehen, die ihre Reisegruppe begleiteten: den Kardinal de Bourbon und den Herzog de Montpensier, beide entfernte Verwandte ihres Gatten; der eine war zu alt, der andere ein zu fanatischer Katholik, um einen guten Liebhaber abzugeben. Dann waren da Gui de Faur und der Sieur de Pybrac. Hier hielt sie inne, denn obwohl es sich bei Pybrac um einen ernsten jungen Mann handelte, sah er nicht übel aus. Vielleicht war er zu seriös, um über die Möglichkeit nachzudenken, Margots Liebhaber zu werden, aber warum sollte es ihr nicht gelingen, ihn einzuwickeln, ihn von seiner Ernsthaftigkeit fortzulocken? Es war doch absurd, wenn ein so junger Mann – und ein so gut aussehender – nur in seiner Arbeit als ihr Kanzler aufging.

Da ihr das Schreiben Freude bereitete, schrieb sie ihm, wenn auch zunächst nur über Staatsangelegenheiten, denn ihr war klar, daß sie sich langsam an Monsieur de Pybrac heranarbeiten mußte.

Katharina war in ihrer Sänfte ein wenig traurig. Die Unbequemlichkeiten einer solchen Reise riefen ihr ins Bewußtsein, daß sie für solche Unternehmungen langsam zu alt wurde. Da sie auch den Leiden anderer wenig Beachtung schenkte, war sie fest entschlossen, sich selbst ebenfalls keine Blöße zu geben. Früher war es ihr leichtgefallen, ihre Wehwehchen zu ignorieren. Inzwischen hatte sich das geändert. Regelmäßig mit Einbruch des Winters meldete sich ihr Rheumatismus, und sie konnte ihn nicht mehr einfach wie früher mit einem Lachen abtun. »Ach das«, hatte sie gewöhnlich gesagt, »das ist meine *rente*. Es kommt regelmäßig mit den ersten kalten Winden.« Aber inzwischen waren die Schmerzen stärker geworden. Manchmal konnte sie nicht einmal mehr laufen und mußte auf einem Muli reiten. Das brachte sie wieder zum Lachen, denn ihr war klar, daß ihre fette und viel zu schwere Figur auf der kleinen Kreatur ein komisches Bild abgeben mußte. Aber sie war immer bereit, über sich selbst zu lachen. »Ich sehe jetzt schon aus wie der alte, fette Marschall de Cossé«, erklärte sie. »Ich wünschte, mein Sohn, der König, könnte mich jetzt sehen, denn nichts auf der Welt höre ich lieber als sein Gelächter.«

Sie machte sich Sorgen um Heinrich. Was machte er wohl gerade? Sie sehnte sich nach ihm. War es klug von ihr gewesen, ihn allein zurückzulassen? Was heckte Henri de Guise aus? Wurde seine Liga langsam zu mächtig? Sie traute ihrem Schwiegersohn nicht. Sie hatte eine Reihe guter Männer bei sich, die alle ihrem Sohn treu ergeben waren. Einige Mitglieder ihrer *escadron* begleiteten sie, deren Dienste sie sich zunutze machen würde. Wenn sie doch nur ihrer Tochter hätte trauen können! Aber wie konnte man das? Das einzige, was sie zu interessieren schien, waren ihre Liebhaber. Zweifellos plante sie auch in diesem Augenblick wieder irgendeine Liebelei.

Das war tatsächlich der Fall. Margot hatte von Pybrac ein Schreiben erhalten, in dem er erklärte, sein einziger Wunsch sei, ihr zu dienen.

Der Brief bedeutete für Margot einen wahren Lichtblick. Sie schrieb ihm zurück, wie sehr sie ihn bewunderte. Und sie deutete an, er könne mehr für sie sein als ihr Kanzler, sollte er das wünschen.

Als Pybrac diesen Brief erhielt, war er entsetzt. Er hatte bereits viele Geschichten über die Eskapaden seiner Herrin gehört, aber nie gedacht, eine solch bewundernswerte Frau könnte in seine Richtung blicken. Den Brief an seine Königin hatte er als Diener geschrieben, nicht als Verliebter. Er erinnerte sich daran, was mit einem anderen Liebhaber der Königin geschehen war, mit dem Grafen de la Mole. Menschen seines Schlages stürzten sich nicht in solche Abenteuer.

Daher beantwortete er ihren Brief nicht, und als sie den Grund zu erfahren suchte, schrieb er, er habe seinen Brief nicht als Liebesbrief verstanden wissen wollen. Sicher, er hatte einen sehr überschwenglichen Brief verfaßt, aber dies sei momentan die Mode, und er habe sich nur nach dem allgemein üblichen Stil gerichtet. Als er ihr schrieb, er liebe sie, hatte er gemeint, als Königin; und mit der Erklärung, ihr dienen zu wollen, hatte er nur seine Eigenschaft als Kanzler gemeint. Er bat um Verzeihung, nicht sofort auf ihren Brief geantwortet zu haben, aber er sei krank gewesen.

Als Margot diesen Brief erhielt, war sie wütend. Sie konnte nicht glauben, daß jemand, den sie sich als Liebhaber auserkoren hatte, sie zurückwies. Ohne groß über seinen Brief nachzudenken, schrieb sie zurück:

›Es gibt für Euch keine Entschuldigung, meinen Brief nicht zu beantworten. Ich vermute, diese angebliche Krankheit und die Verantwortung, über mein Siegel zu verfügen, haben Eure Gesundheit geschädigt. Nachdem ich um Eure Gesundheit ebenso besorgt bin wie Ihr um die meine, bitte ich Euch, das Siegel zurückzugeben.‹

Danach war Margot eine Weile bedrückt. Sie fragte sich, ob sie ihr neues Leben würde genießen können. Mit Bedauern wanderten ihre Gedanken zum Hof von Paris, wo das Benehmen der Männer ebensogut war wie die Eleganz ihrer Kleidung. Sie dachte an ihren geschmacklosen Gatten und an Henri de Guise.

Sie begann zu weinen, und durch ihre Tränen hindurch betrachtete sie ihre wundervolle Sänfte.

»Hätte man mich doch den Mann heiraten lassen, den ich liebte«, murmelte sie, »wie anders wäre mein Leben verlaufen! Im Augenblick bin ich sicherlich die unglücklichste Prinzessin der Welt.«

Navarra freute sich darauf, Margot wiederzusehen. Sie war zwar ein Unruhestifter, aber sie schaffte es immer wieder, ihn zu amüsieren. Allerdings war ihm klar, daß dieser Besuch nur dazu diente, ihm nachzuspionieren, und er hatte sich entsprechend darauf vorbereitet.

Margot selbst war nicht so erpicht auf das Treffen. In

Paris hatte sie ständig darauf gedrängt, weil sie nicht stillsitzen konnte und weil eine Reise nach Frankreich Abwechslung versprach. Nun, da sie ihr Ziel fast erreicht hatte, fragte sie sich immer wieder, wie sie sich an den bescheidenen Hof ihres Gatten gewöhnen sollte, wenn sie schon jetzt den französischen Hof vermißte. Sie litt noch immer unter der Abfuhr, die sie von ihrem Exkanzler erhalten hatte, und sie erkannte langsam, daß es dumm gewesen war, seinen Rücktritt zu fordern, denn inzwischen wußte jeder, warum er die Siegel hatte zurückgeben müssen.

Als sie sich Toulouse näherten, erklärte sie, sie sei indisponiert und fühle sich nicht gut genug, um ihre Mutter zu dem Treffpunkt zu begleiten. Sie wollte sich daher noch ein wenig ausruhen und mit ihrem Gefolge später nachkommen.

Navarra suchte vergeblich nach ihr, während Katharina ihn umarmte und ihm sagte, wie gut er aussehe. In seiner unverblümten, direkten Art erklärte er ihr dagegen, daß sie nicht so gut aussehe wie das letzte Mal, als er sie getroffen hatte, und er hoffe, die Reise habe sie nicht zu sehr angestrengt. Er blickte sie mit dem eigentümlichen Zwinkern in seinen Augen an und fügte hinzu, wie sehr er die Ehre ihres Kommens genieße, er hoffe aber, sie werde sich nicht überanstrengen und während ihres Aufenthaltes nicht zuviel unternehmen wollen.

»Ach«, erwiderte Katharina, »ich bin nur gekommen, um auf meine Tochter zu achten und Eure wunderschöne Landschaft zu genießen.«

Dann fragte er nach seiner Frau und erfuhr von ihrem gegenwärtigen Zustand.

»Madame«, meinte er dann, »sicher werdet Ihr mir vergeben, wenn ich sogleich zu ihr reiten will. Ich sehne mich danach, sie wiederzusehen.«

Katharina gab ihre Zustimmung, denn es war offensichtlich, daß er auch ohne ihre Einwilligung reiten würde. Unangekündigt kam er zu Margots Unterkunft, wo er sie mit ihren Frauen vorfand, die ihr halfen, ein neues Kleid anzuprobieren.

Er hob sie hoch und gab ihr zwei schmatzende Küsse auf die Wangen. Margot zog die Nase kraus; er roch nicht gerade angenehm, und sie mußte feststellen, daß in seinem Benehmen und seinem Auftreten eine gewisse Verschlechterung eingetreten war, seit er den französischen Hof verlassen hatte.

»Ich habe Euch nicht erwartet«, sagte sie kühl. »Hat man Euch nicht ausgerichtet, daß ich indisponiert bin?«

»Was Ihr als indisponiert bezeichnet, geliebte Gattin, ist für die meisten gleichbedeutend mit blühender Gesundheit. Ich hegte keinen Zweifel, daß es sich dabei wieder um eine neue Modeerscheinung aus Paris handelt.«

Sie spürte die alte Abneigung wiederkehren, aber er übte auch eine gewisse Anziehungskraft auf sie aus. Nach den inhaltslosen Komplimenten der Galane bei Hof war sein bäurischer Charme erfrischend.

»Hübscher als je zuvor«, rief er aus. »Ich habe viel an Euch gedacht, Margot.«

»Wie an andere auch. Man erfährt so manches am Hof, was in Béarn vorgeht, müßt Ihr wissen.«

»Wo immer ich hingehe, gibt es Neuigkeiten! So ist es nun einmal, wenn man König ist.«

»Wo immer Ihr hingeht, gibt es Skandale.«

»Streiten wir doch nicht gleich! Kommt, reiten wir gemeinsam nach Toulouse.«

Sie war nicht wirklich ungehalten; im Gegenteil, es schmeichelte ihr, daß er den langen Weg zu ihr geritten war.

»Ihr müßt Euch meiner Mutter gegenüber äußerst unhöflich benommen haben«, stichelte sie.

»Ich bin gekommen, Euch zu sehen, nicht Eure Mutter.«

Wenig später war sie jedoch gar nicht mehr begeistert von ihm. Als sie ihn in der ihm gewohnten Umgebung sah, stellte sie fest, daß er sich während seines Aufenthalts in Paris für seine Begriffe äußerst elegant gegeben hatte. Jetzt, in seinem eigenen Land, glaubte er, sich natürlich benehmen zu können, und handelte auch danach, sehr zum Entsetzen Margots, ihrer Mutter und aller, die den Pariser Hof gewohnt waren. In mancher Hinsicht hatte er sich zu einem Bauern aus Béarn entwickelt. Er mischte sich unter das einfache Volk seiner Städte und Dörfer; er fluchte, und es schien, als verbinde ihn nichts außer seinem Geist und seiner Bauernschläue mit seiner Gattin.

Als sie am Hofe von Nérac anlangten, erfuhr Margot bereits nach kurzer Zeit, daß die Lieblingsmätresse ihres Gatten eine gewisse Fleurette war, die Tochter eines Gärtners. Wann immer er nach ihr verlangte, wurde das Mädchen zu ihm ins Schloß gebracht. Er pfiff ihr wie ein Bauernbursche vom Fenster aus hinterher oder gab sich in den Gärten groben Scherzen hin. Dieses Verhalten schokkierte sowohl Katharina als auch ihre Tochter. Er wußte das, und es amüsierte ihn, sich immer etwas Neues auszudenken, um sie vor den Kopf zu stoßen. Er entwickelte eine gewisse Leidenschaft – oder er tat zumindest so – für Margots Zimmermädchen, oder er spazierte zur Bäckerei der Stadt, um sich ein wenig die Zeit mit der Bäckerin Picotine Pancoussaire zu vertreiben.

Margot war so verärgert, daß sie am liebsten sofort nach Paris zurückgekehrt wäre. Navarras Verhalten hätte auch eine ausgezeichnete Entschuldigung dafür geboten. Sie wußte, sie würde sich an diesem kleinen Hof immer wie eine Außenseiterin fühlen. Verglichen mit den Zeremonien im Louvre, in Blois oder Chenonceaux, befand sie sich hier unter lauter Barbaren. Aber Katharina beschwichtigte sie und konnte sich nur mit Mühe zurückhalten, ihr etwas von den anderen Gründen zu erzählen, weshalb sie hier waren.

Katharina betrachtete ihre Frauen; schon bald sollten sie an die Arbeit gehen. Bis dahin konnte der Bauer aus Béarn ihnen noch zeigen, daß ihn die Pariser Etikette und Mode nicht interessierten. Sollte er sich ruhig noch eine Weile mit seiner Fleurette oder Picotine amüsieren. Das würde bald aufhören. Dayelle hatte ihre wunderschönen mandelförmigen Augen bereits bewundernd auf den König von Navarra gerichtet; und auch wenn er so tat, als gelte seine ganze Aufmerksamkeit seinen einfachen Mätressen, hatte er doch schon gelegentlich einen Blick in die Richtung der hübschen Griechin gewagt. Er war, überlegte Katharina, der Sohn von Antoine de Bourbon und Jeanne von Navarra, also mußte er guten Geschmack besitzen. Katharina vertraute darauf, daß Dayelle oder – wenn sie es nicht schaffte – Madame de Sauves oder eine ihrer anderen Damen den König in nicht allzu weiter Ferne von seinen Gespielinnen fortlocken würde.

Katharina lenkte Margots Aufmerksamkeit auf einen Mann, dem sie vor einem Jahr in Paris ihre Gunst geschenkt hatte. Dabei handelte es sich um einen gutaussehenden Adligen namens du Luc. Margot war glücklich, von diesem Herrn unterhalten zu werden, und das, dachte Katharina, würde sie eine Zeitlang in Nérac halten.

Margot begann schließlich, Gefallen an ihrer Umgebung zu finden. Sie versetzte ihre Untertanen immer wieder in Erstaunen, und nur die strengsten Puritaner sahen in ihr die flatterhafte Frau, die sie war. Ihre Freude am Leben nahm alle gefangen, und jetzt, da sie einen Liebhaber besaß, der sie zumindest vorerst befriedigte, war diese Lebensfreude für alle ersichtlich. Was interessierten sie die Puritaner? Ihr einziges Interesse galt denen, die sie bewunderten. Sie zeigte sich ihrem Volk in Kleidern, die sie selbst entwarf – Kleider, die selbst den Hof von Paris in Erstaunen versetzt hätten. Sie trug rote Perücken, blonde Perücken oder zeigte gelegentlich ihr eigenes volles, dunkles Haar, das alle Perücken an Schönheit übertraf. Sie tanzte in weißer Seide, in rotem Samt, in Kleidern aus Gold und Silber. Besonders liebte sie spanischen Samt in der Farbe von Nelken. Sie schmückte sich mit Juwelen und Federn; sie war die bezaubernde, fantastische Königin von Navarra. Einmal erschien sie zu einem Empfang in einem Kleid, für das fünfzehn Ellen des feinsten Goldstoffes benötigt worden waren, und um den Hals trug sie eine Kette aus vierhundert Perlen. Diamanten funkelten in ihrem Haar, das mit weißen Federn geschmückt war.

Mit jedem neuen Kleid schien sie in eine andere Persönlichkeit zu schlüpfen. In ihrem goldbestickten Kleid strahlte sie Würde aus. In dem nelkenfarbenen Gewand tanzte sie wild umher, um abwechselnd du Luc verliebte und den anderen Anwesenden, wie Henri de la Tour, dem Vicomte de Turenne, auffordernde Blicke zuzuwerfen. Letzterer hatte ihr Interesse geweckt. Sie sang romantische Balladen, die sie selbst verfaßt hatte; sie zeigte dem Volk von Nérac, wie man die Tänze tanzte, die am Hof von Paris in Mode waren – die spanische *pavana* und die italienische *corrente*.

Ihre Mutter sah ihrem Treiben zu und beobachtete dabei ihre Tochter, Dayelle und Navarra.

Navarra war, wenn auch widerwillig, von seiner Frau gefesselt. Sie hätte leicht ihren Einfluß nutzen können, um ihn gefügig zu machen. Ach, dachte Katharina, würde sie doch nur auf mich hören. Wäre sie doch ein Mitglied meiner *escadron*. Aber nach Meinung ihrer Mutter lag Margots Schwäche in ihrer Ziellosigkeit, wenn man von ihren sexuellen Wünschen einmal absah.

Eines Abends, nach einem der Bälle, kam Navarra zu ihr. Sie schien ihm inzwischen begehrenswerter als alle anderen Frauen am Hof. Dayelle amüsierte ihn, die offenbar auf Befehl der Königinmutter nur darauf wartete, daß er sie entdeckte. Aber seine Frau, mit ihrer Eleganz, ihrem Hochmut und ihrem Esprit war die faszinierendste Frau, die er je getroffen hatte.

Er beschloß, die Nacht mit ihr zu verbringen.

Langsam öffnete sie die Augen und sah ihn voller Hochmut an, wie er es inzwischen bereits von ihr gewohnt war. Sofort verflog sein Verlangen, und er verspürte Lust, sie zu schlagen. Er war der König von Navarra, und er würde sie daran erinnern. Auch wenn sie die Königin war, durfte sie nie vergessen, daß sie diesen Titel ihm verdankte.

Er setzte sich breitbeinig auf einen Stuhl, die Hände auf die Knie gestützt.

Angesichts dieser äußerst uneleganten Haltung schüttelte es sie. Seine Jacke war eingerissen und voller Weinflecken. Keine Juwelen, kein Schmuck konnten sein schmuddeliges Aussehen verbergen. Außerdem hatte

Margot für diese Nacht bereits andere Pläne und daher keine Lust, sich ihm zu widmen.

Er entließ ihre Diener, dann ging er zu ihr hinüber und legte seine Hände auf ihre Schultern. Sie verkrampfte sich, kräuselte die Nase und fragte sich insgeheim, wann er sich zum letztenmal gewaschen hatte. Seine Fingernägel starrten vor Dreck und waren auffälliger als alle Saphire und Rubine an seinen Fingern.

»Wie schön es ist, wenn sich Paris herabläßt, nach Nérac zu kommen«, sagte er.

»Es freut mich zu hören, daß Euer Majestät zufrieden sind.«

Er legte seine Hand unter ihr Kinn, drückte es nach oben und küßte sie grob auf den Mund. Sie erwiderte den Kuß nicht. Margot hatte gesehen, wie er es am Morgen ebenso mit Xaintes, ihrem Zimmermädchen, gemacht hatte.

»Ihr scheint meine Küsse nicht zu mögen, Madame.«

»Monsieur, ich bin kein Zimmermädchen.«

»Ach«, meinte er, indem er ihre Schultern umklammerte, »Ihr müßt nicht eifersüchtig sein. Was war das schon? Ein wenig Spaß, mehr nicht.«

»Für die Königin ist es nicht so spaßig.«

»Was? Kann denn eine Königin auf ein Zimmermädchen eifersüchtig sein?«

»Nein, Monsieur, das nicht. Sie kann sich aber ihrer Würde, ihrer Ehre bewußt sein.«

»Ihr denkt zuviel über Würde und Ehre nach. Kommt, brütet nicht so viel vor Euch hin. Ich möchte Euch fröhlich sehen, wie Ihr es vorhin im Ballsaal wart. Was sollen die Gedanken über ein paar Küsse? Grübelt nicht darüber nach, ob ich meine kleinen Freundinnen zu sehr liebe.«

»Das habe ich mich nicht gefragt.«

»Was dann? Was habt Ihr Euch denn gefragt?«

»Wann Ihr das letzte Mal gebadet habt.«

Er lachte laut auf. »Gebadet!« rief er aus. »Gebadet! Wir baden nicht oft hier in Nérac.«

»Néracs König mit Sicherheit nicht.«

Sie erhob sich und lief ein paar Schritte von ihm fort.

»Wir sollten Kinder haben«, sagte Navarra. »Seht uns an . . . ein König und eine Königin . . . und keine Erben für Navarra. So kann es nicht weitergehen. Ich habe viele Söhne, viele Töchter; aber ich habe keinen Thronfolger für Navarra.«

Sie zuckte mit den Schultern. »Da stimme ich Euch zu«, antwortete sie. »Es ist in der Tat notwendig.«

Sie schwieg eine Zeitlang. Sie glaubte nicht daran, daß sie Kinder bekommen konnte. Wenn sie an all die Liebhaber dachte, die sie gehabt hatte . . . aber nie hatte es auch nur das geringste Anzeichen einer Schwangerschaft gegeben. Henri de Guise war Vater einer großen Familie; und wie Heinrich von Navarra selbst eben gesagt hatte, hatte auch er viele Kinder. Aber Margot, der es tausendmal hätte passieren können, hatte bis heute noch kein Kind bekommen. Doch sie war noch jung, und sie brauchten einen Erben. Sie seufzte, unternahm jedoch keinen Versuch, ihre Abscheu zu verbergen.

»Ja«, wiederholte sie schließlich, »es ist eine notwendige Pflicht. Aber zuerst muß ich Euch um einen Gefallen bitten.«

»Alles!« rief er aus. »Was Ihr wollt. Was soll ich tun?«

»Keine Angst. Seht nicht so bedrückt drein. Ich verlange nicht von Euch, erneut den Glauben zu wechseln. Nein, diesmal handelt es sich nur um einen winzigen Gefallen.«

Sie lief zur Tür und rief nach einer Zofe. Navarra beobachtete sie, wie sie miteinander flüsterten. Was ihn so an Margot faszinierte, war die Unberechenbarkeit ihrer Handlungen. Die Frau ging wieder, und Margot kehrte zurück.

»Kommt«, sagte er. »Ich bin voller Ungeduld. Was ist dies für ein Gefallen, den ich Euch tun soll?«

»Ganz einfach. Ehe Ihr mir noch näher kommt, gestattet meiner Zofe, Euch wenigstens die Füße zu waschen.«

Er starrte sie an. »Das nennt Ihr einen Gefallen?«

»Ich würde Euch nicht darum bitte, müßte ich nicht befürchten, vom Gestank Eurer Füße ohnmächtig zu werden.«

Er war wütend. Er dachte daran, wie willig sich die kleine Fleurette ihm ergeben hatte, wie begierig die Bäkkerin auf ihn wartete. Und diese Frau wagte es, von ihm zu verlangen, er solle sich die Füße waschen, ehe er sich ihr näherte!

»Madame«, sagte er und versuchte seine Wut unter Kontrolle zu halten, »muß ich Euch erneut daran erinnern, daß dies hier nicht der Louvre ist?«

»Leider müßt Ihr mich daran nicht erinnern«, erwiderte sie. »Zuviel erinnert mich ständig daran.«

Die Zofe kehrte zurück. Sie setzte den goldbesetzten Zuber auf dem Boden ab und wartete.

»Wenn es Euch angenehmer ist, den Dienst durch einen Eurer Höflinge vornehmen zu lassen, dann steht Euch das frei.«

Einen Augenblick lang war Navarra sprachlos. Dann drehte er sich zu der Zofe um. »Hinaus!« brüllte er sie an.

Sofort floh die Frau nach draußen.

Margot hatte sich aufgerichtet und stand nun vor ihm, den Samtmantel um sich geschlungen, als hülle eine große Flamme sie ein. Ihre Augen blitzten, und ihre Lippen zuckten belustigt. Du bist schmutzig! sagten diese Augen. Du beleidigst mich.

Er war nahe daran, ihr die Kleidung vom Leib zu reißen und sie mit Gewalt zu nehmen, aber wie alle seine Gefühle verflog auch sein Ärger schnell.

Er beugte sich hinab, packte den Zuber und warf ihn in die Vorhänge. Dann begann er zu lachen.

»Madame«, sagte er, »soll ich mich parfümieren? Soll ich mich auf schwarzen Seidentüchern ausstrecken? Soll ich in Eselsmilch baden? Wollt Ihr aus mir einen *mignon* machen, wie sie der König von Frankreich um sich hat?« Er begann im Zimmer auf und ab zu laufen. »Riecht doch einmal an meinen Füßen! Duften sie nicht wunderbar? Dieses neue Parfüm stammt von René, dem Giftmischer der Königinmutter.«

Sein Zorn war noch nicht vollständig verflogen, und er fuhr Margot an: »Madame, Ihr solltet Euch vor Augen führen, daß ich in diesem Reich der König bin. Wenn ich meine Füße nicht waschen will, dann sind ungewaschene Füße das Gebot der Stunde. Ihr werdet meine ungewaschenen Füße mögen, wie Ihr die duftenden Füße Eures Bruders mögt. Madame, hier in Béarn sind wir Männer, keine Popanze! Verlange ich von Euch, daß ihr Eure Bäder aufgeben sollt . . . Eure Milchbäder, die Eure Haut so weiß machen? Nein, das tue ich nicht! Dann verlangt auch nicht von mir, daß ich der dekadenten Mode des verrückten Hofes Eures Bruders folge.«

»Ich habe es nur für den Fall verlangt«, warf Margot ein, »daß Ihr mir nahe kommen wollt. Wenn Euch der Schmutz und Schweiß Eures Körpers soviel bedeuten, werde ich Euch nicht bitten, Euch davon zu trennen . . . solange Ihr mir nicht zu nahe kommt.«

»Madame«, erwiderte er, »der Preis, den Ihr verlangt, ist zu hoch für etwas, von dem es mir egal ist, ob ich es besitze oder nicht.«

Mit diesen Worten verließ er sie und ging geradewegs zu Dayelle. Margot war zufrieden. Sie zog sich in ihre Privatgemächer zurück und sandte eine ihrer Frauen mit einer Botschaft zu du Luc, der so galant war, die Etikette und die Gepflogenheiten des Louvre nach Nérac mitgebracht zu haben.

Während ihres Aufenthalts im Reich ihres Schwiegersohns spürte Katharina ihre Kräfte zurückkehren. Ihr Rheumatismus machte ihr Sorgen, aber ihre Stimmung insgesamt war besser. Sie war gekommen, um herauszufinden, was Navarra in seinem Reich tat, das so weit vom Hof des Königs entfernt lag, um zu sehen, welche Macht hinter ihm stand; um ihre *escadron* auf die Minister anzusetzen, damit sie deren Geheimnisse herausfand. Sie war gekommen, um zwischen dem König von Navarra und dem König von Frankreich Frieden zu stiften und die Katholiken und Hugenotten in Nérac an einen Tisch zu bringen in dem erneuten Versuch, ihre Differenzen beizulegen. Ihr kam es so vor, als habe sie damit auch Erfolg. Wie ein Chamäleon paßte sie sich der jeweiligen Situation an.

Hier, in der Hochburg der Hugenotten, sympathisierte sie mit ihnen. Sie lernte sogar, in der einfachen Weise dieser Leute zu reden, die sie der extravaganten, blumigen Sprache des französischen Hofes vorzog. Manchmal fiel es ihr schwer, dabei ernst zu bleiben; dann schloß sie sich mit ihren Hofdamen in ihren Zimmern ein, und sie amüsierten sich, indem sie sich in der, wie sie sie nannten, Sprache von Kanaan unterhielten, wobei sie deren einfaches Idiom noch übertrieben, bis Katharina vor Lachen die Tränen in den Augen standen. Aber am darauffolgenden Tag begrüßte sie die Hugenotten wieder voller Ernst, ohne ein Zucken der Lippen, und sprach sie in ihrer einfachen Redeweisen an, als käme sie ihr ebenso geläufig über die Lippen wie ihnen.

Begannen die Leute, die Gerüchte, die sie über sie gehört hatten, zu vergessen? Begannen sie, ihr zu vertrauen? Das Massaker der Bartholomäusnacht lag wie ein schwarzer Schatten auf ihrer Seele. Konnten sie es je vergessen?

Margot hatte inzwischen eine heftige Liebesaffäre mit Turenne begonnen. Hatte man Margot zu bewegen vermocht, mehr über die Politik und weniger über die Liebe nachzudenken, welch ein Verbündeter hätte sie sein können! Nach Navarra war Turenne der wichtigste Mann am Hof von Navarra. Er war Montmorencys Neffe, verwandt mit Navarra und sein engster Vertrauter. Er war sehr anfällig für die Liebe, und wäre Margot nicht gewesen, hätte Katharina ihn durch eine Dame ihrer *escadron* verführen lassen können. Noch nie, fuhr es ihr durch den Kopf, war eine Königin mit einer solchen Tochter gestraft worden.

Die Monate vergingen, und während dieser Zeit wanderten Katharinas Gedanken oft zum König von Frankreich zurück. Oft überkam sie die Sehnsucht nach ihm mit solcher Macht, daß sie sich nur durch ihre Korrespondenz trösten konnte. Ihrer engsten Freundin, Madame d'Uzés, die sie am Hof zurückgelassen hatte, damit sie über alles unterrichtet wurde, was dort vor sich ging, schrieb sie: ›Schreibt mir, was es Neues über den

König und die Königin zu berichten gibt. Noch nie mußte ich das Glück, ihn zu sehen, so lange missen. Selbst in Polen war er nur acht Monate lang, und nun sind bereits siebeneinhalb Monate vergangen, und es werden noch wenigstens zwei Monate vergehen, ehe ich ihn wiedersehen darf.‹

Die Gespräche zwischen Hugenotten und Katholiken dauerten an, und es wurde ein Einverständnis erzielt. Sie hatte Navarras Versicherung, daß er seine Gattin bei sich behalten wollte, und auch Margot bestätigte, daß sie im Königreich ihres Gatten zu bleiben gedachte. Also war Katharina bereit, wieder nach Hause zurückzukehren.

Navarra war mit der Vereinbarung, die er über die Königinmutter mit dem König von Frankreich geschlossen hatte, zufrieden. Hugenotten und Katholiken genossen nun in etwa die gleichen Rechte in Frankreich. Neunzehn Städte waren an die Hugenotten abgetreten worden. Katharina trat die Rückreise an, worüber er sehr erfreut war, denn weder liebte er seine Schwiegermutter, noch traute er ihr. Dayelle, die äußerst charmante Mätresse, nahm sie mit sich, aber er hatte schon seit Wochen ein Auge auf ein äußerst zartes und zerbrechliches Wesen geworfen – eine Mademoiselle de Rebours, die so völlig anders wirkte als alle anderen, die er bisher geliebt hatte. Nein, er hatte keinen Grund, die Abreise der Königinmutter zu bedauern.

Margot, auf der anderen Seite, war so sehr in Turenne verliebt, daß sie ihre Sehnsucht nach Paris völlig vergessen hatte. So trat Katharina die lange Heimreise ohne sie an.

Aber ihre Probleme waren noch nicht gelöst. In Saluces, einer aufgrund ihrer Lage an der Grenze zwischen Frankreich und Italien relativ bedeutenden Stadt, war es zu einem Aufstand gegen die Krone gekommen. Der Gouverneur von Saluces, ein gewisser Bellegarde, hatte die Stadt gegen die Franzosen befestigt.

Als Katharina durch die Dauphiné reiste und diese Neuigkeiten vernahm, ließ sie Bellegarde zu sich rufen, was dieser jedoch ignorierte. Schließlich gab sie dem Herzog von Savoyen den Auftrag, den Mann zu ihr zu bringen, und nach einer Verzögerung, die sich über Wochen hinzog, traf der Mann endlich ein.

Mit dem Kardinal de Bourbon an ihrer Seite, empfing sie Bellegarde und den Herzog von Savoyen.

Mit trauriger Stimme sprach sie von den Tugenden des Königs, von allem, was er für sein Volk getan hatte; sie sprach von ihrer Fassungslosigkeit, als sie erfahren mußte, daß es Menschen gab, die seine Güte nicht erkannten. Sie weinte ein wenig und sagte dann ihr bevorzugtes Sprüchlein auf: »Wer bin ich denn schon? Ich bin nur eine schwache Frau. Was kann ich Euch schon sagen? Wie soll ich mit Verrätern verfahren?«

Bellegarde war von ihren Tränen so gerührt, daß er mit ihr weinte, aber als sie ihn fragte, was er mit Saluces vorhatte, sprach er lange über die religiösen Differenzen zwischen den Menschen dieser Stadt und dem Hof Frankreichs, und er betonte seine Meinung, der Wille des Volkes dürfe nicht ignoriert werden. Er könne nicht für das, was geschah, verantwortlich gemacht werden, erklärte er Katharina. Er sei einfach nur von seinen Leuten als Sprecher erwählt worden, weil er ihr Gouverneur war.

»Monsieur«, erwiderte Katharina, die nun nicht mehr die schwache Witwe spielte, »ich bin nur gekommen, um diese Angelegenheit beizulegen. Ich werde diese Stadt nicht verlassen – und Ihr ebensowenig –, bis Ihr den Treueeid geleistet habt. Solltet Ihr Euch weigern . . .« Sie zuckte mit den Achseln und schenkte ihm eines ihrer Lächeln, das schon so viele andere vor ihm in Furcht versetzt hatte.

Schließlich legte Bellegarde den Treueeid vor dem gesamten Rat ab, aber Katharina gab sich nicht damit zufrieden. Sie sorgte dafür, daß er von Spionen umgeben war und nichts, was er sagte oder tat, ihr verborgen blieb.

»Ich traue keinem Mann, der seinen König betrogen hat«, erklärte sie dem Kardinal de Bourbon. »Es wäre nicht klug.«

Sie schien ihm tatsächlich nicht zu trauen. Eines

Nachts starb er ganz plötzlich. Am Tag zuvor schien noch alles mit ihm in Ordnung zu sein, und er hatte am Abend gut gespeist und getrunken.

Katharina konnte nun endlich zu ihrem Sohn zurückkehren.

Echte Freudentränen rannen ihr über die Wangen, als sie endlich seinen parfümierten Körper wieder in ihren Armen spürte.

Schon nach kurzer Zeit mußte Katharina feststellen, daß die Zeit am Hof nicht stillgestanden hatte, während sie unterwegs gewesen war. Sie begann sich zu fragen, ob sie nicht besser beraten gewesen wäre, am Hof zu bleiben, statt zwischen Hugenotten und Katholiken Frieden zu stiften und eine Ehe zu kitten, in der beide Parteien genausowenig Hoffnung haben konnten, gemeinsam glücklich zu werden, wie Katholiken und Hugenotten miteinander.

Besonders beunruhigt war sie von den Aktivitäten eines Mannes, an den sie während der letzten Monate nicht oft genug gedacht hatte. Es war nie klug, die Existenz des Herzogs de Guise zu vergessen.

Wie sie feststellen mußte, war die katholische Liga enorm gewachsen, seit sie Paris verlassen hatte. Ihre Arme erstreckten sich bereits über das ganze Land, und in den meisten Städten sprossen kleinere Organisationen aus dem Boden. Von Spanien und Rom erhielten sie volle Unterstützung. Welche Ziele verfolgte die Liga? Sicher nicht nur jene, die sie verkündete. Angeblich wollten ihre Mitglieder für das Volk dasein, aber Katharina vermutete, daß das wahre Ziel die Machtstellung eines Mannes war.

Am Verhalten des Königs hatte sich wenig geändert. Joyeuse und Epernon waren inzwischen seine erklärten Lieblinge. Joyeuse war nur ein dummer Schwachkopf; was Epernon anbelangte, war sie sich nicht so sicher. Heinrich hatte seinen Freunden Hunderte von Abteien zum Geschenk gemacht, und diese befanden sich nun in den Händen von Leuten, die eigentlich überhaupt nichts damit zu tun haben sollten. Die *battus* zogen weiter durch die Straßen, und die Bankette des Königs waren überladener denn je.

Darüber hinaus fürchtete sich Katharina davor, was ihr jüngerer Sohn, Anjou, als nächstes vorhatte. Als Königin Elisabeth von England zu Simier, der sich in England aufhielt, um sie zu einer französischen Hochzeit zu überreden, sagte, sie würde niemanden heiraten, den sie nicht vorher gesehen habe, sah Katharina eine Gelegenheit gekommen, Frankreich von diesem Unruhestifter zu befreien. Sollte Elisabeth ihn in ihrer Gnade behalten, war ihr der Dank seiner Mutter sicher.

Anjou, der sowieso auf der Suche nach neuen Abenteuern war, hatte nichts gegen eine solche Reise, und so setzte er eines Tages im Juni nach England über.

Mit Hilfe ihrer allgegenwärtigen Spione verfolgte Katharina die weiteren Entwicklungen in England. Sie wußte, daß Elisabeth ebenso gerissen war wie sie selbst, daß die Engländerin aber einige weibliche Qualitäten besaß, mit denen sie, Katharina, nicht belastet war. Nach Katharinas Ansicht war Elisabeths herausragendste Eigenschaft deren Eitelkeit. Sie wußte von dem Verhältnis mit Leicester, der aus Verzweiflung über die geringen Aussichten, die Königin zu heiraten und König von England zu werden, heimlich die Gräfin von Essex geheiratet hatte. Verantwortlich zeichneten dafür Simier und seine Spione, die auf Anordnung Katharinas Leicester versichert hatten, daß die französische Verbindung bereits viel weiter fortgeschritten war, als er dachte, und für ihn keine Chance bestand, die Königin zu heiraten.

Wie ihr Sohn mit seinen fünfundzwanzig Jahren einer sechsundvierzigjährigen Frau den Hof machen sollte, überließ Katharina ihm selbst. Schließlich hatte er in Sachen Liebe genug Erfahrungen gesammelt.

Also begab sich Anjou verkleidet zum Greenwich Palace, bat, die Königin sehen zu dürfen, und als ihm der Wunsch gewährt wurde – Elisabeth wußte nur zu gut, wer der Besucher war –, warf er sich ihr zu Füßen und murmelte, die Bewunderung habe ihm die Sprache verschlagen.

Elisabeth fand diese erste Begegnung romantisch und charmant, auch wenn ihre Landsleute sich über die französischen Gepflogenheiten mokierten. Ihren Zofen vertraute sie an – wie es später Katharina zugetragen wurde –, daß Anjou gar nicht so häßlich sei, wie man sie hatte glauben machen wollen. Er besaß eine große Nase, sicher, aber schließlich hatten alle Valois große Nasen. Seine Haut war mit Pockennarben übersät, aber darauf war sie vorbereitet worden. Auch war er von kleiner Statur, jedoch erweckte das eher ein Gefühl der Zärtlichkeit in ihr. Ihr gefiel sein gekünsteltes Benehmen; er war kühn, aber sie mochte diese Kühnheit, und er konnte besser tanzen als jeder englische Höfling.

Katharina wußte, daß die rothaarige Königin sich über ihren Freier ebenso lustig machte wie ihre Untertanen. Sie wußte ebenfalls, daß Anjou wütend werden würde, sollte er das herausfinden. Aber offensichtlich schafften es die Engländer mit ihrem trockenen Humor, ihn darüber hinwegzutäuschen.

Die Queen spielte mit ihm, wie sie mit einem Affen spielen würde. Sie zeigte sich mit ihm in der Öffentlichkeit und nannte ihn ihren ›kleinen Frosch‹.

Natürlich wußte sie, daß sie beobachtet wurde. Einerseits war sie kokett und eitel genug, um zu genießen, daß ihr Monsieur den Hof machte, andererseits war sie sich der Vor- und Nachteile einer solchen Verbindung durchaus bewußt. Eine protestantische Königin von sechsundvierzig Jahren sollte einen katholischen Prinzen von fünfundzwanzig heiraten! Das war zwar nicht gerade eine ideale Verbindung, aber solange ihre Minister dagegen sprachen, hatte sie vor, zumindest darüber nachzudenken, denn sie wollte es möglichst lange genießen, daß ihr ein solch galanter junger Mann den Hof machte.

Katharina hatte die Abschrift eines Briefes gesehen, den Sir Philip Sydney bezüglich dieser Ehe an die Queen geschrieben hatte. Es war ein mutiger Brief, und beim Lesen wünschte sich Katharina, sie könne Sir Philip einladen, mit ihr zu dinieren. Er hätte das Mahl sicher nicht lange überlebt.

›Verehrte, gefürchtete und gnädige Herrscherin, wie werden die Herzen Eures Volkes verletzt und entfremdet sein, sähen sie Euch einen Franzosen und Papisten zum Gemahl erwählen, von dem das einfachste Volk weiß, daß er der Sohn jener Isebel unserer Tage ist, dessen Bruder die Hochzeit seiner Schwester arrangiert hat, um ein Massaker unter unseren Glaubensbrüdern anzurichten. Solange er die Stellung eines Thronfolgers und den Glauben eines Papisten hat, kann und wird er Euch keinen Schutz gewähren; und wird er einst König, wird seine Verteidigung dem Schwerte Ajax' gleichen, das seinen Träger mehr behinderte, als es ihn verteidigte.‹

Katharina erfuhr auch, daß die Queen sich ernsthaft mit dem Inhalt dieses Briefes auseinandersetzte. Dennoch wurde ein Mann namens Stubbs, der es gewagt hatte, schriftlich zu protestieren, und den jungen Freier beleidigt hatte, indem er ihn als ›weibisch und gewöhnlich‹ bezeichnete, mit aller Strenge für seinen Protest bestraft, indem man ihm die Hand abhieb. Das gleiche Schicksal ereilte den Mann, der seinen Brief veröffentlicht hatte.

Katharina studierte das Schriftstück, das den beiden Männern die Hand gekostet hatte. ›Dieser Mann ist ein Sohn von Heinrich II.‹, hieß es da, ›dessen Familie seit seiner Heirat mit Katharina von Medici so todbringend ist, als wolle sie jedem Gebot Gottes widersprechen. Ein Teufel der französischen Menschenfamilie will die gekrönte Nymphe von England ehelichen.‹

Es war für die Königin von England typisch, einerseits die Männer so streng zu bestrafen, während sie andererseits ernsthaft über die Worte Sir Philip Sydneys nachdachte. Möglicherweise lag der Grund für ihre in der Öffentlichkeit geäußerte Begeisterung über eine Verbindung mit diesem Franzosen darin, daß sie die Reaktionen Frankreichs, Spaniens und Roms fürchtete, sollte sie sich ihr entgegenstellen.

Also behielt sie ihren Freier an ihrer Seite, benahm sich wie eine glückliche Braut und entzog sich ihm im nächsten Augenblick voll jungfräulicher Tugendsamkeit, was bei einer Frau ihres Alters und ihres nicht ganz makellosen Rufes eher lächerlich wirkte. Sie ließ eine juwelenbesetzte Figur in Form eines Frosches anfertigen; sie senkte ihre langen Wimpern über ihre intelligenten Augen, mal begierig, mal zögernd, während sie auf den Zeitpunkt wartete, zu dem sie ihren Freier dorthin zurücksenden konnte, wo er herkam.

Letztendlich seufzte sie tief und versicherte dem Herzog von Anjou, daß es der Königin nicht zustand, ihr Herz zu verschenken. Da die Protestanten Englands und die katholischen Anhänger der Guises in Frankreich gegen eine solche Hochzeit waren – schließlich war es ihre Aufgabe, zwischen beiden Parteien Frieden zu stiften –, müsse sie ihren kleinen Frosch, wenn auch widerstrebend, ziehen lassen. Sie gewährte ihm ein Darlehen für seinen Feldzug in Flandern, sagte ihm liebevoll adieu und sandte ihn zusammen mit Leicester über den Kanal zurück nach Frankreich.

Beide Königinnen, Katharina und Elisabeth – den wohl mächtigsten Persönlichkeiten ihrer Zeit, war klargeworden, daß eine französisch-englische Hochzeit nicht stattfinden würde. Katharina war wütend. Die Engländerin hatte sie zum Narren gehalten. Aber die beiden Königinnen korrespondierten weiterhin freundlich miteinander, wenn auch Mißtrauen und Haß in ihren Herzen wohnten.

Neue Schwierigkeiten kündigten sich an, diesmal kamen sie aus Béarn. Was konnte man auch sonst von diesem Wirbelwind Margot erwarten, fragte sich Katharina.

Margot selbst hatte sich mit dem Leben in ihrem neuen Königreich angefreundet. Zu einem großen Teil war das auf ihren Liebhaber, den Grafen von Turenne, zurückzuführen. Dank seiner Position als höchstrangiger Minister und erster Berater des Königs gab es genügend politische Intrigen, an denen sich Margot beteiligen konnte. Daneben geriet sie gelegentlich mit der Mätresse ihres Gatten, Mademoiselle de Rebours, in Streit, die Margot äußerst unattraktiv fand. Die magere, kränkliche Frau erfüllte nicht die Voraussetzungen, lange eine Mätresse des Königs zu bleiben, und nachdem sie sich selbst als Feindin der Königin bekannt hatte, beschloß Margot, daß sie es auch nicht lange bleiben würde. Während der kurzen Unterbrechungen ihrer Liebesspiele mit Turenne besprachen sie, was mit dem zerbrechlichen Wesen geschehen sollte, das zur Zeit des Königs Gunst genoß.

Turenne machte Margot auf ein junges Mädchen aufmerksam, das noch nicht ganz fünfzehn Jahre alt war. Es war von fröhlichem, einfachem Wesen und hieß Françoise. Die Kleine war die Tochter Pierre de Montmorencys, Marquis de Thury und Baron de Fosseux. Sie lebte bei ihrem Vater in Nérac, und Turenne hatte sie schon während ihrer Kindheit bemerkt. Seiner Meinung nach mußte so ein Mädchen für den König unwiderstehlich sein – jung, aufgeweckt, charmant und gesund. Sie würde eine interessante Abwechslung zu Mademoiselle de Rebours darstellen, derer er langsam leid sein mußte.

»Wenn wir wieder nach Nérac kommen«, sagte Margot, »müssen wir ihm die kleine Fosseuse nahebringen.«

Der Zufall kam ihnen zu Hilfe. Als der Hof Pau verließ, um nach Nérac zu gehen, war Mademoiselle de Rebours zu krank, um ihn zu begleiten. Navarra verließ sie mit Tränen in den Augen und einem Treueversprechen, aber in Nérac wartete bereits die kleine Fosseuse auf ihn, und angesichts ihres Charmes und ihrer unwiderstehlichen, jugendlichen Unschuld fiel es Heinrich von Navarra nicht schwer, seine Treueschwüre zu vergessen, die er schon so oft so vielen Frauen geleistet hatte. Schon nach wenigen Tagen bezeichnete er sich als Sklave seiner neuen Gespielin.

Margot und Turenne seufzten erleichtert auf. Fosseuse war ein schlaues Kind, das sehr wohl wußte, daß es sein Fortkommen der Königin und ihrem Liebhaber verdankte. Fosseuse war klug genug, davon auszugehen, daß sie ihre Position nur behalten konnte, wenn sie bei den beiden nicht in Ungnade fiel. Also bemühte sie sich, Margot und Turenne in jeder Hinsicht zufriedenzustellen.

Zu jener Zeit schrieb Margot in ihr Tagebuch: ›Unser Hof ist so interessant und prachtvoll, daß wir den Hof Frankreichs nicht beneiden. Mein Gatte ist umgeben von galanten und intelligenten Personen von Rang, die denen am französischen Hof in nichts nachstehen. Sie lassen nichts zu wünschen übrig, abgesehen davon, daß sie Hugenotten sind. Aber von den unterschiedlichen Konfessionen spricht hier niemand. Der König und seine Schwester begeben sich an ihren Ort, um zu beten, und ich besuche mit meinem Gefolge die Messe in einer Kapelle im Park. Danach treffen wir uns alle wieder und spazieren zusammen durch die Gärten mit ihren langen Wegen, vorbei an Lorbeerbüschen und Zypressen. Oder wir verbringen den Tag mit allen möglichen Vergnügungen, bis am späten Nachmittag oder am Abend der Ball beginnt.‹

Einige der Hugenotten waren nicht so zufrieden. Ihre Königin, murmelten sie, hatte das Laster an den Hof gebracht. Sie hatte den reinen Bäumen die Frucht Babylons aufgepfropft.

Margot zuckte nur mit den Schultern. Sie war glücklich. Das Verhältnis zu ihrem Gatten war erträglich; sie hatte eine Möglichkeit gefunden, ihn durch La Fosseuse zu manipulieren. Katharina, ihre stille Schwägerin, bereitete ihr wenig Kummer, Mademoiselle de Rebours hatte ihre Macht vollständig verloren, und Turenne hörte nicht auf, ihr zu gefallen.

Dieses Paradies wurde durch die Ankunft von Boten aus Paris zerstört. Der Haß ihres Bruders war Margot bis Nérac gefolgt.

Keine Seite wollte den Frieden so richtig akzeptieren, den die Königinmutter mit solcher Mühe zustande gebracht hatte. Der König von Frankreich vermutete, seine Schwester könne einen schlechten Einfluß auf den Hof von Nérac ausüben; er wünschte sich inzwischen, er hätte seiner Schwester nie gestattet, zu ihrem Gatten zu reisen, und suchte nun nach einer Möglichkeit, sie zurückzuholen. Daher überbrachten die Kuriere Navarra Briefe, aus denen hervorging, daß in Frankreich die schlimmsten Gerüchte über die Königin von Navarra umgingen. Darin war von dem angeblich skandalösen Verhalten der Dame die Rede, die, wie man sich erzählte, mit dem Grafen de Turenne ein Liebesverhältnis hatte. Es folgten Andeutungen, daß die beiden sich nicht nur körperlich liebten, sondern sich auch noch gegen ihn verschworen hatten.

Als Navarra diese Dokumente las, lachte er lauthals. Er hatte noch weniger Grund als der König, mit dem Frieden, den er geschlossen hatte, zufrieden zu sein. Daher hatte er nichts gegen den Ausbruch neuer Feindseligkeiten, falls sich dadurch ein neuer, besserer Friede erzwingen ließ.

Er rief Margot und Turenne zu sich, und mit gespielt entsetzter Miene legte er ihnen die Verleumdungen vor, die der König von Frankreich ihm hatte zukommen lassen.

Die beiden Verliebten wollten sich schon verteidigen, stellten jedoch schnell fest, daß dazu keine Notwendigkeit bestand. Navarra ließ durchblicken, daß er jedes Wort des Königs ernst nahm, und fragte ironisch: »Wie kann ein Mann es zulassen, daß so über seine Gattin gesprochen wird? Diese Beleidigung verlangt eine Antwort mit dem Schwert.«

Turenne stimmte dem König zu, daß die Bedingungen des Friedensvertrags völlig unbefriedigend waren, und Margot wiederum pflichtete ihrem Liebhaber bei. Nicht lange danach brach zwischen Hugenotten und Katholiken erneut Krieg aus – ein Krieg, den das Volk Frankreichs, das über die Hintergründe dieses neuerlichen Kampfes gut informiert war, ironisch *la guerre des amoureux* nannte.

Katharina beobachtete diese Entwicklungen von Paris aus mit wachsender Besorgnis, denn während dieses Krieges erwies sich Navarra als Feldherr, mit dem man in Zukunft zu rechnen hatte. Er eroberte eine Stadt nach der anderen, und schon bald zeigte sich, daß er diesen Liebeskrieg durchaus gewinnen konnte. Angesichts dessen war es fast beruhigend zu sehen, daß er seine alten Verrücktheiten noch nicht abgelegt hatte. Er war so in diese kleine Fosseuse verliebt, daß er im entscheidenden Augenblick das Schlachtfeld verließ, nur weil sein Verlangen nach ihr so stark und von größerer Bedeutung für ihn war als ein Sieg über die Armeen des französischen Königs. Immer öfter verschenkte er auf diese Weise einen Sieg. Zu Beginn hatte Navarra Nérac zu neutralem Boden erklärt, und die Katholiken waren bereit, das anzuerkennen, vorausgesetzt, er werde während des Krieges nicht dorthin zurückkehren. Aber Fosseuse hielt sich im Schloß von Nérac auf, und als es Navarra nach seiner Mätresse verlangte, verlor alles andere an Wichtigkeit. Als bei einer Gelegenheit herauskam, daß Navarra sein Wort gebrochen hatte und sich im Schloß aufhielt, wurde das Schloß sogar mit Kanonen beschossen. Margot war über sein unüberlegtes Handeln in Wut geraten, aber er hatte nur gelacht. Das sei nur fair, hatte er gemeint, und er sei bereit, die Konsequenzen zu tragen. Er war bei seiner geliebten Fosseuse; dafür riskierte er gern den Verlust seines Schlosses. Nur seiner Armee hatte er es zu verdanken, daß er bei jener Gelegenheit sein Schloß behielt.

Es war offensichtlich, daß er einerseits zwar ein mutiger Mann und genialer Feldherr, andererseits aber noch immer ganz seinen Gefühlen unterworfen war. Katharina hoffte, daß es auch so bleiben würde. Die Schwäche der anderen stärkte ihre eigene Macht. Die Feindseligkeiten dauerten bereits fast ein Jahr an, und vermutlich hätten sie auch noch nicht geendet, wäre nicht der Vorschlag von Anjou gekommen, er könne versuchen, seine Freundschaft mit seinem Schwager dazu zu nutzen, ihn zu einem Frieden zu bewegen. Anjou war noch immer von seinem Traum besessen, ein großes Reich zu gründen, was er durch den Krieg in Flandern zu erreichen suchte. Für ihn war es absurd, daß sich die Franzosen untereinander bekriegten, wenn sie doch viel besser gemeinsam für den Ruhm ihres Landes kämpfen konnten. Er machte sich auf den Weg nach Nérac, wo er freudig von Margot und freundschaftlich von Navarra empfangen wurde.

Der Friede von Fleix wurde unterzeichnet, aber niemand schenkte diesen Friedensverträgen große Beachtung. Es hatte schon zu viele gegeben. Sie waren nicht viel mehr als wackelige, knarrende Brücken, die einen Krieg mit dem anderen verbanden.

In Nérac angekommen, hatte es Anjou nicht eilig, wieder zu gehen. Er erklärte, er habe sich in den Ort verliebt, aber es wurde sehr schnell deutlich, daß es nicht die Örtlichkeit, sondern vielmehr eine Dame war, die ihn hielt. Anjou schien ebensosehr Probleme anzuziehen wie seine Schwester Margot. Die Dame, die er für sich auserwählt hatte, war keine andere als La Fosseuse, die Mätresse des Königs.

Diese Situation erwies sich für den Hof als sehr erheiternd. Da war sie wieder, jene Rivalität, die schon einmal zwischen den zwei Schwägern existiert hatte, als sie beide sich um die Gunst von Madame de Sauves bemüht hatten. Jeder riß derbe Witze über den anderen, und wie beim erstenmal uferten die Spannungen dermaßen aus, daß sie schon fast gefährlich wurden.

Margot beschloß, dieser Situation ein Ende zu bereiten. Sie rief ihren Bruder zu sich und unterhielt sich ernsthaft mit ihm.

»Liebster Bruder«, begann sie, »ich weiß, daß Ihr mich liebt.«

Anjou küßte sie zärtlich. Da er für Schmeicheleien und Bewunderung sehr empfänglich war, ließ Margot sie ihm stets reichlich zukommen.

»Ich wünschte«, fuhr sie fort, »diese Liebe wäre größer als das Gefühl, das Ihr irgend jemand anderem entgegenbringt.«

»Liebste, wunderschöne Schwester, warum wünscht Ihr Euch etwas, das Ihr bereits besitzt? Es gibt niemanden, den ich mehr vergöttere und bewundere als meine eigene, hübsche Schwester.«

»Und La Fosseuse?«

Er lachte. »Liebste Margot, ich liebe sie in der Tat ... aber diese Liebe ist vergänglich. Meine Liebe zu Euch jedoch ist unvergänglich.«

Sie umarmte und liebkoste ihn. »Das freut mich. Nun bitte ich Euch, auf meinen Rat zu hören. Hier verschwendet Ihr nur Eure Zeit, lieber Bruder. Ihr seid ein großer Feldherr. In Eurer Hand liegt die Ehre Frankreichs. Ihr solltet nach einem Reich streben, nicht einer Frau nachlaufen.«

Margot genoß es, mit seiner Eitelkeit zu spielen. Sie errichtete vor seinen Augen das Bild des Gründers eines Imperiums, eines neuen Königs von Frankreich, des größten Königs, den Frankreich jemals gesehen hatte. Sie war so überzeugend, daß er sich nicht lange nach dieser Unterhaltung widerwillig von La Fosseuse verabschiedete; die Pflicht rief, erklärte er ihr, und er habe eine Mission zu erfüllen.

Er verließ Nérac und langte schließlich in Flandern an, wo er eine Armee bildete und in Cambrai einzog. Aber wie immer war sein Plan nicht sorgfältig durchdacht, und Philipp von Spanien war nicht untätig gewesen. Innerhalb weniger Monate befand sich Anjou in einer prekären Lage: Er hatte die ganze Macht Spaniens gegen sich und kein Geld mehr, um weiterzukämpfen. Geschlagen ging er nach England, bat Elisabeth erneut um ein Darlehen, das sie ihm auch gewährte, und kehrte anschließend nach Flandern zurück, um dort den Krieg fortzusetzen.

Aber seine Abreise brachte dem Hof von Nérac nur eine kurze Verschnaufpause.

La Fosseuse war schwanger. Das ärgerte Margot aus zwei Gründen; zum einen, weil die Mätresse des Königs ein Kind erwartete, aber seine Frau nicht, und zum zweiten, weil sich das schüchterne Mädchen während der Schwangerschaft völlig veränderte. Sie war nun nicht mehr bereit, Befehle der Königin zu befolgen. Hinzu kam, daß Mademoiselle de Rebours, die nie darüber hinweggekommen war, den König verloren zu haben, keine Gelegenheit ausließ, über die Königin und La Fosseuse die übelsten Gerüchte zu verbreiten.

Sollte im Lande bekanntwerden, daß eine Tochter aus dem Haus der Montmorencys einen Bastard des Königs im Leibe trug, würde dies – besonders in gewissen protestantischen Kreisen – große Unzufriedenheit auslösen. Deshalb beschloß Margot, die Angelegenheit selbst in die

Hand zu nehmen zum Wohle aller Beteiligten, wie sie sagte.

Sie befahl La Fosseuse zu sich, und als das Mädchen vor ihr stand, sah sie es liebevoll an und sagte: »Liebe Fosseuse, was geschehen ist, ist geschehen, und es wird keine Schuldzuweisungen geben. Wir müssen nun alles unternehmen, damit es nicht bekannt wird. Wie Ihr wißt, würde es dem König sehr zum Nachteil gereichen, sollte im Land bekanntwerden, daß Ihr seinen Bastard zur Welt bringt. Die Hugenotten sind Puritaner, und sie mögen keine, wie sie es nennen, Unmoral bei ihren Führern. Daher schlage ich Euch um des Königs und um Euer selbst willen folgende Lösung vor, da es sich für jemanden Eures Standes nicht ziemt, ein Kind zu bekommen, wenn Ihr noch nicht einmal verheiratet seid: Wir begeben uns auf unser einsam gelegenes Gut Mas d'Agenais, das, wie Ihr vielleicht nicht wißt, an der Garonne zwischen Marmande und Tonneins liegt. Dort werdet Ihr in aller Stille das Kind bekommen, ohne daß es jemand erfährt. Ich schlage vor, wir begleiten den König auf seinem nächsten Jagdausflug ein Stück und verlassen dann mit unseren Damen und der Dienerschaft die Jagdgesellschaft, um nach Mas d'Agenais zu reiten.«

La Fosseuse lauschte dem Vorschlag der Tochter Katharina von Medicis mit mißtrauischem Blick.

»Madame«, erwiderte Fosseuse, »nichts könnte mich dazu bewegen, Euch und Eure Freunde zu einem verlassenen Ort zu begleiten.«

Damit verneigte sie sich vor der Königin, verließ das Zimmer und begab sich geradewegs zu ihrem Liebhaber. Als er ihr Gesicht sah, fragte er sofort, was geschehen war.

»Die Königin«, antwortete La Fosseuse, »hat vor, mich zu ermorden.«

»Wie das?« fragte Navarra verärgert. Wie seine Mätresse hielt auch er Margot für durchaus fähig, diejenigen aus dem Weg räumen zu wollen, die nicht in ihre Pläne paßten.

»Sie schlägt vor, für uns alle einen Jagdausflug zu organisieren; dann will sie mich mit ihren Frauen zu einem abgelegenen Schloß bringen, wo ich bleiben soll, bis mein Kind geboren ist. Ich gehe aber nicht! Ich weiß, daß sie vorhat, mich umzubringen.«

»*Ventre saint gris!*« rief der König. »Ich traue ihr das durchaus zu. Macht Euch keine Sorgen, mein Liebling. Ihr werdet nicht mit ihr gehen.«

Sofort lief er zu Margots Räumen. Sie lag auf einer Couch, blickte ihn überheblich an und gab ihm mit einer verneinenden Kopfbewegung zu verstehen, daß er nicht näher kommen sollte. Seit sie ihn gebeten hatte, seine Füße zu waschen, gefielen sie ihm immer besser. Oft saß er da und lächelte seine Füße an – sie vermutete, daß er sie noch immer nicht gewaschen hatte.

»So, so«, begann er, wobei er zwei Dienstboten geflissentlich übersah. »Du trittst also in die Fußstapfen deiner Mutter.«

Fragend hob sie eine ihrer Augenbrauen.

»Seht mich an, Madame!« brüllte er sie an. »Eure überheblichen Blicke könnt Ihr Euch sparen! Warum habt Ihr vor, Fosseuse an einen entlegenen Ort zu bringen und sie zu ermorden?«

»Ich verstehe nicht ganz, weshalb mein Hilfsangebot als Mordabsicht ausgelegt wird.«

»Ihr . . . wolltet ihr helfen?«

»Warum nicht? Eure Hugenotten werden nicht gerade Freudentränen weinen, wenn sie von Eurem Bastard hören. Ich kann mich noch daran erinnern, wie es Eurem Vater erging, als seine Mätresse ein Kind zur Welt brachte. Wir Katholiken sind da etwas toleranter, müßt Ihr wissen. Eine kleine Beichte . . . und uns wird vergeben. Ihr habt die etwas strengere Version des Glaubens für Euch erwählt. Ich wollte Euch und Fosseuse nur helfen.«

»Indem Ihr sie ermordet?«

Margot zuckte mit den Schultern. »Na schön. Ich ziehe mein Angebot zurück. Wenn Ihr darauf besteht, ein unmoralisches Leben zu führen, das ihr nicht vor anderen verbergen könnt, dann müßt Ihr Euch eben Euren gläubigen Anhängern offenbaren.«

»Ihr wagt es, mir gegenüber von Unmoral zu sprechen!«

»Zumindest habe ich nicht mit solchen Komplikationen zu kämpfen. Es tut mir leid, daß ich meine Hilfe angeboten habe. Da mir der Ruf dieses Hofes ebensoviel wert ist wie Euch, habe ich nur gedacht, ich könnte in dieser Angelegenheit behilflich sein. Das war alles.«

»Wie habt Ihr Euch Eure Hilfe denn gedacht?« wollte er wissen. »Hat Euch Eure Mutter eine Auswahl ihrer *morceaux* hiergelassen, bevor sie wieder ging?«

Margot griff nach einem Buch und begann zu lesen. Ihr Gatte starrte sie noch ein paar Sekunden wütend an; dann stapfte er hinaus.

Er machte sich Sorgen. Zwar erhoben seine protestantischen Freunde gegen heimliche Unmoral kaum Einwände, aber wenn sie öffentlich bekannt wurde, zeigten sie sich entsetzt. Dennoch liebte er seine kleine Fosseuse und wollte sie nicht vernachlässigen.

Die Wochen vergingen, und langsam wurde es unmöglich, ihren Zustand noch länger zu verbergen. Navarra kam mehr und mehr zu der Überzeugung, daß er Margots Hilfsangebot zu schnell zurückgewiesen hatte.

Als er sie wieder aufsuchte, lag sie in ihrem Bett. Er zog die Vorhänge beiseite und gab sich demütig.

»Ich brauche Eure Hilfe«, sagte er. »Ich möchte, daß Ihr Euch um Fosseuse kümmert.«

»Damit kann ich leider nicht dienen«, antwortete sie selbstzufrieden. »Es gab einmal eine Zeit, in der ich meine Hilfe anbot. Sie wurde jedoch zurückgewiesen. Heute will ich mit dieser Angelegenheit nichts mehr zu tun haben.«

Er packte sie am Handgelenk und sah sie drohend an. »Ihr werdet meinem Befehl gehorchen«, sagte er.

Margot freute sich innerlich. Sie und Turenne konnten es kaum erwarten, Fosseuse unter Kontrolle zu haben, und sie beschloß, ihren ursprünglichen Plan durchzuführen. Aber zuerst mußte sie die Situation auskosten. Sie mußte sich ein wenig an Navarra rächen, weil er damals ihr großzügiges Hilfsangebot zurückgewiesen hatte. Sie wollte sich verweigern, damit er sie überreden mußte. Also warf sie trotzig den Kopf in den Nacken.

»Monsieur, Ihr verlangt von mir, einer Prinzessin, Eurer Königin, für Eure Mätresse die Geburtshelferin zu spielen?«

»Warum auf einmal so hochnäsig? Noch vor wenigen Wochen habt Ihr, meine teure Prinzessin, meine Königin von Navarra, um das Privileg gebeten, als Geburtshelferin für meine Mätresse zu fungieren.«

»Da hatte mein gutes Herz über meinen Verstand gesiegt«, entgegnete sie.

»Dann wird Euer Herz einen erneuten Sieg erringen müssen, Madame.«

»Ihr beleidigt mich.«

»Ihr habt es nicht anders verdient. Ihr werdet Euch um Fosseuse kümmern.«

»Ich werde nichts dergleichen tun.«

Er packte sie an der Schulter, aber irgend etwas in ihrem Blick brachte ihn zum Lachen. Margot selbst mußte an sich halten, um ernst zu bleiben.

»Ihr seid wohl das impertinenteste Frauenzimmer in Frankreich«, meinte er.

»Und Ihr, Monsieur, seid der roheste, ungehobeltste, verabscheuungswürdigste . . .«

Er schüttelte sie und küßte sie anschließend. Dann lachten beide.

»Niemand amüsiert mich so, wie Ihr es tut«, sagte er. »Es ist schön, wenn man sich noch so amüsieren kann. Wäret Ihr nicht ganz so ohne Moral, ich könnte mich leicht in Euch verlieben.«

»Ach ja«, seufzte Margot, »wäret Ihr etwas mehr auf Eure Körperpflege bedacht, wie leicht könnte ich Euch lieben.«

»Hättet Ihr weniger Liebhaber . . .«

»Und nähmet Ihr gelegentlich ein Bad . . .«

Wieder mußten beide lachen, und sie sagte: »Genug der Dummheiten. Ihr braucht keine Angst zu haben. Ich nehme mich des Mädchens an.«

»Meine süße Margot.«

Er hätte sie umarmt, aber sie wich vor ihm zurück. Er blickte auf seine Füße hinab und prustete vor Lachen.

»Ich bewundere Euch so sehr«, sagte er, »daß ich Euch nun verlassen werde. Richtet Turenne aus, daß er mich an so manchen Höfling im Louvre erinnert, weil er in letzter Zeit so viele Bäder nimmt, und nichts ... nichts auf dieser Welt ... könnte mich dazu bringen, ihm nachzueifern.«

Später besprach Margot die neue Entwicklung mit Turenne.

»Das ist das Ende von La Fosseuse, Geliebter. Sie wird noch bereuen, sich mir gegenüber so unverschämt verhalten zu haben.«

»Wie ist Euer Plan?« fragte ihr Liebhaber.

»Ach, Liebster! Ihr auch? Ich kann es in Euren Augen lesen. Ihr denkt gerade: Sie ist die Tochter Katharina von Medicis. Aber ich begehe keinen Mord. In dieser Situation wäre es das Dümmste, was wir machen könnten. Weil der König sich bereits so viele Sorgen um Mademoiselle de Fosseuse machen mußte, lodert die Flamme der Liebe bereits viel schwächer. Er mag es nicht, wenn ihn Sorgen drücken. Schließlich besteht die Aufgabe der Mätresse eines Königs darin, ihn von seinen Sorgen abzulenken, nicht neue Sorgen zu verursachen. Fosseuse wird mit mir kommen. Ich werde sie von hier fortbringen, und sie wird den König einige Wochen lang nicht sehen ... und während dieser Zeit werdet Ihr dafür sorgen, daß er andere Damen kennenlernt. Ich kann mir gut vorstellen, daß zu dem Zeitpunkt, zu dem die kleine Fosseuse an den Hof zurückkehrt, bereits eine andere ihren Platz eingenommen hat.«

Turenne pflichtete ihr bei. Der König mußte eine neue Mätresse erhalten, denn es war unübersehbar, daß La Fosseuse bereits viel zu lange regiert hatte.

Margot handhabte die Angelegenheit ausgezeichnet, und das Schicksal trug sein Scherflein dazu bei, da das Kind tot zur Welt kam. Die königliche Affäre war vorüber, wie auch die kurze Glanzzeit der kleinen Fosseuse, die bei ihrer Rückkehr an den Hof feststellen mußte, daß der König mehrere kleine Liebschaften begonnen hatte.

Da diese sich als nicht ernst herausstellten, versuchte La Fosseuse, ihre Position wiederzuerlangen, was ihr auch fast gelang, wäre da nicht Diane d'Andousins, die Gräfin de Gramont, wieder in sein Leben getreten, die der damals vierzehnjährige Navarra bereits zur Zeit ihrer Hochzeit geliebt hatte. Sie war die große Liebe seiner Jugend gewesen, und er fand sie noch schöner als damals.

Die Gerüchte über die Liebesaffäre zwischen Mademoiselle de Fosseuse und dem König hörten jedoch nicht auf. Die Szenen, die sich angeblich zwischen dem König und der Königin von Navarra abgespielt haben sollten, wurden maßlos übertrieben, und schon bald war das schamlose Benehmen der beiden Thema Nummer eins am Hof Frankreichs.

Die Menschen in den Straßen sprachen darüber. Die Pariser froren und hungerten, während sie ihr Elend mit dem Prunk verglichen, in dem die königliche Familie lebte.

Katharina hatte wieder einen kräftigen Schlag von ihrem alten spanischen Feind einstecken müssen, und wie immer bei solchen Vorkommnissen hielt sie es für wichtig, schnell zu handeln und die Feinde in ihrer direkten Umgebung außer Gefecht zu setzen, da sie gegen die Macht jenes großen und allgegenwärtigen Feindes nicht ankämpfen konnte.

Schuld war eine Fehleinschätzung ihrerseits, und der König zögerte nicht, sie ständig daran zu erinnern. Er stand so stark unter dem Einfluß Epernons und Joyeuses, daß alles, was sie vorschlugen, in seinen Augen richtig sein mußte. Sollte doch einmal etwas nicht so eintreffen, wie sie es vorausgesagt hatten, verlor es automatisch an Bedeutung. Wenn jedoch seine Mutter, die ihn von Kind an behütete, ihn auf den Thron gebracht und dort gehalten hatte, einen Fehler machte, war er der erste, der sie deshalb zur Rede stellte.

Der König von Portugal war unerwartet gestorben, und zwei Männer hatten ihren Anspruch auf den Thron angemeldet; bei beiden handelte es sich um Neffen Philipps von Spanien – der eine war nach seinem mächtigen Onkel benannt worden, der andere hieß Antonio. Dann überraschte Katharina alle, indem sie selbst ihren Anspruch auf den Thron anmeldete. Die Ansprüche aus der Familie des Verstorbenen seien nicht rechtmäßig, behauptete sie, und sie grub einen Vorfahren aus, der eine direkte Verbindung zum portugiesischen Königshaus aufwies. Philipp von Spanien reagierte naturgemäß verärgert, und Katharina bediente sich beleidigt der Staatsfinanzen, um eine Flotte aufzustellen, die ihrem Anspruch Nachdruck verleihen sollte. Die Franzosen waren keine guten Seeleute, ganz im Gegensatz zu den Spaniern, die nach den Engländern zu den besten Seefahrern der Welt zählten. Katharina hätte wissen müssen, daß ihre Leute keine Chance hatten. Bei Terceira wurde ihre Flotte aufgerieben, und die wenigen Schiffe, die zurückkehrten, boten ein trauriges Bild. Philipp von Spanien errang den Thron Portugals für seinen Namensvetter, und das französische Volk hatte einen weiteren Grund, auf den König und seine Mutter zu schimpfen.

»Wir müssen Steuern zahlen, bis wir am Hungertuche nagen, um für ihre Verrücktheiten zu bezahlen. Sie ermordet die Höflinge mit Gift und uns, indem sie uns verhungern läßt. Wie lange sollen wir uns noch alles von dieser Italienerin und ihrer Brut gefallen lassen?«

Katharina stand am Fenster des Louvre und blickte hinaus. Immer wieder versammelten sich ein paar Menschen und gestikulierten. Ab und zu wandte sich einer dem Palast zu und schüttelte die Faust. Sie hörte sie reden, wenn sie sich auf dem Markt unter das Volk mischte. »Isebel . . . Königin Isebel! Kein Hund wird ihr Fleisch anrühren!«

Und sie sangen:

»Die eine ruiniert Israel,
die andere ruiniert Frankreich.«

Aber sie sangen es gedrückt, nicht fröhlich; und es war diese gedrückte Stimmung, die Katharina mehr als alles andere fürchtete. Es war wie ein schwelendes Feuer, das jeden Augenblick auflodern konnte.

Sie mußte alle ihre Feinde im Auge behalten. Und was war mit den beiden in Nérac? Was heckten sie schon wieder aus?

Katharina sprach den König an, als dieser gerade mit seinen Schoßhunden spielte.

»Mein Sohn, deine Schwester sollte an den Hof zurückkehren.«

Der König sah sie enttäuscht an. »Es ist weitaus angenehmer ohne sie.«

»Das mag sein, mein Liebling, aber wissen wir, was sie im Schilde führt, während sie so weit von uns entfernt ist?«

»Wir sollten uns mehr vor Navarra fürchten als vor ihr.«

»Da bin ich mir nicht so sicher. Sie sind beide gefährlich. Bitte sie, uns zu besuchen. Ich fühle mich sicherer, wenn sie in unserer Nähe sind. Für ihn kann ich eine Frau finden, und du weißt, daß ich Mittel und Wege habe herauszufinden, was um mich herum vorgeht. Wenn sie so weit entfernt sind, ist das nicht so einfach. Unglücklicherweise reichen meine Fühler nicht bis nach Nérac.«

»Sie werden nicht kommen, selbst auf meinen Befehl hin nicht.«

»Sie wird kommen, und vielleicht hilft sie uns sogar dabei, ihn hierherzulocken.«

»Wollt Ihr sie hier wieder gefangenhalten?«

»Ich werde dafür Sorge tragen, daß er nicht wieder so leicht entfliehen kann.«

»Glaubt Ihr denn, daß sie kommt? Denkt daran, wie unverschämt sie war, als sie von hier fortkommen wollte.«

»Mein lieber Sohn, Margot hält es nie lange an einem Ort aus. Schon jetzt schreibt sie, daß es wenig Neues zu berichten gibt, weil die Gascogne kein Land ist, wo viel passiert. Damit meint sie, daß sie sich nach dem Hof Frankreichs sehnt. Sie wartet auf Neuigkeiten aus Paris. Sie braucht nur an die Seine zu denken, und ihre Augen füllen sich mit Tränen. Meinst du wirklich, Margot könne an einem anderen Ort als dem Hof Frankreichs glücklich werden? Glaube mir, inzwischen wartet sie ebenso ungeduldig darauf, zurückkehren zu können, wie sie es damals nicht erwarten konnte zu gehen. Wir dürften kaum Schwierigkeiten haben, sie zur Rückkehr zu bewegen.«

»Und was ist mit Navarra? Wird er es zulassen, daß sie zurückkommt?«

»Wenn es ihm so beigebracht wird, wie Margot es sicherlich tun wird, wird er zustimmen. Zweifellos wird sie argumentieren, daß sie hier für ihn als Spionin agieren kann. Wir müssen jeden Brief kontrollieren, der von ihr nach Béarn geht. Unsere Aufgabe wird es sein, sie dazu zu bringen, ihn hierherzulocken. Ich werde ihr vorschlagen zu kommen. Ich bin sicher, daß sie Monsieur de Turennes inzwischen leid ist. Es erstaunt mich, daß sie ihm überhaupt so lange treu war. Es muß an der Luft von Béarn liegen. Navarra war La Fosseuse treu, bis sie ihn mit ihren Problemen belastete. Und nun sagt man, daß er seiner Jugendliebe ebenso treu ist wie ihr zuvor. Ich bin sicher, daß Margot ihres Liebhabers schon überdrüssig ist. Deshalb wird es ihr auch in der Gascogne so langweilig.«

»Na schön«, meinte der König. »Bittet beide zu kommen. Ich werde mich ebenfalls sicherer fühlen, wenn Navarra hier mein Gefangener ist.«

»Sende ihr ein Geldgeschenk. Schreibe ihr, daß du sie wiedersehen willst. Schreibe ihr voller Liebe und Zuneigung. Ich bin sicher, daß sie dann kommt.«

Katharina behielt recht. Während Navarra seine Einladung klipp und klar zurückwies, war Margot über ihre begeistert. Navarra erinnerte Margot daran, daß seine Mutter sehr plötzlich und auf mysteriöse Weise in Paris umgekommen war. »Denkt an Monsieur de Coligny«, sagte er. »Denkt an meine vielen Freunde, die einst zu einer Hochzeit nach Paris gingen.«

Margot zuckte mit den Achseln. »Vielleicht ist es besser, wenn ich allein gehe. Ich werde Euch alles berichten, was am Hof vorgeht. Ihr solltet zumindest darüber informiert sein, was dort geplant wird.«

Dem stimmte er zu, und Margot begann mit ihren Vorbereitungen für die Reise. Außer der Langeweile, die sie inzwischen hier verspürte, und ihrer Abneigung dagegen, zu lange an einem Ort zu bleiben, gab es noch einen weiteren Grund, weshalb sie nach Paris zurückkehren wollte. Als sich Anjou in Nérac aufgehalten hatte, befand sich ein gewisser Jacques de Harlay, Graf de Champvallon, in seinem Gefolge. Margot und er fühlten sich voneinander angezogen, und es war sogar zu ein oder zwei zärtlichen Treffen gekommen. Unglücklicherweise wurden sie dabei einmal in kompromittierender Lage von Margots erbittertstem Feind am Hof ertappt – einem schlauen und äußerst tugendhaften Hugenotten namens Agrippa d'Aubigné. D'Aubigné, ein Herr aus Navarras Gefolge, liebte das Schreiben ebensosehr wie Margot, und er schrieb ebenfalls die Ereignisse, die um ihn herum geschahen, in seiner persönlichen Chronik nieder. Er war äußerst bibelfest und glaubte an das Wort: ›Derjenige, der ohne Sünde ist, werfe den ersten Stein.‹ Überzeugt davon, ohne Sünde zu sein, hatte er immer einen großen Stein bereitliegen, um ihn zu werfen. Für einen solchen Mann war die wunderschöne, faszinierende und lebenssprühende Königin die Verkörperung alles Bösen; sein Haß spiegelte sich in all seinen Schriften wider, und es war nicht nur die Feder, die er als Waffe gegen sie ins Feld führte.

Margot, deren Verhältnis mit Turenne damals noch relativ jung war, hatte nicht die Absicht, ihn für den gutaussehenden Champvallon aufzugeben, der mit Anjou den Hof von Nérac wieder verlassen würde. Aber sie schrieb ihm oft und überschwenglicher, als sie es sonst in ihren Liebesbriefen zu tun pflegte. ›Lebt wohl, meine Sonne‹, schrieb sie zum Beispiel, ›o schönes Wunder der Natur. Millionen Küsse begleiten Euch.‹ Diese Briefe erreichten ihren Empfänger jedoch nicht immer auf direktem Wege, und Margots Liebe zu Champvallon blieb auch anderen nicht lange verborgen.

Jetzt, da Monsieur de Turenne nicht mehr so interessant war, freute sich Margot auf ein Wiedersehen mit Champvallon in Paris.

Als sie in der Hauptstadt ankam, wurde sie von Champvallon freudig empfangen, während die Begrüßung durch ihre Mutter und den König frostiger ausfiel. Sie erkannte sehr schnell, daß sie nur deshalb hatte zurückkommen sollen, damit sie besser unter Kontrolle zu halten war, und daß beide keineswegs daran dachten, ihre Haltung ihr gegenüber zu ändern.

Margot belastete das nicht weiter. Sie war in ihrem geliebten Paris; sie war am Hof Frankreichs, dort, wo sie hingehörte. Margot genoß es sichtlich, wieder hier zu sein, und viele Höflinge erklärten, mit ihr sei die Sonne an den Hof zurückgekehrt. Sie stand im Mittelpunkt aller Bälle, Maskenspiele und sonstigen Veranstaltungen; sie bestimmte die Mode, und da sie inzwischen in heißer Liebe zu Champvallon entflammt war, genoß sie das Leben in vollen Zügen.

Gelegentlich traf sie mit Henri de Guise zusammen, und jedesmal schlug ihr Herz höher. Madame de Sauves war noch immer seine Mätresse, aber Margot wußte, daß ihn keine Mätresse so sehr fesseln konnte wie seine Träume hinsichtlich seiner persönlichen Karriere. Die Liga hatte sich unter seiner Führung über das ganze Land ausgebreitet. Es gab Augenblicke, da sehnte sie sich danach, ihn zu bitten, ihr von den Aktivitäten der Liga zu erzählen, von seinen Plänen, die, wäre alles so gekommen, wie sie es sich einst gewünscht hatte, ihre Pläne, ihre Träume, ihre Hoffnungen gewesen wären.

Aber dann kam Champvallon und erinnerte sie durch seine Anwesenheit wieder daran, daß ihre Leidenschaft für Henri de Guise der Vergangenheit angehörte. Warum sollte sie einer alten Affäre nachtrauern, wenn sie doch einen anderen liebte? Es hatte seitdem viele Männer in ihrem Leben gegeben, und es würden noch viele folgen.

Katharina bedrängte Margot, ihren Gatten dazu zu bewegen, nach Paris zu kommen, aber Navarra lehnte jedesmal ab. Katharina wußte, daß Margot sofort nach ihrer Ankunft damit begonnen hatte, für ihren Gatten zu spionieren, aber das hatte sie nicht anders erwartet, und sie machte sich deshalb keine großen Sorgen, denn sie war sicher, Margots gesamte Korrespondenz abzufangen.

Nachdem Margot bereits einige Monate wieder am Hofe verweilt hatte, kam es zu einem Vorfall, der den König derart in Rage versetzte, daß er nur noch an Vergeltung dachte.

Sein geliebter *mignon*, Joyeuse, hatte sich in den Kopf gesetzt, Erzbischof von Narbonne und Gesandter seiner Heiligkeit zu werden. Obwohl er noch nicht einmal einundzwanzig Jahre alt war und ihm jegliche Qualifikation fehlte, hatte er es geschafft, den König zu erweichen, so daß dieser ihm diese Ehre wie einen reifen Apfel in den Schoß warf – auch wenn dies bedeutete, daß er sich eine Weile von seinem Liebling trennen mußte, damit dieser nach Rom reisen konnte. Während Joyeuse sich in Rom aufhielt, entsandte Heinrich einen Kurier zu ihm mit Briefen, aber der königliche Kurier wurde bei einem Überfall erschossen, und die Briefe wurden gestohlen.

Der König war wütend und hatte zunächst seine Mutter in Verdacht. Dennoch beschloß er, seiner Schwester die Schuld zu geben, denn er suchte schon seit längerem nach einem Grund, sie anzuprangern.

Er wollte auf eine Art Rache nehmen, die sie völlig beschämt zurückließe, und ohne den Rat seiner Mutter einzuholen, beschloß er, auf seine Lieblinge zu hören, und suchte sich den Staatsball als passende Gelegenheit aus.

Margot war an diesem Abend wie immer bezaubernd anzusehen. Das Haar fiel ihr lose über die Schultern und war mit Diamanten durchsetzt. Für ihr Kleid hatte sie roten Samt gewählt.

Sie tanzte gerade, als der König den Musikern ein Zeichen gab, mit dem Spielen aufzuhören. Alle Tänzer blieben überrascht stehen, während der König auf den Platz zuging, an dem sich seine Schwester befand.

»Seht nur!« rief er laut allen Versammelten zu. »Seht sie Euch nur an! Meine Freunde, ich schäme mich, daß sie meine Schwester ist. Sollte ich ihre Verbrechen aufzählen, ich wüßte gar nicht, womit ich anfangen sollte. Es sind zu viele, und glücklicherweise kenne ich sicherlich nicht alle.

Ich könnte vierzig Namen von Männern nennen, die alle ihre Geliebten waren, und damit wäre die Liste noch lange nicht vollständig. Da ist zum Beispiel dieser Champvallon. Wißt Ihr, daß sie erst kürzlichen seinen Sohn hier in Paris gebar? Es ist in der Tat so. Sie hat auf fast perfekte Weise verstanden, es vor uns verborgen zu halten, aber wir sind nicht so dumm, nicht so blind, wie sie meint.«

Margots Augen sprühten Feuer. »Ihr . . .«, rief sie zurück. »Ihr . . . mit Euren bemalten *mignons* . . . Ihr wollt mir Unmoral vorwerfen . . .?«

Die Augen des Königs verengten sich zu kleinen Schlitzen, und Margot bemerkte, daß sich zwei seiner *mignons* rechts und links von ihr aufgebaut hatten. Nehmt Euch in acht! las sie in ihren Augen. Niemand spricht so mit dem König von Frankreich, ohne sein Leben zu verwirken!

Margots Furcht wurde stärker als ihr Zorn. Noch nie zuvor war ihr so klargeworden, wie sehr ihr Bruder sie haßte. Sie war leichtsinnig gewesen, als sie sich gegen seine *mignons* gestellt, ihnen ihre Abneigung offen gezeigt hatte. Sie wußte jetzt, wie recht ihr Gatte gehabt hatte, als er sich weigerte, nach Paris, in die Falle zu gehen. Sie war sicher, daß ihre Verhaftung kurz bevorstand.

Flehend blickte sie zu ihrer Mutter hinüber.

Katharina verfolgte sie Szene schweigend. Trauer legte sich auf ihr Herz. Mit ihrer Dummheit vernichteten ihre Kinder alles, wofür sie gearbeitet hatte. Dieser Vorfall würde ebenfalls nach außen getragen und dort weiter aufgebauscht und übertrieben werden. Heraus käme nur, daß noch ein weiterer Skandal mit dem Haus Valois in Verbindung gebracht würde und die Unzufriedenheit im Volke weiter wuchs.

»Mein Bruder«, sagte Margot, »man hat Euch Lügen erzählt. Ich habe kein Kind.«

Ihre Mutter flüsterte ihr zu: »Sag nichts. Geh sofort. Geh auf dein Zimmer. Das ist die einzige Chance, dem Zorn deines Bruders zu entkommen.«

Margot verneigte sich und verließ erhobenen Hauptes den Saal, während die Versammelten ihr schweigend Platz machten.

Sofort versammelten sich ihre Frauen in ihrem Zimmer. Was nun? fragten sie sich.

Margot lag auf ihrem Bett. Sie war beunruhigt, genoß aber trotz allem, wie immer, die Gefährlichkeit der Situation. Zwar hatte der König sie beschuldigt, ein Kind zu haben, und diese Geschichte würde in Paris, ja in ganz Frankreich schnell die Runde machen, aber eigentlich gefiel ihr das sogar. Ihre Sterilität – das Ergebnis der Sünden ihrer Großväter – beschäftigte sie schon lange; und wenn sie schon keine Kinder bekommen konnte, so war es doch wenigstens ein erhebendes Gefühl, wenn man ihr welche andichtete.

In jener Nacht geschah weiter nichts, aber als sie am nächsten Morgen erwachte, drängten sechzig Bogenschützen in ihre Räume hinein. Sie waren jedoch nicht gekommen, um sie zu verhaften, sondern nur, um ihr die Botschaft des Königs zu überbringen, der ihr befahl, ›die Stadt unverzüglich von ihrer Anwesenheit zu befreien‹.

Nachdem Champvallon, sofort nachdem er von der Szene im Ballsaal gehört hatte, aus Angst vor dem Unmut des Königs nach Deutschland geflohen war, beschloß Margot, dem Befehl ihres Bruders nachzukommen, und sie brach noch am selben Tag auf, um zurück in die Gascogne zu reisen.

Überglücklich eilte der König zu seiner Mutter. »Seht Ihr! Ich habe den Hof von dieser Spionin befreit, sogar auf schnellstem Wege. Wie Epernon schon von Anfang an gesagt hatte: Es war ein Fehler, sie hierherzuholen.«

Katharina schüttelte den Kopf. »Mein Sohn, ich wünschte, du würdest nicht immer so überstürzt handeln und mich vorher um Rat fragen. Es ist immer besser, eine gefährliche Person in Reichweite zu haben. Und ich fürchte, die Art und Weise, wie du sie losgeworden bist, war nicht sehr glücklich gewählt.«

»Ich bin ein Mann«, erwiderte der König, »der eine Entscheidung, sobald er sie einmal getroffen hat, auch ausführt.«

»Manchmal ist es weiser, eine Entscheidung zu überdenken«, entgegnete Katharina. »Wir werden sehen, ob du recht behältst, oder ob es besser gewesen wäre, mich um Rat zu fragen und weiser zu handeln.«

Sie mußten nicht lange warten. Navarra, der von dem Angriff des Königs auf Margot erfahren hatte, sandte einen Boten zum König, um ihm zu erklären, daß man von ihm nicht erwarten konnte, eine Frau zurückzunehmen, die der König von Frankreich – ihr eigener Bruder – öffentlich so beleidigt hatte.

In Wirklichkeit war Corisanda, seine Jugendliebe, schwanger geworden, und da Navarra unbedingt einen Sohn und Thronfolger wollte, hatte er bereits mit dem Gedanken gespielt, sie zu heiraten. Er ließ die Nachricht überbringen, er verlange Wiedergutmachung dafür, daß ihn die königliche Familie mit einer solchen Frau verheiratet hatte. Er wünschte die Scheidung. Wie würde die Christenheit reagieren, argumentierte er, wenn er eine Frau empfing, die der König von Frankreich öffentlich angeprangert hatte, bevor er sie von seinem Hof jagte!

Katharina sah ihren Sohn nur ausdruckslos an, aber der König ignorierte sie und weigerte sich zuzugeben, daß sie recht behalten hatte.

»Ich verfluche diesen Navarra!« brüllte er. »Und ich verfluche seine Dirne von Frau! Es wird keinen Frieden in diesem Reich geben, solange einer der beiden noch am Leben ist.«

»Sie muß zu ihrem Gatten zurückgehen«, sagte Katharina. »Was geschehen ist, können wir nicht mehr ändern. Mein Sohn, die Ratschläge deiner sogenannten Freunde wurden nicht zum Wohle Frankreichs gegeben; der Grund dafür war ihre kurzsichtige Eifersucht. Du darfst nie zulassen, daß persönliche Gefühle die Regierungsgeschäfte beeinflussen.«

Er runzelte die Stirn. Mehr wagte sie nicht gegen seine *mignons* zu sagen. Mittlerweile fragte sie sich bereits, wie sie diese beiden, Joyeuse und Epernon, ebenfalls loswerden konnte. Es waren aber schon so viele seiner kleinen *mignons* gestorben, daß sie fürchtete, er würde mißtrauisch, sollte es noch zu weiteren Unfällen kommen. Und sie ertrüge es nicht, sollte sie auch noch das letzte bißchen

Zuneigung, den letzten Respekt verlieren, den er noch für sie besaß.

Eigentlich sollte sie sich freuen. Solche Dinge mußten ihm vor Augen führen, daß seine *mignons* ihn nur dazu brachten, unüberlegt zu handeln. Und noch etwas wurde dabei deutlich: Navarras Handlungen waren wohlüberlegt.

Boten ritten zwischen Paris und Nérac hin und her. Der König von Frankreich versuchte, den König von Navarra zu beschwichtigen. Er erklärte, er habe die Vorwürfe, die er seiner Schwester an den Kopf geworfen hatte, nicht so gemeint, und er sei damals falsch informiert worden. Ihm sei inzwischen klargeworden, daß selbst tugendhafte Prinzessinnen nicht gegen üble Nachrede gefeit waren.

In seinem kleinen Reich in der Gascogne lachte Navarra schadenfroh. Zwar vergötterte er seine Corisanda – zumindest im Augenblick –, aber auch wenn sie sein Kind im Leibe trug, war er nicht sicher, ob er auf Margot verzichten wollte. Sollte der König ihm genügend Zugeständnisse machen, erklärte er sich vielleicht bereit, sie zurückzunehmen.

Schließlich stimmte er zu, sie wieder bei sich aufzunehmen, nachdem der König versprochen hatte, seine Garnisonen aus mehreren Städten in seiner Nähe abzuziehen.

Navarra lachte, zufrieden mit sich und der Welt. Margots Ausflug an den Hof hatte sich als ebenso vorteilhaft wie unterhaltsam erwiesen.

Im Louvre und in ganz Paris herrschte Unruhe. Am Hof von Nérac war eine Aufregung zu spüren wie noch nie zuvor. Selbst der König von Navarra war still und machte sich Gedanken über die Zukunft.

Der Herzog von Anjou war ernstlich erkrankt, und es gab wenig Hoffnung auf seine Genesung.

Margot weinte um ihren Bruder; sie hatte ihn mehr geliebt, als eine Schwester einen Bruder lieben durfte, sagten manche. Aber trotz ihrer Trauer verfolgte sie die Situation ebenso aufmerksam wie ihr Gatte und dessen

Minister. Sollte ihr Bruder tatsächlich sterben, hatte dies nirgends größere Auswirkungen zur Folge als in Nérac.

In den Straßen von Paris wurden neue Gerüchte über die Italienerin laut. »Es heißt, Isebel hat ihn vergiftet.«

»Wie kann das sein? Er ist ihr eigener Sohn.«

»Ihr eigener Sohn! Was war denn mit dem armen Franz II.? Und was mit dem geistig umnachteten Karl? Sie hat die beiden in ihr Grab gebracht, lange bevor es an der Zeit war. Viele haben von ihren italienischen Giften gekostet – Sohn, Tochter, Cousin ... was bedeutet ihr das schon? Sie ist das Böse ... Königin Isebel von Frankreich.«

Aber für Katharina bedeutete die Krankheit ihres Sohnes einen schweren Schlag, und sie war innerlich aufgewühlt. Anjou lag im Sterben! Was würde geschehen, wenn Heinrich auch noch sterben sollte? Ihre Kinder starben alle viel zu früh. Heinrich war in kürzester Zeit um Jahre gealtert. Falls er starb, war Navarra der nächste in der Thronfolge. Sicher, das bedeutete, daß Margot dann Königin von Frankreich wurde, aber konnte sie Margot trauen? Konnte sie Navarra trauen?

Die Menschen in den Straßen waren Narren, wenn sie glaubten, sie wolle ihren Sohn ermorden. Sie verstanden sie nicht. Sie begriffen nicht, daß ihre Morde keine niedrigen Beweggründe hatten, sondern daß es nur darum ging, unliebsame Leute aus dem Weg zu räumen, damit das Haus der Valois seine Macht behielt – um nicht mehr! Wenn sie Menschen ermorden ließ, dann hatte das nichts mit persönlichen Gefühlen zu tun. Hatte sie etwa die Frau getötet, von der sie zu Lebzeiten ihres Gatten jahrelang gequält und erniedrigt worden war? Nein! Diane de Poitiers hatte weiterleben dürfen, denn zu der Zeit, als sie sie hätte töten können, war sie nicht mehr wichtig gewesen.

Katharina fühlte sich unverstanden. Aber das Gerede auf den Straßen hatte sie noch nie berührt. Warum sollte sie jetzt darauf hören? War es vielleicht das Alter, das sie empfindlicher machte? Immer öfter in letzter Zeit fragte sie sich, warum sie noch so sehr um Fortdauer der Macht kämpfte, die sie erlangt hatte.

Sofort wanderten ihre Gedanken zu ihrem Erzfeind,

Philipp von Spanien. Wie würde er auf Anjous Tod reagieren? Was würde er unternehmen, um zu verhindern, daß der protestantische Heinrich von Navarra den Thron des katholischen Frankreichs bestieg? Irgend etwas unternahm er mit Sicherheit. Die Niederländer bereiteten ihm nicht mehr so viele Sorgen wie früher. Parma hatte gute Arbeit geleistet, und vor wenigen Monaten war der Prinz von Oranien, der eifrigste Verfechter der Hugenotten, ermordet worden. Auf diese Weise verlor Colignys Tochter Louise, die nach dem Tode Télignys den Prinzen geheiratet hatte, bereits zum zweitenmal ihren Ehegatten durch Gewalt. Jacqueline, Colignys Witwe, war noch immer im Gefängnis, in das man sie nach dem Tod ihres Gatten geworfen hatte. Katharina mußte die beiden Hugenotten im Auge behalten und ebenso Philipp von Spanien. Der arme Anjou war zu Lebzeiten nie von Bedeutung gewesen, aber sein Tod würde ihm die Wichtigkeit verleihen, die er immer zu erlangen gesucht hatte.

Dann kam die Nachricht von Anjous Tod. Seine schwächliche Konstitution hatte es nicht vermocht, der Lungenentzündung Herr zu werden. Anjou war tot ... und Navarra war Thronfolger. Ganz Europa blickte auf Frankreich. Ein protestantischer König auf dem Thron Frankreichs brächte das gesamte Kräfteverhältnis durcheinander. England bereitete sich darauf vor, Hilfe in die Niederlande zu entsenden, und trotz des Verlusts ihres geliebten Prinzen von Oranien schöpften die Niederländer neue Hoffnung. Philipp von Spanien blickte besorgt nach Paris und berief eine Ratsversammlung nach der anderen ein. Er dachte an den einzigen Mann in Frankreich, von dem er wußte, er würde niemals zulassen, daß ein Hugenotte Frankreich regierte. Und Henri de Guise wurde mehr und mehr zum wichtigsten Mann Frankreichs.

Voller Sorge wartete Katharina ab. Sie hatte lange, heimliche Unterredungen mit dem König geführt, aber dieser zeigte kein Interesse am politischen Tagesgeschäft. Er hatte erst kürzlich eine Auswahl an Äffchen und Papageien bekommen und war nun damit beschäftigt zu überlegen, mit welchen seiner Freunde er sie teilen sollte. Da waren die Hunde, die ihn in Anspruch nahmen, und seine *mignons*, die ihn amüsierten und ihm die Zeit vertrieben. Joyeuse und Epernon waren inzwischen zu Rivalen geworden, und wenn er Joyeuse ein Geschenk machte, mußte er Epernon noch reicher beschenken, was wiederum die Eifersucht von Joyeuse schürte. Epernon hatte die Herrschaft über die Landstreitkräfte in Frankreich erhalten; demzufolge mußte er Joyeuse zum Admiral machen. Daraufhin verlangte Epernon die Herrschaft über die Städte Metz, Verdun und Toul. Und so ging es ständig weiter. Epernon und Joyeuse waren die reichsten Männer Frankreichs, und schien der eine an einem Tage reicher zu sein, mußte der andere sich am nächsten Tag noch stärker bereichern.

Joyeuse, der wieder aus Rom zurück war, wollte heiraten. Er bat um eine vermögende Gattin, eine Frau, die ihm zur Ehre gereichen würde. »Ihr habt eine Gattin, Sire, und Ihr wißt, daß ich Euch in jeder Hinsicht nacheifern möchte.«

Der König war amüsiert. Sein Liebling sollte eine Frau bekommen. Dabei dachte er an die Schwester der Königin, die eine große Mitgift mitbrächte.

Joyeuse klatschte vor Freude in die Hände, und der König begann, zusammen mit seinen anderen *mignons*, die Hochzeit vorzubereiten. Die Festlichkeiten sollten zwei Wochen dauern und ein Vermögen kosten. Das war aber nicht weiter wichtig. Das Volk von Paris liebte Feste, und es war bekannt, daß man für das, was man liebte, auch bezahlen mußte.

So sah das Volk der Hochzeit von Joyeuse zu, und nachdem er verheiratet war, mußte Epernon ebenfalls heiraten.

Der König sah sich nicht in der Lage, eine ebenso reiche Frau für seinen Liebling Epernon zu finden. Was die Festivitäten anbelangte, die natürlich notwendig waren, um Epernons ständige Eifersucht zu beschwichtigen, wußte er beim besten Willen nicht, wie er diese finanzieren sollte. Einen Teil bestritt er mit dem Geld der Schatzkammer der Stadt, und er erhöhte die Preise für die Ämter der Richter. Er und seine Lieblinge lachten zusammen. Für einen König gab es immer Mittel und Wege, an Geld zu kommen.

Auch die *battus* lebten wieder auf. Der König und seine *mignons* organisierten Prozessionen durch die Straßen. Nach all den Festen mit den prunkvollen Gewändern machte es Spaß, in Säcken umherzulaufen. Sie trugen nun weiße Säcke, die weitaus schöner anzusehen waren als diejenigen, die sie früher angezogen hatten. Und mit den aufgestickten Totenschädeln wirkten sie noch eindrucksvoller.

Der König war begeistert. Damit zeigte er seinem Volk – nach den beiden Hochzeiten seiner Lieblinge –, daß der König und seine Höflinge im Grunde sehr religiöse Menschen waren.

Katharina versuchte, ihn zu ermahnen, während sie besorgt dem Treiben zusah. Sie wußte, daß alle Augen auf Paris gerichtet waren. Heinrich von Navarra wartete geduldig ab wie einer, der es sich leisten konnte. Philipp von Spanien beobachtete alles, und Henri de Guise tauchte wieder auf. Hatten die beiden heimlich korrespondiert, ohne daß sie davon erfahren hatte? fragte sich die Königinmutter.

Die lächerlichen Festlichkeiten gingen weiter. Die Tische des Louvre bogen sich unter den Köstlichkeiten. Und das frierende Volk sah durch die Fenster hinein und erblickte den König in einem Frauenkleid aus grüner Seide; die Höflinge waren als Hofdamen gekleidet.

Paris sah zu, schweigend und haßerfüllt, und Aufruhr lag in der Luft.

VI

Katharina schüttelte die Schwierigkeiten des Alters ab, versuchte, die bohrenden Rheumatismus-Schmerzen zu ignorieren. Sie achtete zum erstenmal in ihrem Leben darauf, was sie aß – bisher hatte sie gegessen, worauf sie Lust hatte und soviel sie wollte –, und sie merkte, wie ihre alte Energie langsam zurückkehrte. Eine Katastrophe bahnte sich an. Jeden Augenblick konnte sie ihre ganze Macht verlieren. Sie erkannte, daß sie jahrelang einem Gespenst nachgejagt war. Sie war im ganzen Land umhergereist, hatte Friedensverträge geschlossen, hatte sich ihrer Feinde entledigt und die Krone geschützt – so hatte sie zumindest geglaubt. Und nur weil ein Mann nach außen hin seinen Ehrgeiz verloren zu haben schien und so getan hatte, als sei er mit seiner Position zufrieden, hatte sie ihm keine weitere Beachtung geschenkt. So hatte er sein heimliches Werk fortsetzen können und ganz allmählich ihre Macht untergraben. Sie hätte wissen müssen, daß der ehrgeizigste Mann Frankreichs nie seinen Ehrgeiz verlieren würde. Sie hätte Henri de Guise nie aus den Augen lassen dürfen.

Was hatte er vor? Seine Liga war inzwischen die mächtigste Gruppierung im Land. Unauffällig und unbeobachtet war sie angewachsen; geschickt hatte sie es verstanden, die Aufmerksamkeit der anderen auf kleinere Gefahren zu lenken. Und die Liga arbeitete gegen den König.

Katharina überdachte die Regierungszeit ihres Sohnes. Der intelligente, wenn auch etwas weibische junge Mann von damals hatte sich sehr verändert. Seine besseren Eigenschaften hatte er unterdrückt, und jetzt, mit Ausnahme einiger weniger Augenblicke, in denen seine Intelligenz noch einmal zum Vorschein kam, schien er einfach nur ein dekadenter Laffe zu sein. Seine Gesundheit war nicht die beste, und er besaß eine schwache Konstitution.

Ab und zu ließ er einen Zynismus erkennen, der seinen Glauben zum Ausdruck brachte, er werde sowieso nicht lange leben und habe daher vor, sein Leben in vollen Zügen zu genießen. Er hatte seine Mutter enttäuscht, und sie hatte zugelassen, daß er sie verletzte. Es hatte eine Zeit gegeben, da ihre Liebe zu ihrem Sohn sogar größer war als ihr Machthunger. Sie hätte klüger sein und sich an eine andere bittere Lektion erinnern sollen, die ihr ein anderer Heinrich vor vielen Jahren erteilt hatte. Sie dachte an jene Jahre der Erniedrigung zurück, an die Qualen, die sie erlitt, als sie ihren Gatten und seine Geliebte durch ein Loch im Boden beobachtet hatte. So viel Unglück war aus diesen Wunden erwachsen. Sie war überrascht, daß sie ihre Lektion damals nicht gelernt hatte. Emotionen hatten im Leben Katharina von Medicis nichts zu suchen.

Aber das war vorbei. Die drohende Katastrophe hatte ihr gezeigt, daß sie den falschen Weg gegangen war. Sie liebte ihren Sohn, aber ihre Macht zu behalten, war wichtiger als seine Liebe zu ihr. Falls notwendig, würde sie auch gegen ihn arbeiten müssen.

Entscheidungen waren getroffen worden, ohne daß sie rechtzeitig davon erfahren hätte. Wo waren nur ihre Spione? Zweifellos hatten sie ihr Bestes gegeben, aber de Guises Spione waren besser. Eines erfuhr sie aber doch – Henri de Guise wagte es, sich mit Spanien zu bereden, als sei er bereits der Herrscher von Frankreich.

Dieser alte Narr, der Kardinal de Bourbon – der Bruder von Antoine de Bourbon, der sich vor Jahren an ihrem Hof lächerlich gemacht hatte –, sollte nach dem Tod Heinrichs den Thron besteigen. Heinrich war noch jung und der Bourbone ein alter Mann; was ging in den Köpfen der Guises vor? Welche anderen geheimen Dokumente hatten der Herzog de Guise und Philipp von Spanien ausgetauscht? Glaubte Philipp tatsächlich, Guise hätte vor zuzusehen, wie der Kardinal den Thron bestieg? Vielleicht wollte de Guise durch den Kardinal regieren! Es war ein großer Vorteil, die Macht hinter dem Thron innezuhaben.

Der Kardinal war vierundsechzig. Wie konnte er Heinrich überleben? Es sei denn ... nein, sie konnte nicht glauben, daß sie vorhaben könnten, ihren Sohn zu ermorden. Sie mußte vergessen, daß sie eine kranke, alte Frau war, denn es gab viel für sie zu tun.

Der Bourbone, ein überzeugter Anhänger der Guises und ein guter Katholik, hatte zugestimmt, das Recht seines Neffen, Heinrich von Navarras, zu übergehen und selbst den Thron zu besteigen. Er hatte geschworen, als König den Protestanten zu verbieten, ihre Religion auszuüben.

Katharina ließ de Guise zu sich rufen und verlangte zu wissen, weshalb er ohne Wissen und Zustimmung des Königs mit dem König von Spanien korrespondiere.

Guise war arrogant – arroganter als je zuvor, ging es ihr durch den Kopf. Es war offensichtlich, daß er besser über die Vorgänge im Land informiert war als sie. Sein Auftreten grenzte selbst für einen Adligen an Beleidigung.

»Madame«, erwiderte de Guise, »Frankreich wird nie einen Hugenotten als König akzeptieren. Sollte der König keinen Thronfolger hinterlassen – was Gott verhüten möge –, müßte der König von Navarra davon ausgehen, ein Anrecht auf die Krone zu haben, es sei denn, Frankreich hat bis dahin schon seinen König gewählt.«

Nachdenklich und schweigend sah sie ihn an. Das Sonnenlicht, das durch das Fenster hereindrang, legte sich auf sein Haar und ließ es golden und silbern schimmern. Er war größer als alle anderen Männer am Hof, und sein entschlossener Gesichtsausdruck ließ ihn machtvoll erscheinen. Die Narbe auf seiner Wange betonte diesen Eindruck noch. Katharina war nicht überrascht, daß ihm das Volk von Paris zu Füßen lag. König von Paris nannten sie ihn, und wenn sie von ihrem zukünftigen Landesvater sprachen, war klar, daß damit nicht der alte Kardinal, sondern Henri de Guise gemeint war.

Dann sagte sie: »Ihr maßt Euch an, mit einer fremden Macht zu verhandeln, ohne vorher die Vorstellungen des Königs zu erfragen, Monsieur!«

»Der König beschäftigt sich mit anderen Angelegenheiten, Madame. Erst war es die Hochzeit von Joyeuse, dann die Epernons. Ich wollte mit dem König reden, aber er sprach nur von den Kleidern, die er zur Hochzeit tragen wollte, und war zu beschäftigt, über irgend etwas anderes nachzudenken.«

Welche Frechheit! Welche Überheblichkeit! dachte sie. Aber sie konnte sich eines Gefühls der Genugtuung nicht erwehren. Wäre *er* ihr Sohn gewesen, alles wäre anders verlaufen. In diesem Augenblick faßte sie ihren Entschluß: Sie würde den überheblichen Herzog unterstützen ... vorerst jedenfalls. Es war das einzige, was sie im Augenblick tun konnte. Die Angelegenheit war ihr bereits zu sehr aus den Händen geglitten, das konnte sie nicht länger ignorieren. Im Augenblick durfte sie ihn nicht zum Feind haben, sondern mußte in ihm einen Verbündeten finden.

»Ach, Monsieur«, entgegnete sie, »wie recht Ihr habt, wenn Ihr sagt, Frankreich werde nie einen Hugenotten als König dulden.«

»Madame, ich bin hocherfreut, daß Ihr mein Handeln unterstützt.«

Er verneigte sich und küßte ihre Hand.

»Mein Sohn«, sagte sie und sah ihn liebevoll an. »Ja! Ich heiße Euch meinen Sohn. Seid Ihr nicht zusammen mit meinen Kindern aufgewachsen? Mein Sohn, für Frankreich sind schwere Zeiten angebrochen. Der König stürzt sich in seine Vergnügungen und ist von schwachköpfigen jungen Männern umgeben. Ihr und ich, wir müssen zusammenarbeiten ... für Frankreich.«

»Ich gebe Euch vollkommen recht, Madame.«

Für Frankreich! dachte sie, während sie zusah, wie er sich zurückzog. Er weiß ganz genau, daß ich für das Wohl der Königinmutter arbeite und er selbst für sich.

»Heilige Mutter Gottes«, murmelte sie vor sich hin. »Nichts, was dieser Mann in Zukunft unternimmt, darf mir entgehen.«

Margot war unglücklich in Béarn. Das Leben dort war langweilig geworden. Ihr Gatte hatte sie zurückgenommen, ihr aber klar gezeigt, daß er es mit gemischten Gefühlen getan hatte.

Er war noch immer La Corisanda zugetan, die das genaue Gegenteil der einfältigen, kleinen La Fosseuse war; und er hatte beschlossen, daß Margot, die noch immer den Titel der Königin von Navarra trug, begreifen solle, daß es der König war, der regierte.

»Ihr habt Euch verändert«, sagte sie zu ihm, »seit Ihr dem Thron Frankreichs einen Schritt näher gerückt seid.«

»Nein!« gab er zurück. »Ich bin immer noch derselbe Mann. Ich wasche meine Füße noch immer nicht.«

»Das belastet mich nicht weiter.«

»Es freut mich zu hören, daß Ihr dazugelernt habt«, lautete seine Antwort, »denn ich habe nicht vor, es zu einer Belastung für Euch werden zu lassen.«

Sie kochte vor Wut.

Er gab ihr sehr deutlich zu verstehen, daß an eine Wiederaufnahme ihrer gelegentlichen ehelichen Verbindung nicht zu denken war. Beiläufig erklärte er ihr, er habe sie nur zurückgenommen, weil er die Zugeständnisse, die der König ihm dafür gemacht hatte, dringend benötigt hatte. Sie war gelangweilt und wütend. Sie war ruhelos, suchte nach neuen Abenteuern, und kein Mann am Hof vermochte ihr zu gefallen.

Dann traf die Nachricht ein, daß der Papst Navarra exkommuniziert hatte und all seinen Untertanen die Möglichkeit offerierte, ihren Treueeid ihm gegenüber zu widerrufen. Darüber hinaus wurde Navarra durch ein Edikt aus Rom das Recht auf die Thronfolge abgesprochen.

Navarras Augen sprühten Feuer. Er verfluchte den Papst; er verfluchte den Herzog de Guise, und er verfluchte die Königinmutter. Seine Wut war berechtigt, denn das päpstliche Edikt würde in Frankreich viel Gewicht haben. Er wetterte gegen seinen Onkel, den Kardinal de Bourbon, der ihn, wie er erklärte, verraten habe.

Margot hörte ihm mitfühlend zu.

»Ich bin meines Vaters Sohn«, rief er aus. »Ich bin der Erbe der Krone Frankreichs. Mein Onkel belügt sich selbst, wenn er zuläßt, daß ihn der Papst und die Guises von der Richtigkeit seines Handelns überzeugen. *Ventre saint gris!* Wäre der Alte jetzt hier, ich würde ihm den

Kopf abschlagen und über die Zinnen werfen. Es ist eine Verschwörung. Die Guises haben das ausgeheckt, und Eure Mutter steht hinter ihnen.«

»Ich kann mir nicht vorstellen, daß meine Mutter damit einverstanden ist«, antwortete Margot.

»Ständig berät sie sich mit de Guise. Nichts anderes hört man mehr aus Paris.«

»Selbst jetzt kennt Ihr meine Mutter noch nicht. Es sieht vielleicht so aus, als sei sie mit den Guises einer Meinung; vielleicht heißt sie die Worte des Papstes und Philipps von Spanien öffentlich gut. Aber verlaßt Euch darauf, sie hat ihre eigenen Pläne, und solange noch eins ihrer Kinder auf dem Thron sitzt, wird sie nicht tatenlos zusehen, wie ein anderer ihn besteigt.«

»Ah«, sagte er und lächelte sie an. »Wie ich sehe, habt auch Ihr ein Auge auf den Thron geworfen.«

Sie erwiderte sein Lächeln. Sie waren Verbündete. Sie mußten Verbündete sein, denn sie verfolgten die gleichen Interessen.

Navarra wurde zielstrebiger als je zuvor. Er ließ seinen Protest nicht nur in Frankreich verbreiten, sondern sogar in Rom an die Türen des Vatikans anschlagen.

Diese Handlung versetzte alle in Erstaunen, und selbst der Papst brachte insgeheim seine Bewunderung für den jungen Mann zum Ausdruck. Diese Kühnheit, erklärte der Papst, mache es um so notwendiger, daß man ihn gut im Auge behielt.

Margot wollte sich nicht damit zufriedengeben, nur als Anhängsel des jungen Mannes angesehen zu werden, dessen Bedeutung zu wachsen schien, seit sich die Mächte Rom, Spanien und Frankreich gegen ihn stellten. Sie brauchte etwas Aufregung im Leben, die Langeweile brachte sie fast um. Sie griff nach der Feder und schrieb ihren Freunden am Hof lange Briefe. Auch ihre Mutter schrieb ihr voller Zuneigung, und Margot antwortete ihr. Es fiel Margot leicht, die Vergangenheit und alles, was sie durch ihre Mutter hatte erleiden müssen, zu vergessen. Sie begann, über alle Vorkommnisse am Hof ihres Gatten zu berichten.

Da Navarras Freunde es für gefährlich hielten, wenn jemand mit der Königinmutter korrespondierte, entschied einer von ihnen, den König davon zu unterrichten, daß seine Gattin als Katharinas Spionin fungiere.

Der wütende Heinrich von Navarra beschloß, besonders achtsam zu sein, da so viel auf dem Spiel stand, und ließ einen von Margots Boten verhaften, als dieser gerade Nérac verlassen und nach Paris reiten wollte. Dieser Mann, ein gewisser Ferrand, wurde dem König vorgeführt, und selbst in dessen Gegenwart besaß er noch den Mut, Briefe in das Kaminfeuer zu werfen, die sofort in Flammen aufgingen. Die verbleibenden Briefe wurden ihm entrissen, erwiesen sich aber nur als Liebesbriefe von Margot und deren Frauen an diverse Liebhaber, die sie in Paris gehabt hatten.

Nachdem er sich über diese Ergüsse köstlich amüsiert hatte, ließ Navarra Ferrand verhaften, und unter der Folter erklärte dieser, die Königin wolle ihn vergiften, weil er sie so beleidigend behandle.

Zornbebend konfrontierte Navarra seine Gattin damit.

»Ihr seid bloßgestellt, Madame«, begann er.

»Wie das?«

»Ich habe von Euren üblen Plänen gegen mich erfahren.«

»Ich kenne keine üblen Pläne.« Aufgrund ihrer Unschuld war sie wirklich überrascht. Sie war keine gerissene Giftmischerin; all ihre Sünden beging sie spontan. Nachdem ihr Gatte ihr erklärt hatte, was Ferrand über sie ausgesagt hatte, bekam sie einen Wutanfall.

»Wie kann er es wagen, so etwas zu behaupten? Das ist grausam, eine Gemeinheit.«

»Ihr steht doch mit Eurer Mutter in Kontakt, nicht wahr?«

»Was spricht dagegen?«

»Sie hat sich für den Kardinal als Thronfolger ausgesprochen.«

»Was seid Ihr doch für ein Narr! Sie will mich auf dem Thron sehen, und das heißt automatisch auch Euch. Und Ihr laßt Euch einreden, ich wolle Euch vergiften!«

»Ihr seid die Tochter Eurer Mutter.«

»Ich bin ebenso meines Vaters Tochter. Ich liebe Euch nicht; das wäre unmöglich. Aber mir ist klar, daß mein Titel von Euch abhängt. Seid nicht so ein Narr, einem Mann zu glauben, der unter der Folter ein Geständnis abgelegt hat. Ihr werdet schon etwas schlauer vorgehen müssen, wenn Ihr gewinnen wollt, was Euch rechtens zusteht.«

»Eure Mutter steht ständig mit de Guise in Kontakt. Meiner Meinung nach wird er, mit Unterstützung seiner Liga, den Thron zu besteigen versuchen.«

Margot lächelte. Ja, dachte sie; und wäre alles verlaufen, wie sie es sich einst vorgestellt hatte, wäre sie jetzt an seiner Seite. Sie sah ihn in Gedanken vor sich – groß, schlank und noch immer gutaussehend. Es steckte ein heimliches Verlangen in ihr, eine Sehnsucht nach Paris, nach einem anderen Leben, danach, die Zeit noch einmal zurückdrehen zu können und alles anders zu machen. Die Ehe mit dem Mann vor ihr war unvermeidlich gewesen, aber es hatte zu einem späteren Zeitpunkt eine Gelegenheit gegeben, sich von ihm loszusagen. Blind vor Stolz hatte sie damals abgelehnt.

»Ihr«, sagte sie schließlich, »habt mich verdächtigt, Euren Tod zu wollen, und das ist nicht leicht zu vergeben. Ich bin Euren Hof leid. Ich bin Euer Volk leid. Ich kann Eure Mätresse nicht leiden, die die wahre Königin von Navarra ist. Das ist etwas, das ich nicht erdulden kann. Ich würde Nérac gerne eine Zeitlang verlassen.«

»Ihr werdet nicht nach Paris gehen.«

»Ich dachte dabei nicht an Paris. Während des Frühjahrs wird ein großer Jesuitenpater in der Kathedrale von Agen predigen. Gebt Ihr mir die Erlaubnis, dorthin zu reisen?«

Er zögerte. Es wäre für ihn eine Erleichterung, sie loszusein. Wie sollte er erfahren, was in jenen Briefen stand, die sie nach Paris geschickt hatte? Wie konnte er sichergehen, daß sie nicht weitere wichtige Informationen hinausschmuggelte, ohne daß er es merkte? Wenn sie ging, würde er dafür sorgen, daß sie gut bewacht wurde.

»Na, schön«, sagte er. »Geht nach Agen. Ihr habt meine Zustimmung.«

Überglücklich dachte sie: Sobald ich ihn verlassen habe, werde ich nie mehr zu ihm zurückkehren. Warum soll ich mit einem Ehemann vorliebnehmen, der mich sowieso nicht will und der nur ein eingebildeter Bauerntrampel ist?

Aber sie wollte nicht länger über einen Mann nachdenken, der ihr so wenig bedeutete. Ihre Gedanken waren bereits bei einem anderen – bei dem Mann, den sie für den nächsten König Frankreichs hielt.

Margot war bereits wieder in Intrigen verstrickt. Sie würde die Stadt Agen für die katholische Liga halten. Und sie würde Frankreich und de Guise zeigen, auf welcher Seite sie stand.

Katharina erkannte jetzt, wofür Henri de Guise jahrelang gekämpft hatte. Er hatte beschlossen, sich nicht nur auf seine Popularität zu verlassen. Im ganzen Land gingen Gerüchte um, die Guises könnten belegen, daß ihr Anspruch auf die Krone älter war als der des Hauses Valois. Auch wenn diese Gerüchte nicht von de Guise zu stammen schienen, war sie sicher, daß er sie in die Welt gesetzt hatte.

Den Gerüchten zufolge stand der Thron nicht den Nachkommen der Kapetinger, sondern denen Karls des Großen zu, auf den das Haus Lorraine seine Abstammung zurückführte. Da die Linie der Kapetinger immer wieder schwachsinnige Könige hervorgebracht hatte, Ketzer oder Exkommunizierte, sei es jetzt an der Zeit, den Thron wieder den rechtmäßigen Erben zu übereignen ...

Das klang bedrohlich. Demnach würde er nicht nur auf Wunsch des Volkes, sondern mit voller Berechtigung König von Frankreich. Das war typisch für Guise. So langsam begann sie, ihn zu verstehen. Er mußte nicht nur König werden, weil es das Volk so wollte, sondern weil er der rechtmäßige Thronfolger war. Als Aristokrat war er für Recht und Ordnung, und eine Regierung der Massen verursachte ihm Magenbeschwerden.

Betroffen mußte Katharina feststellen, daß diese Gerüchte nicht nur in Frankreich umgingen, sondern sogar von Kardinal Pellevé, einem überzeugten Anhänger der Liga, unterstützt wurden. Selbst Rom und Spanien wurde dieser Vorschlag bereits unterbreitet. Sie wußte, sie hatte damals richtig geraten, als sie annahm, de Guise hätte nie die Absicht, den alten Kardinal regieren zu lassen.

Sofort ließ sie de Guise zu sich rufen.

»Es wird viel davon gesprochen, das Haus Lorraine stamme direkt von Karl dem Großen ab«, sagte sie. »Ihr wißt, wovon ich spreche?«

Der Herzog gab zu, die Gerüchte vernommen zu haben.

»Mein lieber Herzog, mir scheint, es gibt nur einen Weg, den wir noch gehen können. Wenn es wahr ist, daß die Kapetinger ihren Anspruch auf den Thron verwirkt haben, dann ist auch der Anspruch des Kardinals de Bourbon hinfällig.«

»Das ist wahr«, pflichtete de Guise ihr bei. Bis auf das Schimmern im Auge über der Narbe zeigte er keine Gefühlsregung.

»Nach dieser Auslegung«, fuhr sie langsam fort, »sollte das Haus Lothringen den neuen Herrscher Frankreichs stellen. Einige werden dem zustimmen, andere werden es anfechten.«

»Es wird immer Menschen geben, die für uns, und andere, die gegen uns sind, Madame.«

»Und in vielen Fällen ist es klug, beide Seiten zufriedenzustellen, meint Ihr nicht?«

Er nickte zustimmend und fragte sich insgeheim, welchen Vorschlag sie ihm unterbreiten wollte. Sicher betraf es in irgendeiner Weise Margot. Wenn er und sie sich scheiden ließen, konnte die Ehe, die früher einmal ins Auge gefaßt worden war, doch noch geschlossen werden.

Katharina erriet seine Gedanken und ließ ihn im Augenblick noch in diesem Glauben. Dann sprach sie weiter: »Ich dachte an den Sohn meiner Tochter Claude, einen Jungen, dessen Eltern der Herzog von Lorraine und eine Tochter aus dem Hause Valois waren. Was könnte passender sein? Die Anhänger meines Hauses wären ebenso zufriedengestellt wie die Anhänger des Euren.«

De Guise war einen Augenblick sprachlos, bevor er sich wieder in der Gewalt hatte. »Madame«, meinte er dann, »das ist ein ausgezeichneter Vorschlag.«

Sie lächelten einander an, aber sie wußte, daß er nach wie vor den Thron für sich beanspruchte, wenn Heinrich III. gestorben war. Und er wußte, daß sie es wußte.

Die Ereignisse überstürzten sich im Leben der drei Heinriche – Heinrich III., Henri de Guises und Heinrich von Navarras.

De Guise wurde von Tag zu Tag mächtiger. Dem Vertrag von Joinville, den de Guise und die führenden Katholiken Frankreichs mit Philipp von Spanien geschlossen hatten, folgte Philipps Versprechen, Truppen und Geld für die Sache zur Verfügung zu stellen, der sich de Guise verschrieben hatte – der Verteidigung des Glaubens, der Vernichtung der Ketzer und der Enterbung Heinrich von Navarras. Die Liga war überall. In ganz Frankreich sprossen ihre Zellen aus dem Boden, und sie kämpfte nicht nur gegen die Hugenotten, sondern auch gegen die Krone. De Guise hatte jetzt den Befehl über eine große Armee, deren Kommando er sich mit seinem Bruder, dem Herzog de Mayenne, teilte. Der Papst hatte allerdings inzwischen den Verdacht, daß die Liga weniger den Schutz des Katholizismus als den Aufstieg der Häuser Lorraine und Guise zum Ziel hatte. Er ging davon aus, daß der überhebliche Mann, der den Thron Frankreichs besteigen wollte, kein bescheidener Vasall Roms oder Spaniens sein würde, denn er hatte bereits verkündet, daß die Inhaber hoher Kirchenämter in Zukunft von der Liga ernannt werden sollten und nicht mehr, wie bisher, von Rom. Der Papst war auf der Hut. Es war gut möglich, daß ein König mit ausschweifendem Lebenswandel leichter zu handhaben war als der kriegerische de Guise.

Katharina war, wie geplant, Schritt für Schritt mit de Guise mitgegangen. Die Liga stellte inzwischen weitgehende Forderungen an den König; lehnte er sie ab, stand ihm eine mächtige Armee gegenüber. Der König war verärgert über jede Störung, denn er befand sich mitten in den Vorbereitungen für einen herrlichen Karneval. Er wollte seine Ruhe haben, um sich vergnügen zu können. Also überließ er es Katharina, mit de Guise fertig zu werden.

Der König sollte alle Untertanen dazu zwingen, den katholischen Glauben anzunehmen, und die Städte, die den Hugenotten überlassen worden waren, sollten an die Liga fallen.

Katharina spielte mit dem Gedanken, nach erprobter Manier Navarra und de Guise gegeneinander auszuspielen, beschloß dann aber, daß de Guise ihr Mann war. Die Katholiken waren auf dem Vormarsch, und angesichts der Hilfe, die Philipp von Spanien de Guise zugesagt hatte, war Navarras Lage aussichtslos.

Sie schmeichelte dem Herzog und versuchte, ihn davon zu überzeugen, daß sie seine Verbündete war, während sie voreinander weiterhin so taten, als solle nach Heinrichs Tod ihr Enkel König von Frankreich werden.

»Ich bin alt«, sagte sie zu de Guise. »Ich bin müde. Ich habe mein ganzes Leben lang hart gearbeitet, und jetzt möchte ich ein wenig Frieden. Ihr, mein lieber Herzog, seid wie ein Sohn für mich. Ihr seid meine Unterstützung, mein Ratgeber.«

Man konnte sie sehen, wie sie Arm in Arm spazierengingen, und wenn sie von ihm sprach, bezeichnete sie ihn liebevoll als Stütze ihres Alters.

Navarra verfolgte die Entwicklungen von weitem, scharte seine Getreuen um sich und wartete auf den Augenblick, da sie ihm ihre Treue beweisen mußten. Und über dem Land zogen sich die Gewitterwolken eines Bürgerkriegs zusammen.

Margot hatte er zu seiner Erleichterung seit längerer Zeit nicht mehr gesehen. Sie hatte sich in Agen, wie immer ohne nachzudenken, in eine neues Abenteuer gestürzt, indem sie sich dort im Schloß niedergelassen und erklärt hatte, sie wolle die Stadt für die Liga halten. Zunächst hatten ihr die Bewohner Sympathie entgegengebracht; sie waren von ihrer Lebhaftigkeit und ihrer

Schönheit eingenommen. Sie sahen in ihr die romantische Prinzessin, die ihrem Gatten entflohen war, den sie gegen ihren Willen hatte heiraten müssen und der einer anderen Konfession angehörte als sie. Dann aber sickerten Gerüchte über Vorkommnisse im Schloß nach draußen. Man erzählte sich, im Schloß sei es zu unbeschreiblichen Szenen zwischen Margot und diversen Männern gekommen, und ihre Damen seien nicht viel besser. Die Bewohner von Agen wollten nicht durch eine so unmoralische Frau ›geschützt‹ werden, wie Margot es ausdrückte. Langsam begannen sie, die Geschichten zu glauben, die sich schon so lange um sie rankten. Erste Drohungen wurden laut, und schließlich mußte Margot aus Agen fliehen, wie damals ihr Bruder aus Polen geflohen war. Dabei kam auch wieder ihr Hang zur Dramatik durch, denn auf der Flucht saß sie vor ihrem gegenwärtigen Liebhaber, dem Grafen Lignérac, auf dem Pferd, und ihre Damen taten es ihr mit ihren Liebhabern gleich. Lignérac brachte sie zu seinem Schloß in den Bergen der Auvergne und hielt sie dort wie eine Gefangene, so sehr war er in sie verliebt und so sehr mißtraute er ihrer Treue. Dort wurde sie also festgehalten, wenn sie auch den Gerüchten zufolge versuchte, ihrem alten Liebhaber mit Hilfe mehrerer neuer zu entkommen.

Navarra hätte ansonsten vermutlich über diese Geschichten gelächelt, aber er war viel zu aufgeregt, um an sie zu denken. Er wußte, in dem, wie es schien, unvermeidlichen Bürgerkrieg waren de Guise und der König von Frankreich unsichere Verbündete; und er mußte sich ihnen beiden stellen. Er wußte, daß ihm eine mächtige Armee gegenübertreten würde, also schlug er vor, statt das Land in einen Krieg zu stürzen, solle sich de Guise einem Kampf Mann gegen Mann stellen oder, wenn er es vorzog, auch mit zehn oder zwanzig Leuten ... die Anzahl solle er selbst bestimmen.

Der Herzog de Guise antwortete auf diesen Vorschlag, er müsse diese Ehre zurückweisen, wenn er sie auch zu schätzen wisse. Hätte es sich um eine private Streitigkeit gehandelt, wäre er gerne bereit gewesen, das Angebot anzunehmen. Hier handle es sich jedoch nicht um einen Privatkrieg, sondern darum, die wahre Religion gegen die falsche zu verteidigen. So etwas könne jedoch nicht durch einen Zweikampf und auch nicht mit zehn oder zwanzig Mann entschieden werden.

Navarra wußte nun, daß ein Krieg unvermeidlich war, und kurz nachdem de Guise diesen Vorschlag zurückgewiesen hatte, begann der Krieg der drei Heinriche.

Man nannte ihn den Krieg der drei Heinriche, obwohl einer von ihnen, der König von Frankreich, nichts mit diesem Krieg zu tun haben wollte. Hörte er von einem Erfolg de Guises, brachte ihn das mehr in Rage, als wenn Navarra siegreich war. Dies lag nur an seiner Eifersucht auf de Guise. Er war ein seltsamer Mann, der König von Frankreich; in seiner Jugend war er nicht dumm gewesen, aber seine Liebe zu den *mignons* und zu allem, wofür sie standen, hatte seine intellektuellen Gaben verkümmern lassen. Gelegentlich, wenn er vor der Ratsversammlung sprach, kam noch etwas von seinem damaligen Geist zum Vorschein; dann war zu erkennen, daß er die meisten bedeutenden Bücher seiner Zeit mit Gewinn gelesen hatte. Doch seine Besessenheit, sich um jeden Preis allen möglichen Vergnügungen zu widmen, seine Eitelkeit und die Dominanz der albernen jungen Männer unterdrückten immer wieder seine intellektuellen Fähigkeiten. Dennoch besaß er so viel Verstand zu begreifen, daß er sich vor seinem Verbündeten mehr in acht nehmen mußte als vor Navarra, seinem Feind.

De Guise kämpfte im Norden gegen die Deutschen und die Schweizer, die den Hugenotten zu Hilfe geeilt waren, und bald schon hörte man von dem überragenden Sieg, den er errungen hatte. Er hatte die Deutschen im Schlaf überrascht und durch seinen Angriff so demoralisiert, daß die Armee aufgehört hatte zu existieren, ehe sie sich noch gesammelt hatte. Dieser Erfolg schüchterte die Schweizer ein, und es bedurfte nur eines Schmiergeldes, damit sie wieder heimkehrten. Dem König wurde die

Nachricht dieses gewaltigen Sieges überbracht, aber es war de Guises Sieg. Er wurde nicht einmal als Sieg des Königs bezeichnet.

Im Süden hatten die Streitkräfte des Königs nicht so viel Glück. Entgegen dem Rat de Guises und seiner Mutter hatte der König Joyeuse das Kommando über die Armee in Süden übertragen, der sich nun einen Namen als Soldat machen wollte. Wie immer hatte der König seinem Flehen nicht widerstehen können. Und so war er mit sechstausend Fußsoldaten, zweitausend Reitern und sechs Kanonen in die Gegend der Gironde gezogen, um gegen die kleine Armee unter der Führung Navarras zu kämpfen.

Einige in der hugenottischen Armee fürchteten sich vor dieser Streitmacht, die gekommen war, um sie anzugreifen. Als aber Heinrich von Navarra vernahm, wer sie anführte, lachte er lauthals.

Bevor er seine Leute in den Kampf schickte, sprach er noch einmal mit seinen einfachen Worten zu ihnen, um ihnen Mut zu machen.

»Meine Freunde, diesmal habt ihr es mit einem anderen Gegner als sonst zu tun. Es ist ein frischgebackener Ehemann, der die Mitgift seiner Frau noch nicht einmal ausgegeben hat. Wollt ihr vor diesem Tanzmeister und seinen Schülern auf die Knie gehen? Nein! Sie gehören uns. Ich sehe es an eurer Ungeduld zu kämpfen.«

Er sah in ihre erwartungsvollen Gesichter und fuhr dann fort: »Freunde, alles, was geschieht, liegt in Gottes Hand. Laßt uns den vierundzwanzigsten Vers aus dem einhundertfünfzehnten Psalm singen.«

Dann waren ihre Stimmen zu hören, wie sie gemeinsam beteten.

Die Sonne ging am Horizont auf, und noch ehe sie hoch am Himmel stand, hatte Navarras Armee dreitausend Gegner getötet und selbst nur fünfundzwanzig Mann verloren.

Der verwirrte Joyeuse fand sich von Hugenotten umringt und sah, daß sie ihn erkannten. Da er nur das Leben am Hof gewöhnt war, nahm er an, daß sein Aussehen auch auf seine Gegner positiv wirkte. Die Soldaten sahen jedoch keinen gutaussehenden *mignon*; sie sahen einen Feind; sie sahen einen von denen, die den König zu dem gemacht hatten, was er heute war.

Entsetzt rief Joyeuse aus: »Meine Herren, Ihr dürft mich nicht töten! Ihr könntet mich gefangennehmen und ein hohes Lösegeld verlangen. Ich weiß, daß der König es zahlen wird.«

Einen Augenblick lang herrschte tiefe Stille. Dann hörte man einen Schuß. Fassungslos riß Joyeuse die Augen auf, bevor er blutend zu Boden stürzte.

Dies war der größte Sieg, den die Hugenotten je errungen hatten, und sie alle wußten, daß sie ihn nur ihrem Anführer und seiner Genialität verdankten. Die Armee des Königs war gewaltig gewesen, und ohne Navarra hätten sie selbst unter der Führung von Joyeuse gesiegt. Doch der sorglose Frauenheld Navarra hatte seine Faulheit abgelegt; er war ein großer Feldherr. Der Possenreißer entpuppte sich als ein großer König.

Es war offensichtlich, daß sich der Charakter des Königs von Navarra in letzter Zeit gewandelt hatte. Es gab Gelegenheiten, da handelte er wie ein großer Anführer, sofort danach wurde er jedoch wieder zu dem Mann, den sie alle so gut kannten. Er war ein Mann der Kontraste. Der rauhe Mann mit seinen ungehobelten Manieren haßte es, Leiden zu sehen. Es berührte ihn mehr als die meisten seiner Zeitgenossen; und doch verflogen Entsetzen und Mitleid so schnell, daß er sofort handeln mußte, sonst war der Augenblick vorbei. Als er jetzt das Schlachtfeld betrachtete, ergriff ihn wieder dieses Gefühl und raubte ihm den Triumph. Seine Männer jubelten, während er um die Gefallenen trauerte. Er war ein großer Soldat, der den Krieg haßte. Er fand wenig Freude an dem Fest, das ihm zu Ehren ausgerichtet wurde. Er befahl, daß alle Gefallenen mit Respekt zu behandeln seien und sich seine Männer um die Verwundeten kümmern sollten.

Er wußte, er hatte nicht nur eine große Schlacht gewonnen, sondern auch einen moralischen Sieg errungen. Solange seine Männer noch siegestrunken waren, konnte er weiterkämpfen, denn im Augenblick waren sie bereit, sich jedem zu stellen – selbst Henri de Guise.

Aber schnell verwandelte sich dieser neue König von Navarra in den alten, und er wurde von einem einzigen Verlangen erfüllt: Er sehnte sich nach Corisanda. Die Liebe war so viel befriedigender als das Töten. Sich mit einer hübschen Mätresse zu vergnügen war weitaus angenehmer als dieses sinnlose Abschlachten. Er war ein großer Soldat, aber er war ein noch größerer Liebhaber.

Und so beschloß er, die militärischen Probleme zu vergessen und zu Corisanda zurückzukehren.

Der Krieg ging weiter. In einigen Landesteilen Frankreichs wurden lokale Waffenstillstände geschlossen, in anderen wurden Schlachten geschlagen. Um über den schrecklichen Verlust seines Joyeuse hinwegzukommen, brauchte der König neuerliche Zerstreuungen. Das ganze Land – Hugenotten und Katholiken gemeinsam – revoltierte gegen die Verschwendung des Königs. Allein die jährlichen Kosten für seine Hunde und Vögel sowie für das ganze Personal, das für ihre Pflege notwendig war, hätten ausgereicht, während des gleichen Zeitraums eine ganze Stadt zu ernähren. Er zahlte große Summen, um vielen zeitgenössischen Künstlern Miniaturen abzukaufen, aber sobald er sie sein eigen nannte, schnitt er sie in der Mitte auseinander, um sie an der Wand zu befestigen. Er schwelgte im Luxus und in den Annehmlichkeiten, die ihm seine Position brachte; jede Verantwortung schob er jedoch von sich.

Die Sorbonne stimmte insgeheim dafür, die Krone einem so unwürdigen König abzuerkennen. De Guise war nach Rom gereist, um sich mit Kardinal Pellevé zu besprechen, der seinen Anspruch unterstützte. Als Ergebnis dieser beiden Schachzüge – ein dritter sollte noch folgen – konfrontierte die Liga den König mit einem Ultimatum. Er sollte in Frankreich die Inquisition einführen und jede Maßnahme ergreifen, die Hugenotten zu bekämpfen.

Angesichts der Arroganz der Ligamitglieder geriet der König erneut in Wut. Katharina bat ihn, Bedenkzeit zu fordern. In der Zwischenzeit ließ sie de Guise heimlich wissen, daß sie für ihn und die Liga kämpfe und alles in ihrer Macht Stehende tun wolle, um den König so weit zu bringen, daß er tat, was de Guise und seine Liga verlangten.

Zu dieser Zeit wurde sie immer öfter von Schwindel und Übelkeit heimgesucht, und ihr Rheumatismus war so schlimm geworden, daß sie kaum noch laufen konnte. Gichtanfälle plagten sie, aber am schlimmsten war, daß gerade jetzt, da sie all ihre Kräfte benötigte, ihr die Gesundheit versagt war, die sie ein Leben lang besessen hatte. Sie war fast neunundsechzig, ein beachtliches Alter, aber ihre Gedanken waren noch immer klar, und sie verfluchte ihren immer schwächer werdenden Körper. Ihre Spione schienen nicht mehr so wachsam zu sein wie früher; das war vermutlich so, weil auch sie nachließ. Sie war nicht länger die energische Königinmutter, die im Palast umherschlich, mit ihren Schlüsseln heimlich Türen öffnete, um unerwartet bei jemandem aufzutauchen. Inzwischen benötigte sie zum Laufen einen Stock, dessen Geräusche sie verrieten; oder sie mußte auf einer Liege getragen werden. Die Schmerzen in ihren Gelenken nahmen manchmal Ausmaße an, daß nicht einmal eine Person wie sie einfach darüber hinwegsehen konnte. Und immer wieder diese Schwächeanfälle. Alle diejenigen, die sie einst gelenkt hatte, waren inzwischen erwachsen. Die drei Heinriche waren im Augenblick die wichtigsten Personen, und die Königinmutter – die ihr Schicksal einst in ihren Händen gehabt hatte – wurde in den Hintergrund gedrängt; nicht weil ihre geistigen Fähigkeiten nachließen oder der Wille fehlte, sondern wegen eines verfallenden Körpers, der der Senilität entgegenging, während ihr Geist jung geblieben war.

Sie hatte nie aufgegeben und würde es auch jetzt nicht tun. Sie wollte das Werk, das sie begonnen hatte, zu Ende bringen. Heinrich mußte König bleiben, auch wenn er in seinem Leichtsinn vom Pfad seiner Mutter abgewichen war.

Das Haus der Valois war noch nie so gefährdet gewesen wie jetzt, und das empfand Katharina als einen Alptraum. Ihre schlimmsten Befürchtungen würden sich bewahrheiten, wenn sie keine Möglichkeit fand, es zu verhindern.

Philipp von Spanien hatte Guise dreihunderttausend Kronen, sechstausend Landsknechte und eintausendzweihundert Lanzen für den Fall versprochen, daß er mit dem König brach und in Frankreich die Inquisition und den katholischen Glauben in gleicher Weise etablierte wie in Spanien.

Epernon war schlauer gewesen als Joyeuse und hatte das Schlachtfeld als Lebender verlassen. Er hatte die Schweizer Söldner, die für die Hugenotten gekämpft hatten, bestochen, damit diese zur Armee des Königs überliefen und sich mit der königlichen Schweizer Garde in Paris verbündeten. Er befand sich mit der Garde vor den Toren von Paris und wartete darauf, daß ihn der König in die Stadt rief. De Guise hatte seine Absicht angekündigt, nach Paris zu kommen. Er behauptete, von einer Verschwörung der Hugenotten gehört zu haben, die für das Massaker der Bartholomäusnacht Vergeltung üben und die Katholiken ermorden wollten. Der König verbot ihm, nach Paris zu kommen.

Im Hôtel de Soissons, das sie für sich hatte bauen lassen, lag Katharina in ihrem Bett. Sie war zu schwach, um sich zu erheben, und das Wissen um die bevorstehende Katastrophe marterte ihr Hirn.

Der König hielt sich im gut befestigten Louvre auf; die Leute in der Stadt waren angespannt und voller Erwartung. Paris stand kurz vor dem Ausbruch einer Revolte.

Während Katharina diesen düsteren Gedanken nachhing, drehte sich auf einmal einer ihrer Zwerge, der am Fenster gestanden hatte, ganz aufgeregt zu ihr um.

»Madame«, rief er aus, »der Herzog de Guise kommt hierher.«

Unter Schmerzen setzte sie sich auf. »Unsinn! Der König hat ihm verboten, Paris zu betreten. Er würde es nicht wagen.« In Gedanken sagte sie sich: Das kann nicht sein.

Das kann nicht sein. Das darf nicht sein. Er wird es nicht wagen zu kommen. Der König wurde zwar durch seine Schweizer Garde geschützt, aber das Volk von Paris würde sich hinter de Guise stellen, wenn er jetzt in Paris einzog.

Der aufgeregte Zwerg hüpfte auf und ab, klatschte in die Hände und zupfte an den roten Bommeln seiner Kleidung. »Aber Madame, ich schwöre, es ist der Herzog de Guise!«

»Fort mit ihm!« rief Katharina. »Peitscht ihn aus. Ich werde ihn lehren, mich belügen zu wollen!«

Der Zwerg begann zu jammern und auf das Fenster zu deuten, an dem sich inzwischen auch andere versammelt hatten.

»Madame«, warf Madalenna ein, »er spricht die Wahrheit.«

Katharina konnte die Rufe in den Straßen hören. Also hatte Henri de Guise tatsächlich den Befehl des Königs ignoriert.

Henri de Guise war fest entschlossen, den König zu sehen, denn indem er ihm verboten hatte, die Stadt zu betreten, zeigte er, daß er nicht über alle Entwicklungen informiert war. Der einzige Ort, der dem zukünftigen Herrscher über Frankreich nicht versagt werden durfte, war die Hauptstadt.

De Guise wußte, daß er sich in Gefahr begab. Der König war mit Sicherheit gut bewacht, und wenn er, de Guise, den Louvre betrat, befand er sich unter lauter Feinden. Er hatte daher beschlossen, die Stadt verkleidet zu betreten und Katharina aufzusuchen – die sich als seine Verbündete ausgab –, um ihr seine Vorstellungen mitzuteilen und sie zu bitten, ihn zum Louvre zu begleiten. Sie übte noch immer einen gewissen Einfluß auf ihren Sohn aus und konnte ihn vielleicht dazu bewegen, sich die Forderungen de Guises anzuhören. Aber obwohl er in einen langen Mantel und einen Schal, der sein Gesicht verbarg, eingehüllt war, dauerte es nicht lange, bis ihn jemand erkannte, denn es gab nur wenige Männer in Frankreich, die seine Statur besaßen. Kaum hatte er die Stadt betreten, als auch schon ein junger Mann neben ihm herlief und rief: »Monseigneur, zeigt Euch Eurem Volk. Es gibt nichts, das es im Augenblick lieber sähe.«

De Guise wickelte den Mantel noch fester um seine Schultern und zog sich die Krempe seines Hutes tief ins Gesicht. Aber es hatte wenig Zweck. Zu viele erkannten ihn, und schnell hatte sich eine Menschentraube um ihn gebildet.

»Es ist *le Balafré*«, riefen sie. »Den Heiligen sei Dank. Er ist gekommen, um uns zu erretten.« Die Leute rannten auf die Straße, und die Nachricht, daß ihr Held eingetroffen war, verbreitete sich wie ein Lauffeuer.

»Es ist *le Balafré*«, riefen sie. »*Le Balafré* ist gekommen.«

Sie küßten seinen Mantelsaum und zogen ihre Rosenkränze hervor, um damit seine Kleidung zu berühren.

»Hoch lebe der Schutzpatron der Kirche!«

Man streute ihm Blumen vor die Füße und legte ihm einen Blumenkranz um den Hals. Einige Männer zogen ihre Dolche und riefen: »Kein Verräter wird an unseren großen Prinzen Hand anlegen, wir werden ihn zu schätzen wissen.«

De Guise kämpfte sich durch die hysterischen Massen.

»Nach Reims!« rief einer, und sofort stimmten alle in den Ruf mit ein.

So gelangte er schließlich zum Hôtel de Soissons.

Sobald Katharina sicher war, daß er tatsächlich auf dem Weg zu ihr war, schickte sie einen Boten zum König, um ihn über seine Anwesenheit in Paris zu informieren. Dann bereitete sie sich auf sein Erscheinen vor.

Als er vor ihrem Bett niederkniete, sah sie sofort, daß er nicht so selbstsicher und ruhig auftrat wie sonst.

»Madame«, begann er, »ich bin zuerst zu Euch gekommen, weil ich weiß, daß Ihr mir wohlgesonnen seid.«

»Das war sehr weise von Euch«, antwortete sie. »Aber weshalb seid Ihr in Paris? Wißt Ihr nicht, daß dies Euch das Leben kosten kann?«

In der Stille, die diesen Worten folgte, schienen die

Rufe der Menge draußen noch lauter zu werden. Es mochte möglicherweise de Guises Leben kosten, aber wie viele Leben würde die aufgebrachte Menge als Vergeltung für einen Mann verlangen, den sie vergötterte?

»Ich weiß es«, antwortete er, »und aus diesem Grund bin ich zunächst zu Euch gekommen. Ihr stimmt mit mir überein, daß der König es nicht wagen wird, sich gegen die Liga zu stellen. Er muß ihren Forderungen nachkommen. Eine weitere Verzögerung ist gefährlich . . . für ihn wie für Frankreich. Ich muß ihn sogleich sprechen; und daher bin ich gekommen, Euch zu bitten, mich zu ihm in den Louvre zu begleiten.«

Sie wußte, daß sie diesen Wunsch erfüllen mußte. Egal, wie krank sie war, sie wagte es nicht, ihn allein gehen zu lassen. Wer konnte vorhersehen, wozu ihr Sohn fähig war, wenn er auch nur einen Moment lang glaubte, die Oberhand zu haben? Die Konsequenzen waren unausdenkbar! Wenn ihr Sohn sie jemals gebraucht hatte, dann jetzt.

Sie rief nach ihren Zofen, damit sie ihr beim Ankleiden behilflich waren, und anschließend brachten sie sie in ihre Sänfte. Während die Sänfte durch die Straßen von Paris getragen wurde, lief Henri de Guise neben ihr her.

Selbst Katharina hatte in all den Jahren, in denen sie von vielerlei Gefahren umgeben gewesen war, noch nie so etwas erlebt wie diesen Gang vom Hôtel de Soissons zum Louvre. Innerlich lachte sie zynisch. Hier war die Frau, die das Volk von Paris am meisten haßte, Seite an Seite mit dem Mann, den es mehr liebte und verehrte als jeden anderen. Die Natter, die Italienerin, Königin Isebel! Und neben ihr, als Freund und Verbündeter, Henri de Guise, *le Balafré*, der größte Aristokrat Frankreichs.

Sie lauschte den Schmährufen und dem Jubel der Menge.

»Da ist sie. Sie wagt es nicht, ihr Gesicht zu zeigen. Mörderin! Italienerin! Denkt an die Königin von Navarra! Denkt an Franz, den Dauphin! Es ist lange her. Damals fing alles an. Alles hat damit begonnen, daß wir die Italiener in unser Land gelassen haben.«

Wäre *le Balafré* nicht gewesen, hätte die Menge vermutlich die Sänfte zerstört, Katharina herausgezerrt und ihr die Haut bei lebendigem Leibe abgezogen. Die Menschen hätten ihren Leichnam anschließend durch die Straßen geschleift; so war zumindest die Stimmung. Zuvor hatte man sie im stillen gehaßt, heute trugen sie ihren Haß offen zur Schau. Früher hatten sie ihr nur Beleidigungen nachgerufen; heute waren sie bereit, den Dolch zu ziehen oder mit Steinen nach ihr zu werfen. Die Stimmung in Paris hatte sich gewandelt, und ein Sturm braute sich über der Stadt zusammen.

Aber neben ihr ging zu ihrem Schutz der Volksheld. Ihm galt der Jubel, ihr galten die Schmährufe.

»Wie gut er aussieht!« war zu hören. »Da läuft er. Ein wahrer König. Sollen wir noch länger diese italienische Schlangenbrut erdulden?«

Die Worte waren völlig ohne Logik; sie waren alle Narren. Am liebsten hätte sie gerufen: ›Meine Mutter war Französin, mein Vater Italiener. Der Vater dieses Herzogs hier war Franzose – oder aus Lorraine, falls das ausreicht, aber seine Mutter war eine Italienerin!‹

Aber sie konnte sich ihre Antwort sogleich ausmalen: ›Sicher, aber Ihr seid die Tochter eines Händlers; er ist ein Prinz. Ihr seid in Italien aufgewachsen, er in Frankreich. Er kämpft mit dem Schwert und Ihr mit Eurem *morceaux italianizé*. Die Giftmischerei habt Ihr aus Italien mitgebracht.‹

Katharina ließ sich in ihrer Sänfte wieder zurücksinken. Sie fühlte sich eher stimuliert als bedroht. Hier in der Sänfte, umgeben von Menschen, die ihren Tod wollten, fühlte sie sich besser als in ihrem Bett, umgeben von ihrer Dienerschaft. All ihre Schmerzen waren vergessen.

Auch als sie die unheilvollen Rufe, »Nach Reims«, in der Menge vernahm, änderte sich ihr Gesichtsausdruck nicht.

Sie erreichten den Louvre und wurden von einem bedrohlichen Schweigen empfangen. Überall in den Korridoren und an den Treppenaufgängen waren Schweizer Garden postiert. Der Herzog schien von ihrer Anwesenheit nicht sonderlich berührt zu sein, aber sie wußte, daß auch er innerlich zitterte. Mit Genugtuung stellte sie fest, daß seine Gesichtsfarbe unnatürlich blaß geworden war. Es war das Gesicht eines Mannes, der die Höhle des Löwen betrat. König Heinrich erwartete sie bereits. Seine Hände zitterten, und seine Augen blickten furchtsam. Als bekannt wurde, daß der Herzog auf dem Weg zum Louvre war, hatte ein Höfling dem König angeboten, de Guise zu töten, wenn er den Raum betrat. Der König hatte gezögert. Er wollte zwar den Herzog aus dem Weg haben, aber er wußte nicht, ob er einen solchen Befehl geben durfte.

Er war völlig verunsichert, als de Guise und Katharina den Audienzsaal betraten, wo er, von Ratgebern und Wachen umgeben, auf sie gewartet hatte. Kaum fiel sein Blick auf den Herzog, brach die Wut aus ihm heraus.

»Wie könnt Ihr es wagen, hierherzukommen?« fragte er in scharfem Tonfall. »Habt Ihr meinen Befehl nicht erhalten?«

Der Herzog antwortete zwar nicht, daß er von niemandem Befehle entgegennahm, aber seine Miene drückte genau dies aus. Katharina warf ihm einen warnenden Blick zu, bevor sie sich ihrem Sohn zuwandte. Mit ihren Augen flehte sie ihn an, ruhig zu bleiben, denn sie wußte, in seiner Wut war er unberechenbar.

»Habe ich Euch befohlen, nicht zu kommen, ja oder nein? Hatte ich Euch nicht die Nachricht überbringen lassen zu warten?«

De Guise erwiderte kaltschnäuzig: »Sire, man gab mir nicht zu verstehen, daß mein Besuch Euch mißfallen würde.«

»So ist es aber«, kreischte der König. »So ist es in der Tat.«

»Sire, es gibt wichtige Angelegenheiten, über die wir sprechen müssen.«

»Diese Entscheidung könnt Ihr getrost mir überlassen.« Der König sah sich nach dem Mann um, der sich angeboten hatte, de Guise zu töten, aber Katharina fing seinen Blick auf und verstand dessen Bedeutung.

»Sire«, mischte sie sich ein, »ich muß mit Euch sprechen. Kommt mit mir.« Sie führte ihn aber nicht aus dem Raum, sondern zum Fenster. Eine große Menge hatte sich vor dem Louvre versammelt. Sie hielten Knüppel und Dolche in ihren Händen und riefen: »Hoch lebe de Guise! Unser großer Prinz, er lebe hoch!«

Katharina murmelte Heinrich zu: »Wage es nicht, mein Sohn. Dies ist nicht die richtige Zeit, und es ist nicht der richtige Weg. Du magst deine Wachen haben, aber er hat ganz Paris.«

Der König war erschüttert. Wie sein Bruder Karl hatte auch er vor dem Pöbel Angst. Er erinnerte sich: Wann immer er durch die Straßen ging, wurde er von eisigem Schweigen begrüßt. Wenn jemand sprach, dann nicht, um ihm ein langes Leben zu wünschen, sondern um ihm eine Beleidigung nachzurufen: »Pförtner des Louvre! Friseur seiner Frau! König der Bettler!« Diese Worte wurden ihm an den Kopf geworfen, und ehe sie erkannt werden konnten, waren diese Leute auch schon wieder in der Menge verschwunden, während der Rest des Pöbels hinter vorgehaltener Hand über ihn lachte.

Wie haßte er diesen Mann mit seiner guten Figur und seiner männlichen Ausstrahlung, der das Volk in seinen Bann zog! Wie konnten die Leute es wagen, de Guise als ihren König zu feiern und den wahren König dadurch zu beleidigen?

»Ihr habt recht, Mutter«, antwortete er. »Noch nicht . . . die Zeit ist noch nicht reif.«

Er kehrte zum Herzog zurück, und nach einem kurzen Gespräch wurde die Versammlung aufgelöst.

»Ich werde mich wieder bei Euch melden, Sire«, verabschiedete sich der Herzog. »Dann hoffe ich, eine befriedigende Antwort zu erhalten.«

Nachdem er gegangen war, brüllte der König haßerfüllt los: »Wer ist denn König über dieses Reich? Der König von Frankreich oder der König von Paris?«

Katharina sah ihn schweigend an und fragte sich, was wohl als nächstes geschehen werde.

De Guise hatte sein Hauptquartier in seinem Palast im Faubourg Saint-Antoine aufgeschlagen. Er wußte nicht genau, wie er vorgehen sollte. Ein großer Teil der Armee unterstand dem König; er selbst mußte sich größtenteils auf den Pöbel verlassen. Als er an seinem Fenster stand und zu der Menge hinunterblickte, die ihm zujubelte, kam ihm der Gedanke, daß diese hysterische Bewunderung sehr schnell in Haß umschlagen konnte. Er kam nicht aus dem Volk. Er war ein Aristokrat. Und er traute dem Pöbel nicht. Er hatte den Gipfel seiner Wünsche fast erklommen, aber er war klug genug zu erkennen, daß das letzte Stück des Weges am unsichersten war.

Er wartete.

Am nächsten Tag nahm er am *levée* des Königs teil, ging diesmal aber nicht allein. Er nahm vierhundert bewaffnete Leute mit, aber das Treffen verlief ergebnislos.

Der verängstigte König weigerte sich, den Rat seiner Mutter anzunehmen, im Louvre zu bleiben, die Stimmung in der Stadt zu ignorieren und seine Angst nicht zu zeigen. Sie flehte ihn an, keine besonderen Instruktionen bezüglich seiner Sicherheit zu geben und auf keinen Fall die Wachen zu verdoppeln. Aber der König hörte nicht auf sie. Er sandte nach Epernon und dessen Schweizer Garde, die vor den Toren von Paris lag.

Die Bewohner der Stadt verfolgten den Einzug der Soldaten. Sie wußten nun, wie sie zu handeln hatten. Indem er ausländische Soldaten zu Hilfe rief, sagten sie, erkläre er ihnen den Krieg. Die Händler liefen mit ihren Lehrlingen auf die Straße, ihnen folgten Studenten, Wirte, Vater, Mütter nebst Kindern, denen sich sogar die Bettler und Obdachlosen anschlossen. Der König hatte ausländische Soldaten gerufen, um gegen Paris vorzugehen, und Paris war bereit, ihnen zu begegnen. Aus allen Verstecken wurden die Waffen hervorgeholt, Ketten wurden quer über die Straßen gezogen und überall in den Straßen Barrikaden errichtet. Alle Kirchen und öffentlichen Gebäude wurden verbarrikadiert, und die Schlacht begann.

Der Pöbel tötete fünfzig Schweizer, bevor sich der Rest ergab und erklärte, sie alle seien gute Katholiken. Die französischen Wachen legten die Waffen nieder, und der König verschanzte sich im Louvre.

In den Straßen schrien die Menschen.

De Guise stand an seinem Fenster und beobachtete mit gespieltem Erstaunen die Entwicklungen, als habe er nichts damit zu tun. Katharina lief trotz ihres schlechten Gesundheitszustands mutig vom Hôtel de Soissons durch die Straßen zum Hôtel de Guise. Das Volk ließ sie schweigend passieren, als es sah, wohin sie ging.

De Guise empfing sie kühl. Jetzt war er der Herr. Der König, verlangte er, solle ihn sofort zum Oberbefehlshaber über die französische Armee ernennen und die Forderungen der Liga erfüllen.

Katharina war verzweifelt. »Ich bin eine schwache Frau«, sagte sie, »und eine kranke noch dazu. Was kann ich schon ausrichten? Ich bin nicht die Herrin in diesem Reich. Mein lieber Herzog, wo soll das alles noch enden? Wozu treibt Ihr diese Menschen noch? Sollen sie den König ermorden und einen anderen auf den Thron setzen? Ihr vergeßt, daß Tod nur neuen Tod hervorruft. Man darf das Volk nicht lehren, einen König zu ermorden.«

Nachdem sie gegangen war, dachte er über ihre Worte nach. Sie gingen ihm nicht mehr aus dem Kopf. Tod ruft neuen Tod hervor. Sie hatte recht. Ehe er sich selbst zum König ernannte, mußte er sicher sein, daß er den Thron auch halten konnte. Er wollte keinen kurzen Triumph.

Die Menschen auf den Straßen wurden langsam unruhig. Der König war praktisch gefangen; es dürstete sie nach seinem Blut.

Als der Abend hereinbrach, ging de Guise nach draußen. Er war nicht bewaffnet und trug ein weißes Tuch in der Hand. Sofort war er von Menschen umringt. »Hoch lebe de Guise! Hoch lebe *le Balafré*!« riefen sie. Sie glaubten, er sei gekommen, um sie zum Louvre zu führen und den König aus seinem Schloß zu zerren. Sie erwarteten seinen Befehl, Heinrich, den Valois, zu töten, wie er ihnen befohlen hatte, Gaspard de Coligny zu töten.

Für sie war alles ganz einfach. Sie wollten einen König aus dem Weg haben und einen anderen an seinem Platz.

Sie glaubten, all ihre Probleme seien dann gelöst. Die wichtigste Stunde im Leben von Henri de Guise war gekommen, und er wußte nicht, was er tun sollte.

Er wollte vorsichtig vorgehen. Er wollte sicher sein, das zu halten, was er gewonnen hatte.

»Meine Freunde«, rief er, »ruft nicht ›Hoch lebe de Guise!‹ Ich danke euch für die Liebe, die ihr mir entgegenbringt. Aber jetzt . . . bitte ich euch, einen anderen Ruf anzustimmen. Ruft: ›Hoch lebe der König!‹ Es darf keine Gewalt mehr geben, Freunde. Laßt die Barrikaden stehen. Wir müssen vorsichtig agieren, meine Freunde. Ich möchte, daß keiner von euch sein Leben verliert, nur weil er nicht vorsichtig genug war. Seid ihr bereit, auf meine Anweisungen zu warten?«

Sie schrien ihm ihre Zustimmung zu. Er war ihr Held. Sein Wort war Gesetz. Er mußte ihnen nur seine Wünsche kundtun.

Er befahl ihnen, die gefangenen Schweizer herzubringen, die vor ihm auf die Knie sanken.

»Ich weiß, daß ihr gute Katholiken seid, meine Freunde«, sagte er. »Ihr seid frei.«

Anschließend befreite er die französischen Wachen und wußte augenblicklich, daß er weise gehandelt hatte. Nun war er der Held der Soldaten, denn er hatte ihnen das Leben geschenkt. Mit Tränen im Gesicht beeilten sie sich, ihm zu versichern, daß sie ihr Leben nur ihm weihten.

Das Volk sank auf die Knie und segnete ihn. Der weiseste Prinz Frankreichs hatte ein Blutvergießen abgewendet, riefen sie. Sie liebten ihn; sie waren bereit, ihm überallhin zu folgen. Sie würden ihm in den Tod folgen . . . oder nach Reims.

Für einen kurzen Zeitraum war die Gefahr gebannt. De Guise schrieb an den Gouverneur von Lyon, um ihn um Unterstützung in Form von Männern und Waffen zu bitten.

›Ich habe die Schweizer besiegt‹, schrieb er ihm, ›und einen Teil der Wache des Königs aufgerieben. Ich belagere den Louvre so gut, daß ich über alles, was darin vorgeht, informiert bin. Dies ist ein so überragender Sieg, daß er für immer im Gedächtnis der Menschen haftenbleiben wird.‹

De Guise hatte das Rathaus und das Arsenal in seine Gewalt gebracht. Die Spione Spaniens drängten darauf, den König sofort zu töten, de Guise auf den Thron zu heben und die Inquisition einzuführen, die automatisch die Vernichtung der Hugenotten bedeutete.

De Guises Schwester, die Herzogin de Montpensier, führte Prozessionen durch die Straßen von Paris an, in denen sie das Volk aufforderte, sich ihrem Bruder anzuschließen. Diese energische Dame war bereits in ganz Frankreich als Racheengel der Liga bekannt; es gab keinen Weg, sie zu bremsen. Sie hatte Flugzettel in der Stadt verteilt. Sie hatte ein Bild von Elisabeth von England malen lassen, auf dem man sie sah, wie sie Katholiken folterte. Sie hetzte das Volk auf, sich zu erheben, den König zu ermorden und ihren Bruder zu krönen.

Aber Henri de Guise brachte es nicht über sich, soweit zu gehen, den König zu ermorden. Er teilte den Enthusiasmus seiner Schwester nicht. Er war weitblickender als sie. Der Titel des Königs von Frankreich war nicht so leicht zu bewahren wie der Titel eines Königs von Paris, und wenn er ersteren erhielt, konnte er sehr leicht den zweiten Titel verlieren. Jesuiten der Sorbonne versammelten sich auf den Straßen und taten ihre Entschlossenheit kund, zum Louvre zu ziehen und sich Bruder Heinrich zu holen. De Guise wußte, es konnte nicht lange dauern, bis einer dieser Fanatiker – die oft glaubten, am schnellsten Märtyrer zu werden, wenn sie einem Feind Roms einen Dolch ins Herz stießen – den Weg zum König fand und ihn ermordete.

Er konnte sich nicht auf eine ausreichend große Armee stützen. Er durfte nicht vergessen, daß es unklug war, sich zu sehr auf die Zusagen Spaniens zu verlassen. Würde er geschwächt, konnte leicht England gegen ihn ins Feld ziehen. Auch in den Niederlanden warteten seine

Feinde. Und Philipp von Spanien würde eher dort sein Geld verschwenden, als einem Mann auf den Thron Frankreichs zu helfen, der sich nicht als gefügiger Vasall erwiese. Auch durfte er nicht vergessen. daß die Armeen Navarras noch nicht besiegt waren. Sein brillanter Sieg über Joyeuse war nicht so leicht zu verdrängen.

Wurde der König jetzt ermordet, war der König von Paris sofort der neue König Frankreichs. Aber der König von Paris war noch nicht soweit, diese Verantwortung zu übernehmen.

Er hatte um den gesamten Louvre Wachen postiert. Er hatte erklärt, er werde genau beobachten, was im Palast vor sich ging. Aber er sorgte dafür, daß ein Ausgang unbewacht blieb. Er hoffte darauf, daß der König entkam und dadurch die Entscheidung hinauszögerte, die der Mann, der die Krone für sich wollte, noch nicht bereit war zu treffen.

So blieb das Tor zu den Tuilerien unbewacht, und es dauerte nicht lange, bis die Freunde des Königs dieses Schlupfloch entdeckt hatten.

Katharina redete eindringlich auf ihren Sohn ein.

»Es wäre eine große Dummheit, jetzt Paris zu verlassen. Du mußt bleiben. Ich weiß, daß die Lage bedrohlich ist, aber wenn du jetzt gehst, zeigst du deine Furcht. Ganz Paris würde de Guise in die Hände fallen. Gib dich noch nicht geschlagen.«

Der König lief in seinem Zimmer auf und ab und tat so, als denke er über ihre Worte nach. Dann blieb er stehen und starrte ihr ins Gesicht. »Mutter«, sagte er mit einem nervösen Lachen, »in letzter Zeit frage ich mich immer öfter, ob Ihr mir oder ... der Stütze Eures Alters gedient habt.«

Sie lachte. »Dann warst du die ganze Zeit ein Narr. Warum sollte ich jemand anderem dienen als dir? Vielleicht sah es so aus, als wäre ich auf der Seite von de Guise, aber alles, was ich wollte, war, sein Vertrauen zu erlangen.«

»Man sagt, er fasziniere Euch ebenso, wie er andere in seinen Bann zieht.«

Sie blies durch die Lippen, als wolle sie damit ihren Unmut über diese schwachsinnige Bemerkung zeigen.

»Du bist mein Leben«, sagte sie. »Sollte dir etwas zustoßen, bedeutet mir mein Leben nichts mehr. Du hast zugelassen, daß dich schlechte Ratgeber in diese Situation manövriert haben. Du hast nicht auf die wachsende Unzufriedenheit deines Volkes geachtet, und das französische Volk ist kein geduldiges Volk. Es liebt und es haßt, und beides hält sich die Waage. Deine jungen Freunde, mein Sohn, haben dem Volk nicht gefallen.«

»Ihr habt recht, Mutter. Ach, hätte ich doch nur auf Euch gehört! Geht zu de Guise, ich flehe Euch an. Sprecht mit ihm. Sagt ihm, ich sei bereit, auf seine Bedingungen einzugehen, wenn er seine Leute unter Kontrolle hält und die Barrikaden abreißen läßt. Sagt ihm, er kann seinen König nicht als Gefangenen halten.«

Sie lächelte. »Das ist klug von dir. Tue so, als gingest du auf die Forderungen der Liga ein. Du mußt ihr Mißtrauen einschläfern, und dann, wenn alles wieder friedlich ist, werden wir entscheiden, was zu tun ist.«

»Ach, Mutter, Ihr seid so weise. So feinfühlig. Ihr seid die wahre Politikerin. Ich weiß, Ihr habt gelernt, das eine zu sagen und das andere zu tun. Geht zu de Guise. Seht, was Ihr ausrichten könnt. Mutter, Ihr habt mir mein Königreich geschenkt; helft mir, es zu behalten.«

Sie umarmte ihn voller Herzlichkeit. »Joyeuse ist tot«, sagte sie. »Höre nicht auf Epernon. Höre auf deine Mutter, die dich liebt und nur dein Bestes im Sinn hat.«

»Ich werde auf Euch hören, Mutter.«

Sie sagte ihm, was sie de Guise mitteilen wollte. Sie fühlte sich fast wieder jung. Die Zügel waren wieder in ihrer Hand. Daß sie sich jetzt auf dünnes Eis begeben mußte, war ihr gleichgültig.

In ihrer Sänfte ließ sie sich zum Hotel de Guise tragen.

Kaum war sie gegangen, spazierte Heinrich leise zu dem unbewachten Tor hinaus, langsam, als sei er tief in Gedanken versunken. Einige Freunde warteten mit Pferden auf ihn, und gemeinsam ritten sie davon. Er hielt nicht an, bevor sie die Anhöhe von Chaillot erklommen hatten, dann zügelte er sein Pferd, wandte sich zu seinen Freunden um und lächelte traurig. Als er zurück auf Paris blickte, standen ihm Tränen in den Augen.

»O undankbare Stadt!« murmelte er. »Ich habe dich mehr geliebt als meine eigene Gattin. Wann werde ich wieder durch deine Mauern schreiten?«

Dann wendete er abrupt sein Pferd und ritt weiter.

Der gekrönte König war nach Chartres geflohen, und eine Zeitlang war de Guise der ungekrönte König. Das Schloß von Vincennes mit seinem Arsenal sowie die Bastille waren in seiner Hand. Er bestand darauf, den Rat der Stadt neu zu wählen, und die neuen Ratsherren waren natürlich Mitglieder der Liga. Noch immer war er unsicher. Die Gewalt schreckte ihn, und er suchte nach einer Lösung ohne Blutvergießen. Daher gestattete er den Royalisten, Paris zu verlassen und nach Chartres zu gehen, wenn sie es wünschten. Darin und in der Tatsache, daß er den König hatte entkommen lassen, glaubten seine Feinde eine Schwäche zu entdecken. Er versuchte alles in seiner Macht Stehende zu tun, um den Frieden aufrechtzuerhalten, aber das Volk war aufgebracht und suchte die Gewalt. Gewaltverbrechen waren an der Tagesordnung, und de Guise wußte, daß er nichts dagegen unternehmen konnte. Alle Hugenotten wurden aus ihren Ämtern entfernt, und die Liga kontrollierte alle Kirchen. Von den Kanzeln riefen die Prediger herab: »Frankreich ist krank, und Paris besitzt genug Reichtümer, um vier Könige zu bekämpfen. Frankreich dürstet nach französischem Blut. Empfangt Heinrich, den Valois, in Eurer Stadt, und Eure Priester werden getötet, Eure Frauen vergewaltigt und Eure Freunde am Galgen aufgeknüpft werden.«

Die ganze Familie de Guise kam nach Paris. Die schwangere Frau des Herzogs wurde wie eine Königin empfangen, und ihre Kinder wurden wie die Erben eines

Königshauses behandelt. Mit ihr kamen der Herzog d'Elbœuf sowie der Kardinal de Bourbon.

Katharina, die alle Entwicklungen sorgfältig verfolgte, hatte sich nach außen hin wieder auf die Seite von de Guise gestellt. Mit ihrer Hilfe hatte er eine neue Regierung gebildet. Sie wußte, ihr Versuch, ihren Enkel als Thronerben anerkennen zu lassen, war gescheitert. Aber während sie noch so tat, als unterstütze sie de Guise, schmiedete sie bereits wieder heimlich Pläne, ihn abzusetzen und den König zurückzuholen.

Epernon hatte aus Paris fliehen, aber nur das nackte Leben retten können. Er hatte versucht, seine Schätze, die er im Lauf der Jahre an der Seite des Königs angesammelt hatte, mitzunehmen, aber die Maultiere, die er mit ihnen beladen hatte, waren angehalten und durchsucht worden, und Epernon verlor all seine Reichtümer.

Noch nie hatte Katharina so hart gearbeitet wie jetzt. Sie verstand, daß de Guise es dem König absichtlich ermöglicht hatte zu fliehen, aber sie legte de Guises Verhalten als Schwäche aus, denn Zögern konnte in diesen Zeiten eine tödliche Schwäche für einen Mann sein. Er war ein großer Mann, dieser de Guise; sie hatte immer seine Qualitäten erkannt. Er war ambitioniert und besaß Mut. Aber er hatte nicht die Gelegenheit ergriffen, den Thron zu besteigen, als sie sich ihm bot. Im entscheidenden Moment hatte er gezögert, war er unsicher gewesen. Sie hatte, ebenso wie die anderen Bewohner von Paris, ihn einst für einen Gott unter den Menschen gehalten. Aber er war kein Gott; er war ein Mensch ... ein Mensch mit Schwächen, und seine größte Dummheit war gewesen, ihr diese Schwäche zu offenbaren. Nun kannte sie ihren Gegner besser, und sie würde ihn besiegen.

Wie sehnte sie sich nach ihrer Jugend. Ach, könnte sie doch die Schmerzen aus ihrem Körper verbannen.

Sie schlug de Guise vor, er solle den Oberbefehl über die Armee übernehmen und den Thron besteigen. Er sollte Navarras Anspruch ignorieren, dem Herzog de Mayenne einen Teil der Armee unterstellen und ihn Navarra angreifen lassen. Sie erkannte deutlich, daß der König der Liga beitreten mußte, um eine bevorstehende Revolution abwenden zu können, und sie selbst würde ihn davon überzeugen müssen. De Guise mußte ihr vertrauen; sie war die einzige Person, die vermitteln konnte. Ihr Vorschlag war die einzige Möglichkeit, in Frankreich wieder Gesetz und Ordnung einzuführen.

So begab sie sich nach Chartres, wo ein völlig verängstigter König auf sie wartete. Epernon war geflohen, also hatte er außer seiner Mutter niemanden mehr, den er um Rat fragen konnte. Auf ihren Rat hin unterzeichnete er die Dokumente, die de Guise für ihn vorbereitet hatte. Wenn er es wünschte, konnte er sich jetzt als Oberhaupt der katholischen Liga bezeichnen, denn die Liga war inzwischen royalistisch geworden.

Als der Papst hörte, daß de Guise den König hatte entfliehen lassen, war er außer sich vor Zorn.

»Was ist das für ein armseliger Prinz«, rief er aus, »der die Person so einfach entkommen läßt, die ihn bei erster Gelegenheit aus dem Weg räumen wird?«

Navarra brüllte vor Lachen, als er die Neuigkeiten vernahm. »So sind nun der König von Frankreich und der König von Paris vereint.« Er spuckte aus. »Nicht so viel gebe ich auf ihre Freundschaft. Wartet ab, meine Freunde. Wir werden schon bald sehen, was geschieht. Ich könnte mir keine besseren Neuigkeiten vorstellen, abgesehen davon, daß man die ehemalige Königin von Navarra – die ich keinesfalls wiederaufnehmen werde – aufgehängt hat. Das und der Tod ihrer Mutter brächten mich dazu, das Lied Simeons zu singen.«

In der Zwischenzeit unternahm Katharina alles, um die wackelige Freundschaft zwischen ihrem Sohn und de Guise zu festigen.

Der König war wütend, und sein ganzer Zorn richtete sich gegen einen Mann. Solange de Guise am Leben war, fände er kein Glück mehr. Wenn ich ihn nicht töte, dachte er, wird er mich töten. Der Klügere von uns beiden wird der sein, der den anderen zuerst tötet.

De Guise war oberster Heerführer und bereit, einen weiteren Vorstoß auf den Thron zu unternehmen. Seine Macht nahm täglich zu. Die ganze Armee stand nun hinter ihm, und er mußte sich nicht mehr auf die Unterstützung des Pöbels verlassen.

Während einer Generalstabsversammlung in Blois hatte der König das Wort ergriffen, und de Guise, als Haushofmeister, hatte zu seinen Füßen gesessen. De Guise hatte nach der Rede des Königs nicht applaudiert, und der größte Teil der Anwesenden – fast ausschließlich Anhänger de Guises – folgte seinem Beispiel. Der König hatte sie bewußt attackiert, als er sagte: »Einige Aristokraten in meinem Königreich sind Ligen und Verbindungen eingegangen, die in jeder geordneten Monarchie den Tatbestand des Hochverrats erfüllen. Aber wohlwollend bin ich bereit, die Vergangenheit ruhen zu lassen.«

De Guise hatte dafür gesorgt, daß diese Worte nicht publik wurden.

Dann wurde dem König mehr oder weniger befohlen, sich vor seinem Rat einzufinden, wo man ihn respektvoll, aber bestimmt zu verstehen gab, daß er diese Aussage zu revidieren habe, denn es stehe ihm nicht zu, zu vergeben; es sei im Gegenteil seine Pflicht, Befehlen zu gehorchen.

Katharina hatte sich an de Guises Seite befunden, und sie war es auch, die ihrem Sohn empfahl zu gehorchen, aber es war offensichtlich, daß kein König, der noch etwas Selbstachtung besaß, sich einem solchem Spruch beugen konnte.

Dann kam dem König zu Ohren, daß der Kardinal de Guise auf die Gesundheit von Henri de Guise angestoßen hatte, wobei er ihn nicht als Herzog de Guise, sondern als König von Frankreich bezeichnet hatte.

Philipp von Spanien war de Guises Verbündeter gewesen, aber wenige Monate zuvor hatte der Monarch eine so bittere Niederlage einstecken müssen, daß ganz Europa glaubte, eine der größten Mächte sei am Boden zerstört. In allen Städten Frankreichs waren Plakate aufgehängt worden. Die Franzosen lasen sie und versuchten, erschrocken zu wirken, während sie hinter vorgehaltener Hand lachten:

»Verloren. Vor der englischen Küste verschwand die große und mächtige spanische Armada. Jeder, der über ihren Verbleib Aufschluß geben kann, wird von der spanischen Botschaft belohnt.«

Spanien war am Ende, denn es gab nichts, um den Schaden zu begrenzen. Spanien, das nur durch seine Seestreitmacht so stark geworden war, hatte diese Macht verloren, und während jenes schicksalsreichen Sommers hatte eine Insel vor dem europäischen Festland an Bedeutung gewonnen. Nun waren die Namen anderer einflußreicher Männer in aller Munde: Sir Francis Drake, Sir John Hawkins, Lord Howard of Effingham. Die kleine Insel war zu einem Land mit großem Einfluß geworden. Die rothaarige Königin lächelte auf ihrem Thron; und sie war eine protestantische Königin, die ein protestantisches Volk regierte. Unter dem Vorwand, ihre Cousine sei in eine Verschwörung gegen die Krone verwickelt gewesen, hatte im Jahr zuvor Elisabeth die katholische Königin Maria von Schottland aufs Schafott geschickt. Sie hatte Spanien damit vor den Kopf gestoßen, und noch in diesem Jahr hatten ihre Seeleute den entscheidenden Schlag vollführt.

De Guises Verbündeter, Spanien, schien ihm nun keine so große Hilfe mehr zu sein wie noch vor kurzer Zeit.

Nachdem der König all diese Ereignisse abgewogen hatte, beschloß er zu handeln. Denn ihm war klar, daß entweder er oder sein Feind sterben mußte.

Ein Plan nahm im kranken Hirn des Königs Gestalt an. Mit seiner Mutter wollte er nicht darüber sprechen, denn sie würde den Plan nicht gutheißen. Sie lag wieder im Bett; sie alterte schnell. Ihr Haut war gelblich und voller Falten, und ihre Augen, die einst so lebendig waren, wirkten jetzt gläsern.

Immer häufiger kam es in den folgenden Tagen zu Streitigkeiten zwischen den Anhängern de Guises und den Getreuen des Königs. Manche Wachen suchten erkennbar den Streit, der nicht selten in ein Duell mündete und tödlich endete.

Einigen seiner Vertrauten gegenüber ließ der König verlauten, daß er keinen Verräter am Leben lassen werde. »Für zwei Könige ist nicht genug Platz in Frankreich«, sagte er. »Einer muß gehen, und das werde nicht ich sein.«

Ständig dachte er an seine Mutter und wünschte sich nichts sehnlicher, als daß sie ihn in dieser Sache unterstützte. Im Morden besaß sie viel Erfahrung. Es gab nicht viele Frauen auf der Welt, die so viele Gegner so geschickt aus dem Weg geräumt hatten. Aber sie war alt. Sie besaß nicht mehr ihren scharfen Verstand. Sie war – und davon ließ sich ihr Sohn durch niemanden abbringen – von de Guise fasziniert. Vielleicht war die Faszination auf Haß gegründet, vielleicht entsprang sie der Furcht; aber sie war von ihm gefesselt. Schon immer hatte sie es verstanden, zumindest nach außen hin, sich auf die Seite des augenblicklich Stärkeren zu stellen, und zweifelsohne sah sie im Augenblick in de Guise den mächtigsten Mann Frankreichs. Nein! Der König konnte sie nicht ins Vertrauen ziehen, aber er konnte sie sich zum Beispiel nehmen.

Er arrangierte eine öffentliche Versöhnung mit de Guise und erklärte bei dieser Gelegenheit, daß er seine Macht de Guise und seiner Mutter gemeinsam übertrug; denn, so sagte er, er habe eine Botschaft von Gott erhalten und werde den Rest seines Lebens im Gebet verbringen.

Katharina hatte ihr Bett verlassen, um die Erklärung ihres Sohnes mit eigenen Ohren zu hören. Sie lächelte Heinrich an. So schläferte man das Mißtrauen der anderen ein. Soviel schien er endlich gelernt zu haben.

De Guise war skeptisch. Der König hatte ihn nicht täuschen können, und das sagte er der Königinmutter.

»Ihr irrt, mein lieber Herzog«, entgegnete sie. »Der König spricht die Wahrheit. Er ist müde, und ihm fehlt die körperliche Kraft eines Mannes, wie Ihr es seid. Ihr könnt nicht verstehen, daß er seine Macht abzugeben bereit ist. Ich kann es. Denn seht Ihr, ich bin alt. Auch mein Sohn spürt sein Alter. Er ist ein junger Mann, aber ihm fehlt Eure Kraft.«

Sie lächelte den ehrgeizigen Mann an, als wolle sie ihm sagen: Ihr werdet keine großen Probleme bekommen, denn ich bin ebenfalls zu alt, um mir noch Macht zu wünschen. Ihr könnt die Macht uneingeschränkt haben. Ihr seid praktisch schon König von Frankreich.

Der König schmiedete Pläne und verwarf sie, wie immer, im nächsten Augenblick. Es sprach so oft und so unvorsichtig mit seinen Freunden darüber, daß sein Vorhaben schließlich durchsickerte.

Eines Tages saß de Guise am Tisch, als ihm eine Nachricht zugeschoben wurde. Darin hieß es: ›Nehmt Euch in acht. Der König hat vor, Euch zu töten.‹ De Guise las die Nachricht und lächelte. Er bat um eine Feder, und als man sie ihm gebracht hatte, schrieb er auf die Nachricht: ›Er wird es nicht wagen.‹ Dann warf er sie unter den Tisch, um seine Verachtung zu zeigen.

Sein Bruder, der Kardinal de Guise, nahm ihn ins Gebet.

»Ihr müßt Blois sofort verlassen. Ihr seid hier keine Stunde mehr sicher. Kehrt sofort nach Paris zurück.«

»Mein Bruder«, erwiderte der Herzog, »Bisher hatte ich immer Glück. Ich werde abtreten, wenn es mein Schicksal so will.«

»Warum geht Ihr nicht sofort?«

De Guise zuckte mit den Achseln, und sein Bruder trat einen Schritt näher.

»Könnte der Grund eine Verabredung mit der Marquise de Noirmoutiers sein?«

»Er könnte es sein«, antwortete de Guise lächelnd.

Der Kardinal lachte bitter. »Ihr wäret nicht der erste Mann, der von einer Frau ins Verderben gelockt wurde. Diese Charlotte de Noirmoutiers war eine Spionin der Königinmutter, als ihr Name noch Charlotte des Sauves lautete. Ihre Ehe mit Noirmoutiers hat nichts an dieser Tatsache geändert. Verlaßt Euch darauf, der König und seine Mutter wollen Euch mit Hilfe dieser Frau töten.«

De Guise schüttelte den Kopf. »Die Königinmutter

wünscht meinen Tod nicht. Dieser Narr von König schon, das weiß ich. Aber er ist schwach und einfältig. Seit Monaten plant er meinen Tod, aber er fürchtet sich davor, den Plan in die Tat umzusetzen.«

»Charlotte de Sauves ist ein Werkzeug Katharina von Medicis.«

»Liebster Bruder, die *escadron* verlor ihre Effizienz, als die Königinmutter ihre Macht verlor.«

»Ihr macht einen Fehler, wenn Ihr Isebel vertraut. Sie war schon immer eine Schlange, und ihre Zähne sind giftig.«

»Sie ist eine alte Schlange, die nicht mehr die Kraft besitzt, den Kopf zu heben und zuzubeißen.«

»Also seid Ihr entschlossen, die Nacht mit Madame de Noirmoutiers zu verbringen?«

De Guise nickte.

Resigniert brach der Kardinal auf, aber noch ehe er das Haus verlassen hatte, kam ein Bote mit einem Brief, den er dem Herzog überbrachte.

›Verlaßt sofort Blois‹, lautete der Text. ›Euer Leben ist in höchster Gefahr. Bleibt keine Nacht länger hier.‹

De Guise zerknüllte das Blatt in seiner Hand. Er dachte kurz an Charlotte und lange an den Tod.

In ihren Räumen wartete Charlotte bereits auf ihn. Noch nie zuvor war sie so glücklich gewesen. De Guise war der einzige Mann, den sie je geliebt hatte. Die Verbindung zu Katharina existierte nicht mehr, denn sie war nicht mehr jung und die *escadron* insgesamt in Auflösung begriffen. Wie sollte die Königinmutter, krank und schwach wie sie war, sie weiterhin unter Kontrolle halten? Wie sollte sie ihnen noch immer die Marschrichtung vorgeben? Von Zeit zu Zeit erhielten einige noch den Auftrag, sich um irgendeinen Minister zu kümmern, aber das Alter raubte der Königinmutter ihre Vitalität, und es geschah vieles am Hof, wovon sie nichts erfuhr.

Zwei Jahre zuvor war der Baron de Sauves gestorben, und Charlotte hatte den Marquis de Noirmoutiers geheiratet. Sie hatte diese Ehe nicht gewollt, aber sie war von ihrer Familie arrangiert und von Katharina gutgeheißen worden. Dann mußte sie feststellen, daß ihr neuer Gatte nicht so tolerant war wie ehedem der Baron. Er hatte gedroht, de Guise zu töten, sollte sie nicht aufhören, sich mit ihm zu treffen. Aber dazu war sie nicht bereit. Manchmal fragte sie sich, ob er sie ebenfalls ermorden würde, wie Villequier seine Frau getötet hatte. Aber es war ihr egal. Sie war besessen von ihrer Leidenschaft für de Guise; nur mit ihm war sie wirklich glücklich.

Als er eintrat, verwandelte sich sein ernster Gesichtsausdruck sofort. Er liebte sie ebenso leidenschaftlich wie sie ihn. Es gab Tage, da dachte er noch an Margot, aber die Margot von heute war eine andere Margot als die von damals. Er hatte Margot geliebt, und sie hatte ihn enttäuscht. Mit ihrem Stolz hatte sie die Zukunft zunichte gemacht, die sie gemeinsam hätten haben können. Alles hätte er ihr verziehen, aber nicht das. Dann hatte er sich Charlotte zugewandt, und es war diese Frau gewesen – dieses lose Frauenzimmer der *escadron* –, in der er fand, wonach er gesucht hatte. Es war viele Jahre her, seit sie ein Liebespaar geworden waren, aber die Zeit hatte ihre Verbindung gestärkt. Charlotte hatte im Dienst der Königinmutter gestanden, de Guise im Dienst Frankreichs. Diese beiden Aufgaben hatten sie immer wieder für längere Zeiträume auseinandergebracht, aber sie versicherten sich gegenseitig, daß sie nur für die Zeiten lebten, in denen sie zusammen waren. Und das war die Wahrheit.

Soll ich all das verlieren, fragte sich de Guise, nur wegen irgendwelcher Pläne, mich zu ermorden?

Dennoch wußte er – auch wenn er versuchte, es zu verbergen –, daß er nicht nur wegen Charlotte blieb.

Sie umarmte ihn leidenschaftlich, aber ihr blieb nicht verborgen, daß er die ganze Nacht keine richtige Ruhe fand. Immer wieder schreckte er durch vom Wind verursachte Geräusche auf und griff nach seinem Schwert.

Während sie so in der Dunkelheit lagen, sagte sie: »Es ist etwas vorgefallen. Du wartest auf irgend etwas ... worauf, mein Liebling?«

»Vielleicht auf einen Mörder.«

Sie erschauerte. Sie wußte, er war ständig in Gefahr, aber diese Worte deuteten an, daß die Gefahr diesmal greifbar war. Sie gab keine Ruhe, bis er ihr von den Warnungen erzählt hatte.

»Du mußt sofort von hier fort«, drängte sie. »Morgen . . . nein, *sofort*. Warte nicht bis zum Morgen.«

»Mir scheint fast, du willst mich loswerden.«

»Ich habe Angst um dich.«

»Ach«, tat er es ab, »bist du sicher, daß du mich nicht wegen eines anderen Liebhabers loswerden willst?«

Sie hatte leise zu weinen begonnen. »Du mußt gehen«, sagte sie. »Du *mußt*!«

Um sie zu trösten, antwortete er: »Weine nicht, Liebste. Ich weiß mich zu verteidigen. Aber um dir zu gefallen, werde ich morgen gehen.«

Aber als der Morgen kam, hatte er seine Absicht geändert.

»Wie *kann* ich gehen?« fragte er. »Wie soll ich wissen, wann ich dich wiedersehe?«

»Jede Stunde, die du länger in Blois bleibst, birgt Gefahren. Ich weiß es. Geh nach Paris. In Paris bist du sicher.«

»Was?« rief er aus. »Ich in Paris? Du in Blois? Wozu soll das gut sein?«

Sie hatte Angst. Ihr war klar, daß er sich der Gefahr bewußt war, in der er schwebte, und daß er die Gefahr auf eine Art genoß, die jeden Mut übertraf. Sie kannte ihn gut, aber sie hatte ihn noch nie zuvor so erlebt. Es kam ihr fast so vor, als suche er den Tod.

Ihre Blicke trafen sich, und er merkte, daß er ihr seine geheimsten Gedanken offenbart hatte. Sie wußte jetzt, daß der größte Mann Frankreichs Angst hatte, vor dem Leben mehr als vor dem Tod. Das, wofür er sein Leben lang gekämpft hatte, war nun in Reichweite, aber er hatte Angst, den letzten, entscheidenden Schritt zu tun. Er war halb Egoist und halb Idealist und konnte diese beiden Seiten nicht vereinen. Der mutigste Mann Frankreichs hatte Angst – Angst vor dem Preis, den er für seinen Traum zahlen mußte. Erst wenn er den König ermordet hatte, konnte er die Krone für sich beanspruchen, und der große Feldherr, der Tausende auf dem Schlachtfeld in den Tod geführt hatte, schreckte vor dem kaltblütigen Mord an einem einzigen, nutzlosen Mann zurück.

Er war so weit gekommen, aber jetzt war er mit dem Mord konfrontiert, den er begehen mußte. Nur einen Ausweg gab es noch für ihn, und der beinhaltete seinen eigenen Tod.

Charlotte sah ihn durch einen Tränenschleier hindurch an. »Wirst du gehen?« flehte sie ihn an. »Wirst du Blois heute noch verlassen? «

»Später«, gab er zur Antwort. »Später.«

Aber als der Tag weiter fortschritt, sagte er: »Ich bleibe noch heute nacht und gehe morgen. Nur noch eine Nacht mit dir, und ich verspreche dir, daß ich dann gehe.«

Ihr ganzes Leben lang ging Charlotte dieser Tag nicht mehr aus dem Kopf. Während des gemeinsamen Abendessens erhielt er insgesamt fünf schriftliche Warnungen. Dann kam sein Cousin, der Herzog d'Elbœuf, und bat, ihn sprechen zu dürfen.

»Ihr dürft keine Sekunde verlieren«, sagte Elbœuf. »Eure Pferde stehen bereit. Eure Männer erwarten Euch. Wenn Euch Euer Leben lieb ist, geht sofort.«

Charlotte sah ihn flehend an, aber er weigerte sich, die Bitte in ihren Augen zu lesen.

»Sollte ich sehen, daß der Tod zum Fenster hereinkommt, werde ich nicht zur Tür hinaus fliehen.«

»Das ist doch Wahnsinn«, rief Elbœuf aus.

»Er hat recht, mein Liebling«, warf Charlotte ein. »Geh ... geh jetzt. Ich bitte dich, bleibe keine Minute länger.«

Er küßte ihre Hand. »Liebste, wie kannst du mich bitten zu gehen? Das ist grausamer als der Dolch eines Mörders.«

Erbost schrie sie ihn an: »Jetzt ist nicht die Zeit für solches Geschwätz.«

De Guise blickte von seiner Mätresse zu seinem Cousin und antwortete: »Wer wegläuft, hat das Spiel verloren.

Sollte es notwendig sein, mein Leben hinzugeben, damit wir ernten können, was wir gesät haben, wurde ich es nicht bereuen.«

»Du belügst dich selbst«, rief Charlotte aus. »Es ist nicht notwendig, dein Leben zu verschenken!«

»Und hätte ich hundert Leben«, fuhr er fort, als hatte sie überhaupt nicht gesprochen, »würde ich sie alle dem Erhalt des katholischen Glaubens in Frankreich und der Unterstützung der Armen widmen, für die mein Herz blutet. Geht nun zu Bett, Cousin, und laßt uns allein.«

Elbœuf zuckte resigniert mit den Schultern und zog sich zurück.

»Also bist zu entschlossen?« fragte Charlotte.

Er nickte. »Aber wir wollen nicht länger vom Tod reden«, sagte er. »Jetzt gibt es nur noch das Leben und die Liebe.«

Aber als sie bereits im Bett lagen, wurde erneut ein Bote bis in ihr Schlafzimmer geführt. Er hatte eine Nachricht für de Guise, die er nur ihm persönlich übergeben durfte, und zwar so schnell wie möglich.

De Guise las die Nachricht und schob sie unter die Matratze.

»Noch eine Warnung?« fragte Charlotte angstvoll.

Er küßte sie, gab aber keine Antwort.

Es war noch dunkel, und der Regen peitschte gegen die Fenster des Schlosses von Blois. Katharina wälzte sich vor Schmerzen auf ihrem Bett. Der König hatte sich früh erhoben; dringende Angelegenheiten warteten auf ihn. De Guise erwachte nicht vor acht Uhr. Er setzte sich auf und betrachtete seine schlafende Geliebte.

Heute würden weitere Warnungen kommen; heute würde er erneut gebeten werden, nach Paris zu gehen. Alle seine Freunde würden ihn anflehen zu gehen, und Charlotte würde in den allgemeinen Chor einstimmen.

Er zuckte mit den Achseln und erhob sich vom Bett.

Er zog einen neuen grauen Seidenanzug an, in dem er die Ratsversammlung an diesem Morgen aufsuchen wollte. Charlotte sah ihm zu, wie er sich ankleidete, und versuchte, ihre Ängste zu verdrängen. Am Tage fiel es ihr leichter, selbst wenn es ein düsterer, trüber Tag war.

»Gefällt er dir?« fragte er und posierte in seiner neuen Kleidung vor ihr, um sie ein wenig aufzuheitern.

»Wunderschön! Aber ist er für einen so düsteren Tag nicht ein wenig hell?«

Er küßte sie. »Charlotte, ich möchte dich um etwas bitten.«

»Ich tue mit Freuden alles, was du von mir verlangst.«

»Dann bitte mich heute nicht, Blois zu verlassen.«

»Aber du hast doch versprochen, heute zu gehen.«

»Ich soll durch den Regen reiten und die Nacht in irgendeinem dunklen Schloß verbringen, wenn ich genausogut bei dir sein kann?«

Sie schlang ihre Arme um seinen Hals und lachte, denn es war leicht, im hellen Licht des Tages zu lachen. Und wenn sie ihn so ansah, kam es ihr vor, als sei er unverwundbar.

Er kam zu spät zu der Ratsversammlung. Während er durch die Korridore schritt, war ihm, als könne er in jedem dunklen Winkel die Verdammnis spüren. Ihn fröstelte, aber er weigerte sich zu akzeptieren, daß seine Angst daran schuld war. Es ist einfach ein kalter Morgen, sagte er zu sich selbst.

Er wandte sich an einen der Herren, die im Gang standen. » Geht zur Tür am Treppenaufgang«, sagte er. »Dort werdet Ihr einen meiner Pagen finden. Bittet ihn, mir ein Taschentuch zu bringen.«

Er kam nicht umhin, die Kälte zu bemerken, die Angst in den Gesichtern seiner Freunde. Es dauerte eine Ewigkeit, bis er endlich sein Taschentuch erhielt.

»Wie kalt es hier ist!« sagte er. »Entfacht ein Feuer. Mir ist ganz schwach vor Kälte. Gibt es vielleicht etwas im Schrank, das meine Lebensgeister wiederbeleben könnte?«

Einer der Männer öffnete den Schrank und fand vier getrocknete Pflaumen.

De Guise aß eine. »Möchte noch jemand eine?« fragte er.

Ein Diener des Königs erschien in der Tür; der Mann sah blaß aus, und seine Hände zitterten.

»Monsieur«, sagte er und verneigte sich vor de Guise, »der König erwartet Euch; er ist in seinem alten Kabinett.«

Der Mann wartete nicht auf Antwort, sondern wandte sich sofort wieder zum Gehen. De Guises Freunde sahen ihn an; ihre Blicke warnten ihn, aber er wollte die Warnungen nicht sehen.

Er warf seinen Mantel über den Arm, griff nach seinen Handschuhen und ging zu der Tür, die zu den Räumen des Königs führte.

Der König erhob sich früh an diesem Morgen. Er hatte noch viel vorzubereiten und daher verlangt, man solle ihn um vier Uhr wecken.

Die Königin sah ihn verwirrt an, denn im Kerzenlicht wirkte er blaß und doch zielstrebig. Auf seine Morgentoilette legte er an diesem Tag keinen Wert.

Er ging in den Vorraum, in dem, wie besprochen, fünfundvierzig Mann auf ihn warteten. Er inspizierte sie genau und ließ sich ihre Dolche zeigen. Sie hatten noch eine lange Wartezeit vor sich, denn er war viel zu früh aufgestanden. Selbst wenn er sich erst um sechs Uhr erhoben hätte, hätte er genug Zeit gehabt, seine Vorbereitungen zu treffen. Als sie nun in kleinen Gruppen beisammenstanden und leise miteinander flüsterten, mußte er wieder an die Bartholomäusnacht denken. Er dachte an seine Priester und Seelsorger, die bereits um Vergebung für ein Verbrechen beteten, das er noch nicht begangen hatte.

Er hatte dafür gesorgt, daß keiner von de Guises Anhängern in der Nähe war, denn er fürchtete sich davor, sein Plan könne mißlingen. Über die Folgen mochte er gar nicht erst nachdenken. Einer von ihnen mußte sterben – der König von Frankreich oder der König von Paris. Von seiner Warte aus betrachtet überlebte derjenige, der zuerst zuschlug.

Einer seiner Leute kam ganz aufgeregt hereingerannt.

Er erzählte dem König, daß der Herzog sich im Ratszimmer befand, aber einen seiner Herren losgeschickt hatte, um ein Taschentuch zu holen. Diesem würde sicher auffallen, daß die Gänge verlassen waren, und er den Grund dafür gewiß erraten. Berichtete er de Guise davon, würde dieser sofort wissen, daß seine Ermordung an diesem Morgen stattfinden solle.

Eilig erteilte der König seine Befehle. »Sobald der Diener mit dem Taschentuch kommt, ergreift ihn, nehmt ihn gefangen und bringt mir das Taschentuch.«

Sein Befehl wurde ausgeführt. Die Hand des Königs zitterte, als ihm das Taschentuch überreicht wurde. Es war sauber gefaltet, und im Inneren fand sich eine hastig geschriebene Nachricht: ›*Rettet Euch, oder Ihr seid ein toter Mann.*‹

Der König fühlte sich in Hochstimmung. Sein promptes Handeln war klug gewesen. Er behielt die Nachricht und reichte das Taschentuch einem seiner Diener – einem bescheidenen Mann, den die de Guises mit Sicherheit nicht kannten.

»Nehmt das Taschentuch«, sagte der König. »Klopft an die Tür zum Ratszimmer und gebt es dem Mann, der Euch am nächsten steht. Haltet Euch so gut wie möglich verborgen und murmelt nur, daß es das Taschentuch ist, um das der Herzog gebeten hat; dann macht Euch eiligst davon.«

Er tat, wie ihm befohlen war, und der Mann, der das Taschentuch entgegennahm, bemerkte nicht, daß er es von einem Diener des Königs erhalten hatte.

Es war soweit. Der König sah seine Leute an und fragte, ob sie bereit seien. Zur Antwort legten sie die Hände auf die Griffe ihrer Dolche.

»Révol«, sagte der König zu einem seiner Sekretäre, »geht zum Ratszimmer, klopft an die Tür und sagt dem Herzog de Guise, ich wolle ihn in meinem alten Kabinett sprechen. Was ist los, Mann? Schaut nicht so! Ihr seht ja aus wie ein Stück Pergament und zittert wie ein Blatt im Wind. Reißt Euch zusammen. Ihr werdet noch alles verraten.«

Révol ging.

Der König zog sich in sein Schlafzimmer zurück, und im alten Kabinett warteten die Mörder mit gezückten Messern auf das Eintreffen des Herzogs de Guise.

De Guise betrat durch die kleine Tür die Appartements des Königs. Eine königliche Wache schloß hinter ihm die Tür. Als der Herzog das alte Kabinettszimmer betreten wollte, sprang ein Mann nahe der Tür auf einmal nach vorne und trat de Guise auf den Fuß. De Guise blickte dem Mann ins Gesicht und erkannte darin eine klare Warnung. Er wußte, es war ein letzter, flehentlicher Appell, sich in Sicherheit zu bringen. Er begriff, daß er sich in akuter Gefahr befand, und ihn überkam der Drang, sein Leben zu erhalten. Als er so leichtherzig über den Tod nachgedacht hatte, hatte er eigentlich nicht erwartet, daß der König es wagen würde, ihn umzubringen. Als er nun in dem düsteren Kabinettszimmer stand, wurde ihm klar, daß Männer wie Heinrich III. schnell ihr Zögern überwanden und zur Tat schritten.

Er vernahm ein Geräusch hinter seinem Rücken und wollte sich umdrehen; aber es war schon zu spät. Sie hatten ihm bereits ihre Dolche in den Rücken gebohrt.

Mit brechender Stimme sagte er: »Meine Freunde ... meine Freunde ...«

Er griff nach seinem Schwert, aber es hatte sich unter seinem Mantel verfangen. Er stürzte zur Seite, und einer der Attentäter rammte ihm ein Messer in die Brust. Ein Blutschwall schoß hervor und ergoß sich über die neue graue Seide, während er zu Boden sank.

Er war noch nicht tot, und im Sterben schien er die Kraft von zwei Männern zu besitzen. Er packte einen seiner Mörder an der Kehle und schaffte es, den Boden entlangzurobben, ohne ihn dabei loszulassen.

»Der König ... erwartet mich ...«, stieß er hervor. »Ich ... werde zum König ... gehen.«

Und mit einer gewaltigen Anstrengung, die alle, die auf ihn eingestochen hatten, in Erstaunen versetzte, schleppte er sich bis ins Schlafzimmer des Königs. Erst als er das Bett erreicht hatte, sackte er zusammen, und sein Blut lief über den königlichen Teppich.

»O Gott«, stöhnte er. »O Gott, erbarme Dich meiner.«

Dann verstummte er, und der König kam näher, um ihn zu betrachten. Die Mörder scharten sich um ihren König.

»Ist er tot?« flüsterte der König.

Einer der Männer kniete neben de Guise nieder und öffnete den blutbefleckten Mantel.

»Er ist tot, Sire. Der ehrenwerte König von Paris . . . er existiert nicht mehr.«

Der König stieß de Guise vorsichtig mit dem Fuß an.

»Da liegt der Mann, der sich zum König von Frankreich berufen fühlte«, sagte er. »Seht Euch nur an, meine Freunde, wohin ihn sein Ehrgeiz gebracht hat. Mein Gott, wie groß er ist! Tot wirkt er fast noch größer, als er im Leben war.« Dann fing er an zu lachen. »Ach, meine Freunde«, fuhr er fort. »Ihr habt jetzt nur noch einen König, der Euch regiert, und dieser König bin ich.«

Wenig später betrat der König die Räume seiner Mutter. Sie lag regungslos in ihrem Bett. Der König war inzwischen gut gekleidet, sein Gesicht war frisch geschminkt und sein Haar eingedreht. Er lächelte.

»Wie geht es Euch an diesem wunderschönen Morgen, Mutter?« fragte er.

Sie lächelte mit schmerzverzerrtem Gesicht. Sie haßte es zuzugeben, wie sie sich fühlte. Nachdem sie die Krankheiten anderer immer mit Verachtung gestraft hatte, wollte sie nicht über ihre eigenen Gebrechen klagen. Sie hatte kein Mitleid zu verschenken, und sie erwartete keins.

»Es geht mir schon besser, vielen Dank«, antwortete sie. »Ich hoffe, bald wieder aufstehen zu können. Ich bin es leid, im Bett liegen zu müssen. Und wie ist das Befinden Eurer Majestät?«

»Gut, Madame. Sehr gut. Ausgezeichnet sogar. Dafür gibt es auch einen Grund.«

»Einen Grund?« Sie stützte sich auf einem Ellbogen auf und versuchte, nicht vor Schmerz aufzustöhnen.

»Ja, Madame. Ich bin seit heute der wahre König von Frankreich, denn es gibt keinen König von Paris mehr.«

Sie war leichenblaß geworden. »Mein Sohn, was willst du damit sagen?«

»Er starb heute morgen.«

»Er ist tot? Wie ... woran ist er gestorben?«

»An königlichen Messerstichen, Madame. Die Freunde des Königs haben ihn beseitigt.«

Sie verlor die Kontrolle über sich. Die Schmerzen und die ungewohnte Inaktivität hatten sie geschwächt. Schrill schrie sie ihn an: »Du meinst, du hast de Guise *umgebracht*?«

»Ihr scheint nicht erfreut, Madame. Ich hatte ganz vergessen, daß er ein enger Freund von Euch war.«

Sie rief aus: »Mein Sohn, mein Sohn, wo soll das alles noch hinführen? Was hast du getan? Weißt du wirklich nicht, was du angerichtet hast?«

»Ich weiß nur, daß ich nun der wahre König von Frankreich bin, und das ist alles, was zählt.«

»Dann gib nur acht«, sagte sie mit bitterer Stimme, »daß du nicht bald ein König ohne Königreich bist.«

Seine Augen blitzten. »Ich verstehe Euch, Madame. Ihr trauert um einen Freund.«

»Ich habe keine Freunde. Ich besitze nur meine Hingabe zu dir.«

»Und doch läßt Euch Eure Hingabe um einen Feind weinen?«

»Ein Feind war er, mein Sohn, aber es gibt einige Feinde, die am Leben bleiben müssen. Du hast gemordet.«

Der König lachte auf. »*Ihr*, Madame, beschuldigt *mich* des Mordes? Wie oft habt Ihr in Eurem Leben gemordet?«

Sie setzte sich in ihrem Bett auf. Ihre Augen waren müde und ausdruckslos.

»Es waren keine sinnlosen Morde«, sagte sie. »Ich habe nie unüberlegt gemordet. Du hast einen Mann getötet, den ganz Paris geliebt hat. Ich bete, daß Paris dir das vergibt.«

Der König befand sich am Rande der Hysterie. »Ihr

wagt es, so zu mir zu sprechen? Wenn ich gelernt habe zu morden, von wem habe ich es denn gelernt? Wer ist denn die berüchtigtste Mörderin Frankreichs?«

»Du lernst deine Lektionen schlecht, mein Sohn«, antwortete sie leise. »Aber was geschehen ist, ist geschehen. Gott gebe, daß nichts Schlimmeres daraus erwächst.« Sie weinte vor Schwäche, hatte sich aber schnell wieder in der Gewalt. »Du darfst nicht länger hier bleiben. Du mußt sofort Orléans nehmen. Gib ihnen keine Möglichkeit, sich gegen dich zu bewaffnen. Ach, mein Sohn, was wird Paris tun? Du darfst dich in Paris nicht blicken lassen.« Sie ließ sich wieder in ihre Kissen zurücksinken. »Heilige Mutter Gottes«, murmelte sie. »Wo wird das alles enden? Ich kann es nicht sagen. Ich weiß nur, daß alles, wofür ich ein Leben lang gearbeitet habe, vor mir in Trümmern liegt. Wo sind meine Kinder? Nur zwei sind mir geblieben! Meine Tochter, immer unterwegs, eine halbe Dirne! Und mein Sohn, der König von Frankreich ... aber wie lange noch? O Gott, wie lange noch?«

Der König starrte sie an. Er spürte, daß sie eine Eingebung hatte, und ihre Worte jagten ihm Angst ein.

Aber sie hatte ihre düstere Stimmung schon wieder abgeschüttelt. Die lebenslange Angewohnheit, nie zurückzublicken, das zu akzeptieren, was nicht zu ändern war, bestimmte auch jetzt ihre Haltung.

Sie begann, Befehle zu erteilen.

»Wo ist der Kardinal de Guise?«

»Er wurde verhaftet.«

»Laß ihn sofort frei.«

Die Augen des Königs verengten sich zu Schlitzen. Er würde seiner Mutter gehorchen. Er würde tun, was er immer getan hatte, wenn sie es von ihm verlangte. Er durfte nicht vergessen, daß sie jetzt eine alte, kranke Frau war, die wahrscheinlich nicht einmal mehr klar denken konnte. Er würde ihr den Gefallen tun. Der Kardinal de Guise würde den Kerker verlassen dürfen, in den man ihn nach dem Mord an de Guise geworfen hatte, aber nur, um in die Dolche seiner Freunde zu laufen.

»Mein Sohn«, flehte Katharina ihn an, »du mußt auf mich hören.«

»Mutter«, antwortete er, »Ihr wart sehr krank. Ihr wißt nicht, was vor sich geht. Seid versichert, daß ich nicht vergessen werde, was Ihr mich gelehrt habt. Habt keine Angst – ich werde diese Angelegenheit handhaben, wie Ihr es auch getan hättet.«

Sorgenvoll lag sie im Bett. Sie hatte versucht aufzustehen, aber sofort wurde sie von Übelkeit ergriffen und ließ sich schwach zurücksinken. Sie war von ihren Damen umgeben und blickte sie voller Abscheu an. Wo war Madalenna? Wo waren die Damen ihrer *escadron volant*? Wo waren sie gewesen? Warum hatte man sie nicht rechtzeitig davor gewarnt, was ihr Sohn vorhatte?

Sie hielten sie für alt. Sie meinten, man müßte nicht mehr mit ihr rechnen. Aber mit ihr würde man immer rechnen müssen, solange noch ein Hauch von Leben in ihr war.

Sie ließ nach Madalenna schicken.

»Was ist geschehen?« fragte sie. »Warum hat man mich nicht informiert? Was sind die letzten Neuigkeiten? Sprich!«

»Madame, der Kardinal de Bourbon wurde verhaftet. Die Mutter des Herzogs, der Prinz de Joinville und der Herzog d'Elbœuf wurden ins Gefängnis geworfen. Alle de Guises, die der König finden konnte, sitzen im Gefängnis.«

»Ich kann nicht hier liegen bleiben, wenn so etwas geschieht«, rief sie aus. »Bereitet meine Sänfte vor. Man soll mich zum Kardinal de Bourbon tragen. Ich muß mit ihm sprechen.«

Wahrend man ihre Sänfte holte, kam die Nachricht, der Kardinal de Guise sei ermordet worden.

Sieht der König denn nicht, daß er sich selbst das Messer an die Kehle setzt? fragte sie sich. Begreift er denn nicht, daß er sich selbst zerstört, wenn er, wie Samson, die Säulen des Staates vernichtet?

Sie ließ sich zu dem Gefängnis tragen, in das sie den Kardinal de Bourbon gebracht hatten.

»Monsieur«, sagte sie zu ihm, »Ihr seid mein Freund. Mein alter weiser Freund.«

Aber der alte Mann hob den Kopf und lachte sie aus. Haß und Verachtung lagen in seinem Blick. »Madame«, erwiderte er, »das sind *Eure* Taten. Es sind *Eure* Tricks. Seit Ihr nach Frankreich gekommen seid, habt Ihr trickreich gehandelt. Und nun ... tötet Ihr uns alle.«

»Ich hatte weder mit dem Mord an de Guise noch mit dem an seinem Bruder etwas zu tun«, rief sie aus. »Dieses Verbrechen bricht mir das Herz. Gott möge mich verdammen, wenn ich je so etwas gewollt habe.«

»Madame«, antwortete der Kardinal, »ich kann Euch heute sagen, was ich vorher nicht zu sagen wagte: Ich glaube Euch kein Wort.«

»Aber Ihr müßt mir glauben! Warum sollte ich eine solche Dummheit begehen? Meint Ihr, ich weiß nicht, was das alles bedeutet?«

Er wandte sich von ihr ab. Er war zu alt, um sich noch darüber Gedanken zu machen, was mit ihm geschah. Er war ausgelaugt wie sie auch.

Sie spürte die Tränen auf ihrer Wange. Sie war schwach und krank, und der Weg hierher hatte die wenigen Kräfte, die sie noch besaß, aufgezehrt. »Es gibt nichts, was ich tun kann«, sagte sie schließlich. »Das sehe ich. Niemand wird mir glauben, daß ich nichts damit zu tun hatte.«

»Madame«, sagte der Kardinal, »weshalb sollte man Euch glauben, da doch Eure Hände rot vom Blut so vieler sind?«

»Er war ein großer Mann ... ein Mann, wie Frankreich ihn braucht.«

»Es gab viele große Männer, Madame, und alle wurden von Frankreich gebraucht.«

Die stickige Luft des Kerkers war zuviel für sie. Sie würde ohnmächtig werden, falls sie noch länger blieb.

»Es ist mehr, als ich ertragen kann«, murmelte sie. »Ich bin zu alt für solche Erschütterungen. Meine Trauer wird mich ins Grab bringen. Ich weiß es . . . wie ich viele Dinge weiß.«

Sie wurde zurückgebracht, und rasch verbreitete sich in der ganzen Stadt die Nachricht, die Königinmutter sei schwer krank.

Als Margot in ihrem Exil die Nachricht vom Tode de Guises erhielt, weinte sie bittere Tränen um den Liebhaber aus ihrer Jugend.

Es schien, als starben all die Männer, die sie am meisten geliebt hatte, eines gewaltsamen Todes. De Guise, La Mole und Bussy . . . alle tot, denn Bussy war vom Ehemann einer seiner Mätressen getötet worden. Er war beim Erscheinen des Ehegatten aus dem Fenster geklettert und hatte sich mit seiner Kleidung in einem Nagel verfangen. So gab er ein leichtes Ziel für den Mann ab, der ihn in seiner Hilflosigkeit erstach.

Erneut weinte sie um diese Männer, am meisten jedoch um de Guise. Es schauderte sie, wenn sie über die Zukunft ihrer Familie nachdachte, denn wie ihre Mutter war sie davon überzeugt, daß ihr Bruder für diese Tat würde bezahlen müssen.

Jeden Tag wartete sie auf Neuigkeiten, denn es war ihr versagt, noch weiter an den Geschehnissen teilzuhaben. Ihr war nichts geblieben als ein Liebhaber, den sie ständig mit dem unvergleichlichen de Guise vergleichen mußte.

Der König von Navarra nahm die Nachricht sehr nachdenklich auf, denn er wußte, daß diese Entwicklungen ihn mehr als jeden anderen Mann in Frankreich berührten. In den Wochen, die auf den Tod von de Guise folgten und in denen er auf weitere Neuigkeiten wartete, schien er zu altern, eine gewisse Würde anzunehmen. Es war, als käme der andere Navarra zum Durchbruch, der früher nur gelegentlich hinter den verschmitzten Augen erkennbar gewesen war, und verweise den verantwortungslosen Abenteurer in die Vergangenheit. Die Zeit würde kommen, in der er Verantwortung übernehmen mußte und sich als einer der größten Könige erweisen sollte, die Frankreich je gesehen hatte.

Es gab Augenblicke, in denen Katharina zu krank war, um noch zu wissen, was um sie vorging. Wenn sie bei Bewußtsein war, überbrachte man ihr die Neuigkeiten, nach denen sie fragte, aber nicht immer wußte sie, wo sie sich befand. Sie glaubte, ein kleines Mädchen im Kloster zu sein, das ein Tuch für den Altar bestickte, während ihr die Nonnen die Geschichte des Umhangs der Mutter Maria erzählten; sie glaubte, durch die Straßen von Florenz zu reiten, während die Florentiner nach dem Blut der Medici schrien; dann war sie eine Braut mit einem mürrischen Bräutigam. Sie war eine Königin, deren Gatte sie nicht liebte, sondern nur seine Mätresse verehrte. Sie war eine eifersüchtige Frau, die durch ein Loch im Boden spionierte. Sie mischte ein Gift für eine Person, die sie aus dem Weg haben wollte. Sie hielt Paré davon ab, zu ihrem Sohn Franz zu gehen, und sie instruierte die Lehrer des verrückten Karl, wie sie ihn pervertieren sollten. Dann wartete sie wieder auf den Klang der Glocken, die den Beginn der Bartholomäusnacht ankündigten. Die Schatten dessen, was sie einst gewesen war, schienen um ihr Bett herumzustehen.

Dies war der Tod; sie wußte es, und sie akzeptierte es.

Aber wenn die Kraft wieder in ihren Körper zurückkehrte, mußte sie wissen, was um sie herum vorging. Dann wich der Tod noch einmal zurück, und die schreckliche Situation stand ihr wieder vor Augen, die sie nicht hatte abwenden können. In diesen Momenten wußte sie, daß ganz Paris raste und nach dem Blut des Königs schrie. Sie wußte dann, daß der Mann, der den König von Paris auf dem Gewissen hatte, der Rache des Volkes nicht entgehen konnte.

Die Witwe des Herzogs war schwanger, was ihr etwas Erhabenes verlieh. Man nannte sie die heilige Witwe. In tiefer Trauer lief sie durch die Straßen der Hauptstadt, während die Menschen sich um sie drängten, ihren Mantel küßten und forderten, sich an dem Mann zu rächen, der den Herzog ermordet hatte. De Guises Schwester, Madame de Monpensier, führte eine Prozession durch die Straßen an, in der die Teilnehmer Fackeln trugen, den Tod ihres Idols beweinten und den Tod des königlichen Mörders verlangten.

Ganz Paris war in Aufruhr, und Katharina, die ihren Sohn nur zu gut kannte, wußte, daß er nun ängstlich abwartete, daß er jeden Augenblick erwartete, die kalte Klinge in seinem Herzen zu spüren. War ihm inzwischen klargeworden, fragte sich Katharina, daß er besser seine Mutter um Rat gefragt hätte, bevor er einen Mann wie de Guise ermordete? Begriff er jetzt endlich, daß sie, der Inbegriff einer Mörderin, nur deshalb Erfolg gehabt hatte, weil sie ihre Morde bis ins kleinste geplant hatte?

König Heinrich von Frankreich war zu einem alten Mann geworden. Seine Gliedmaßen zuckten ständig, und sein immer schütterer werdendes Haar ergraute. Ruhelos lief er von einem Zimmer ins nächste, nie hielt er es lange an einem Ort aus. Ständig vermutete er einen Attentäter hinter einem der Vorhänge.

Und in Paris schärfte ein junger Mann namens Jean Clément täglich seinen Dolch, denn er war sicher, ein Engel sei ihm erschienen und habe ihm aufgetragen, den königlichen Mörder von de Guise und Tyrannen Frankreichs zu töten.

Katharina von Medici lag im Sterben. Die Menschen in den Straßen redeten darüber. Sie erinnerten sich an den Tag, als König Franz sie mit nach Frankreich gebracht hatte. Er hatte keine Ahnung gehabt, was er sich mit dieser Frau ins Land geholt hatte.

»Man sagt, sie wollen ihren Leichnam nach Paris bringen und ihn in einem herrlichen Grab beisetzen, das sie für sich hat anfertigen lassen.«

»Sollen sie sie nur herbringen. Sollen sie nur! Wir werden ihnen schon zeigen, was wir mit Isebels Gebeinen machen. Selbst die Hunde werden sich weigern, sie anzurühren. Alles, was uns bleibt, ist, sie in die Seine zu werfen, und das werden wir auch tun.«

Währenddessen sah Katharina von ihrem Bett zur untergehenden Sonne hinaus. Das war das Ende. Sie wußte, als könnte sie es sehen, daß ihr Sohn sie nicht lange überleben würde. Sie hatte dafür gearbeitet, daß ihre Söhne auf den Thron kamen, um durch sie zu regieren. Das hatte sie erreicht. Sie hatte so lange regiert, wie es ihre Kraft erlaubte.

»Sie wird die Nacht nicht überleben«, sagte eine Zofe. »Mein Gott, sie sieht schon jetzt aus wie eine Tote. Ist sie etwa schon tot?«

»Nein, noch nicht.«

»Ich möchte ihre Sünden nicht auf meiner Seele haben. Wofür wird sie wohl Rede und Antwort stehen müssen?«

Katharina, die sie reden hörte, lächelte schwach. Närrinnen! Sie verstanden gar nichts. Sie hatte keinen Gott verehrt; sie hatte nur der Macht gedient. Sie besaß keine Religion und verspürte kein Verlangen nach einem ewigen Leben. Sie hatte nur einen großen Wunsch gehabt – Frankreich durch ihre Kinder zu regieren; und dieser Wunsch war ihr zum größten Teil erfüllt worden.

Sie hörte, wie jemand flüsterte: »Niemand hat sie wirklich geliebt. Wie schrecklich das sein muß! Ungeliebt durchs Leben gehen zu müssen.«

Ja, dachte Katharina. Niemand hat mich geliebt. Aber viele haben mich gefürchtet. Und nach einer Weile war nur noch Dunkelheit um sie.

»Katharina von Medici ist tot!«

Die Nachricht von ihrem Tod erreichte Paris.

»Die Italienerin lebt nicht mehr. Nun muß sie ihrem Schöpfer gegenübertreten.«

Das Volk von Paris hoffte darauf, daß ihr Leichnam in

die Hauptstadt gebracht wurde, damit sie ihn in die Seine werfen konnten.

Ganz Frankreich stand am Rande einer Revolution; und in Paris, wo viele nur von Vergeltung und Rache sprachen, fanden einige die Zeit zu singen:

»Die eine ruiniert Israel,
Die andere Frankreich.«

Dank

Ich möchte mich für die große Hilfe erkenntlich zeigen, die mir die unten aufgeführten Bücher bei meinen Recherchen geleistet haben:

Bidou: *Paris*
Colonel G. F. Young, C. B.: *The Medici*
Dr. A. Clarke (Hrsg.): *Foxe's Book of Martyrs*
Louis Battifol: *National History of France (The Century of the Renaissance)*
William Henry Hudson: *France, the Nation and Its Development from Earliest Times to the Establishment of the Third Republic*
Guizot: *History of France*
Anonym: *Feudal Castles of France*
Tighe Hopkins: *Dungeons of Old Paris*
Strickland: *Lives of the Queens of England*
Edith Sichel: *Catherine de Medici and the French Reformation*
Edith Sichel: *The Later Years of Catherine de Medici*
The Favourites of Henry of Navarre. Le Petit Homme Rouge
Mémoires de Marguerite de Valois
Charles Cabouche: *Les Mémoires et l'histoire en France*
Pierre Champion: *Catherine de Medicis Presente à Charles IX Son Royaume*

Belva Plain

Ein stummer Schrei, der ungehört verhallt

Roman

Dies ist die Geschichte einer Frau, die in ihrer Ehe mit einem gewalttätigen Mann die Hölle durchlebt und die doch schweigt, bis es zur Katastrophe kommt.
Ein brandaktuelles Thema, spannend und sprachlich brillant umgesetzt in einem großen Roman.